本书得到山东师范大学中国现当代文学学科研究生教育
创新项目经费资助

山东省中国现当代文学专业优秀硕士学位论文选（2016）

Shandongsheng Zhongguo Xiandangdai Wenxue ZhuanyeYouxiu Shuoshi Xuewei Lunwenxuan(2016)

上册

主　编　魏　建　张学军
副主编　李宗刚　丛新强

山东人民出版社
国家一级出版社　全国百佳图书出版单位

图书在版编目（CIP）数据

山东省中国现当代文学专业优秀硕士学位论文选．2016/魏建，张学军主编．—— 济南：山东人民出版社，2017.9

ISBN 978-7-209-11120-1

Ⅰ．①山… Ⅱ．①魏… ②张… Ⅲ．①中国文学－现代文学－文学评论－文集②中国文学－当代文学－文学评论－文集 Ⅳ．①I206.6-53

中国版本图书馆CIP数据核字(2017)第244570号

山东省中国现当代文学专业优秀硕士学位论文选(2016)

魏 建　张学军　主编

主管部门　山东出版传媒股份有限公司
出版发行　山东人民出版社
社　　址　济南市胜利大街39号
邮　　编　250001
电　　话　总编室（0531）82098914
　　　　　市场部（0531）82098027
网　　址　http://www.sd-book.com.cn
印　　装　山东省东营市新华印刷厂
经　　销　新华书店

规　　格　16开（169mm×239mm）
印　　张　53
字　　数　910千字
版　　次　2017年9月第1版
印　　次　2017年9月第1次
印　　数　1-1000
ISBN 978-7-209-11120-1
定　　价　128.00元(上下册)

目录 Contents

身份·叙事·关系

——新世纪现实题材网络小说的文化分析

张丽萍*

引　言

从20世纪90年代的ATC、海外电子文学期刊到网络文学的三次冲击波，虽然网络文学在当代文学中的地位还未能得到确定，但无可否认，网络文学经过近20年的发展，无论是在质量还是数量上都已取得了不小的进步。据有关资料统计，网络文学在短短10年间发表的原创作品数是传统纸质文学60年发表作品数的总和。同时更值得注意的是，网络文学的题材类型也得到极大的丰富。网络文学早期类型主要是北美留学生群体的散文随笔，内容多为亲情友情爱情乡情，而之后的网络文学则以嘲讽、调侃的无厘头为主，作品中充满了散乱随性的叙事、恶搞偏激的语言和对经典的颠覆性改写。最近几年，网络文学的现实性大幅度增强，和纸质写作具有一定程度的相似性。就目前网络文学的总体现状而言，网络文学中的幻想类作品的数量固然众多，在文学类型的发展演变中也有着一定的开拓性意义，但现实类文学内敛而不失踏实的发展，无论是对认清网络文学自身，还是对刺激传统纸质文学发展来说都有着重要意义。

所谓“新世纪现实题材网络小说”，顾名思义是指新世纪以来用写实的手法书写当代人生存现状的那些发表于网络的小说。它们近距离地观照现实生活并力图逼真地再现现实，对于要描写的对象不做过分地夸张和变形，其题材多取自都市生活，涉及现代人家庭、爱情、事业等方方面面。相对于传统现实主义小说，它们大多数平易简单，较少追求形式技巧与思想深度，体现出平民化书写的特点。因此，新世纪现实题材网络小说从诞生之日起就拥有了广泛的阅读群体，由其改编的电视剧更是创造出不少的收视佳绩。然而，也是从诞生之日起，

---

* 作者简介：张丽萍，1988年生，女，山东章丘人，2015年毕业于山东师范大学中国现当代文学专业，获硕士学位；指导教师周志雄教授。

新世纪现实题材网络小说就不得不面临着一种特殊的尴尬。

和创作上的热闹与沸腾相比，评论界对新世纪现实题材网络小说的态度显得过于冷淡，甚至有些冷眼旁观的味道。如果说传统的经典是被无休止言说的例子，那新世纪现实题材网络小说就是缺乏言说的一个例子。无论是在研究的范围还是研究深度上，对新世纪现实题材网络小说的研究都难以望传统文学研究之项背。引用法侬《黑皮肤，白面具》一句话来描述当前网络文学的研究状态，就是“如果不抵制它的沉默，他们就会产生‘没有锚地、没有视野、无色、无国、无根的个体——天使的种族’”①。

综观现在已有的网络文学研究，多是强调网络新媒体的新锐性与颠覆性，而从叙事特点与精神价值两个角度全面分析网络文学人文关怀性的研究则比较少，并且也较少涉及文本的深度解读。截止到2012年12月5日，在中国知网上搜到与本论文主题较为相关的文章有4篇：欧阳友权的《网络文学本体研究》主要从“媒介赋形”、“比特叙事”、“欲望修辞”、“在线漫游”等角度研究。他的研究在当下已有的网络研究中较具有代表性，即过多地借鉴了西方多媒体文本的研究经验，与当下普泛的网络写作尤其是以现实为题材的网络小说有一定的距离。邓树强的《时尚、尴尬与出路》以网络文学的“肌无力”与“缺血”为前提，力图从内外两个方面找到网络文学得以疗救的症结，不过在描述网络文学的当代境遇与重新建构时，文本解析的现场感不足，以至于陷在形而上的理论互证当中。李盛涛的《论网络生存小说的文学生态性》、王浩的《论“网络文学”的人文精神》在阐述网络小说的写实手法和人文精神方面都具有一定的借鉴意义，但篇幅所限，没有就具体文本展开讨论，同时也忽略了现代主义、后现代主义对现实主义创作的补充与影响。另有著作2部，即管宁的《视域与转换：文学的媒介视域与文化符号的转换》、曾繁亭的《网络写手论》，分别研究了消费文化与网络文学的关系和网络写手的存在状态。其他研究成果多是从内部或外部研究的单一视角，对中间阶层、城市空间、日常生活叙事进行零散片段式的研究，缺乏对新世纪现实题材网络小说人文价值的整体审视，如王允的《消费时代中间阶层文化品位与地位恐慌》、张桂芳的《社会分层对新时期文学场的重塑》。其中有些研究更是一味地模仿西方超文本理论的研究成果，罗列其数字化写作的特点，有时不免流于枯乏与肤浅，失去了文学研究与文学现场之间的生命性感召与呼应。

---

① 罗钢、刘象愚：《文化研究读本》，中国社会科学出版社2000年版，第212页。

总的来说,新世纪现实题材网络小说研究的不足之处主要在以下两个方面:第一,研究角度和研究方法的单一性。第二,现场感的缺乏。研究者多采取西方的技术化的研究方法,将文本复杂性、文学生命性置之不顾,这种处理方式很容易将现实题材网络小说推到异端的火刑架上。原因不难理解,新世纪现实题材网络小说的诞生和发展离不开当代中国经济的飞速发展,消费主义商品文化自然会掺杂其中,加之它自身对于现实主义传统的承继,因此,现实主义、现代主义和后现代主义在新世纪现实题材网络小说中实现了共时的融合,造成了一种浮华、混杂、叛逆的表象。这种特殊的生存样态迥异于传统的中规中矩,似乎为研究带来了极大的障碍,但只要从文本出发,围绕身份、叙事、关系三个焦点拓展开来,就可大体厘清新世纪现实题材网络小说在社会文化背景、写作者主体心理及叙事形式技巧方面的特点。

除了以上这些,还需要补充的是,同样采用现实主义的创作方法,传统现实主义小说与新世纪现实题材网络小说仿佛是两个以媒介为分割的集合,它们互为镜像,并在现实题材的选取上构成了一定的交集。这种特殊的映衬对比关系,一方面有助于了解网络文学自身的特征和历史传承性;另一方面,"他山之石,可以攻玉",网络文学的发展经验对于传统文学摆脱现下尴尬的困境或可提供一些经验。希望通过解决这些问题,我们能够真正打破现实题材网络小说研究的沉默失语,能够给新世纪现实题材网络小说一个公正客观的评价。

一、身份:阶层、个体、民族

现实题材网络小说作为网络文学的一个分支,从诞生之日起就带有自身的身份标识,那就是网络媒介。虽然《赛博空间独立宣言》未免有些言过其实,但有目共睹的是网络作为技术时代环境下文艺的一种载体,它的功能与属性已不仅仅局限在为文学提供新的容器。无论是赛博空间抑或是比特叙事,新兴的表达方式带来的都是一个从写作者、传播者到读者的新的变革。这些写作者、传播者、接受者从哪里来,他们从属于什么阶层,对自我又有什么样的身份认同,这样一个群体的出现与整个国家民族又有怎样的关联,这些都是我们首先想到的问题。

在社会群体之中,无论是网民还是非网民,身份都是一个首先要解决的问题。身份问题得不到明晰,个体或群体就会失去社会文化的方向定位,就会产生观念、心理及行为的冲突与焦虑,也就是所谓的"身份焦虑"。身份作为个体或族群界定自身文化属性的标志，是“一个个体所有的关于他这种人是其所是的意识”①。现代生活的不稳定性与后现代文化初露所带来的主体身份的无中心性、非同一性和矛盾性，使得每个个体的身份定义都存在着被解体的危机。和这种“危机”、“焦虑”并行不悖的是弥漫在主体内心难以言说的惶惑与焦躁。这种身份言说的饥渴散布于新世纪现实题材网络小说中，就成了字里行间无所不在的当下生活感和急于表达的紧迫感。他们急切地想通过网络书写或追寻或印证自己的身份。

身份的英文译为“identity”，它可以做两种含义上的理解：一是作静态，意指身份特征；二是作动态，意指认同，即对自己是其所是位置的追求。对于新世纪现实题材网络小说来说，书写者身份及其如何进行这种身份的书写，其间包含着身份认同的一致性和身份的背离与逃逸。斯图尔特在《文化身份与族裔散居》中提到，“文化身份”的背后始终有一种共有的文化，集体的“一个真正的自我”，一个民族提供的稳定、不变和连续的指涉和意义框架。因此，身份看似是主体内在经验与预期的外设，但社会历史文化对其起到的塑造作用也不容忽视。对于新世纪现实题材网络小说创作及接受群体的考察也必定要与国家民族的身份话语加以联系。所以在本文中，笔者拟从新中间阶层身份、个体文化身份和民族国家身份三个角度分析新世纪现实题材网络小说的身份语境。希望透过这种身份的研究，我们可以窥视到新世纪现实题材网络小说的内涵和外延以及它所蕴含的社会背景和心理变迁。

（一）新中间阶层的文化身份

1. 新中间阶层的崛起

在“以阶级斗争为纲”的年代，传统现实主义文学有很长一段时间和“阶级”、“阶级斗争”是分不开的。新时期以经济建设为中心，摒弃了“阶级斗争论”。随着20世纪80年代以来中国经济的发展，现代化的加剧、全球化的影响、计划经济向市场经济的转化，以及人民生活水平的提高和“先富带后富”政策的提出，中国社会的结构发生了巨大变化。作为中国社会阶层四大流行理论中“十阶层”理论的提出者，陆学艺教授认为改革开放以来的中国社会结构已经从原先的金字塔型逐渐向橄榄型转变。虽然考察发现十阶层无论人数还是比例主要还是集中在较低的阶层，但我国中等人群不断增加已经成为一个不争的

① 贾英健：《全球化与民族国家》，湖南人民出版社2003年版，第281页。

事实。随着中共中央提出“扩大中等收入者在全社会比例”，中等收入者的人数必将得到进一步的扩大。这个新兴阶层的兴起不仅象征着社会发展水平的提高，作为经济基础的重要组成部分，它也同时影响着文学等上层建筑的发展。

那么中国的新中间阶层主要是哪些人呢？陆学艺在他的《当代中国社会阶层研究报告》中这样定义这个阶层，所谓中间阶层，“是指占有一定的知识资本及职业声望资本，以从事脑力劳动为主，主要靠工资及薪金谋生，具有谋取一份较高收入、较好工作环境及条件的职业就业能力及相应的家庭消费能力，有一定的闲暇生活质量；对其劳动、工作对象，拥有一定的支配权；具有公民、公德意识及相应社会关怀的社会地位群体”①。如果陆教授所说的这些你还觉得陌生，那换种表达方式就是，“中国的新中产阶级，他们来自五湖四海，借由高考和上班的机会背井离乡汇聚在这里；他们毕业、找工作、找房子，成为‘白领’和‘死上班族’；他们起早摸黑，朝九晚五，将宝贵的青春消耗在上下班的交通工具上；他们生产，他们消费，他们难以摆脱‘蜗居’和‘蚁族’的命运，但也追求生活质量，吃好喝好的同时，亦不能缺少精神享受；他们是图书、电影和各类文化产业市场的主要消费群体，更是‘网民’的主要成员”②。许荣在《中国中间阶层文化品位与地位恐慌》中描述道，“现阶段中国城市中间阶层的文化阅读，不仅在内容上有了不同于其他阶层之处，在阅读的形式上也有了自己的特色，那就是网络阅读的日益兴盛。首先在网络接触的时间上，中间阶层群体就明显高于非中间阶层群体。其次是在获取新闻与信息的渠道上，与非中间阶层相比，中间阶层开始越来越由以往的纸质媒介向电子媒介过渡。再次是人们的传统文学性阅读也受到网络的挑战。网络文学的兴起虽然依赖的是青年人群体，然而，正是这样一批人，是中国新中间阶层的未来主导力量”③。据此，以下文中所提到的新中间阶层即是指这样一个群体，他们拥有一定的生存能力和生活质量，教育、收入、社会地位等都按照着一定的轨道运行；他们大多消费前卫、政治后卫，行为上多注重实用理性，日常生活中看重享乐与功利；文化上多受西方文化影响。作为市民社会的主体，新中间阶层的生活具有悖逆式的两面性。一方面他们注重生活品质，过着高雅的小资式生活；另一方面，他们每天生活在焦躁彷徨之中，作为工薪一族，他们必须时时增强自身的附加值以使不被市场激烈的竞争

① 陆学艺：《当代中国社会阶层研究报告》，社会科学文献出版社2002年版，第10～11页。

② 王瑶：《谁是黄小仙？——〈失恋33天〉中“男闺蜜”的情感经济学》，《网络文学评论》（第2辑），花城出版社2011年版，第168页。

③ 许荣：《中国中间阶层文化品位与地位恐慌》，中国大百科全书出版社2007年版，第94页。

淘汰。这两种不同的需求促成了新中间阶层极具功利性、实用性及消遣娱乐性的阅读，也促成了职场小说和休闲式阅读的兴盛。

另外，在信息急速流动的今天，习惯了无纸化办公的新中间阶层更愿意在网络中阅读记录自己的爱情、家庭和事业，他们用琐细的文字勾勒着自身的生存状态。其实，综观新世纪现实题材网络小说发展历程，不管是初期以北美留学生为主的海外华文文学，还是后来网络文学的三次冲击波，新中间阶层都是网络文学发展的中流砥柱。如慕容雪村曾做过职业经理人；安妮宝贝曾任职中国银行、广告公司、网络公司、出版社、杂志社；六六从事过外贸和教育工作；李可从事过销售和人力资源工作；唐欣恬，金融学硕士、基金美股分析师，后在北京经商创业；文雨，曾任职业经理人与专业翻译。因此，新世纪现实题材网络小说书写者的身份与其小说人物的身份上天然地存在着一定的吻合，这种写作者对自身阶层身份文化的认同，也标示着新世纪现实题材网络小说在故事内容、人物形象、情感表达等方面必然与其生活有巨大的同构性。

2. 新中间阶层形象的流行

如上文所述，新中间阶层书写者对其阶层身份的认同直接渗透到了他们的创作中，新中间阶层和新世纪现实题材网络小说有着太多的相通之处。大量现实题材网络小说仿佛一场身份与欲望的舞会，他们的代言身处其中忘乎所以。新中间阶层拥有知识和职业，但他们每年都要面临激烈的职场竞争。李可的《杜拉拉升职记》讲述了杜拉拉从一个普通的女职员成长为公司主管的职场励志故事，为众多在职场中拼搏的都市女性树立了一个可效仿的范本。当然，对于李可来说，三部《杜拉拉升职记》所带动的不仅有400余万册的图书销量、影视改编，还有以“杜拉拉”命名的服装鞋子等一系列的文化产品和赚钱商机。无论是作品中的杜拉拉还是生活中的李可都具有新中间阶层特有的经济头脑。就像巴尔扎克在他的《人间喜剧》中复现19世纪欧洲资产阶级的发家史一样，处于上升期的新中间阶层与年轻态的现实题材网络小说在当今这个极度商品化的社会中珠联璧合，共谱着机遇与财富的神话。这样的好处是双方面的，不断激增的新中间阶层消费着为他们量身定制的文化产品，在他们自身的文化需求带动着现实题材网络小说发展的同时，也为自己的阶层创造了资本优势。在这里，身份的自我认同增强了文学创作的冲动，同时由追求经济效益带来的群体身份认同感也成为新世纪现实题材网络小说创作的主题之一。

新中间阶层在职场打拼的直接目的就是升职加薪、买房买车。《蜗居》中的海萍和苏淳一人为外企工作，一人为高级工程师，曾经的他们也能花前月下，享受浪漫的小资式恋爱。但结婚后,房子、车子等一系列生活重担压得他们喘不过气。即便这样,海萍也不后悔当初毕业时的选择,她宁肯在大城市哭,也不愿在小城镇笑。作为名牌大学的毕业生,海萍等早已将自己划入了新中产阶层的行列。新中产阶层作为一个资产阶级中国化的产物,它无时无刻不在仰望着大洋彼岸繁华富庶甚至奢侈的生活,这种生活是一种身份的标识,象征着个人价值的实现,同时它又是一种扭曲了的尊严表达方式。大都市的体面生活对于新中产阶层来说更多的是一种“需要”(wants),而非“需求”(needs)。需求是生理上的,而需要更多是心理上的。可以说,新中间阶层是带着欲望降生在这个世界上的,欲望是它生长的动力,欲望也让它时时遭受着“生活在别处”的折磨。

新中间阶层向往着外国“Middle class”的幸福生活,渴望自己拥有一个温暖舒适的家庭环境,贤惠懂事的妻子和年迈却身体健壮的父母其乐融融地生活在一起。《双面胶》中丽娟和亚平有幸借助父母的力量买上了房子,过上了幸福甜蜜的二人生活,但亚平父母的到来改变了一切。婆媳矛盾,城乡生活习惯矛盾,乃至个人性格矛盾都集中在一起,最终导致家庭悲剧。被婆媳关系搞得焦头烂额的当然不只有丽娟和亚平这一对夫妻,新中间阶层的家庭生活看似闲适安逸却往往问题重重。尽管中国的新中间阶层最大限度地抄袭西方中间阶层的生活标准,但中国毕竟是个有着数千年农耕史的国家,血缘亲情和宗族关系还残留在中国人的血液中,乡土中国的精神谱系和价值链条还在新兴都市中有所蔓延。因此,西方的中产阶级待父母年迈后可以轻松将老人送进养老院而毫不内疚,中国的新中间阶层却逃不过内心的亲情牵绊和伦理审判。不断追逐着西方生活镜像的中国新中间阶层谱写的就是一场夸父追日的当代神话,不知精疲力竭的那天什么时候到来。

新中间阶层中不乏丁克一族,但更多的人依然需要经历为人父母的快乐与烦恼。在宗昊的《小人儿难养》中,简宁和江心两夫妻为了儿子帅帅的成长可谓“呕心沥血”。就像网友“物质挤瘦感情”所言,“如果不是丁克一族,你会发现,你活在孩子的影子里,被浓缩,被精炼。你去幼儿园不遗忘印着身份证号码的那张卡;你去小学开家长会,颜面流露出躬谦的神情;你去中学被老师斥责,底气不足地尽着礼数。你越发感觉不像自己了,倒像一部机器,一种生产方式,生产财富、情感、希冀,且疲于奔命,一点不敢玩欢。换句话说,你在追求,追求现实中的生存状态。尽管你是衣食无忧的白领、蓝领,或者中间地带的灰领。你抑制住倦意,几乎绝人欲地克制自我。为了孩子努力做着一切,显摆着克勤克俭的家长形象。择校择班,中考、高考,为了孩子未来活得有品位,你也渐渐地失去了品位”。“幸福的现代式，你提不起精神，挂在嘴边的一句话：‘好累！’”① 在当今社会中，新中间阶层一面使劲地推动自己向前奔跑，个个唯恐落于人后，一面又对那种闲适安逸的生活抱有幻想，他们将自己塞进了社会迅速代谢的大潮，在庆幸赶上时代车轮的同时又不得不面对被时代胁迫着冲刺的悲哀。这种对群体生存困境的描写正是新世纪现实题材网络小说创作者们对自身阶层身份的质疑与反思。新中间阶层以积累资本享受生活为核心将身份属性聚拢起来，但他们面临的欲望折磨、伦理困境和生活疲倦感又展现了写作者们对这一身份的背离与逃逸。

3. 趣味性与实效性的阅读

无论是对西方中产阶级镜像的自觉追逐，还是意识形态的无形建构，都让新中间阶层的形象不仅存在于阶层群体的内部，而且扩展为当代大众文化的公共审美趣味。这种大众文化品位的重要特征就是趣味性与实效性并驾齐驱。中国文学史一直存在着雅俗文学之争，五四时期鲁迅等新文化先驱就曾对狭邪奇情类的小说进行过猛烈的抨击。在当时险恶的历史环境下，文学的方向攸关民族命运，鲁迅等人对“鸳鸯蝴蝶派”的态度虽不失严苛但却有着全盘性的长远考虑。然而，一时的不宜并不能说明俗文学就不再具有文学价值。不论是历史上还是现当代，很多优秀的俗文学也进入了雅文学的谱系当中，如明清时期的话本小说、张恨水的社会言情小说、金庸的武侠小说。因此，雅俗之间的界限不是绝对的，一定条件下两者还可以相通。相对于“雅文学”只适合文化水平较高的人阅读，“俗文学”一般浅显易读，贴近普通人的生活，讲求娱乐性趣味性，因此也就更能得到广泛的读者。

在今天，生活的快节奏和不断增大的生存压力使得新中间阶层急需一种释放情绪的文学。严肃文学对他们来说固然能够阅读，但复杂的叙事、沉重的主题只能给他们带来更大的疲惫感。从接受角度上讲，网络阅读作为一种私人化的休闲行为，简便与放松成为第一需求，这种需求促使写作者开始逐渐转变严肃教化的姿态，争取创造一种轻松愉悦的阅读效果。从传播途径上说，现实题材网络小说作为靠点击率存活的文学样态，摆脱了旧有发表体制的限制，通过四通八达的网络随时能够出现在读者面前。写作者不需要再向传统文学编辑、批评家们示好，读者成为他们唯一的上帝。在今天这个“娱乐至死”的时代，为了缓解新中间阶层的生存压力和欲望饥渴，新世纪现实题材网络小说为他们提

① 《物质挤瘦感情. 生存状态》，新华网，http://forum. home. news. cn/thread/96338037/1. html。

供了一个巨大的梦工厂，消费主义、享乐主义在这里得到尽情的挥洒，单身男女多了爱情奇遇，家庭职场生活更加诙谐有趣。新世纪现实题材网络小说在既往通俗小说的基础上添加时代性元素，时尚话题犹如“丁克”，新锐形象犹如“男闺蜜”，情感故事犹如“同志文”，都在挑战着读者的认知与快感需求。

新中间阶层阅读的另一大特点就是功利性。如果不对它的这个特点深入把握的话，你就不可能了解职场小说、官场小说畅销的原因，也就无法归置现实类网文与幻想类网文在网络文学中的位置。幻想类的修真、仙侠、盗墓、穿越主要考验作者的想象力，他们叙事可以天马行空不着边际，他们的人物可以神仙魔怪无奇不有。不管他们的故事如何离谱，只要文章够曲折、想象够丰富、人物够传奇，他们的文章就能收获赞誉。显然，现实类网文在这方面就没有那么大的自由度了，但现实类文学还是能在浩如烟海的网络文学中坚守住半壁江山，这就不得不归功于它所带有的功利实用性。无论是职场小说还是官场小说，现实类的网文明白，文学飞得再远也离不开现实生活这块广袤的土地。按照当前市场化的供求理论，既然作为网文最大客户群的新中间阶层有需求，网络文学就有供给。新中间阶层需要职场经验，现实题材网络小说就提供职场生存指南；新中间阶层需要官场知识，现实题材网络小说就提供升官宝典。在庞大的阅读需求面前，《杜拉拉升职记》等各种职场小说高潮不减，《侯卫东官场笔记》等官场小说从线上红到线下，甚至是《小人儿难养》《搜索》等话题类小说也试图在一定程度上满足于解决新中间阶层的当下需求与困惑。网络现实主义文学不断制造文学爆炸的神话。新世纪现实题材网络小说或许厚度深度不足，但绝对有速度，速度保证了它们随时观察社会的动向，抓住大众的眼球，借助一个缺口，它们就能引发大众的阅读狂欢。

总的来说，新中间阶层的出现不仅改变了中国的社会结构，而且也影响了现代以来文学阅读的传统，严肃文学的绝对地位遭到了趣味性、实用性文学的威胁。新世纪现实题材网络小说有其传统的一面，即它无论多么标榜小资式的高雅，都难以脱离通俗、娱乐、大众、平民文学传统的滋养，但无疑它又有崭新的一面，即它不仅极大地开发出新中间阶层这个群体化的叙述对象，而且还将新中间阶层的欲望与忧虑书写无遗。群体身份的自我认同与自我质疑构成了新世纪现实题材网络小说叙事的两面，它让我们看到了新中间阶层叙事的新鲜性，又看到了新中间阶层形象上的丰富性与矛盾性。相信网络文学对于这一群体的描述，必将越来越多也将越来越深入。

（二）制度化下的个体身份

1. 个体身份的两个向度

在提到个性与自由问题时，我们习惯用中西方文化差异来说明，所谓的西方自由论和中国保守论的论调就是基于个体的独立自由度提出来的。在这种认知基础上，我们一度在争取人权恢复自由的道路上走“拿来主义”的西式路线。然而，随着文化交流的频繁和中西方之间认识的加深，我们越来越意识到在找寻和确立个体自我意识的这个问题上，无论是中国还是欧美都有着同样的难题，而对于这个难题的尝试求解也催生出了众多的学说与理论。如别尔嘉耶夫认为，社会造成人本质的客体化与异化，使人与人之间的关系表现为在人之外和凌驾于人之上。“个性对社会、人民、人类和观念的服从，是人类祭祀传统的延续。”[①]如福柯在他的《规训与惩罚》和《认知的意志》中梳理了权力对身体的规训关系；还有阿尔都塞则直接怀疑本质自我的存在，认为意识形态从外部构筑了我们的“主体性”。这些思考起初仅仅停留在哲学领域，但随着现代、后现代思潮的到来，对于“个体”、“主体”、“自我”等问题的反思与批判向文学等领域蔓延开来。

对于这些问题简化理解就是现代人的异化与分裂。通俗地说，即人似乎被割裂成两半，一半保留在自己的身体上或思维深处，一半被外在的罗网束缚、控制和改变。当然这种改变伴随着撕裂的疼痛和丧失的空虚。在现代化的社会环境中，个体身份往往演变成两个部分：制度化的职场身份和非制度化的世俗身份。职场身份和世俗身份本来应该是相辅相成的两种身份，它们良好的分工合作能够最大限度地实现个体的价值与需要。非制度化的世俗身份包括个体的生命感知、情感感知。个体的健康、家庭的和谐、朋友的友爱都能给个体带来存在的满足感。而一份好的职业和良好的职业表现则会增加个体的自我认同感。从马斯洛的需要层次理论来说，职场身份给个人带来的更多的是发展性需要，而发展性需要的满足是建立在基础需要得到满足的前提下。但现代社会过分地追求效率，整体发展环境的紧张与快节奏，人情味的淡薄都使这两种身份开始失衡，人们越来越重视职场身份，忽视世俗身份，以至于个体的生命感知被忽视，家人得不到应有的情感照顾，同事之间勾心斗角倾轧陷害，人与人之间缺乏善意的理解和体谅。

---

① ［俄］别尔嘉耶夫：《论人的奴役与自由》，张百春译，中国城市出版社2002年版，第120页。

2. 个体身份的过度职业化

在《心术》中，医患关系陷入恶性循环，病人不理解医生，医生也对病人抱有怀疑。刘晨曦和霍思邈等都是尽职尽责的好医生，但时常要面对病人不信任的表情和无理取闹的行径。作为医生的他们深知，好医术没有捷径，只能不断地尝试。因此，“每个名医的身后都背负着几条人命”①。他们并非视人命如草芥，只是这个职业的特性让他们见惯了太多生死，理智告诉他们不能因为一个手术的失败影响到另一场手术的实施。医院副主任说：“我没法不把病人当机器，我自己就是机器。当我站在被告席上一次一次出庭的时候，当我全力挽救病患生命而没有达到效果被病患告的时候，我的热情已经没有了。”②像副主任这样的医生不在少数，这样的医生已经是纯粹的职业化了，他们如同上了发条的工具，机械地面对自己的医治对象。医院的制度和医学理论已经取代了个体世俗性的生命热情，过度职业化造就了符号化的人。

职业身份为个体所带来的困境不止热情的消逝，还有职业身份下个体选择的困窘。六六将小说起名为《心术》，即是希望医生都能具有“仁心仁术”。对于霍思邈、刘晨曦们来说，他们不像副主任一样心灰意冷失去热情。职业对他们来说是在“舍己为人”这个古老命题下的自我挣扎。医生，起初只是一种职业身份，但工作的特殊性赋予这种职业身份一种不切实际的光环。所谓“华佗再世”、“妙手回春”、“医者仁心”，对于从医者来说既是铭刻在身的荣耀光环又是悬在头上的达摩克利斯之剑。在这种观念下，患者的生命凌驾于医生乃至医生家人的生命之上，刘晨曦因为照顾病患家属的感受，竟甘愿使自己生命垂危的女儿错失得到肾源的机会。他并非不爱女儿或沽名钓誉，只是医生的职业光环使得一个简单的选择题对他来说无比艰难。因此，他才会说，如果救不了女儿他就不当医生了。确实，如果一名医生连拯救自己亲人生命的勇气都没有，那这个职业对他来说将会是更沉重的负担。

同样的问题早在传统现实主义小说《人到中年》中也有过极其相似的展现。在《人到中年》里，陆文婷大夫因为工作的忙碌无法照顾儿子女儿和丈夫，她忠于了事业，然而事业就比自己的家庭、自己的生命更重要？时代的局限性使得当年对这本书的评价集中在知识分子的待遇问题上。放眼现在，医生们已经不再担忧待遇问题，甚至生活比较优越，但陆文婷当年从部长夫人秦波那里遭到

---

① 六六：《心术》，上海人民出版社2010年版，第124页。

② 六六：《心术》，上海人民出版社2010年版，第132页。

的误解与质疑，又重现在当代医者身上。谌容和六六同时发现了这一现象，但谌容的解读还停留在传统的美德型教育上。六六通过众多医生的遭遇强化了医生过度职业化的悲剧性，同时将医生个体与这个职业的矛盾突出出来。现代社会的职业化分工导致了不同职业身份的割裂感，每个人只对自己所从事的职业有所了解。因此，人与人之间、职业与职业之间变得疏离敌意，商贩们痛恨工商局，员工和老板各怀猜忌。职业化固然提高了社会发展的效率，但也带来了新的问题。

当然，在职业身份问题上，《杜拉拉升职记》《浮沉》这类职场小说更能说明问题。在当下环境中，为了工资待遇等利益纠葛，人与人燃起硝烟。所谓“职场如战场”，为了维持和获得更多的职场权益，同事之间、上下级之间斗智斗勇各出奇招，职场风云波诡云谲，稍不留神就会死无葬身之地。选阵营、布陷阱，三十六计、十八般武艺恨不得全都用上。职场小说的存在本身已经说明了现代职场斗争的惨烈，更遑论里面涉及的种种陷阱阴谋。为了获得职位晋升，朋友之间可以割袍断义；为了得到老板的青睐，同事之间互相防范攻讦。职场化的晋升制度、职业化的身份规定使得个体迷失了本性，执迷代替了自我反思。个体被职业身份建构，如同《摩登时代》里卓别林扮演的那个到处拧螺丝帽的工人，冷漠、麻木。这既可以说是意识形态之罪，也可以说是权力或社会关系之罪，但终究还是人之罪。类型化在许多研究者那里意味着网络文学书写的单一，但类型化本身何尝又不是一种文本。仔细解读这种类型化写作有助于理解新世纪现实题材网络小说的时代背景和写作动机。新世纪现实题材网络小说写作者们大多没有接受过专业的写作教育，很多时候只是一种本能的倾吐欲望，这种自然流露的文字或许技巧不够完善，但却将生活的本真面貌反映了出来。作为以反映现实为初衷的现实主义文学来说，这种自然化、生活化的叙事自有其存在的意义。

（三）国家民族的文化身份

1. 民族身份书写的新课题

个体和国家永远是中国社会结构中最基本的二元关系，因此在对个体叙事话语研究的同时要将国家民族叙事话语作为同一硬币的另一面加以研究。一种叙事话语必然包含着一定的叙事身份。而“凡是集体身份成问题的地方，就会出现个体确定集体成员资格的问题，其结果是，身份政治成了既关乎集体身份又关乎个人身份的事”①。因此，对于新世纪现实题材网络小说身份问题的研究，必须将个体文化身份与国家民族的文化身份结合起来加以理解。

启蒙与救亡作为中国现当代文学的两个重要命题，它们都与中国传统的士大夫情结有着千丝万缕的关系，“家天下”的思维惯性使得民族国家化的代言式叙事构造了文学版图的大部分江山。虽然在一定时期，先锋派试图以形式的叛逆来克制内容上的“大一统”格局，但他们前卫的革新态度又在另一个层面构成了一种对民族文学的责任感。因此，提及现实主义文学，对国家民族的书写就不能不引起我们的关注。网络时代的到来使得文化更加具有了全球性，以美国为主导的西方国家最先开辟了网络空间，这也使得它们获得了最早为网络文化塑形的机会。一种技术的革新在多大程度上能影响到文化？在新型的书写时代，网络是否会改变中国文学的叙事传统？在互联网信息时代，现实是否真的像《赛博空间独立宣言》中认为的那样，标榜自由的网络文学和国家民族的文化身份已经格格不入？所有这些我们都还需要重新思考。但即便抛弃东西文化竞争论观念，按马克思所说“历史是向世界历史的转变过程”，也似乎足以引起民族文化的警惕了。

民族身份的书写与认同，是与他者文化相区别和凝聚文化向心力的关键条件。梁漱溟在《中国文化要义》中指出，中国社会与国家不像西方历史上那样分别对立，中国国家与社会界限不清，“国家消融在社会里面，社会与国家相混融”②。这种民族社会国家的交融混合状态使得我们民族身份的书写与确认变得更加重要。在斯图尔特的《文化身份与族裔散居》中，民族是“文化身份”的意义框架和指涉背景。对一个国家民族的文化想象构建着他的文化身份。20世纪的世界及中国文学中分别出现了两次特别强调文学民族性的潮流，即拉美魔幻现实主义和中国的寻根派。寻根派作为传统经典文学的一支，它的出现无疑呼应了中国当代文化的认同焦虑，以及中国现当代文学在经典性与文化政治性上的焦虑。阅读阿城、韩少功等人的小说，我们能够清晰地感受到他们源自现代性与启蒙欲求的焦灼，然而有时他们原始野蛮怪诞的故事使得文学展现的路径更加狭隘了。就像鲁迅曾经描绘过家乡的“女吊”一样，他也曾对同时代的阿Q抱有同样的讲述热情。正是生活在时代中、生活在大家身边的阿Q形象令民族的劣根性得到了最集中、最具象、最生动的表现。因此，民族文化的异质性

① 汪民安：《文化研究——关键词》，江苏人民出版社2007年版，第233页。

② 郭齐勇、龚建平：《梁漱溟哲学思想》，湖北人民出版社1996年版，第141页。

与丰富性完全可以也将最终通过“活在当下”来体现。一个现代中国的印象不止局限在对其以往历史的追忆与钩沉，还包含在当下生活中历史性的积淀与改变。

相对于传统主流文学越走越窄的路，现实题材网络小说的优势就在于它平易又无处不在的视角，鲜活而生动的生活场景，自然而然的语言与简单真实的情感。其实文学只要写活了现在，也就展现了中国人的生命价值，也就体现了民族文化和民族性格。因为，当下作为一个节点，它既连接着过去未来，同时也连接着中国与世界。从中国当下生活来借鉴西方生活观念的合理性，激发中华民族民族文化的整合性，最终为我所用，中西问题将不再是个两难选题。如此，我们也就不用再困扰于那种极端化表达，是西方拯救说还是中国拯救说，是诺亚方舟还是女娲补天。

2. 轻松自然的中国式表达

对于国家民族身份的强调，最早也最突出的是早期的海外华人网络文学，其所体现出的强烈的国家意识是与离家去国的背景相伴而生的。比如少君的一系列散文，在他的《歌星》《性革命》《ABC》《杜兰朵》中，曾经的歌星、画家、高官带着淘金、出名、成功的梦想从大陆来到美国，大部分却只能靠端盘子嫁给老美维持生活，他们在异国虽然经历了从天上跌到地下的疼痛，但仍然为了面子苦苦地在那里熬着。相对于《爷们儿》里的“板儿爷”、“摊儿爷”、“乞儿爷”，在少君的笔下那些出国闯荡的人反而显得更加可敬。80 年代中国经济与文化还没有发展上来，这种颇有些崇洋媚外的想法正反映出了当时出国潮的动因。随着近些年来中国国力的增强，大国梦也将成为现实。相对于曾经的出国热潮，现在更多的外国人来到中国掘金，中国人的民族自信心也越来越多。

这种民族自信心也表现在现有的网络文学中，军事文学中昂扬的国家意识自不用多说，即使在流氓文学和黑道文学中，也积聚了强大的民族自豪感与责任感。无论是军事还是黑道小说，它们都是男性读者的“悦读”类型，热血与战斗作为雄性荷尔蒙特有的表达方式充斥在这类小说之中。另外，像崔曼莉、慕容雪村，或以国企改制或以审视地域文化，分别表达了他们对于中国文化民族气质的个性思索。相较于以上提到的这些，事实上，现实题材网络小说大多数还是聚焦于都市日常生活描写。而这种描写与红色经典、寻根文学相比，似乎在不断地淡化我们的民族气质。个体化的叙事视角、无处不在生活的气息也似乎解构了既往的国家民族宏大叙事。在新世纪现实题材网络小说中，人们学习、求职、恋爱、结婚生子，甚至，他们中的一些人供职于外企，说英语，购买外国货,喜欢听英文歌。从表面上看,这一切仿佛应验了那个全球化的预言,中国似乎正渐渐丧失自己的独特性,消失在西方文化的包围中。

事实真的如此吗?以著名网络作家六六为例来说,六六本人虽然生活在新加坡,但她的小说之所以能够吸引广大观众,靠的并不是她在异国的生活经验。相反,正是那些源自中国生活的见闻使得她的小说引起读者的共鸣。她懂得最中国化的语言,揶揄时会说"天生造反派,孙悟空的后代",骂人就道"房断梁,米短仓,断子绝孙没福相";老太太哭闹能编出河南梆子似的唱腔,"我那死老头子呀,你当年作孽生下个冤家,冤家长大了翅膀硬啦,有了媳妇忘了娘啦。我一把屎一把尿把他拉扯大,我饿肚皮要饭送他出乡下,他挣的钱我一个字儿没花,我过来是想帮帮忙的呀,不想还受妖精气来给她骂,我不活啦……"①她深谙最中国式的观念。当安娜心中的"沃伦斯基"来带她出国时,她会说也只能说"对不起,我不能跟你走"。她说,"时间就像河流,只能向前奔走,无法回头。人不能同时踏进不同的河流,也不可能拥有所有的幸福"②。安娜毕竟不是托尔斯泰笔下的那个"安娜·卡列尼娜",她是一个平凡的中国女人。家庭、孩子才是中国安娜的信仰。有人说《王贵与安娜》的故事非常老套,但夫妻间相濡以沫的情感为什么非要求新呢,即便这平实的爱情听起来再默默无闻,它也唤起了我们关于"爱情究竟是什么"、"怎样呵护一段婚姻"的记忆与渴望。在离婚率不断上涨的今天,这种植根传统的中国式情感故事正反衬出了当代情感婚姻关系的脆弱与危机。

其实,"作为现代性的产物,机械工业社会一向秉承现代性的思想传统,力主按照现代性的标准建设人们的生活。于是在现代性的支配下,工业美学不断塑造着某种标准的现代性生活——进步、健康、民主、平等、自由、富裕、和平、美好的生活,这种生活正变成'原型性'的生活理念支配着人们的生活计划、生活日程、生活反思"③。而新世纪现实题材网络小说正是不断地挑战着这种原型性的生活理念,它们用比特讲述的是中国式的国情和中国式的生活,用的是中国式的语言,关心的是中国式的情感,背后隐藏的是生生不息的民族传统民族文化。在《王贵与安娜》中,王贵老实厚道,安娜时髦小资,他们不是生活在"富裕"、"美好"生活中的王子公主,他们因为鸡毛蒜皮的小事不断斗嘴又和好,他

① 六六:《王贵与安娜》,上海人民出版社 2008 年版,第 16 页。
② 六六:《王贵与安娜》,上海人民出版社 2008 年版,第 193 页。
③ 蓝爱国、何学威:《网络文学的民间视野》,中国文联出版社 2004 年版,第 107 页。

们总会为柴米油盐的生计担忧苦恼。他们曾经几度因为婚姻价值观念、身份家庭背景的差异闹到要离婚的地步，但这场始于父母之命媒妁之言的爱情最终幸福地走到了最后。这既让追求刺激的年轻一代羡慕，同时也让他们反思：中国人的爱情之路该怎么走，中国人需要的究竟是什么样的生活。除了《王贵与安娜》，新世纪现实题材网络小说随处可见中国式的表达和中国式的问题，比如婆媳矛盾、育儿难、人情债、医患矛盾等等。

判断现在新世纪现实题材网络小说是否仍然具有国家民族式的文化身份，其中一个重要的标准就是它是不是仍然以民族文化和民族生活作为其叙事的背景。那些最畅销的新世纪现实题材网络小说折射出的都是当前社会主流的现状与问题。家庭、职场、爱情、金钱这些话题缔造了新世纪现实题材网络小说，也构筑着中国人的生活。新世纪现实题材网络小说在反映民族性的同时，又对新时代中国人的民族身份进行着无意识的建构。作为一个永不休止的过程，相信我们能从中看到自己，也将反思自己，改善自己，从而塑造一个更加真实亲切也更加自信的民族形象。相对于某些狭隘逼仄的传统现实主义小说，新世纪现实题材网络小说自然不矫饰的故事，轻松而真诚的语言，让我们看到了一种新的生机，它旁枝侧逸，有待修剪，但在一个网络技术带来的春天里，它的每一个芽苞都是一次尝试，也是一个希望。

二、叙事：日常、空间、场域

新世纪现实题材网络小说书写身份上的特殊性使它们处于一种不中不洋不新不旧的复杂位置。它既有对西方文化的向往，又有对自己民族文化的信仰；既反感中国文化的痼疾与弊病，又在对西方的文化模仿中深感焦虑与空虚。在以网络为媒介的叙事中，它们从彼此的语言里感受着相似的悲欢离合、调笑感伤、犹豫迷茫。欧阳友权在《网络文学概论》中谈到，“网络文学是一种充满内部化与冲突的文学，这种冲突源自物质时代的主流观念，写作者坚持的写作立场，生存者的情感、欲望、理性和追求等因素的并存和作用”①。不得不承认，新世纪现实题材网络小说某种程度上的民间性令它充满了异质性和丰富性。

如果按久为人知的那句名言来说，网络文学的父亲是网络，数字化空间的横向延展性最大限度地开拓了共时层面的感觉与情绪；而母亲是文学，则使得

① 欧阳友权：《网络文学概论》，北京大学出版社2008年版，第197页。

网络文学继承了过往文学的经验,现实主义的、现代主义的、后现代主义的在这里交会碰面,织成斑驳绮丽的文学叙事场面。当然,叙事,不只是简单地讲述故事,在刘小枫那里,叙事伦理学无关乎理性和法则,而是"讲述个人经历的生命故事,通过个人经历的叙事提出关于生命感觉的问题"①。因此,叙事是故事,也是人的在世方式,是美学的,也是伦理学的。一种叙事的产生既是虚构又是现实,它在真真假假中隐含着对生命的解析和对生存的抚慰。网络现实主义叙事为我们呈现"生活的可能性",这种"可能性"琐细到日常生活、具象到城市空间、攀升至文化层面,我们感于它的浅近,但又隐约觉察到一种朦胧的深远。

(一)日常生活叙事

1. 日常生活叙事浮出水面

葛兆光先生在《中国思想史·导论·思想史的写法》中写到,"精英和经典的思想未必真的在生活世界中起着最重要的作用,尤其是支持着对实际事物与现象理解、解释与处理的知识与思想,常常并不是这个时代最精英的人写的最经典的著作"②。而哈贝马斯在谈到"理想的生活世界"的建构问题时,提出了"系统世界"(system world)和"生活世界"(life world)两个概念。系统世界是指社会运行的系统过程,它包括政治系统和经济系统。生活世界则是"文化传播和语言组织起来的解释性范式的贮存"③。在当代西方国家,由于"系统世界"对"生活世界"的侵蚀,"生活世界"已经出现危机。虽然他们两人的观点并不完全一致,但他们都从各自的角度提出了一个共同的问题,那就是在精英思想或系统世界背后,生活世界的价值亟待我们的关注。

网络的出现不仅代表了技术的革新,它还构造着一种新的生活方式,而上网成为这种新生活方式不可缺少的组成部分。网络的普及一方面将时空距离缩小,另一方面由距离所带来的对世界的好奇与想象也减少了。与葛兆光先生和哈贝马斯的担忧相呼应,人们开始将眼光转向身边熟悉的世界,转向日常生活。新世纪现实题材网络小说以其平民化、大众化甚至商业化的视角,为我们重新开掘的正是这样的日常生活世界。日常生活化的叙事迎合了大众消费与阅读的热情,它生活化的场景、世俗化的人物、通俗的语言标示着网络现实主义

① 刘小枫:《沉重的肉身》,华夏出版社2007年版,第4页。
② 葛兆光:《中国思想史·导论·思想史的写法》,复旦大学出版社2007年版,第11页。
③ [德]哈贝马斯:《公共领域的结构转型》,曹卫东等译,学林出版社1999年版,第29页。

叙事与曾经的革命叙事的迥异，同时它通俗言情的路子又使它划清了与“新写实”“现实主义冲击波”的关系。在色情与文艺之间，它巧妙地打着擦边球，时而放浪形骸，时而优雅庄重。但不管怎么变换，它始终在日常叙事的道路上摸索着网络时代现实主义生存路径。在这个不愿被限定的网络空间里，新世纪现实题材网络小说用生活化的场景、生活化的语言和生活化的小人物编织着自己生存热情，吐露着浮华时代背后的生存动力。

2. 日常娱乐精神和快感机制

新世纪现实题材网络小说的叙事空间里有俊男靓女、浪漫的词汇、动人的场景，那些赵赶驴们、王小贱们、唐小仙们说着时髦的语言，演绎着诙谐的故事，精彩的犹如相声段子，让你捧腹上瘾乐此不疲。新世纪现实题材网络小说摘除了深度启迪伦理教化的冠冕，就事论事地为现实生活的小问题出点解决方案，为无聊寂寞的单身生活添点佐料，为已婚者提供释放压力的渠道。阅读新世纪现实题材网络小说没有精神道德的负担，就如茶余饭后的谈资，能博君一笑，于愿足矣。如豆瓣网关于《赵赶驴电梯奇遇记》的介绍就是“《赵赶驴电梯奇遇记》(完整版)讲述当你在电梯里，遇到一个美女，你怎么办？当你和这个美女，一起被困在了黑暗的电梯里，你怎么办？当你们孤男寡女被困一夜，你怎么办？当这个美女，是一个俏寡妇，你怎么办？当这个美女的妹妹，比她更漂亮，你怎么办？当这个更漂亮的妹妹，爱上了你，你怎么办?！还有，当你把黄色短信，一不小心发给了自己的女上司，你怎么办?！如果你想知道怎么办，还是快翻书！保证乐死你”①。很明显，以上诸种情况同时发生的几率在现实中几近于零，但这本小说的作者就是将幻想进行到底。单身男青年的“我”在电梯偶遇美丽少妇，为了能与她多待一会儿便在内心呼唤电梯慢点，结果电梯恰巧停电。相似的情形，生活中难以满足的愿望，在作者这里都仿佛挥手间就能实现。美貌能干的女上司，温柔典雅的女同事，活泼可爱的女学生一时间围绕在男主角身边，如同被宠爱着的贾宝玉，享尽人间艳福，不“乐死”自己也“乐死”众多的男性读者。

单纯的幻想还不足以让见多识广的网友们驻足浏览，诙谐的语言、搞怪的故事情节也缺一不可。在《与空姐同居的日子》中，男主角陆飞在海边沙滩与女朋友冉静共度浪漫夜晚时，他想配合心情与环境吟诵一首诗歌，结果想到的只有“大海啊全是水，骏马啊四条腿”，不禁让人哑然失笑。在《大女三十》中，蒋

① 豆瓣读书:《赵赶驴奇遇记内容简介》，豆瓣网(http://book.douban.com/subject/1887264/)。

有虎一直苦追女主人公唐小仙，而唐小仙始终不领这份情，“多少个春秋了，我将‘大哥巨石’掷向蒋有虎，时而再飞去一支‘男朋友飞镖’，蒋有虎中招，吐血，再慢慢复原，复原之后，又来讨教，周而复始”①。又如《失恋33天》中，大老王请黄小仙吃饭。“‘这酒是智利的，你尝尝，有樱桃和黑巧克力味儿。’我乖乖举起杯子尝了尝，果然，比自制的长城干红加雪碧是高端那么一个档，细细品，满嘴都是崭新芳香的人民币味儿”②。简短的语句、俯拾即是的词汇、轻松的叙述口吻让人倍感生活气息的浓郁，而巧妙的修辞、机智的应答也不时让人眼前一亮，会心一笑。

在《网络文学的民间视野》中，曾繁亭将这种叙事称为日常生活诙谐叙事。在弗洛伊德看来，诙谐和梦境一样，它让原始欲望绕过社会伦理规范，让被压抑的本能、情欲得以宣泄。这种诙谐的叙事洋溢着日常生活的娱乐精神，它所体现的正是一种“休闲的伦理”。玻瑞特比尔说过，“我们的文学艺术以前主要是关注的政治或启蒙等伦理，但却没怎么看重休闲的伦理”③。所谓“休闲的伦理”，其实在文学创造初期，我们可以想象到，劳动过后，人们聚集在一位老者身旁，听他讲述那些或真实或虚构的故事，每到有趣之处，人群不时爆发一阵笑声，于是一天的疲劳随着这笑声也消失了。在当今社会，人们生活步伐加快，精神压力骤增，但经典文学特有的欣赏机制相对于快节奏的生活来说既耗时又费神，又加之它对于接受者的文化素质也有较高的要求，因此，能够满足大多数人休闲目的的反而是那些立意不深，文笔浅显有趣的新世纪现实题材网络小说。

当然，现实题材网络小说带来的快感也非偶然，它们遵循着快感复制的原则。一般来说，大多数阅读者都存在着集体无意识的心理图式，他们对于能够带来快感的故事情节及语言形象在大脑里都有一些定式，比如“纯爱”的幻想，英雄美女的情结等等。大多数现实题材网络小说作者为了作品在连载中尽量少地流失读者，必须与读者的快感欲求展开较量，一方面要保证每一章都有看点噱头，另一方面又不能随意洒狗血，要维持整个故事的完整性和连贯性。其中那些在同类小说中百试不爽的快感设定必然会被其他作品不断复制，但这种复制又包含着各自的创新，从而构成了新世纪现实题材网络小说商业化式的大批量生产。这些小说作为“时代的产物，除了一味的游戏和娱乐它也不乏真诚

① 唐欣恬：《大女三十》，中国文联出版社2009年版，第25页。

② 鲍鲸鲸：《失恋33天》，中信出版社2010年版，第32页。

③ 邹贤尧：《广场上的狂欢——当代流行文学艺术研究》，中国社会科学出版社2008年版，第36页。

的一面，通过夸张神侃的语言融化了生活中的沉重与艰辛”①，花样繁多的笑点和泪点如同快餐与饮料，它们对于我们精神建构来说未必是健康的，但有时又是不可缺少的。

3. 日常叙事的价值与意义

在现代化生活当中，日常成为我们不可忽视的存在。1956 年，理查德·汉密尔顿展出了他的波普画作《究竟是什么使今日的家庭如此不同、如此吸引人呢?》。这幅画作所带来的不只是艺术展览的噱头，它也表明了艺术不得不在现实面前重新审视自己与日常、通俗、大众的关系。波普艺术从被质疑到被接受所反映的不只是艺术界的一次革命，它给文学带来了思考：借助商业运作生产的文化符号是否能升华出艺术的主题？日常生活是否具有文学大力描述的价值？戴维·英格利斯在《文化与日常生活》中自问自答：“如果每天的生活确实如此平凡琐碎，为什么还有人愿意为之浪费笔墨呢?”回答就是：“因为日常生活包含的内容比我们想象的要有意义的多。”格奥尔格·齐美尔似乎更注意对应性：“即使最为普通不起眼的生活形态，也是对更为普通的社会和文化秩序的表达。”②不只在西方，在中国文化中也早就有这样的智性颖悟：“这样的生存颖悟上承老庄的‘大道自然’，下接禅宗的‘世态人情皆是道’，与儒家的‘即凡而圣’桴鼓相应，正是中国传统文化强调现世生活、用具体生活伦理建构生存支点的路数，可以称为中国哲学传统的当代文本。”③因此，日常生活的价值就在于：第一，它对欲望与感官的释放使文学摆脱了政治意识形态的束缚，焕发出了新的活力，当然，这也促使文学不得不在一定程度上接受商业的收编。第二，现代工业社会的发达使得人的身体性存在与精神性存在发生分裂，肉体代替灵魂，享乐主义成为主题，日常与物质在网络文学中那些看似夸张变异失真的形象恰是这个“机械复制时代”、“消费拜物时代”最形象最贴切的写真。

由此可见，日常的价值并非单纯的休闲娱乐，它在传统文学疲于用抽象把握世界时果断地采用了形象的近距离搏击，用日常来展现世界，用现实来反观现实。就像波普艺术诞生初期，日常与艺术的关系不断地被质疑，又不断地被验证。对于文学来说，日常生活的趣味性价值也将经历这样一个反复的阶段，

---

① 周志雄：《网络空间的文学风景》，人民文学出版社 2010 年版，第 266 页。

② [英]戴维·英格利斯：《文化与日常生活》，张秋月、周雷亚译，中央编译出版社 2009 年版，第 4 页。

③ 陈荣阳：《志深而笔长——猫腻创作思想散论》，《网络文学评论》，花城出版社 2012 年版，第 148 页。

当我们的文学史过于宏大严肃时，我们需要日常的调节，从而体现生命琐碎与卑微的一面；但当这种日常超出了它的界限，造成文学叙事的单薄与文学价值的低下时，我们就呼唤文学展现生命崇高与深邃的另一面。而我们的现实主义文学阵营既需要新写实主义无情的揭露与批判，也需要网络现实主义文学的舒解与安慰。总之，作为一种书写策略，日常生活的快感与娱乐不是我们拒绝新世纪现实题材网络小说的理由，但也不应该是我们追捧的原因，文学的独特性不允许它沉溺在任何一个单独的表现向度中，文学所做的始终是向着现实最大限度的敞开，向着人性最大限度的掘进，如此而已。

（二）城市空间叙事

1. 现代生存的空间感

当前时代的发展，主要表现在城市化与信息化两方面，而它们同时又带动了现代城市空间与赛博空间的延展。高速发展的都市与同样急速的网络，当它们天然地依偎在一起，我们已经很难分清到底是谁渗透了谁，谁改造了谁。两者的纠结缠绕不只造成了现代空间的延异与内爆，同时也影响了新世纪现实题材网络小说的城市叙事。现实与虚拟在网络文学的城市空间叙事中实现了新的融合，它们参与了网络文学中城市的想象与建构。而从现实主义发展的历史来看，现实主义文学始终本着线性历史的发展逻辑，以理性来归置历史与现实，历史感带来的时间感几乎成为衡量现实主义作品成败的终极标尺。直至现代主义哲学思潮涌来，文学终于被哲学拖拽着进入了一个非理性、破碎、又极其荒诞的世界。时间带给人的敬畏感终于不敌空间带给我们的恐慌感，人与人之间的心理距离也达到了最大的限度。“在本雅明看来，由于资本主义的高度发展、城市生活的整一化以及机械复制对人的感觉、记忆和下意识的侵占和控制，人为了保持住一点点自我的经验内容，不得不日益从‘公共’场所缩回到室内，把‘外部世界’还原为‘内部世界’。”①城市硕大的空间被割裂为一块块的“室内”、一间间的“房子”。

现代化的都市空间反映着现代人都市生存的模式与困境。空间的不安全感及其带来的精神的流浪感，使人们越来越重视家与住房的意义。当我们把“家”看作一个终极意义上的“所指”时，“房子”就是那个“能指”。因此，住房也

① ［德］本雅明：《发达资本主义时代的抒情诗人——论波德莱尔》，张旭东、魏文生译，生活·读书·新知三联书店1989年版，第12页。

就从一种生活的需要演变成个体的生命需求，西方社会学家安东尼·吉登斯在讨论到“房子”时说：“只有当观察者认识到，一座‘房子’是具有一系列其他特征的居住场所，而这些特征都是由人类活动中利用这间‘房子’的方式所限定的，这间‘房子’才会被当作‘房子’来把握。”①因此，“房子”，不再是个单纯的物理存在，它还象征着个体生命对此岸的执着与坚守，也是对“此在”的确证与关怀。当然，网络作者在创作中可能只是本着一种对于生活的忠诚来讲述关于“房子”的叙事，但这并不影响房子成为矛盾叙事的焦点，成为网络文学叙事的动力，成为弥漫着现代生存感受的悲情意象。

2. 私密空间的渴求

《蜗居》中对于“房子”的叙述可以说是密集而又关键。在创作这部小说时，六六已经经过了《王贵与安娜》《双面胶》的试炼，技巧已经臻于纯熟，展现出一个成熟作家的自信。她以“蜗居”为核心，同时铺展出四条相互交错的线索，海藻和海萍姐妹各一条，老李家和宋思明各一条。小说一上来就指出普通人要想在这个城市买房，简直难于上青天。然而，四条线索的箭头却仍旧指向了“房子”，“房子”在这里是叙事的动力。因为海萍要买房，所以她辛酸攒钱，拼命赚钱。因为海藻要借给姐姐买房的钱，同时自己又不想重蹈姐姐的覆辙，所以当上了“小三”。老李家虽为本地人，却也买不起房，只能靠当钉子户来多要拆迁费。海萍和海藻对于房子的渴望是一种传统家庭观念的体现，作为大城市外来客，只有房子才能给她们安全感和归属感。而老李家要房子，是为孙子能娶上媳妇。房子之于老李家已经不是一个家的物理存在那么简单，它是这个灌注着商品与资本的社会中人与人交易的砝码，这种交易已然超出了房子作为客体的物质属性上升到了伦理关系层面，它牵制着爱情与婚姻乃至于关乎人类生存繁衍的基本需求。

在《杜拉拉升职记》中，杜拉拉就是一个努力追求能拥有“自己的屋子”的现代职业女性。小说一开始就借外企前台接待海伦之口介绍了职场阶级划分的等级与标准。而有没有住房和住房的条件是划分“小资”、经理、总监和 VP 的重要区别。“房子”，在拉拉眼中是对一个人能力的肯定，同时也是两性忠诚与稳固关系的象征。总监王伟和拉拉相爱，但碍于公司规定，两人只能发展地下恋情。由于工作繁忙，两人聚少离多，当关系稳定下来，王伟拿出了自己的一

① ［英］安东尼·吉登斯：《社会的构成：结构化理论大纲》，李康、李猛译，生活·读书·新知三联书店 1988 年版，第 206 页。

套房子作为拉拉和自己约会的固定场所。这套房子伴随着它的使用方式也就成了王伟和拉拉爱情的凭证。同样一套房子，当拉拉发现王伟以前的女下属黛西竟然也能自由出入这所房子时，她对王伟的爱产生质疑。在拉拉心中，这所象征爱的归属的房子怎么可以有两个女人同时占有呢！两人的感情陷入僵局，黛西的身份曝光及其后发生的连锁反应，最终导致王伟的离开。当拉拉经过一段时间的思考，决定接受王伟时，那所曾经留有他们爱情气息的房子也已经卖出。小说中，拉拉对“房子”的渴望，正是现代职业女性对于爱情与事业的追求，然而想要有“一间自己的房子”是何其的艰难！

“房子”意象在慕容雪村笔下就像那个弥散着悲情的成都一样，也充满了感性怀旧的气息。在《成都，今夜请将我遗忘》中有这样一段描写：“我住在玉林小区的青年嘉苑，去年买的房子，按王大头的说法，也算是高尚住宅了，‘可惜住了你这个贱人’。因为装修的事，我和赵悦大吵了一架，她那阵子像个疯婆子一样，头不梳脸不洗，恨不能跟装修工人睡在一起，生怕他们偷工减料。我说你犯得着这样吗，将就着能住就行呗。她一下子火了，把刚粘好的墙纸哗地撕下一大片，连声质问：‘我是为了谁？我是为了谁？！’……等到工程完毕，赵悦上上下下收拾了好几天，还跪在地上，一块砖一块砖地擦，把整间房子擦得一尘不染。”[①]赵悦是陈重的妻子，但陈重却是个管不住自己不时偷情的男人。他“一碰到挫折就会在各式各样的女人身上寻求肉体刺激以释放精神上的焦虑，他曾与庞燕、校花成娇、体育老师、酒楼老板娘、肥肠店服务员、炸油条姑娘等多个女人发生过性关系”[②]。可是，当作者以陈重第一人称的口吻说出这段话时，其实它又蕴含着另一层含义，即陈重深爱着自己的妻子。一个对妻子丝毫没有感情的人怎么会在意妻子装修房子时的一举一动呢。只是用一间“房子”，慕容雪村成功地将主人公陈重的复杂性表现出来。“房子”也因此成为一个感伤而悲情的意象。当赵悦最终决定离开陈重，她将房子也带走了。陈重一个漂泊在成都深夜里无所归依的男人，最终没有再找到一所收留自己的“房子”。在这里，“房子”的缺失导致了个体孤寂的都市生活，导致了“此在”的漂泊与无根。

3. 公共空间的迷失

当然，新世纪现实题材网络小说中的城市空间除了比较私人化的住房还有公开半公开的集体空间，如广场、购物中心、酒吧、办公室等。与住房所代表的

① 慕容雪村：《成都，今夜请将我遗忘》，时代文艺出版社2003年版，第112页。

② 周志雄：《网络空间的文学风景》，人民文学出版社2010年版，第266页。

基本需求和个体存在感不同，这些场合展现的是城市空间丰富、异质、混乱、迷失的一面。在《与空姐同居的日子》里，陆飞参加公司举办的庆功晚会，"每个人都很兴奋的样子，但是每个人的兴奋点却不一样。简单点的人只因为可以获得公司的福利而高兴，复杂一点的希望能够在这次庆功会上博取某位异性的赏识，再复杂一点的希望可以在这次庆功会上博得老板的注意"①。《失恋33天》中的李可，虚荣、骄傲、做作、整容、港台腔、奢侈消费都是用来掩饰自己的无知、世俗的面具。西美尔在《大都会与精神生活》里这样描述："也许这就是城市的象征，充满了假面人和在假面后面转动的眼睛。城市本身就是一个巨型的假面舞会，在这里，一切的游戏规则被重新规定，你必须学会假笑、哭泣、热爱短暂的事物、追赶时髦。你必须要以冷漠的态度对待一切事物，因为这里的一切都转瞬即逝，再没有了永恒和停止不动的事物。连哭泣都成了游戏，已丧失了哭泣本身的深刻内容与实质。"②

在敞开的都市空间里，每个人都是"看"与"被看"的对象与主体，他们的兴趣、情绪乃至个性都在被庞大的外在环境改写着。一个在网上口无遮拦、极尽张扬之能事的人，回到人群中可能因胆怯害羞而口讷。一个在家里喜欢安静的宅男，为了在公司彰显人格魅力可能变得十分活跃。甚至同样的一群人，白天上班和晚上聚会也会展现出不一样的人格特质。在《失恋33天》中，几杯啤酒下肚，黄小仙儿惊叹道，"曾经在我眼中和路人一样的各位同事，居然也都是挟着多重人格闯荡江湖的"。"那个总是把盒饭热过头的前台36C善良妹，喝过酒以后，整个人立刻变得炯炯有神无比风骚，她挟着胸前的猛料，神色时而甜贱时而妩媚，整张桌子都跟着她摇曳起来"；"印象中只会把头埋在抽屉里偷偷抽烟的傻广东仔，喝高兴了以后，给大家表演起了YOYO球，手法娴熟，花样迭出，整个人有型到爆"；"平时公司里的广东仔，闷不吭声，两眼无神，从哪个角度看都像是郁郁不得志的保险推销人员，但万万没想到，他居然是个身怀绝技的江湖中人"③。

陆飞、黄小仙、李可这些生活在都市里的个体，他们行走在都市的空间中，相互间多的是漠然，少的是交流。他们的"身体随着城市'文本'的厚薄而起落，他们书写这个文本，但读不懂它。从业者们利用那些看不见的空间，但他们对

① 三十：《与空姐同居的日子》，广西人民出版社2005年版，第6页。

② 谢纳：《空间生产与文化表征——空间转向视域中的文学研究》，中国人民大学出版社2010年版，第172页。

③ 鲍鲸鲸：《失恋33天》，中信出版社2010年版，第88~89页。

那些空间盲目无知，犹如相互拥抱中的情人。在这首交织的辨认不出的诗里，每一个身体都是许多其他身体签名的所在，很难读懂诗里的相应路径”①。众多盲目行走的都市个体隐喻着存在的多元性与不确定性，个体的孤寂与群体的浮躁狂欢，互为讽喻，又相互补充，成为现代性的生存体验。城市空间与网络空间的结合共同构成了现代人蛛网式的生存环境。这种生存环境不再具有传统环境描写所具有的明晰与准确，它成为一个模糊的现代性概念。在传统的现实主义浪漫主义文本中，环境包含着自然与社会两个向度，然而随着人类对地球物理空间的大幅度开发和利用，外在环境的威胁越来越小，内在的精神压力却越来越大。高度集约的城市化生存方式用钢筋水泥代替了山水田园，办公间、电梯、广场，看似密集的人流不过都是匆匆的过客，庞德就曾诗意地描绘那些在地铁车站的过客。对于大多数人来说，美丽的脸庞、隐现的花瓣或许本身就是虚妄的存在，他们感觉到只有那挥之不去的“湿漉漉”的“黑色树枝”，而这种模糊恰构成了新世纪现实题材网络小说环境刻画的最主要特点。传统文学看重的环境描写，网络文学已不愿花费心力去刻意地表现它。相比于一时一地的自然景观或社会景观，网络时代我们感受到的不过是一种感觉一种情绪，我们所能借助的也只剩下这些虚无缥缈的存在体验。新世纪现实题材网络小说为我们当代文学贡献出一种无处安置的沉重感。

都市里的物质生活与精神生活在新世纪现实题材网络小说中明暗交织，构成了现代性空间的双重显现，其中既包含着喧哗躁动，又包含着孤独绝望。最后让我们借《看不见的城市》中马可·波罗的话来结尾：“生者的地狱是不会出现的；如果真有，那就是这里已经有的，是我们天天生活在其中的，是我们在一起集结而形成的。存在着两种免遭痛苦的法子，对于许多人，第一种很容易：接受地狱，成为它的一部分，直至感觉不到它的存在。第二种有风险，要求持久的警惕和学习”，而我们的现实题材网络小说该做的就是“在地狱里寻找非地狱的人和物，学会辨别他们，使他们持续下去，赋予他们空间。”②当然，对于那些还没有足够自觉的网络文本来说，这可能是个过高的期待，但这并不妨碍文学追求真相的脚步一步步地向前。忠实于自己的生存体验，将自己对于这都市的热爱恐惧一一挖掘出来，新的生存空间对生存是完善还是剥夺，我们期待新世纪现

① 罗钢、刘象愚：《文化研究读本》，中国社会科学出版社2000年版，第318页。

② ［意］伊塔洛·卡尔维诺：《伊塔洛·卡尔维诺文集：命运交叉的城堡等》，张密译，译林出版社2003年版，第268～269页。

实题材网络小说对此有更深入的答案。

（三）场域叙事

1. 场域的诅咒：符号化的人

在信息爆炸时代，搜索引擎作为互联网的基础应用，已经成为网民生活的重要组成部分。在全民搜索的时代，“搜索”开始从一种单纯的技术应用演变成一种复杂的文化现象。其中最具代表性的就是2012年由文雨小说《请你原谅我》（又名《网逝》）改编的电影《搜索》。电影关于“搜索”的文化解读与反思引起了全民关于“人肉搜索”的大讨论。影片中都市白领叶蓝秋因为查出患有癌症心情低落而没有在公交车上为一位老大爷让座，结果被媒体新鲜人杨佳琪拍到，此录像经资深电视人陈若兮包装引起社会轰动效应，叶蓝秋面对公众声讨，最终在身心俱疲中自杀。相比电影结局，原作《请你原谅我》更加冷峻犀利，在叶蓝秋死后，陈若兮也遭到舆论的指责，成为“搜索”和被谴责的下一个受害者。除了文雨的《请你原谅我》，六六的《蜗居》、宗昊的《小人儿难养》等作品也对文化权力结构方式及其运作从不同方面进行了的反思。这些作品题材多取自都市生活，用写实的手法书写当代人的生存状况，近距离地观照现实生活并力图逼真地再现现实。相较于传统现实主义小说的精英化与小众化倾向，现实题材网络小说无疑是通俗甚至是流俗的，但作为新媒介革命的产物，它对社会体温的灵敏反映又是传统文学所不能及的。因此，在对它的阅读中我们能够感受到时代的脉搏与气息，捕捉到文化的痼疾和社会的暗影。

《请你原谅我》作为唯一一篇2010年入围“鲁迅文学奖”的小说，它一个鲜明的特质就在于对文化事件的场域化解读。其实从小说人物角色的设定以及社会公众、记者、企业等复杂的关系中，我们能够清楚地感觉到以前概而言之的“社会”已然分化为各个权力结构，而隐匿在社会媒介舆论暴力性问题背后的正是这些属性不同的权力结构。法国当代著名的社会学家布迪厄将这些拥有不同游戏规则的权力结构称为“场域”。场域按照特定的逻辑建设，是个体参与社会活动的主要场所，也是符号竞争、个人策略的场所，同时组成场域社会理论构架的还有“惯习”和“资本”。而所谓“场域化叙事”是指将传统小说创作中由“人物”所承载的部分功能逐渐转移到了“场域”上。在《请你原谅我》中，围绕“叶蓝秋之死”出现的新闻媒体、公司、网民就分别从属于媒介场域、经济场域、网络舆论场域。这几个场域既自成一体又相互联系，“搜索”事件就是在这几个场域中深化拓展开来，从而使故事呈现出开阔的格局与深刻的内涵。作者在小说中无意识地扩大着“场域”的影响效果，以不同的人物为场域填充肌理骨骼，而人物则缩减为典型化的符号，重要情节的发展看似由人物推动实则由场域逻辑推动。这种布局安排作为对当前社会生产机制的影像重现，它所带来的现实感是前所未有的。

当然，“搜索”事件的运作由场域进行，但事件的恶劣后果却由个体承担，而这恰构成了小说现实主义的批判向度。就像悲情主角叶蓝秋，她的符号意义要大于个体的生命意义，她被媒介场域利用以换取收视率，被经济场域利用换取声誉，被政治场域利用换取金钱。没有人问叶蓝秋自己遭遇过什么，也没有人关注她的内心想了什么。她只是庞大的场域逻辑中一个无力辩驳的符号，被指认作不让座的低素质女，被冠以小三的头衔。人物存在的意义被场域消解了，如叶蓝秋者不仅在文本故事中面临着场域势力的碾压，在叙事层面，她作为一个生命的肉身意义也因符号化的处理而不存在了。

作为叶蓝秋的老板，沈流舒看似精明强干、八面玲珑，但他也逃不过符号化的诅咒。沈流舒虽已位居经济场域中的高位，但强大的危机感让他身不由己地利用别人打压别人，终于迷失在场域权力的博弈迷宫中。作为一个成功人士，他的生活充满了粉饰的华丽，他的婚姻并不幸福，但他和妻子却要为外界呈现一个美满生活的童话。可怕而又可悲，原来场域中的成功者一样也是失败者。而小记者陈若兮、杨佳琪作为媒介场域中积极奔走、力争资本的生产者和行动者，不过是场域棋盘上时刻可能被弃卒保车的棋子而已。个体符号化、机制化的命运已然可悲至极，但为了这符号的存在价值，他们相互之间还要竞争与较量。处身单个场域内部，有陈若兮与杨佳琪、叶蓝秋与唐小华的同行不睦者；处身场域之间，有沈流舒与陈若兮这样的敌对仇视者。“场域”概念的引入就像布迪厄期待的那样，将社会的残酷性赤裸裸地展示了出来。

2. 场域的罪恶动力：惯习与资本

如果说主体的人沦为场域的附属符号是一场悲剧，那悲剧的原因就是场域的“惯习”与“资本”。作为资深记者的女儿，陈若兮熟知媒介场域中的运作机制，她敏感地抓住了“叶蓝秋不让座”这一事件进行炒作，开设专门网页，策划新闻专题，联合沈流舒的太太莫小渝进行爆料，最终就靠着这样一个真实情况不详的新闻引发了网民对“叶蓝秋”的大搜索、大围攻，陈若兮能借此平步青云，电视台也因此坐收渔利。作为一名记者，陈若兮所熟知的“惯习”，就是事件有没有话题性，有没有新闻价值。实习记者杨佳琪问她，何谓真实。陈若兮说，事实之部分。杨佳琪继续问，何为谎言。答，事实之部分。这些潜规则式的描述简短有力，它以不容置疑的应答姿态描绘出“惯习”暗含的可怕。在布迪厄看来，“惯习”和“习惯”不同，习惯是对过去的被动的适应和重复，而“惯习”则会根据实践的具体情况进行能动的调整。作为社会的记录者、守望者、观察者，陈若兮有正义的一面，但行业的生存环境、数年不如意的工作经验教给她的却是圆滑与世故。

相对于陈若兮这种小记者来说，沈流舒这样的成功人士不止深谙场域的运作规则，更充分享有经济资本及由此带来的声誉威望等象征资本。他不仅在经济场域叱咤风云，更凭借其经济的优势笼络警察刘义、小记者杨佳琪为其效力，从而实现了经济场域与政治场域、媒介场域的联合。在如此巨大的威势之下，陈若兮、莫小渝等自然都不是他的对手。相较于那些能动的惯习，资本的话题在马克思之后似乎都成了抄袭。在布迪厄那里，资本的定义已经不再局限于金钱，知识、经验、技术也是资本的组成部分。小说中，医院掌握着医疗技术与条件，新闻媒体掌握着宣传途径，公司具有金钱资本，网民拥有舆论资本，而在这些资本中，最不稳定也最容易被人利用的就是网民的舆论资本。网民的不理智和不负责不仅会被媒体误导成为舆论暴力，而且还会被像沈流舒这样的别有用心者暗箱操作。被煽动、被利用的网民仿佛一下回到了十年“文革”，当情绪控制了理智，当激情左右了大脑，青年学生也成为间接的受害者。

由此可见，权力的竞争与博弈向来掌控在资本富有者手中，没有真正失败的场域，只有被场域抛弃的个体。按照葛兰西的文化霸权理论，文化是各个阶级和社会集团不断谈判、斗争和调停的场所。这些谈判将牵涉到真理与谬误的再现。在《请你原谅我》中，谬误已然占据了上风，可悲与荒诞同时上演，无论是场域运作中的受害者还是参与者，他们都沉溺其中，不知祸之将至。当然，现实也不至于绝望，因为小说以文学性的再现叙事揭示出这种黑色生存状态，作为对文化生态的反馈调节，这也体现场域运作的另一种逻辑，一种不乏反思与关爱的逻辑。

3. 场域叙事与传统叙事的对接与改造

在新世纪现实题材网络小说中，像《请你原谅我》这样的小说虽然还不普遍，但几部相关作品却都表现出了超越网络写手平均水平的写作功底，这无疑是网络文学给我们的一个意外惊喜。如六六的《蜗居》以“房子”为中心所牵引出的政治场域、经济场域的媾和勾结，宗昊《小人儿难养》以“文化名人”为中心所涉及的媒介场域与学术场域的勾连。新世纪现实题材网络小说，人们冀图从中寻找的不唯一笑而过的轻松愉悦。在当前社会生存压力日增的情况下，以工薪族为主的网民们即便是阅读穿越文都不断地在吸取其中的斗争策略晋升法则,何况是直接寓于现实的小说。对于话题新闻的追踪式书写,对于各种领域潜规则的直面表达,对于人性复杂的深刻揭示,这一切都促成了网民阅读追捧此书的理由,也促成了现实题材网络小说的“黑色”书写。

同为“黑色”的书写,网络文学中一直存在一批官场小说、职场小说,它们在对职场官场潜规则的揭示上远远超出以上我们提到的三部小说,然而它们直接的目的性使得阅读更倾向于工具性,同时单个场域的描写也很难展现社会运作的有机性、日常生活的流动性、价值意蕴的丰厚性。相较而言,场域化叙事表达方式更能深入到社会分层的内部,把握社会权力的流动变化,全面再现当下个体的生存环境。一方面,场域化叙事有着早期革命阵营叙事的影子,如小说《浮沉》描写的美国企业、日本企业与国有企业之间的利益纠葛。小说中崔曼莉着力构造多股力量对比,包括赛思中国代表的美企与SK代表的日企在企业文化、商业竞争策略上的不同,也包括以晶通电子为代表的国企与外企在生存策略价值观念上的不同。其间,王贵林、何乘风等人物形象身上更是环绕着一种英雄主义的光环,整个商战叙事节奏紧凑、故事跌宕起伏。另一方面,两者又存在着巨大的不同,早期革命阵营叙事的矛盾多体现在从经济角度划分的二元对立的阵营之间,如革命派与反革命派,农民与资产阶级;而场域本身多元化,其划分的标准也更多侧重于文化方面的差异,如《搜索》中媒介场域、经济场域、政治场域的纠葛。这种不同也正反映出现实题材网络小说对于文化环境的适应性进化,同时也体现了现实题材网络小说在传统基础上再造创新的灵活性与生命力。

在谈到媒介场域时,还应该注意的是,新世纪现实题材网络小说一方面表现了舆论暴力这个问题,一方面自己也身在其中难逃干系。新世纪现实题材网络小说作为一种文化形式,它自身的运作就无法脱离社会阶级、社会集团间的权力斗争。新中间阶层希望通过网络将自身的文化传统确立为正统,统治者希望通过网络传媒的形式创建一个理想生存乐园的图景,而下层草根则借助网络揭示现实中的丑陋面,经济场域、媒介场域、政治场域等多个场域之间也不断进行着力的合并与角逐,它们促成了新世纪现实题材网络小说的外围生存语境。因此希望新世纪现实题材网络小说在进行场域化叙事的同时,也能够反观自身的存在价值,找准自己在技术、商业、文学之间的位置。

三、关系：代际、情感、异化

关系是反映事物及其特性之间相互联系的哲学范畴。在各种关系中，社会关系因其带有自觉意识和社会历史特征而具有特殊性。而文学作为一种以语言文字来反映客观现实和主体内心情感世界的艺术，必然要展现各种各样的社会关系。虚拟世界和现实世界通过文学这个媒介关联起来，审美艺术体验和实在现实体验也随之交融，从而创造出亦真亦假的艺术效果，“审美的主体间性是最充分的主体间性，它克服了人与世界的对立，建立了一个自我主体与世界主体和谐共存的自由的生存方式”①。也正是从这种角度出发，一种关系主义的研究方法越来越多地被应用到文学研究中，研究者不再一味地追问文学的本质，而是从文化语境中揭示各种与文本相关的因素，以此实现对本质主义困境的突破。

网络文学作为文学与媒介的一种联姻，它新型的创作方式、传播方式和接收方式，都在一定程度上改变了以往作者与读者的单向交流，两者的互动性加强，写作主体和阅读主体的位置也不再绝对，他们即兴的交换不仅体现了现代社会中主体从能指到所指的漂移，也使得主体间的关系更加复杂化。网民可以成为作者，作者也会从网民的留言中汲取建议和意见，同时信息的及时沟通也在同化着网络使用者的认知，网络文学于是成为一种最大限度上集合主体共性与个性的混合文本。网络这样一个在社会学的意义上导致了人际关系变革的技术，在文学艺术层面也促成了现实主义伦理叙事的热情，而这种奇妙的互文效应无疑需要我们从文化与文本两方面把握。

（一）代际关系

1. 社会分层问题与“腔调”

代（generation），既是一种生物学的事实，又是一种社会学的事实。虽然不同的代生活在同一社会环境中，但是不同的代又有自己的文化生活内容。文化的区别推动着代际间的分离，从历时层面看，每一代人都会书写自己这一代人的历史；从共时层面看，每一个时期都同时存在着不同的代际书写。网络作为一个公共交流媒介，它是一个人人皆可发言的个性展示平台，因此，它有着个人

① 杨春时：《文学批评理论的主体间性转向》，《文艺研究》2006 年第 3 期。

化的一面;网络上各类小组及团体的存在与流动,形成了各种区隔中的认同与解构,因此,它又有着集群化的一面。如果将代际观念与网络上的群体区隔相结合,那“80 后”写作与阅读群体绝对是网络文学的中心所在。无论是言情还是玄幻武侠,这些题材都和青春文化、青春心理密切相关。但是,如果具体到新世纪现实题材网络小说,情况就要复杂得多,无论是官场职场小说、家庭伦理小说,“70 后”和“80 后”两个代际的作家读者仿佛混作一团,难以分清两者区别。相邻的两个代际间必然会存在这样那样的相同与相似,但两者毕竟有各自时空界定的不同,这种不同就体现在文学的“腔调”上。

“腔调”一般用来指说话人的声音语气。当一个上海人在用“腔调”评价别人的时候,腔调就是用来指一个人的为人处世、性格、风格、品位等好不好。而当上海人以自己的文化标准去衡量别人时,毋庸置疑,他们对于自己所谓的“腔调”是自信而骄傲的。莫言在《独特的腔调》中说作家的成熟也应该形成自己的风格、自己的叙事腔调。“这个独特的腔调,并不仅仅指语言,而是指他习惯选择的故事类型、他处理这个故事的方式、他叙述这个故事时运用的形式等等全部因素所营造出的那样一种独特的氛围。”①对于“80 后”的鲍鲸鲸、唐欣恬来说,他们的“腔调”也是骄傲而自信的,这种“腔调”带着大都会的时尚气息,带着青春荷尔蒙的浪漫气息和我行我素的生活气息。

相比于前辈人将文学视为圣坛之物的敬畏与膜拜,“80 后”写作者眼中的文学更多的是一种生活方式,因此他们很少存在“影响的焦虑”。鲍鲸鲸的《失恋 33 天》最初就是一篇“日记直播体小说”,内容是鲍鲸鲸自己的失恋感受,语言亦是她日常惯用的语言。唐欣恬的《裸婚——80 后的新结婚时代》更是以 80 后裸婚现象为主题。其他的赵赶驴的《赵赶驴电梯奇遇记》、三十的《与空姐同居的日子》也或多或少地呈现了“80 后”的生活状态,实现了文学与生活最大限度地对接。当然,这些现实题材网络小说体现出的不仅有 80 后的生活状态和生活内容,更重要的是他们的生活姿态。“鲍鲸鲸,大龄少女,知名怨妇,对敌人心狠手辣,对爱人甜贱绵软,自称‘职业宅女’,思维敏锐,文字功底扎实,身后拖着无数个人格,一路走得花样迭出毫不寂寞。”②“大龄少女,知名怨妇,对敌人心狠手辣,对爱人甜贱绵软”,高度概括了“80 后”的自炫性形象,一种不与传统中庸式生活姿态相苟合的尖锐与叛逆。鲍鲸鲸身为豆瓣网一员,其人深受网络

① 莫言:《独特的腔调》,《读书》1999 年第 7 期。

② 百度百科:《鲍鲸鲸》,百度,http://baike.baidu.com/view/4080105.htm。

文化熏陶，其文曾引起广大网友共鸣，因此她的定位也典型地体现了“80后”的价值观和恋爱观。

这种观念直接影响了她的小说创作。在《失恋33天》里，鲍鲸鲸创作的王小贱这个男闺蜜形象赢得广大读者的一致推崇。所谓“男闺蜜”一般具有以下特质：“温柔细腻，不乏才情，对男人爱慕，对女人欣赏，甚至有一点女性化倾向”①。“80后”写作者们不惮于改革传统，他们敢于在文学惯势的男女两极格局中推出自己的“第三种人”，这种人不再拘囿于传统的男主角与女主角的陷阱式设置，他是故事中独一无二的男一号，但他不必一定要做女主角的男朋友，你可以说这种关系“剪不断理还乱”，但这又是80后现实的情感写照。在《失恋33天》中，黄小仙儿的语言是刻薄的，情感是敏感脆弱的，性格是偏执的，但这不影响她基本的价值判断，她认同陈老师夫妇的彼此谅解，鄙视李可的拜金虚荣。总之，无论是王小贱还是黄小仙儿，由于在既往的作品中我们很难看到，他们无疑是新鲜的，同时，他们不是单向度的怪异失真，他们无疑又是丰满充实的。在故事结构上，作者无意做过多的加工修饰，只是生活化地将黄小仙儿内心的矛盾挣扎与外在的故事情节互相穿插，大量的心理自白自然流露，节奏舒缓有致，语言新奇有趣，体现出一种“天然去雕饰”的韵致。这大概就是“80后”作家的腔调：内容上生活化，形象难免自炫，人物设定新颖，故事结构随意自然，语言生动活泼，带着一种青春的傲娇。

和“80后”作家的坦荡与自然相比，“70后”作家中的慕容雪村、六六、崔曼莉等就显得沉稳而失于保守了。“70后”作家在网络上的发迹，很大程度要感谢传统文学的经典性和普适性。这种经典性既包括主题上的选择又包括情节和语言的设计与选取。“70后”的现实题材网络小说更像是对传统文学网络化，他们关心的是传统纸媒关注过的话题，他们的技巧是传统经典小说使用过的技巧，他们的语言也是传统文学爱好者熟稔的语言。以六六为例来说，六六的小说主题大多集中在婚恋关系，她的《王贵与安娜》宣扬的是夫妻的相濡以沫，她的《双面胶》会让人不自觉地联想到巴金的《寒夜》。慕容雪村就更不必多说，他本人对于文艺理论的了解不亚于某些专业人员。因此，“70后”文学的“腔调”往往带有一定的形而上的色彩，价值标准趋于传统，现实针对性和批判性强。当然，这种“腔调”的定位使他们陷入了传统文学的怪圈，过多地给文学附加价值与意义，会使文学陷入哲学与宗教忏悔文的怪圈。当作者沉迷在严肃

① 百度百科：《男闺蜜》，百度，http://baike.baidu.com/view/3076097.htm。

的话题和忧心忡忡的氛围时，文学往往也会枯燥沉闷起来。当然，总的说来，“80后”作家们行事高调，引人瞩目，但有盲目冒进之嫌，需要时间的历练；“70后”作家们沉稳保守，功底扎实，但需要增强时代感和生活气息。“70后”“80后”作家作为现实题材网络小说的主要代际构成，他们各有分工，各司其职，倒也实现了一种文学样态的均衡。

2. 现实生活问题与策略

代际关系问题不仅是社会学上的分层问题，也是非常棘手的现实生活问题。现代生活条件的提高使得人的平均寿命不断延长，出生于“文革”时期的过渡期一代和出生于改革开放时期的独生子女一代也就是上文提到的“70后”“80后”无疑将面对四世同堂乃至五世同堂的家庭环境。在中国文学史上，家庭叙事往往与家族叙事重合，远至《红楼梦》，近到《家》《财主底儿女们》，甚至《许茂和他的女儿们》，大家族叙事都以其错综复杂的人际关系、纵横伸展的视角跨度奠定下这一叙事结构类型的稳固地位。然而，计划生育的实施在改变中国人口结构的同时，也使得文学叙事渐渐脱离大家族叙事的架构。和大家族叙事在文学史上屡屡呈现的恢弘气势不同，现实题材网络小说的小家庭叙事要更加集中紧凑，小巧精致的故事更加受到读者欢迎。无论是正准备结婚生孩子的“80后”群体，还是已成家立业的70后群体，他们都面临着社会转型期的特殊家庭环境。众多的当代年轻人多为独生子女，而老龄化则加重了每个独生子女家庭中的老人扶养义务。尤其是许多“80后”还不具有足够的资本买车购房，因为，他们结婚生子各项人生大事依然要借助离退休父母的资助。即便许多子女不愿意与老人住在一起，但经济上的牵连增加了老人与年轻人生活在一起的概率。同时，与子女一起生活，也会在很大程度上缓解老年人晚年的失落寂寞感。

唐欣恬的《大女三十》《裸婚：80后的新结婚时代》、六六的《双面胶》都在小家庭叙事中探讨了代际关系问题。《裸婚：80后的新结婚时代》给人的印象尤为深刻：“就是在这套属于我公公的80年代末建造的三室一厅里，德高望重的刘易阳奶奶徜徉在那间最大的朝阳的房间中，而貌合神离的刘易阳爸妈则占据着另外一间南房，至于易阳自己，以及他的妻子我，则用那间夏虽凉，冬更阴冷的北面房做了婚房。而锦锦的诞生，令这饱和的平衡状态彻彻底底地失了衡。她那四周全是栏杆的婴儿床此时正安放在我公婆房间的中央，而这一小片上地，正是唯一一块搁得下床，不至于太冷，且令她可以得到照看的地方。"[①]刘易阳和童佳倩在无力购房的前提下和老人住在一起，但局促的家庭生活环境不仅在空间上压迫着年轻人的神经，也在情绪上激发出代际相处时的种种不满。在这里，"德高望重"、"貌合神离"或委婉讽刺或直接揭露，都已经预示着这是个不甚和睦的四世同堂。而《大女三十》中的孙佳人和焦阳，《双面胶》中的丽娟和亚平也因为父母的问题而最终夫妻反目。对于孙佳人和丽娟来说，生活没有温饱的概念，只有档次之高低，因此，焦阳和亚平父母的农村生活模式与孙佳人和丽娟的城市生活显得格格不入。

《大女三十》中，唐小仙、她的婆婆、郑伦的奶奶老中青三代妇女齐聚一堂，却很难其乐融融。对于郑伦的奶奶来说，自己的孙子好比天上的星星，"而我，我这唯一的孙媳妇，竟如同地上的石子儿"[②]。同样郑伦的妈妈也是"石子儿"，她们这一辈人，百分之九十八都在为别人而活，上面服侍老人，下面照顾小孩，完全失去了自我。和郑伦妈妈忍气吞声地过一辈子不同，唐小仙们是无法在沉默中生存的。因此，她总是对奶奶抱有敌意的揣测和不时的腹诽。郑伦家三代女人的观念其实是三个年代的剪影。郑伦的奶奶她们自己深受男权文化的毒害，又用这些观念去管制自己的儿媳，可以说深陷封建礼教文化的樊笼之中难以自拔。郑伦的妈妈虽然自己身受奶奶的挟制，但她明白女性在家庭中应该获得相同的尊重和平等的地位。她没有勇气反抗奶奶，但她希望自己的儿媳唐小仙不会重蹈自己覆辙，因此，在奶奶管教唐小仙时，她和唐小仙是站在一起了。这不是出于对奶奶的报复，而是出于自己的对女性家庭生活的美好期待，因为她自己就以身作则用真诚来对待唐小仙、关心唐小仙。每个年代都有自己的文化背景和思维惯式，代际矛盾始终是难以避免，尤其是在现代这个社会，技术的迅速更新，"网络社会的崛起"，代际之间像 M. 米德所说的后喻特征益加明显。作为客观存在的社会现实，青年与老年、传统与现代、现实与发展之间的矛盾将持续存在。

现代生活中，越来越多的年轻夫妻希望和父母分开居住，一方面出于生活上的便利，另一方面则是想摆脱所谓的"婆媳魔咒"。然而在当前的社会环境中，空巢老人越来越多的同时，也迫使人们尝试新的代际相处方式。在现实题材网络小说中，年轻的网络写手和读者没有回避这个问题，而是在小家庭的环

① 唐欣恬：《裸婚：80 后的新结婚时代》，华文出版社 2010 年版，第 3 页。

② 唐欣恬：《大女三十》，中国文联出版社 2009 年版，第 113 页。

境设置中以爱情矛盾为触发点来探讨代际生活的问题与解决的可能，这些代际相处的案例也为现实生活提供了一种策略上的指导。就像郑伦的奶奶，一个固守男尊女卑的老太太，看似保守老套，却喜欢自己的孙媳妇为自己涂指甲油。因此，代际问题看似不可逾越，但只要善于交流，现实并没有像想象中的那么可怕。虽然“70后”“80后”写作者在写作“腔调”上存在着代际差异，但在他们都对代际问题的表述充满热情。代际可以作为标签，也算一种区别，但却不代表代际是绝对的天堑与鸿沟。无论是在作家群体中还是家庭生活中，代际成见、代际矛盾都是大家所不希望见到的。代际研究的目的也正在于此，即促进不同代际作家之间的交流，促进新世纪现实题材网络小说平稳矫健的发展，促进现实生活中代际间的沟通与谅解。

（二）情感关系

1.剩女与小强

爱情与死亡是文学两个永恒的话题。在这个快速方便的时代，人们失去了曾经的优雅与诗意，越来越难以获得情感的慰藉与满足。同时由于社会上过度囤积的剩男剩女，一种时代的情感渴望油然而生，众多的现实题材网络小说迎合这种时代的饥渴，为我们细致地呈现了当代人在情感方面的感受与遭遇。从整个现实题材网络小说的创作内容分布来看，在五花八门的标题之下，小说都离不开这样一个主题，剩男剩女的恐慌。尤其是事业独立的知识女性，伴随着自身文化水平的提高，她们择偶的标准也不断提高，在没有合适伴侣的情况下，她们坚持宁缺毋滥，因此大量的女性不得不保持单身被“剩”了下来。其实关于知识女性追求幸福爱情的描写，从五四时就已经不断涌现出来。作为五四民主运动的一部分，女性的独立与解放是文学常见主题之一，莎菲女士的绝叫，子君的走投无路，繁漪的扭曲疯狂……顽强勇敢的五四一代几乎没有为我们提供幸福女性的案例。后来的革命文学和改革文学更是将女性的爱情与婚姻变成了政治的附属品，幸福就更无从谈起。1980年代以后，王安忆、铁凝、张洁等人大胆地书写两性关系，终于在一个高度上终结了女性在文学上的失语和误读。然而，文学上的成就并没有改变现实中一批又一批的女性被“剩”的命运。

在《大女三十》中，身为十足的都市丽人，唐小仙曾活得令人艳羡，“昔日，我驾着红色甲壳虫上班下班，高跟鞋一尘不染，几乎映得出倒影来”。“只不过，丽着丽着，也没丽出个丈夫，沦为了大龄剩女。”①预想到自己惨淡的情感前景，唐小仙决定主动出击，她打破了女性的矜持与内敛，看到心仪的郑伦果断地表白，虽然后来两人的情感经历了不少挫折，但最终修成正果，唐小仙也结束了自己的大龄剩女生活。在这篇小说中，作者宣扬了一种女性自觉主动的婚恋观，在争取美好爱情与幸福婚姻的道路上，当代的都市女性需要这种积极乐观的小强精神。对于现代女性来说，她们在职场竞争中个个精明能干，在拥有了“自己的一间屋子”后才发现经济独立只是女性独立的必要不充分条件，完整的女性建构始终离不开完善的情感生活。和陈染林白表现出的女性主义者的自闭与拒绝不同，唐欣恬对良好的两性情感始终持有朴素的热情。因此，《大女三十》将传统的“男追女”的故事模式反转，它不仅在追求一种“陌生化”的阅读效果，更是进一步肯定了女性在两性关系上的平等地位。

回首既往的传统文学，无论是凌叔华的《绣枕》，还是王安忆的《长恨歌》，都在不同角度复现女性的爱情悲歌，而《大女三十》以积极乐观的心态驱赶了那些积弊已久的闺怨情怀。但无论是男追女还是女追男，最终的大团圆仍然夹带着太多的理想成分，因此，这类小说本质上依然是建立在愿景上的幻想，它们试图以一个故事的象征意义满足不同读者的心理渴望。当然，故事效果实现的前提必然是作者与读者结成的愿打愿挨的授受关系。在这个过程中，故事本身或许经不起推敲，但网络作家们竭力用细节填补这个美丽的愿望，使它在快速方便的阅读中仍然能够呈现出一个爱情故事应有的局部真实。不可否认，《大女三十》这样的作品在细节上或欠思虑，情节也难免粗疏凌乱，斧凿痕迹过重，但从温和改良的角度评判，它还是不失一部情感小说的真诚与新意。对于职场“白骨精”们来说，或许她们所需的也并非思想的深度，而是一个勇敢追求幸福的勇气。

2. 暧昧与做作

在现实题材网络小说中，一些新型情感关系被发掘出来。在《失恋 33 天》里，“失恋”这个主题的魅力远远比不上一个“雌雄同体”的男闺蜜。小说中男闺蜜王小贱和大龄文艺女青年黄小仙儿扭捏又暧昧的关系，要比黄小仙儿和前男友的爱情更加引人注意。逝去的爱情固然令人惋惜，但仅仅一个失恋小说怎么看也不足以引起小说到电影那么大的号召力。《失恋 33 天》真正的吸引力无疑在于它是个彻头彻尾的双重文本。一个文本是表面的失恋叙事，女主角因为

① 唐欣恬：《大女三十》，中国文联出版社 2009 年版，第 5 页。

失恋寻死觅活、哀怨连天。另一个文本则是若隐若现在这个失恋故事中的暧昧恋情。毋庸置疑，完全的失恋文本中在实在意义上是无法真正有效地安慰未婚女与失恋女，真正能激发失恋读者阅读欲望的也绝对不是自虐式的重温噩梦，旧爱固然难以舍弃，但新的希望才是33这个数字真正的意义。客观上，一个月多一点对于结束一段恋情似乎不算长，但小说中的失恋过程因为文本叙事的舒缓使得时间得以放大，这既表现了失恋中人的主观感受，又客观上为产生新的暧昧恋情提供了可能与借口。在这段暧昧的新型情感关系中，除去男闺蜜这个新的人物形象颇为新颖以外，其他的描写似乎都有些似曾相识的味道。纵观文学史上既有的爱情小说，和忠贞不渝同样永恒存在的就是暧昧与游戏，尤其是在众多描写老上海爱情的故事中，暧昧成为一种时尚。穆时英笔下的各色女郎，王安忆笔下的上海小姐，她们在不同的男人之间游走穿行，因此，她们的爱情成为那个时代的标签之一。

在《和空姐同居的日子》中，冉静和陆飞被朋友王磊戏谑道："你们两个根本就是男盗女娼，天生一对，还非要假扮什么同居密友，现在是不是特流行玩这种暧昧游戏?"①暧昧当道，看似荒诞，但又有其存在的合理性。一份爱情呈现在世人面前时，总是具有其两面性，一面是以家为代表的安全感、稳定感，另一面则是害怕失去的恐慌感和紧张感。而这种对于爱情的不信任和恐慌则造就了暧昧的时尚。因为不曾得到，所以不用担心失去；因为飘忽难以捉摸，所以故事平添了朦胧刺激。当现实题材网络小说在不断书写暧昧时，暧昧无疑又在向我们表明作者矛盾的写作立场，一种在相信爱情和质疑爱情中的左右徘徊。因此，当这样一个文本在得到众多读者的认可后，暧昧的再现无疑又在证明爱情恐慌症在新时代语境下的复活。暧昧与做作成为单身男女相处的关键词。出现这样的结果，无可厚非，这是一种自由，然而自由的同时，两性之间互相倚重的安全感也没有了，剩男剩女们不得不在这种自由的恐慌中患得患失。现实题材网络小说的作者们大多数也处在一个有待婚配的年龄，同样面临着剩男剩女恐慌的他们带着十二分的真诚与网友们分享艰难。可以看出，他们想要在想象性的虚构中为这个时代庞大的单身群体找个出路，然而，当他们想要勾勒这种出路时，却又发现男女之间的情感经济学始终是个挥之不去的魔障。"男人和女人之间无非是一种相互需求而已，男人需要女人漂亮、温柔、体贴、身材好……女人需要男人有财、有才、浪漫、温

① 三十：《与空姐同居的日子》，广西人民出版社2005年版，第85~86页。

馨……所有的爱情都可以用公式计算，当两个人在爱情的砝码上失去平衡的时候那么一切就应该结束了。"[①]陆飞虽然和冉静进行着暧昧的游戏，但并不妨碍他对爱情婚姻下这样一个经济学的定义。

因此，王小贱只是女性想象的自我欺骗，"一个男人对你嘘寒问暖、关怀备至，却一不图你色，二不图你钱，三不图把你娶回家做老婆，甚至不会像女闺蜜一样挖你的墙脚觊觎你的男人"[②]，这只能是一种美好的想象。因此，三十在写作陆飞与冉静纯情友谊时，常常会自我调侃和自拆台角。为了赢得女性读者的好感，作者不得不让陆飞成为用情专一的柳下惠，面对财色诱惑我自岿然不动，但作者又深深意识到冷峻的现实中这种爱情只能犹如笑话，因此又以"大海啊全是水，骏马啊四条腿"这种不着调的语言来自我解构。小说在对泡沫爱情剧重演的同时又在字里行间表达自己对这种爱情的不信任，这或许就是真正的当代爱情，一种怀揣着美好期待但又时时计算着面包与爱情重量的爱情。也正由于作者内心这种不可调和的矛盾与纠结，整个爱情故事也变得扭捏作态起来。

3. 偏见与真爱

在网络文学中，除了传统的男女情感叙事不断涌现，同性恋爱主题也得到了比传统纸媒更大的发展空间。在网络文学分类中，"耽美文"与"同志文"是最常见的同性恋爱题材。虽然都描述同性恋，但"耽美文"和"同志文"又有各自的特色，"耽美"一词来源自它的日文发音"TANBI"，意为"唯美、浪漫"，因此"耽美文"一般现实性不强，主要满足审美的需求。相对于"耽美文"出于对美的强烈爱好而排斥现实的丑恶面，"同志文"则会从现实层面客观地描述同性恋边缘化的生存处境和伦理困境。

作为较早为大家熟知的"同志文"，筱禾的《北京故事》《青山之恋》等小说具有一定的典型意义。一直以来作为仍不被大多数人接受的异类，同性恋群体是社会常规外的他者，始终处于一种道德上的孤立无援。因此，讲述同性恋故事面临的第一个问题就是同性之爱的合法性问题。在《北京故事》中，陈捍东和蓝宇，一个北京成功的高干子弟，一个沈阳来的穷学生，隔在他们之间的不光有性别，还有家庭背景、社会舆论，然而这些都没有成为真正的阻

① 三十：《与空姐同居的日子》，广西人民出版社 2005 年版，第 80 页。

② 王瑶：《谁是黄小仙？——〈失恋 33 天〉中"男闺蜜"的情感经济学》，见《网络文学评论》，花城出版社 2012 年版，第 173 页。

力。作者以其丝丝入扣的情节、翔实生动的细节，让我们感受到同性伴侣之间也可以存在温馨的场面和感人的故事。对于相爱的两个人，他们的嬉闹、争吵、吃醋几乎与所有的异性恋无异，如此，同性恋与异性恋看似不可逾越的界限消失了，读者在故事中不再执着于对这个特殊群体的区别辨认，更多的是设身处地为这个悲剧爱情叹惋。当然，小说和电影在故事表现上都存在将故事与人物的纯化处理，以此增加普通读者对故事的接受程度。与此类似，《青山之恋》也有一定纯化爱情的倾向。善良天真的肖海为帮同性恋人顶罪来到大青山监狱，在这里他认识了无恶不作贩毒杀人的李小武。虽然李小武曾经粗暴地对待自己，但随着李小武对自己的关心照顾与日俱增，肖海最后情不自禁地爱上了他。两人对未来充满了美好的期待，但越狱未遂的他们最后一个死在医院里，一个被枪毙。

与雨果的《巴黎圣母院》相类似，《青山之恋》也在讲述一个天使与恶魔的爱情故事，由于小说在背景和人物形象设定上的极端化，故事带有很强烈的戏剧色彩。李小武身上兼具了卡西莫多和克洛德两种精神气质，而肖海则犹如艾丝美拉达一样，隐喻着爱情的脆弱与纯洁。巴黎圣母院和大青山监狱作为两个禁闭式的异托邦，它们是囚笼，更是城堡。唯其禁闭与隔离，卡西莫多和艾丝美拉达、李小武和肖海才能摆脱世俗价值观，爱情和故事才同时具有了可能性。然而，艾丝美拉达和肖海却始终要逃离，逃离打破了异托邦的真空状态，逃离也带来了日常与异常的冲突。紧随冲突而来的就是死亡，而死亡的声音往往是最不容置疑的。雨果用艾丝美拉达和卡西莫多的死强化了内在与外在的美丑对照，筱禾用李小武和肖海的死提出了同性恋爱对世俗的控诉。大青山监狱本是邪恶与污秽的所在，所以肖海和李小武要越狱，然而污秽的监狱所接纳的爱情，社会却不能接纳，因此他们只能死在越狱的路上。两个空间的对比使得既有的世俗观念遭到冲击，在福柯看来，异托邦是现实的一部分，但又在挑战、质疑、改写着现实。监狱是一个异托邦，人性的善与恶在那里得到了最大限度地释放，在这个异托邦中，同性恋像异性恋一样正常，甚至比异性恋更加受欢迎。而在被规训的社会中，同性恋成为禁忌之恋，个体本性在传统文化的暴力统治之下被迫压抑甚至被摧残。小说从更广泛的普世价值上入手，以善恶范畴与污浊的监狱和险恶的社会作比，最终通过死亡的声音证明了同性之爱的合理合法。

“同志文”的阅读群体虽然有限，但从网民的反映来看，越来越多的人已经开始尝试理解同性恋现象，这点从由《北京故事》改编的电影《蓝宇》的评价上也能够看出来。因此，虽然相同主题的小说，文学史上已有不少佳作，但正是网络小说的介入才真正将同性恋这个群体推到普罗大众面前。艺术上，网络小说中的同志文固然还有诸多不足，但在现实传播宣传意义上，它们却功不可没。

（三）异化关系

1.体制规则下的质疑与无解

陈晓明在《历史转型与后现代主义的兴起》中提到，“80年代后期中国社会的‘中心化’的价值体系失去创造功能，‘一体化’的社会秩序处于严重破损的状况。经济过热激化了隐藏的文化矛盾，市民社会在逐步形成……一边是强大而严格的制度体制，另一边却是随机改变的日常生活。错位的文明情境洋溢着无边的荒诞与诗意……充塞着不置可否的喜剧精神”①。日常生活与制度体制构成了个体生活的两个向度，而这两个向度的错位将个体置于一种分裂异化的境地。这种错位从个体本身看来，人为工业社会所奴役，成了“单向度的人”，从人与他人、社会的关系看来，人丧失了自由感、主题感和幸福感，现代主义与后现代主义的症候同时出现在这个急速发展的社会中。

现实题材网络小说，一个以梦境与乌托邦著称的彼岸式空间，它与现实疏离，同时又时时投射着现实的影像。个体对于日常的热爱、对于体制的反感，都通过个人化的网络书写映现出来，其中就包括人与人、人与物、人与社会之间关系的异化。马克思在《1844年经济学哲学手稿》指出，异化就是人本身的活动变成一种独立于人的异己力量，如宗教、权力、资本，并且这种力量反过来剥夺了人的自由，使人从属于它，变成它的工具。在现代社会，异化是多种多样的，人把自己的经济活动异化为商品、货币、资本等形式；人把自己的社会活动的产物异化为国家、法律社会制度的形式。

《请你原谅我》中，文雨用一系列习焉不察的事件讲述了中国的“第二十二条军规”和“城堡”的故事。在“杨守诚之电信详单”中，杨守诚因手机被抢到电信局挂失，被告知手机欠费，由于他前天刚刚交付一百块话费，因此他对电话费产生了怀疑。从客服小姐那里得到的说明是，他订制了三款包月短信。“杨守诚肯定地告诉客服小姐，他没有订制这些包月的短信。客服小姐说，不是她说

① 陈晓明：《历史转型与后现代主义的兴起》，《世纪末的文化思潮史》，湖北教育出版社1999年版，第284页。

他订了,是电脑说他订了。”至于怎么订制的,客服小姐耐心地指点:“三款短信的共同点都是首先会发一条确认短信,但操作方法各不相同。第一款,回复视为订制,不回复视为拒绝;第二款,不回复视为默认订制,回复视为拒绝;至于第三款,客服小姐左看右看,想了半天,说了一句,反正电脑显示您订制了。杨守诚大为惊讶,问道:‘难道你也不明白是怎么订制的?’客服小姐说:‘我们电信跟短信运营商不是一家。’杨守诚问:‘那你们为什么代他们收钱?’客服小姐说:‘这是业务人员的事。’”①在强大的制度与组织运作面前,杨守诚只能承受逻辑的困境和规则的胁迫。客服小姐也异化为电信工作体制下的傀儡,她遵守行业规范礼貌而耐心,她依照工作流程严谨而机械,她只回答自己负责的问题,不关心也不在乎体制的漏洞与弊端。她失去了发问和思考的能力,成为一个只会按既定轨迹运行的零件,而社会正是有由无数个客服小姐那样的人组成的大机器。在这个大机器中,电脑代替人脑行使鉴别判断的权利,在对人的不断驯化中,个体的自主性最终会被电脑象征的技术文明吞噬殆尽。卢卡奇在他的物化理论中就曾指出,社会分工和商品交换的作用就是使得人们的职业越来越专门化。生活被局限在狭小的范围内,人们从而丧失了对世界的整体把握能力。在《请你原谅我》中,电脑这个人类创造物最终役使了它的创造者,而在人的主观能动性丧失之后剩下的就只有人的物化了。

在“杨守诚之警局报案”中,文雨再一次质疑机构与体制的意义。“警察局很好找,白的底,黑的字,称得上黑白分明,门也开得很大,车也好,人也好,进出都很方便。除了,有门卫守着。杨守诚被门卫拦下,提醒他:‘先登记。’杨守诚再一次掏出身份证,再一次庆幸随身携带身份证是一件多么方便的事。守门人问:‘做什么?’杨守诚看着这守门人,没穿警服,没带警帽,也没出示警官证,但他还是老老实实回答了:‘报案。’守门人说:‘报案走左边。’杨守诚出于好奇,往右边看了看,那里有一幢很气派的高楼。‘右边是做什么的?’杨守诚纯粹是问问。‘办公的。’守门人回答。杨守诚进入左边的旧楼。”②警察局在这里虽然没有《城堡》那样遥不可及,但它充满了冷漠与拒绝。门和守门人形象,很难不让我们联想到《审判》中那个无比吊诡的门,那个为你而设却永远不让你通过的门。门本是一个无意识的意象,但门后掩藏的体制使这扇门根据进门者的身份指向不同地带。对于小市民杨守诚来说,门是审查是壁垒,即便通过,到达的也

① 文雨:《搜索》,湖南人民出版社 2012 年版,第 5 页。

② 文雨:《搜索》,湖南人民出版社 2012 年版,第 8 ~ 9 页。

只是左侧那个虚设的目的地，在那里，杨守诚得不到解释也得不到答案。一扇门，看似开得很大，“进出都很方便”，但这“方便”不属于杨守诚，所谓的“车也好，人也好”、“黑白分明”都是小人物杨守诚对特权阶层最无奈的嘲讽。也是这一扇门，门里门外也有天壤之别。门内的人，不需要工作证件就可以来去自如颐指气使，而门外的人，即便带了证件，等待他的也只是忍气吞声和委曲求全。门在这里象征的是体制大墙，体制促进了社会的有序，而当有序变成特权者的幌子，它带来的就只有等级与差异了。

2. 物化关系下的虚荣与冷漠

新世纪现实题材网络小说秉持着人本主义的人文关怀，不仅从人的物化、体制的特权化展现人的社会活动产物与自身的对立，而且还描写了人与他人之间的异化关系，这与西方现代主义文学创作有着异曲同工之处。当今社会对于资本与商品的追逐已经影响到人自身的价值定位。“在马克思看来，人与人的关系不是以人的关系出现，而是以物的关系出现。”①当人变成了物品，人之为人的尊严也就没有了。在《蜗居》中，海藻在老板陈寺福和市长秘书宋思明之间就是一个交换物，陈寺福在经济上对海藻的补贴，都是用宋思明在政治上的帮助换回来的。海藻在陈寺福眼里就是一个具有交换价值的物品，他对海藻的照顾都是以海藻的利用价值为前提的。

那宋思明呢，“他真的喜欢海藻吗？不是的。与其说他喜欢海藻，不如说，他在享受手里的权力带给他的荣耀。一个人的荣耀如果压抑久了不释放会得病。他是一个当官的手下，他在单位里，在自己家里，都不能太招摇，都要俯首帖耳。那么怎么体现自己的成功呢？海藻不过是他借以炫耀成功的手段而已，没有海藻也会有水草、珊瑚。而海藻呢？她口口声声说爱他，这是真实的爱情吗？她爱的不是宋本人，而是宋那个光环照耀下的一种对所欲所求无不点头的畅快”②。小说故事在改编成电视剧时为最大呈现人物的复杂性，对宋思明这个集权力、智慧等魅力于一身的人做了较大的美化处理，从而使宋思明与海藻的爱情显得更加纯粹、更加悲情，这无疑适应了广大读者的肥皂剧口味。然而即便在真爱的掩饰下，作者也无法在矛盾的现实面前持续地自欺欺人。海藻妈妈的一段话毫不留情地戳穿了这个轰轰烈烈爱情的脆弱面纱。海藻自己认为选择宋思明是爱情的自由，在这种选择中她似乎是在听从自我的声音，展现主体

① 冯农寿：《文本·语言·主题——寻找批评的途径》，厦门大学出版社2001年版，第153页。
② 六六：《蜗居》，长江文艺出版社2007年版，第284页。

存在的自觉性能动性，然而，她所谓的“自由选择”不过是陷入另一个骗局，这个骗局中宋思明只是一个微不足道的道具，真正在幕后操纵的却是欲望和虚荣。小说中曾不吝笔墨描写海藻和姐姐交换衣服穿的细节，两个女人在购物时也常常面临着囊中羞涩的窘迫，而当海藻接受了宋思明时，她终于可以摆脱这种困窘，甚至她可以用花钱不眨眼来教训售货员的冷眼和冷淡。当她利落地说出“包起来，两件我都要”时，海藻“第一次心里觉得原来花钱是这样一件风光的事情，非常舒坦。海藻数完大把的钞票给收银员之后，拎着大包小袋，迈着高傲的天鹅步，款款走出营业员羡慕的视线”①。

消费原本应该体现的是社会的文明、进步，是一种有意义的创造性体验，而在异化的社会关系下，“人们为了炫耀而消费，把消费本身当成了目的，消费不再属于人，不再是满足人的需要，也不再是人享受的过程，人在消费中失去了主体性、创造性，人变得贪得无厌，陷入痛苦的境地，拜金主义、享乐主义、利己主义盛行，人失去了生存的意义”②。追根究底，海藻和宋思明都是陷入了物化与异化的陷阱。权力、资本取代了人的主体性，也操纵了人的选择，存在变成一个空有符号的躯壳。在种种标签与符号的欺骗下，男人以外遇、为所欲为来感受和享受成功，女人试着相信能够满足自己欲望和虚荣心的关系就是真爱。

不仅爱情，亲情也遭受着物质诱惑的冲击。在《蜗居》中，老李家的李奶奶在拆迁中送命，他们想到的不是伸张正义，而是接受房地产商赔付的房子。李奶奶的死不再是不幸，反而更像是一个机遇。老李看着新房对妻子说：“你该谢谢我妈，而不是老天。”妻子徐丽却说：“舍得舍得，不舍不得。有得就有失，牺牲了她一个，让我们全家都幸福，原本就是她自己的心愿。”③对于徐丽来说，用婆婆的生命换一套房是非常划算的生意。因为李奶奶丧失了劳动能力，失去了利用价值，所以即便她没有意外去世，她也只能像《变形记》中的格里高尔一样，遭到儿媳的嫌弃。在经济社会生活的合理化运算下，人和物一样具有了合理的可计算性、可操作性。这种畸形病态的交换法则，在导致个体心理分裂和人性扭曲的同时，也将他人与自己推入了恶性的异化关系中。除了这种以人易物，《浮沉》《杜拉拉升职记》《心术》《请你原谅我》也从不同

① 六六：《蜗居》，长江文艺出版社2007年版，第113页。

② 李庆霞、王希：《弗洛姆与卢卡奇异化理论的差异性探究》，《东北农业大学学报》2011年第6期。

③ 六六：《蜗居》，长江文艺出版社2007年版，第274页。

角度描写了现代社会中人与人之间的隔膜与冷漠。人与人相互利用、相互迫害，既存在于商场职场的勾心斗角和尔虞我诈，又存在于医患之间的互不理解、相互敌视，还存在于公众的流言蜚语和恶意揣测。在这种生存环境中，个体披上物的外衣，内心的感受随之钝化，情感只能排在金钱、利害关系之后。孤独与恐惧，成为一种普遍的症候。萨特说，“他人就是地狱”，或许揭示人性的悲剧还不用面对存在主义所谓的终极命题，因为在感受到主体性无法在群体中共存之前，主体早已演化为冷冰冰的物了。新世纪现实题材网络小说虽然因为迁就读者的接受能力，在表现异化关系时总有些遮遮掩掩、欲说还休，但客观上它却以社会生活的方方面面为出发点，不同角度地触碰到人性与体制的伤疤。而由于它表现角度的亲民性与切时性，读者在对话题感兴趣之余也不难从中感受到深层次的人文意蕴。不可否认，新世纪现实题材网络小说也处于名利场中，商业利润对它有着莫大的吸引力，自身在一定程度上也被资本及其左右下的异化关系侵蚀着。但当这些具有一定批判精神和人文关怀的小说，通过缓和的形式逐渐得到大众的认可，这是不是也表明了文学在这个社会中独特的价值与立场？

结　语

欧阳友权在《网络文学概论》中曾不无赞美地评价网络文学，“它所提供给人们的生命自由的存在空间，体现在存在的多种可能性与体验的丰富性，这是人的极限体验的共同体，是人自己给自己赋予价值意义的共同体，也是创作自我价值、实现自我价值的共同体。网络文学成为一种可以体验的乌托邦，一个生命可能性的诗性栖所”①。这段话给予了网络文学极高的评价。作为一个共同体，新世纪现实题材网络小说无疑有共性的存在：它为新中产阶层代言，重视个体身份在制度与生活上的分裂，以其当下性展示文学的民族性；它关注日常生活，开拓城市书写空间，反映场域间的诸种勾连；它受代际文化影响，对情感有着诚恳大胆的想象，敏感而批判地描述了现代异化的关系。

身份、叙事、关系作为研究新世纪现实题材网络小说的三个关键词，三者不仅各自在自身维度上揭示了新世纪现实题材网络小说的特性，同时三者之间又相互呼应、相互影响。新中间阶层的崛起促成了新世纪现实题材网络小说叙事

① 欧阳友权：《网络文学概论》，北京大学出版社2008年版，第214页。

的趣味性和实用性，新阶层对生活情趣的追求使他们更加关注日常生活。为了保证较高的生活质量，他们被利益驱使，在职场争斗中，被场域法则左右，个体异化为符号，他人成为地狱，甚至产生以人易物、流言杀人的悲剧。都市现代化的生存空间压缩了现代人之间的物理距离却拉开了彼此之间的心灵距离，旧的家族式关系在新的生活方式面前难以维系，代际缺乏交流，代沟问题难以忽视。新中间阶层的女性经济上独立自主，情感上却更加孤独寂寞，在拥有了一间"自己的屋子"之后，她们更期待一份美好的爱情。然而，面对现实冰冷的婚姻经济学，真爱可望而不可即，与其期待一个白马王子，还不如幻想一个男闺蜜更为实在。

无论是从身份、叙事还是关系角度切入，在把握新世纪现实题材网络小说的本质时，我们都很难脱离想象上的统一化，然而，作为一个现代主义与后现代主义的混合产物，统一与完整的伴生物又是破碎与断裂的。因此，所谓的"网络族裔"其实质必然又是一个在想象中才得以成立的共同体。如，代际身份的命名受文学史规训逻辑和商业宣传策划的影响，遮蔽了代际内部的复杂性，淡化了代际间的继承性和相似性。又如在文学格调和遣词叙事上，《赵赶驴奇遇记》等一类小说和六六、慕容雪村的作品也存在品质上的上下悬殊。新世纪现实题材网络小说固然有其自由度，也涌现了一批传统现实主义小说中少有的"同志文"，但由于其创作接受圈子的封闭性，这类小说自成一体的发展格局阻碍了它与其他题材文学的交流，从而影响到"同志文"的丰富与深化。

新世纪现实题材网络小说有其波普的一面，它流行、廉价、批量生产，年轻化、商业、风趣幽默，然而也有其深沉内敛的一面，它取材现实，批判现实，既展现现代人的异化与隔膜，又具备后现代主义的解构与自嘲。新世纪现实题材网络小说的日常性与当下性决定了它的吸引力和影响力，但过度贴近现实也使它缺乏一个异托邦所必要的和现实之间的距离。粗俗的名利动机使网络文学泥沙俱下，商业化的推动也使现实主义文学过于浮躁，网络现实主义从诞生之日起就面临着诸多质疑，其中最主要的就是商业运作与人文关怀的矛盾。新的时代背景带来了新的书写方式，由于创作传统的影响，这些书写方式可能还处在一种盲目不自觉的发展中。不过，现实始终是文学的源泉，当我们的网络文学写作者们不断地用文字来靠近现实生活时，现世生活会回馈他们艺术的魅力。这种魅力同样包含着矛盾的两面：一面是轻盈的，于是我们看到了新中间阶层高昂的叙事基调，日常生活中抵抗辛酸的趣味化表达，对于新型情感关系的关注与反思，立足当下的自我肯定与认可；另一面是沉重的，因此我们感受到了场域逻辑下个体的苍白与无力，都市空间中个体存在的寂寞与孤独，异化体制下主体意识的失语与无力。在新世纪现实题材网络小说中，有对旧有书写经验的继承，也有变异。在和传统书写交错离合的关系中，现实题材网络小说必将经历一个妥协、反叛的过程。

清末民初科幻小说新论

杨效斌*

绪 论

晚清文学作为中国古代文学的发展和尾声，作为20世纪中国文学的萌芽和前奏，随着中国文学整体性研究的深入，越来越成为中国文学史阐释的一个关键性环节，被更多的学者纳入“现代中国文学”这一大的学术视野之中进行研究。作为现代中国文学最重要的一种想像中国的文体——小说①，在“小说界革命”的倡导下从边缘走向中心，在晚清文学中有着极其重要的位置。而科幻小说作为其中的一个文学种类，在清末民初这一急剧变革的历史时期，不仅在精英阶层备受关注，就是在一般读者群中也风靡一时，呈现出了空前繁荣的局面。

清末民初的科幻小说，一方面代表了现代中国文学新的质素的出现，开启了“科学幻想小说”这一文类在中国的成长空间，另一方面也在与西方和传统的互动、融合与转化中，潜移默化地影响了整个现代中国文学的发生和发展，凸显了中国文学向现代化挺进时独有的品格特征。同时，它也承载着近代知识分子言说未来的重任，表征了一个时代的文化心理。所以，作为盛极一时的一种文学现象，作为中国文学现代化进程中的一种呈现方式，清末民初科幻小说的创新性、功能性和时代性都不能够被忽视。

将清末民初的科幻小说还原到它自身的历史文化语境中，在近代“多声复义”②的话语空间里重新对它进行审视，我们会发现，它在书写民族现实与未来的同时，显现出了与西方话语、传统文化、现代中国文学多方面、多层面的关系。而对于这种关系的梳理和探究，有助于我们从西方话语、传统文化和现代中国

---

* 作者简介：杨效斌，1989年生，男，山东高密人，2015年毕业于山东师范大学中国现当代文学专业，获硕士学位；指导教师魏建教授。

① 王德威：《想象中国的方法：历史 · 小说 · 叙事》，生活 · 读书 · 新知三联书店1998年版，第1页。

② 王德威：《被压抑的现代性——晚清小说新论》，宋伟杰译，北京大学出版社2005年版，第2页。

文学的三维视野中，跳出单一的西方话语系统的阐释模式，重新认识中国文学在走向现代化时所体现的独特品格，重新认识这一文类与中国现代思想史、文化史多层次的关联与互动，更有助于我们重新认识清末民初科幻小说在现代中国文学史上的价值与局限。

（一）清末民初科幻小说研究综述

有关清末民初科幻小说的研究，可以分为三个时期。20 世纪 80 年代以前的研究，主要是新小说的倡导者对于科幻这一文学类别的初步探讨；20 世纪 80 年代以后，出现了对科幻小说做文学史的梳理和作家作品鉴赏式分析的研究；20 世纪 90 年代以来，对于科幻小说的研究，开始转向了基于文本的综合性的论述，这一时期研究的深度和广度都超越了前面两个阶段。

1. 20 世纪初至 80 年代以前的清末民初科幻小说研究

科幻小说在这一时期是被称为“科学小说”的。1902 年，梁启超发起“小说界革命”，小说由“消遣的游戏”一转成为晚清士人维新救国、施展抱负、开启民智的工具。清末民初科幻小说翻译与创作的热潮正是和当时的这种主流相呼应的。晚清新小说家们以“兴国化民”作为自己的写作宗旨，写了大量的倡导和讨论科学小说的文章，中国科幻文学的研究由此开始。但这一时期对科幻小说的思考，主要是集中于对科学小说的提倡和探讨，缺乏对科幻文类的独立研究。

1902 年，梁启超（署名“少年中国之少年”）在《〈十五小豪杰〉译后语》中指出科学小说在艺术上“寄思深微，结构宏伟”①。他认为倡导科幻小说的目的就是“专借小说以发明哲学及格致学”②，应该具备“科学上最精确之学理，与哲学上最高尚之思想”③，简单地说就是将科幻作为宣扬科学和政治的工具。1903 年，周树人（鲁迅）作《〈月界旅行〉辨言》，这是中国科幻文学研究史上极为重要的一篇文章。文中发出了很可能是中国文学史上最早的明确提倡创作科学小说的声音：“导中国人群以进行，必自科学小说始。”④鲁迅认为科幻小说的创作

① 少年中国之少年（梁启超）：《〈十五小豪杰〉译后语》，见陈平原、夏晓虹：《二十世纪中国小说理论资料》（第 1 卷），北京大学出版社 1997 年版，第 47 页。

② 梁启超：《中国唯一之文学报〈新小说〉》，见陈平原、夏晓虹：《二十世纪中国小说理论资料》（第 1 卷），北京大学出版社 1997 年版，第 45 页。

③ 饮冰：《〈世界末日记〉译后语》，见陈平原、夏晓虹：《二十世纪中国小说理论资料》（第 1 卷），北京大学出版社 1997 年版，第 40 页。

④ 周树人（鲁迅）：《〈月界旅行〉辨言》，见陈平原、夏晓虹：《二十世纪中国小说理论资料》（第 1 卷），北京大学出版社 1997 年版，第 50 页。

应该“经以科学，纬以人情”[①]，才能使读者“于不知不觉间，获一斑之智识，破遗传之迷信，改良思想，补助文明”[②]。鲁迅和梁启超对于科学小说的表述，集中代表了当时新小说家们对于科学小说的态度，即从工具性的角度来提倡科学小说。

在1903年，包天笑在《〈铁世界〉译余赘言》中明确提出：“科学小说者，文明世界之先导也。世有不喜科学书，而未有不喜科学小说者。则其输入文明思想，最为敏捷。”[③]同年，海天独啸子在《〈空中飞艇〉弁言》中也认为：“我国今日，输入西欧之学潮，新书新籍，翻译印刷者，汗牛充栋。苟欲其事半功倍，全国普及乎？请自科学小说始。”[④]他们都将科学小说当作了输入文明、普及科学的有效工具。在1905年，定一在《小说丛话》中提出了与梁启超相类似的有关小说中科学与哲学的思考：“然补救之方，必自输入政治小说、侦探小说、科学小说始。……至若哲理小说，我国犹罕。吾意以为哲理小说实与科学小说相转移，互有关系：科学明，哲理必明；科学小说多，哲理小说亦随之而夥。”[⑤]而从中西对比的角度提出自己看法的是孙宝瑄，他在《忘山庐日记》“癸卯六月一日”一条中指出：“观科学小说，可以通种种格物原理……故观我国小说，不过排遣而已；观西人小说，大有助于学问也。”[⑥]在这一时期，小说林社甚至在发表的《谨告小说林社最近之趣意》中直接用“启智秘钥，阐理玄灯”[⑦]作为科学小说的广告宣传语。可见，“小说界革命”的干将们都将科幻小说作为启蒙国民、普及科学知识和政治理念的载体。

这一时段，除了对科幻小说的初步倡导和探讨外，也有从文学史角度谈及的，如阿英在《晚清小说史》(1937年)中提及科幻小说时说：“也有科学、冒险之类的小说产生……大都是以小说的形式，说明科学的原理，作提倡科学，启发冒

---

① 周树人(鲁迅)：《〈月界旅行〉辨言》，见陈平原、夏晓虹：《二十世纪中国小说理论资料》(第1卷)，北京大学出版社1997年版，第50页。

② 周树人(鲁迅)：《〈月界旅行〉辨言》，见陈平原、夏晓虹：《二十世纪中国小说理论资料》(第1卷)，北京大学出版社1997年版，第51页。

③ 包天笑：《〈铁世界〉译余赘言》，《铁世界》，文明书局1903年版。

④ 海天独啸子：《〈空中飞艇〉弁言》，见陈平原、夏晓虹：《二十世纪中国小说理论资料》(第1卷)，北京大学出版社1997年版，第90页。

⑤ 定一：《小说丛话》，见陈平原、夏晓虹：《二十世纪中国小说理论资料》(第1卷)，北京大学出版社1997年版，第83页。

⑥ 孙宝瑄：《忘山庐日记》，上海古籍出版社1983年版，第710页。

⑦ 小说林社：《谨告小说林社最近之趣意》，见陈平原、夏晓虹：《二十世纪中国小说理论资料》(第1卷)，北京大学出版社1997年版，第156页。

险精神的运动。唯就艺术上讲，殊无成就可言，亦只得从略。"[①]可见，阿英并没有给予这一时期的科幻小说很高的评价。

总的来说，这一时段清末民初科幻小说的研究凸显出了这样两个特点：第一，局限于对科学小说的品评和倡导，往往将其作为"新小说"研究的附属，基本上没有基于科幻小说自身特点及其意义的理论研究文章；第二，对科幻小说的提倡伴随的是"小说界革命"与"兴国化民"的主流，带有强烈的功利目的，忽视了对其美学价值的深入挖掘。

2. 20 世纪 80 年代的清末民初科幻小说研究

进入 1980 年代后，出现了基于晚清小说史的探讨和小说文本整理与分析基础上的对清末民初科幻小说的研究。

1981 年，中国著名科幻作家叶永烈发表《清朝末年的科学幻想小说》一文，评价了徐念慈的《新法螺先生谭》，认为这部作品的出现，"至少说明，与世界其他国家相比，中国的科学幻想小说起步不算太晚"[②]。同年，他在《中国科幻小说的先驱——徐念慈》一文中，介绍了《新法螺先生谭》的作者徐念慈[③]。之后他通过查阅报刊文献，又发现了一大批清末民初中国创作的科幻小说，并推定荒江钓叟作于 1904 年的《月球殖民地小说》是中国第一篇原创科幻小说[④]。

1982 年，海洋出版社出版了饶忠华主编的《中国科幻小说大全》一书，对清末民初的科幻小说进行了初步的文本整理，并认为中国的科幻小说，根源于《山海经》和《列子·汤问》，而晚清的科幻小说的创作，则代表了"现代科幻小说"在中国的初现，其标志性的作品就是徐念慈的《新法螺先生谭》。

1989 年，时萌的《晚清小说》在对晚清小说进行分类时，将科幻小说列入了反映新学之列，并探讨了它在清末民初的发展和兴盛。

在同一时期，海外的学者也对清末民初的科幻小说进行了研究。日本的武田雅哉在 80 年代发表了一系列有关清末民初科幻小说的研究文章，如《清末科学小说概述》《〈电世界〉——清朝末年的一篇科幻小说》《东海觉我徐念慈〈新法螺先生谭〉小考——中国科学幻想小说史杂记》《从东海觉我徐念慈的〈新法螺先生谭〉说起》等。他在这几篇文章中梳理了清末民初科幻小说的翻译和创作情况，并提出从这两个方面来看，中国科幻小说的历史是从清末的"科学小

① 阿英：《晚清小说史》，东方出版社 1996 年版，第 209 页。
② 叶永烈：《清朝末年的科学幻想小说》，《光明日报》1981 年 8 月 17 日。
③ 叶永烈：《中国科幻小说的先驱——徐念慈》，《文汇报》1981 年 12 月 21 日。
④ 叶永烈：《中国科幻小说的先驱——徐念慈》，《文汇报》1981 年 12 月 21 日。

说”开始的。他通过对《新法螺先生谭》《电世界》等文本的研究，总结了清末民初科幻小说创作的一些基本特点，认为如《月球殖民地小说》《新法螺先生谭》《电世界》等包含着当时中国现实问题的科幻小说都是中国本土的科幻小说，通过研究这些作品，可以了解当时的社会现实。同时，武田雅哉也认识到了清末民初科幻小说总体上文学性不强，存在着创作上的工具论与文类概念上的模糊性。

总的来说，这一时段清末民初科幻小说的研究凸显出了这样两个特点：第一，出现了对清末民初科幻小说的文学史梳理，并且有了专门论述的文章，只是数量并不多，外国的学者开始切入清末民初科幻小说的研究；第二，研究成果多侧重对作品内容的介绍与分析，很少从理论层面进行深入的探讨，也很少结合历史的语境进行研究。

3.20 世纪 90 年代至今的清末民初科幻小说研究

20 世纪 90 年代后，对清末民初科幻小说的研究随着晚清文学研究进入了一个新的阶段，这一时期对于史料的搜集和整理有了显著的成就，出现了多角度的研究方向和深层次的研究成果。

首先是史料方面的显著成就。1991 年，北师大吴岩编著了《科幻小说教学研究资料》，收录了科幻小说研究的相关资料。1997 年，中国文联出版社出版了于润琦主编和校点的《清末民初小说书系・科学卷》，收录了 31 篇清末民初有代表性的科幻小说，其中创作作品 22 篇，翻译作品 9 篇。于润琦认为“科学小说”即“科幻小说”，并对徐念慈创作和翻译的科幻小说进行了介绍和评价。同年，北京大学出版社出版了由陈平原、夏晓虹编著的《二十世纪中国小说理论资料(1897—1916 年)》(第 1 卷)，其中收入了晚清时期的许多关于“科学小说”的序跋、评论和广告等，极大地丰富了清末民初科幻小说的研究史料。

此外，还有许多基于清末民初科幻小说文本的综合性论述。

1998 年，台湾中正大学文学研究所林建群的硕士论文《晚清科幻小说研究(1904—1911)》，是对之前清末科幻文学研究最全面的一个总结。作者注意到了晚清西学东渐的历史背景，主要分析了清末科幻小说的兴起原因、主题模式和艺术表现。林建群认为，诞生于晚清末年的中国科幻小说，是近代科学的东传、小说界革命、古代幻想传统以及译介小说的启发等因素共同促成的。而晚清科幻小说的主题，大都反映了时代的现实与要求，以科学救国、启蒙民众、政治寄托、女权思想四个方面最为突出。他还将晚清科幻小说与中国传统的小说进行比较，总结出了科幻小说在人物塑造、结构安排、环境描写等方面独有的艺术特征。这篇论文对晚清科幻小说进行了比较系统和全面的研究，在中国科幻文学研究史上具有不可忽略的意义。

2002年，北京大学吴献雅的硕士论文《科学幻想与科学启蒙——晚清"科学小说"研究》也对晚清的科幻小说作了全景式的概观，但其研究的外延更大。作者论述的范围涉及有一定量的科学幻想的小说以及强调以科学来启蒙的小说，故将科学小说划分为"科学幻想小说"和"科学启蒙小说"。作者结合晚清科学救国的思潮，将科学的东传、引入与晚清科幻小说的文本分析相结合，对清末思想文化运动以"科学+文学"的表现形式进行了剖析，具体讨论了本土科学创作对科幻小说发展的影响。但作者在文章中刻意回避了对"科学小说"的文类界定，论述的某些对象并不是严格意义上的科幻小说，可见，作者更注重的是科学启蒙在清末文学中的表现。

2003年，上海社会科学院文学研究所张治的硕士论文《在东西文化碰撞中的天人怀想——晚清科幻小说与现代性研究》推进了林建群对晚清科幻小说的叙述和分析。作者首先梳理了西方从"乌托邦"传统到科幻小说的发展历程，并对科幻小说的源流进行了追溯，认为东西文化的知识趣味和文学视野中都存在着"忧天"、"忧人"两个主题。作者进而以此为基础，从"空间意识的变化"、"时间指向的变化"、"技术文明的想象"、"战争与灾难的预言"、"科学家形象的塑造"五个方面，考察了清末小说的思想背景和知识视野。在论文第三章，作者从"东西文化传统的影响"这个方面入手，分析了翻译文学和中国乌托邦理想在晚清科幻小说酝酿、出现和发展中的重要作用，深刻揭示了传统与现代性在晚清科幻小说中以"补天遗石"为典型意象的融合交汇。

2005年，兰州大学王卫英的博士论文《重塑民族想象的翅膀——20世纪中国科幻小说研究》，以20世纪的中国科幻小说作为研究对象，就其美学特质、本土化特色及文学价值与创作得失等问题进行了较为系统、综合的研究。作者站在反思传统文化的角度，以批判的眼光对20世纪中国科幻小说的文学价值进行了审美批评与建构，指出了科幻小说与科学进步之间的必然联系。

2006年，吴岩在主编的《贾宝玉坐潜水艇——中国早期科幻研究精选》一书中，收录了多篇关于清末民初科幻小说的研究文章。让人兴奋的是，书中杨蓓所做的代序对1900—2003年间的研究进行了评述，对清末民初科幻小说的研究意义非凡，对本文的绪论更是有很大的帮助。

除此之外，武田雅哉与林久之合著的《中国科学幻想文学馆》，也综合论述了清末民初科幻小说产生的历史背景、科幻小说的翻译和重要的原创作品，对多部科幻小说进行了细致的分析。此外,还有王燕的《近代科学小说论略》、康文的《略论中国近代科学小说》、汤哲声的《20世纪中国科幻小说创作发展史论》、吴岩与方晓庆的《中国早期科幻小说的科学观》、王晓岗的《论晚清科幻小说的复合想象》等论文,都从小说源起及式微原因、题材内容、时代主题、人物形象与艺术特点等方面考察了近代科幻小说,为科幻小说的综合性研究以及阐释空间的深层开拓,提出了富有启发性的见解。

除了以上综合性的研究之外,新的研究视角和切入点也为清末民初科幻小说的研究开辟了一些新的领域。

在知识背景方面,陈平原的《从科普读物到科学小说——以“飞车”为中心的考察》,通过对清末民初科幻小说中常常出现的“飞车”、“气球”、“飞艇”等飞翔意象的分析,考察了作家们关于科学知识的来源,以及他们获取知识的特殊途径如何既成全又限制了清末民初科幻小说的发展,把对清末民初科幻小说的研究与思想史和文化史连接起来,并在诸种关系的互动中把握科幻小说的价值和作用。

在翻译研究方面,陈平原的《二十世纪中国小说史》(第1卷),论述了清末民初科幻小说的翻译与创作。郭延礼的《凡尔纳所引发的外国科学小说的翻译》一文,详细介绍了清末民初科幻小说的翻译情况。刘会的《清末民初科学小说的政治性及影响》探讨了清末民初翻译科学小说的政治目的和服务于这一目的的翻译策略。姜倩的《幻想与现实:二十世纪科幻小说在中国的译介》,则从翻译史的角度,以《月界旅行》为例探讨了清末民初科幻小说的翻译浪潮,认为其在中国现代化的进程中起到了积极的作用。类似的论文,还有徐善娥的《晚清科幻小说译介初探》、彭建华的《晚清民初的法国文学接受》、季敏的《儒勒·凡尔纳科幻小说在晚清时期的接受研究》,任东升、袁枫的《清末民初(1891—1917)科幻小说翻译研究》、陈向红的《晚清科学小说译介热潮探析》、王晓凤等人的《晚清科幻作品译介与中国近代科学文化建构》。此外,日本山田敬三的《鲁迅与儒勒·凡尔纳之间》,也从翻译的角度考察了凡尔纳作品翻译中存在的改译与鲁迅的翻译意图等问题,丰富了对清末民初科幻小说的研究。

在文学史方面,王卫英、张懿红的《20世纪中国科幻小说创作的本土化进程》,将清末民初的科幻小说纳入中国科幻小说的发展史中讨论,以时间维度线性考察近代科幻作为中国科幻不可或缺的肇端在发展历程中的作用,深入分析了中国科幻小说本土化过程中肩负的时代使命。王卫英的另一篇论文《科幻小说与中国传统文化》,论证了清末民初科幻小说与传统历史文化的内在联系,从传统文化的角度将清末民初的科幻小说纳入了文学史研究的框架。

在语言变革与知识型的解构和建构方面，北京大学刘军的博士论文《晚清科幻小说与“知识型”转变》分析了清末民初科幻小说的知识型转变。认为清末民初的科幻小说参与了“科学”、“文学”、“历史”等知识门类的现代转化，与中国近代知识型转变之间存在着共变关系，它既是传统知识型的拆解力量也是新知识型的建构力量。

在科幻小说的文本特征方面，陈平原的《中国小说叙事模式的转变》一书从叙事时间、叙事角度、叙事结构三个层面对近代小说文本进行研究，为清末民初科幻小说的研究提供了新的方向。吴岩的《科幻文学论纲》，从全球视野论述了科幻文学这一独特文学类型的文本特征、对文学形态的贡献，深入研究了科幻文学的作者构成，从科学和文学的权力场角度解读了科幻小说。刘振的硕士论文《近代科学小说特征分析》，则从近代科学小说的作者身份、文本形式与内容等方面入手，探究了科学小说所表现出的个性化特征及产生的原因。

除了以上这些独特视角之外，还有零散的从作家或单部作品切入研究的，如吴泽泉的《晚清翻新小说考证》，考辨了科幻小说部分作家的生平以及著作。韩国南敏洙的《〈新石头记〉初探》，就作品的思想性、艺术形式、时代意义以及作家创作动机对《新石头记》进行了有益的探索。范伯群的《〈催醒术〉:1909 年发表的狂人日记——兼谈“名人报”陈景韩先生在早期启蒙时段的文学成就》，则通过《催醒术》这部作品从文学思想性上来审视清末民初的科幻小说。此外，还有叶愚的《徐念慈〈新法螺先生谭〉中关于主体的想象——兼谈晚清科幻小说中的思想文化背景》，刘淑一、李娜的《晚清科幻小说的传统因袭和现代转捩——以〈月球殖民地小说〉和〈新石头记〉为例》，邹小娟的《二十世纪初中国“科幻小说”中的西方形象———荒江钓叟〈月球殖民地〉为中心》，王士春、王建科的《晚清科幻乌托邦小说的新中国想象——以〈新石头记〉为中心》，姚苏平的《晚清科幻小说中的“末日”书写》等等。

非常值得一提的是王德威有关清末民初科幻小说现代性的论述。在他的著作《想象中国的方法:历史 · 小说 · 叙事》所呈现的晚清文学盛景中，科幻小说有着非常重要的地位。在《贾宝玉坐潜水艇——晚清科幻小说新论》一文中，王德威认为科学小说反写实的笔调，投射了最现实的国家危机，直指一代中国人想象、言说未来世界的方向和局限。王德威还认为，科幻小说中呈现的乌托邦视野，以及对时间和空间观念的实验，是研究晚清历史和政治思想嬗变的材料，孕育着现代性的因素。他在其另一本著作《被压抑的现代性——晚清小说新论》中，指出了“科幻奇谭”是传统清末民初小说研究中最被忽视的一环，科幻这一文类促生了一套新的文学阐释学，也例示了知识型的转变，并进一步论述了清末民初科幻小说的现代性。在他的影响之下，台湾南华大学文学研究所的柯乔文作论文《晚清的现代性——以晚清科学小说为观察文本》，从对《月球殖民地小说》的文本分析出发，论及清末民初整个科幻小说的创作，进而考察了科幻小说与现代性的关系。杨联芬在其专著《晚清至五四：中国文学现代性的发生》中也有对于清末民初科幻小说的专门讨论。她通过对《新法螺先生谭》《新石头记》等具体文本的分析，认为对社会现实的关注和对理想未来的想象，是当时科学小说的叙述目的，这限制了作家的幻想，不过萌芽的科学意识为读者开辟了与现代接壤的土地，具有现代性的萌芽。肖雯在其硕士论文《晚清科幻小说现代性研究》中，也讨论了清末民初科幻小说现代性在文学形式和思想内容上的表现。

总的看来，20 世纪 90 年代至今，对清末民初科幻小说的研究，由包含于其他研究中到发展为一个独立的研究个体，由大致的面的研究，逐渐深入到点的研究，其广度和深度都要明显超过前面两个阶段，对清末民初科幻小说的演变史的梳理和作品的挖掘也初显成效。

（二）清末民初科幻小说的界定与本文论述的范围

在清末民初，最初在翻译西方科幻小说的时候，译者将“Science Fiction”直译为“科学小说”，进而依据不同的内容，在文本之前加以“理想小说”、“幻想小说”、“未来小说”、“冒险小说”、“诡奇小说”等标注。可见，这一时期的科幻小说，并没有一个准确严格的定义。倘若我们以“理解之同情”的眼光来审视这一点，倒是可以寻到一个理由的。清末民初的中国，正经历着思想文化上的巨变，这一时期的知识分子，观念上正逐渐从“说部”和“格致”转向“小说”和“科学”，他们自身往往游走在传统和现代之间，受到各种纷繁复杂的思想意识的影响，他们很难在传统文学中给“科幻”这一文类寻到一个确切的位置，也很难给这一文类限定一个准确的含义和界限。

但是晚清对于科幻文类界定的模糊性，使本文在展开对清末民初科幻小说研究的时候，不得不面对这样一个问题：怎样从众多标注不同的作品中，找到要讨论的对象？也就是说，哪些文本可以纳入本文研究的视野？要解决这个问题，我们必须结合清末民初的历史语境，来重新限定到底什么样的小说才是“清末民初的科幻小说”。

本文无意于将建立在西方社会文化基础之上的科幻概念，套用在清末民初这样一个特殊时期，也不想采用当时知识者对于“科学小说”的看法，因为他们自身对于这一文类的认识就含糊不清。本文所探讨的“清末民初的科幻小说”，指的是那些立足于清末民初的现实社会，同时又包含了“科学”和“幻想”质素的小说文本。必须明确的是，这些文本首先是“小说”，必须具备小说的基本要素，要有人物、情节、语言和典型环境，而不是像《科学世界》杂志上介绍科学知识的科普性文章；其次要有“幻想”的成分，要通过想象去描写那些现实中未曾出现或实现的事物；最重要的，必须以“科学”作为根基，要有一定的科学依据，不能像我国的古典小说《封神演义》《西游记》等神魔幻想小说，这样才能保证它是科学的幻想，而不是胡思乱想。总之，“科学”和“幻想”这两个质素必须统一于小说文本中，脱离了任何一个质素，都不能说它是科幻小说，都不能作为本文的研究对象。

科幻小说的翻译和创作在晚清形成热潮，在五四之后式微，退居边缘，在清末民初十几年的时间，经历了空前的繁荣和迅速的衰落。现在学界认定的中国科幻小说的起点，是1900年由薛绍徽、陈逸儒翻译的儒勒·凡尔纳的《八十日环游记》，因此本文论述的范围就以此为开端，以清末民初发表科幻小说的众多期刊如《小说林》《月月小说》《新小说》《绣像小说》《小说时报》《小说月报》《女子世界》等等为考察场域，以“五四”这一具有包孕性的时段为终结，重点在创作的科幻小说，也兼及翻译作品的考察。

（三）本文结构

本文在挖掘、整理和校勘文献史料的基础上，将清末民初的科幻小说还原到其自身的历史文化语境中进行考察，并将其置于中国文学发展的整体视野中进行研究，在西方话语、传统文化、现代中国文学的三维坐标系中探究其特点和文学史意义，并期望以此在多元的话语系统中重新审视中国文学现代化的丰富性与多样性。

第一部分是对清末民初科幻小说的总体认识和把握，分析其在清末民初创作、译介的情况，并对其进行了分类，进而着重从作品的形式内容、文体等几个方面对其特点进行新的归纳和分析。

第二部分突破“译介科幻对本土科幻单向作用”的研究思路，重新考察了清末民初科幻小说与西方话语之间的关系。笔者认为科幻作品对病弱中国的书写，显现了清末民初科幻小说面临西方话语时的压迫性和被动性，并在作品中以对女性的寄托和对种战的想象实现了对这种强势的西方话语的背离和反抗。

第三部分突破“现代性”的研究视角，对清末民初科幻小说与传统文化之间的关系进行了新的探究。笔者认为它在文本叙事之外凸显了源自传统文化的现代化表征。清末民初的科幻小说一方面对传统有所因袭，主要表现在作品的结构形式、意象选择、抒情方式、人物塑造、思想主题和想象方式上；另一方面又有对传统文化的创造性转化，主要表现在传统意象、传统地理观、传统知识结构和道德、传统儒家“仁”的思想的转化上。

第四部分突破“清末民初”的时间限定，深化了清末民初科幻小说与现代中国文学关系的思考。笔者认为科幻文本中“病者”与“医者”的存在及其关系，某种程度上可以看作是“五四”新文学国民性批判和启蒙的预演；而作品中对新女性的极端想象，则开启了现代中国文学将女性融入国家宏大叙事的书写模式；同样那些既介入现实又面向理想未来的乌托邦科幻小说，开启了现代中国文学想象民族国家的寓言式写作模式。

最后的结语部分介绍了现有文学史对清末民初科幻小说书写不足的一些现状，也简单概括了笔者对清末民初科幻小说研究的一些感悟，希望能够对今后的研究有所启发。同时在文末的附录中，笔者对前人所编《近现代科幻小说书目》进行了匡正和补充，希望能在资料上给以后的研究提供帮助。

（四）本文研究方法及创新点

本论文的研究方法主要是，第一，注重史料的挖掘，用翔实的资料支撑本论文的论点。相比其他研究对象而言，清末民初科幻小说的资料相对分散和杂乱，对其研究必须要还原历史现场，对纷繁复杂的作品进行甄别和筛选，力求全面而准确地来把握它，避免造成遮蔽和误读。第二，采用内部研究与外部研究相结合的方法。即将基于文本内部的分析与作家生活的时代语境相结合，并将研究的文本置于现代中国文学的整体视野中进行考察，以此深层探究清末民初科幻小说的文学史意义。第三，打破过去研究中将“西方文学现代化的品质”作为衡量中国文学现代化唯一合法性的标准，在多元的话语系统中阐释中国文学现代化的丰富性与多样性。

本论文的创新点主要体现在这样几个方面：首先，以第一手的清末民初科幻小说的资料为起点，除对以往学界侧重研究的单行本、长篇、名篇进行研究外，对一些没有引起足够重视的中短篇文本也进行了分析和探讨，希望在现今成果的基础上有所补充，力求客观、真实地还原清末民初科幻小说的原貌。其次，依托具体作品，以具体历史语境为发生场域进行文本细读，考察了清末民初科幻小说的文本特点，并将其放置于西方文学、传统中国文学及现代中国文学的三维坐标系中进行研究，试图突破“译介科幻对本土科幻单向作用”的研究思路，重新认识其与西方话语的关系，发掘其背后隐秘的文化心理；突破“现代性”的研究视角，重新认识其与传统文化极具张力性的关系，发掘在对传统文化的选择与转化中所蕴含的本土现代化的追求；突破“清末民初”的时间限定，考察其与前后期文学的潜在关联，尤其是与五四“启蒙”的关系、与现代中国文学的关系。从这样的三维向度中，重新思考这一文类在中国文学现代化进程中的价值，在现代中国文学史上的意义与局限。最后，论文参考各种资料，对原始文献进行了筛选和整理，补充了散佚的文本，并对前人所编的《近现代科幻小说书目》进行了匡正和补充。

一、清末民初科幻小说概说

（一）清末民初科幻小说的创作、译介情况及分类

科幻小说作为“新小说”的一种，可以看作是古代中国文学的发展和尾声，也可以看作是现代中国文学的萌芽和前奏。它诞生于清末民初民族国家危亡的社会时代背景中，兴盛于西方强势话语和“小说界革命”的历史文化语境里。无论在译介还是创作上，都呈现出了空前繁荣的局面。

科幻小说的繁荣，与清末民初小说地位的提高是同步进行的。扛起“小说界革命”大旗的梁启超在《论小说与群治之关系》中认为：“小说有不可思议之力支配人道故”，所以“欲新一国之民，不可不先新一国之小说”①。在他的这种倡导下，一大批晚清知识分子开始积极地创办文艺报刊并身体力行地进行小说创作，小说很快由不登大雅之堂的“小道”一变而成了“文学之最上乘”②。就像吴趼人所说的：“吾感夫饮冰子《小说与群治之关系》之说出，提倡改良小说，不

① 饮冰：《论小说与群治之关系》，见陈平原、夏晓虹：《二十世纪中国小说理论资料》（第1卷），北京大学出版社1997年版，第33页。

② 饮冰：《论小说与群治之关系》，见陈平原、夏晓虹：《二十世纪中国小说理论资料》（第1卷），北京大学出版社1997年版，第34页。

数年而吾国之新著新译之小说几如汗万牛充万栋，犹复日出不已而未有穷期也。”①小说的繁荣刺激了晚清知识分子对各种新的文类的接受，稍微对清末民初的小说进行梳理，我们都会惊讶于这一时期对科幻这种新的文类的关注程度，许多报纸杂志如《新小说》《绣像小说》《月月小说》《小说林》《小说月报》等都将它放在了显著的位置，比如 1902 年《新小说》在创刊号上就刊载了梁启超翻译的《世界末日记》和南海卢藉东翻译的《海底旅行》两篇译介的科幻作品。科幻小说在清末民初的大量译介和创作，让我们不能够忽视它在文学史上的存在。

科幻小说作为一种新的文类出现在中国的历史舞台上，是从译介开始的。20 世纪初，在“新小说”口号的驱使下，晚清士人开始将视野投向了域外小说，在知识界涌起了一股翻译的热潮，出现了一大批译介的外国小说，科幻小说就是在这样一种潮流中被引入的。

最早引入的是 19 世纪法国著名科幻小说家儒勒·凡尔纳的作品。1900 年，薛绍徽、陈逸儒翻译并由经世文社出版了他的《八十日环游记》，这被认为是第一部引入中国的科幻小说。紧接着这部作品的译介，许多作家都翻译了凡尔纳的科幻小说，像梁启超和罗普翻译的《十五小豪杰》（1902 年），卢藉东和红溪生翻译的《海底旅行》（1902 年），包天笑翻译的《铁世界》（1903 年）《秘密使者》《无名之英雄》（1904 年）《一捻红》（1906 年）《秘密党魁》（1910 年），鲁迅翻译的《月界旅行》和《地底旅行》（1903 年），周桂笙翻译的《地心旅行》（1906 年），海外山人翻译的《海底漫游记》（1906 年），啸天生翻译的《无名氏》（1912 年），悾悾翻译的《海中人》（1915 年）等等。凡尔纳可以说是在清末至民初的科幻翻译热潮中，最受欢迎的一位。

除了儒勒·凡尔纳之外，还有许多其他作者的科幻作品被译介。如晚清的许多知识分子都翻译了日本奇幻冒险小说家押川春浪的作品，像海天独啸子翻译的《空中飞艇》（1903 年），徐念慈翻译的《新舞台》（1904 年），包天笑翻译的《千年后之世界》（1904 年），金石和褚嘉猷翻译的《秘密电光艇》（1906 年）等等。其他作家的科幻小说，在这一时期也被陆续译介，像法国佛林玛利安的《世界末日记》（1902 年）《大地球未来记》（1906 年），英国威尔斯的《八十万年后之世界》《火星与地球之战争》《人耶非耶》（1915 年），英国柯南道尔的《潜艇制胜

① 吴沃尧：《〈月月小说〉序》，见陈平原、夏晓虹：《二十世纪中国小说理论资料》（第 1 卷），北京大学出版社 1997 年版，第 169 页。

记》（1915年）《毒带》（1916年）《航空异闻》（1917年）等等。尽管它们在数量上不及凡尔纳的作品，但是也向国人展示了一个新奇的世界，在传播知识、启蒙民众以及影响中国小说的现代化等方面，起到了不容小觑的作用。

总体上来说，清末民初译介的科幻小说数量繁多、风格迥异，长篇要多于短篇。而从这些作品涉及的原著者来看，这一时期科幻小说的译介主要以法国、英国和日本作家的作品居多。除了前面提到的这些作家之外，像法国的还有亚波倭德、格斯达夫、文豪蒙台等，英国的还有司威夫脱、哈葛德、斯蒂文森、威维立克等，日本的还有矢野龙溪、菊池幽芳、岩谷小波、鹿岛樱巷等，他们都有科幻作品被译介到了中国，不仅激发了中国读者的阅读热情，而且激起了中国作家创作科幻小说的欲望，使得清末民初中国的本土科幻小说也蔚为壮观。

中国作家创作的第一部科幻小说是荒江钓叟于1904年在《绣像小说》第21期上开始连载的《月球殖民地小说》，这部小说一直连载到62期结束，没有完成，一共35回。1905年，被誉为"中国科学小说之父"的徐念慈模仿日本岩谷小波君翻译的德国科幻作品《法螺先生谭》，创作了《新法螺先生谭》，被认为是中国第一部短篇科幻小说。同样是在1905年，《绣像小说》第49至第52期上发表了支明的《生生袋》，这是自1902年《中国唯一之文学报〈新小说〉》上提及"科学小说"之后，第一部明确标有"科学小说"标签的中国本土科幻作品。这几部作品很快拉开了中国本土科幻小说的序幕，继荒江钓叟、徐念慈和支明之后，海天独啸子的《女娲石》（1904年）、吴趼人的《新石头记》（1905年）《光绪万年》（1908年）、萧然郁生的《乌托邦游记》（1906年）、碧荷馆主人的《新纪元》（1908年）、包天笑的《世界末日记》《空中战争未来记》（1908年）、高阳氏不才子的《电世界》（1909年）、陆士谔的《新野叟曝言》（1909年）《新中国》（1910年）等相继问世。这些作品或是对科技文明世界的构造，或是对战争常胜的设置，或是对女性和种族进化的描写，大都蕴含了作者们对于中国现代化的民族性期待和文学性想象。

在清末这些先驱作品的示范之下，科幻短篇小说在民初如雨后春笋般涌现出来。像包天笑和徐傅霖的《无线电话》、心一的《黑暗世界》（1911年）、卓呆的《秘密室》（1912年）、端生的《元素大会》、张毅汉和包天笑的《发明家》（1914年）、默儿的《贼博士》（1915年）、秋山的《消灭机》（1916年）、谢直君的《科学的隐形术》、天卧生的《鸟类之化妆》、朱敏娴的《女博士》（1917年）、谢直君的《中国之女飞行家》、梅梦的《月世界》《中秋月》（1918年）等等，与清末科幻一味地想象未来不同，这些作品通过小说的形式或讲述科学知识，或反思科学所带来的一些社会问题，无论在创作取向还是创作态度上，都较之前的长篇有所不同。

而到了五四以后，科幻小说在创作数量上较之前有很大的差距，它并没有在这个以“科学”为大旗的新时代获得知识界的普遍认同，就连早些年热衷于翻译科幻小说的鲁迅先生在他的《中国小说史略》中也没有对这类小说给予重点的论述。科幻小说在这一时期被视作是“殊无成就可言，亦只得从略”①，逐渐走向了沉寂。五四知识分子对科幻的这种无视，当然跟它自身的艺术价值偏低有一定的关系，但是式微背后所隐藏的或许是话语权的转移。五四以后的文学逐渐摆脱了之前单纯的故事性叙事，更多地在文本中追求“人”的价值的发现，科学也由形而下的器物科学，上升为了形而上的科学精神。清末民初的科幻小说无法适应“五四”新的话语环境，最终被淹没在了中国文学现代化的历史洪流之中。

值得注意的是，清末民初无论是译介还是创作的科幻小说，往往在出版时会在篇名前被贴上一些标签。像《女娲石》被标为“闺秀救国小说”，《乌托邦游记》被标为“理想小说”，《世界末日记》被标为“哲理小说”，《光绪万年》的标签更长，被标为“理想科学寓言讥讽诙谐小说”。这些标签一方面体现了作者们对科幻这种文类认识的模糊性，而另一方面，凸显的则是这些科幻作品的创作主题。如果我们在仔细阅读之后，对清末民初的科幻作品进行重新分类，大致上可以分成这样几种：科普科幻小说，这类小说重在传播科学知识，像《生生袋》《元素大会》《鸟类之化妆》《中秋月》等；政治科幻小说，这类小说重在书写作者的政治理想，像《新年梦》《乌托邦游记》《新中国》等；女权科幻小说，这类小说重在展示科学时代的新女性形象，像《女娲石》《女博士》《中国之女飞行家》等；种战科幻小说，这类小说重在展现黄种与其他种族的科技战争，像《新纪元》《电世界》《狮子吼》等；末日科幻小说，这类小说重在想象末日的世界，像《可怕之大行星》《世界末日记》《黑暗世界》等；除此之外，还有像《亚养化淡》《白眉佳人》《贼博士》《发明家》这样的滑稽反思类的科幻小说。这些小说无论是在形式内容上，还是在文体上，都呈现出了一些自身的特点，并且多重话语和主题的关联和重复，也暗示了科幻这一文类与西方、中国传统文化和现代中国文学的关系。

---

① 阿英：《晚清小说史》，东方出版社 1996 年版，第 209 页。

（二）清末民初科幻小说的特点

科幻小说这种新的小说类型出现在清末民初时期的中国，具备了中国传统小说与西方小说的双重特质。在具体的作品中，我们既可以发现传统小说体式的影子，也可以发现西方小说叙事的雏形。夹在传统和西方之间的科幻小说，凸显了多重的创作主题，不仅在作品的形式和内容上，而且在文体上，均呈现出了一些显著的特点。

1. 科幻作品形式和内容上的特点

在清末民初，许多科幻作品在译介和创作的时候，都表现出了一些形式上的显著特点。这首先表现在大量的作品都没有署作者的真实姓名，而是用笔名，像译介的英国和米的作品《秘密隧道》，只是署"奚若译"，还有如凡尔纳的《海底漫游记》，署"海外山人译"，柯南道尔的作品《航空异闻》，署"常觉、小蝶译"。和译介的作品一样，创作的科幻小说也很少留下作者的真实姓名，像《月球殖民地小说》署"荒江钓叟"、《新纪元》署"碧荷馆主人"、《贼博士》署"默儿"、《月世界》署"梅梦"等等，甚至还有一些作品连笔名都没有，像《空中军舰》只是标注为"理想小说"，至于撰人是谁，不得而知。

除了不署名外，这一时期译介的科幻小说普遍存在译者对原作的意译和译述，部分创作的科幻小说也存在对外国科幻作品的模仿现象，翻译和创作很难分辨。许多译者在翻译西方科幻小说的时候，在作品的内容和主题的上，具有明显的选择性，他们期望翻译的作品能够给读者呈现一个新奇的、科学的、理想的世界。所以像《海底旅行》《空中旅行记》《月界旅行》《地底旅行》《秘密海岛》等描写异域空间又包含科学知识的作品，成了当时翻译科幻作品的知识分子所热衷的对象。但他们又不是完全按照这些作品本来的样子进行直译，而是在翻译的过程中有所增加和删改，有的甚至在翻译的过程中加入了自己的创作和评论。比如鲁迅翻译的凡尔纳的作品《地底旅行》，原著一共 45 章，前面主要是讲故事，后面主要是关于科学知识的解说，而鲁迅在翻译的时候，仅仅抽取了这部作品的骨架，并把故事缩减到了 14 章，后半部分基本删掉了。鲁迅在给杨霁云的信中就多次提到谈到自己对这部作品的翻译。其中 1934 年 7 月 17 日信中说："似未完，而且几乎是改作，不足存的。"①像这样对原作进行大量改动的作品还有《空中旅行记》《十五小豪杰》《环游月球》等。

---

① 《鲁迅全集》（第 12 卷），人民文学出版社 2005 年版，第 178 页。

除了对作品的意译和译述之外，在翻译的体式、结构和语言上，许多译者多采用一般读者所熟知的样式。具体表现为沿袭传统小说的章回体、说书人按语等模式，并在语言上多采用文言，将原作中的地点和人物设置成中国式的。比如 1905 年《新民丛报》63 号上周桂笙所翻译的《窃贼俱乐部》，在小说中就出现了“长安”、“中国商人”等词语。这种选择也不难理解，在“新小说”开启民智的时代语境里，译者们在翻译的时候，必须考虑到读者的阅读水平，将原著加以修改，以中国人所熟知的面貌呈现出来，肯定更易于读者的阅读和接受。我佛山人在其衍义的日本作家菊池幽芳的《电术奇谈》的附记中就说：“原书人名地名，皆系以和文谐西音，经译者一律改过；凡人名皆改为中国习见之人名字眼，地名皆用中国地名，俾读者可省脑力，以免艰于记忆之苦。”[①]这和鲁迅在《〈月界旅行〉弁言》中所讲的如出一辙：“其措词无味，不适于我国人者，删易少许。”[②]晚清译者对西方科幻的这种删改和意译，可以说是从读者接受的角度出发的。

而从这一时期创作的科幻小说来看，明显存在对外国科幻作品的模仿现象，很多创作的科幻作品，里面的地点和人物都是西方的。像包天笑的《空中战争未来记》，写德国空军大败俄国称霸世界，小说中出现的国名、地名和人名都是西方的，像英吉利、朴威尔沙、耶尔密尼等等。但作者用文言来讲述整个故事，最后又加上一段针对中国现状的感慨，明显是模仿《明日之战争》《日俄未来战争小说》，这样的作品还有像《世界末日记》《黑暗世界》《贼博士》等。这些本土的科幻作品模仿着西方，而西方的科幻作品在译介的时候同样遵循着中国式的模式，这就导致了清末民初的科幻小说的翻译和创作很难分辨，这是此时科幻小说非常明显的一个特点。

除了不署名、创作翻译难辨等这些作品形式上的特点，清末民初科幻小说在文本的内容上，也显现出了一些明显的特点。这主要表现在语言的文白混杂、人物形象的符号化、作品的互文性等。

首先是小说语言的文白混杂。清末民初的科幻作家们在创作和翻译科幻小说的时候，延续着前人文言小说的写作传统，又尝试着白话小说的写作，所以这一时期的科幻小说，既有像《新法螺先生谭》《生生袋》这样采用文言写成的作品，也有像《科学的隐形术》《鸟类之化妆》等文白相间的作品，甚至“文言小

---

① 我佛山人：《〈电术奇谈〉附记》，见陈平原、夏晓虹：《二十世纪中国小说理论资料》（第 1 卷），北京大学出版社 1997 年版，第 147 页。

② 周树人（鲁迅）：《〈月界旅行〉辨言》，见陈平原、夏晓虹：《二十世纪中国小说理论资料》（第 1 卷），北京大学出版社 1997 年版，第 51 页。

说之销行，较之白话小说为优”①。作家们在文言和白话之间进行着艰难的抉择，一方面，白话的生动和通俗可以让读者迅速读懂这些本身含有繁复知识的作品，但是它的浅白又限制了对小说美感的追求。鲁迅在翻译《月界旅行》时就说：“初拟译以俗语，稍逸读者之思索，然纯用俗语，复嫌冗繁，因参用文言，以省篇页。”②鲁迅等知识分子看到了文言的含蓄和韵致在弥补白话语言美感方面的特长，所以在翻译和创作小说的时候有意地在文中杂以文言。另一方面，这种语言上的选择也是无意的，对于习惯了文言写作的科幻作家们来说，纯用白话进行翻译和创作的难度似乎高于用文言来进行创作，作家们短期内很难改变这种语言的惯性，他们在创作和翻译的时候使用白话，更多的是利用白话的通俗性，将科幻小说中的知识和思想传递给文言所不能触及的普通民众。从这个角度来看，科幻小说中这种文白相间的特点就不难理解了。

其次是人物形象的符号化。清末民初的科幻小说在展开科学想象的时候，作品中人物的形象和心理描写相对科学器具和科学知识的描写，就显得非常单薄和呆板。像《月球殖民地小说》《女娲石》《中国之女飞行家》《女博士》《中秋月》等作品中的女性人物，无论是濮玉环、秦爱浓和金瑶瑟，还是苏毓芬、宝珠和桂儿，作者都极少描写她们的外貌和心理。她们仅仅是作为掌握了先进科学知识的新女性出现在小说中，她们的行动和语言大都是有关科学知识的讲解和介绍，而她们的性格、外貌和命运等我们都无从得知。这种将人物符号化的特点在这一时期的科幻小说中非常明显，作品中的人物大都可以划为某类人，或是代表先进西方的外国人，或是忧心时弊的知识分子，他们的形象扁平无力，性格特点就是没有特点，这是清末民初的科幻小说在创作上非常显著的特点，特别是民初的作品，表现得尤为明显。

还有就是科幻作品的互文性。互文性的概念最先源于巴赫金的对话理论，克里斯特娃接过了巴赫金的思想并提出了互文性的概念：“某一文本中含有多种话语，所有文本皆由此构成。”③也就是说，互文性是指某一篇文本中存在对其他文本的吸收和转换，并对其他文本起着复读、强调和深化的作用。任何一篇文本都不是孤立存在的，它们和其他文本进行着对话和碰撞，相互起到作用。

---

① 觉我：《余之小说观》，见陈平原、夏晓虹：《二十世纪中国小说理论资料》（第1卷），北京大学出版社1997年版，第313页。

② 周树人（鲁迅）：《〈月界旅行〉辨言》，见陈平原、夏晓虹：《二十世纪中国小说理论资料》（第1卷），北京大学出版社1997年版，第51页。

③ ［法］蒂费纳·萨莫瓦约：《互文性研究》，邵炜译，天津人民出版社2003年版，第137页。

这种文本的吸收和转换在清末民初的科幻小说中也存在，比如从东海觉我《新法螺先生谭》的序言中，我们就可以看到这部作品对德文原著《法螺先生谭》和日本岩谷小波君的译本《滑稽谭法螺先生》的模仿和吸收："甲辰夏，我友吴门天笑生以所译日本岩谷小波君所译《滑稽谭法螺先生》前后两卷见示。余读之，惊其诡异。暑热乘凉，窃攫之与乡人团坐，作豆棚闲话，咸以为闻所未闻，倏惊倏喜，津津不倦，至三日而毕。次夜集者益众，余不获辞，乃为东施效颦，博梓里一粲，不揣简陋，附诸篇末，大雅君子，尚其谅诸。"①小说开头的这段序言透露了作者在创作这部作品的时候对原作和原译本的吸收与转换，东海觉我以相似的叙事方式重新编造了一个故事，其间安放的是其对本土国民与文化的讽刺与思考，并和西方的"法螺先生"进行着对话。清末民初科幻小说的互文性不仅仅体现在作品间的吸收和转换，还体现不同作品对同一主题话语的复读、强调和深化。比如《新纪元》《电世界》《狮子吼》等都是对种战话语的书写，都在文本中强调了黄种种族的强大，将黄种种战的神话深化为了一种文本中的真实性。还有像《可怕之大行星》《世界末日记》《黑暗世界》等也在文本的碰撞中深化了对末日话语的书写。互文性的特点还体现在文本的文字与文本的插图之间。清末民初的许多科幻小说中都有插图，像《月球殖民地小说》《鸟类之化妆》《女博士》《中国之女飞行家》《中秋月》等等，这些作品中的文字借助图像的"以资观感"增强了小说的可读性，图像也凭借文字的"意义挖掘"而深化了小说的主题，文字和图像之间互相作用，形成了文图之间的互文性。

除此之外，科幻小说从清末到民初创作和译介的过程中，在小说篇幅上呈现出了从长篇到短篇的转变。清末萌芽时期的科幻小说，像《月球殖民地小说》《新纪元》《新石头记》等都是长篇，而到了民初，虽然科幻小说总体的数量急剧上升，但是长篇的创作数量有所下降，反而是短篇小说占据了主要的位置，像《无线电话》《秘密室》《亚养化淡》《中秋月》等等都是短篇。

2. 科幻文体自身呈现出来的一些特点

除了以上文本方面表现出来的这些特点之外，清末民初科幻小说在文体自身上也呈现出来一些特点。吴岩在《科幻文学论纲》中分析科幻这种文体的文学品性时，将其分成四个维度：思想认知、态度情感、行动特征和形式特征②。仔

① 东海觉我：《新法螺先生谭》，见于润琦主编：《清末民初科幻小说书系 · 科学卷》，中国文联出版公司 1997 年版，第 5 页。

② 吴岩：《科幻文学论纲》，重庆出版集团 2011 年版，第 175 ~ 205 页。

细研读清末民初的科幻小说，我们会发现清末民初科幻小说文本在这四个方面都呈现出了一些特点，这主要表现为思想认知上的边缘性、态度情感上的纠结性、行动特征上的“想象”作为行动和形式特征上的陌生化。

首先是思想认知上的边缘性。这一方面表现为科幻作者们总是站在与现实思想相反的方向上来进行创作，区别于社会上的主流认知。科幻小说在清末的时候引入中国，当时中国在科学技术上远远落后于西方，国人大部分也没有接受良好的科学教育，但是作者们却将科学作为强化中国国力的主要手段，在作品中将中国塑造成了强国强种的形象，并且在作品中书写了大量的科学知识，像《新纪元》写中国黄种一举挫败西方白种，像《新法螺先生谭》涉及如加速度、定质、流质、气质、化合、离心力、卫星等一系列的科学知识，科幻作者将这种边缘性的认知安排在了作品中。另一方面，清末民初科幻小说中的人物形象，无论是女性还是知识分子，他们都处于社会和文化的边缘，都在政治上都很难实现自己的抱负，要么像李安武和龙孟华一样远走异乡，要么像金瑶瑟和秦爱浓一样采取极端的手段去争取自己的利益，作者对这些受压迫者或是边缘生存者的书写也体现了他们思想认知上的边缘性。

其次是态度情感上的纠结性。清末民初科幻作品中的人物常常徘徊于逃离现实与介入现实的对抗之中，像《月球殖民地小说》中的李安武等人，既希望能够在时局危亡的时刻贡献一己之力，又不满于当朝的腐败无能。同样，作品对科学的态度也常常是徘徊于崇拜科技能力与质疑科技能力的对抗之中，既有像《新中国》这样理想的作品，也有像《秘密室》这样反思的作品。而无论是作品中的人物还是作品对待科学的态度，清末民初的科幻作者们都表现出了明显的态度情感上的纠结性，他们期望通过自己的作品介入现实、改变现实，但是现实又让他们感到自己能力的不足，于是，他们选择了脱离现实，将自己的想象投向遥远的未来或者是某一无法确定的时刻。这种纠结性的情感，使得清末民初的科幻小说在文本中呈现出两个极端的世界：文明的世界和野蛮的世界。在文明的理想乌托邦里，科技进步、人民生活幸福、思想开放；而在野蛮的世界里，科技落后、人民生活艰难、思想受到禁锢。

还有就是行动特征上的“想象”作为行动。大多数清末民初科幻小说中人物空间位置的转移并不是人物的实际行动，小说情节的演进也不是人物行为的推动，本质上都是作者的一种“想象”性的行动，是受作者的“想象”所牵引的。像《新法螺先生谭》中“余”的行动并不是自主发生的，而是作者的想象所推动的，读者的注意力也不是被“余”的性格和命运所吸引，而是被作者新奇的想象所吸引，作者依凭想象将小说的空间设置于地心、水星、金星、太阳等等。这种对小说空间的设置实际上是作者埋伏在作品中的一种内在的行动，凭借这种“想象”，作者向读者传达出了一系列新的信息。

清末民初科幻小说文体上还呈现出了形式特征上的陌生化。科幻文本中的许多人物类型，都是传统小说中从未出现过的，像《世界末日记》中的物理学家、天文学家，《贼博士》中的电学博士、《中国之女飞行家》中的苏毓芬和《鸟类之化妆》中的叶舜华等知识女性，还有像《发明家》中的施门士、《科学的隐形术》中的史迭笙、《亚养化淡》中的斯劳夫与玛丽夫妇等外国人，这些新的人物类型都具有一丝神秘的色彩，对读者来说是陌生的。除了人物的陌生化之外，小说中大量的形式逻辑、科技说明和非道德化的宇宙理论，对读者来说都是新奇的、未知的。这些形式特征上的陌生化，是这一时期科幻小说在文体上最为显著的特点。

总而言之，清末民初的科幻小说夹在传统和西方之间，无论是形式内容上的特点，还是文体上的特点，都引发我们思考这些特征背后的深层原因，也促使我们去重新阅读和探究这些科幻文本与西方、中国传统文化和现代中国文学的关系。解决好这些问题，才能以清末民初的科幻小说为突破口，一窥中国文学走向现代化时的独特品格；才能弄清清末民初科幻小说在“西方”与“传统”双螺旋式的纠结与交错中，是如何影响并参与整个现代中国文学现代化进程的；才能更加准确地把握清末民初科幻小说在现代中国文学史上的位置。

二、清末民初科幻小说与西方话语

伴随着“西学东渐”和“小说界革命”的大潮而引进的西方科幻小说，不仅给晚清时期的中国带来了新的小说叙事模式、先进的现代思想、大量的科学知识，也改变了人们的生活方式，刺激了中国作家的认知和思维模式，激发了他们创作科幻小说的热情。因此，在以往的许多学者看来，西方科幻以及同时期传入的西方话语给晚清知识分子带来了“启蒙国民、救亡图存”的现代化启发和希望，促使他们主动地去模仿和吸收译介作品中的西方元素。

这种对西方话语主动性接受的观点在王德威的著作《被压抑的现代性——晚清小说新论》中就有所表现。他认为“儒勒·凡尔纳的小说和赫伯特·斯宾塞的社会达尔文派文论，都使中国的作家深受启发”①，甚至断言“萧然郁生的《乌托邦游记》必定受到西方太空幻想小说的启发”②。台湾的林建群也认为晚清西方话语的传入，“带来了新的科学知识，并创造了科学的环境”③，促使知识分子积极地输入并学习西方的科技，科幻作家受此影响，也“常移植译本小说的科幻器具，并引以为科幻场景的写作素材”④。很明显，王德威和林建群发现了代表着“现代”和“真理”的西方科学话语作为理论资源对晚清科幻作家的积极影响。

不可否认，西方的科学话语启发和影响了清末民初科幻小说的创作。但是这种单一的西方话语系统中的“现代性”认识，是否能够涵盖清末民初科幻小说在参与中国文学现代化时，所表现出来的异质性与历史规定性？是否能够准确而全面地让我们看到中国文学现代化的真实面貌？答案是否定的。当我们仔细研读文本之后就会发现，许多作品在奉“科学”之名想象未来的时候，也书写了一些其他的内容：病弱的国民和中国文化、以身救国的新女性、战无不胜的种族神话。面对这些内容，我们不禁要问：这些是否也是对西方话语的主动模仿和吸收？是否隐含着“西方话语霸权的知识权力倾向和文化殖民主义的意识形态色彩”⑤？如果不是对西方话语的模仿和吸收，那么书写这些内容又隐喻了作者怎样的文化心理？沿着这一思路进行下去，我们会发现清末民初科幻小说与西方话语另外一个层面的权力关系：这些小说在主动模仿西方科幻小说的同时，也以病态话语的书写显现出了面临西方话语时的压迫性、被动性，并通过女性话语和种战话语的书写在小说中实现了对这种强势话语的背离与反抗。

（一）病弱的中国：以《新石头记》和《新法螺先生谭》为中心的考察

鸦片战争和洋务运动的失败让晚清的士人“天朝上国”的迷梦彻底破灭了，也让西方的坚船利炮彻底打开了中国的大门，中国的知识分子面临着前所未有

① 王德威：《被压抑的现代性——晚清小说新论》，宋伟杰译，北京大学出版社 2005 年版，第 309 页。

② 王德威：《被压抑的现代性——晚清小说新论》，宋伟杰译，北京大学出版社 2005 年版，第 310 页。

③ 林建群：《晚清科幻小说的兴起》，见吴岩：《贾宝玉坐潜水艇——中国早期科幻小说研究精选》，福建少年儿童出版社 2006 年版，第 107 页。

④ 林建群：《晚清科幻小说的兴起》，见吴岩：《贾宝玉坐潜水艇——中国早期科幻小说研究精选》，福建少年儿童出版社 2006 年版，第 130 页。

⑤ 贾振勇：《五四：中国文学现代化的坐标原点——兼评近年 20 世纪中国文学性质的讨论》，《山东社会科学》2000 年第 5 期。

的恐慌和屈辱，开始反思中国病弱的根源。面对着西方话语和传统话语的两难选择，他们一方面表现出了固守传统文化以保持自身自尊感的姿态，一方面又承认自身的病弱以力图医治危亡的国家。而后者的这种抉择对于晚清士人来说是痛苦的，是不得不去清醒面对的："西学东渐"传入的先进科技、先进制度和先进思想，以及译介科幻小说传入的新奇的器具和思考、想象的方式，都一再加强了这种认知和体验的真实性。清末民初的科幻作者们开始在作品中不时透露出对病弱中国的慨叹：落后和"土气"的中国器物、萎靡和病态的中国国民、腐朽和陈旧的中国文化，无论从哪一个方面与西方相比，中国都成了一个有病的机体。

一方面，西方先进器物对比下的中国器物，往往显得落后和"土气"。在《新石头记》的"文明境界"里，西方先进的科学发明无所不在：要远处遨游，有飞车、隧车、猎艇等先进的交通工具；要对抗作战，有电机无声枪炮、蒙汗药水等尖端的武器；要延年益寿，有食品精液、聪明散等神奇的药物。而在这些西方先进器物对比下的中国器物，则显得很不便利，甚至是非常的"土气"。在第二回贾宝玉初到晚清时代的时候，他就见到了西方的器物"自来火"，与茗烟捣鼓了半天之后，明白了这是取火用的火柴，是比"火镰包儿"更为灵便的一种工具，便说"这回有了这个，不要那个了"①。在灵便的西方"自来火"面前，中国传统的"火镰包儿"只剩下了被丢弃的命运。同样在第十回当中，贾宝玉到熟铁厂的时候，看到"工匠们拿着锤，打得火星四射"，却认为"这并没有看头，只有靠门口的一个气锤，却不用人力，自己能提上去打下来的"②更为吸引人。在宝玉眼里，工匠们的锤子，在气锤面前显得低效而土气，已经不能引起他的兴趣。可见，西方的先进器物引起的震惊体验和感受让宝玉既惊奇又羡慕西方的科学技术，同时也迫使他看到了中国器物的落后和粗糙，看到了洋货、洋物对中国经济的破坏。

另一方面，用西方科学方法检验中国人的性质，得出的结论往往是萎靡和病态。在《新法螺先生谭》中，当"余"坠入地心遇见黄种祖时，黄种祖以"化学化分之法"向"余"呈现了国人的性质，结果却是："最洁净、最光明，社会中能自立，能爱群，及能转移风俗"③的"气质"者，仅万分之三；"光明洁净，社会中明白

① 吴趼人：《新石头记》，王立言校注，中州古籍出版社1986年版，第10页。

② 吴趼人：《新石头记》，王立言校注，中州古籍出版社1986年版，第76页。

③ 东海觉我：《新法螺先生谭》，见于润琦主编：《清末民初小说书系·科学卷》，中国文联出版公司1997年版，第10页。

事理，而不能有为，乏躬行之力”[①]的“定质”者，“仅万分之五”；而有百分之六十五的“流质”者，都中了吗啡之毒，变得“消磨志气，瘦削肌肤，促短寿命”[②]；余下的则是“愚暗不明”或“肺炎脑病”者。总之，以这种西方科学方法检验后的中国国民，大都呈现出了萎靡的精神病态，黄种祖据此认为：“人群中多性质善者，则风俗改良，社会进步。人群中多性质恶者，则风俗颓落，社会腐败。”[③]可见，西方的科学方法不仅让黄种祖和“余”认识到了国民的病态，而且还找到了中国贫弱落后的现实原因。在《新石头记》的第二十二回中，同样出现了相似的能够检验人精神的机器：验性质镜。这面神奇的镜子，是“经高等医学博士，用化学制成玻璃，再用药水几番制炼”而成，使用的时候，“隔着此镜，窥测人身，则血肉筋骨一切不见，独见其性质。性质是文明的，便晶莹如冰雪。是野蛮的，便浑如烟雾。视其烟雾之浓淡，以别其野蛮之深浅。其有浓黑如墨的，便是不能改良的了”[④]。在这里，西方的神奇镜子可以检验中国人的文明与否，西方的机器也让国人看到了自身的病态。总之，西方科学方法就这样在清末民初的科幻小说中作为“他者之眼”，让国人接受了自身萎靡病态的事实。

除了落后的器物和病态的国民，在西方文化制度映照下的中国文化，也往往显得腐朽和陈旧。在《月球殖民地小说》的第十二回里，龙孟华因为“急血奔心”而“昏沉得不知人事”，英属殖民地的印度医师哈克参儿以“洗心”之术帮他医治好了之后，告诉他他的病是因为做“八股文”过多而导致的。在这里，作者以西方的医学手段诊治了中国传统文化所引起的疾病，很显然是将中国国民的病弱归罪于八股文，归罪于中国文化，也暗示着在西方的话语面前，科幻作者开始怀疑和反思中国文化的病态。值得注意的是，在哈克参儿给龙孟华医治的过程中，中国医师贾西依显得非常的无能和手足无措，可见作者在这里有意地将外国医师的高明和中国医师的无能形成鲜明的对比，也从一个侧面暗含着对西方科技手段的肯定。

总之，在清末民初的科幻小说中，西方的器物、方法和文化，作为一面镜子，使经历了相当长的历史时段都没有被视为病态的中国器物、国民和文化，一下

① 东海觉我：《新法螺先生谭》，见于润琦主编：《清末民初小说书系·科学卷》，中国文联出版公司1997年版，第10页。

② 东海觉我：《新法螺先生谭》，见于润琦主编：《清末民初小说书系·科学卷》，中国文联出版公司1997年版，第10页。

③ 东海觉我：《新法螺先生谭》，见于润琦主编：《清末民初小说书系·科学卷》，中国文联出版公司1997年版，第10页。

④ 吴趼人：《新石头记》，王立言校注，中州古籍出版社1986年版，第168页。

子显得病体残缺和腐朽陈旧。科幻作家们在小说中对病弱中国的这种展现，一方面固然源于他们那种忧国忧民的传统思想，然而不可否认的是，在科幻文本对病态中国凝视的背后，也有着作者身不由己的被动性，也隐藏着西方“弱肉强食”的强势话语的压迫性：西方列强的侵略和西方话语的大量侵入，激起了晚清知识分子内心的恐惧和耻辱体验，建构了一种“强者是健康的，弱者是病态的”的认知逻辑和思维模式。也正是这种压迫性，迫使他们承认了一个更为广阔和巨大的世界，迫使他们认可了西方的话语势力和权威，也迫使他们接受了中国病弱的事实。然而，科幻作家们也没有一味地屈从于西方话语的这种强势性的压迫，而是在创作小说的时候转向了对于新女性和种族的想象，并由此显示出了对西方话语的背离和反抗。

（二）女性的寄托：以《女娲石》为中心的考察

清末民初的科幻小说中，许多作品都有对新女性的想象，像荒江钓叟的《月球殖民地小说》中有濮玉环、唐蕙良，朱敏娴的《女博士》中有宝珠，梅梦的《中秋月》中有桂儿，谢直君的《中国之女飞行家》中有苏毓芬等等，但是对女性的想象最极致也最极端的小说当属海天独啸子的《女娲石》。以这部作品为中心来考察这一时期科幻文本中的女性想象所表征的科幻小说与西方话语的关系，具有典型的意义。

《新石头记》和《新法螺先生谭》等作品对病弱中国的书写，隐喻了西方强势话语对晚清中国的压迫，也表现了晚清中国的社会现实。在这种现实之下，以往处于社会主导地位的男性知识分子表现出了无能为力的尴尬，以往自认“天朝上国”的中国也失去了世界中心的地位，他们在西方具有“男性”特征的强势话语面前，都表现出了一种“女性化”的弱化特征。从这个角度来看，以《女娲石》为中心的一些科幻作品对新女性的想象，就具有了隐喻的色彩：在这些女性的身上，寄托的是科幻作者们将西方科学话语本土化，并以此实现对抗西方和寻求民族国家合法性的文化心理。

一方面，以《女娲石》为中心的科幻小说对新女性的想象，寄托的是晚清知识分子将西方的科学话语“本土化”的愿望，这主要表现为作品中女性与西方科学话语的融合。《女娲石》中女子团体“花血党”的总部“天香院”，由剑仙女史秦爱浓领导，这是中国女性自己用高科技打造的一个文明乐园：不仅有巨型的温室花房，还有霓彩闪烁的照明装置，通信工具有无线电报、德律风，代步工具有电马、电动汽车、电梯，吃的则是“甘美芳烈，百珍皆集，沁人心脾”[①]的食物精汁，再也看不到落后的传统器物。与“花血党”相似，由汤翠仙领导的女子团体“白十字社”，也同样是一个由中国女性建设的科技王国，这里开设的“洗脑院”，可以治疗人民器官的疾病和精神的腐败，再也不存在像《新法螺先生谭》中病态的国民。值得注意的是，小说中这些先进的科技器具，都是中国女性自己发明和制造的，比如在小说的第六回，秦爱浓引领金瑶瑟用饭，只需要“拿着机器两个铜脚放在椅梁上面，用手一按”[②]，就可以吮吸到沁人心脾的食物精汁，当金瑶瑟问秦爱浓这器具是购买的还是自己发明的时候，秦爱浓回答她“这点科学小戏何必购买”[③]。同样在小说的第九回，秦爱浓为金瑶瑟展示自己发明的电马：“中备活栓数个，使电气循环运转，活泼自如。”[④]不仅可以左右上下运转自如，而且“一声机关运转，赛过骅骝三千”[⑤]，秦爱浓特别强调这马“一非古代所有，二非西人发明”[⑥]。可以看到，小说中的女性凭借自己的能力制造出了各式各样的不需要倚赖西方的先进器具。卧虎浪士在小说的批注中就说：“作者处处言发明，处处多惊人之语。然我国富于发明之性质，作者所公认，阅者所公认，亦白人所公认也。……西人谓未来世纪中，支那人将有最新武器出现于世，吾亦谓然。”[⑦]很显然，海天独啸子和卧虎浪士都无时无刻不在小说的叙事中刻意地强化中国科技的发达并且刻意地保持与西方的距离，这隐含了作者将西方科学话语本土化的愿望，他们将这种愿望的实现寄寓在了中国女性的身上，并希望由此来改变中国病弱的现实困境。

《女娲石》在展现女性科技实力以实现西方科学话语本土化的同时，也以对女性情欲的压制，隐喻地实现了对具有“男性”特质的西方强势话语的反抗和背

① 海天独啸子：《女娲石》，见董文成、李勤学主编：《中国近代珍稀本小说》(3)，春风文艺出版社1997年版，第45页。

② 海天独啸子：《女娲石》，见董文成、李勤学主编：《中国近代珍稀本小说》(3)，春风文艺出版社1997年版，第45页。

③ 海天独啸子：《女娲石》，见董文成、李勤学主编：《中国近代珍稀本小说》(3)，春风文艺出版社1997年版，第45页。

④ 海天独啸子：《女娲石》，见董文成、李勤学主编：《中国近代珍稀本小说》(3)，春风文艺出版社1997年版，第64页。

⑤ 海天独啸子：《女娲石》，见董文成、李勤学主编：《中国近代珍稀本小说》(3)，春风文艺出版社1997年版，第64页。

⑥ 海天独啸子：《女娲石》，见董文成、李勤学主编：《中国近代珍稀本小说》(3)，春风文艺出版社1997年版，第64页。

⑦ 海天独啸子：《女娲石》，见董文成、李勤学主编：《中国近代珍稀本小说》(3)，春风文艺出版社1997年版，第67页。

离。小说中的"花血党",针对传统的"三纲五常",反其道而行之制定了"灭四贼"的宗旨,其中"灭外贼"和"灭下贼"的两条宗旨,不但禁止女性崇洋媚外,而且要求女性弃绝夫妇之爱,灭绝情欲,可这毫不影响种族的繁衍和社会的发展,因为传宗接代的使命可以通过"人工授精"来实现。不仅如此,小说在后面"花血党"的"三守"宗旨中继续强化了这种对于男性存在性的否定:"第一,世界暗权明势都归我妇女掌中,守着这天然权力,是我女子分内事。第二,世界上男子是附属品,女子是主人翁,守着这天然主人资格,是我女子分内事。第三,女子是文明先觉,一切文化都从女子开创,守着这天然先觉资格,是我女子分内事。"[①]可以看到,在作者所想象的世界里,女性掌握着世界、文化和男性的一切权利,男性已经失去了存在的意义。这一点是非常具有隐喻意义的:在现实当中,西方以一种"男性"的强势战胜了中国,并以它的武器和思想迫使中国显现出了一种"女性化"的病弱特质;而在小说当中,作者有意反转了这种局势,他们使女性表现出了超越男性的自主性和责任感,以往柔弱不堪的女性被想象得比男性更为强大,她们不仅能够自己发明科学器具,而且能够不依附于男性而自力自强。这实际上正隐喻了作者心理上的一种期待:摆脱西方话语强加于中国的压力和焦虑,并以一种极端的姿态去超越西方、反抗西方。

除此以外,以《女娲石》为中心的科幻小说对新女性的想象,还隐喻着知识分子在西方话语权力控制下的世界格局中对中国合法性地位的吁求。无论是从《女娲石》中"花血党"和"白十字社"的纲领和宗旨来看,还是从秦爱浓和金瑶瑟在社会上的行为来看,传统处于弱势地位的女性在小说中已经变成了拯救民族国家的英雄,获得了超越于男性的社会地位。这种对于女性的逆转性的想象,实际上正隐喻着作者对中国在世界上位置的逆转想象。清末民初,中华民族带着西方强加于自己的屈辱感开始走向世界,中国的"传统、落后"与西方的"现代、文明"的二元对立使中国失去了在世界政治格局中言说的勇气和权力,显现出了"女性化"的特征,这使知识分子比以往更为迫切地表现出对于平等意识的向往,既然现实中国家民族的平等不能够实现,他们就将这种期望转向了作品中的女性,女性在小说中实现了社会地位转变,其隐喻的中国便也获得了在世界上的合法性地位。可以说,像《女娲石》等作品对于新女性的想象,使科

① 海天独啸子:《女娲石》,见董文成、李勤学主编:《中国近代珍稀本小说》(3),春风文艺出版社1997年版,第50页。

幻作者们“持续地确信他们想象的世界就根植于日常生活中，清晰可见”①。

总而言之，以《女娲石》为中心的科幻作品在女性想象的背后，隐藏着作者隐秘而复杂的文化心理。无论是西方科学话语的本土化，还是对民族国家合法性地位的吁求，都以一种背离和超越的姿态向西方话语显示出了自身的反抗性，便得这些作品中的女性想象具有了文化隐喻的色彩。

（三）种战的神话：以《新纪元》为中心的考察

清末民初科幻小说对西方话语的背离和反抗，不仅仅体现在作品对女性的想象上，在许多作品对种战神话的反复书写中，也能够看得出来。在清末民初，很多科幻小说都奉科学之名，在作品中表现出了对种族和战争的迷恋，像过庭（陈天华）的《狮子吼》、包天笑的《空中战争未来记》、陆士谔的《新野叟曝言》、高阳氏不才子（许指严）的《电世界》以及作者不详的《空中军舰》等等，但是表现得淋漓尽致的当属碧荷馆主人的《新纪元》。以这部作品为中心来考察科幻小说对西方话语的反抗，非常具有代表性。

以《新纪元》为中心的这些描写种战的科幻作品，首先通过设定一种“中胜西败”的固定模式和结局，在小说中实现了对西方的反抗。纵观以《新纪元》为中心的这些文本，尽管作者都在叙事的过程中一再地申明“武器优劣”决定战争胜败的原则，但实际在描写黄白对战的时候，却大都呈现出了对未来中国军事力量的无比自信，并都以欧洲白种诸国降服于中国、中国最终成为未来世界的中心作为收束。这种“中胜西败”的预设性结局，几乎成了这些小说的固定模式。在《新纪元》中，因为中国改用黄帝纪年而引发了匈耶律国内黄种人和白种人的内战，这场战争最终演变成了中国黄种和西方白种之间的世界大战，尽管战争的过程一波三折，但最终还是以黄之胜打败西方白种并迫使西方签订战败条约而告终。不仅《新纪元》是这样，在其他的许多作品中，也明显遵循着这样的模式和结局：在《新年梦》里，中国大破西方诸国的海陆空联军，成为世界五大洲学习的榜样；在《狮子吼》中的“民权村”里，中国也在和西方的对抗中实现了光复，“变为第一等强国”②；在《电世界》里，中国更是凭借电学大王黄震球的发明，不但打败了“西威国”，而且还到海底开发了殖民地而称霸世界；同样在《新

① ［美］本尼迪克特·安德森：《想象的共同体——民族主义的起源与散布》，吴叡人译，上海人民出版社 2005 年版，第 32 页。

② 过庭（陈天华）：《狮子吼》，见董文成、李勤学主编：《中国近代珍稀本小说》（9），春风文艺出版社 1997 年版。

野叟曝言》中，征欧大元帅文礽也凭借“飞舰”，使欧洲七十二邦未及交战就悉数归降。可以看到，所有这些描写黄白种战的科幻作品，都呈现出了击溃并统治西方白种的野心，很显然，现实中受西方压迫和凌辱的科幻作者们希望在小说中以这种不变的结局来证明自身种族的优越性，进而以这种不容置疑的优越性实现对西方的反击和统治。

另一个方面，这些描写种战的科幻作品对西方话语的反抗，还表现在对西方“社会达尔文主义”话语和“黄祸论”的挪用和同化上。这里所说的“挪用”，主要指的是“一种文化里的某些特定元素被另一文化群体所利用，也就是文化的置入或者同化”[①]。在清末民初，“社会达尔文主义”作为一种西方的话语开始进入中国。1895 年，严复在《直报》上发表了《原强》一文，将自己理解的达尔文学说和斯宾塞学说进行了介绍，在他看来，斯宾塞的“群学”理论与中国儒家“修身、齐家、治国、平天下”的旨意不谋而合，同样是一种“持世保民”的学说。依据这种认识，严复阐明了提高国民的生存竞争能力才是民族国家生存之道的观点：“所谓争自存者，谓民物之于世也……各争有以自存。其始也，种与种争，及其成群成国，则群与群争，国与国争。而弱者当为强肉，愚者当为智役焉。”[②]很明显，严复试图将西方的“社会达尔文主义”话语从西方挪到中国，并希望将其同化为中国儒家文化思想的一部分，进而借此来激发国民的种族意识来对抗西方。严复这种热切的企盼通过清末民初科幻作家们的想象，在小说中得到了实现。在《新纪元》中，无论是科学武器还是种族的素质，都显得比西方国家更为进化：在科学武器上，黄之胜不仅可以凭借“行轮保险机”、“海战知觉器”、“洋面探险器”等在海上安全作战，还可以在战事不利的情况下，借助“洞九渊”、“升取器”以及“泅水衣”、“软玻璃眼镜罩”等瞬间扭转战争局面，相比之下西方武器在中国武器面前显得不堪一击。而在种族的素质上，小说中的黄种种族也表现出了空前的团结，在黄之胜作战一筹莫展的时候，婆逻洲的黄种渔民倾囊相助，帮他渡过了难关。可以看到，无论在器物上，还是在种族的素质上，小说都有意将中国塑造成一个不断进化的形象，而在这个进化过程中，中国不再是现实中西方压迫下的“弱者”和“愚者”，而是成为整个世界的领袖。科幻作者们正是在这种种战的想象中，将“社会达尔文主义”的话语，同化为了一种抵抗西方的力量。

---

① 王洁群：《晚清小说中的西方器物形象》，湘潭大学出版社 2009 年版，第 174 ~ 175 页。

② 严复：《原强》，见王栻主编：《严复集》（第 1 册），中华书局 1986 年版，第 5 页。

除此以外，以《新纪元》为中心的科幻小说也将西方的"黄祸论"挪用在了小说里，并以此实现了对西方的反抗。清末民初，西方人编就了一套基于种族排斥的话语系统，他们认为不论中国的强大还是衰弱，不论中国的政治、经济还是种族、文化，都对西方构成了威胁，甚至黄种人的存在本身就是一种威胁。梁启超就曾经描述过西方的这种担忧："中国人种，固世界最膨胀有力之人种也。英法诸人，非惊为不能压抑之民族，即诧为驰突世界之人种，甚者且谓他日东力西渐，侵略欧洲。"①可是，清末民初的科幻作者们却将西方种族主义者这种带有污蔑性的理论挪用进了小说里，使得"黄祸论"在叙事的过程中转变成了一种抵御西方的力量：在《新纪元》中，黄之盛大败白种诸国；在《电世界》里，黄震球大败"西威国"；在《新野叟曝言》中，文礽大败欧洲七十二邦。可以看到，黄种并没有因为西方种族排斥的话语系统而否定自己，而是在种战的过程中确立了黄种在世界上存在和言说的权力。在黄之盛他们看来，黄种人谦恭勤劳，是文明的开拓者、黄帝的子孙，而白种人傲慢自大，必然被黄种人征服和统治。从话语权力的角度来看，这些小说中的种战神话，在文本的层面上使黄种人在世界上重新占据了"权力的功能性位置"②，使黄种在"适者生存"的进化世界中成为真正的表达者，某种程度上正暗示了科幻作者"以西方来反抗西方"的隐秘心理。

综观以《新纪元》为中心的这些描写种战神话的科幻小说，它们在西方话语占有绝对优势的时代语境中表现出了"中胜西败"的狂想，并将西方的进化思想和种族话语挪用在了小说里面，不仅创造出了属于自己民族的种族寓言，而且也在一定程度上实现了对西方话语的反抗，实现了民族的认同与同一性。

综上所述，在清末民初纷繁复杂的时代语境中，科幻小说与西方话语之间的关系是极富张力性的：一方面，我们不得不承认西方话语在小说文体和小说叙事等方面启发和影响了科幻小说的创作，可是另一方面，我们也能够从文本对病弱中国的展现中看出中国器物、国民和文化的被动性以及西方话语的压迫性，也能够从文本对女性的寄托和对种族神话的书写中看到晚清知识分子对西方话语的背离和反抗，这两点都使得这一时期的科幻显示出了中国本土科幻的独特风貌。同样，这也激起了我们这样的反思：我们一贯探讨的西方话语系统

① 梁启超：《论中国国民之品格》，见《饮冰室合集》（文集之十四），中华书局1989年版，第5页。

② ［法］米歇尔·福柯：《知识考古学》，谢强等译，生活·读书·新知三联书店1998年版，第114～119页。

中的“现代性”是否就是我们追求的目标？是否就是衡量中国文学的唯一价值尺度？如若不是，那么源于传统的现代化之路，又是怎样的一种形态呢？所有这些问题，都促使我们继续追问清末民初的科幻小说与传统文化究竟呈现出了一种怎样的关系。很显然，从传统走过来的科幻作者们在想象中国未来的时候并没有仅仅对西方作出了自己的反应和思考，而且也对自身传承的中国传统文化作出了自己的选择。

三、清末民初科幻小说与传统文化

清末民初的科幻小说发端于“小说界革命”的历史潮流中，诞生于晚清知识分子寻求民族和国家现代化的时代语境里，文本中的西方话语给小说注入了许多新的内容，刺激了读者的认知和思维方式。因此，在以往的大量论述中，很多学者一致从“现代性”的视角去审视和解读它。王德威就认为，在晚清时期，传统话语“失去了力量”，它的“过去的‘过去性’已经不能再为叙述提供存在的理由”[①]，受西方科幻影响的晚清科幻小说里蕴含的是与传统文化决裂的一种“被压抑的现代性”。受他这种观点的影响，很多学者都开始关注清末民初科幻小说中显露的现代性因素，如王卫英就认为清末民初的科幻小说是“带着对传统文学艺术的强烈冲击而出现的”[②]；肖雯也认为“科幻小说的现代性表现为‘求新求变，打破传统’”，“表现为对传统文学从形式到内容上的抛弃”[③]，他们都努力在科幻文本中寻找着“现代性”的身影。

与这种一味“现代性”阐释不同的是，有一些学者发现了清末民初科幻小说在表露“现代性”萌芽的同时，显现出传统文化的痕迹。吴岩就认为《新法螺先生谭》在“现代科学观的外壳下，仍旧生长着中华传统文化的根须，仍旧受着中国古代道家、佛教、中医、文学，甚至方术文化的浸染”[④]。也有学者从“幻想”这个角度提出了清末民初科幻小说与《逍遥游》及传统小说《镜花缘》《聊斋志异》等作品的可能性关联[⑤]，还有学者认识到像《月球殖民地小说》《新石头记》等作

---

① 王德威：《想象中国的方法：历史·小说·叙事》，生活·读书·新知三联书店1998年版，第109页。

② 王卫英、张懿红：《20世纪中国科幻小说创作的本土化进程》，《贵州社会科学》2008年第6期。

③ 肖雯：《晚清科幻小说现代性研究》，华东师范大学2009年硕士学位论文。

④ 吴岩：《中国早期科幻小说的科学观》，《自然辩证法研究》2008年第4期。

⑤ 刘淑一、李娜：《晚清科幻小说的传统因袭和现代转捩——以〈月球殖民地小说〉和〈新石头记〉为例》，《鲁东大学学报（哲学社会科学版）》2011年第3期。

品的章回体式[①]、才子佳人的旧模式[②]等与传统小说存在相似之处。

从“现代性”的视角去审视清末民初的科幻小说，似乎会让我们忽视隐藏在文本中的传统因素；只看到文本中传统文化的某些痕迹，似乎也只是停留在文本形式的表层进行论述。因此，我们既不能完全以西方文学现代化的标尺来衡量清末民初的科幻小说，也不能完全以自身民族的历史文化来阐释它。就像贾振勇在论及五四是中国文学现代化的坐标原点时所说的：“无论是依据世界文学的发展和评判体系，还是从民族主义的文化视角来阐释和界定中国文学在20世纪发展进程中的性质，一方面只能以西方话语系统中作为形态的现代化和作为质态的现代性的共通性标准为前提，另一方面必须将其置于20世纪中国独特的历史境遇中考察它的有效性及其衰减和增值现象。因为并没有与西方的现代性截然不同的中国的现代性，中国的现代性也自有它具体的历史规定性。20世纪中国文学既有世界文学范围的现代性的同质性，更有特定民族、特定时空的异质性。”[③]这种观点对于研究清末民初的科幻小说也是适应的，面对大量的科幻文本，我们有必要跳出西方的话语系统去深入地挖掘其与中国传统文化更为复杂的关系：科幻小说在文本的叙述中具体在哪些方面表现出了对传统文化的因袭？在因袭的同时是否有对传统文化的创造性地转化？传统文化为什么产生不了科幻这种文类？只有弄清这些问题，才能清楚清末民初科幻小说的作家们在面对自身传承的传统文化的时候，是如何回到过去的，又是如何走向超越的，才能打破中国文学现代化进程“西化论”的狭隘理解，才能在中国文学乃至中国文化的坐标系中给予这一时期的科幻小说一个恰切的位置。

（一）回到过去：对传统文化的因袭

清末民初的科幻小说处在中西方文化碰撞的历史时期，虽然承载了不少西方科学话语的叙述，但是并没有完全抹杀它对于中国传统话语的承袭。一方面，它从中国的传统文学中分化而来，传统话语必然作为一种“代代相传的行为方式”、一种“具有道德感召力的文化力量”[④]进入小说文本；另一方面，它的作

---

① 刘淑一、李娜：《晚清科幻小说的传统因袭和现代转捩——以〈月球殖民地小说〉和〈新石头记〉为例》，《鲁东大学学报（哲学社会科学版）》2011年第3期。

② 王德威：《被压抑的现代性——晚清小说新论》，宋伟杰译，北京大学出版社2005年版，第327页。

③ 贾振勇：《五四：中国文学现代化的坐标原点——兼评近年20世纪中国文学性质的讨论》，《山东社会科学》2000年第5期。

④ ［美］希尔斯：《论传统》，傅铿、吕乐译，上海人民出版社1991年版，第4页。

者也不能完全摆脱自身传承的传统文化的“克里斯马特质”①,这种特质有意无意地进入文本同样合乎其义。仔细研读清末民初的科幻小说,我们会发现在小说结构形式、意象选择、抒情方式、人物塑造、思想主题甚至是想象方式等方面,都表现出了对传统文化的因袭,它们在与文本中的西方话语相互调和与博弈的过程中,共同参与了对中国传统文化的创造性转化。

清末民初科幻小说对传统文化的因袭,首先体现在作品的结构形式和讲述故事的方式上。像《月球殖民地小说》《女娲石》《新石头记》《新纪元》等作品,采取的都是传统小说的章回体结构,每一回目都用两句字数相等、内容相对的句子概括出本回的主要内容,如《女娲石》第四回“扮男子瑶瑟出逃,遇洋人凤葵闹店”,就点明了本回要写的是金瑶瑟刺杀胡太后失败逃亡以及凤葵在客栈遇见洋人大打出手的事情。同时,这些小说也延续了传统章回小说一贯在开篇交代人物、时间或地点的方式,如《女娲石》开篇便是“话说中国有个女史,姓钱,名挹芳,年纪才得二九……”②,交代了人物钱挹芳;《月球殖民地小说》开篇便是“话说巫来由西南海岸有个部落名叫松盖芙蓉……”③,交代了地点松盖芙蓉,这跟传统小说《水浒传》开篇“话说大宋仁宗天子在位,嘉祐三年三月三日五更三点……”④交代时间的方式如出一辙。这些小说还套用了很多传统小说里说书人的话语,如“闲话休提”、“且听下回分解”等,并在每一回的最后留下一个悬念,用以激起读者的阅读兴趣,然后在下一回里再揭开悬念,使得整篇小说的情节跌宕起伏,高潮迭起。这种结构形式上对传统的因袭还体现在小说在结尾时以诗歌作结的形式上,例如《生生袋》的结尾写到,“皮肤与涎膜,双皮判厚薄,脑经四分支,筋肉相束缚。血管共回管,散布殊杂错,呼吸仗养气,一失身便索。五官司妙用,六腑并附着,人生虽若梦,卫生奚可略”⑤,虽然加入了西方的生理学词汇,但是仍保留了传统小说的形式。除了结构形式上对传统的因袭,在讲述故事的方式上,这些小说也像传统小说一样,以一条主线展开,穿插一些其他的小故事,比如《月球殖民地小说》,就紧紧围绕主人公龙孟华寻找妻儿的主线,

---

① [美]希尔斯:《论传统》,傅铿、吕乐译,上海人民出版社1991年版,第4页。

② 海天独啸子:《女娲石》,见董文成、李勤学主编:《中国近代珍稀本小说》(3),春风文艺出版社1997年版,第13页。

③ 荒江钓叟:《月球殖民地小说》,见《中国近代小说大系——痴人说梦记、月球殖民地小说、新纪元》,江西人民出版社1989年版,第222页。

④ (明)施耐庵:《水浒传》,人民文学出版社1975年版,第5页。

⑤ 支明:《生生袋》,见于润琦主编:《清末民初小说书系·科学卷》,中国文联出版公司1997年版,第71页。

穿插了一系列他所经之处的小故事，使整篇小说的总体脉络非常清晰。

对传统文化的因袭还体现在小说的意象选择上。清末民初的科幻小说中呈现的意象，大多显现出了中国传统话语的特点，有着中国传统文学挥之不去的影子。这一点在多篇科幻小说对“月”的描写上表现得非常明显。月亮自古就是中国文学中颇具意味的一个意象，传统文学上很多诗词都有所表现，像“明月几时有？把酒问青天”，“露从今夜白，月是故乡明”，“月亮”成了诗人借以寄托情思的意象。这点在《月球殖民地小说》中也可以看到。在小说的第一回，龙孟华望着窗外的满月，感慨道：“月亮啊月亮！我们祖国偌大的地方，竟没有几个人像你一般模样，照得我心事出来的。可惜你离我太远，可惜我身无两翼，不能从这肮脏的世界飞到你清清白白的世界里去。”①这段描写就像是李白对月独酌发泄自己的苦闷一样，颇有“举杯邀明月，对影成三人”的意境。而小说在第十三回中描写的月球世界，也没有逃离传统文人对“月”的想象：“黄金为壁，白玉为阶，说不尽的堂皇富丽。就中所有的陈设，并那各样的花草，各种的奇禽异兽，都是地球上所没有见过的”②，月球依旧像是传统神话中“广寒宫”的天宫样子。除此之外，很多小说在人物的命名上，也体现出了在意象选择上的传统性。这点在《新石头记》中表现得最为明显，小说里“华自立、华立本、华抚夷、东方文明”等这些人物名字，无不彰显了“华尊夷卑”的传统思想，与“月”一样，颇具象征的意味。刘淑一在论及晚清的科幻小说时，也注意到了这一点：“龙孟华以及他的妻子凤氏，从他们的姓上可以看出是龙凤的结合，龙凤是中华民族特有的意象，象征着中国的华夏儿女。”③由此可见，在意象的选择上，清末民初的科幻小说显示出了向传统文化的回归。

而在抒情方式和环境描写上，清末民初的科幻小说也表现出了对传统文化的因袭。前者主要表现为小说中的主人公往往用诗词或者韵歌的形式来抒发内心的感慨或是表达感情，例如《生生袋》的第五节“口津之辨贼”中：“客饮乃大豪，亢声以歌曰：酌我兮金觥，宾主欢饮兮无央，邂逅兮萍水，伐毛换髓兮，永

---

① 荒江钓叟：《月球殖民地小说》，见《中国近代小说大系——痴人说梦记、月球殖民地小说、新纪元》，江西人民出版社1989年版，第224页。

② 荒江钓叟：《月球殖民地小说》，见《中国近代小说大系——痴人说梦记、月球殖民地小说、新纪元》，江西人民出版社1989年版，第288页。

③ 刘淑一、李娜：《晚清科幻小说的传统因袭和现代转捩——以〈月球殖民地小说〉和〈新石头记〉为例》，《鲁东大学学报（哲学社会科学版）》2011年第3期，第49~52页。

享康强。"[①]可以看到,这首抒情的韵歌,韵律和谐,在形式上颇有屈原《楚辞》里"亦余心之所善兮,虽九死其犹未悔"的风范。不仅仅是在情感的抒发上,就是在环境的描写上,清末民初的科幻小说也表现出了对传统诗文的皈依。如《生生袋》的第四节"移血之奇观"中写道:"妇引道,客随其后,迂回尽里许,遥见绿槐一行,浓荫覆天,隐约闻犬吠声,逐空气而触鼓膜"[②]。在这里,我们可以看到前半句对古诗文意境的承袭,很容易让我们联想起陶渊明《桃花源记》中的描写:"林尽水源,便得一山,山有小口,仿佛若有光;便舍船,从口入;初极狭,才通人;复行数十步,豁然开朗"。可见,无论是在抒情方式上,还是在环境的描写上,清末民初的科幻小说,都显示出了对传统文化的因袭。

清末民初科幻小说对传统文化的因袭同样体现在人物的塑造上。这一点在《女娲石》处理人物形象的许多细节上表现得非常显著。读完《女娲石》,里面的四十八位女豪杰、七十二位女博士,很容易让人联想起《水浒传》中的三十六天罡星、七十二地煞星。尤其是小说对凤葵这个女性形象的塑造,简直可以看作是《水浒传》中鲁智深的翻版,凤葵的随性、莽撞跟鲁智深的不受拘束、粗鲁有着惊人的相似性:"凤葵听了,一把无明业火直从心起,大踏步抢到店主身前,一个嘴巴,将店主打翻在地,将身子一跳,骑在店主身上。拿着拳头骂道:'娘贼!看见欧洲人便是你的爹爹,反要拍着异种的马屁来压老娘,第一件该打'。"[③]卧虎浪士在《女娲石》的批注当中,就直言"写凤葵确是《水浒传》中李逵、鲁智深之流,一味天真,一味血性,真个令人拜服要死"[④]。可见,小说在凤葵形象的塑造上,承袭的是传统小说人物的性格特点。而在人物外貌的描写上,清末民初科幻小说也显现出了对传统小说的因袭,如《月球殖民地小说》中潘兰英出场的时候,作者描写道:"长得娉婷袅袅,说不尽的闭月羞花、沉鱼落雁的容貌"[⑤],这俨然是古典小说中女子的典型形象。这一点在《亚养化淡》中描写外国人斯劳夫和雅丽的时候同样有所表现:"男的风姿清秀,朗朗如玉山照人,女

---

① 支明:《生生袋》,见于润琦主编:《清末民初小说书系·科学卷》,中国文联出版公司1997年版,第50页。

② 支明:《生生袋》,见于润琦主编:《清末民初小说书系·科学卷》,中国文联出版公司1997年版,第44页。

③ 海天独啸子:《女娲石》,见董文成、李勤学主编:《中国近代珍稀本小说》(3),春风文艺出版社1997年版,第34页。

④ 海天独啸子:《女娲石》,见董文成、李勤学主编:《中国近代珍稀本小说》(3),春风文艺出版社1997年版,第35页。

⑤ 荒江钓叟:《月球殖民地小说》,见《中国近代小说大系——痴人说梦记、月球殖民地小说、新纪元》,江西人民出版社1989年版,第267页。

的生着苗条的身儿，媚人的秋水儿，编贝似的齿儿，樱桃似的口儿。”[①]从这些外貌描写上，我们很容易能够想到传统小说里人物的身影。此外，科幻小说塑造的文人形象所体现出的精神品质，也闪现着传统士人忧国忧民的政治情怀，像《月球殖民地小说》中的李安武，感慨自己“力量单小，不能够把四万万同胞兄弟，一齐从黑暗地狱里面救到那光明世界里来”[②]。从他的身上，我们看到的是中国传统士人“大道之行、天下为公”、“天下兴亡、匹夫有责”的精神担当。

清末民初科幻小说在呈现的思想主题上也显现着传统文化的张力，这主要表现在部分小说强烈的“泛黄种意识”上。纵观清末民初的科幻小说，我们可以看到，无论是《新纪元》中的黄帝纪年，还是《狮子吼》中宣扬的抵御白种侵略、捍卫黄种生存，抑或是《新野叟曝言》中文礽凭借先进的科技武器降服欧洲七十二国，这些都显示出了作品思想上明显的“泛黄种意识”。而考察中国的传统文化，这种“黄色”、“黄种”的思想是一直流传在知识分子血脉里的。宋代的《太平御览》中即有“高贵的人是用黄泥造成的”[③]的记载。明末清初王夫之的《黄书》里，中国也被称为“黄中”，而到了清末民初，这种意识就更直接地指向了传统文化中的“黄帝”：“合中国汉族之始祖，黄帝也；合中国汉族各族姓所自出，黄帝之子孙也。”[④]甚至在康、梁那里，也可以看到这种传统的思想：“夫我中国非可以国名也，不过黄帝相传之一族，所谓神明之裔者，凡我黄种皆是也。”[⑤]“所谓文明之胄，黄帝之子孙是也。”[⑥]由此我们可以看到，清末民初的科幻小说作者们通过“保存在人们记忆和语言中的象征性建构”[⑦]，将这种传统的“黄种意识”结构进了小说的思想主题中，既完成了文本叙述过程中传统话语的引入，也唤起了读者对于民族历史的隐喻性记忆。

最后，对于小说中最重要的元素——“想象”，清末民初的科幻小说也呈现出了对传统文化的因袭。关于这一点，晚清的很多士人都曾经提到过，他们普

---

① 半废：《亚养化淡》，见于润琦主编：《清末民初小说书系·科学卷》，中国文联出版公司 1997 年版，第 143 页。

② 荒江钓叟：《月球殖民地小说》，《中国近代小说大系——痴人说梦记、月球殖民地小说、新纪元》，江西人民出版社 1989 年版，第 223 页。

③ 周建人：《人种起源说》，《东方杂志》1919 年第 11 期，第 93 ~ 100 页。

④ 太平洋客：《新广东》，见王忍之编：《辛亥革命前十年间时论选集》（第 1 卷·上），生活·读书·新知三联书店 1960 年版，第 306 页。

⑤ 康有为：《保救大清皇帝公司序例》，见上海市文物保管委员会编：《康有为与保皇会》，上海人民出版社 1982 年版，第 244 页。

⑥ 梁启超：《中国史叙论》，见《饮冰室合集》（文集之六），中华书局 1989 年版，第 6 页。

⑦ ［美］希尔斯：《论传统》，傅铿、吕乐译，上海人民出版社 1991 年版，第 2 页。

遍认为晚清科幻小说的想象方式除了受西方科幻的影响外，更多的继承的是《镜花缘》《聊斋志异》等传统小说的志怪叙事或是乌托邦想象，例如 1905 年《新小说》第 15 号就称“中国无科学小说，唯《镜花缘》一书足以当之。其中所载医方，皆发人未发，屡试屡效，浙人沈氏所刊《经验方》一书，多采之”[①]。当代的很多学者追随晚清士人的这种认识，同样认为“现代科学小说继承《西游记》《镜花缘》等古典小说的传统，开拓了海外旅行的想象故事”[②]，甚至还有学者提出《新石头记》中“发明飞车的创意源自《镜花缘》对周饶国里的飞车的描绘”[③]。学界明显看到了像《镜花缘》这样的作品中蕴含的“梦想和传奇的话语”[④]对近代科幻的启发，可是，这种有限的思考似乎遮蔽了中国古代典籍中大量记载的幻想小故事对近代科幻小说想象方式的可能性影响。沿着《镜花缘》出发去寻找，我们会产生这样的疑问：《列子·汤问》中的“偃师造人”、《梦溪笔谈》中的“返老还童的药”、《夷坚志》中的“下颚移植术”是否对《造人术》《生生袋》等作品中“造人”、“老叟易形”、“移血奇观”等有所启发？《朝野佥载》中的“能飞的木鸢”、《酉阳杂俎》中的“发光的纸片”是否影响了《月球殖民地小说》《新石头记》中“气球”、“飞车”、“五彩电光衣”等的想象？我们可以大胆地进行假设：这些神话传说故事集合成了中国幻想的一种传统，这种传统混杂在传统文化当中，一起写入了晚清知识分子的文化基因，使晚清的知识分子在科幻作品中展开想象的时候，被无意识地发掘了出来。

综上所述，清末民初科幻小说无论是在文本的结构形式、意象选择、抒情方式，还是在文本中的人物塑造、思想主题、想象方式等方面，都显现出了对传统文化的因袭，“完成了一次对传统的返归”[⑤]。但是这仅仅是清末民初科幻小说与传统文化的一个面向。它在新的时代语境下与西方话语相互调和、相互攻讦，在因袭传统文化的同时也参与了对中国传统文化的创造性转化。

---

① 定一：《小说丛话》，见陈平原、夏晓虹：《二十世纪中国小说理论资料》（第 1 卷），北京大学出版社 1997 年版，第 81 页。

② 彭建华：《晚清民初的法国文学接受》，福建师范大学 2009 年博士学位论文。

③ 胡全章：《传统与现代之间的探询——吴趼人小说研究》，河南大学 2005 年博士学位论文。

④ 王德威：《被压抑的现代性——晚清小说新论》，宋伟杰译，北京大学出版社 2005 年版，第 292 页。

⑤ 王意如：《中国古典小说的文化透视·中体西用的一次文学实践》，文汇出版社 2006 年版，第 125 页。

（二）走向超越：对传统文化的创造性转化

西方科幻小说在清末民初的引入，显示了西方经济、政治和文化的种种优越性，这让晚清的知识分子感到了前所未有的压力和自卑感，他们在创作的时候渴望回到过去的传统中去寻求一种文化上的归属感。从这个角度来看，清末民初科幻文本中多方面表现出的对传统文化的因袭，似乎就显得合情合理。可是，受西方话语影响和近代文化思想濡染的作家们，必定也在新的时代语境下对中国的传统文化有着自己清醒的认识和思考，他们开始站在中西比较的视角上对中国的传统进行审视。他们并没有像"五四"时期知识分子那样激进地、彻底地对传统进行反叛，但也没有一味地在文本中沿袭传统，而是在小说的叙述中，实现了对传统文化的创造性转化。

何为传统文化的创造性转化？林毓生先生对此有过精辟的论述："简单地说，是把一些中国文化传统中的符号与价值系统加以改造，使经过创造性的转化的符号与价值系统，变成有利于变迁的种子，同时在变迁的过程中，继续保持文化的认同。"[①]那么，清末民初的科幻小说创造性地转化了哪些传统文化中的"符号与价值系统"？在这种转化过程中，作者又如何在面对西方话语的时候，保持了对中国文化的认同？

清末民初科幻小说对传统文化的创造性转化，首先表现在对传统意象的转化上。中国传统文化特别是古典诗词，孕育了许多具有象征性的意象，它们一同代表了中国式的审美追求和审美心理。"月"就是这许多意象中反复被书写的一个，它往往被文人寄寓了一种思乡怀远的意味，如"举头望明月，低头思故乡"，"海上生明月，天涯共此时"，唤起的是传统佳节时异乡游子对亲人和家乡的思念。"月"还被传统文人看作是佳人美女的象征，《诗经·陈风·月出》中就有"月出皎兮，佼人僚兮。舒窈纠兮，劳心悄兮"的诗句，"月"在这里象征的是温婉柔和的佳人。可以看到，传统文人是以主观化的心理去认识"月"的，对其寄托的是一种"物我合一"的审美思想，"月"更多的是作为一种情感和思想的载体而存在。与这种主观化的认知不同，"月"的意象到了清末民初的科幻小说中，不再是诗意化的空间，而被转化成了实体化的空间，文人对于"月"的审美寄托转化成了一种客观化的、学理化的认知："近代科学发达，月蚀的学理，不过因日月及地球行于一直线上，地球在日月的中间，地影蔽月，遂成月蚀。这野月

① 林毓生：《中国传统的创造性转化》，生活·读书·新知三联书店2011年版，第190页。

就是地球的影儿。”[①]在《月球殖民地小说》中，它成了被殖民的对象，是生存空间拓展的目标；在《月世界》中，它成了旅行的目的地，被描述为“到处荒原磊磊，白石粼粼；千里平原，一望无际”[②]，没有了“勾魂摄影”的美丽的广寒仙子，与地球之间布满了“以脱”。不仅仅是“月”的意象实现了转化，传统文化里“天”的意象在科幻小说中也实现了转化。“天”在传统文化里往往是权力的象征，是神恩的体现。董仲舒《举贤良对策》三中就说：“道之大原出于天，天不变，道亦不变”。在这里，“天”是自然界的最高主宰或是天意，社会的最高原则是由“天”所决定的。而到了清末民初的科幻小说如《新石头记》里，“天”的“天命正统”的象征性被转化成了关于祖国富强的未来的理想，是科技的高度发达，是物质的高度发展，是军事的极其强大。

创造性地转化还体现在对传统地理观的转化上。在中国传统文化中，中国或者说“华夏”、“九州”，是整个“天下”文化和政治的中心，《吕氏春秋》里就有“天有九野，地有九州”的记载，而在《山海经》中，同样以“中山经”为中心，将地理世界由“海内”依次向外扩展为“海外”、“大荒”三个层次，与“九州”的地理观相似，在这种由“中心”到“边缘”的地理等级划分中，中国也毫无疑问地处于“天下”的核心。这种传统的地理观进入到小说如《西游记》《镜花缘》中，中国就以“物阜民丰”、“礼仪昌明”的形象与其他国家形成了鲜明的对比。而到了清末民初的科幻小说中，这种传统的地理观发生了很大的转变，作家们显示出了新的“世界性视野”，他们开始在作品中关注中国以外的地方：伦敦、纽约、月球、金星、水星。如《月球殖民地小说》中龙孟华乘坐玉太郎发明的“御风随行，顷刻百里”的气球，重新认识了中国在世界版图中的位置，中国在小说里不再是传统意义上价值的中心，而是成了政治腐败、落后保守的国度。这种地理观的转化到了《新法螺先生谭》里，更是被放大到了宇宙的宏阔视野中，法螺先生一会儿在月界轨道上俯视地球上的中国，一会儿又在地心仰视地面上的中国，一会儿又踏足水星、金星。作者在地理上将对中国的描写延展到了整个宇宙。可以看到，晚清科幻作者们认识到了中国只是地球上的一个国家，地球只是宇宙中的一个星球，他们的地理观不再是传统意义上的“天下观”。这种传统地理观的转化，不仅将价值的中心投向了中国之外的地方，也在新的时代语境下带来

---

① 梅梦：《月世界》，见于润琦主编：《清末民初小说书系·科学卷》，中国文联出版公司 1997 年版，第 218～219 页。

② 梅梦：《月世界》，见于润琦主编：《清末民初小说书系·科学卷》，中国文联出版公司 1997 年版，第 221 页。

了重新审视民族国家关系的思考，扩大了科幻小说想象和叙事的空间。

清末民初科幻小说对传统的创造性转化，同样表现为对传统知识结构的转化和对传统道德的超越上。像《生生袋》《乌托邦游记》《元素大会》《蚊友之爱》等作品，虽然看上去是传统的旧风格，但是却包含了很多新的知识和理念，如在《生生袋》通篇的文言中，仅结尾的古代韵歌就包含了"皮肤"、"涎膜"、"血管"、"养气"等多个西方生理学词语。刘军等学者认为这"促进了科学知识的普及和科学观念的传播"[①]，诚然这一点不可否认，但我们也可以从这样一个角度来思考：这种西方话语融入文本的现象，似乎已经开始显示出科幻作者对传统知识结构的改造，他们开始利用西方的话语对旧有的知识进行整合，开始用"六经"之外的标准来衡量中国的传统文化。除了对传统知识结构的转化，晚清科幻也显示出了对传统道德的超越。中国的传统道德，特别强调"三纲五常"的标准，特别注重纲常和礼教的评价，这一点无论在言情侠义小说，还是公案神魔小说中，都有所体现。可到了科幻小说《女娲石》中，这种纲常被彻底地打破，秦爱浓所制定的"灭四贼"的纲领，条条直指传统道德，凤葵的言谈举止，也丝毫不见传统道德所要求的女性的温婉柔和。到了《乌托邦游记》中，传统的道德更是实现了现代化的转化，乌托邦中的人都有自己的事业，没有虚度光阴不劳而获的人，任何人都自由平等没有特权，代表传统道德的神魔小说《封神榜》《杏花天》之类，都"在地上堆着"。科幻作者们在作品中融入了他们对传统道德的思考："中古贱儒附会圣经，著书立说，偏重臣子之节，而专制之毒愈结而愈深。晚近士者偏重功利之学，道德一途，置焉而弗将，逐渐沦丧"[②]，身具传统基因的他们并没有认同"中古贱儒""偏重臣子之节"的纲常伦理道德，而是在作品中借助西方话语，实现了对传统道德的创造性转化。

最后，清末民初科幻小说对传统文化的创造性转化还表现为对传统儒家"仁"的思想的转化。在传统的儒家文化中，"仁"是一种德行，是一种人道主义的精神，具体表现为"老吾老以及人之老，幼吾幼以及人之幼"的仁者爱人之心，表现为"己欲立而立人，己欲达而达人"的推己及人之道，表现为"乐以天下，忧以天下"的亲民爱民德政。而到了清末民初的科幻小说中，"仁"被灌注进了更为丰富的内容，它不再仅仅是一种传统意义上的"德性"和"人道主义"，而是融

① 刘军：《晚清科学幻想小说与"知识型"转变》，北京大学2012年博士学位论文。

② 吴趼人：《〈新庵译屑·自由结婚〉篇后评》，见《吴趼人全集》（第9卷），北方文艺出版社1997年版，第233～235页。

入了“科学”的内涵，变成了一种“科学的道德主义”。这一点从吴趼人的《新石头记》就可以看出来，《新石头记》中的“文明境界”，是一个科学技术发达、物质文明发展的世界，有飞车、海底炮艇、无声电机枪炮、测验性质镜、水靴等一系列的科学器具。同时，这也是一个精神文明极其丰富的世界：“共有二百万区，每区一百方里，分东西南北中五大部，每部统辖四十万区，每区用一个字做符识，从一至十万变成号数，那作符号的字，中央是‘礼乐文章’四个字，东方是‘仁义礼智’四个字，南方是‘友慈恭信’四个字，西方是‘刚强勇毅’四个字，北方是‘忠孝廉节’四个字”①。可以看到，在“文明境界”里，“文明专制”的思想就是儒家的“仁”。但这是蕴含了“科学”精神的“仁”，是和西方的“科技文明”等同的“仁”，既有传统的精神性，又有科学的物质性，具有了更为广延的意义。从这一点上看来，贾宝玉在“文明境界”里的经历，某种程度上可以看作是传统文化在新的历史语境中的重生，也说明了清末民初的科幻作者们在新的时代语境下，对自身继承的传统儒家文化，进行着新的思考和转化。

从以上几点可以看到，清末民初的科幻小说在参与中国近代文学现代化转型的过程中，尽管受西方话语的影响很大，但是仍以中国传统文化作为其发生和发展的根基。也正因此，它在从传统文化中寻求归属感的同时，也在自己的认识和思考中对传统文化进行着创造性的转化，从而使得清末民初的科幻小说没有仅仅表现出单一的所谓“现代性”，也没有停留在一味模仿和因袭传统的表层，中国文学的现代化进程因此而保持了自身民族的特色。但它的这种既“回到过去”又“走向超越”的双重性使它一直以来游离于中国的文学史的边缘，正如刘祥安所说的，我们的文学史“实际上讲的就是主流文学史、欧化这一路的新文学史，与新文学史相对的源于传统的一路则被视为逆流而不与置论……从学理上讲，这个‘现代性’相对于中国传统小说样式是排他而狭隘的”②。的确，中国的文学从传统走向现代，并不等于用西方的话语来诠释所有现代化的问题，也不等于完全因袭或抛弃传统文化，而是在兼容西方话语之外，对传统文化进行重估、改造与重建。

清末民初的科幻小说以传统的形式包孕了未来的许多可能性，不仅跟西方文化和传统文化进行碰撞和交融，也在文本中隐秘了作者复杂的文化心理。一方面，是期望通过对传统文化的皈依和创造性转化，以及对西方话语的反抗，获

① 吴趼人：《新石头记》，王立言校注，中州古籍出版社1986年版，第172页。

② 刘祥安：《话语的真实与现实》，江苏人民出版社2005年版，第195～196页。

得作家自身、民族国家的合法性地位，构建自身的言说体系；另一方面，在试图在对传统和西方话语的双重选择中，释放自身的民族忧虑感和焦虑感，并以此实现本民族文化心理的重建。而从中国文学现代化的整体视野来看，清末民初的科幻小说同样也在某些思想、模式和主题上对此后的现代中国文学产生了许多可能性的关联和影响，这些都是有待进一步讨论和研究的。

四、清末民初科幻小说与现代中国文学

通过前面两章的论述，我们重新认识了清末民初科幻小说与西方话语和传统文化之间的关系。一方面，它在模仿西方科幻的同时，以病弱中国的书写表征了西方话语的压迫性，并以女性和种战的极端想象实现了对西方话语的背离和反抗；另一方面，它在迎向西方的同时，也以对传统文化的因袭和创造性转化显露了中国本土科幻小说的独特风貌。在从这两个维度对清末民初的科幻小说进行分析之后，我们很自然地会产生这样一种疑问：除了西方话语和传统文化，这一时期的科幻小说同现代中国文学之间又存在着一种怎样的关系？科幻文本中对病弱中国的关注、对女性的想象以及对未来乌托邦的憧憬，是否蕴藏着未来文学发展的多种方向和可能性？是否对它之后的主题模式产生了影响？所有这些疑问，都促使我们将清末民初的科幻小说还原到丰富而复杂的20世纪中国文学整体中，继续对其进行探讨和思考。

沿着这种疑问和思路对清末民初的科幻小说重新进行审视之后，我们会发现：它在文本中呈现的对疾病、女性以及乌托邦的多元关注和想象，始终纠缠于现代中国文学的文本叙述当中，并且在某些思想、主题和模式上都与现代中国文学有着多方面、多层面的意义联系。

（一）“病者”与“医者”：国民性批判和启蒙

清末民初的科幻小说，在民族危亡的时刻以对“科学”和“未来”的想象，扛起了匡救时弊、启蒙国民的重担，它在文本中对病弱中国和病态国民的批判、疗救和反思，不仅仅源于前面我们提到的西方话语的压迫，同样还源于作为“道”的承担者的知识分子①强烈的责任意识和精神担当。科幻作者们以“医者”的启蒙者身份对文本中的“病者”进行的痛斥和医治，某种程度上可以看作是五四

① 余英时：《士与中国文化》，上海人民出版社1987年版，第97页。

新文学国民性批判和启蒙的预演。

清末民初的许多科幻作者都在文本中塑造了病入膏肓的“病者”形象，并以此隐喻了对病弱国民整体的批判和讽刺。除了我们前面提到的《月球殖民地小说》和《新法螺先生谭》之外，闾异的《介绍良医》可以说非常具有代表性。这篇作品用第一人称的方式叙述“我”每天过着吃喝嫖赌、花天酒地、醉生梦死的腐烂生活，因为一次醉酒而误入一位外国医学博士的家里，被其诊断出得了一种奇怪的病：“脏腑里中了一种毒，弄成一个极顽极硬的东西。这毒气化作微菌，从毛孔钻出，又传染到别人脏腑里去”[①]，使得国内“上中下三等社会的人”都和“我”同病相怜。“我”的病最终演变成了一种全国性的疾病。在这里，作者用“我”所隐喻的正是整个腐朽病态的中国。这和《新法螺先生谭》中用筋疲力尽的黄种祖来隐喻衰老落后的中国非常相似。《新法螺先生谭》中黄种祖的“四万万儿女”，都像《介绍良医》中的“我”一样，中了一种名叫“吗啡”的毒，“善根性”几乎被侵蚀殆尽，变得“消磨志气，瘦削肌肤，短促寿命”[②]。在《介绍良医》中，作者对此进行了赤裸裸的批判和讽刺：博士告诉“我”，要治这种病，“非药石可以奏功，必须将脏腑一件一件取出，换上一具完好的，才能回复天然的精神”[③]，但是在全国皆病的情况下，他只好用各种兽类的器官来替“我”更换脏腑，使我“真个成了人面兽心，并且还想变作极好的行为”[④]。作者想象用禽兽的脏腑来医治“我”的疾病，说明“我”所象征的病弱国民整体连禽兽都不如，隐含了作者对浑浑噩噩、麻木不仁的国民的痛斥和讽刺。

不过，在对国民的病态进行批判和讽刺的同时，科幻作者们也在文本中借助“科学”的力量以“医者”的启蒙者眼光提出了救治的方法。在《新法螺先生谭》中，“余”试图把自己的灵魂变成光源普照世界，还要把灵魂之身“练成一不可思议之发生器”[⑤]，来唤醒国民，甚至想象用水星上的“造人术”将“齿凸、背曲、头发斑白的龙钟老翁”变成一个“雄壮之少年”[⑥]来改造国民。而在《新中

① 闾异:《介绍良医》,《月月小说》1908 年第 9 期。

② 东海觉我:《新法螺先生谭》,见于润琦主编:《清末民初小说书系 · 科学卷》,中国文联出版公司 1997 年版,第 10 页。

③ 闾异:《介绍良医》,《月月小说》1908 年第 9 期。

④ 闾异:《介绍良医》,《月月小说》1908 年第 9 期。

⑤ 东海觉我:《新法螺先生谭》,见于润琦主编:《清末民初小说书系 · 科学卷》,中国文联出版公司 1997 年版,第 10 页。

⑥ 东海觉我:《新法螺先生谭》,见于润琦主编:《清末民初小说书系 · 科学卷》,中国文联出版公司 1997 年版,第 12 页。

国》中，作者同样借苏汉民之手，发明了医治国民心疾的医心药和催醒术，使"无良心者，变成有良心；坏良心者，变成好良心；疑心变成决心；怯心变成勇心；刻毒心变成仁厚心；嫉妒心变成好胜心"[①]。在我们前面讨论过的《月球殖民地小说》和《女娲石》中，作者也设想通过"洗心"和"洗脑"来洗去国民脑中的恶劣思想。可以看到，科幻作者们在对国民的病态进行批判和讽刺的同时，也以"医者"的启蒙者身份表达了改造国民劣根性的迫切心情。

值得注意的是，清末民初的科幻小说在批判与启蒙之外还表现出了"医者"与"病者"之间的隔膜，以及"病者"在病好之后所面临的痛苦。在上面提到的这些文本中，病入膏肓的国民总是混沌不知自己有病，不觉得自己的痛苦，他们往往视"刺眼之光明于不顾"[②]，对"医者"的疗救也视而不见，甚至排斥和拒绝，而即使被医好的国民，也都茫然不知所措，感到更加的痛苦。这在《催醒术》中即有所表现，小说中的"予"，有一天被一个笔杆模样的东西一指，感到豁然开朗，但是他却发现满世界都是拼命吸人血的蚊虫虱蛾，满世界的人都浑身污垢并且麻木不仁，"予"感到了更大的痛苦："不意予有此灵敏之感觉，而予乃劳若是，予乃苦若是"[③]，他开始厌恶那个腐败的世界，开始面临更深的苦难。可见，清末民初科幻小说的作者们对于"病者"的关注并没有仅仅停留在讽刺批判和反思疗救的层面上，他们也在文本中显露了对于"医者"和"病者"更为深刻的认识和思考。

总的来看，清末民初科幻小说在对病态国民进行批判和讽刺的同时，也以"医者"的眼光对他们进行疗救和启蒙，并对"病者"醒来之后可能面临的困境进行了思考。而我们将科幻文本的这种批判、疗救和反思与五四新文学对国民性的批判和启蒙联系起来，会发现它们在思想主题上其实是一脉相承的。

这一点体现的最明显的就是鲁迅有关国民性批判的小说。黎保荣在《鲁迅小说中"病"的文化阐释》中曾经做过统计，在鲁迅的《呐喊》和《彷徨》的 25 篇小说当中，"直接写到病的就有 9 篇，还不包括介乎有病与无病之间的阿 Q、子君和祥林嫂"[④]。无疑，鲁迅在五四的一开始就希望以对病态国民的书写，"揭

① 陆士谔：《新中国》，中国友谊出版公司 2009 年版，第 24 期。

② 东海觉我：《新法螺先生谭》，见于润琦主编：《清末民初小说书系·科学卷》，中国文联出版公司 1997 年版，第 5 页。

③ 冷（陈景韩）：《催醒术》，《小说时报》1909 年第 1 期。

④ 黎保荣：《鲁迅小说中"病"的文化阐释》，《晋阳学刊》2004 年第 5 期。

出病苦，引起疗救的注意”①。在《阿Q正传》中，鲁迅深刻地批判了国民内心深处的奴性和病态。处于社会底层的阿Q，甘心忍受着来自赵太爷、假洋鬼子的痛打和欺侮，可他并没有表示出对这些强者的复仇心理，反而将自己的愤怒转向了更卑微、更弱小的小尼姑身上。阿Q如同清末民初科幻小说中的病态国民一样，对自己被压迫和被奴役的地位浑然不觉、麻木不仁，他是鲁迅所说的“铁屋子”中的沉睡者，是急需被疗救和启蒙的对象。鲁迅在这里同清末民初科幻小说的作者一样，将病态国民的整体浓缩为了一个具有象征意义的阿Q，不仅仅对其进行讽刺和批判，也在其身上寄寓了“怒其不幸，哀其不争”的启蒙者心理。鲁迅希望对国民的这种劣根性进行疗救，但他同时也看到了病弱的国民对“医者”深深的漠视、拒绝以及他们“梦醒了无路可走”②的困境。在《药》中，华老栓用蘸着夏瑜鲜血的馒头来救治儿子的肺痨病，可以看到，民众对革命者的牺牲是视而不见、不能理解的。在《狂人日记》中，狂人与《催醒术》中的“予”一样，始终有一种醒了之后不被接受的孤独感。而在与钱玄同有关“铁屋子”的对话中，鲁迅同样思考着醒了之后的国民所面临的同《催醒术》中“予”一样的茫然和痛苦。可以说，五四新文学以鲁迅为代表的这种对于国民性的思考，在思想主题上是承续着清末民初科幻小说对病弱中国的关注和反思的。只不过，鲁迅等“五四”新文学的先驱将这种关注和思考进行了深化，不仅将病弱的根源指向了现实的社会制度和中国的传统文化，而且还指向了人类生存所面临的精神困境。

清末民初的科幻小说不仅在思想主题意义上与“五四”新文学的国民性批判和启蒙相联系，同时也在将女性融入国家宏大叙事、想象民族国家的寓言式写作模式上与现代中国文学有着千丝万缕的关联。

（二）“英雄国女”：现代民族国家的宏大叙事

清末民初以《女娲石》为中心的想象新女性的科幻作品，开启了现代中国文学将女性融入国家宏大叙事的书写模式，也即现代中国文学中民族革命、阶级革命等叙事中对女性的书写，与清末民初科幻小说中对女性的想象一样，都跟民族国家的宏大主题相关联。

清末民初科幻小说对新女性的想象，往往与救亡图存的现实语境相联系，

---

① 鲁迅：《我怎么做起小说来》，见《南腔北调集》，人民文学出版社1973年版，第82页。

② 鲁迅：《娜拉走后怎样》，见《坟》，人民文学出版社1973年版，第129页。

往往与民族国家的大叙事相交织、相融合。《女子世界》在其发刊词中即阐明了这样的创作原因："欲新中国，必新女子；欲强中国，必强女子；欲文明中国，必先文明我女子；欲普救中国，必先普救我女子，无可疑也。"①这种宗旨在清末民初的许多科幻小说中都得到了实践：在《月球殖民地小说》中，龙孟华因为前妻潘兰英堕落烟花而激愤到要去杀她的时候，濮玉环站出来以现代的契约思想劝服了他，在这里，女性被想象成了掌握先进思想的"启蒙者"；在《中国之女飞行家》中，苏毓芬依凭掌握的科学知识游走于世界各地；在《中秋月》中，桂儿向弟弟讲解了饮食、地理、气象等各种知识，在这里，女性被想象了成掌握先进知识的"教育者"；而在《女娲石》中，无论是钱挹芳、金瑶瑟，还是秦爱浓和汤翠仙，她们都用自己的身体去拯救危亡的种族和国家，在这里，女性被想象成了掌握先进武器的"革命者"。但不论小说中的这些女性被想象成什么身份，她们都担当起了传播新知、启蒙民众、拯救天下的重任，都与"新中国"、"强中国"、"文明中国"、"普救中国"的宏大救亡主题紧密相连。

这种将女性融入国家救亡大叙事的书写，在海天独啸子的《女娲石》中体现得淋漓尽致。在这部小说的序言中，作者首先向我们言明了女性在国家变革中的重要作用："我国山河秀丽，赋予柔美之观，人民思想多以妇女为中心。故社会改革以男子难，而以妇女易。妇女一变，而全国皆变异矣。"②正是出于这种变革社会和国家的目的，女性的身体在小说中被想象成了救国事业的工具或者说是武器：在小说的第二回中，金瑶瑟为了救国四处运动不成，"不得已，心生一计，便在京城妓院学习歌舞"，希望"在畜生道中，普渡一切亡国奴才"③。秦爱浓领导的"花血党"，在要求女性"灭四贼"的同时，也不惜花重金从民间买来大量的绝色少女，"专嫁与政府中有权势的做妾"④，来从事刺杀贪官的活动；又有春融党，"不忌酒色，不惜身体，专要一般国女，喜舍肉身，在花天酒地演说文明因缘"⑤。在这里我们可以看到，小说中女性的身体与国家命运之间建立了一种

① 金一：《女子世界发刊词》，《女子世界》1904 年第 1 期。

② 海天独啸子：《女娲石》，见董文成、李勤学主编：《中国近代珍稀本小说》(3)，春风文艺出版社 1997 年版，第 7 页。

③ 海天独啸子：《女娲石》，见董文成、李勤学主编：《中国近代珍稀本小说》(3)，春风文艺出版社 1997 年版，第 19 页。

④ 海天独啸子：《女娲石》，见董文成、李勤学主编：《中国近代珍稀本小说》(3)，春风文艺出版社 1997 年版，第 32 页。

⑤ 海天独啸子：《女娲石》，见董文成、李勤学主编：《中国近代珍稀本小说》(3)，春风文艺出版社 1997 年版，第 63 页。

密切的联系，她们全完抛弃了自我的情欲，成为社会和国家的祭品，成为不受自己掌控的国家机器中的零件。就像凤葵在加入“花血党”的时候秦爱浓对她说的：“你须知你的身体，先前是你自己的，到了今日，便是党中的，国家的，自己没有权柄了”①，女性的身体就这样融进了民族国家的进步当中，被框定和遮蔽在了国家宏大叙事的话语里面。

纵观整个现代中国文学，清末民初科幻小说中这种“以国家存亡作为身体开发取向”②的叙事模式，可以说使女性成了推动民族现代化的不能够被忽视的群体。现代作家们开始越来越关注作品中对于女性的书写，女性在不同的时期都被不同程度地结构进了小说当中，一直与民族国家和社会革命的叙事联系在一起。

这首先表现在20世纪30年代左翼女性作家的作品当中，从冯铿的《红的日记》和谢冰莹的《从军时代》我们就可以看到这一点。在《红的日记》中，女红军战士马英可以说将自己完全奉献给了革命，她宣称“我简直忘掉了我自己是个女人”③，在她的眼睛里，“只有一件东西：溅着鲜红的鲜血，和一切榨取阶级、统治阶级拼个你死我活”④。而《从军时代》中的“我”和马英一样，同样也“忘记自己是女人”，认为女性应该把“全世界的十二万万五千万的被压迫民族解放的担子放在自己的肩上”⑤，“把生命献给民族、献给社会的坚定信仰”⑥。我们可以看到，无论是马英还是“我”，都将自己投入到了民族国家的革命事业当中，都与《女娲石》中的金瑶瑟、秦爱浓等人有着相似的价值追求。其次，到了20世纪40年代，在民族文学运动“民族至上、国家至上”宗旨的号召下，这种将女性融入民族国家宏大叙事的模式更是得到了强化和继承。在蒋光慈的《冲出云围的月亮》中，王曼英利用自己的身体报复男性继续从事革命事业；在陈铨的《野玫瑰》中，夏艳华为了民族的利益，不惜牺牲自己的爱情和身体，嫁给了北平伪政委会主席王立民，为国家和民众做了大量工作。而到了新中国成立之后的50到70年代，我们同样在文学作品中看到了清末民初科幻小说中“英雄国女”形

① 海天独啸子：《女娲石》，见董文成、李勤学主编：《中国近代珍稀本小说》(3)，春风文艺出版社1997年版，第51页。

② 黄金麟：《历史、身体、国家——近代中国的身体形成(1895—1937)》，联经出版社2000年版，第21页。

③ 冯铿：《红的日记》，中国社会出版社1998年版，第15页。

④ 冯铿：《红的日记》，中国社会出版社1998年版，第4页。

⑤ 谢冰莹：《从军时代》，见《谢冰莹作品选》，湖南人民出版社1985年版，第165页。

⑥ 谢冰莹：《从军时代》，见《谢冰莹作品选》，湖南人民出版社1985年版，第177页。

象的复活。在罗广斌、杨益言的《红岩》中，双枪老太婆在得知15年前被敌人逮捕的丈夫仍然活着的时候，她的态度是"把所有的同志救出来以后，和解放大军胜利会师的时候，再和他见面"①。主人公江姐，也没有眷恋于自己的家庭生活，而是选择了英勇就义，将自己全部的身心都投入到了民族的革命事业之中。尤其是到了革命样板戏里，这种模式更是达到了极致，无论是《红灯记》中的李奶奶、李铁梅，还是《沙家浜》中的阿庆嫂、《杜鹃山》中的柯湘，她们都被作者融入了民族国家的宏大叙事当中，成为文学史上一种符号化的存在。直到20世纪80年代，这种将女性融入国家宏大叙事的模式才逐渐被新的反思、伤痕和改革模式所湮没。

纵向地来看现代文学史上的这些作品，它们全都承续了清末民初像《女娲石》这样的科幻小说中对于女性的想象模式，都将女性身体的个体性意义融入了民族国家的宏大叙述中，并将其转变为了一种功利性的政治意义。从这个角度来看，清末民初科幻小说中的女性想象对现代中国文学中的女性书写，是有某种程度的启发意义的。

（三）"文明境界"：现代民族国家的寓言式写作

清末民初像《乌托邦游记》《新石头记》《新中国》等这些既介入社会现实又面向理想未来的乌托邦科幻小说，同样开启了现代中国文学想象民族国家的寓言式写作模式。

清末民初的许多科幻小说，在对西方话语和传统文化作出自己的反应和选择的同时，也承载着作者们对现实深深的忧虑和对未来无限的憧憬。这种真切而复杂的心理，使作者们在面对现实的时候往往走向了乌托邦式的幻想，在这种幻想中，他们试图"把一个失败的国族空间投置在乌有乡中，重新构建其合法与合理性"②。例如，在萧然郁生的《乌托邦游记》中，作者首先在第二回表示了对现实猛烈的批判："举世矇矇，都是甘心做奴隶的，都是甘心做奴隶的奴隶"③，进而在初入乌托邦的时候，将这种对现实的思考转向了对中国传统文化的评判："什么《六美图》《七美图》《八美图》《九美图》这种书，里面总是说的状

① 罗广斌、杨益言：《红岩》，中国青年出版社1961年版，第509页。

② 王德威：《被压抑的现代性——晚清小说新论》，宋伟杰译，北京大学出版社2005年版，第309页。

③ 萧然郁生：《乌托邦游记》，见于润琦主编：《清末民初小说书系·科学卷》，中国文联出版公司1997年版，第76页。

元宰相，佳人才子，神出鬼没，淫词秽语……弄得那支那国里的人，受了它的迷，中了它的毒，居然同它书里所说的主意一样起来。”[①]这种对现实的无奈和不满使作者虚构了一个与这个野蛮世界相对的“理想世界”，在这个世界里，国民都是纯净健康的，不仅可以使用电话、电铃、无线电报等科技设备，更是开设了实验室、讲习所等现代的教育场所。这种由对现实的不满而转向对理想社会的想象的写作，同样在吴趼人的《新石头记》中有所体现。在这部被认为是“晚清最引人入胜的乌托邦小说”[②]里，薛蟠所居住的世界很明显是“野蛮的”、“黑暗的”现实世界的真实写照，这里的人民，不仅愚昧冲动，而且道德沦丧，只知道外国人的东西好，却对外国兵舰的入侵麻木不仁，他们像薛蟠、柏耀明和包妥当一样，在帝国主义经济侵略的时候甘愿做洋人的奴才，甚至帮助外国人欺压本国人，没有一点危机感和责任意识。而在贾宝玉进入“文明境界”之后，作者即把这种对愚弱国民的书写转向了对自己理想国的想象。在作者建构的这个乌托邦里，不仅有最先进的交通运输工具“飞车”、“遁地车”，还有可以在水上随意行走的“水靴”；不仅有各式的现代化工厂，还有可以提供四时蔬果的温室花园。很明显，所有这些乌托邦式的想象，都是作者针对中国贫弱落后的现实而发生的，都是作者改良群治种种方案的文本呈现。

与《乌托邦游记》和《新石头记》不同的是，陆士谔的《新中国》从“我”自梦中醒来就直接为我们展现了一个现代化的中国：不仅彻底摆脱了西方的殖民压迫，而且还清了全部的国债，取回了领事裁判权，真正实现了人民的富足和国家的强盛。不过值得注意的是，这三部小说中的主人公在进入理想乌托邦的时候，有一个共同点，那就是都有一个“第三者”的陪同或引导。当《乌托邦游记》中的“我”“想游乌托邦的心愈热，志愈决”[③]的时候，“忽而从背后来了一个人，把我的肩上一拍道：‘你要到乌托邦去么？你除非到何有乡乘船，方才好去。’”[④]《新石头记》中的贾宝玉，也是在茗烟和薛蟠的陪同和引导下由“野蛮世界”而进入“文明世界”。《新中国》中的“我”，也是在李友琴的陪同下，参观了

① 萧然郁生：《乌托邦游记》，见于润琦主编：《清末民初小说书系·科学卷》，中国文联出版公司1997年版，第81页。

② 王德威：《被压抑的现代性——晚清小说新论》，宋伟杰译，北京大学出版社2005年版，第310页。

③ 萧然郁生：《乌托邦游记》，见于润琦主编：《清末民初小说书系·科学卷》，中国文联出版公司1997年版，第75页。

④ 萧然郁生：《乌托邦游记》，见于润琦主编：《清末民初小说书系·科学卷》，中国文联出版公司1997年版，第75页。

立宪四十年后的新中国。可以看到，这些乌托邦科幻小说中的主人公，都是在“第三者”陪同或引导下的异域空间的“游历者”，都是作者进行叙述和展开想象的一种有意设置，“第三者”陪同主人公的游历的过程，实际上也是作者带领读者走向自己理想国的过程。

仔细归纳和梳理一下这几部小说，我们就会发现，它们在执着于对现实关注的同时，又以一种虚拟或想象的方式建构着一个理想的世界，在这种现实与想象的转换过程中，烙印着从传统走过来的作者们对未来不知所措的心理幻想。所以从这个角度来看，这些小说就都具有了一种“寓言性”的色彩，科幻作家们通过对科学、女性、种族以及军事的一系列狂想，不自觉地将自己的政治期待和理想融进了小说之中，建构了一种关于民族国家的寓言式写作模式，在这种模式里，“包含了对整个整体的艰难叙述”①，深深地影响了现代中国文学发展过程中有关民族国家想象的小说。

20世纪30年代老舍发表的融“寓言”、“幻想”、“现实”于一体的《猫城记》，某种程度上即可以看作是对这种“寓言式”写作模式的承续，只不过老舍在这个文本中更多的坚持的不是对民族国家未来的想象，而是对民族现实和文化的担忧和批判。

《猫城记》与《乌托邦游记》和《新石头记》的幻想寓言模式相似，首先充满了对愚弱和黑暗现实的不满和批判，这在以往许多论述这部小说“反乌托邦”性质的论文中都有提到。如史承钧就认为《猫城记》受西方“反乌托邦小说”《美丽新世界》的影响和启发，通过描写火星上“猫国”的经济文化落后、人民的愚昧无知、人性的失落来讽刺现实的中国和表达内心的忧虑②。诚然，老舍在这部作品中影射了20世纪30年代中国落后颓败的黑暗现实，表现了对民族危机的深深忧虑。但是，这种认识却忽略了老舍作为一个有着积极建设中国社会和文化理想的现代知识分子建构未来的能力和品格，忽略了《猫城记》中的乌托邦因素对清末民初乌托邦科幻小说的继承和发展。

刘媛在其博士论文中认为《猫城记》这部作品“是完全意义上的科幻小说，具有很高的文学价值”③。这种认识虽然太过于绝对，但是却让我们重新审视

---

① ［美］詹姆逊：《处于跨国资本主义时代的第三世界文学》，见张京媛主编：《新历史主义与文学批评》，北京大学出版1993年版，第251页。

② 史承钧：《〈猫城记〉与西方“反乌托邦小说”》，《中国现代文学丛刊》1993年第1期。

③ 刘媛：《中国现当代科幻小说的发展历程、本土特点及大众传播》，苏州大学2014年博士学位论文。

《猫城记》中所书写的星际飞行、外星人、探险和灾难这些科幻主题，也启发我们重新寻找《猫城记》"反乌托邦"书写中被遮蔽的乌托邦理想。其实，仔细研读文本，我们就会隐约发现老舍在批判与讽刺现实的背后，透露出一种对乌托邦的诉求，对建立理想社会的渴望。例如，小说在处处弥漫的绝望气息中有一段这样的描写："假如有好的领袖，他们必定是最和平、最守法的公民。我睡不着了。心中起了许多许多色彩鲜明的图画：猫城改建了，成了一座花园似的城市，音乐，雕塑，读书声，花，鸟，秩序，清洁，美丽……"①可以看到，老舍在描写猫国腐朽破败的时候，也隐含着重建美好的可能性，也透露出乌托邦想象的意识。这种意识其实在作品的一开始就有所透露："我落下泪来，不是怕，是想起来故乡。光明的中国，伟大的中国，没有毒刑，没有鹰吃死尸。"②老舍将这种对光明未来的希冀和对古老中国的批判结合在小说里，某种程度上可以说是续写着清末民初科幻小说里民族危亡时代的国族想象。不过，不得不承认，这种寓言式的乌托邦想象在《猫城记》中是非常有限的。老舍曾经说："我最心爱的作品，未必是我所能仿造的。我最喜欢威尔斯和赫胥黎的科学的罗曼司，和康拉德的海上的冒险，但是我学不来。我没有那么高深的学识与丰富的经验。"③可能正是老舍所说的知识背景的缺乏，使得这部作品最终没有完全走向像《乌托邦游记》《新石头记》那样的现代科技乌托邦。

清末民初科幻小说这种有关民族国家想象的寓言式写作，同样在 20 世纪 40 年代被沦为"孤岛"的上海有所承续，最明显的就是徐訏的《荒谬的英法海峡》。这是徐訏表现自己理想社会的乌托邦小说，在战乱纷争的年代为我们想象了一个海外孤岛上的"世界以外的世界"。小说中的"我"，在海盗首领的带领下参观了一个理想的世界：与世隔绝，没有政府和官僚，没有道德败坏的坏人，有的只是为大众服务的首领，一切都是和平、自由和平等的。可见，这是一个和《乌托邦游记》或是《新石头记》等科幻小说中的"乌托邦"或是"文明境界"相似的一个理想国，在这个国度里，安置的是徐訏对于民族国家的想象。非常值得一提的是，这部小说和《猫城记》中的主人公，也都延续了清末民初科幻小说里异域空间里的"游历者"形象。可以说，尽管现代文学里的这些小说创作的年代不同，但都对清末民初科幻小说中既批判现实又面向未来理想的寓言式写

① 老舍：《老舍文集》（第 7 卷），人民文学出版社 1984 年版，第 368 页。
② 老舍：《老舍文集》（第 7 卷），人民文学出版社 1984 年版，第 316 页。
③ 老舍：《老舍文集》（第 15 卷），人民文学出版社 1984 年版，第 546 页。

作模式有不同程度的借鉴。

总而言之，清末民初像《乌托邦游记》《新石头记》等科幻小说所开启的想象民族国家的寓言式的写作模式，虽然一直没有处于主流文学的地位，但是对现代小说的发展却有着极为深刻的影响，它为现代中国小说在讽喻现实的同时，提供了另一种超越性的思路，提供了与现实世界相区别的另一种生活的可能性。现代的许多作家都在写作中或多或少地运用了这种叙事模式，形成了一种充满张力的叙事空间，丰富了现代小说的思想意蕴。

综上所述，清末民初科幻小说对疾病的关注，对女性和乌托邦的想象，始终纠缠于现代中国文学的叙述之中，它形成了现代中国文学的许多新主题和新传统。虽然在其所处的时代略具实验色彩和功利色彩，但却在整个现代中国文学的发展进程中，不断地被实践和被强化，对整个现代中国文学有着极为深远的影响。也正如此，我们必须还原文学发展的丰富而复杂的历史面貌，打破雅俗文学、新旧文学、边缘与主流文学之间的界限，重新倾听经典之外的众多声音，重新思考和评价清末民初科幻小说在文学史上的位置。

结语　艰难的叙述

科幻小说虽然在清末民初这一急剧变革的历史时期备受关注，呈现出了空前繁荣的局面，但是鲁迅的《中国小说史略》和阿英的《晚清小说史》都没有对其作多少探究和讨论。即便到了当代许多学者所著的近现代文学史中，这种状况依然没有改变①。

对清末民初科幻小说的忽视，既凸显了中国“现代性”的吊诡，又使得我们在描述清末民初这一时段的文学时表现出一种狭隘的理解和失语的尴尬。科幻小说作为一种新的文类出现在清末民初，不只是对西方科幻的简单模仿，也不只是应和着救亡启蒙的时代主题，它还表征着那个时期整个民族独特的文化心理，表征着中国文学现代化的独有品格，并在文学史意义上影响着整个现代中国文学的发生和发展。

---

① 像管林、钟贤培《中国近代文学发展史》(1991)、孔范今《二十世纪中国文学史》(1997)、范伯群《中国近现代通俗文学史》(2000)、武润婷《中国近代小说演变史》(2000)、关爱和《中国近代文学史》(2013)等，谈及清末民初的小说，只在“四大谴责小说”和“三大哀情小说”之间打转。陈平原虽然在《二十世纪中国小说史》(第1卷)(1989)中对科学小说有所提及，但是并没有给予很高的评价。欧阳健《晚清小说史》(1997)也只在各章节中穿插提及了《新石头记》《新年梦》《女娲石》《新中国》这几部作品。

从清末民初科幻小说传统话语与西方话语极富张力的关系中,我们既看到了中国走向现代性的艰难,也看到了作家对于自身以及民族国家合法性地位的诉求,同时也启发我们重新认识和反思西方的文化;从清末民初科幻小说对传统文化的因袭和创造性转化中,我们既看到了中国传统文化在晚清的崩落和新生,也看到了作家在特定历史时期试图为文化改造和创新所做的努力,同时也唤起了我们对于历史和传统的隐喻性记忆。同样,在与现代中国文学多方面的关联中,清末民初科幻小说举证了小说叙述民族国家的多种方法和可能性,不仅在特定的历史时刻增强了民族内部的凝聚力和认同感,也刺激了新的历史、文化和思想环境下对于民族未来的想象。

总之,清末民初的科幻小说作为"重要的非经典"①,作为一种具有充足价值的边缘文化,已经成为中国文化、中国文学的底层密码,无论从文学史还是思想史的角度来看,它都不能被无视和否定,它已经融入了中国文学乃至世界文学运动发展的过程之中。本文的论述并不足以概括它丰富的内涵和特质,而它与文本内插图的关系、与读者群的关系、与五四科学启蒙精神的关系等等,还需要我们以一种开放式的眼光和方法去进一步地挖掘、整理、思考和研究。

附录一

清末民初科幻小说书目新编(1904—1919)

年份	篇目	作者	出处
1904	《新年梦》	蔡元培	《俄事警闻》
1904	《月球殖民地小说》	荒江钓叟	《绣像小说》
1904	《女娲石》	海天独啸子	东亚编辑局出版
1905	《生生袋》	支明著、辊梅评	《绣像小说》
1905	《新法螺先生谭》	徐念慈	小说林社出版
1905	《新石头记》	吴趼人	《南方报》

① 肖雯:《晚清科幻小说现代性研究》,华东师范大学2009年硕士学位论文。

（续表）

年份	篇目	作者	出处
1905	《狮子吼》	陈天华	《民报》
1906	《乌托邦游记》	萧然郁生	《月月小说》
1906	《真如岛》	胡适	《竞业旬报》
1906	《幻想翼》	佚名	
1907	《空中军舰》	撰人不详	《中国新女界》
1907	《大人国》	中国老骥氏	《月月小说》
1907	《未来世界》	春飒	《月月小说》
1907	《独脚会》	虹飞	《广益丛报》
1908	《光绪万年》	吴趼人	《月月小说》
1908	《新纪元》	碧荷馆主人	小说林社出版
1908	《世界末日记》	包天笑	《月月小说》
1908	《空中战争未来记》	包天笑	《月月小说》
1908	《介绍良医》	阆异	《月月小说》
1909	《新野叟曝言》	陆士谔	小说进步社出版
1909	《催醒术》	陈景韩	《小说时报》
1909	《鸭之飞行机》	不详	《小说时报》
1909	《电世界》	许指严	《小说时报》
1910	《新中国》	陆士谔	改良小说社出版
1910	《月球游》《电球游》	洪炳文	
1911	《无线电话》	包天笑、徐傅霖	《小说时报》
1911	《黑暗世界》	杨心一	《小说时报》
1912	《地理教习》	傲、铁（胡适）	《小说月报》
1912	《秘密室》	徐傅霖	《小说月报》
1913	《放炮》	李迫	《直隶实业杂志》
1914	《梦游述异》	榴邨	《新剧杂志》
1914	《元素大会》	端生	《东方杂志》
1914	《发明家》	张毅汉、包天笑	《中华小说界》
1914	《风凉话》	谭天风	《好白相》

（续表）

年份	篇目	作者	出处
1914	《升天入地观战记》	澄宇	《欧洲风云周刊》
1914	《天上飞来》	卢祥麟	《兵事杂志》
1914	《可怕之大行星》	峡猿	《礼拜六》
1914	《催醒术》	天醉	《余兴》
1915	《思儿电》	余天愤	《礼拜六》
1915	《幻泉》	外史氏	《娱闲录》
1915	《白眉佳人》	默儿	《礼拜六》
1915	《桃花依旧红》	醉农	《礼拜六》
1915	《贼博士》	默儿	《礼拜六》
1915	《亚养化淡》	半废	《礼拜六》
1915	《电光手枪》	岳璋	《浙江兵事杂志》
1916	《消灭机》	秋山	《中华小说界》
1916	《蚊之友爱》	捷臣	《中华学生界》
1917	《华胥今梦》	蛰庵	《进步杂志》
1917	《科学的隐形术》	谢直君	《小说月报》
1917	《鸟类之化妆》	天臥生	《妇女杂志》
1917	《女博士》	朱敏娴	《妇女杂志》
1918	《中国之女飞行家》	谢直君	《妇女杂志》
1918	《友软敌软》	公达	《青年进步》
1918	《水底潜行艇》	梅梦	《小说月报》
1918	《月世界》	梅梦	《小说月报》
1918	《中秋月》	梅梦	《妇女杂志》
1919	《从军记》	陈止澜	《兵事杂志》

附录二

《近现代科幻小说书目》匡补

晚清文学作为中国传统文学的发展和尾声，作为20世纪中国文学的萌芽和前奏，随着中国文学整体性研究的深入，越来越成为文学史阐释的一个关键性环节。滥觞于晚清的中国现代科幻小说，经林建群《晚清科幻小说研究（1904—1911）》系统地、大批量地介绍之后，开始引起学界的重视，出现了许多富有深度和广度的研究成果，开创了晚清科幻小说研究的新局面。

但是，我们也不得不清醒地注意到——研究所依赖的基础——科幻小说的文本整理却并不完备。研究者多因所见晚清期刊的不完整和对"科幻"概念的理解不同，致使所研究的书目不免有所缺漏和错讹。可是，"重返历史现场"对中国近现代文学进行研究，要求我们必须有一部翔实而准确的科幻作品目录。

2011年，北京师范大学的吴岩教授编著的《科幻文学论纲》，就为研究晚清科幻小说提供了一个很好的目录范本。这本书的附录二刊印了梁华整理的《近现代科幻小说书目（1870—1949）》，综合了诸多学者的研究成果而完成，引入了更大的信息量，尽可能体现各篇小说的原貌，并制作了翔实的资料索引，可以说是目前晚清科幻小说研究最丰富和简明的书目汇整。

但是，《近现代科幻小说书目（1870—1949）》中收录的内容有部分错误和待考的疑点和争议点，本文在对照原始文献的同时核对各个版本的内容，对这份目录进行了匡正和补充，并且对有关疑点逐一进行了考证和解答，期望使其更加完整和准确，以便后来研究者之用。

本文体例说明：

1. 因《近现代科幻小说书目（1870—1949）》（以下简称《书目》）是对之前所有版本的书目的汇整、补充和校正，所以本文只对《书目》中收录的篇目进行匡补。

2. 为保持与《书目》一致，便于核对，本文参考文献以《书目》中标注的参考目录、参考文献为参考（且参考文献排列顺序均与原书目相同，简称也相同），并增加阿英《晚晴戏曲小说目》（1957年）、姜倩《幻想与现实——二十世纪科幻小说在中国的译介》（复旦大学2006年博士学位论文）附录A《二十世纪科幻小说中译本目录》。原始小说文献则参考上海图书馆《晚晴期刊全文数据库（1833—

1911)》《民国时期期刊全文数据库(1911—1949)》。

3. 格式说明:数字 1、2、3……为匡补排序号;数字(1)、(2)、(3)……为对应篇目匡补几处(一处不作编号);中为《书目》中所引参考目录和参考文献;在每条匡补之前都标明了对错讹点的处理方式:"错误"、"答疑"、"补疑"、"补充"。

4. 参考目录:

[文学馆]:(日)武田雅哉,林久之. 中国科学幻想文学馆(上):上卷年表[M]. 日本:大修馆书店. 2001. 12. 1.

[吴]:吴献雅. 科学幻想与科学启蒙——晚清"科学小说"研究[D]. 北京大学中文系古代文学研究所,2002.

[张]:张治. 在东西文化碰撞中的天人怀想——晚清科幻小说与现代性研究:附录[D]. 上海社会科学院文学研究所,2003.

[年表]:林建群,李广益. 清末民初科幻小说书目汇整:中国近代科学幻想小说重要创作与翻译年表. 科幻理论网.

[原始文献数据库]上海图书馆.《晚晴期刊全文数据库(1833—1911)》《民国时期期刊全文数据库(1911—1949)》

一、创作作品部分(1902—1946)

1. 1902 年《新中国未来记》

(1)《书目》备注中标"《新小说》第一号标'政治小说',署'饮冰室主人著,平等阁主人批'至第二号"。

勘误:应为"《新小说》第一号标'政治小说',第二号署'饮冰室主人著,平等阁主人批'",第一号未署。

(2)《书目》备注中标"第三号、第七号署为'饮冰室主人著,扪虱谈虎客批'"。

勘误:应为"第三号署为'饮冰室主人著,扪虱谈虎客批'",第七号未署。

2. 1903 年《陆治斯南极探险事》

(1)《书目》作者标为"钱瑞春"。

勘误:应为"钱瑞香"。

(2)《书目》备注中标为"? 标为译 × ×,[2]亦标此篇为译作,故疑之,并《浙江潮》乃为期刊名,此处译不知何意"。

释疑:1903 年《浙江潮》杂志第二期第 145 页载有小说《海上逸史》,署名"太公"(即钱恂),第 149 页小说第二部分即为"陆治斯南极探险事",且为文言;而《书目》收录的《陆治斯南极探险事》是发表在1903年《童子世界》第二十九号钱瑞香的《陆治斯南极探险事》,是白话小说。故此处"译浙江潮"的意思应该是:钱瑞香将《浙江潮》上发表的太公的《海上逸史》第二部分的文言版翻译为白话版发表于《童子世界》。

3. 1903年《黄人世界》

(1)《书目》出处中标为"《游学编译》第十一册(10月5日)第十二册止"。

勘误:应为"《游学译编》第十一册(10月5日)至第十二册未完"。

(2)《书目》备注中标为"？须考察此杂志之宗旨,不然难断是否为译文,读题目不似"。

释疑:《游学译编》初版时全以译述为主,后来并未以此为限,也刊发了不少自撰文字,《黄人世界》应是自撰篇目。

(3)补疑:《游学译编》第十二册标"续第十册",而《黄人世界》前两回发表于第十一期,此处"续第十册"不知何意,疑原始期刊标错。

4. 1905年《生生袋》

《书目》篇目中标"[2]又录有'《生生袋》,佚名译,《醒华画报》(未刊载时间)'一条于此条之上,不知是否为同一篇,待考"。

释疑:此处应不是同一篇,因为据考,《醒华画报》是原创刊于1907年3月23日的《醒俗画报》于1908年5月4日更名后的期刊,从时间点上来看,就不可能是同一篇。

5. 1905年《新法螺先生谭》

《书目》出处中标"？于[1. P141]有'小说林社出版……《新法螺先生谭》,称'科学小说',署'(日)岩谷小波君著,天笑生(包天笑)译'一条,不知是在《新法螺》之前即先有一本《新法螺先生谭》出版,还是其误,待考"。

释疑:在《新法螺》之前确有一本《新法螺先生谭》出版,五月,小说林社出版《新法螺先生谭》,称"科学小说,署'(日)岩谷小波君著,天笑生(包天笑)译'";六月,小说林社出版《新法螺》,内收《新法螺先生谭》,署"昭文东海觉我(徐念慈)戏撰",又有包天笑译作《法螺先生谭》《法螺先生续谭》。

6. 1905年《狮子血》

《书目》出处中标"十月,广智书局出版(一名《支那哥伦波》)"。

勘误:[1]中标出自广智书局,[2]中标出自广益书局,而根据复旦大学吴宇浩《广智书局研究》附录二中收录"上海广智书局书目"小说类58种,无《狮子血》,故应是广益书局出版。

7. 1905 年《狮子吼》

《书目》年份标为“1905”。

勘误:应为“1906”。

8. 1906 年《真如岛》

《书目》备注中标为“作者先署‘希强’,第二十四期署‘铁儿(胡适)’”。

勘误:“希强”应为“希疆”。

9. 1907 年《中国新女豪》

(1)《书目》篇目标为“《中国新女豪》”。

勘误:应为《中国新女杰》,因为《广益丛报》刊载小说名为《中国新女杰》。

(2)《书目》出处标“《广益丛报》第六年第十八期至第三十二期连载”。

勘误:应为“《广益丛报》第六年第二十期(总第 178 期)至第七年第一期(总第 192 期)连载”。

10. 1907 年《未来世界》

(1)《书目》作者中标“[文学馆]标‘春帆’,[3]亦标作者为‘春帆’,虽‘颿’与‘帆’相通,但亦存疑于此”。

释疑:考察原始文献,应为“春颿”。

(2)《书目》出处中标“十月,《月月小说》第一年第十号(11 月 20 日)刊载,续载于第十至第十三、#、十五至十七、十九、二十、二十二至二十四号(1901 年 1 月)”。

勘误:应为“十月,《月月小说》第二年第十号刊载,续载于第十一至十七(第二卷第 5 期)、十九、二十二至二十四号”。

11. 1907 年《独脚会》

《书目》中仅标“作者虹飞,出处《广益丛报》第一百五十四号刊载,备注中标‘科学小说’,作者署名‘虹飞’”。

补充:据考,同年(1907 年)《科学一斑》杂志第一期,也刊载《独脚会》,署名“红飞”标“科学小说”,且两篇内容一样,此处作为《书目》之补充。

12. 1908 年《宝窟》

《书目》出处中标“五月二十五日(6 月 23 日),《夏声》第五号刊载至第七号”。

勘误:应为“五月二十五日(6 月 23 日),《夏声》第五号刊载至第七号未完”。

13.1909 年《也是西游记》

《书目》出处中标“三月十五日(5 月 4 日)，《华商联合报》第五期刊载，未完，续载于第六至十、十二、十三、十七至第二十三、二十四期合刊(1910 年 3 月 6 日)”、“庚戌年(1910 年)正月十五日(2 月 24 日)，《华商联合会报》第一期至第十三期(1910 年 8 月 19 日)”

勘误：此处两条应该合并并标明《华商联合会报》续载《华商联合报》之内容。

另外还应补充一条出处，即“民国三年(1914 年)，上海改良小说社石印本题‘题铁沙奚冕周起发，青浦陆士谔编述’”。

14.1909 年《新野叟曝言》

《书目》出处中标“四月，小说进步社出版，二十卷；七月，改良小说社出版，二卷二十回”。

补充：1928 年 8 月，上海亚华书局，二十回。

15.1909 年《中国战争未来记》

(1)《书目》作者标“[1][2]皆录作者名为‘杨与龄’，唯[张]录为‘杨与令’，且以[1][2]为准”。

释疑：此处查阅原始文献，作者应为“杨与龄”，[张]收录错误。

(2)《书目》出处标“十月，《南洋兵事杂志》第三十六期刊载《中国战争未来记：儿女英雄》”。

勘误：“第三十六期”应为“第三十九期”。

16.1909 年《鲸窟寻亲记》

《书目》出处中标“十一月下旬(12 月)，《砭群丛报》第五期开始连载，至第七期(庚戌年二月下旬，即 1910 年 4 月)毕”。

勘误：对照原始文献，并没有连载完毕，仅出两回，但看第五期目录，应出十回。

17.1910 年《新殖民地仲尼岛》

(1)《书目》中年份标为“1910 年”。

勘误：应为“1908 年”。

(2)《书目》作者中标“[张]标‘不提撰人’”。

释疑：[张]误，原始文献作者署名“海外野人”。

18.1910 年《电球游》《月球游》

《书目》出处中标：“待考”。

补充:(1)《电球游》又名《信香重梦》,署“好球子编”;(2)《月球游》,《楝园杂著》中收有作者论文一篇,题《论中国宜于军械局附设航空学校以备人材而资军用说》中提到“向蒙撰《月球游》传奇”。

19.1912 年《地理教习》

《书目》中出处中标“1912 年《小说月报》第二年第十二期刊载”。

补充:1907 年《科学一斑》第三期,题名《地理教习》,署名“傲骨”,且两篇内容一样,只有开头处略有不同。

20.1912 年《女总统》

《书目》出处中标“5 月,《女权》第 1 期”。

勘误:据考,《女权》杂志 1923 年出第一卷第一期,疑[书目]误。

21.1912 年《环游两万里之铁道记》

(1)《书目》篇目中标“《环游两万里之铁道记》”。

勘误:应为《环游二十万里铁道记》。

(2)《书目》出处中标“12 月,《铁道》第 1 卷第 3 期,至第 2 卷第 1 期(1913 年 1 月)毕”。

勘误:应为“《铁道》第 1 卷第 3 期,至第 2 卷第 1 期未完”。

另外补充:1913 年《交通丛报》第 4 期有《梦游二十万里铁路记》(原名《环游》),为《铁道》第 1 卷第 3 期《环游二十万里铁道记》一部分内容,此处作为补充。

(3)《书目》备注中标“理想小说”。

补充:此处补充一条标“录天铎报”。

22.1914 年《新人国》

《书目》出处中标“《东亚小说新刊》”。

勘误:应为《亚东小说新刊》。

23.1914 年《空中坠头记》

《书目》篇目标“《空中坠头记》”。

勘误:参阅原始文献,应为《空中堕头记》,因为原文献为“墮”,[2]中误记为“墜”,[书目]直接引用致错。

24.1914 年《亚尼蒙城记》

补充:第十二期标“参看第十期”。

25.1915 年《广寒游记》

《书目》作者标“李壮梅”,并在备注中标注“作者署‘壮梅’”。

勘误:此处应为“壮悔”。

26.1915 年《北极出险记》

补充:《商旅友报》1924 年第 6 期有同名小说,且署名也为“指严”,不知是否为同一篇。

27.1917 年《华胥今梦》

《书目》作者标“蜇庵”,并在备注中标注“作者署‘蜇庵’”。

勘误:应为“蛰庵”。

28.1917 年《鸟类之化妆》

《书目》作者标“天臥生”。

勘误:因《书目》整篇为简体汉字,此处也应记作“天卧生”。

29.1917 年《二十年後》

(1)《书目》篇目标“《二十年後》”。

勘误:因《书目》整篇为简体汉字,此处也应记作《二十年后》。

(2)补充:《书目》出处标注不明确,此处补充“《青声周刊》第 4 期”。并标“伦理小说”。

30.1919 年《阿撒伯顿的梦》

(1)《书目》篇目标“《阿撒伯顿的梦》”。

勘误:应为《阿撒哈顿的梦》。

(2)出处补充:1919 年《新中国》第一卷第 4 期。

(3)《书目》备注中标“未标任何信息”。

勘误:应为标“俄国托尔斯泰著,耿匡译”。

31.1921 年《空中缘》

(1)《书目》出处标“《浙江兵事杂志》第 86 期开始刊载,至第 100 期(1923 年 6 月)毕”。

勘误:应为“《浙江兵事杂志》第 86 期开始刊载,续刊于第 98 ~ 100、103、106、109、111、114 期毕”。

(2)《书目》备注中标“作者署‘天赋’”。

勘误:应为“作者署‘天赋’,从 98 期起署‘宪汉’”。

32.1932 年《猫城记》

(1)出处补充:《现代(上海 1932)》第一卷 4 ~ 6 期,第二卷 1 ~ 6 期。

(2)备注补充:署“老舍”。

33. 1932 年《大林和小林》

(1)出处补充:《北斗》第二卷第 1 期,第二卷第 3、4 期。

(2)备注补充:署“张天翼”。

二、翻译作品部分(1872—1949)

1. 1901 年《十五小豪杰》

《书目》出处中标“九月初一(10 月 12 日),《春江风月报》创刊,包友樵主编。该报曾连载《十五小豪杰》”。

勘误:应为《春江花月报》。

2. 1902 年《十五小豪杰》

(1)《书目》篇目中标“[1][年表]皆标为 1901 年梁启超译;[1]于 1902 年亦标;[张]录于 1903 年”。

释疑:此处,1901 年版本应为《春江花月报》版本;1902 年版本应为《新民丛报》版本;1903 年版本应为横滨新民社出版、上海广智书局出版和上海小说林社出版。

(2)《书目》备注中标“《新民丛报》署‘(法)焦士威尔奴原著,少年中国之少年(梁启超)重译’”。

勘误:此处应为“《新民丛报》第 2 ~ 13 号署‘(法)焦士威尔奴原著,少年中国之少年(梁启超)重译’,14 ~ 24 号署‘(法)焦士威尔奴原著,披发生(罗普)重译’”。

3. 1902 年《海底旅行》

《书目》译者标“卢籍东、红溪生”。

勘误:应为“卢藉东、红溪生”。备注中亦错。

4. 1902 年《世界末日记》

《书目》出处标“1905 年月份不详,新小说社出版《世界末日记》,[2]中未收录”。

勘误:实际[2]中收录为 1905 年横滨新小说社。

5. 1903 年《梦游二十一世纪》

《书目》备注标:“《绣像小说》作者署‘(荷兰)达爱斯克洛提斯’”。

勘误:应为署“荷兰博学士某君著”。

6. 1903 年《明日之战争》

《书目》出处中标“闰五月一日(6 月 25 日)《江苏》第三期至第七期(九月

一日(10月20日))[2]中录为《江苏》第4~7期”。

释疑:此处应为《江苏》第四期至第七期。

7.1903年《地底旅行》

(1)《书目》出处中标“《浙江潮》第十期(12月8日)至第十二期”。

勘误:应为“《浙江潮》第十期2回,共12回(《鲁迅全集》第11卷)”。

(2)《书目》备注中标“《浙江潮》题‘(英)威男著,索子(鲁迅)译’”。

勘误:应为“英国威男著,之江索子译”。

8.1904年《回头看》

《书目》备注中标“?[4]中第二十五期署为“(英)威士”,后皆署“(美)威士”,疑为[4]误,或原貌即如此”。

释疑:原始文献第二十五期署“(美国威士原著)”,[4]误无疑。

9.1904年《无名之英雄》

《书目》出处标“丙午年(1906年)三月,小说林社再版上册(?疑是误将下册写成了上册)”。

释疑:据原始文献,确是将下册误写成了上册。

10.1904年《海岛奇谭》

《书目》年份参考[1]、[2]将此作品定为1904年。

勘误:应为1909年。据考,《扬子江白话报》1904年创刊,前身为6月在上海创刊的《扬子江》,出四期后,因为是文言文,读者不爱看,改为白话,共出5卷7期。光绪三十年(1904年),发行人杜课园以文字获过,被收法庭,停刊。宣统元年(1909年十二月),又由杜课园友人凌探园、成觉民等人发起,续出《扬子江白话报》“中兴”第1期。

11.1905年《窃贼俱乐部》

《书目》出处中标“4.丙午年(1906年)正月二十五日(2月18日),《新民丛报》第六十三号刊载”、“?此条疑为[1]之误,并[2]未录此条”。

释疑:此处应为“乙巳年(1905年),《新民丛报》第六十三期刊载至第六十四期”,[2]中未收录亦误,《新民丛报》第六十三号确刊有《窃贼俱乐部(一名一两雷锭)》。

12.1905年《银山女王》

《书目》译者标“黄摩西”,出处标“三月,小说林社出版上卷”,并存疑“?未能出完吗?”。

补疑:此处,[2]中第888页收录有《银山女王》2册,上海小说林社1905

年。并且1942年《万象》第2卷第3期郑逸梅《小说丛话》中有言:“曾孟朴译有《银山女王》一书,不署原作者姓氏,为一侠义小说……惟只见二集未曾译全。有疑为曾氏创作,而托为移译者,不审究竟如何也。”所以,此处是否是译作以及作者是谁,有待考证。

13. 1905年《幻想翼》

《书目》备注中标“《绣像小说》作者署‘(美)爱克乃斯格平’”、“[2]中多‘著’字”。

勘误:此处,原文未见署名,并原序言中有言“余素嗜星学,久经考测,著成一书,而欲问诸同人,又因理界奥衍,解人难索,爰取原书之显而易见者演成浅说,俾初学之子引为明镜,且以资家庭教育云尔,爱克乃斯格平识”。以此来看,确是爱克乃斯格平著。

14. 1905年《白云塔》

《书目》备注中标“封面题“写清小说白云塔”。

勘误:应为“写情小说白云塔”。

15. 1906年《造人术》

《书目》年份标“[文学馆][张]皆将此录入1905年”。

勘误:据考,《造人术》译于1906年,且署名为“米国路易斯托仑著,索子译”。

16. 1906年《海底漫游记》

《书目》出处、备注中标“?[年表]言此为1902年《海底旅行》之盗版,细参见‘1902年《海底旅行》条,也或乃同人而改了笔名,待考’。

释疑:《月月小说》1906年第7期署名寅半生《说小说——海底漫游记》一文中有言:“一昨于坊间,获见以新小说,封面题目曰《海底漫游记》,而书中则又作《投海记》,上加‘最新小说’四字,其边际复书作‘新闻小说’支离至此,可谓极矣。追细阅其内容,则竟直抄横滨新小说中之科学小说《海底旅行》一书,此书本为红溪先生所译述,而彼书忽题曰‘著作者海外山人’云,噫异矣。其为无耻者之剽窃剽窃欺人耶,抑为书贾之改头换面耶,殊欲索解人而不得也,然二者必居一于此矣。所可笑者,彼书之后居然亦大书特书四字‘不许翻印’”。

17. 1907年《新再生缘》

《书目》年份标“[文学馆]录于1906年”。

勘误:考察原始文献,创作于1907年,[文学馆]误。

18. 1907 年《飞访木星》

《书目》年份标“[文学馆]录于 1906 年”。

勘误：考察原始文献，创作于 1907 年，[文学馆]误。

补疑：《书目》出处标“[2]中第 152 页、第 790 页皆录为《新厂九种》与《新盦九种》两种”。据考，周桂笙，字新庵，此处疑《新厂九种》收录错误。

19. 1907 年《空中战争未来记》

《书目》出处标“六月初十日(7 月 19 日)，《远东闻见录》第一号开始连载，至七月二十八日第三号(9 月 5 日)毕”。

勘误：此处应为“至七月二十八日第三号(9 月 5 日)未完”。

20. 1907 年《美人岛》

《书目》备注中标“《月月小说》标‘冒险小说’，第九、十一、十五号题‘(日)鹿岛樱巷著，张伦译述’，第十七号以后题‘(日)鹿岛樱巷著，张伦译’”。

勘误：考察原始文献，《月月小说》第一卷第 9 期(第九号)、11 期(第十一号)、第二卷第 3 ~ 5 期(第十五—十七号)标“日本鹿岛樱巷著，张伦译述”；第二卷第 7 ~ 11 期(第十九到二十三号)标“鹿岛樱巷著，张伦译”。另外，(疑)在第二卷第 3 期(十五号)载第 5、6 章，第二卷第 4 期(十六号)载第 8、9、10 章，并无第 7 章的内容。

21. 1908 年《新世界》

《书目》译者标“常宽、觉迷合译”。

勘误：考原始文献，无译者。且小说仅一回。

22. 1908 年《英德战争未来记》

《书目》译者标为“药译”。

勘误：应为“药”。

23. 1910 年《秘密党魁》

《书目》年份标为“[文学馆]录于 1907 年”。

勘误：考察原始文献，应为 1910 年，[文学馆]误。

24. 1914 年《烂柯小史》

《书目》备注中标“署‘(美)华盛顿爱耳温著，李思纯译’”。

补充：原始文献在其后加括号注明(壮悔)。

25. 1915 年《飞人》

《书目》篇目标“[张]录为本篇为创作作品”。

释疑：考察原始文献，是译著，[张]误。

26. 1917 年《新世界》

(1)《书目》出处标:“9 月 30 日,《留声机》第 7 期,或 10 月 5 日,第 8 期”。

勘误:应为“9 月 30 日《留声机》第 7 期、10 月 5 日第 8 期,未完”。

(2)《书目》备注中标“标‘理想长篇小说’,署‘常觉、觉迷合译’”。

勘误:应为“标‘理想长篇’,署‘常觉、觉迷同译’”。

27. 1932 年《海外轩渠录》

《书目》出处补充:1929 年,《国闻周报》刊载,署名“涛潜编译”。

28. 1936 年《阿丽思漫游奇境记》

《书目》出处补充:1922 年,商务印书馆出版,赵元任译。《学生》1922 年第 9 卷第 4 期“书报介绍”云:“《阿丽思漫游奇境记》是美国顶出名的一本儿童文学书,也是一本顶出名的儿童笑话书,现经赵元任先生译为国语”。

20 世纪五六十年代《青春之歌》接受状况研究

伦　杰*

绪　论

1958 年初,《青春之歌》出版。仅仅就在一年半之后,这部长篇小说便以 130 万册的销量成为名副其实的“畅销书”。如此轰动效应之下,随之而来的是广泛的关注与讨论。从 20 世纪 50 年代末《中国青年》《文艺报》等刊物上展开的大讨论一直到 80 年代末以来的重评热潮,关于《青春之歌》的研究成果颇为丰厚。然而,我们仔细考察众多研究资料或论著会发现,普通读者的阅读状况始终未被纳入研究视野中,即使被提及,更多时候也是以一种印证《青春之歌》巨大影响力的背景材料而存在。他们似乎与研究无关,更与文学绝缘。甚至从某种意义上说,对于《青春之歌》这样一部影响一代人精神的重要作品,其解读的话语权始终掌握在专业的文学研究者手中,普通读者在以往的研究视域中始终以缺席者的身份存在。

问题在于,正是这些失语者构成了阅读《青春之歌》的主力军,也正是这些非专业的阅读者,成就了文学史上每每提及《青春之歌》便绕不开的轰动效应。当这些《青春之歌》轰动效应的成就者被排斥在研究视野之外时,我们不禁要问:他们的阅读方式及感受是怎样的?这其中反映出怎样的社会心态与审美倾向?这些来自非专业阅读者的声音与专业文学研究之间有无对话的可能?因此,如果转换一下思路,将五六十年代普通读者对于《青春之歌》的接受状况纳入文学研究的范围,或许可以借此勾勒出当时人们阅读情形的大致风貌,呈现出这样一部文学作品之于普通读者的意义所在,为文学研究由内部循环到外部循环的研究路径转换提供一点有益的尝试和思考。因而,本文要关注的不仅仅

---

* 作者简介:伦杰,1989 年生,女,山东寿光人,2015 年毕业于山东大学中国现当代文学专业,获硕士学位;指导教师温儒敏教授。

是一部书在五六十年代的接受状况，更是一项关乎那一时代“文学生活”[①]的研究。

(一)研究综述及创新之处

以往对于《青春之歌》的研究大致可以分为三个时段：

第一次研究高潮是小说刚一问世。小说出版后不久，电子管厂工人郭开便在《中国青年》上首先发难。他对《青春之歌》的指责引起了一场大争论，不少学者都作出了针锋相对的回应，很多报纸也纷纷开辟专栏加以讨论。大多数读者和批评家都持保护的态度：袁鹰在《你怎样对待自己的青春——和一位青年同志谈〈青春之歌〉》[②]一文中，站在政治立场的角度，肯定了《青春之歌》的社会功用；巴人在他的《谈小说〈青春之歌〉》[③]中，从主题和艺术风格两方面给予了赞许；何其芳、马铁丁等也纷纷撰文表示肯定。这其中最有代表性，且最具典型意义的是茅盾的《怎样评价〈青春之歌〉》[④]。在这篇文章中，茅盾不仅从政治角度指出这篇文章是从历史主义的角度对生活的反映，而且从艺术的角度对之进行了分析，指出作品存在的不足，超出了其他多数评论文章只从政治性、思想性单一角度进行评价的框架。

这一时期的研究虽然对于作品本身的艺术方面多少也有所涉及，但在具体的历史情境中，近乎所有文章在观点与研究方法上都带有浓厚的阶级分析色彩。因此，无论是对《青春之歌》进行批判的一方还是保护的一方，在这场大讨论中都将作品人物纳入政治领域进行严格审视。

“文革”结束后至80年代初期，是《青春之歌》研究的第二时段。这一时期，研究领域开始对“文革”时期的批判意见进行平反，比如陈纾在《林道静的成长及其典型意义——重读〈青春之歌〉》一文指出，正是“四人帮”推行的文化专制

---

① “文学生活”：中国现当代文学研究的全新概念，大致包括普通国民文学阅读及消费，文学的策划、生产、传播，文学接受等方面内容，涉及社会文化生活、精神结构和人们日常生活等诸多层面，对这一问题的研究是文学、社会学、历史学等多种学科的综合。具体参见温儒敏：《“文学生活”：新的研究生长点》，《中国现代文学研究丛刊》2012 年第 8 期；温儒敏：《“文学生活”概念与文学史写作》，《北京大学学报》2013 年第 3 期；刘方政：《“文学生活”概念的提出、内涵及意义》，《山东大学学报》2014 年第 4 期。

② 袁鹰：《你怎样对待自己的青春——和一位青年同志谈〈青春之歌〉》，《人民文学》1958 年第 6 期。

③ 巴人：《谈小说〈青春之歌〉》，《文艺月报》1958 年 4 月号。

④ 茅盾：《怎样评价〈青春之歌〉》，《中国青年》1959 年第 4 期。

主义使《青春之歌》等一批文艺作品被扼杀[①]；王永生《小说〈青春之歌〉评析》[②]一书的出版也再次引起人们对《青春之歌》的关注。与此同时，对于庸俗社会学和过分政治化的倾向也出现了反思的态度，更多的评论把焦点放在作品修改后的艺术效果上[③]。五六十年代对于增补主要持肯定观点，而这一时期，对于小说《青春之歌》的修改，同样不乏肯定的声音，如吴崇信在《野火烧不尽——重读〈青春之歌〉》[④]一文大力赞扬修改后使得林道静的人物形象更加丰满且展示了当时中国农村的面貌。而真正值得注意的是，此时开始出现持相反态度的观点。比如在《评增补后的〈青春之歌〉》[⑤]一文中，作者张化隆就认为，杨沫对《青春之歌》的增补反映出当时"左"倾思潮的影响，是一次戕害文艺作品的失败尝试。

虽然这一时期对于作品缺点和不足的论述较之前并无创新之处，不过，这一时期很多文章都不约而同地从作品主题、人物思想、艺术特色等文本内部角度进行探讨分析，对研究视角的拓展无疑起到了重要作用。

第三时段为80年代以来革命历史文学的重评热潮。这一时期对《青春之歌》的研究主要是从"解构式重读"角度进行的，研究者们力图从文本中挖掘出被压抑的另一种叙事。对于《青春之歌》的研究更加注重作品本身，女性主义、精神分析、叙事学、语言学、政治文化等多种方法的运用、多种角度的切入，使研究呈现出丰富多样的态势，并涌现出一批颇具洞察性和思考力的学术论著和文章。

李杨在《抗争宿命之路："社会主义现实主义"（1942—1976）研究》[⑥]中以《青春之歌》作为个案，进行了分析。他在分析时对这部作品作了象征式的解读，认为叙事通过一个人的成长象征整个国家本质的生成过程。这种解读一方面显示了作者的洞见，另一方面在一定意义上也存在着简单化的倾向。《50—70年代中国文学经典再解读》[⑦]是李杨的又一部"再解读"的书。在对《青春之

---

① 陈纾：《林道静的成长及其典型意义——重读〈青春之歌〉》，《福建师大学报（哲学社会科学版）》1978年第1期。

② 王永生：《小说〈青春之歌〉评析》，上海教育出版社1980年版。

③ 1959年《青春之歌》再版，杨沫在《再版后记》中指出："其中改变最大的，是增加了林道静在农村的七章和北大学生运动的三章。"参见杨沫：《再版后记》，见沈阳师范学院中文系主编：《中国当代文学研究资料·杨沫专集》，沈阳师范学院中文系1979年版，第40页。

④ 吴崇信：《野火烧不尽——重读〈青春之歌〉》，《昆明师院学报》1978年第3期。

⑤ 张化隆：《评增补后的〈青春之歌〉》，《东北师大学报》1981年第3期。

⑥ 李杨：《抗争宿命之路："社会主义现实主义"（1942—1976）研究》，时代文艺出版社1993年版。

⑦ 李杨：《50—70年代中国文学经典再解读》，山东教育出版社2003年版。

歌》的再解读中，李杨通过细读提出《青春之歌》的叙事是“政治叙事”与“性叙事”的双重变奏。谈及对于《青春之歌》的性别角度研究，陈顺馨的论述更具代表性。从“跨性别视点”和“异故事＋故事内”的叙事学两方面，她认为杨沫在文本主人公的把握中有着极强的女性作家惯用的自叙传色彩；但她又从叙事学的角度提醒读者和研究者，杨沫对林道静思想和形象等方面的叙述很多都是透过男性的目光来界定和阐释的。可以说，陈顺馨的研究将作家、叙述者及作品主人公这三个角色进行区分认识，对《青春之歌》的研究别具开创性。[①] 而出于对林道静女性身份的关注，李遇春在《新中国文学中文化“恋父”心理解析——以〈青春之歌〉〈创业史〉和〈艳阳天〉为中心》[②]一文中，从精神分析的角度对林道静这一人物形象作出了解读。

除了上述有代表性的研究，还有学者从版本角度对现代的长篇小说进行研究。对文本的细读是金宏宇《中国现代长篇小说名著版本校评》[③]的特色。通过对《青春之歌》各版本间的对校，作者梳理总结了版本变迁的脉络、特点及规律，从而发现了影响版本变化背后的因素。而在《〈青春之歌〉的版本、续集与江华形象的再评价》[④]一文中，作者孙先科进一步对江华形象的改动以及其中的作家心态问题进行了具体研究。其他跨学科研究方法的运用也值得一提：谷鹏的《〈青春之歌〉的传播与修改》[⑤]从传播叙事学角度，探究创作目的和作品传播效应，揭示前后文本修改意图；宋丽娟的《〈青春之歌〉：爱情话语和政治话语》[⑥]从语言学角度进行词频量化分析，从而对作品中的两种话语进行具体分析。

这一时期的研究通过解构式阅读、重读，深入文本的内部进行细读，呈现出这一时期文学的多层次内容，以及这些有差异的文学内容或冲突或融合的编码过程，从而暴露出看似“铁板一块”的文本中蕴含的缝隙和矛盾。

近年来，有关《青春之歌》研究的论文数量出现井喷式的激增现象，然而大多都是在上述已有的成果基础上裹足不前，难有突破。具体到读者接受而言，

---

① 参见陈顺馨：《中国当代文学的叙事与性别》，北京大学出版社2007年版。

② 李遇春：《新中国文学中文化“恋父”心理解析——以〈青春之歌〉、〈创业史〉和〈艳阳天〉为中心》，《中国政法大学学报》2010年第4期。

③ 金宏宇：《中国现代长篇小说名著版本校评》，人民文学出版社2004年版。

④ 孙先科：《〈青春之歌〉的版本、续集与江华形象的再评价》，《河南大学学报（社会科学版）》2005年第2期。

⑤ 谷鹏：《〈青春之歌〉的传播与修改》，《苏州大学学报（哲学社会科学版）》2010年第1期。

⑥ 宋丽娟：《〈青春之歌〉：爱情话语和政治话语》，福建师范大学2009年硕士学位论文。

相关论文有苏静的《〈青春之歌〉接受史论》①、郑晓璇的《〈青春之歌〉阐释史研究》②、倪贝贝的《试论〈青春之歌〉的接受史》③、刘崙的《多重话语的喧哗与骚动——〈青春之歌〉的接受研究》④及《〈青春之歌〉接受模式的历史变迁》⑤、宋桂友的《基于语境的创作与接受——以〈青春之歌〉为例》⑥等。就《青春之歌》接受主体而言，这些成果都以专业文学研究者的接受为研究对象，并未把普通读者纳入研究视野中，因此，普通读者的阅读接受研究仍是一个空白；就研究方法而言，以往研究大多局限于意识形态化分析，认为五六十年代的作品接受始终在政治询唤层面展开，对于历史合理性等问题的探讨不够充分，缺乏更为超越性的眼光。

对于上述研究思路存在的缺憾，已经有研究者敏锐地指出，其中最值得一提的是程光炜的相关研究。在《文学想象与文学国家——中国当代文学研究（1949—1976）》⑦一书中，他不仅关注到读者接受的研究角度，而且意识到这一研究可能具有的重要意义："检讨一代人文学阅读的历史，其意义并不亚于对一个时代的检讨，因为，它毕竟包蕴了一代人生命成长和思想寻求的全部隐密。"⑧因此，对于"十七年"及"文革"时期的文学阅读状况、文化风尚等重要问题，本书均有独到阐发。不过，正如作者自己所说"'十七年文学'同文化生产、读者阅读、现代政党、历史文化思潮关系等属于文化领域的研究尚未引起足够重视"⑨，对于这些问题的研究，如想寻求系统性的突破也绝非一时之功，更多时候书中提供给我们的仅仅是宏观层面的方向性提示。

基于上述研究现状，本文从《青春之歌》这一具体作品入手，力求以点带面地将普通读者的文学生活纳入研究视野，以更为超越性的视角多侧面展现出一代人文学阅读的风貌。如能更进一步，以有限才力触及"一代人生命成长和思

① 苏静：《〈青春之歌〉接受史论》，华中师范大学2011年硕士学位论文。

② 郑晓璇：《〈青春之歌〉阐释史研究》，福建师范大学2008年硕士学位论文。

③ 倪贝贝：《试论〈青春之歌〉的接受史》，《长江大学学报（社会科学版）》2011年第11期。

④ 刘崙：《多重话语的喧哗与骚动——〈青春之歌〉的接受研究》，《时代文学》（双月上半月）2008年第2期。

⑤ 刘崙：《〈青春之歌〉接受模式的历史变迁》，《学术交流》2011年第5期。

⑥ 宋桂友：《基于语境的创作与接受——以〈青春之歌〉为例》，《东岳论丛》2010年第7期。

⑦ 程光炜：《文学想象与文学国家——中国当代文学研究（1949—1976）》，河南大学出版社2005年版。

⑧ 程光炜：《文学想象与文学国家——中国当代文学研究（1949—1976）》，河南大学出版社2005年版，第161页。

⑨ 程光炜：《文学想象与文学国家——中国当代文学研究（1949—1976）》，河南大学出版社2005年版，第75页。

想寻求的某些隐密”,也许能够算作本文的一点贡献。

(二)研究方法及不足

以“文学生活”角度进入本文研究对象,必然会涉及五六十年代的文学消费、生产以及审美风尚、价值判断、读者心理机制等等多方面问题。在文学研究方法之外,社会学等研究方法也将有所运用。在展开本文的具体论述之前,有三个问题需要在此说明:

首先是研究时段的选取问题。本文论题中“五六十年代”主要集中在1958年《青春之歌》出版至1966年“文革”开始前的一段时间。原因在于,这一时段是读者意见数量最为丰富也是最具有代表性的时期。不过,就其中涉及的读者心理、时代阅读氛围等相关问题而言,很难明晰地划分出一个时间段予以界定,因此本文所考察的范围在这两个节点的基础上自然会有前后的延伸。

第二,是对于接受者的定位。如上所言,以往对于《青春之歌》的接受研究往往囿于专业领域,而本文则把普通读者也纳入研究视域。这里的“普通读者”主要指具有一定文化基础、有《青春之歌》文本阅读经验却又不专门从事文学创作及研究的读者群体。需要注意的一点是,这一研究群体与今天一般意义上的“大众读者”又有一些不同。他们与当时的“专业读者”相比,从人数上来看固然是“大众”的一方。不过,在五六十年代的特定环境中,由于文化普及程度不高,读者群体的扩大化受到限制。低层次文化水平的受众甚至仅仅依靠电影等直观的视觉传播手段才能在某种程度上接触到文学,那么与之相比较,我们所说的“普通读者”又自然成为“小众”的一方。而在基础教育普及的今天,情况自是不可同日而语。

第三个问题是相关材料来源与选取问题。《青春之歌》普通读者接受状况在以往研究中鲜有论及。故而,材料的搜集与整理对于本篇论文无疑意义重大。笔者通过大量查阅各地报纸杂志以及回忆资料,重点搜集了一批五六十年代见于报端的读者反馈、相关报道。在此基础上,力图将诸多看似零散的材料提炼出较为集中的文学现象,以聚焦式的探究方法将问题引向纵深化的路子,从而避免使论文流于材料的堆砌。

必须指出的是,以公开出版物中的材料为基础,固然可以在较短时间内获得大量相关资料,有着方便易得、可靠性高等优势,却也有不可回避的问题。毕竟,这些史料从某种程度上而言,已经经过所谓官方意识形态的规约。尽管对此我们保持着高度警醒的研究姿态,力图在有限的材料之中尽可能地发现其中的缝隙,并以“同情之了解”的态度作出较为客观的判断,然而离开具体的历史语境,终究有其隔膜之处,对于当时普通读者文学生活状况可能存在的遮蔽也是不言而喻的。也许,随着新资料的发掘,对于这一问题的研究又会呈现出另一种面貌。

在这一过程中,我们能感受到愈是久远的文学生活现象,愈是有可能湮没在漫长的历史长河之中。不过,也正是在这样一种渐渐流逝的缺失感中,笔者对文学研究本身有了更加切身的体悟。普通读者作为日常阅读中的个体,曾经何为? 对于读者的阅读反应,尤其是普通读者接受这样一个命题,许多私人阅读领域的第一手资料还有待发掘。在充分研究这些鲜活的“文学生活”历史之后,才能使一些关键性问题获得进一步深入研究的可能。而这些更为零散、隐秘的资料也只有通过更为广泛的田野调查以及更为艰苦的实地走访来获得。这无疑是一项长期且系统的工程,以公共领域作为“文学生活”研究的切入点只是一种具有尝试意义的开端,相信对于《青春之歌》等一批作品而言,其研究都将是一个持续而漫长的过程。

一、《青春之歌》接受状况概览

回到五六十年代的文学语境,文学权威出于某种考虑筛选读者意见,借虚构的读者之名发表对某一作品或现象看法的行为并不少见,“读者”一词也因此成为指向不明的模糊称谓。因此有研究者指出:“‘读者’在大多数时间里是被虚构的,是一个不被具体分析的概念。批评权威往往用‘群众’‘读者’(特别是‘工农兵读者’)来代表实际上并不存在的,在思想观念、艺术趣味上完全一致的‘读者’群。”[①]而多数文学史论著或者研究文章,在谈到《青春之歌》时总是绕不开其轰动程度,这种轰动效应多数时候又往往以出版销售数量、电影观影人数等具体数字来体现。对于《青春之歌》而言,在“虚构”和“不被具体分析”之外,实际存在着的是一个庞大的接受群体。虽然上面提及的“读者”虚构论断涉及的是文学阐释话语权的归属问题,并没有直接抹杀“读者”的客观存在,但是当把巨大的“销售量”、“观影人次”等考量标准放置到这样一部50年代出现的作品身上,多多少少总让我们感觉到一种张力,它们似乎在印证着读者、观众在成就《青春之歌》影响力和文学史地位中有至关重要的作用。

---

① 洪子诚:《中国当代文学概说》,北京大学出版社2010年版,第19页。

那么，包括专业读者在内的广大接受群体如何接受这部作品？与文学研究者相较，普通读者对于文学作品的认识与关注点是否有所不同？以《青春之歌》为中心，又辐射出怎样的时代阅读氛围？在略显冰冷的数字之外，本章将通过更多的历史细节和场景描绘对这些问题予以解答。

（一）接受方式与文学生活风貌

诚如上文反复强调的，在关于20世纪下半叶的历史叙述中，诸多大事件与重要人物总是扮演着在场者的角色。与此不同的是，作为巨大数量存在着的民众，在被同质化的历史建构中承担着相似的命运，有着接近的立场与思想。某种意义上而言，在文学的殿堂中他们是被“遗忘”的那一群。而同样被“遗忘”的，是他们曾经的日常文学生活。

但是，它真的不曾存在过吗？对于一般受众而言，多少年后或许对于某部作品的印象已然面目全非，反而是那些与文学活动相关的某些细节，或者“再也回不去”的阅读体验与时代氛围，成为他们打开文学记忆闸门的钥匙。当然，就本文来讲，我们需要重点把握的无疑是《青春之歌》这一把“钥匙”。不过，循着《青春之歌》接受方式这条主线，五六十年代文学生活的某些侧面也将自然地被勾勒出来。对于《青春之歌》等一批红色经典而言，或许唯有在这些不可复制的时代场景与社会氛围的重温中，才会再次展现其文学生命的质感。

1.《青春之歌》与读书运动

文学接受或者说文学消费的方式无疑是受到客观物质条件制约的。五六十年代是信息化手段尚不发达的年代，人们接触到《青春之歌》的方式当然首推传统化的书籍阅读。在《母亲杨沫》一书中忆及当年时，老鬼写道：“那时候，没有电视，没有互联网，没有酒吧、歌舞厅、游艺场，书也出得少，读书是人们最主要的业余精神生活，大家都很关注最近出了什么新书。《青春之歌》问世后立刻引起了人们广泛的注意。”①不过，即便是只有这样单一的休闲方式，人们也表现出了最大程度的热情。对于书籍，那一代人所拥有的虔诚与渴盼或许是我们无法想象和企及的。《中国青年报》曾刊登出一封青年建设者饱含真情的来信：

> 在书刊极度难得的情况下，远方朋友为我捎来了你的著作——《青春之歌》。在“抢晴天，赶阴天，大风大雨当好天”的跃进口号鼓舞下，我们的

① 老鬼：《母亲杨沫》，长江文艺出版社2005年版，第89页。

工作是紧张而又愉快的。我们住的杉皮工棚时常有被大风刮破的风险。就这样，你的著作在我的行囊里，在枕头边，在勉强能看清字迹的灯光下，同我度过了十多个寂静的夜晚。[①]

不唯独《青春之歌》具有如此大的吸引力。很多时候，翻看那个年代的相关材料，不同回忆者笔端流淌出的文字，传递给我们的是一种相同的感受："50年代上中学以后，读书的条件有了改善……尽管如此，对于书籍仍产生近于'神圣'的感觉，这种感觉保留了很长的时间。当我从语文老师那里借到几本20年代的《小说月报》时，当我终于有零花钱可以订阅《文艺报》《文艺学习》杂志时，我清楚地记得那种不夸张的'幸福感'"[②]，"我童年时的确迷恋读书。那时候既没有电影更没有电视，连收音机都没有……我偷看的第一本'闲书'，是绘有许多精美插图的神魔小说《封神演义》，那是班里一个同学的传家宝，轻易不借给别人……我从一个很赏识我的老师那里借到了一本《钢铁是怎样炼成的》……我个头矮，只能站在门槛上就着如豆的灯光看书。我沉浸在书里，头发被灯火烧焦也不知道"[③]。物质的极其匮乏抹杀不了这种最本真的幸福，这种幸福来自书籍，源于阅读，在几十年岁月的淘洗中依旧散发出熠熠生辉的动人光芒。

正是伴随着这样的读书热情，与五六十年代风起云涌的政治运动一道，各种有计划、有组织的读书运动以及与之相关的报告会、座谈会也轰轰烈烈地开展起来。通过这些集体化的方式，读书这样一种看似私人化的活动被纳入统一的政治运作轨道。自然，《青春之歌》的阅读与接受很大程度上也正依赖于这样的方式进行。

以当时文化生活较为丰富的上海为例，就发起了两次极具广泛影响力的读书运动，分别是1958年起开展的"鲁迅奖章读书运动"，以及1959年开始至"文革"开始后结束的"红旗读书运动"。

为了便于说明，两次读书运动基本情况见下表[④]：

---

① 刘铁山：《从南岭遥寄北京——一个青年建设者给杨沫的信》，《中国青年报》1958年5月9日。

② 洪子诚：《我的阅读史》，北京大学出版社2011年版，第3页。

③ 莫言：《闲书》，见吴亮、高云主编：《日常生活——60年代老百姓的日常生活》，江苏美术出版社1999年版，第8页。

④ 整理来源参见黄坚：《20世纪50年代至60年代的上海读书活动》，收入谢黎萍、黄坚主编：《风雨历程1949—1978》，上海书店出版社2005年版，第364~375页；《关于举办一九五八年度"鲁迅奖章读书运动"的联合决定》，《青年报》1958年3月28日；《关于开展"红旗读书运动"的联合决定》，《青年报》1959年5月4日；《从好书中汲取丰富养料——上海青年开展"红旗读书运动"》，《中国青年报》1959年5月6日。

	鲁迅奖章读书运动	红旗读书运动
时间	1958 年 4 月—1958 年 11 月	1959 年 5 月—1966 年
参与人数	上海市报名参加人数达 50 万,其中 40 余万青年	据不完全统计:1959 年,上海市参与职工数达 28.8 万左右,青年学生参与率为 90% 左右。1960 年 3 月,上海市参与人数达 70 多万
发起单位	上海总工会、共青团上海市委、上海民主青年联合会、上海市学生联合会	上海市工会联合会、共青团上海市委员会、上海市青年联合会和上海市学生联合会
参与群体	《关于举办 1958 年度"鲁迅奖章读书活动"的联合决定》规定,凡基层工厂、商店的职工,大、中学校、农村、机关、地区具有相当于初中以上文化程度的青年,均可自愿报名参加读书运动	《关于开展"红旗读书运动"的联合决定》规定,上海各工厂、企业的职工和学校、农村、机关、街道的青年均可自愿报名参加"红旗读书运动"
书目范围	针对阅读群体按照不同地区及不同文化程度进行分类。规定书籍共计 90 本,包括政治(26 本)、思想(14 本)、自然科学(8 本)和文学(42 本)四大类。《青春之歌》被列入文学类①	上海市读书运动指导委员会推荐书籍共计 64 本,其中政治、思想修养类 17 本、文学类 29 本、自然科学类 18 本。《青春之歌》被列入文学类②
阅读规定	每人在 4 月到 11 月期间,在规定书目内选读 8 本书,其中政治书籍 2 本,思想修养、科学技术(自然科学)书籍各 1 本,文学书籍 4 本。读完一本书后写一篇读书记录或读书心得,作为评比条件之一	从上海市"红旗读书运动指导委员会"推荐的若干书目中选读 8 本书籍,其中政治理论读物不少于 3 本。选择几本主要的书籍,联系思想和工作,精读细读,撰写有所收获的读书心得和读书笔记

① "鲁迅奖章读书运动"文学类书目详见附录一。

② "红旗读书运动"文学类书目详见附录二。

根据上表的信息不难看出，两次承接而来的读书运动都有很强的引导性与计划性。而活动预计要达到的效果，需要广泛有力的宣传。因此，在相当长一段时间里，多家报纸杂志对于运动的进展情况保持着持续性的关注，这其中自然不乏单调而空洞的宣传鼓动之语。然而，鲜活而有生命力的文字不会淹没在故纸堆中，真正有价值的新闻报道亦是如此。正是这些翔实生动的记叙为我们描绘出当时一些文学活动的具体场景，至今读来仍历历在目：

> 五四前夕，在上海青年宫宽阔的六楼里，满聚着浓郁的文化气息，一千多个青年读书积极分子集聚在这里参加了一个饶有风趣的鲁迅奖章读书活动日……上影海燕电影制片厂的演员高博、崔超明、黄婉苏等用抑扬顿挫、充满感情的声调朗诵了《狱中纪实》《呐喊》《青春之歌》等书籍片段。青年们都屏息静听，被这些优秀作品中的感人肺腑的语言激励着鞭策着……这一天，在大楼的每个角落里，都有精彩活动，有鲁迅奖章读书运动、阅读图书展览，有鲁迅生平事迹展览，还有津津有味的《林海雪原》的故事讲座。①

在两次读书运动开具的书目中，《青春之歌》均赫然在列。不过，就像上文所引，多数时候有关某部作品的阅读情形都会与其他作品一道以整体性的方式来呈现，《青春之歌》自然也不例外。其实，若要将其单独剥离出来，既不具有实际操作性也无研究的必要。因为就此处我们所关心的接受方式而言，所有作品并无实质性的不同。在我们对五六十年代读书状况有了整体性的把握之后，《青春之歌》接受情况也就自然可以想见。

当然，两次读书运动之间也存在不同之处。两次运动的不同命名在一定程度上便是侧重性的暗示。如果说"鲁迅奖章读书运动"中文学作品的地位更加凸显，那么在"红旗奖章读书运动"中，政治理论读物则是阅读的重头戏，这些区别从两次运动的具体规定中也都可以看到。在上海之外，其他地区读书运动也如火如荼②。不过，无论当时具体有哪些地区开展了读书运动，这些运动之间又有何区别，真正值得我们注意的一点或许应该是"运动"所带有的斗争指向。小

① 顾美忠、王石：《多读好书，受益无穷》，《中国青年报》1958年5月6日。

② 参见《全国20多省市青年纷纷来信热烈要求参加鲁迅读书运动》，《文汇报》1958年4月16日。据介绍，要求参加"鲁迅奖章读书运动"的读者来信遍布青岛、沈阳、北京、山海关、太原、长沙等地，截止发稿济南市参加读书运动的青年已达到5万人。《厚古薄今读好书读红色书》，《中国青年报》1958年5月21日。该篇报道对吉林、天津、南昌三地开展读书运动的情况进行了介绍。

说出版之时,主流舆论对于不良读书风气的批判风头正劲。批判主要针对读者喜爱西欧及中国古典文学作品的现象展开。自然,在批判的同时,人们也意识到这一现象反映出新中国成立后无产阶级革命文学创作不足的现状,而《青春之歌》以及同一时期出版的诸多长篇恰恰如及时雨一般提供了优秀的革命文学范本。

此种背景下,《青春之歌》的出版可谓恰逢其时,对于这一批契合读书风气导向的作品的各项支持政策也势在必行。除了前文所讲的各项读书运动,1958年6月开始,中国青年出版社和新华书店决定降低印刷成本,将《青春之歌》在内的12本书推出普及本。这些普及本的定价只相当于原书的一半,而书的形式除了开本略小一些外,纸张、字号等与原本完全相同①。同时规定"现代题材作品应比古典作品的定价低些;现代作品中优秀的有重大教育意义的作品应比一般现代作品的定价低些"②。这些举措对于扩大《青春之歌》等作品影响力的作用自然无须质疑。

与读书运动紧密配合的是各种座谈会、读书报告会的相继展开。在此情况下,一些报刊也为《青春之歌》《创业史》《林海雪原》等一批重点作品的相关座谈情况开辟了专栏。正因如此,读者意见尤其是普通读者的阅读感受,能够在某一时段比较集中地以公开化的方式见诸报端。

需要特别指出的是:对于每一个普通读者而言,其阅读体悟自然带有某种程度的私密性质。而当这种个人性的阅读体悟一旦暴露在公共化的视野当中,其呈现出的状态对于读者真实阅读态度可能造成的遮蔽是不言而喻的——更何况是在当时的历史语境之中。不过,我们也不必因此而抹杀它们存在的价值。即便是站在"今天"的节点,再次回忆当时的阅读情形,谁又能保证这些感受是绝对的"真实"或者"客观"呢?在这些具有相对"固定性"的材料面前,对于我们要进入的五六十年代而言,又何尝不是呈现了那个时期"真实"的一面?

2. 书籍之外的《青春之歌》

五六十年代大众接受《青春之歌》的方式,并非仅仅依靠单一的个人化的小说阅读完成,各种不同的方式为我们呈现出那个年代所能达到的丰富性。除去读书之外,电影、连环画、鼓书、评弹、话剧等其他艺术方式的改编,在更大程度

① 参见《让更多的读者看到好书》,《中国青年报》1958年6月30日。12本普及本分别是:《青春之歌》《林海雪原》《三里湾》《山乡巨变》《百炼成钢》《上海的早晨》《红旗谱》《红日》《儿女风尘记》《我们播种爱情》《苦菜花》《青春》。

② 《降低书价——文化部向全国文化出版部门发出通知》,《中国青年报》1958年7月10日。

上提升了《青春之歌》的影响力，尤其是在文化层次不高的受众当中具有不可忽视的作用。在北京，《铁道游击队》《林海雪原》《红旗谱》《吕梁英雄传》《保卫延安》《青春之歌》等18部新书被改编为评鼓书；在上海，《林海雪原》《青春之歌》则被改编为评弹；杭州大学文工团则在元旦期间将小说改编成四幕十场话剧，面向市民进行演出。

1959年，即小说出版后的第二年，恰逢新中国建立10周年。这一年也是新中国电影事业的丰收年。作为将在"国产新片展览月"献礼的影片，《青春之歌》拍摄工作被提上日程，小说作者杨沫也亲自参与剧本创作。这部广为读者熟知的作品在拍摄过程中自然得到多家报纸杂志的跟进报道。演员拍摄心得、摄制组拍摄花絮、群众演员拍摄感受等一系列与拍摄相关的情况都得到了及时的呈现和反馈①。从3月15日开拍到8月31日停机器，影片前后仅仅用了170天的时间，便以惊人的效率拍摄完成并如期上映，成为跃进片的代表之作。根据电影《青春之歌》制片主任胡其明介绍：该片布景有22堂，外景地点达65处，组织和动员的群众演员超过10万人次。而仅在北京一地的新片展览月中，观众就达110万人次（过去最多65万人次）②。

展览月刚刚结束，北京日报和北京晚报、北京人民广播电台、北京电视台便联合举办了推选1959年最受欢迎国产影片的活动，共有32526人参加投票。这3万多人遍及各地，"从工厂、从人民公社、从学校、从机关、从解放军部队，都有观众把他们热爱的影片推选出来"③。具体涵盖范围有：北京、浙江、福建、新疆、云南、贵州、内蒙古以及广东海南岛、辽宁的安东市。④ 1960年1月24日的《北京日报》刊登了投票结果，《青春之歌》超出第二名12397票，以绝对性优势高居榜首。

在天津市几乎同一时间举办的"评选1959年国产影片"活动中，《青春之歌》再次夺得头名。"这次评选活动从1959年12月下旬开始，在一个半月的评

---

① 相关报道与文章主要有：《〈青春之歌〉拍摄散记》，《大众电影》1959年第11期；《在"余永泽公寓"里——〈青春之歌〉中的一场戏》，《大众电影》1959年第13期；《林道静参加舞会》，《大众电影》1959年第14期；《〈青春之歌〉拍摄卢嘉川在狱中》，《大众电影》1959年第15期；《摄影棚里的林红》，《大众电影》1959年第16期；《参加拍摄〈青春之歌〉》，《中国青年报》1959年5月10日；《〈我的一家〉〈青春之歌〉等正由北影拍成影片》，《中国青年报》1959年5月14日；《看〈青春之歌〉拍摄》，《中国青年报》1959年6月2日；《〈青春之歌〉拍摄散记》，《光明日报》1959年9月6日。

② 参见胡其明：《为跃进片说几句话》，《北京日报》1959年12月8日。

③ 《观众热爱大跃进中的国产影片三万多人参加推选活动》（编者按），《北京日报》1960年1月24日。

④ 参见《1959年16部最佳影片选出》，《光明日报》1960年1月24日。

选过程中，共收到一万三千四百一十二人的来信。参加评选的有工人、农民、战士、机关干部、教师、学生和家庭妇女等。上海、广州和黑龙江省等地的观众，也通过来信参加评选。”①两次投票活动结果见下表②：

<table>
<tr><th colspan="3">北京（十六部）</th></tr>
<tr><th>影片名称</th><th>得票数</th><th>影片类型</th></tr>
<tr><td>青春之歌</td><td>29427 票</td><td rowspan="9">得票最多的九部故事片</td></tr>
<tr><td>林则徐</td><td>17030 票</td></tr>
<tr><td>老兵新传</td><td>13067 票</td></tr>
<tr><td>万水千山</td><td>10565 票</td></tr>
<tr><td>回民支队</td><td>10399 票</td></tr>
<tr><td>风暴</td><td>10283 票</td></tr>
<tr><td>我们村里的年轻人</td><td>6790 票</td></tr>
<tr><td>红色的种子</td><td>6282 票</td></tr>
<tr><td>风从东方来</td><td>6220 票</td></tr>
<tr><td>欢庆十年</td><td>5678 票</td><td rowspan="4">得票最多的四部新闻纪录片</td></tr>
<tr><td>第十个春天</td><td>5090 票</td></tr>
<tr><td>百万农奴站起来</td><td>4452 票</td></tr>
<tr><td>英雄战胜北大荒</td><td>3846 票</td></tr>
<tr><td>在西双版纳的密林中</td><td>4888 票</td><td>得票最多的一部科教片</td></tr>
<tr><td>小鲤鱼跳龙门</td><td>3805 票</td><td>得票最多的一部美术片</td></tr>
<tr><td>三八河边</td><td>3301 票</td><td>得票最多的一部记录性艺术片</td></tr>
</table>

<table>
<tr><th colspan="2">天津（十五部）</th></tr>
<tr><th>影片名称</th><th>影片类型</th></tr>
<tr><td>青春之歌</td><td rowspan="10">得票最多的十部故事片</td></tr>
<tr><td>老兵新传</td></tr>
<tr><td>林则徐</td></tr>
<tr><td>党的女儿</td></tr>
<tr><td>风暴</td></tr>
<tr><td>万水千山</td></tr>
<tr><td>林家铺子</td></tr>
<tr><td>回民支队</td></tr>
<tr><td>红色的种子</td></tr>
<tr><td>风从东方来</td></tr>
<tr><td>在西双版纳的密林中</td><td rowspan="3">得票最多的三部新闻纪录片</td></tr>
<tr><td>平息西藏叛乱</td></tr>
<tr><td>欢庆十年</td></tr>
<tr><td></td><td></td></tr>
<tr><td>小鲤鱼跳龙门</td><td>得票最多的一部美术片</td></tr>
<tr><td>女驸马</td><td>得票最多的一部戏曲片</td></tr>
</table>

① 《天津市举办评选去年国产影片活动〈青春之歌〉等当选为优秀影片》，《河北日报》1960 年 2 月 19 日。

② 整理来源参见：《观众热爱大跃进中的国产影片三万多人参加推选活动》，《北京日报》1960 年 1 月 24 日；《天津市举办评选去年国产影片活动〈青春之歌〉等当选为优秀影片》，《河北日报》1960 年 2 月 19 日。

比起小说，电影的直观性、故事性更加强化，对于一般受众具有更大的吸引力。在最大程度上将群众纳入政治动员体系中的年代，电影理所应当地被赋予“文艺武器”的重要性地位：“在各种革命的文艺武器中，电影这门综合性的艺术，对青年具有最大的魅力……青年喜爱电影，电影也成了党对青年一代进行共产主义教育强有力的工具。”①由此，我们也能够看到，为何在面对“政治性太强、艺术性太差”的指责批评时，夏衍直截了当地以“前者正是我们的电影的优点”作为回应。他宣称：“我们的电影是无产阶级的战斗武器，是党的忠实助手，为无产阶级的政治服务，是我们的电影的光荣职责，在这方面，我们不是做得太多，而是还做得不够。”②

在起到政治动员这一重要作用的同时，不得不提到的是电影所扮演的“启蒙者”角色。《青春之歌》最初作为一部文学作品，其最为直接的接受方式自然是前文所提及的阅读活动。然而在更为广袤的农村地区，对很多人而言恐怕连识字都成问题，更谈不上拥有建立在文学阅读基础之上的“文学生活”。很大程度上，这些田间地头的下里巴人唯有通过电影或者草台班子演出的当地戏曲，才能接触到阳春白雪的文学，哪怕只是零星皮毛。

回到这两次群众性比较广泛的调查活动，我们必须注意到对于这些观众意见的忽略。无疑，各地读者来信是评选的主要依据，而这种投票方式的实现必须要以评选者一定的文化水平为基础。这意味着更多低层次文化水平受众可能无法从报端知晓这样的评选。即便知晓，也很可能无法恰当地表达出自身的意见。正如调查者自己所讲的那样：“我们有必要再一次说明：参加推选活动的人虽然很多，究竟只是广大电影观众中的一小部分；而且影片映出的场次有多有少，所以推选活动只是观众意见测验的性质。”③

虽然关注到这一低文化层次群体反馈的缺失，但笔者在此处并无意于进一步深入探究他们的接受状况。一方面固然是现有实地调查资料匮乏，尚不具备充分的材料来对当时这一群体接受情况进行具体深入的分析；更为重要的一点，我们需要重点关注的或许应当是那些有着《青春之歌》文本阅读体验的读者。毕竟，作为一项对于文学作品接受状况的研究，读者对于小说的阅读经验仍然是一系列研究得以进行的前提。

---

① 《更充分的发挥电影对青年的教育作用》，《中国青年报》1960年8月10日。

② 夏衍：《向电影艺术的高峰迈进》，《人民日报》1959年9月25日。

③ 《观众热爱大跃进中的国产影片三万多人参加推选活动》（编者按），《北京日报》1960年1月24日。

在电影等接受方式之外，需要特别提及的是1959年开始在《文艺报》《中国青年》展开的关于《青春之歌》的大讨论。经由这场讨论，不仅小说的知名度大大提高，读者的接受方式也在一定意义上发生了转变，即由单向度的被动接受变为读者、作者之间双向度的互动。由此，读者的阅读对作家的创作施加压力并产生影响，这也就有了杨沫后来对于《青春之歌》的修改。

在特殊的政治环境中，这场讨论固然有着难以避免的政治导向性。不过，难得的是这次讨论在最大可能的范围内仍然称得上“人尽其言”。讨论的焦点不仅反映出当时很多文艺界探讨的普遍问题，而且充分显示出《青春之歌》的内在独特性。

（二）轰动背后的“冷”与“热”

无论受众从哪种接受方式接触到《青春之歌》，我们都能从中感受到作品的巨大影响力。毫无疑问，书籍的畅销与相关文艺作品的轰动本身说明《青春之歌》处在一种备受关注的地位。而这种地位，也恰恰说明了读者对于作品的一种重视态度，即便读者内部对于小说存在着褒贬分歧。不过，《青春之歌》却并非从诞生之日开始便始终处在文学经典殿堂之列，在其出版前后，读者接受态度出现了一种“冰火两重天”的反差。这也成为一个有意思的现象：当时读者对于小说的接受态度具体是怎样的？在这“冷”“热”对照之下，又有怎样的原委曲折与深层原因？

1.“冷遇”与“热捧”现象

早在1951年9月25日，杨沫就开始草拟全书提纲，最初定书名为《千锤百炼》，10月正式开始写作，后改成《烧不尽的野火》。1955年4月底，在经历三年零七个月的辛苦创作后，约35万字的初稿才全部完成。1956年修改时才将书名最终定为《青春之歌》。而这一系列书名似乎也成为小说命运的一种预言：在经历诸多“千锤百炼”后，这部书终于在1958年1月由作家出版社出版①，很快便以一股燎原之势在读者中产生极大的轰动效应，甚至成为一代人的青春记忆。

然而，出版前的很长一段时间中，在很多“专业”的文学读者那里，态度却不甚积极。这样一部日后大红大紫的畅销之作并未得到他们的青睐。这还要从

① 作家出版社成立于1953年11月，以人民文学出版社副牌的名义出版书籍。1958年8月独立，1960年11月与中国戏剧出版社并入人民文学出版社。因而，也有说法认为1958年版《青春之歌》由人民文学出版社出版。参见黄发有：《中国当代文学传媒研究》，人民文学出版社2014年版，第303页。

《青春之歌》出版前的相关情况说起：中国青年出版社在听说这部作品后便要去了书稿，然而对于是否出版这样一部以小资产阶级知识分子为主人公的作品，却“拿不定主意”，最终出版社提出要杨沫“自己找一个名家给看看，若肯定了这部稿子，就马上出版”①。辗转之中，稿子经由阳翰笙到了欧阳凡海手中。不过，欧阳凡海的回复中“大部分是分析手稿的缺点，优点只提了一小部分”②，这种状况下，书稿也就面临着无出头之日的窘境。转机出现在当年（1956 年）4 月，随着“双百方针”的提出，出版空气也变得宽松。这种形势下，经由秦兆阳的介绍，作家出版社终于表示要尽快出版。然而这之后的情形却是书稿的一拖再拖，杨沫在极度烦闷中多次追问出版详情，并写书信向阳翰笙、巴人等反映情况。几经波折后，1958 年 1 月杨沫才终于等来了书稿的出版。③

小说问世后不久，杨沫在忐忑不安中迎来了好消息：出版社编辑王仰晨告知她“头一版已经全部销售一空，马上要出第二版，加印 5 万册”④。短短几个月时间，大大出乎杨沫预料的是，这样一个“难产儿”不仅在读者中备受追捧，也给身为作者的她带来了无限荣耀。当年 6 月，书籍印数达到 39 万册；至 1959 年前半年，该书总共售出 130 万册。根据国家统计局官方数据显示，至 1959 年末全国人口总数约为 67207 万，也就意味着当时大概每 500 人就拥有一本《青春之歌》。1960 年 7 月 23 日《光明日报》刊登的一篇报道也为我们提供了一组对比数据：“1953 年至 1960 年，作家出版社出书 900 多种，共计 3497 万多册，其中销数达到 50 万册以上的有 6 种。”⑤无疑，《青春之歌》不仅在这 6 种之列，而且已远远超出此标准，成为上世纪五六十年代的当之无愧的“畅销书”。

《青春之歌》的畅销度可以从几项阅读调查中得到一点印证。1959 年 8 月 1 日，《北京日报》报道了当时北京市电子管厂一号车间二工段乙班 30 位青年的革命文艺作品阅读状况，调查显示“有 27 人看过《青春之歌》，25 人看过《林海雪原》，23 人看过《苦菜花》”⑥。《青春之歌》阅读比例占到 90%。而在之后

---

① 老鬼：《母亲杨沫》，长江文艺出版社 2005 年版，第 73 页。

② 老鬼：《母亲杨沫》，长江文艺出版社 2005 年版，第 75 页。

③ 在公开销售前，《北京日报》先于 1958 年 1 月 3 日至 28 日对小说进行了连载。将近 40 万字的小说增删为 3 万多字，分 19 次选登，得到读者比较积极的响应。1958 年 1 月 28 日，《北京日报》对读者反响进行了介绍：“《青春之歌》自在本报连载后，受到广大读者的欢迎。许多读者都盼望早日能看到这部长篇小说。有些下放干部在下乡前还赶来编辑部询问故事情节发展的结果。”连载期间，小说开始在北京各新华书店公开发行销售。

④ 老鬼：《母亲杨沫》，长江文艺出版社 2005 年版，第 88 页。

⑤ 《文学创作百花开——文学书籍期刊展览会参观记》，《光明日报》1960 年 7 月 23 日。

⑥ 《本市工农青年一心向上自觉读书的越来越多》，《北京日报》1959 年 8 月 1 日。

的1965年,社会科学院文学研究所在安徽省寿县进行了一次更具系统性和规模性的文学阅读情况调查①。在一项针对13位知识青年的书面调查中,“所列读过的书共44种,102部。其中古代和五四以来的长篇小说,只有6个人读过,计14种,23部,约占全部的20%~30%。其余的30种,79部,都是当代的长篇小说”②。可见,当代长篇小说在其阅读结构中所占比例最高,而《青春之歌》所拥有的读者数量名列第二位。主要长篇小说阅读人数统计情况如下③:

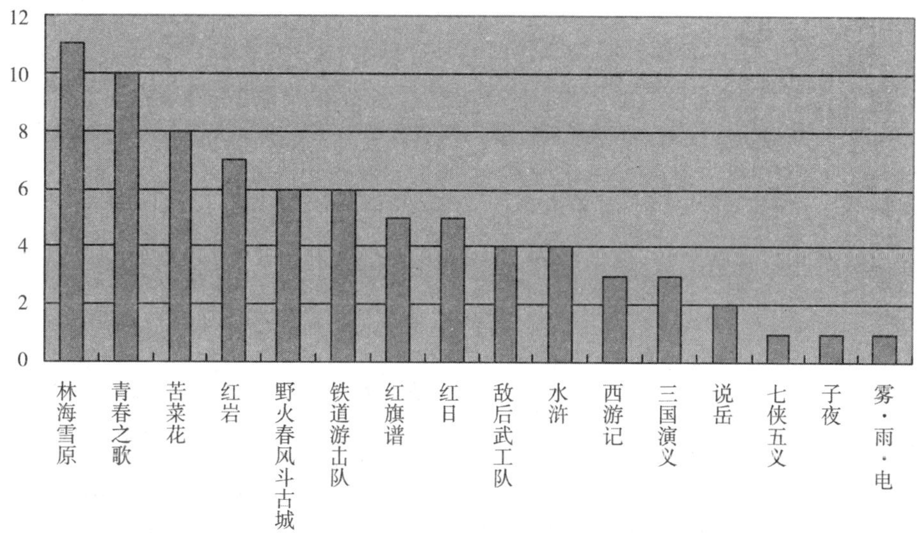

像这种针对普通读者“文学生活”状况进行的调研在当时尚属首次。对于文学作品接受情况的规模化、系统性量化分析调查并未充分开展,尤其是在北京、上海以外的地区,数据资料则更加缺乏。

更多时候,那些尘封已久的资料提供给我们的是丰富生动的历史细节。其中有《青春之歌》的销售盛况以及读者争相阅读的火爆场面:“北京王府井门市部在书出版后的一天半时间内,就售去了五百多部”,“在学校里,图书馆预约借书登记,有的已排到几个月之后去了”④;也有电影上映后的轰动效应:“《青春之歌》在北大放映好几次,盛况空前,打破以往放任何电影的记录。很多人看两

① 参见《安徽寿县九里公社社员阅读和评论文学作品情况的调查》,《文学评论》1966年第1期。谢锡文、陈家元:《历史钩沉:关于1965年安徽寿县九里公社文学阅读调查》,《东岳论丛》2014年第5期。

② 《安徽寿县九里公社社员阅读和评论文学作品情况的调查》,《文学评论》1966年第1期。

③ 整理来源参见:《安徽寿县九里公社社员阅读和评论文学作品情况的调查》,《文学评论》1966年第1期。

④ 《青年们爱读〈青春之歌〉》,《中国青年报》1958年5月3日。

三遍。在共青团组织的号召下，各个支部都举行了座谈会……"①，"我们是学工的，虽然不太会分析文艺作品，但是大家都喜爱《青春之歌》。这部电影在我们学院同时交错放映三场，校内跑片，每一处观众都是挤得满满的"②。

在五六十年代的报纸杂志中，诸如此类的细节不胜枚举。无论小说抑或电影，《青春之歌》在工农青年以及在校学生中形成的巨大影响力已无须赘言。然而，与小说出版前遭受的"冷遇"相比，受众的"热捧"恰恰上演了一幕《青春之歌》命运反转剧。

2. 时代背景与读者心理

面对小说如此戏剧性的际遇，我们不禁要追问其中原因几何。对于小说出版过程的原委，并非几句话便可道尽。这其中所触及的一些重要问题也将在后面章节详细展开。上文予以简单交代，主要还是为了强调从小说出版面临搁置到后来形势的峰回路转，政治性因素无疑扮演着极为重要的角色——虽然这一点在历来的研究中不乏论述，甚至是老生常谈的话题。

早在40年代，《在延安文艺座谈会上的讲话》这一当代文学的"共同纲领"已经确立。然而时至50年代，具体文学规范的建立却并未跟上这样一种步伐。新中国成立之后的政治氛围对于知识分子而言无疑是复杂而又多变的：1951年知识分子思想改造运动、《武训传》讨论，1954年对俞平伯《红楼梦研究》的批判，1955年"胡风反党集团"事件，1956年"双百方针"，1957年规模空前的"反右"斗争，一系列运动的进行令人身处其中却捉摸不定。如是，在阴晴不定的政治风气下，即使是在出版社内部这样所谓的专业领域，对于一部作品的评价也有些无所适从。无论如何，一部作品是否可以出版，取决的不是其"文学性"或是"艺术性"方面的成就，而是其是否紧跟政治形势、符合阶级政策。因此，时任中国青年出版社编辑的张羽这样说道："对《青春之歌》这部作品，我个人看了后还是比较喜欢的，因为我对'一二·九'运动也比较了解，但是修改后究竟会怎么样，符合不符合当时的阶级政策呢？"③可见，作为出版社的编辑，即便预见到《青春之歌》的大受欢迎，"考虑更多的肯定不是个人的或者大众的欣赏趣味，而是作为'把关人'的职责"④。形势的变动，从根本上讲还是政治风气使然，对此，杨沫本人也有着清醒的认识。因此，她在日记中如此感慨："看起来，什么都

① 陈键：《小说好，电影更好》，《北京日报》1959年12月8日。
② 黄俊：《林道静帮助我们向党交心》，《北京日报》1959年12月8日。
③ 钱振文：《"难产"的〈青春之歌〉》，《南方文坛》2005年第5期。
④ 钱振文：《"难产"的〈青春之歌〉》，《南方文坛》2005年第5期。

是一阵风。现在是赶到‘百花齐放，百家争鸣’的时机上了，否则这小说的命运还不知如何呢。”①

虽然小说饱经波折的问世之路与政治形势有着密不可分的关系，然而另一方面，政治性因素也为小说的轰动起到了正面作用。“双百方针”政治风气的松动、对于不良读书倾向的批判以及统一运作下读书运动的推动，使得《青春之歌》的问世也终算是恰逢其时。

不可否认，政治方针、文艺路线等方面的作用的确是考察这一时期文学状况无法忽略的关键因素，然而若把读者在阅读《青春之歌》过程中的种种反应，完全归因于外部政治力量的干预，恐怕是将问题简单化了。

在1959年1月23日的《中国青年报》上，有一封很有意思的读者来信。这封信主要是为了批评作者所在学校中不少同学阅读《青春之歌》等小说的不良倾向：“有些同学拿到小说后，真是废寝忘食地看，比如晚饭也不吃饱或者干脆不吃就到参考室去占座，一看就是一个晚上。这样长的小说，几个晚自习不上就一气看完了……但是学校和报刊一再向我们推荐的其他书籍，如《马克思恩格斯列宁斯大林论共产主义社会》《论共产主义公社》等等，为什么不少人买来以后连摸都不摸呢?”②对于阐述社会主义理论再好不过的经典论著在“不少人”那里被泼了冷水，显然，这些书籍提供的阅读快感远没有《青春之歌》一类小说来得过瘾。即使是那些所谓带有强烈意识形态的文学作品，与纯粹的政治性读物相比较，对于读者而言恐怕也更容易产生天然的亲近感和兴趣。《青春之歌》的出现从一定意义上说正迎合了不少受众的心理，并满足了他们的阅读期待。或者更进一步来看，满足这种阅读快感与审美期待的，不仅仅是其中政治教育的部分，更是作品中提供的那些溢出政治“询唤”框架的内容。甚至从某种层面而言，这部分阅读记忆恐怕是更为持久而深刻的。

很多后来的论者或者当事人都关注到了当时读者的这种非政治化欣赏心理。而这种非政治化的欣赏心理，有的论者界定为普通社会的伦理原则，如程光炜在《〈青春之歌〉文本的复杂性》一文中写道：“如果说《青春之歌》所讲的是政治化的、以主流文化的思想愿望为目的的林道静的奋斗史，那么作者讲述的

---

① 杨沫：《〈杨沫文集〉(第7卷)：自白——我的日记(上)》，北京十月文艺出版社1994年版，第253页。

② 十千：《从看小说想到的》，《中国青年报》1959年1月23日。

另一个‘潜文本’却满足了读者和研究者非政治化的欣赏心理。”①而这个“潜文本”具体说来，既有“小姐落难、公子相救”一类的“人间至情”，也有“置危险、功利于不顾的同窗之谊”②。有的论者则从人性的角度加以论述，如洪子诚认为“像《青春之歌》《红旗谱》《三家巷》《林海雪原》以及孙犁的《山地回忆》、茹志鹃的《百合花》等，作家的生活体验有时能越过规则的限制，革命思想与情感的表达有更多的人性色彩而在当时赢得大量读者的喜爱”③。再如，老鬼也说“那正是人类感情的自然流露，如果有什么可议论的地方也往往是人性的普遍弱点，所以才能激起那么多人的强烈共鸣”④。无论从何种角度进入，像这样从非政治化角度的解读已是层出不穷。

对于读者心理而言，在政治性因素之外关注到其非政治化的欣赏趣味并加以强调是必要的。不过，情况可能还要更复杂一些。这种强调并非意味着在读者层面将两者划清界限，也不代表一定要在不同读者群体中分辨出哪一方面起到的作用更大。毕竟，对于读者审美心态及接受心理这样具有整一性的概念而言，强行以政治性或非政治性标准划分成截然对立的两极不啻为事与愿违之举，若进而站在一种角度的立场上批判另一种角度，则更加丧失学术研究的意义了。笔者认为，我们要给予研究对象的应该是一种更具超越性的圆融化观照，个人与集体、私人化与公共性等诸多因素的复杂纠葛，本身就共同构筑成五六十年代读者接受的独有景观及内在特质，这也将是本文在对五六十年代读者审美心态及接受心理研究过程中秉承的探究理路。

（三）比较视阈下的问题聚焦

正如上文已经提及的，《青春之歌》问世之前之所以受到“冷遇”，很大程度上是源于“把关人”不能逾越政治红线的谨慎考虑。因此，这种接受过程中的“冷热”反差，从根本上来说，并不代表着不同读者群体之间自身阅读体验的根本性分歧。尤其是伴随着《青春之歌》的问世以及巨大反响，专业或非专业读者对于作品的褒贬分歧已经无法一概以群体而论：“专业读者” 中不乏对作品高

① 程光炜：《文学想象与文学国家——中国当代文学研究（1949—1976）》，河南大学出版社 2005 年版，第 137 页。

② 程光炜：《文学想象与文学国家——中国当代文学研究（1949—1976）》，河南大学出版社 2005 年版，第 137 页。

③ 洪子诚：《中国当代文学概说》，北京大学出版社 2010 年版，第 63 页。

④ 老鬼：《母亲杨沫》，长江文艺出版社 2005 年版，第 93 页。

度肯定的支持者，而“普通读者”中也出现了批评质疑的声音。

在“专业”的文学工作者与“业余”的普通读者之间，真的横亘着无法跨越的鸿沟，还是有着对话的可能？对这一问题的解答，自然要回归到读者对于作品的具体阅读感受。

1.“业余”读者的阅读特点

对于不同的读者群体，笔者在绪论中已经有了大致的界定。不过，仍然值得注意的一点是，这种界定无论以何种标准进行，都是就本文研究时段——五六十年代而言。因为我们不难理解，今天的不少专业作家或是文学研究者，在当时扮演的也仅仅是一个普通者的角色。

凭借扎实的文学理论背景与素养，作家及文学研究者对于作品的解读具有不可否认的权威性、学理性以及专业化特点。无论是从思想性角度还是艺术性方面进行阐发，他们对于文学作品的评论往往紧紧围绕作品本身展开，并且有着比较严谨的逻辑理路。这些特点在《青春之歌》的接受中同样不例外，茅盾、何其芳、马铁丁等人的文章无一不具有这样的特点。

与之截然不同的是未经过任何科班训练的“业余”读者在这一方面的反应。在专业的文学研究领域，这些声音固然显得业余甚至肤浅，但当它们真正进入我们的探究范围时，却又是那样陌生而新鲜。而这一部分，也正是笔者接下来要叙述的重点。具体来讲，普通读者阅读特点突出地体现为两点：在文学观方面，以真实性作为文学评判的主要标准，甚至将文学等同于现实；在阅读感受表达方面，倾向于联系个人经历以零散化的感性方式进行抒发。

文学的“真实性”问题，是五六十年代文学批评领域关注的重要问题。在作品是否反映了某种真实这一问题上，无论争论者们持有何种态度，有一点是值得明确的：这里的“真实性”往往指涉的是某种历史规律性。这种规律性落实到文学层面，便是通过各色描写，最终要达到的是对于历史本质的一种“真实”揭示。这种真实无疑关乎无产阶级的历史地位以及革命前景性。而普通读者所关注的“真实”与之呈现出不同的内涵。普通读者并不着意于本质化、规律性的探寻，他们更为关心的往往是小说中所描写的人物、情节与现实生活相比较，是否具有“实在性”。自然，普通读者中也不乏一些具有一定文学理论素养的爱好者，在当时的历史语境下，他们的阅读已经试图从阶级分析角度进行较为系统完整的文学评判，并带有某种“专业化”意味。不过，这种向“专业化”靠拢的“普通”读者毕竟只是其中一小部分。

在《上学记》中，何兆武这样回忆：“50 年代末有一本小说很流行，叫《青春之歌》，我不知道别人怎么想，至少我觉得那本书写得很不符合当时的真实情况。”不符合之处主要是就结婚同居问题而言，因为“北大女生才四五十人……我至少认识一半以上，没听说谁是结过婚的”。“书里写林道静未婚同居，而且还换了人，那在当时简直是绝无仅有的事情，哪有女同学一再跟人同居的？”①其实若细细追究小说情节，林道静与余永泽同居之时并非北大学生。或许由于时隔久远，回忆者的记忆出现偏差，然而其评价小说的真实性标准仍然可以看得出来。

将小说中的人物、情节对应到现实生活中，这一做法在更大范围的读者群中并不鲜见。老鬼回忆起读者寄给杨沫的信时这样写道：“来信最多的是询问林道静、卢嘉川等书中人物是否还活着……有一个战士来信表示，一口气读了两遍，迫切想知道林道静现在什么地方工作，叫什么名字，她的身体怎么样……武汉军区空军司令部某部甚至开来公函，请求作家杨沫提供林道静的具体地址，以便直接与她联系，更好地向她学习……有几个南京的女学生来信说，她们曾几次到雨花台寻找卢嘉川的坟墓，非常遗憾没有找到。”②甚至于有的读者将书中主人公直接对应为作者，在对杨沫的采访中提出“您就是林道静吗？”这类“使作者为难的问题”③。

在这一点上，无论中外读者在很大程度上都具有普遍性。三位印尼华侨在信中问到了三个问题：“《青春之歌》这本小说所叙述的一切，是否全是当时的事实？真的有林道静、李孟瑜、卢嘉川这三个人物吗？”“大姐过去是否是北大的学生，林道静是大姐您自己的化身吗？”“李孟瑜最后被捕是否牺牲？如果没有牺牲此人是否还在？”④可以说，这些问题均是围绕着“真实性”与“实在性”展开。

“文学来源于生活”，《青春之歌》与作者杨沫本人的人生经历有着密切的联系。为此，杨沫也在《青春之歌》的《初版后记》中宣称“书中的许多人和事基本上都是真实的”⑤。不过，在承认这种关联性的基础上，现实生活与文学描写之间关系究竟怎样？对于这样一个牵涉到作家心理结构、创作机制等一系列领域的复杂问题，终究不是通过一一机械化地对应与考证可以解决的。这对于专

① 何兆武口述、文靖撰写：《上学记》，生活·读书·新知三联书店2009年版，134～135页。

② 老鬼：《母亲杨沫》，长江文艺出版社2005年版，第92～93页。

③ 张碧英、陈钦萍：《访〈青春之歌〉作者杨沫》，《中国青年报》1959年8月9日。

④ 赵丽芳、丘秀梅、李瑞莲：《印度尼西亚华侨读者来信二件》（其二），见沈阳师范学院中文系主编：《中国当代文学研究资料·杨沫专集》，沈阳师范学院中文系1979年版，第477～478页。

⑤ 杨沫：《青春之歌》，中国青年出版社2000年版，第637页。

业的文学研究者来说，应该不难理解；而对那些“业余”读者，要厘清二者的关系终究是要颇费一番周折的。

对于多数普通读者的阅读而言，问题也有另外一面。正是由于普通读者这种对于文学与生活界限的混淆，对文学阅读“常识”的缺乏，他们在文学虚构与生活真实之间建构起某种必然性联系。从此种角度来看，我们不仅可以理解一些读者对于小说的批判，更重要的是，在一定意义上可以充分体会到《青春之歌》对于读者的现实意义。正如洪子诚所回忆的那样：“在那些年里，文学作品被看成生活教科书，文学世界与现实世界之间，也被看成具有绝对关联，甚至是可以等同的关系。我们热衷于以寻找生活箴言的方式进入书本，而且，一旦进入就不愿走出。”①由此可见，读书于他们而言绝非一种消遣的娱乐方式，而是带有探寻人生意义性质的精神之旅，是寻求时代信仰标杆的重要方式。这是一剂精神的兴奋剂，令他们在一种现实的升华境界中达到如痴如醉的阅读状态：“当我断断续续写这封信的时候，我们这几乎是全部青年都读过了你的著作，他们的反映是一致的、肯定的。有些人读完之后，甚至手舞足蹈，有着说不出的欣喜之情。”“我不晓得应当怎样去评价你塑造的艺术形象，我只知道林红、林道静、江华、卢嘉川、罗大方、许宁、徐辉、小俞……他(她)们光辉的青春，深深地感动了我和我的同伴。”②

这并不代表着专业读者不曾有过强烈的情感悸动，不过在落实为见诸报端的文字时，他们似乎更倾向于以一种学理化、节制化的方式来呈现。这样的节制多一分，情感上的表达便会约束一分。普通读者则缺乏一套这样的话语体系，对于专业的文学批评，并无太多体认的他们更多时候以一种“不晓得”、“说不出”的失语状态存在。但这并不妨碍《青春之歌》这类文学作品对他们形成有力的冲击和影响。当这种无以言表的情感需要流露时，则正如《诗大序》中所云：“情动于中而行于言，言之不足，故嗟叹之；嗟叹之不足，故永歌之；永歌之不足，不知手之舞之，足之蹈之也。”③这或许也是文学之于普通读者的意义。

概言之，在接受者的评价姿态中，有理性评判，也有情绪化抨击。虽然这些意见在时代环境的规约下无法为我们呈现出“众声喧哗”的场面，却依然有值得我们留意之处。普通读者较专家，更倾向从个人经历出发，以一种更为个人感

① 洪子诚：《我的阅读史》，北京大学出版社2011年版，第7页。

② 刘铁山：《从南岭遥寄北京——一个青年建设者给杨沫的信》，《中国青年报》1958年5月9日。

③ 郭丹主编：《先秦两汉文论全编》，上海远东出版社2012年版，第429页。

悟化的方式进行评价，其阅读固然有不够专业、不够深刻的一面，然而读者群体本身并无高低优劣之分。甚至从某种意义上而言，作为一种审美现象而存在的阅读活动自有其包容性与自在性，并非今日胜于过去，专业比普通高贵。关键在于，我们怎样超越简单的是非评判，透过审美现象触摸时代审美风尚的脉动，对其背后的心理文化机制进行合理探究。

2. 焦点性问题梳理

与文学研究者相比较，无论是在文学观念层面还是在阅读感受表述层面，普通读者群体有其特殊的认知方式与表达特点。不过，差异之外，双方所关心的主要问题却呈现出高度的重合，有着相当程度的一致性。为了说明这种一致性，笔者翻阅了五六十年代《人民日报》《文艺报》《光明日报》《文汇报》《中国青年报》《中国青年》《青年报》《解放日报》《文艺月报》《文学知识》以及《北京日报》等报刊，将当时材料比较集中的一些读者意见专栏作为抽样对象进行普查，梳理出三个读者关注度比较高的问题。下面将就这三个问题进行介绍：

首先是书中的小资产阶级立场以及小资产阶级情调问题。《青春之歌》问世后好评如潮，不过，也有不少读者"认为这本书的缺点严重，宣扬了小资产阶级感情，并已经在读者中产生了极为不良的影响"[①]。针对这种分歧，1959 年第 2 期《中国青年》选择其中的代表性意见进行刊登，以期进行充分讨论。这篇代表性文章便是电子管厂工人郭开的《略谈对林道静的描写中的缺点——评杨沫的小说〈青春之歌〉》。此文一出，可谓一石激起千层浪，读者纷纷来信，《文艺报》《中国青年》均开辟专栏进行讨论。

主要文章有：《略谈对林道静的描写中的缺点——评杨沫的小说〈青春之歌〉》（《中国青年》1959 年第 2 期），《〈青春之歌〉是小资产阶级的自我表现吗？》（《中国青年》1959 年第 3 期），《重要的是思想方法》（《中国青年》1959 年第 4 期），《怎样评价〈青春之歌〉》（《中国青年》1959 年第 4 期），《〈青春之歌〉不可否定》（《中国青年》1959 年第 5 期），《党使我们的青春发出光辉——读〈青春之歌〉》（《文艺报》1958 年第 12 期），《也谈关于林道静的描写》（《文艺报》1959 年第 2 期），《实事求是还是简单粗暴》（《文艺报》1959 年第 3 期），《为林道静一辩》（《文艺报》1959 年第 3 期），《我对林道静的看法》（《文艺报》1959 年第 3 期），《就〈青春之歌〉谈文艺创作和批评中的几个原则问题——再评杨沫同

① 《略谈对林道静的描写中的缺点——评杨沫的小说〈青春之歌〉》（编者按），《中国青年》1959 年第 2 期。

志的小说〈青春之歌〉》(《文艺报》1959 年第 4 期),《对评价〈青春之歌〉的一些意见》(《文艺报》1959 年第 4 期),《文艺作品中的共产党员形象及其他》(《文艺报》1959 年第 5 期),《阶级论还是"唯成分论"?——评郭开同志的所谓"文艺阶级性"的观点》(《文艺报》1959 年第 5 期),《工人谈〈青春之歌〉》(《文艺报》1959 年第 6 期),《谈〈青春之歌〉所反映的时代》(《文艺报》1959 年第 6 期),《究竟问题何在》(《文艺报》1959 年第 6 期),《论〈青春之歌〉及其争论》(《文艺报》1959 年第 9 期),《从南岭遥寄北京—— 一个青年建设者给杨沫的信》(《中国青年报》1958 年 5 月 9 日),《〈青春之歌〉笔谈》(《光明日报》1958 年 5 月 3 日),《影片〈青春之歌〉深受观众喜爱》(《文汇报》1959 年 11 月 17 日),《"余永泽是好人还是坏人"问题征答》(《青年报》1959 年 12 月 29 日—1960 年 2 月 23 日),《余永泽值得我们同情吗》(《文学知识》1960 年 5 月号)。

第二个方面是小说中的爱情问题。在五六十年代的公开出版物中,对于爱情、婚姻等看似私人化的问题并非绝口不提,甚至在《文汇报》等刊物上有过相关讨论。自然,这些意见与 80 年代以后的评论相较,其切入角度与理路是有所不同的。在《青春之歌》中,林道静与余永泽、卢嘉川、江华之间的爱情纠葛也成为读者比较关注的一个方面。对于文学作品中的爱情描写,他们讨论的是:这种书写是否有利于革命者正面形象的塑造?是否会对革命事业正当性构成威胁?从这一立场作为出发点,读者的态度却有所不同:对书中爱情描写表示不满的一方认为"这本书中关于林道静的爱情生活的描写也是极有问题的"①,"作者硬把这种感情加在已经成为共产党员的林道静身上,就损害了这个形象,也损害了作品的思想性"②;而对这种爱情书写态度较为宽容的一方则认为"就其主要方面来看,是健康的",因为"除了可以真实地反映当时革命知识青年的生活,展示出人物多方面的精神面貌之外,还有着更积极的意义:它们体现了共产党员为了革命利益,甘愿承担任何痛苦牺牲的高贵品质"③。

相关文章有:《林道静是值得学习的榜样吗?》(《中国青年》1959 年第 4 期),《〈青春之歌〉不可否定》(《中国青年》1959 年第 5 期),《我对林道静的看法》(《文艺报》1959 年第 3 期),《反批评和批评》(《文艺报》1959 年第 4 期),《也谈〈青春之歌〉的爱情描写》(《文艺报》1959 年第 5 期),《歌颂革命英雄的

① 张虹:《林道静是值得学习的榜样吗?》,《中国青年》1959 年第 4 期。
② 钟望:《我对林道静的看法》,《文艺报》1959 年第 3 期。
③ 栗克关:《也谈〈青春之歌〉的爱情描写》,《文艺报》1959 年第 5 期。

诗章》(《人民日报》1959 年 11 月 15 日),《从看小说想到的》(《中国青年报》1959 年 1 月 23 日),《连环画〈青春之歌〉的恶劣倾向》(《北京日报》1960 年 6 月 16 日),《论〈青春之歌〉及其争论》(《文艺报》1959 年第 9 期),《"余永泽是好人还是坏人"问题征答》(《青年报》1959 年 12 月 29 日—1960 年 2 月 23 日)。

最后一个方面是青年人生道路的选择问题。《青春之歌》塑造了包括林道静在内的一批小资产阶级知识分子群像,由于人物各自所选道路的不同,他们最后也不可避免地走向了不同的人生轨迹。如果说对于书中所涉及的小资产阶级问题与爱情描写问题,读者尚有一些争论,那么在人生道路如何选择这一问题上,他们反馈的声音则呈现出高度一致性。林道静精神不仅成为青年读者审视自我的一面镜子,她所走的道路更成为一代青年人学习的榜样。

主要文章有:《知识分子的革命道路——评长篇小说〈青春之歌〉》(《人民日报》1958 年 4 月 17 日),《青年们爱读〈青春之歌〉》(《中国青年报》1958 年 5 月 3 日),《从南岭遥寄北京——一个青年建设者给杨沫的信》(《中国青年报》1958 年 5 月 9 日),《党使我们的青春放出光彩——彩色故事片〈青春之歌〉座谈记》(《中国青年报》1959 年 10 月 30 日),《走林道静的路》(《中国青年报》1959 年 12 月 9 日),《谈谈郭开同志对〈青春之歌〉的批评》(《中国青年》1959 年第 3 期),《一二·九前夕谈〈青春之歌〉》(《北京日报》1959 年 12 月 8 日),《温故知新——从影片〈青春之歌〉〈桃李劫〉〈家〉》谈起(《北京日报》1961 年 5 月 4 日),《党使我们的青春发出光辉——读〈青春之歌〉》(《文艺报》1958 年第 12 期),《动人心弦的〈青春之歌〉》(《福建日报》1959 年 10 月 23 日),《灿烂的青春——〈青春之歌〉读后感》(《文汇报》1958 年 4 月 28 日),《影片〈青春之歌〉深受观众喜爱》(《文汇报》1959 年 11 月 17 日),《林道静的生活道路》(《文汇报》1959 年 12 月 5 日),《激励和鞭策》(《文汇报》1959 年 12 月 5 日),《余永泽的影子》(《青年报》1958 年 7 月 22 日),《"余永泽是好人还是坏人"问题征答》(《青年报》1959 年 12 月 29 日—1960 年 2 月 23 日),《把帝国主义远远抛在后面——看电影〈青春之歌〉有感》(《青年报》1959 年 12 月 8 日),《谈小说〈青春之歌〉》(《文艺月报》1959 年 4 月),《林道静的道路》(《湖北日报》1960 年 12 月 9 日),《真金要在火中炼——长篇小说〈青春之歌〉读后》(《广西日报》1958 年 5 月 17 日),《余永泽值得我们同情吗》(《文学知识》1960 年 5 月号)。

二、在个人与集体之间

——五六十年代审美风尚与价值选择探究

在第一章中，笔者对五六十年代《青春之歌》接受的基本情况进行了介绍。在本章中，笔者将承接上一章节中读者集中关注的三个问题，对五六十年代审美风尚与读者价值观展开进一步分析论述。就整体而言，体现为两个层面：一方面，在公共领域，个人对私人化情感的摒弃，对一切与宏大、高昂、奋进有关的审美趣味与时代精神的追求，以及对于集体的向往与服膺、对于社会主义事业的忘我投入，这自然是时代审美与价值判断的主旋律；而另一方面，在私人领域，个体对于两性情感的关注，对感伤化小资情调的隐蔽性欣赏以及对于个人前途的苦闷、迷茫并未在时代洪流中完全消泯。

（一）小资产阶级情调要得要不得？

若要在"十七年"文学中考察"小资产阶级"问题，《青春之歌》无疑是最具代表性的范本。对于经历过五六十年代风雨洗礼的人们来说，"小资产阶级"并不是一个陌生的词汇，在当时的时代语境中，这甚至是一个令人谈之色变的存在。时至今日，"小资产阶级"仍然没有退出人们的视野，不过，情况却发生了根本性的转变：20 世纪 90 年代以后，"小资"作为一种文化形态甚至"被用于形容一个由优雅、格调、品味、精致集合而成的浪漫空间"①。这样一个浪漫空间的集合体已然不再是当年可以时刻触动人们敏感神经的触发器，它摇身一变，甚而成为一众文艺青年追捧的对象。

"小资产阶级"一词具有复杂内涵与指涉。根据朱大可给出的定义："'小资'（'小资产阶级'的缩略语）最初是毛（泽东）时代对于知识分子精神状态的批判性称谓，它曾经是介于无产阶级和资产阶级之间的'第三等级'，而现在则成了准中产阶级或预备役中产阶级的临时代码，它还包含新滥情主义、自恋状态下的感伤主义、小布尔乔亚美学（发嗲或撒娇的方程式）、都市怀旧主义、青春期的愤世嫉俗（'愤青'）等各种当下流行的精神倾向。"②也有不少相关研究，对

① 南帆：《小资产阶级：压抑、膨胀和分裂》，《文艺理论研究》2006 年第 5 期。

② 朱大可：《大话革命与小资复兴》，《二十一世纪》（双月刊），香港中文大学 2001 年 12 月号（总第 68 期）。

于这一概念进行了详细的梳理与考察[①]。不过无论这一概念如何复杂，似乎都是研究者需要关心的事情，对于更多的读者而言，恐怕极少有人会去考镜源流。多数时候，他们往往在"约定俗成"的意义上信手拈来，表达该词在其所处时代最具普遍性的内涵。而在五六十年代，这种"约定俗成"自然是朱大可定义中所讲的最初含义。

具体到本文论题，为了使接下来的论述更为清晰，需要在此明确的一点是："小资产阶级"作为一个衍生性极强的概念，既有"小资产阶级立场"、"小资产阶级意识形态"等政治层面的指涉，更具有审美文化领域的意味，而这往往通过"小资产阶级情调"（小资情调）、"小资产阶级趣味"等表述方式加以呈现。正是在这两个层面，读者对于《青春之歌》的接受也表现出某种分裂的姿态：作为一种政治立场表态，几乎都是对小资产阶级立场进行坚决批判的声音；而作为私人化阅读的审美趣味，在表面的声讨之下又呈现出一种颇为暧昧复杂的态度。

1. 政治立场：坚定地批判

"小资产阶级"一词从概念的产生、传播到价值评判，可以说与马克思、列宁等人的论述有着密切关系。[②] 而这些相关论述自然也对"小资"在中国的认知过程与意义评判产生了重要影响。基于这些以社会阶级、阶层为立足点的论述，"小资产阶级"在本土化语境中的处境显然不会是那么乐观。正如南帆在《小资产阶级——压抑、膨胀和分裂》一文中指出的那样："从毛泽东的早期著作《中国社会各阶级的分析》到二三十年代左翼作家的言论，从著名的《在延安文艺座谈会上的讲话》到五六十年代此起彼伏的文学论争，'小资产阶级'始终是一个带有贬义的概念。"[③]

这种贬抑并不会仅仅止步于所谓的言论或是文章之中。虽然在《中国社会各阶级的分析》一文中，毛泽东对于小资产阶级的多种社会来源进行了阐述，不

① 参见南帆：《小资产阶级：压抑、膨胀和分裂》，《文艺理论研究》2006 年第 5 期；郑坚：《吊诡的新人——新文学中的小资产阶级形象研究》，百花洲文艺出版社 2005 年版；寇鹏程：《中国小资产阶级文艺的罪与罚》，上海三联书店 2012 年版。

② 在《共产党宣言》中，马克思主要从生产关系角度对小资产阶级进行界定，它的"反动性"更多表现为在现代化大工业生产面前的落后，并由此注定成为历史悲喜剧中不光彩的角色。列宁根据俄国革命的实际，对小资产阶级进行了更为深入的阐释，将其与幻想、空想、落后联系在一起，并进一步从政治、经济、文化各个方面凸显其对于革命的威胁。此外，这些认知在后来西方其他左翼理论家那里依然有效。参见郑坚：《吊诡的新人——新文学中的小资产阶级形象研究》，百花洲文艺出版社 2005 年版。

③ 南帆：《小资产阶级：压抑、膨胀和分裂》，《文艺理论研究》2006 年第 5 期。

过“从20世纪的二三十年代到六七十年代，这种文化性格逐渐凝聚到知识分子的形象之上”①。这种“凝聚”所带来的结果便是中国小资产阶级问题与中国“知识分子”问题的混淆。甚至从某种程度上来讲，在上述时段的中国化语境中，“小资产阶级”所对应的现实群体便是“知识分子”。因此，对于“小资产阶级”这一概念的贬抑也自然地转嫁到知识分子群体的身上。

新中国成立后虽然也有“百花时代”的短暂破冰期，然而这种“贬抑”并不会随着大形势的短暂缓和而有所消减。对于“小知识分子”们而言，姹紫嫣红之后将会是更为漫长而凛冽的瑟瑟寒冬。“小资产阶级”一词不仅如梦魇般触动着无数人的政治神经，也成为《青春之歌》讨论中注定绕不过去的焦点。在第一章中我们曾提到，书稿在出版之前经由阳翰笙到了欧阳凡海手中，此时是“双百方针”出台之前。在看过书稿后，欧阳凡海一针见血地指出“此稿最大的第一个缺点：以小资产阶级知识分子的林道静作为书中最重要的主人公、中心人物和小说的中心线索。而对于林道静却缺乏足够的批判和分析”②。以今天的眼光来看，这种纯熟的“阶级分析法”是否能较为合理地评判一部作品的优劣显而易见，然而就当时的情形而论，这一说法却是十分到位且具有前瞻性的。就在刚刚过去不算太久的萧也牧批判风波中，《我们夫妇之间》正是由于被认为有明显的“小资产阶级情调”而成为50年代初期被批判的靶子。这一点在中国青年出版社责任编辑张羽的回忆中是可以得到印证的：“中青社出版的东西都是教育青年的，教育青年要热爱斗争，如果里面有太过庞杂的小资产阶级情调的东西，那是不行的。我本人以及其他的人（当时）都有一个指导思想，就是，尽量（选）描写工人、农民、战士的作品，《青春之歌》写的（是）青年知识分子，萧也牧本人就是因为写青年知识分子才被打了一棒子，成了右派，受到了批判。”③由此足以看出，小资产阶级知识分子题材的作品已经成为当时人们不敢轻易涉足的雷区。

欧阳凡海的预见性在小说出版后很快得到了读者的响应，“小资产阶级立场”及“小资产阶级情调”问题成为读者展开讨论的一个关键性问题。在批判者看来，此书无疑是在为小资产阶级知识分子们代言：“书里充满了小资产阶级情调，作者是站在小资产阶级立场上，把自己的作品当作小资产阶级的自我表现

① 南帆：《小资产阶级：压抑、膨胀和分裂》，《文艺理论研究》2006年第5期。

② 钱振文：《“难产”的〈青春之歌〉》，《南方文坛》2005年第5期。

③ 钱振文：《“难产”的〈青春之歌〉》，《南方文坛》2005年第5期。

来进行创作的"[①]，林道静描写的缺点"主要表现为作者没有比现实站得更高，林道静的遭遇是可以同情的，但却不应欣赏她的小资产阶级情调。对她这些情调，应该采取严肃的态度，进行必要的批判"[②]。

不过，真正有意思的是：对于人物身上相关的小资产阶级问题，两方争论的焦点不在于"有"还是"无"。因为即便是保护的一方，也把它当作一个客观存在的事实。分歧点在于作者对此是持一种肯定同情的态度，还是以一种批判的态度提供了一个借鉴和警惕的范本。作为保护者一方，何其芳反驳郭开观点的理由在于："和全书的实际很不符合……《青春之歌》里面首先是流荡着革命斗争的气息，革命斗争的激情……更多地揭露了她的小资产阶级的根性和弱点，也就是对这些根性和弱点批判得更有力。"[③]暴露的目的是为了更好地批判。对于小资产阶级立场，何其芳的态度并不宽容："只要这一条（小资产阶级），就已经从根本上把这个作品否定了"[④]，小资产阶级的错误立场足以能将小说从根本上予以否定，其影响不可谓不严重。因此，于读者而言，与小资产阶级相关的一切事物自然是应该加以批判与排斥的对象，这是不容置疑的。尤其是在当时的文学阐释语境中，阶级对抗性始终是贯穿在文学作品解读过程中的一条主线，其坚定的政治立场与态度自然是可以想见的。

其实，从另一方面而言，我们今天看来所谓的"政治高压"与"政治询唤"或许已经在某种意义上内化为读者的心理体验，他们对于小资产阶级的批判相当程度上也是发自内心的真实评判。尤其是那些与林道静有着相似之处的现实生活中的"小资产阶级知识分子"，他们的意见与态度值得特别关注。根据普遍意义上的阐释，小资产阶级在政治立场方面往往表现为：动摇性，革命意志的不坚定以及个人主义的泛滥。读者正是通过对这些方面的自我暴露与批判，来显示自己与小资产阶级决裂、清除自身小资产阶级性的决心。此处笔者摘录几则读者意见作为参考："我和许宁有着很多相似的地方……从许宁身上，我看清了小资产阶级的软弱性、动摇性，革命的不彻底性，对我们的事业有多大的危害，我憎恨它，也决心抛弃它。"[⑤]"《青春之歌》，它叙说了林道静从一个有钱的小姐

① 郭开：《略谈对林道静的描写中的缺点——评杨沫的小说〈青春之歌〉》，《中国青年》1959 年第 2 期。

② 成欣：《也谈关于林道静的描写》，《文艺报》1959 年第 2 期。

③ 何其芳：《〈青春之歌〉不可否定》，《中国青年》1959 年第 5 期。

④ 何其芳：《〈青春之歌〉不可否定》，《中国青年》1959 年第 5 期。

⑤ 小珊：《许宁和我》，《光明日报》1958 年 5 月 3 日。

转变为坚强的革命战士的故事……使她能够为了大我而牺牲小我，这跟我过去愿为某个姑娘而牺牲自己的生命相差多远。她的革命乐观主义精神跟我灰溜溜的人生观，情愿了却余生的想法又是多么明显的对照。”①“女主人公林道静高度的革命自觉性及与资产阶级的臭东西毅然决裂的斗争精神，这很自然地使我联想到作为高等学校青年教师的自己及周围同志……林道静是对资产阶级的臭东西毅然决裂；而我们往往是欣赏留恋……想想自己，比比林道静，真是无地自容。”②

普通读者尤其是青年知识分子，由于自身出身不被认可，更加需要后天的积极改造来获得政治舆论的认同与接纳。而林道静与旧家庭彻底断绝的决心以及坚决改造自身小资产阶级意识的做法，恰恰为无数剥削阶级出身的青年知识分子提供了一个被认可被接纳的路径。因而这一群体对于自我小资产阶级立场的批判，本身便体现着他们渴望与“不光彩”出身划清界限、被承认被接纳的合理性诉求，对此我们也需要给予一定的关注。

2. 审美趣味：隐秘地欣赏

在政治理性的规约下，读者对于小资产阶级立场的批判性表态无疑是在情理之中的。尤其当发言者意识到这种表态将见诸公开出版物，不仅其自身更为谨慎，而且作为言论把关者的编辑人员也在进行着某种程度的筛选与过滤。在双重“净化”之下，我们看到的是一片高度一致化的“言论场”。

我们的研究如果仅仅止步于此，不免有些浅尝辄止。在众多材料的相互印证以及笔者的深入考察中，情况变得复杂而有趣起来：对于具有一定政治敏感度与认同感的读者来讲，作出相应的政治性表态并不困难，其真实或是潜在的阅读趣味也极有可能被掩盖。然而，当我们深入当时材料的缝隙之中，仍旧能够通过诸多蛛丝马迹发掘出隐藏在其中的审美倾向。

作为最先发难的声讨者，郭开不仅批判了《青春之歌》的小资产阶级立场，同时也对一些读者的“不良”阅读趣味表示不满：“从实际效果看，有些青年读者不正是废寝忘食地读着北戴河的那几章，对林道静的那个调调表示喜爱吗？”③在《青春之歌》中，北戴河几章可以说是最具浪漫色彩与气息的篇章：无论是对于北戴河优美景色的描绘，对于余永泽、林道静的爱情叙述，还是对于林道静感

---

① 佘健平：《读好书培养共产主义人生观》，《文汇报》1958年8月18日。

② 仲飞：《教育和启发》，《光明日报》1958年5月3日。

③ 郭开：《略谈对林道静的描写中的缺点——评杨沫的小说〈青春之歌〉》，《中国青年》1959年第2期。

伤情绪的渲染，可以说都是这种“调调”的具体表现。正如我们在一开始所提到的，相比较“小资立场”而言，“小资情调”一词更具有审美及文化层面的指涉。而对于“小资产阶级情调”的具体内涵，正如南帆所指出的，我们可以从当时诸多读者辩难的言辞中，得出这样几条小资产阶级文化症状的重要特征：“第一，多愁善感，抑郁寡欢，温情主义，动不动就伤感，在回忆之中打发日子……第二，恋爱至上，缠绵悱恻，充满了不切实际的浪漫式幻想……第三，刻意讲究所谓的生活情调……第四，习惯于从书本之中——尤其是文艺书籍寻求慰藉……第五，个人主义思想，热衷于一时的狂热和自我表现”①。可以说，这种概括基本上界定出小资产阶级情调在当时的主要内涵。

郭开的批判其实暗示了这样一层意思：即便在五六十年代，实际上存在着一批对于“小资产阶级情调”持欣赏态度的读者。只是在强大的批判火力中，郭开笔下的“有些”读者只能处在一种失语状态。他们对于小资产阶级情调的欣赏也往往被作为批判的靶子，成为典型的反面教材。即便是有机会言说阅读感受，更多时候其实是一种“口是心非”的处境。无论是日后的文学研究者洪子诚还是作家莫言，都是“有些”读者中的一员。洪子诚在《我的阅读史》中回忆了当年看曹禺改编的话剧《家》时的感受：“我和一些同学都更喜欢话剧，但是都不愿过分声张。我们的不安是，这是否因为曹禺突出、放大了觉新与瑞珏、梅小姐的情感纠葛，而满足了我们的‘小资产阶级’的不健康情调。”②莫言则对《钢铁是怎样炼成的》中缠绵悱恻的浪漫情调情有独钟：“保尔后来又跟那个共青团干部丽达恋爱，这是革命时期的爱情，尽管也有感人之处，但比起与冬妮娅的初恋，缺少了那种缠绵悱恻的情调。最后，倒霉透顶的保尔与那个苍白的达雅结了婚。这桩婚事连一点点浪漫情调也没有。看到此处，保尔的形象在我童年的心目中就暗淡无光了。”③

自然，无论是洪子诚还是莫言，他们无不是以回忆的形式来返回当时的历史现场。而对于读者可能存在的隐秘心理，我们只能借助一些材料进行间接的说明与推测。在1958年的“双反运动”开始之前，上海市第六十七中学图书馆

① 南帆：《小资产阶级：压抑、膨胀和分裂》，《文艺理论研究》2006年第5期。

② 洪子诚：《我的阅读史》，北京大学出版社2011年版，第11页。

③ 莫言：《闲书》，见吴亮、高云主编：《日常生活——60年代老百姓的日常生活》，江苏美术出版社1999年版，第11～12页。

曾对学生课余读书情况进行了调查统计工作,调查情况见下表①:

人数	38 个班级,共 2008 人
一学期借书册数	8648 册
分类统计:在 8648 册中	中外古典小说 6000 人次
	“五四”以来和解放后的文艺作品 2500 人次
	科技书及其他书刊 130 人次
	政治理论和青年修养书 18 人次
在校订阅青年报	4 份

通过上表可以明显看出,借阅人次最多的是中外古典小说。《文汇报》对具体情形进行了介绍:“许多班级里,中外古典小说是讨论的对象。有的学生传看黄色小说。有些同学连《母亲》的情节都不知道,却人云亦云地说‘没看头’。高三有个同学对语文教师说:‘我一想到人总有一死,就什么都不感兴趣!’据他说,是因为多看了苏曼殊小说和反映消沉颓废思想的作品以后才悲观起来,才颓废起来。”“读书运动开始前,图书馆购置了《三里湾》《铜墙铁壁》《三千里江山》《暴风骤雨》等红色书约 700 册,但一直放在书架上,连一次都没借出过,‘双反展览会’时才当作展品拿了出来。”②

之后不久,一位上海高中的教学工作者在其来信中介绍了学生们相类似的阅读情况。一个班级里共有 50 多个学生,在一个学期里,他们阅读的文学作品情况是这样的③:

作品类别	人次
中国古典文学	37
中国现代文学(包括反映社会主义革命和建设的作品)	54
苏联文学	82
西欧文学	106

可以看到,最受欢迎的是西欧文学。根据这位教学工作者来信,这些西欧

① 整理来源参见上海市第六十七中学读书指导委员会:《我校是怎样开展读书运动的?》,《文汇报》1959 年 5 月 5 日。

② 上海市第六十七中学读书指导委员会:《我校是怎样开展读书运动的?》,《文汇报》1959 年 5 月 5 日。

③ 整理来源参见吴达泉:《青年学生的课外阅读》,《文汇报》1959 年 5 月 19 日。

文学主要包括《简·爱》《诱拐》《傲慢与偏见》《红与黑》《贝姨》《一个医生的女儿》《名利场》等作品，而中国古典文学多数是《红楼梦》《镜花缘》《三国演义》等。至于学生喜欢的原因则是："因为这些作品故事曲折离奇，描写细腻……青年同学陶醉于这些作品中悲欢离合的情节，迷惑于宫廷宏伟、场面豪华、服饰奇异的描写。至于读《红楼梦》时也完全不从作品反映封建社会解体前夕的现实意义上去了解，而是着重于对作品中人物的个人得失的同情，大观园的亭台楼阁、雕梁画栋、奇花异草、珍奇古玩的陈设等描写的欣赏。"①

对照上文我们给出的小资产阶级文化表征，这些阅读趣味都应该被列入小资产阶级趣味之中。其实，从一种文学审美现象的角度而论，"小资"式的作品及审美倾向在中国现代文学史上占据一席之地，在读者中是有着相当普遍性的。文学史上的许多中国现代作家可以说都与"小资情调"有着某种关系，这一方面固然来自于他们社会身份上的阶级划分，另一方面是他们作品以及个人生活方式所流露的"趣味"、"情调"。因而，我们可以看到，"从鲁迅的《在酒楼上》《孤独者》《伤逝》到丁玲的《莎菲女士日记》《韦护》，从庐隐的《海滨故人》到郁达夫的《沉沦》，从茅盾的《蚀》三部曲到巴金的激流三部曲，蓬勃生长的小资产阶级话语盘踞了相当大一部分文学史空间"②。

如果说读者对于小资情调的欣赏在五六十年代尚处在暗流涌动之中，那么至90年代，已经是大行其道。时至今日，它不仅没有从人们的话语体系中退出历史舞台，反而成为众多文艺青年标榜与追捧的对象。而李杨正是从余永泽身上看到了这一概念历史境遇的变迁，正如他所总结的那样：

> 在某种意义上，余永泽非常接近于今天为大众传媒热中的时尚概念——"小资"……问题在于"小资"在今天是时尚，过上"小资"的生活，是今天年轻一代的梦想，而在余永泽生活的那个时代，代表一种腐朽的生活方式的"小资"，则是革命者唾弃的对象。③

只不过，五六十年代的读者在"唾弃"之外，焉知他们不曾留出一块向往的空间？

---

① 吴达泉：《青年学生的课外阅读》，《文汇报》1959年5月19日。
② 南帆：《小资产阶级：压抑、膨胀和分裂》，《文艺理论研究》2006年第5期。
③ 李扬：《50—70年代中国文学经典再解读》，山东教育出版社2003年版，第112～113页。

(二)是爱情还是革命?

古今中外,爱情在文学当中历来是经久不衰的主题。“五四”文学发轫以来,爱情在呼唤民主自由的浪潮中被重新发现,并成为个人自由和社会进步的象征。在这个维度下,甚至古代文学中表现的男女情爱也获得现代性的阐释,与反礼教、争自由的社会改革目标联系在一起。爱情在文学中已不再是纯粹的私人情爱,而是冲破了个人领域的层面,与更高的国家民族、政治社会等字眼发生关系。这似乎也在一个侧面上解释出,为什么即便是在郁达夫这样长于表现个人情欲、宣泄主观情绪的作家笔下,也会发出“祖国呀祖国!我的死是你害我的!你快富起来!强起来罢!”[①]的疾声呼喊。而在所谓政治意识形态不断强化的五六十年代,爱情与婚姻更是有着政治的有力介入痕迹,私人情感在时代的洪流中被纳入更为开阔深广的叙事。

《青春之歌》的爱情叙事也裹挟在革命话语之中,从余永泽、卢嘉川再到江华,林道静的爱情问题始终与革命成长之路纠结在一起。这既是小说情节发展的主线,也成为读者阅读的一个重要兴奋点。而“恋爱至上,缠绵悱恻”作为小资产阶级文化症候的一种表现,使得这一部分内容又可以视为小资产阶级情调问题的研究拓展。

1. 爱情与革命的双重纯洁化

如前面章节所述,五六十年代受众对于《青春之歌》的接受有小说、电影、连环画等多种方式。但当我们深入接受者们对于不同艺术表现形式的具体评价与感受当中,不难发现一个有趣的现象:在几乎同样的故事内核下,不同艺术形式却得到了受众迥乎不同的评价态度。

电影上映之后,1959 年 11 月 15 日的《人民日报》刊登了一篇评论文章。作者认为电影不仅忠实于原作精神,并且弥补了小说的不足。“影片切除了卢嘉川和林道静的爱情关系是必要的。”电影中对于二人关系描写的删减处理“并不损伤林道静形象的完美”,林道静对于卢嘉川牺牲后点到为止的提及在表现出其影响犹在的同时,“更有利于卢的形象”。而对于影片中戴瑜和王晓燕爱情纠葛的剪裁处理,也被认为是一个成功之处:“小说中的戴瑜作为表现同党为敌的狡兔,显得不足,而对于王晓燕和戴瑜的爱情纠葛又描写得过多”,爱情方面的

---

① 郁达夫:《郁达夫代表作》,华夏出版社 2008 年版,第 39 页。

削减“简短有力地揭露了这个叛徒的丑恶面目”①。

读者无疑对于小说中爱情方面的过多涉及有所不满，因为这对于突出政治斗争、塑造完美的革命者形象有妨碍作用。这一观点在读者中不乏其数，虽然我们不能排除其中有某种外部导向性在起作用。而在对另一种表现形式——连环画的评价中，具有代表性的一篇文章是1960年发表在《北京日报》上的《连环画〈青春之歌〉的恶劣倾向》一文，作者以凌厉的用词与口吻对连环画大加批判，甚至已经带有“文革”式的非理性批判意味：

> 在《青春之歌》原著里，林道静是一个渴求进步的小资产阶级知识分子，由于现实生活的教育和党的指引，经过曲折的历程，逐渐走向革命，终于成为一个坚定的无产阶级战士。然而在连环画中，林道静被杨逸麟描绘成一个裹在窄小旗袍里，卖弄风情，无病呻吟的旧社会寄生虫的形象……第二集第四十九页，林道静在参加“三一八”纪念的前夕和余永泽展开思想斗争，作者却让他们双双躺在床上；第一百零四页，他们的思想分歧深刻化了，林道静思想斗争很激烈，作者也让她带着绝望的狂态倒卧在床上。第二集所描写的是林道静转向革命的关头，但在杨逸麟的笔下，让她躺在床上的镜头却有十几次之多。作者也歪曲了林道静和卢嘉川的严肃的政治关系，在一连串画幅里，卢嘉川脉脉含情，林道静则羞答答地像接待情人一般地接待这个地下党员。②

就原画作而言，这种解读在一定程度上或许歪曲了作画者的原意。不过，相比较来说，我们更加需要注意的是文章作者对连环画批评的立足点。在这段文字中，“床”作为性的一种隐喻在文章中多次出现。这种隐喻指向的是两性关系的一种不检点甚至是放荡，这无疑是林道静“卖弄风情，无病呻吟”罪状的主因。

由此看来，读者对小说、电影、连环画之间褒贬差距的关键节点在于它们各自对两性关系这一问题的处理上。读者在这方面的意见也得到了作者杨沫的回应：“关于林道静的感情问题，读者曾经提出，林道静参加了革命，经受了很多的革命教育和锻炼后，如果过多地流露小资产阶级追怀往事的情感，便会损伤

---

① 吴时长：《歌颂革命英雄的诗章》，《人民日报》1959年11月15日。

② 沈鹏：《连环画〈青春之歌〉的恶劣倾向》，《北京日报》1960年6月16日。

这个人物。所以修改本在这些方面作了不少的变动。”①

塑造优秀的革命者形象,是否真的要将爱情完全驱逐在外?在这个问题上,与“写什么”相比,“怎样写”曾经一度显得更加重要。1958年《文艺月报》针对爱情题材的来稿,特别指出“我们并不一律反对情节的曲折、爱情的多角关系,更不主张写爱情只许有一种写法。你可以写这,也可以写那;你可以这样写,也可以那样写;问题是你这样写或那样写的目的何在”②。所谓爱情描写的“目的”,无疑要凸显深刻的社会意义、符合政治进步的要求。将爱情完全驱逐出革命者的世界,似乎不具有相当的正当性与合理性。因此,对于《青春之歌》中的爱情描写,不乏这样的辩护者:“我们反对从资产阶级的艺术趣味出发,不管主题是否需要。任何作品都加上一点爱情,而且把爱情描写得很庸俗低级,同时也反对用清教徒的眼光来看待恋爱问题,把一切的爱情都看成是肮脏的,丑恶的,甚至把爱情看成是和革命者的身份水火不相容的。”③

不过,一旦当作品具体触及这两者的关系,处理起来却显得有些棘手。对于那些深受传统贞洁观念影响的读者而言,在不排斥爱情的前提下,过多两性关系的描写却容易滑向道德败坏的深渊。因而,林道静这一进步的青年知识分子反倒成为“卖弄风情”的放荡角色。这种道德意义上的批判可以说具有极大的破坏力与危险性,正如李杨所指出的那样:“当作者试图取消某一种政治前途的合法性时,总是通过取消其在道德上的合法性来完成。”④如果无法占据道德制高点,那么作者赋予林道静这一形象的政治意义也将被消解殆尽。因而,两性关系上的“合道德性”最终依然要通过排斥两性情感书写或是情感的圣洁化处理手法来实现,这在某种程度上也造就了小说在两性叙述方面含蓄、内敛的美学特征。

然而,新的问题在于:即使是在含蓄、内敛的言说之中,革命与爱情之间冲突的裂痕并不能完全消弭。五六十年代的读者便已经对此有所察觉,围绕《青春之歌》相关问题的诸多争论已经说明了这一点,无须赘言。而在“十七年”其他作品中,也不乏其数。

在柳青的《创业史》中,革命与爱情出现了一种分裂倾向。无论是生宝还是改霞,他们选择恋爱对象的标准不仅是出于情感上的喜爱,更从理性上作出一

① 《从读者意见中汲取营养》,《光明日报》1960年1月17日。

② 志岩:《谈关于爱情题材的来稿》,《文艺月报》1958年1月。

③ 栗克关:《也谈〈青春之歌〉的爱情描写》,《文艺报》1959年第5期。

④ 李杨:《50—70年代中国文学经典再解读》,山东教育出版社2003年版,第125页。

种判断：要符合社会主义革命和建设的目标。而当两人对于政治前景所作的判断和选择出现分歧时，爱情便出现了危机。危机中的“爱情”对于社会主义事业来讲，成为一种不相协调的干扰因素。因此，生宝“在心里嘲笑自己的无聊，觉得对个人问题的纠缠，和为大伙谋利益的活动，是多么不相调和啊”，“他不能让给自个搞对象的念头，老是分散社会事业的心思”①。一方面，出于本能的情感反应，生宝会觉得心中不畅快，改霞也在矛盾中迟疑不定；但是另一方面，失恋情绪的蔓延是可以用政治理性来转移和压制的，“对于正直的共产党人……社会问题永久地抑制着个人问题”②，“共产党员的理智，显然在生宝身上克制了人类每每容易放纵感情的弱点”③。然而，这种压抑在字里行间却显得牵强而且无力。

如果说在《创业史》中两者的冲突被遮蔽在合作化的宏大叙事中，并且显得过于简单和粗线条，那么与之相比，宗璞在《红豆》中则以女作家特有的敏锐将这一冲突表现得更为内在与细腻。尽管江玫最终选择了革命，但是对齐虹那份无法忘却的、说不清理还乱的爱情感觉，构成了江玫内心无以言表的惆怅。“江玫隐约觉得，在某些方面，她和齐虹的看法永远也不会一致。可是她并没有去多想这个，她只欢喜和他在一起，遏止不住地愿意和他在一起。”④她这用革命理论无法解释清楚的感觉正是爱情所特有的。江玫对于革命是虔诚的，对齐虹的爱情也是无比真挚的。在革命至上的年代，爱情却也在某种时刻成为可以与之抗衡的另一种情感力量，展开了对江玫的争夺。

在五六十年代，如果说在这两种力量的抗衡中革命占据压倒性优势，那么至80年代以后，情形开始发生了变化。随着个体的重新解放，两性关系作为一种人之本能也在久久压抑之后如洪水猛兽般冲破固有的藩篱。“情欲”被夸大成为解释历史的最为重要的理由，在诸如王小波《黄金时代》、阎连科《为人民服务》《坚硬如水》、刘醒龙《弥天》等一系列创作中，这一力量甚至在一种狂欢化的叙述中成为解构、颠覆革命叙述的极为强悍的理由。

因此，当面对这一对自身极具有威胁性的力量时，革命必须对其进行规约，以两性爱情关系的纯洁化来实现自身叙述的纯洁化，甚至不惜将爱情完全驱逐。唯有如此，革命才能在占据“道德上的合法性”的前提下保有“政治前途的

① 柳青：《创业史》，人民文学出版社2005年版，第102页。
② 柳青：《创业史》，人民文学出版社2005年版，第198页。
③ 柳青：《创业史》，人民文学出版社2005年版，第416页。
④ 宗璞：《红豆》，花城出版社2010年版，第10页。

合法性”。

2. 另一种阅读与革命之思

在五六十年代，对于爱情可能具有的颠覆性力量，不仅仅存在于创作者的叙述缝隙中。一方面是创作者如何叙述，另一方面是读者如何进行感知。读者一旦把握到这种气息并沉浸其中，对于先前建立起的革命叙述而言，将会产生一种无法把控的影响。莫言这样回忆自己当年阅读《钢铁是怎样炼成的》时的感受：

> 保尔与冬妮娅，肮脏的烧锅炉小工与穿着水兵服的林务官的女儿那迷人的初恋，实在是让我梦绕魂牵，跟得了相思病差不多……从冬妮娅向保尔真诚道歉那一刻起，童年的小门关闭，青春的大门猛然敞开了，一个美丽的、令人遗憾的爱情故事开始了……我与保尔一样，也是在冬妮娅道歉那一刻爱上了她。说爱还早了点，但起码是心中充满了对她的好感，阶级的壁垒在悄然地瓦解……我是三十多年前读的这本书，之后再没翻过，但一切都在眼前，连一个细节都没忘记。①

爱情细节足以使阶级壁垒瓦解，这在当时自然是不可想象的。1982 年 12 月 30 日，杨沫在日记中记录了一封署名为“秋夜”的读者来信：“想当初，我看《青春之歌》时，为卢的牺牲而悲伤、惋惜。甚至想，如果我生在那样的时代，一定要找这样的人作终身伴侣。”②时隔多年后再次回忆，自然是心中感触最为深刻的印记，那是一个普通少女对于理想伴侣的美好想象。

回到五六十年代，在一些公开发表的材料上，我们同样能够体察到读者的潜在心理：

> 还有少数人，在吃饭，散步或劳动时间里，三三两两地谈起什么小白鸽（白茹）真有意思，长了一对酒窝给作者添了不少麻烦；什么道静和余永泽、道静和卢嘉川、道静和江华如何如何；还有的人把《林海雪原》中的“白茹的心”和“少剑波雪乡萌情心”二章反复看几遍，而对于侦查英雄杨子荣的机智、勇敢，青年指挥员少剑波的沉着、果敢，卢嘉川的视死如归的革命英雄

① 莫言：《闲书》，见吴亮、高云主编：《日常生活——60 年代老百姓的日常生活》，江苏美术出版社 1999 年版，第 8 ~ 11 页。

② 杨沫：《〈杨沫文集〉（第 7 卷）：自白——我的日记（下）》，北京十月文艺出版社 1994 年版，第 208 页。

主义和革命乐观主义精神……等倒谈得很少，或者避而不谈。①

这里有一个有趣的现象，批判者往往将游离于主流价值观念之外的某些阅读现象作为批判的靶子，然而背后却浮现出潜在的阅读趋向——爱情命题恰恰是吸引读者的一个重要部分。其中自然不排除部分读者抱有不健康的欣赏情趣，但我们不能否认的是，爱情对于读者具有那种天然吸引力以及广泛的普适性。在一些来自国外读者的来信中，印尼华侨读者林育材提出了一个尖锐的问题："林道静的命运使读者会感到：一个革命者，难道就不能享受爱情的幸福吗？"②读者接下来固然维护了革命的至高无上性："为了革命的胜利，为了集体，我们可以献出一切，甚至生命。何况只是爱情"③，却依然向我们传递出读者对于革命与爱情兼顾的理想化憧憬。

"读者"既是统一的整体，但又是具体的个体。其阅读感受是复杂的，同时又受多方面因素的影响。对于爱情问题，读者既有公开的讨伐言论，也有隐秘的向往之情。很长一段时间里，革命等政治力量的介入的确使得爱情甚至于人性处在一种被压抑的状态，我们尽可能发掘出那些曾经真实存在，却被忽略、被掩埋在历史岁月中的声音，使得它们能够"浮出历史地表"。然而，我们却需要警惕走向另一种极端——将私人情感冠以"人性"之名并把它抬高到无以复加的地位，而将革命视为压抑人性的罪魁祸首大加鞭挞。

进入 80 年代，文学作品对社会性因素的拒绝姿态越来越引起评论家的注意，而以私人化的人性作为切入角度的研究思路也一直延续至今。这里，我们不妨将具有代表性的张爱玲作为一个参照与杨沫进行比较。比如，对于张爱玲小说中所展示的"人性"，一位论者作出了这样论述："她的人性观超越了时代、阶级、政治、道德的局限和限制，向读者展现她所直面的人性本真"④，"人在张爱玲眼里卸去了社会的、经济的、历史的、阶级的、革命的、道德伦理等外衣，以其共有的人性本质瑟瑟地生存着"⑤。不可否认，政治的介入势必对人的自在状态和人性叙述构成某种强制性安排。然而值得思考的是：剥离掉所有社会性因

① 十千：《从看小说想到的》，《中国青年报》1959 年 1 月 23 日。

② 林育材：《印度尼西亚华侨读者来信二件》（其一），见沈阳师范学院中文系主编：《中国当代文学研究资料 · 杨沫专集》，沈阳师范学院中文系 1979 年印，第 475 页。

③ 林育材：《印度尼西亚华侨读者来信二件》（其一），见沈阳师范学院中文系主编：《中国当代文学研究资料 · 杨沫专集》，沈阳师范学院中文系 1979 年印，第 475 页。

④ 阮少茜：《张爱玲的人性书写》，《浙江工业大学学报》（社会科学版）2008 年第 3 期。

⑤ 阮少茜：《张爱玲的人性书写》，《浙江工业大学学报》（社会科学版）2008 年第 3 期。

素的“赤裸裸的人性”是否就是“人性本真”、“人性本质”的显现？恩格斯在论述费尔巴哈的普遍的‘人类之爱’时曾说：“它（指费尔巴哈的‘人类之爱’）适用于一切时代、一切民族、一切情况；正因为如此，它在任何时候和任何地方都是不适用的，而在现实世界面前，是和康德的绝对命令一样软弱无力的。”[①]我们也可以说，上述“赤裸裸的人性”或许普适于“一切时代、一切民族、一切情况”，但正因为如此，它在任何具体历史情境中都是不存在的。与私人生活一样，公共生活也是塑造人性的一个不可或缺的方面，二者非但不是相互隔绝的，反而是相互渗透、相互作用的。因此，完全排斥公共生活的人性势必是一种虚构的人性。以《金锁记》而论，必须质疑的是，长安除了忍受母亲无休无止的精神虐待而自甘毁灭之外，是否真的别无选择？从中我们不难看出这样一种历史观：人性的弱点是无法克服的，而筑基其上的历史结构则更是坚如磐石，人除了被动地承受这一切之外，绝无自我拯救的可能。这种历史观何尝不是一种政治？

与之相比，《青春之歌》则表现出一种迥乎不同的历史主动精神：人的命运是可以改变的，改变的契机就在于“向外转”——主动地介入身外的公共生活。按照著名的牛顿第一定律，任何物体在没有受到外力的作用时，总是保持静止状态或匀速直线运动状态，同样，个体的生存状态假如不借助外力的推动是无法得到根本改变的。假如我们固守私人化的人性，并视之为绝对的本质，那么人类就只能永无绝期地受制于私人领域的囚牢，从而无法真正地把握自身。必须指出的是，私人领域是相对于公共领域而言的，如果完全无视后者的存在，前者只能是一种缺乏历史真实的向壁虚构。

爱情的再次发掘固然标志着人性在某种程度的苏醒，而革命，带来的不仅是对爱情的压抑，同时带来的还有另一种书写方式——解放爱情。

（三）路在何方？

在公共领域，对小资产阶级道路的批判成为读者意见中的主流声音。既然小资产阶级的道路行不通，那么批判之后，接下来的问题便是往何处去。选择何种道路在五六十年代的语境中，是一个被反复提及的问题。这一问题的重要性在于：它不仅仅是在个人意义上作出的某种选择决断，更关乎整个民族国家的命运与前景。不同道路之间并非多元并存的和谐共处，而是非此即彼的剑拔弩张。

---

① 《马克思恩格斯选集》（第4卷），人民出版社1972年版，第236页。

在第一章中，我们曾经指出那个时代的文学真实性问题：文学无疑是生活道路乃至政治方向选择的一种指导性范本，并以一种介入性的姿态干预着现实。读者对于小说的篇章结构、叙述语言或许不甚关注，却对政治选择问题表现出极高的关注度。可以说，林道静所走道路的示范意义不言而喻，即使《青春之歌》的故事背景距五六十年代已然是过去时。

这一问题极有统摄性，因为它将触及我们在这一章中反复言说的一对关系：个人与集体。在这一探究过程中，我们得到的不仅仅是读者对于选择何种道路的态度，更是从审美风尚与价值观层面对整个五六十年代进行总结性思考。

1. 个人的消隐与集体的彰显

对于林道静所走过的道路，众多读者意见无不透露出这样一种姿态：回溯过往是为了更好地启发当下。这一点同样适用于电影，诚如《人民日报》所作出的评价："影片的故事是一代青年的艺术再现。然而它的意义不仅是对过往的斗争生活的回忆，更现实的意义是在今天。"[①]无论此前不同读者阵营曾有过何种激烈争论，最终在"现实意义"的落脚点面前，各方均达成一种相当的默契。甚至于有些读者太过着意于当前政治语境而忽视了林道静年代的具体环境，对林道静不够"革命"的诸多表现予以批驳。

1959 年，在"一二·九"运动纪念日之际，谢冕对"林道静式道路"进行了高度概括："林道静的道路，就是'一二·九'时代知识青年的道路；就是从资产阶级、小资产阶级知识分子到真正的马克思主义者的道路；也就是知识分子走向工农大众、走向革命群众运动的道路。林道静他们的道路，其实也就是今天党所要求于我们的又红又专的道路。"[②]这一表述可以说还是某种现时性政策阐释，过去与现实之间两相对照，凸显的依旧是知识分子道路选择问题的持久性与当下意义。在强调阶级斗争的年月中，读者有着充分的斗争意识与阶级自觉性。因此，对于作者精心设计的几类"出身于地主阶级家庭的青年知识分子"[③]，不少读者都看出了他们各自所代表的阶级立场，林道静的革命、余永泽的堕落，甚至于戴瑜的反动，都成为知识分子不同道路选择的浓缩："林道静受尽旧社会的凌辱，抱着个人奋斗的幻想，一旦接受了党的教育，便走上光明远大的

① 王孝风：《一代青年的艺术再现——看过影片〈青春之歌〉后的一点感想》，《人民日报》1959 年 10 月 24 日。

② 谢冕：《走林道静的路》，《中国青年报》1959 年 12 月 9 日。

③ 《〈青春之歌〉笔谈》，《光明日报》1958 年 5 月 3 日。

革命道路；白丽萍、余永泽虽然开初也有一些爱国主义的正义感和反对帝国主义侵略的热情，但当革命斗争转向残酷和深化时，便滚入了追求个人名利和享乐的深渊，成为革命的绊脚石；戴瑜则是经不住斗争考验，在紧要关头向敌人屈服投降，走上反革命道路的可耻叛徒。”①

无论读者对于不同道路之间作出如何具体表述，林道静所走道路的正确性不容置疑，其内在核心都在于个人对于集体的归依与服膺。在这对关系中，我们可以明显感受到的是愈加彰显的集体，与之相对的，便是消隐的个人。因此，《中国青年报》曾对小说这样评介："构成这部小说的重要特色之一的，就是全书洋溢着健康、饱满的战斗热情和渗透了组织和集体的力量。这里无法看到有什么离开了集体的'个人奋斗'所制造的英雄事迹。"②而在电影中，这一点更是通过画面语言加以直观化的表现。对此，作为《青春之歌》导演之一的崔嵬有着明确的定位："在银幕上，我们企图突出表现一个烈士倒下去，马上有更多的人接上来……"③

可以说，从当时的主流价值观念出发，个人对于集体的服从是应有之义，否则便会落入"个人主义"的泥沼之中。"个人主义"这一概念在五六十年代的语境中同样饱受诟病，其概念内涵在此也有必要说明一下。《观念史研究》一书对其有如此说明："新文化运动以后，'个人主义'成为一种小资产阶级的意识形态。"④在前面的章节中，读者对于小资产阶级立场的坚定批判我们已有所说明，而"个人主义"作为"小资产阶级意识形态"的一种具体表现形式，对于现代国家的建立而言自然被视为一种障碍，甚至是一种对抗性的力量。如果在五四时期的语境下，"个人主义"尚能为争取民族独立与国家现代化进程起到推动作用，那么时至五六十年代，情形早已发生了变化。因此，在《文艺战线上的一场大辩论》一文中，周扬如此写道："那时候(民主革命时期)反对的是帝国主义、封建主义和官僚资本主义，他们(资产阶级个人主义者和个人主义思想严重的人)和党的矛盾还可以暂时缓和或掩盖。"而一旦进入社会主义，个人主义便成了罪孽深重、亟待革命的"万恶之源"⑤。可见，"个人主义"在历史本质规律的

---

① 《影片〈青春之歌〉深受观众喜爱》，《文汇报》1959年11月17日。

② 若明：《推荐新书〈青春之歌〉》，《中国青年报》1958年2月16日。

③ 崔嵬：《在总路线照耀下产生的》，《北京日报》1959年12月8日。

④ 金观涛、刘青峰：《观念史研究：中国现代重要政治术语的形成》，法律出版社2009年版，第534页。

⑤ 周扬：《文艺战线上的一场大辩论》，《人民日报》1958年2月28日。

探寻过程中，已经不具备任何正当性与合法性。这种转变，正如洪子诚所指出的，是"靠叙述者对社会进步、革命任务的改变的指认来实现"①。而在政治层面之外，"个人主义"同样也在道德层面被赋予了明显的负面含义，批判者将它"与行为道德上的利己性（损害他人、妨害多数人的利益）等不加区别，放在同一桶里搅拌"②。政治、道德的双重否定所带来的结果必然是集体对于个人的强势排挤。

与政治判断相关的是相应审美风格的选择。集体力量所呈现出的昂扬奋发、果决有力，必然是与小资情调那种缠绵哀怨、感伤柔弱截然对立的另一种美学风格。因此在文学阅读层面，这种选择带来的便是50年代末期对一系列"经典文本"的重读活动。借助于上文中两例读者借阅情况的统计资料，我们可以更清楚地看到该活动的现实指向性。涉及的作品不仅有罗曼·罗兰的《约翰·克利斯朵夫》、司汤达的《红与黑》以及莱蒙托夫的《当代英雄》等西方作品，也包括艾青的诗、巴金的小说等中国现代文本。另外，还发起了对表现西方"人道主义和个人主义"的"资产阶级文学"作品的重评工作，《中国青年》《读书》等报刊也组织了相关讨论。

由个人走向集体，这条道路使得个人力量通过一种聚合的方式得到最大限度的强化，这自然是符合无产阶级政治理论逻辑的。而通过文学的榜样示范性作用，林道静的成功正是这种逻辑可行性与正确性的有力确证。无数青年知识分子由此找到人生的康庄大道，纷纷表示支持效仿。而需要再次说明的是这种选择所具有的自发内在逻辑："换一个角度来说，在中国，个人主义向集体主义的迅速皈依，其实也并不完全是集体主义的霸权和威严使然。在一定程度上，它还同个人主义话语力量的有失强大密切相关；集体主义恰亦因此才有了为其提供保护以及支持的可能。"③个人主义话语的"有失强大"正是在当时的时代背景中获得了历史的具体的阐释，也正是由于这一点，个人走向集体之路的选择具有相当意义的历史理性，这一点将在本文第三章详细论述。

2. 消隐之中的潜在苦闷

个人是否服膺于集体，知识分子是否能走向工农大众，对于很多接受者而言已经不仅仅作为一种文学审美判断而存在。它甚至成为根植于读者思想观

① 洪子诚：《1956：百花时代》，北京大学出版社2010年版，第158页。
② 洪子诚：《1956：百花时代》，北京大学出版社2010年版，第158页。
③ 路文彬：《视觉文化与中国文学的现代性失聪》，安徽教育出版社2008年版，第219页。

念中的一项重要价值评判标准，渗透到日常生活的方方面面。因此，我们能够发现，很多读者意见并不仅仅局限于文学作品所呈现的小圈子，而是拓展到其本人对现实生活中很多问题的看法。

1959年末，《青年报》发起了“余永泽是好人还是坏人”的问题征答。随之而来的是读者的积极响应，其热烈程度之甚以至于来稿选登工作进行了半年有余。正是由于持续时间之久，读者得以围绕“余永泽”这一形象展开了充分讨论。这一形象所涉及的争论范围已经远远超出文学所能涵盖的范围，从阶级政治立场到社会伦理道德，甚至于世俗人情交际，无一不囊括其中。尤其是在最初几期的读者来信中，很多观点出乎我们的预料。因为放置在当时的历史语境中，它们不仅站在支持余永泽的立场上，带有一定的个人化色彩，而且其阶级斗争色彩也比较淡化，这些观点主要有：“余永泽是一个比较好的人”①、“林道静太不近人情”②、“林道静不应离开真心爱她的人”③、“余永泽的爱使林道静得到了幸福”④、“怕温暖的小家庭被破坏，这是人情之常”⑤、“他是一个道德品质较好的大学生”⑥、“人和人总有感情，何况夫妻”⑦。

然而，在集体对于个人具有绝对权威的时代，我们可以预见到讨论的最终指向：对于以余永泽为代表的庸俗个人主义的严厉批判。这些具有特色的意见也成了“靶子”，在后续的多期连载中，报刊以“毛主席的话”作为编者按，其导向意义不言而喻。多个专版通过系统化、针对性的讨论，将阶级斗争的观点不断推向深入，并以《这是一场两种世界观的斗争》作为讨论的总结性文章。而那些最初对余永泽持有同情态度的读者也对自己最初的言论进行了修正甚至是检讨。可以说，整个讨论的过程都带有精心设计的痕迹，个人性意见终被政治话语压制。

部分读者后来的意见修正及检讨是完全自愿还是迫于某种外部压力？在个人声音的消隐之中他们是否曾有过被压抑的不满？我们已无从知晓。不过，从另外一种角度来看，我们或许可以得到某些启发。一封读者来信揭露了自己周围的“牢骚”现象：“事实上，拿干我们这行的许多青年同志来说，他们狂热的，

---

① 王荣良：《余永泽是一个比较好的人》，《青年报》1960年1月5日。

② 盛观海：《林道静太不近人情》，《青年报》1960年1月5日。

③ 唐渭良：《林道静不应离开真心爱她的人》，《青年报》1960年1月5日。

④ 鹏鹰：《余永泽的爱使林道静得到了幸福》，《青年报》1960年1月8日。

⑤ 王鸣：《怕温暖的小家庭被破坏，这是人情之常》，《青年报》1960年1月12日。

⑥ 石非舜：《他是一个道德品质较好的大学生》，《青年报》1960年1月12日。

⑦ 倪琴心：《人和人总有感情，何况夫妻》，《青年报》1960年1月12日。

小资产阶级英雄式的幻想，还是十分浓厚的。想干大企业，不想干中小型企业。特别是地方工业蓬勃发展的时候，组织分配他们去工作，他们便不满现状、闹情绪，甚至消极怠工，怨气冲天……他们（包括我在内）不正是受了这种个人的、英雄式的幻想支配吗？”①这种“个人的、英雄式的幻想”曾经也出现在林道静的身上，我们或许可以称之为“平庸的苦闷”。

对于林道静所走道路的支持，已经成为当时读者具有的基本的政治素养与价值评判标准。然而，个体在走向集体的过程中是否存在压抑的心理体验？如果只着眼于《青春之歌》读者反馈，或许很难察觉到其中的端倪。当我们把关注的范围进一步拓宽，会发现这种“平庸的苦闷”在一段时期内并不鲜见。

1958 年的《中国青年报》上，一位公务员表达了他的烦恼：“从 1956 年到现在都是做这种平凡的工作。现在，我越干越没有劲了……做公务员既学不到文化，又学不到技术。这样干下去，又有什么前途呢？”②其中固然有眼高手低、好高骛远的不良心态，这在任何时期自然都是不值得提倡的。然而就某种层面而言，此种疑问却表现出一种个人化的焦虑。这种焦虑放在今天，或许更会平添“人之常情”的色彩，也会拥有更多选择与改变的机会。

1959 年《文汇报》发起“什么是幸福”讨论。在整理了两百多篇来稿后，编辑部汇总出三个讨论比较集中的问题：爱情是幸福的源泉和基础吗？是不是只有实现了个人志愿（包括学习方面和工作方面的）才有幸福可言？身体不健康（特别是患慢性病）的人是否就得不到幸福？其中第二个问题涉及我们所讨论的部分，有读者来信说道：“我被调到机关里做缮写员工作，每天接触的是刻蜡纸、印教材、抄文件，都是些琐细麻烦的工作，真没意思。于是思想上就苦闷起来，认为自己是个高中生，搞这个工作真是‘大材小用’了，觉得自己幸福的前途完了，陷入了不幸的境遇。”③另一位对音乐酷爱的年青人则写道：“（我）遇到省劳动局统一分配工作的机会。当时我一再要求到剧团工作，结果却被分配到煤矿部门工作了。然而，几年以来，我的心总不能安于现有工作，因为志愿和特长与现有工作相差得太远”，“要我干学用不一致的工作，怎么不苦闷？”④

对于未来的道路，那一时代的人们也对此表现出某种焦虑，虽然这种焦虑最终通过周围人或是领导的“教育”、“劝说”，被集体主义理性与乐观主义精神

① 刘铁山：《从南岭遥寄北京——一个青年建设者给杨沫的信》，《中国青年报》1958 年 5 月 9 日。
② 《不要轻视公务员的工作》，《中国青年报》1958 年 6 月 7 日。
③ 杨敏：《我的幸福之路》，《中国青年报》1958 年 6 月 7 日。
④ 六木：《我想换个能发挥自己特长的工作，更好地为人民做事》，《文汇报》1959 年 6 月 12 日。

压制。然而,我们却很难断言这种归依集体的方式能将这些琐碎的烦恼、平凡的苦闷完全消泯。在革命年代,时代需要的是个人反叛性的极大迸发以及对自由的勇敢追求,唯有这样,革命所具有的破坏性才能发挥出来,才能达到打破陈旧国家机器的目的。但当这样的目标实现,进入稳定建设时期,需要的则是平凡的个人,能够融入集体的个人。个人应像螺丝钉一般服务于整个革命及社会主义建设的大机器,个人主义、英雄主义的彰显对于整个社会机器而言,无疑具有巨大的威胁。

那个时代知识青年的人生道路选择,或许并非像我们今天想象的那样绝对政治化。他们也如今天的年轻人一样,同样面临着内心的矛盾与选择,在内心深处抑或有着与时代氛围不相协调的“个人考虑”。然而不同的是,在五六十年代即使是那些并不十分顺从的内心,对于人生道路孰是孰非的判断依然有着较为一致的体认。

三、革命的青春一代

——读者心理机制与时代合理性探究

在上一部分,笔者透过接受过程中读者态度的复杂性,对五六十年代价值观以及审美风尚进行了集中梳理与探究。而读者态度的这种复杂性与其接受过程中的心理机制以及时代环境可以说都有着相当程度的关联性:读者置身于革命传统教育的氛围中,自然会在潜移默化中为其感染。尤其是对于青年读者而言,其心理状态、精神气质在时代精神的催化中产生出某种特殊的审美诉求。

读者对于《青春之歌》的阅读,从某种意义上而言甚至是当时整个革命文学接受状况的缩影。作为一种精神现象,五六十年代读者对于《青春之歌》的接受状况辐射出那一时期读者心理的某些重要特质。而越是深入读者内心,越是能在所谓的政治意识形态训诫之外发掘出其中自发的内在逻辑性,甚至于越是能够理解独属于那一代人的“狂热”。自然,对于五六十年代文化心理与读者心理机制这样一个宏观命题而言,这种分析理路无疑显得过于肤浅,但这并不妨碍它作为一种探究的尝试。

(一)革命文学教育与集体无意识

革命政权的成功建立,在某种意义上不仅仅是以独立民族国家的建立为标志,更取决于这一政权能够获得广泛意义上的道义认可与观念认同,进而获得良好的“群众基础”。新中国成立后，全国范围内自上而下展开了一系列教育活动，如“传统教育”、“革命化教育”、“共产主义教育”等。各种教育不仅塑造了一代人的世界观、人生观，更加营造出一种集体氛围。而在这种富有强大感染力的氛围中，所谓的意识形态“灌输”从某种意义上而言，已然内化为那一时期人们特有的思想模式与情感模式。

1. 国际环境下的革命文学教育

在1958年至1966年的日记中，杨沫曾多次提及《青春之歌》在国外的译介情形。根据她的记录，小说不仅在问世后不久便被介绍到日本、苏联、朝鲜、越南、英国、捷克等国，更被日本、印尼等地的共产党作为教材，甚至于许多日本青年接触到小说与电影后，直接向日本共产党提出了入党申请①。而1960年8月24日《人民日报》上刊登的《〈青春之歌〉在日本》一文，更为详尽地介绍了作品在日本的接受情况。对于林道静斗争道路与人生选择等问题，主要看法有：“为群众的利益服务”、“非团结起来不可”、“‘阶级’二字深深印在心上”②。我们从中不难看出，这些意见与国内读者相较无疑具有极大的相似性。

其实，就笔者目前接触到的国外读者意见而言，它们在所有材料中所占比重并不大。不过，这种跨越国界的读者接受依然能够为我们打开一种思路。受众对于《青春之歌》的接受姿态，尤其是在公共领域所表现出的审美趣味与价值追求，的确需要放置在一个更大的国际背景与时代环境中来看待。着眼于五六十年代，不唯独中国，整个世界都处在政治局势的风云变幻中。尤其对于处在政治弱势地位的国家或是群体而言，林道静式的战斗精神与人生道路恰恰是一个极有代表性的缩影。因此，一位名叫光子的日本女工这样说道：“由于我参加了反对新日美‘安全条约’的统一行动斗争，当我看到《青春之歌》影片中出现游行示威的场面时，几乎使我产生了错觉，以为是我们自己的斗争……”③

具体到中国自身处境，尤其是60年代之后，在东西方冷战的大局势下，中美关系未得到改善，中苏关系又日渐紧张，这样两面夹击的困难局面使得新生政权处在一种极为险恶的状况之中④。或许可以这样说，新中国的建立只是万

---

① 参考杨沫：《〈杨沫文集〉（第7卷）：自白——我的日记（上）》，北京十月文艺出版社1994年版，第361、370、530页。

② 《〈青春之歌〉在日本》，《人民日报》1960年8月24日。

③ 《〈青春之歌〉在日本》，《人民日报》1960年8月24日。

④ 参考陈兼：《革命与危机的年代——大跃进和中国对外政策的革命性转变》，收入李丹慧：《冷战国际史研究7》，世界知识出版社2008年版；沈志华：《冷战中的盟友：社会主义阵营内部的国家关系》，九州出版社2013年版。

里长征第一步，如何才能捍卫胜利果实，如何才能求得一席之地，将是接下来所有民众要面临的严峻考验。在此种环境中，若论及当时的一系列决策是否是最为恰当或是唯一的选择，如果尚有探讨的空间，那么个人话语在集体面前的“有失强大”却无疑获得了历史化的具体阐释。唯有将所有人动员起来，最大限度地凝聚起一种向上的合力，才有可能对抗来自各方的种种威胁。而这种动员最为直接最为有效的方式便是极有针对性的宣传教育。因此，从50年代初期的反美，50年代中期的社会主义改造和建设，再到50年代末期的“大跃进”和“国庆献礼”运动，每一次教育运动都与当时的政治形势紧密结合，宣传教育已经成为有力的政治动员方式。

回到文学层面，在五六十年代的语境中，评价一部文学作品是否优秀的标准之一便是它是否具有“教育意义”。对于读者而言，他们固然有着主动的受教育动机，希冀能够通过文学作品中优秀的模范人物以及高尚的思想情操，给予自己一定的人生启迪与精神鼓舞。然而更多时候，这种“教育”是在“被动”的意义上来完成。而文学教育，正是使这种“被动”不那么生硬的最好方式。正如程光炜所指出的：“在对解放后出生的这代青年实施的庞大和革命化的教育工程中，文学虽然只是一个较小的项目，它形象化的功能，和当代性、青年性的特征，却能最大限度地吸引青年人的人生选择，深入他们的精神世界，发挥其他教育方式不可替代的作用。”①

在第一章中，笔者提及的读书运动便可被视为教育工程中的一部分。除《青春之歌》外，从50年代末至60年代初，《红日》《林海雪原》《红旗谱》《战斗的青春》《野火春风斗古城》《烈火金刚》《敌后武工队》《苦菜花》《三家巷》《红岩》等一系列作品相继问世，提供了丰富的阅读素材，形成了革命文学的集体化阅读浪潮。这些作品作为革命文学的经典范式，无一不高扬着强烈的爱国主义、集体主义、乐观主义等革命斗争精神，而精神的传递很大程度上则通过英雄或榜样式人物的塑造来完成。他们以坚定的政治信仰、高尚的道德情操、坚毅的精神品质，成为培养社会主义新人最具标杆意义的典型人物。这种“榜样的力量”确乎能对读者产生不可估量的教育意义以及感召力。

运动相关情况，此处不再重复，仅对读书运动所起到的作用作出相关补充。在鲁迅奖章读书运动告一段落后，《中国青年报》进行了后续报道：“推荐好书以

① 程光炜：《文学想象与文学国家——中国当代文学研究（1949—1976）》，河南大学出版社2005年版，第161页。

后，使青年业余（课余）学习中的‘忽视政治’、‘厚古薄今’、‘重外轻中’的倾向有显著转变……上海市六十七中学，全校近2000名学生百分之百地报名参加了‘读书运动’，8个月来课余阅读政治和青年修养书籍，从1957年的0.3%增加到48.18%。上海市时代中学的学生，自读书运动以来，自动交出许多本黄色书。而鼓舞革命斗争的文艺书，如《方志敏战斗的一生》《狱中纪实》《青春之歌》《林海雪原》《苦菜花》《红日》等已成为广大青年争相传阅和他们日常谈论的话题之一。"①

各种"不良倾向"的存在程度与转变程度如何，自愿的成分又占多少，或许在报端某种夸大成分中已经难以获得准确的数字统计。然而，我们能看到的是，在阅读风气导向的背后，与古代、西方古典文学阅读旨趣针锋相对的是对于"此时此在"的一种反复重申的重视和强调。从某种意义上讲，这种带有导向性的读书运动，有助于在民众尤其是青年群体中建立起对于新中国政权的认同感。

提及文学教育，不能不说的便是语文教材的编选以及教学要求的相应规定。可以说，所有相关环节均以"培养共产主义接班人"为目标，围绕树立共产主义价值观展开。在1952年教育部颁行的《小学暂行规程》（草案）和《中学暂行规程》（草案）中，"爱祖国、爱人民、爱劳动、爱科学、爱护公共财物"作为中小学生思想道德基本要求被写入其中。这一要求明确体现在1955年颁布的《小学生守则》以及《中学生守则》中："如两个守则都在第一条位置上分别写明：'准备为祖国服务，为人民服务'；'准备为祖国人民服务'。"②具体在教材方面，编选者进行了精心的筛选，以确保内容的纯洁性与有效性③。而在教学过程中，对"五爱"教育精神的贯彻执行也贯穿其中："以'爱祖国'教育为例，首先，要求语文课教师必须将培养学生的爱国精神作为明确的教学目的……其次，语文教

---

① 王俊宠：《把多读好书变成生活常规上海鲁迅奖章读书运动即将告一段落》，《中国青年报》1959年1月31日。

② 黄书光：《变革与创新：中国中小学德育演进的文化审视》，山东教育出版社2007年版，第138页。

③ 关于教材对于文学题材的限定："一是对'帝王将相、才子佳人'等'封建糟粕'的东西，基本采取的是扬弃的态度；二是反映各个时期的革命斗争的回忆录、小说、散文等文体，占据了文科课本的主导地位，从而也进入了大、中、小学生的思想、精神和气质培养的全部过程之中。三是鲁迅、郭沫若和茅盾等人的作品大量入选。另外，载入当代文科教科书的文章和作品主要分为两大类：一是颂扬中国革命历史和老革命家胸襟的文字；另一类是反抗北洋军阀和国民党黑暗统治的"。参见程光炜：《文学想象与文学国家——中国当代文学研究（1949—1976）》，河南大学出版社2005年版，第169页。

师要善于联系实际,通过新旧制度比较,激发学生爱国主义情感。”①

在一系列教育工程的实施过程中,文学无疑成为传递政治意识形态的一种工具,其自身的主体性也必然会有所压抑。不过,正是通过这样一种方式,受教育者们对于幸福生活来之不易的珍惜感、投身社会主义事业的迫切感被彻底激发了出来,而这种昂扬向上的力量与激情也营造出那一时期不可复制的群体性时代氛围。在此意义上,我们有理由相信,新生政权确乎在极大程度上得到民众的一致拥戴,而这其中自然也包括知识分子。

2. 时代氛围中的集体无意识

从舆论宣传、读书运动再到教材编选,读者的文学阅读行为始终被放置在一种群体性的革命接受氛围中。而这种群体性氛围是如何作用于个体,其传递出的所谓无产阶级意识形态又是否被个体有效接受,将是我们接下来探究的问题。

在《革命心理学》一书中,作者分析了群体态度之于个人的强大作用:“一个精神上的统一体(mental unity)之所以能够形成,其主要原因就在于群体中的态度和行为是极富感染力的,仇恨、狂怒或是热爱之类的情感在叫嚣声中很快就会得到支持,并反复强化……由于受到集体无意识力量的推动,群众常常说不清自己的真实意图,结果往往投票赞成了那些他们原本不赞同的动议。”②可以说,正是在集体无意识的作用之下,群体的态度与行为才能够极大限度地发挥其感染性。

集体无意识这一概念由荣格提出。他认为集体无意识具有“集体性,普世性,非个人性”③的本质,并将其存在完全归结为遗传。它以“原型”为表象,经由世代积淀将原始祖先对某一事物的心理体验留存下来。而当人们后天的经历引发相应的刺激的时候,某种心理反映或是体验便会显现出来。

据此,我们再来看待集体主义。上一章中曾经讲到,个人话语的历史薄弱性使得个人对于集体的归依成为一种带有历史理性的选择。这种“薄弱性”放置在五六十年代特殊的历史语境中将获得具体化的阐释:那一代人是革命喂养大的一代,诸多革命传统教育将家国放置在一种时刻处在危机的语境之中,每

---

① 黄书光:《变革与创新:中国中小学德育演进的文化审视》,山东教育出版社2007年版,第139页。

② [法]勒庞:《革命心理学》,佟德志、刘训练译,吉林人民出版社2011年版,第70~71页。

③ [瑞士]卡尔·古斯塔夫·荣格:《原型与集体无意识》,徐德林译,国际文化出版公司2011年版,第37页。

一个人都置身其中，能够切身地体会到那种来自周围的敌意与斗争气息。外部世界的敌意使得每个人必须要高扬与发掘主观战斗精神，并汇聚为一股合力来对抗整个具有威胁的外部世界。而这，同样也是那一代人在屈辱历史之后对于民族国家崛起的一种迫切希望。尽管我们通常在现代性意义上对“集体主义”这一概念进行使用，然而其部分实质却有着相当悠久的历史传统。从原始社会到封建社会，个体力量的渺小、生存环境的严苛，使得人类的生存面临极大的考验。而通过家族血缘等方式缔结而成的“集体”，对于人类生存始终是不可或缺的一种依赖形式。正是时代危机感以及革命教育所营造的集体主义氛围，在一定程度上激活了历史传统中的集体主义，并使之具有革命现代性的意义。正如路文彬所言：“至此，集体关系的缔结不再取决于必然的家族血缘以及偶然的社会危机应对诉求，而是同阶级这一资本主义社会的客观存在物有了直接关联。”①

以往对于这种对群众起着“推动”作用的力量，总是从政治“询唤”、压抑个人的一面来阐释。似乎读者既有着高度的政治理性，同时对于私人化情感又有着相当程度的自觉，由此两者之间的矛盾便成为理性与感性的分裂。然而，笔者却认为这种力量有更为复杂的内涵。对于当时的群众而言，这或许是一种极为特殊的情感体验。对于这种体验，可以借助小说《红豆》中一段真实可感的描写来呈现：“她觉得自己就是举着火把游行的唐尼，感觉到了一种完全新的东西、陌生的东西。而萧素正像是指导着唐尼的李茵。她愈念愈激动，脸上泛着红晕。她觉得自己在和上千的人共同呼吸，自己的情感和上千的人一同起落。”“‘黑夜从这里逃遁了，哭泣在遥远的荒原。’那雄壮的齐诵好像是一种无穷的力量，推着她，江玫想要奔跑，奔跑——”②

当带有乌托邦意味的革命以巨大的动员力和感召力席卷而来时，作为个体的江玫以宗教式的膜拜与虔诚投身其中，随着情感的洪流奔突起伏，这并不是矫揉造作的虚言。因此，当年的《中国青年报》有这样一段叙述：“会上，中央广播剧团徐欢子为大家朗诵《青春之歌》中的一段，当朗诵到林红的爱人李伟被捕从容就义时，不少人被感动得流泪。”③

时代氛围激活个人身上的干劲与能量，使人们相信这是一个光明的时代，

① 路文彬：《视觉文化与中国文学的现代性失聪》，安徽教育出版社2008年版，第220页。

② 宗璞：《红豆》，花城出版社2010年版，第13页。

③ 《青年们爱读〈青春之歌〉》，《中国青年报》1958年5月3日。

拥有着必将胜利的未来。文学在一种更为隐蔽与自发的机制下完成了特定时代中政治所要求的动员作用。在时代的巨大转轮之中，所有个体都在被推动着向前走。即便在某些时刻，他们被压抑被束缚着。然而无须经过过多的挣扎与质疑，个体将再次融入集体的感召之中。

洪子诚这样回忆自己曾经对待电影《早春二月》的一种矛盾状态："（我）写过两篇批判文章。指责影片宣扬了'以自我为中心的个人主义'、'个人享乐主义'，指责它宣扬资产阶级人道主义，主张阶级调和……其实，在60年代，《早春二月》是我喜欢的影片之一……却参加到对它的批判之中，好像也没有人要我这样做。这里的矛盾，透露出的'人格分裂'的情况，在我这里至今没有得到分析。"①我们不用去怀疑此处"喜爱"与"批判"两种态度之间的情感真实性，在那样一个时刻，这种"人格分裂"本身就是一种真实的常态。

（二）青春心理下的审美诉求

在五六十年代革命传统教育所营造的特定接受氛围中，我们对于读者的情感模式有了一种更为深入的体认。而在这其中，我们尤其需要关注的又是青年读者这样一个群体。《青春之歌》的轰动，很大程度上是在青年读者中的轰动。对于他们而言，昂扬奋发的时代情绪以及崇尚力量的战斗美学风格与其心理特质呈现出某种契合的趋势，这些都使得个体对于集体的服膺带有自愿色彩。而另一方面，除去读者天然的猎奇心态，青春期的感伤、迷茫与悸动也使得年轻读者对于小资情调以及浪漫爱情的向往具有合理性，对于读者而言，文学正是在这种意义上变得更加亲近。

1. 激情与理想

在20世纪的文化语境中，"青年"、"青春"除在生理层面上指涉个体生命的某种状态以外，更被赋予了民族国家意义上的色彩。最具代表性的当属梁启超的"少年中国"这一提法。"1900年2月10日，梁启超在《清议报》第三十五册发表《少年中国说》，正是在这篇文章中，梁启超首次明确了'少年/老年'的对立范畴。"②在文章中，他把留恋、保守、陈旧、忧虑、灰心、怯懦、苟且、死亡等等概念归入"老年"这一符号领域，而把希望、进取、更新、行乐、气盛、豪壮、冒险等词

① 洪子诚：《我的阅读史》，北京大学出版社2011年版，第168页。

② 蔡翔：《革命/叙述：中国社会主义文学—文化想象（1949—1966）》，北京大学出版社2010年版，第126页。

汇标注在“少年”身上。由此，“梁启超并不仅仅是在生命特征的意义上讨论这一‘少年/老年’问题，而是一种修辞，一个深刻的有关‘国家’的隐喻”①。

而在《从“少年情怀”到“中年危机”——20世纪中国文学研究的一个视角》一文中，陈思和同样延续着这样的思路。他认为：“新文学运动一直延续着‘青年’的特征。从五四文学到左翼文学，从延安时期的工农兵文艺到‘文革’时期的红卫兵文化，都可以看作是‘青年’精神在不同历史环境下的体现。”②而伴随着新中国的建立，这种“青年”精神的张扬可以说达到了顶峰状态。

作为“生在新中国，长在红旗下”的一代人，五六十年代的青年一代充分体会着久违的扬眉吐气与民族自豪感。曾经饱受苦难的国度不再是梁启超笔下的“老大中国”，而是焕发着重生之后的青春活力。这样的精神风貌更落实在每一个个体身上：“‘我们是新中国的小主人翁，少儿队是我们自己的组织’，这种主人翁感，是建国初期的时代情绪，今天回味那处处以‘小主人’自居的劲头，仍怦然心动。”③令一代人“怦然心动”的是一种“主人翁”式当家做主的时代情绪，这种情绪不分男女老少，在所有角落弥漫开来，所有人无不洋溢着澎湃的理想主义：“我们爱童年的幸福生活，更爱为理想而献身的澎湃生活。”④

《青春之歌》整部作品的理想主义气质不仅属于五六十年代，更是属于那一代青年人。林道静的道路为广大青年知识分子读者提供的是这样一种预言：只有跟着党走，才会有光明的前途与未来，这是青年知识分子们独一无二的正确出路。而无论是余永泽们的小资产阶级道路，还是戴瑜们的叛徒道路，最终只能走向人生的末路。因此，小说对于余永泽之流的形象描写无不透露出老态龙钟的腐朽气息。这不仅是个人生命的腐朽，更预言着一个阶级的没落。这对于将文学与个人生活紧密联系在一起的五六十年代青年读者来讲，意义是不言而喻的。因此他们对光明的未来充满着信心，并怀抱着强烈的主观战斗精神为之奋斗。这种精神状态同样影响到读者对于文学的审美评判。在50年代末期对于巴金作品的批判风波中，有读者将《家》与《青春之歌》进行了比较，我们从中

---

① 蔡翔：《革命/叙述：中国社会主义文学—文化想象（1949—1966）》，北京大学出版社2010年版，第126页。

② 陈思和：《从“少年情怀”到“中年危机”——20世纪中国文学研究的一个视角》，《探索与争鸣》2009年第5期。

③ 钱理群：《主人翁》，见吴亮、高云主编：《日常生活——50年代老百姓的日常生活》，江苏美术出版社1999年版，第143页。

④ 张向明：《〈五月的鲜花〉与逝去的岁月》，见徐晓主编：《民间书信：中国民间思想实录（1966—1977）》，安徽文艺出版社2000年版，第187页。

可以看出一种对于“力量”与“光明”的召唤：“（《家》）尽管有着一条‘光明’的尾巴，它仍然无法使人预感到在悲剧后面的胜利的明天。而《青春之歌》则完全相反，它‘在牺牲者后面总能看得见他为之牺牲的东西，在暂时的失败后面总能看得见将来的胜利的远景’，它给我们的不是沮丧消沉，而是巨大的鼓舞，无比的力量！”①

青春是美丽而充满活力的。然而，在指出青春力量的同时，也有必要看到其所具有的破坏性：“青春文化最初的原意是创造，它们的粗暴是因为生命力的旺盛和爆发力，火山爆发泥石狂泻，往往是在巨大的冲动下，生命中美好的壮丽的恐怖的甚至恶魔性的因素统统呈现出来。”②

在20世纪后半叶的中国，这种可怕力量的迸发甚至成为一个时代的痛苦记忆。这不禁让我们想起米兰·昆德拉在他的小说《玩笑》中曾说过的一句话：“青春是一个可怕的东西。”③而这，又将是另外一个问题。

2. 迷茫与感伤

五六十年代的青年人自然是充满理想主义的一代人，他们激情四溢、昂扬奋发，既具有打破旧世界般摧枯拉朽的革命性，又富有创造新世界的朝气蓬勃和巨人创造性。

然而蓬勃有力并非他们青春生命的全部姿态。“在人类历史上的大部分时间里，青年人的常态就是处于动摇和迷惘之中。”④对于五六十年代的年轻人而言，也不例外。而这种青春的迷惘“其实正是对人生意义的迷惘，对自己‘从何处来、向何处去’的迷惘”⑤。这不仅是曾经困扰林道静的问题，同时是那一代青年，尤其是60年代之后的青年面临的问题。在小说中，林道静固然通过自己的努力获得了小资产阶级身份改造的巨大成功，然而对于广大境遇相似的知识青年而言，现实情形远比小说复杂艰难得多。无论是对于出身问题，还是未来道路如何选择的问题上，这种迷茫都是潜在地存在着。在此意义上，青年读者尤其是青年知识分子所具有的精神气质与“小资产阶级情调”文化特质达成某种契合，构成其潜在审美心态的一个重要原因。也正是如此，这种迷茫感伤并

---

① 汤廷诰：《从〈家〉谈到〈青春之歌〉》，《文汇报》1958年10月22日。

② 陈思和：《从“少年情怀”到“中年危机”——20世纪中国文学研究的一个视角》，《探索与争鸣》2009年第5期。

③ ［捷］米兰·昆德拉：《玩笑》，景凯旋译，作家出版社1991年版，第89页。

④ 邓晓芒：《徜徉在思想的密林里》，重庆大学出版社2012年版，第155页。

⑤ 邓晓芒：《徜徉在思想的密林里》，重庆大学出版社2012年版，第156页。

非像当时小资产阶级情调批判者所指摘的那样，是“无病呻吟”、“消沉颓废”，也并非“为赋新词强说愁”的故作深沉，而是有着切身的时代之痛。

如果说60年代之前，战斗激情与乐观主义尚在读者阅读心理中占据着主导地位，失落感伤仅仅是股股暗流，我们唯有透过文字中对于读者不良阅读倾向的批评才能发现端倪。那么到60年代，尤其是“文革”开始后，青春感伤下的阅读情绪愈发泛滥膨胀起来，甚至成为占据那一代后来回忆的主要方面：“当初那种对理想世界的期待和向往，那种激情，逐渐被一种失落、苦涩的情绪所代替。记得在‘文革’两派武斗激烈的日子里，窗外高音喇叭播放着激昂的口号，我却在为保尔和丽达的无望的爱情伤心。”①王安忆则回忆道：“那是在‘文化革命’的开初阶段，学校停课，无所事事，主要就是读书……罗曼·罗兰的《约翰·克利斯朵夫》（第1本），包括了前三卷，那可真是迷死我了。尤其是克利斯朵夫和弥娜的初恋，甜蜜而伤感，特别适合青春期的自恋情结。”②

激进的政治乌托邦诉求将青年人对于浪漫爱情的向往以及种种英雄式的幻想裹挟，私人领域情感被公共事业挤占，而青春反叛意识也被更为强大的政治话语所规训。那是一个激情四溢、豪情万丈的革命时代，然而激情退却之后，又是一个孤独、压抑与迷茫的时代。理想的生活、光明的前景在“文革”中幻灭，他们处在一种彷徨的心境与寻找的焦虑之中：“那时未来在我心中完全是一个未知数，整个国家的命运同样如此。我在迷惘中奋起，在迷惘中读书学习，在迷惘中探求人生的意义和国家的前途，经常会有一种空虚感和底气不足的怅惘向我袭来，其中交织着朦胧的战栗、神秘的预感、暗暗的焦虑和莫名其妙的恐慌。”③

每个个体的青春经历或许是不同的，尤其是在选择更为多样、价值更为多元的今天，情形更是如此。然而正如邓晓芒所言：“世世代代的奋发有为的年轻人对自己的青春会有共同的或类似的感受，他们所体验到的青春的迷惘并不是特殊的风景，而是人性结构中的一个必要的层次，它带给人生以痛苦，但同时也为人生积聚着力量。”④

或许不唯独是青春的“迷惘”，青春的全部体验与感受都会是这样一种人性结构中必要的层次，即使它们看起来是有着天壤之别。从这种意义上而言，每

---

① 洪子诚：《我的阅读史》，北京大学出版社2011年版，第5页。

② 王安忆：《王安忆读书笔记》，新星出版社2007年版，第6页。

③ 邓晓芒：《徜徉在思想的密林里》，重庆大学出版社2012年版，第145页。

④ 邓晓芒：《徜徉在思想的密林里》，重庆大学出版社2012年版，第157页。

个人的青春又是那样相似。

（三）参照视野中的别样青春

无论五六十年代那一批青年人所展现出的是昂扬向上的青春激情，还是感伤忧郁的苦闷彷徨，从某种意义上来讲，这些情绪是每一代年轻人都曾有过的“共同的或类似的感受”。虽然在不同时代，它们所表现的方式那样不同。青春，不仅是每个个体生命的必经阶段，也是文学中反复言说的主题。而正像小说的题目那样，《青春之歌》唱响了从“九一八”到“一二・九”革命时期以林道静为代表的一代青年的青春赞歌。有意味的是，透过五六十年代读者如饥似渴的阅读，我们看到的又是另一个火热年代的青春风貌。而在几十年后的今天，在经历了天翻地覆的沧桑变迁后，在张扬个性、标榜“青春”的时代，或许在很多人眼中，那个年代是异化而畸形的年代，那一代人无异于不曾有过青春岁月的政治机器。

青春，于那一代人而言，是时代造就的缺席者，还是以不同于今天的另一种方式而存在？对这一贯穿不同时代主题的考察，同样也是对两个不同时代的思考。

1. 不同时代的青春主题

在今日的文学及影视领域中，“青春”是一个从不曾缺席的主题。它甚至成为一种自我标榜盈利的性资源，成功博得大众眼球：从2010年的《老男孩》、2012年《那些年我们一起追过的女孩》、2013年《中国合伙人》《青春派》及同年《致我们终将逝去的青春》，一直到2014年《匆匆那年》的热映，国产青春电影逐步呈现出井喷式生产态势。票房的一路飘红已经说明了极高的关注度与广泛的社会效应。

在每一部影片中，不管叙述的焦点在于主人公的学业、情感还是事业，这些作品无一不带有某种怀旧气息以及祭奠凭吊青春的意味，虽然无论对于影片主人公还是青年观众而言，“青春”都并没有过去太长时间。“青春”仿佛已经成为这个时代“小资”文艺旗号下必不可少的标签，它与“叛逆”、“个性”、“爱情”紧密关联，它或者关乎一种浪漫精致的情感方式，或者关乎一种个人奋斗的青涩辛酸。

而无论是小资情调、浪漫爱情还是私人空间，这些以今天的眼光而论，恰恰是五六十年代的年青一代所不曾拥有的。正如我们在第二章详细探讨过的，它们只隐藏在不可言说的潜在角落之中。于是，在今天的年轻人看来，也许五六十年代的“青春”只存在于生理层面，从不具备精神层面的真正含义，“革命”才是他们唯一的标签。对此，赵园精到地概括为：“在时下那些快乐的少年人眼里更其可惨的是，你不但没有‘中年’，甚至没有名实相副的‘青春时代’……‘革命’是你青春岁月的仅有点缀，是全部激情的符号……你无论如何也难以使得今天的年轻人相信，那一代人也自有那一代的欢乐；你总不能不承认，你的人生是更为残缺不全的。”[①]从她的话语中，我们能揣摩到的是，那一代自有其快乐之处，也应该拥有着另一种意义上的“圆满”。

这种“圆满”依然要回到当时的语境中去找寻。翻看五六十年代的报纸杂志，我们会发现“青春”其实并不是一个多么罕见的字眼。如果说《青春之歌》中林道静时代的青春是与民族解放紧密联系在一起，那么五六十年代与“青春”连在一起的则是“农业”、“社会主义建设”等字眼。无数知识青年响应“上山下乡”的政策号召，以“广阔天地、大有作为”的豪情壮志奉献着自己的青春：

> 青春是可贵的，然而并不是任何一种青春。那种与人民为敌的青春是可恨的，而糊糊涂涂、虚度半生的青春又未免可悲。只有把智慧和力量贡献给共产主义事业，这种解放了的青春，才真正可贵。[②]
>
> 在我们共产主义者来说，青春，主要不是体现在穿得漂漂亮亮、吃得舒舒服服上，而是和充分发挥自己的青春活力、才智、为人民造福紧紧相联系着的。[③]
>
> 人们对待自己的青春时光，往往有着两种不同的态度：少数人愿意生活在温室之中，最好是连一丝微风、一滴雨点也不遇见……但是更大多数人则完全不是这样。他们热情地把青春献给集体，献给伟大的社会主义建设……[④]

我们或许可以称之为一种“奉献式”青春，这条道路仍然是个人对于集体的奉献与服膺。脱离开具体的历史语境，在今天的人们读来，或许有些“假大空”。那一代的“欢乐”或是“圆满”并非藏匿在历史的缝隙之中，而这，确乎是五六十年代人们的青春之路。也许问题的关键不在于今天的我们如何寻找一种别样

① 赵园：《裙子》，见吴亮、高云主编：《日常生活——60 年代老百姓的日常生活》，江苏美术出版社 1999 年版，第 71 页。

② 黄天祥：《青春的解放》，《文艺报》1958 年第 9 期。

③ 黄鲲：《青春常在》，《中国青年报》1960 年 12 月 17 日。

④ 寒枫、谢家沁：《把青春献给祖国——看话剧〈邢燕子〉》，《大众日报》1960 年 11 月 20 日。

的“青春”,而是如何理解它。其实对于这个问题,在前面的章节中,我们对于个人、集体之间关系以及读者心理机制已经有过探讨,此处更多的是摘录出来以供对照。

如果说在今天年轻一代谈及青春时更多是以个人化、内向化的方式进行,那么在五六十年代,个人的青春则是以一种融入集体的方式来彰显。哪一种青春更贴近这一概念的本质?价值判断似乎是无力而空洞的。我们需要明确的,或许只是那一代依然有着独属于他们的青春记忆,依然有回荡在心中的青春旋律,甚至是时代信仰。而透过不同时代青春主题的变化,我们能看到的不仅仅是两代人不同的青春风貌,或许还有对两个时代的某些思考。

2.“大时代”与“小时代”之思

如果说《青春之歌》是1950年代理想主义的一个缩影,那么时至今日,这种青春理想主义已经难觅踪影。从1980年代朦胧诗里的反叛意识,再到新世纪以来郭敬明等人的“青春文学”,这其中呈现出的个体自我精神状态以及个体与他人、个体与社会和时代的关系都发生了很大的变化。从文学演变轨迹这一角度切入,进而在庞大的文化转型之中探求个体精神变迁,固然显得挂一漏万,甚至于苍白无力。尽管如此,不同时代的文学毕竟对那一时期的时代精神进行了某种层面的独特阐释,我们还是可以借助于文学视角对一些问题进行一些尝试性的探讨。

回到我们最初的起点,将《青春之歌》作为我们研究的范本,是因为它的确是五六十年代一个极具代表性的存在。一部《青春之歌》寄托了那一代人的情感、记忆、憧憬、迷茫甚至于各种内心隐秘。回扣我们上文提及的时代背景与环境,可以说,那一代人时刻经受着生存危机感的侵袭。物质生活条件的匮乏,政治环境的紧张,这些宏大的命题并不是虚无缥缈的所在,而是落实为每一个个体的切身感受,个人的生活质量可以说与整个社会乃至于时代的状况紧密关联。在此意义上,关注时代的风云演变,就是关注个人的寻常生活。“视死如归”在当时是一个极有广泛性的提法,那么,他们最终的归依之所在哪里呢?自然是他们所属的“群体”,以及该“群体”为之奋斗的社会主义事业,可以说每个人都有非常强烈的“群体归属感”。时代无法为他们提供一种“私人生活”的空间,至少,在一个“集体主义”大行其道的年代,人们的自觉意识里不会存在这样的角落。当然,反过来说,这种“归属感”一定程度又是以压抑和丧失个人尊严与自由为代价的。只是,以历史唯物主义眼光而论,我们在正视这样一段历史的同时,依旧无法将其中的症结简单归咎为体制抑或是道德因素。

而在主张个性自由、张扬自我的当下，曾经具有整一性的社会、时代正在崩裂为带有个人印记的零散碎片。南帆在《南风窗》杂志的一篇访谈中这样提到：

> 在我看来，时代本身无所谓"大"或者"小"。何谓"大时代"，何谓"小时代"，主要来自社会成员的感受。是不是可以这样的表述？——"大时代"意味了整个社会拥有一个相对集中的主题，人们仿佛齐心协力，共同完成宏伟的社会工程，每一个社会成员都能意识到自己在这种社会工程之中的位置。"小时代"是一个分散化的甚至碎片化的社会，大多数人都在自己的小圈子里活动，目光不出三尺之外。①

以此而论，我们似乎真的正在从一个"大时代"抵达"小时代"。青年一代豪情冲天的壮志正在渐渐被"一地鸡毛"的琐碎取代，如小说中的小林一般，他们所能看到、所能接触的仅仅是偌大世界中的一隅，在琐碎、无趣、平庸的消磨中，激情与理想早已殆尽。他们按部就班地过着日子，被填空在某一个生活的缝隙中，他们的青春必须奉献给那些实际却又浅陋的目标。正如一首流行摇滚乐歌词中发问的那样"我该如何存在"？

若以今天的眼光而论，五六十年代是被政治"异化"的时代。然而，从另一种层面上来讲，90 年代之后则是被物质异化的时代。时代的变化从文学领域自身精神的衍变中可以窥见一隅：随着文学作品中娱乐性、消费化特质的大行其道，我们似乎可以说，代表着精神层面的文学与现实物质生活之间正在达成某种合谋。而这，一方面造成文学的泛经典化，另一方面却是真正文学经典建构的苍白无力。当商品化取代政治化，金钱至上利益观取代政治信仰，当日常生活的书写褪变为追求窥私猎奇、感官刺激、时尚需求的欲望之作，我们再来回望五六十年代的文学环境，无疑将感受到一种巨大的张力。

指出这一点，并不代表我们持有扬"大"抑"小"的评价立场。"大时代"固然在理想主义的感召中将个体动员起来，使其主观战斗精神发挥到极致。然而，在相当长的时间里，"大时代"对于个体的极度压抑也是毋庸置疑的，甚至于在抽象的"人民"、"群众"等概念背后，鲜活的个人消失了。而另一方面，如果"小"意味着关注每一个具体的个人，关注每一个有意义的细节，将有助于遏制

① 何蕴琪：《作为悖论的大时代与小时代——专访文学评论家南帆》，《南风窗》2013 年第 22 期。

"大时代"下各种大而无当的浮夸。这或许才是"小时代"的应有之义①。

当我们站在今天的节点再次进入当年的文学场,或许会抱以一种对于政治介入的警惕与排斥心理,试图寻找个人化阅读痕迹。对这种意见的发掘自然是十分重要且值得珍惜的,因为在任何时候,文学都不应该忽视个人化的阅读体验与真实情绪。不过,若仅仅着眼于此,结果却可能走向另一种偏颇之境。在那样一个时刻,带有集体印记的价值观与审美风尚恰恰是整个时代的主流,这是个人无论如何所不能撼动的。而对于这种主流,得也?失也?这恐怕并非简单的是非评判所能解决。一时代有一时代之文学,我们或许亦可以说,一时代有一时代之审美。得失之间,也唯有"欲辩已忘言"而已。

结语　一部书与一个时代

五六十年代已经离今天的我们愈来愈远。而对于越是远去的时代,自己却越是抱有无尽的好奇。阅读恰恰是把握时代精神脉搏的一种方式。或许正是因为如此,才想透过一部《青春之歌》,尽最大可能去挖掘其中所能反映出的时代精神面貌。"以点带面"的做法固然有"不及其余"的危险,但是在审美趣味与价值取向并未呈现出大分化的五六十年代,《青春之歌》所涉及的诸多问题在很大程度上为我们呈现出时代精神的一些重要方面,可以说其接受状况的确提供了一个比较好的范本。

本文要进入的不仅仅是五六十年代《青春之歌》这一本书的接受情境,更是希望循着这条线索去感受时代阅读氛围、审美风尚与价值选择。无论激情与失落,张扬与压抑,还是欢欣与无奈,那一代人自有独属于他们的悲欢。他们在艰难的物质条件下为抵达富足的精神彼岸做着最大程度的努力,他们在一种矛盾交织的状态中游走在个人与集体之间,即便是其中的大多数人对此并没有清醒的察觉。也许,这种探究也只能放置在当时才是略有成效的。可以想象,在图书出版数量呈爆炸式增长的今天,在阅读趣味如此多元分化的背景下,若想以一部作品论及一个时代,无异于痴人说梦。

研究方式需要考虑特定的历史背景,而阅读同样"只能放在特定历史条件

① 参考何蕴琪:《作为悖论的大时代与小时代——专访文学评论家南帆》,《南风窗》2013 年第 22 期。

下"①。岁月流转，世事变迁，"一个时代有一个时代的阅读"②，而这其中的阅读标准则没有一成不变的普适性与通约性。随着宏大主题的消解，个人不仅从集体之中解放出来，而且开始更加关注与私人领域密切相关的日常生活主题，这使得阅读也走向更加私人化的趋势。这种"私人化"阅读最大限度地解放了阅读个体的主动性，使他们能够充分葆有自身独特的阅读选择与审美趣味。不过，这也同时产生了选择功利化与趣味低级性的负面效应。以至于陈晓明对如今的阅读生态这样评价道："现在国人的中心价值观就是解体的，都是个人和功利的，阅读无疑也是被功利主义支配的。"③

阅读自然可以满足个人审美需求，提供一种快感也是必要的。然而，阅读的意义却不应仅仅局限于此："即使在私人化阅读中还是应该承担一种责任，重建一种文化传承的阅读，这是对人的存在的精神召唤。"④而透过岁月的迷雾，如果说五六十年代的历史情境能够为我们提供这样一种"精神召唤"的资源，那么我想它或许应该是曾经让一代人为之澎湃的理想主义。

① 陈香：《30年中国流行阅读史：精神之痒》，《中华读书报》2008年4月30日。
② 陈香：《30年中国流行阅读史：精神之痒》，《中华读书报》2008年4月30日。
③ 陈香：《30年中国流行阅读史：精神之痒》，《中华读书报》2008年4月30日。
④ 陈香：《30年中国流行阅读史：精神之痒》，《中华读书报》2008年4月30日。

从“写作之夜”到“生命之美”
——论史铁生创作的“宗教精神”

赵海林*

绪 论

海德格尔说,现代人是被从大地上连根拔起的,因而彻底远离了自己的精神家园。史铁生却在缺乏信仰传统的当代中国构建了自己的灵魂彼岸。他肯定思想的力量,认为思想能带领困境中的人们冲破有限的束缚,将人类的精神与身体看作相互依存又截然不同的两维,肉体的抗争固然重要,但精神却可以超越肉体最终塑造一个伟大的灵魂。他从个人遭遇出发,在寻求生之意义的过程中踏入“写作之夜”,与“宗教精神”邂逅。史铁生区分文学与写作、宗教与“宗教精神”,说写作“不看重成品,看重的是受造之中的那缕幽魂,看重那游魂之种种可能的趋向,看重那徘徊所携带的消息”①,而“宗教精神”不同于坏的教条与迷信,是“人类面对无穷的未知和对未来怀着美好希望与幻想,是永恒的事实”②。最终,史铁生超越了哲学,也超越“宗教精神”,走向了对生命存在的审美观照。

(一)史铁生的生平和基本创作情况

1951年1月4日,史铁生在北京出生。1967年,毕业于清华附中初中,两年后,来到陕西延川县插队,但仅仅过了三个月,他开始感到腰腿部疼痛,后因病回京。插队的日子为史铁生日后的创作积累了重要素材。1972年,史铁生双腿瘫痪,之后在北京新桥街道工厂画彩蛋和家具。1977年,他的母亲因肝硬化导

---

* 作者简介:赵海林,1989年生,女,山东济南人,2014年毕业于山东大学中国现当代文学专业,获硕士学位;指导教师丛新强副教授。

① 史铁生:《写作四谈》,见《病隙碎笔》,人民文学出版社2011年版,第216页。

② 史铁生:《随想与反省——〈礼拜日〉代后记》,见《病隙碎笔》,人民文学出版社2011年版,第168页。

致胃部大出血去世。

1978年，史铁生的小说处女作《兄弟》完成。1979年，《法学教授及其夫人》在《当代》(1979年第2期)发表，是史铁生第一篇公开发表的小说，同年，还创作发表了小说《墙》(《今天》1979年4月)、《爱情的命运》(《希望》1979年1月)。1981年，因病情加重，回家休养。1982年，加入北京市作协。1983年，加入中国作家协会，同年在《青年文学》发表《我的遥远的清平湾》(1983年第1期)，并获得当年全国优秀短篇小说奖，《人民日报》刊登了评论文章《心弦上的歌——读短篇小说〈我的遥远的清平湾〉》，赞扬其独特的知青文学写作视角。1984年，发表《奶奶的星星》(《作家》1984年第4期)、《山顶上的传说》(《十月》1984年第4期)、《关于詹牧师的报告文学》(《文学家》1984年第3期)等作品，其中《奶奶的星星》获得全国优秀短篇小说奖。1985年，史铁生在《现代人》杂志发表了创作生涯中最重要的作品之一——《命若琴弦》(1985年第2期)，集中体现了他的"过程哲学"思想。1987年，首次担任编剧的电影《死神与少女》上映。1988年，发表小说《一个谜语的几种简单猜法》(《收获》1988年第6期)、《原罪·宿命》(《钟山》1988年第1期)、《答自己问》(《作家》1988年第1期)、《自言自语》(《作家》1988年第10期)。史铁生开始关注存在的意义、死的后果、命运的偶然等一系列问题。1989年，与夫人陈希米相爱。1991年，发表了重要作品《我与地坛》(《上海文学》1991年第1期)、《我二十一岁那年》(《三月风》1991年第10期)，由小说《命若琴弦》改编的电影《边走边唱》在加拿大上映。1993年，获得庄重文学奖。1996年，在《收获》杂志发表长篇小说《务虚笔记》，同年，《老屋小记》获得首届鲁迅文学奖短篇小说奖。1998年，患上尿毒症，开始了12年的透析生涯。2002年，获"首届华语文学传媒大奖年度杰出成就奖"，《病隙碎笔6》获首届老舍散文奖一等奖。2005年，在《当代》杂志发表最后一篇长篇小说《我的丁一之旅》。2010年12月31日凌晨，突发脑溢血去世。2012年1月10日出版的《收获》推出史铁生专辑，包括《回忆与随想：我在史铁生》《昼信基督夜信佛》等作品，随后由北京十月文艺出版社结集出版。

(二)研究现状

1983年，《文艺界通讯》曾刊登宗淑的书评《这一切都不遥远——读〈我的遥远的清平湾〉》。迄今为止的30余年中，有关史铁生作品的研究越来越丰富，不仅有一般的评论性文章，也有大量的硕士、博士论文，亦有研究专著、回忆录出版。在史铁生去世后，相关学术研究到达一个小高潮。截止到2014年3月，在万方数据平台输入"史铁生",可以搜索到相关学术论文891篇,其中发表于2011年的有171篇,2012年89篇,2013年111篇,2014年8篇。相关硕士论文83篇,博士论文8篇。由邵燕祥、王安忆、刘索拉、张炜、陈晓明、周国平、格非、柳青等人组成的"写作之夜"丛书编委会结集出版了《生命:民间记忆史铁生》《史铁生说》《极地之思:史铁生作品解读》(胡山林著)[①]。2011年,华夏出版社出版了由林建法主编的《永远的史铁生》,其中汇集了张新颖、陈建功、陈村、陈思和、尤凤伟等人的纪念文章。2013年1月,史铁生夫人陈希米的回忆性散文《让"死"活下去》由湖南文艺出版社出版。

当前的史铁生研究种类繁多,涉及宗教、哲学、美学思想及语言风格、文体特征、心路历程等各个方面。

其中对哲学、美学思想的研究,主要集中在存在主义哲学与生命美学两个层面,如《生命的处境与存在的勇气——存在主义与史铁生的小说创作》[②]《极限情景:史铁生存在诗学的逻辑起点》[③]《熔铸绝境的壮美:论史铁生的生存美学》[④]《史铁生小说中的东方美学》[⑤]等。

在宗教思想研究方面,有的研究者从基督教方向着手,如《史铁生作品中的〈圣经〉原型》[⑥],通过对史铁生人生谈、创作谈的梳理,对其中牵涉的基督教文化、哲学命题加以图解,并与《圣经》原典相互比照,《史铁生文学创作与基督教文化》[⑦]则从创作观、创作主题、语言移植与形象塑造三方面与基督教文化进行参照;有的研究史铁生文学创作与佛教的关系,如《史铁生散文的佛教意识》[⑧]《"生本不乐"——浅谈史铁生作品中的佛学思想》[⑨],前者认为史铁生的散文已超脱佛教意识的内涵,用博大的爱否定了佛教消极的人生态度,后者从佛教人生本苦的论断出发,认为他的对肉体痛苦与精神局限的认识与佛教多有相通;也有研究者从整体上把握史铁生的"宗教精神",如赵毅衡在《神性的证明:面对

---

① 分别于2012年6月、2013年6月、2014年1月由中国对外翻译出版有限公司出版。

② 赵艳:《生命的处境与存在的勇气——存在主义与史铁生的小说创作》,《当代文坛》2001年第4期。

③ 唐小林:《极限情景:史铁生存在诗学的逻辑起点》,《文学评论》2005年第5期。

④ 李松:《熔铸绝境的壮美:论史铁生的生存美学》,《当代文坛》2002年第2期。

⑤ 张柠:《史铁生小说中的东方美学》,《当代作家评论》1997年第3期。

⑥ 张勐:《史铁生作品中的〈圣经〉原型》,《文艺争鸣》2009年第3期。

⑦ 孟晓艳:《史铁生文学创作与基督教文化》,暨南大学硕士学位论文2008年版。

⑧ 石杰:《史铁生散文的佛教意识》,《海南大学学报(社会科学版)》1996年第2期。

⑨ 赵彩霞:《"生本不乐"——浅谈史铁生作品中的佛学思想》,《焦作师范高等专科学校学报》2009年第2期。

史铁生》[1]中将史铁生视作不愿躲避救赎的孤独者，他追寻的实际是一种“非功利神学”，并表现为“推理地追寻”与“悖论地追寻”两个阶段。

（三）研究意义

在许多研究者看来，史铁生是当代中国文坛最伟大的作家之一，是真正的理想主义者，周国平甚至说“铁生是中国当代唯一可以称作伟大的作家，他代表了也大大提升了中国当代文学的高度”[2]。但同时，史铁生也是一位被严重忽略与误解的作家，这一方面是由于其艰深的语言、泛宗教的主题、思维的深度带给读者接受障碍，另一方面是出于他残疾人的遭遇与知青的身份容易造成公众的误读。由于很难将史铁生归入某个思潮流派或者时代进行观照，也引发了研究的困难。许纪霖在《另一种理想主义》中将史铁生与张承志、张炜比较，认为后两者因为“激烈的反抗世俗立场几乎吸引了公众的所有视线”，而“更具思想价值和建设意义的”[3]史铁生却成了被忽视的对象；谢有顺说史铁生不在意读者的阅读习惯，“他的语式和时下流行的文学也是不同的”，所以“对他的心语有响应者，寥寥可数”[4]；叶立文则认为由于两种趋势——“一是受局限于研究者的主体意识，一是局限于社会的普遍道德”，自1980年代开始，史铁生对于人类存在限度性问题的思考常被误解，“出于一种习见的社会价值，人们更愿意将他解读成一位反抗绝望的精神斗士”[5]。

虽然随着时间的推移，这种误读与忽视已经得到了一定程度的纠正与扭转，但史铁生的写作依然存在巨大的意义阐释空间。他的“宗教精神”的思想内涵，他在“写作之夜”中对美的不懈追求，他的文艺美学思想至今仍未得到充分的理解认识，本文希望能从史铁生的生存经验（包括个人的与历史的）出发，对史铁生的写作、“宗教精神”、美学理想进行梳理，将他的思想内涵与创作手法结合，总结史铁生观照世界的方式。这条线索的梳理目前还较少有人涉及，而这方面的研究又是必要的，也是有价值的，对于探究史铁生的生存哲学与文学创作意义重大。

---

① 赵毅衡：《神性的证明：面对史铁生》，《开放时代》2001年第7期。

② 周国平：《中国最有灵魂的作家》，见“写作之夜”丛书编委会：《生命：民间记忆史铁生》，中国对外翻译出版有限公司2012年版，第313页。

③ 许纪霖：《另一种理想主义》，见许纪霖：《另一种理想主义》，凤凰出版社2011年版，第1页。

④ 谢有顺：《史铁生：一个尊灵魂的人》，《当代作家评论》2011年第2期。

⑤ 叶立文：《启蒙的迷途——论史铁生小说的思想价值》，《武汉大学学报》2012年第5期。

(四)研究方法与创新价值

第一,本文在文本细读的基础上,运用胡塞尔现象学的时间观,着重分析史铁生精神世界中的一个非常重要的意象——"夜",将"文化大革命"与残疾作为史铁生的"人生之夜"。历史的伤残与生理的伤残相互参照,构成了史铁生独特的生存境遇,但最终他却冲破内在心流的黑夜,在"写作之夜"获得了重生。

第二,将基督教与佛教的相关义理与史铁生写作中的"宗教精神"相互参照,着重分析基督教"爱的哲学"与佛教"虚无"、"空性"、"我执"等概念在史铁生精神世界与文学创作中的表现,以及他对基督教的"原罪观"、佛教的"苦难观"、"宿命论"等问题的批判继承,从整体上把握史铁生的"宗教精神"。

第三,借助过程哲学、俄国形式主义"陌生化"理论以及尼采的"悲剧心理学"中的相关论述,分析史铁生写作由寻求个人生命意义的"宗教精神"走向实现个人生命审美化的思想特点与创作实践。

一、"文革"和"残疾":史铁生的"写作之夜"

邵燕祥说"铁生做形而上的思考,是由自己血肉体悟支撑的"[1]。这一体悟始于"文革",而发酵于突如其来的残疾。"文革"中人的异化和残疾带给他的心灵与身体的痛苦触发了他本就敏感的神经,在经过短暂的抱怨、挣扎、彷徨后,他从时代与命运中将自己抽离出来,以旁观者的姿态审视这场时代浩劫与自身无法复原的生理残缺,逐渐摆脱了无意义的消极情绪,为日后对生命、哲学、宗教、审美等严肃命题做严肃思考开启了大门。从人生的暗夜出发,史铁生又走向独特的"写作之夜",只是在这里,"夜"不再可怕,而成为他启灵于精神,求佛问道,与"宗教精神"相遇的重要时刻。

(一)文革——"时代之夜"

1966年,史铁生在清华附中上初二,同学们背景十分复杂,其中不乏党政军高级干部子弟,这些学生天生对政治敏感,并且与其他学校的高干学生有着千丝万缕的联系。同年5月,清华附中的几个学生创建了全国第一支红卫兵组

---

① 邵燕祥:《回忆他读他认识他》,见"写作之夜"丛书编委会:《生命:民间记忆史铁生》,中国对外翻译出版有限公司2012年版,第6页。

织，成为“文化大革命”的前沿阵地。对于“文革”，史铁生在日后的写作中很少有直观的描述，但在他的清华附中同学的回忆里，其斗争之惨烈、人性之沦丧可见一斑。

在附中五楼的大教室，史铁生与同学孙立哲亲历了对时任校长万邦儒、副校长韩家鳌的批斗。“革命者”命令韩家鳌抽万校长嘴巴，稍有迟疑便遭重拳相向：“韩校长无奈，一巴掌打到万校长脸上，清脆的一声响。子弹射中子弹，良心刺中良心！亲情与人性已经一文不值。打得太轻！是不是同情反党分子，划不清界限?！同学们的厉声质问掷地有声。椅子摔在地上变成木棍，木棍打在身上，发出沉闷的噗噗声。”①年轻的物理教师刘树华不堪忍受侮辱，选择半夜跳入烟囱口自杀身亡。当时正值高三的清华附中顶尖人物郑光召（作家郑义）也因为“黑五类”的出身而一次次在光天化日之下遭受毒打：“一阵乱脚踢上去，一团壮硕的身体跪在长着杂草的土地上，东倒西歪，胸腔内发出‘吭吭’的回声。”②在那“红彤彤”的新时代，人性与价值被肆意践踏蹂躏，即使不曾主动选择参与斗争，深处斗争中心的青年也不免为时势所煽动，即使未曾抡起拳头，良心的位移与灵魂的挣扎也时刻拷打着位于斗争边缘的人们。

对于“文革”，研究者和亲历者有各自的评说。在史铁生这里，“文革”是对政治哲学、人之本相、道德冲突、生命意义、宗教信仰等命题进行形而上思考的起点，纵然在绝大多数时候，他只是一名观察者。

1977年，孙立哲刚刚从肝坏死中死里逃生，曾有前后一年半的时间住在北京雍和宫26号史铁生的家中。据他描述，那一年是自己和史铁生谈论“文革”最多的一年，但两人的思想轨迹已截然不同。孙立哲称当自己还处于怨天尤人的阶段的时候：“铁生已经看到了这社会有着一种集权的病根，一套根本性的思想桎梏。人生最可怕的灾难，是无形的思想中所设立的自我约束和惯性逻辑。”③从那时起，史铁生已经开始尝试叩问文化与存在的本质。作为一生挚友，孙立哲认为史铁生走向宗教与哲学既有自身遭遇的原因，也是命定的必然。

在史铁生1983年发表的作品《法学教授及其夫人》中，法学教授解教授总

① 孙立哲：《想念史铁生》，见“写作之夜”丛书编委会：《生命：民间记忆史铁生》，中国对外翻译出版有限公司2012年版，第36页。

② 孙立哲：《想念史铁生》，见“写作之夜”丛书编委会：《生命：民间记忆史铁生》，中国对外翻译出版有限公司2012年版，第44页。

③ 孙立哲：《想念史铁生》，见“写作之夜”丛书编委会：《生命：民间记忆史铁生》，中国对外翻译出版有限公司2012年版，第31页。

觉得“自己一辈子不曾欺骗过任何人”，而他的夫人陈谜则认为“自己一辈子不曾被任何人欺骗过”。在1969年参加的一次斗争“走资派”的大会上，陈谜看到原来的学校党委书记被鲜血染红的白头发而落泪，由于害怕，她对“造反派”谎称自己有“见风流泪”的毛病，却又在眼科门诊前晕倒得了脑血栓而偏瘫。在战战兢兢中生活了近十年，这位“之死夫人”终于“带着她那胆小而混沌的灵魂死去了”①。这篇小说中，史铁生对于“文革”的思考还主要停留在政治民主层面，通过对于“文革”中亲身经历（陈谜的原型为孙立哲母亲，在“文革”的烧书风潮中她落下了脸部抽搐、见风流泪的毛病）的再加工，集中想要呈现的是在“人造之神”面前，律法的苍白、人的懦弱以及真理的不堪一击。而他所期盼的也就如小说结尾所说，“解教授要用勇敢去捍卫诚实，要用民主和法制去捍卫真理”②。

朝夕相处的同学成为微笑着举起皮鞭的恶魔、受人尊敬的老师学者却要忍受骇人听闻的侮辱，这一切让史铁生认识到“文革”对于整个社会道德观的颠覆，也让他明白历史经验的不可靠与人性的复杂：“史无前例的事太多，听也听不过来，想也想不过来。不断地把人打倒，人倒不断地明白了许多事情。打人也是为革命，骂人也是为革命，光吃不干也是为革命，横行霸道、仗势欺人乃至行凶放火也是为革命。只要说是为革命，干什么就都有理。理随即也就不值钱。”③在挣脱了长期以来所谓的集体主义、民族主义、二元价值论的藩篱后，史铁生领悟到“立场”与“观点”，“我”与“我们”、“你们”、“他们”的区别，“我想起‘文革’中的一些惨剧，大半是由立场做着前导；明知某事是假是恶是丑，但立场却能教你违心相随或缄口不言，甚而还要忏悔自己的立场不坚定。不不，立场与观点决然不同，观点是个人思想的自由，立场则是集体对思想的强制。立场说穿了就是派同伐异，顺我派者善，逆我派者恶，不需再问青红皂白”④。在回想“文革”之初被“红五类”学生排斥时，他意识到：“我不是‘我们’，我又不想是‘他们’，算来我只能是‘你们’。‘你们’是不可以去打的，但也还不至于就去挨。‘你们’是一种候补状态，有希望成为‘我们’，但稍不留神也很容易就变成‘他们’。”⑤这一发现让他进一步看清了中国传统文化中对人、对个体生命所缺乏的关注与尊重，拉帮结派的狭隘集体主义让人不得不选择自己的“队伍”，在

① 史铁生：《法学教授及其夫人》，见《命若琴弦》，人民文学出版社2011年版，第24页。
② 史铁生：《法学教授及其夫人》，见《命若琴弦》，人民文学出版社2011年版，第24页。
③ 史铁生：《奶奶的星星》，见《命若琴弦》，人民文学出版社2011年版，第192页。
④ 史铁生：《足球内外》，见《我与地坛》，人民文学出版社2011年版，第350页。
⑤ 史铁生：《病隙碎笔1》，见《病隙碎笔》，人民文学出版社2011年版，第12页。

站队的过程中，人自以为是地得到了"自我"的确立。但史铁生认为，这种"自我"是十分不可靠的，他开始了"向内转"的自省之旅。

史铁生的爷爷曾是河北涿州乡下远近闻名的地主，后来在战乱中败落。他的姥爷是国民党抗日英雄，日本投降后退伍回乡担任县党部书记，任职期间做了许多好事，但是在镇反运动中，仍以"反革命"的罪名被枪毙。这段身世让史铁生在"文革"，尤其是"文革"的初期惴惴不安，也是他最终没有成为地地道道的"红五类"的原因。在《奶奶的星星》中，史铁生提到自己也曾想要参加红卫兵，也曾砸碎过老教授家的花瓶，但后来"来了几个高中同学，把非红五类出身的人全从抄家队伍中清除出去了"[①]。在捉蛐蛐儿的时候，他偶然发现疼爱自己的奶奶竟然是地主，并且是"文革"中狡猾的"摘帽地主"，这一度让他和奶奶产生了隔阂。后来，母亲将奶奶送回乡下，对于那一瞬间的感受，史铁生写道："我倒是松了一口气。那些天听说了好几起打死人的事了。不过坦白地说，我松了一口气的原因还有一个：奶奶不在了，别人也许就不会知道我是跟着奶奶长大的了。"[②]史铁生将此总结为"童年的终结"。童年之结束是伴随着忏悔和反思开始的："我不解的是，为什么那么多和我站在一边的人，在一夜之间，马上就转到红卫兵那一边去了？怎么忽然就说校领导是修正主义的？工作组一进校，我就蒙啦。"[③]当年对他人的不解同未能加入"红卫兵"的惆怅、远离奶奶的庆幸并无多少区别，起先对他人的忧虑就这样发生在自己身上。当大多数人还在控诉暴行的残酷、文化的断层、"四人帮"的卑劣之时，史铁生已经开始了对人之本性的探究。

史铁生所反思的是个人经验，但透露出的却是长久以来整个中国社会的价值缺失与思想虚空。新中国成立后，宗教曾受到主流意识形态的排斥。而"文革"十年给人们带来的精神迷茫，又使得民众不自觉地走向宗教，以寻求心理慰藉。就史铁生来说，"文革"的确在某种程度上促使他诉诸"宗教精神"、寻求心灵解脱、探索信仰奥秘，但他最终的目的绝非对精神空虚的填补。史铁生主动、自觉而长久地走向对"宗教精神"的信仰思考，他的目光并没有停留在自我解脱和自我迷幻。

史铁生首先将"文革"之失定义为"信仰的灾难"："对于那场运动，历史将

---

① 史铁生：《奶奶的星星》，见《命若琴弦》，人民文学出版社 2011 年版，第 190 页。

② 史铁生：《奶奶的星星》，见《命若琴弦》，人民文学出版社 2011 年版，第 191 页。

③ 阎阳生：《透析生命》，见"写作之夜"丛书编委会：《生命：民间记忆史铁生》，中国对外翻译出版有限公司 2012 年版，第 71 页。

记住什么？……历史大概不会记得那么详细……历史越往前走越会删除很多细节，使本质凸显：那是一次信仰的灾难。"[①]同时他也将目光投向那些被误解、被边缘化、被践踏的普通而平凡的生命。面对强权与毒打，"招"与"不招"、"忠"与"不忠"、做"叛徒"还是做"英雄"，其实是特殊时期许多人都面临的道德考量与心理困境。在《老好人》中，史铁生影射了这种冲突。以古希腊悲剧《安提戈涅》为例，他试图证明这一疑难古已有之，并将成为永恒的难题横亘在人类求真求善的道路之中。安提戈涅不顾国王克瑞昂的禁令，坚持埋葬反叛城邦的兄长，而最终被处死。安提戈涅与妹妹伊斯墨涅的争执在后世不断被解读，被视为自然法学派与实证法学论战的焦点，也是爱、正义同恶法之间的矛盾所在。一边是诸神所珍视的东西，一边是成为叛徒的可怕结局。伊斯墨涅的悲剧在于她既无力与城邦对抗，又不忍放弃诸神所珍视的东西。"文革"时的悲剧又何尝不是如此？一方是亲朋好友、同学同事的受难，一方是"组织"利益、"集体"狂欢，如何评价？如何取舍？最终，史铁生发现唯一可以凭靠的依据也就是那诸神所珍视的东西——爱。这是安提戈涅的选择，是她的牺牲，也是她的贡献。安提戈涅由此成为一种符号象征，代表了公民对神权、天理、良心的追求。只是，在那人人自危的年代，在这片向来"远离精神"的土地，尚没有多少人认识到其中的重要。

阎阳生、张晓宾、卜大华等人是史铁生当年的附中同学，也是红卫兵的主要创始人，多年来，他们一直保持着密切联系。2005 年与 2007 年，阎阳生为"文革"红卫兵史的调研两次采访了史铁生。在采访中，史铁生提到图图的《没有宽容就没有未来》，认为唯有宽容才能解决人类社会历史中积压下来的各种问题。他选择宽容向外，而对内，他选择"忏悔"。为着已经逝去的奶奶、为着抄钱伟长先生的家、为着成为"集体"一分子参与造反的念头，他毫无保留地解剖自己，让粉饰太平、掩盖罪行的人无处可逃。"我们那个时代的文化里缺少忏悔这个传统，因为你缺少忏悔的对象。一种对人的尊重，关注人命运的状态，因此你会有一种真正的信仰。……忏悔从来不能用于他人，只能用于自己。"[②]流行的"忏悔"常常暗含着责任的推诿，信仰的轨道因此偏离，史铁生将"忏悔"视为"写作之夜"中不可缺少的重要环节，唯有卸掉伪装，真诚忏悔，被遮蔽的心魂才能拨

① 史铁生：《病隙碎笔 1》，见《病隙碎笔》，人民文学出版社 2011 年版，第 13 页。

② 阎阳生：《透析生命》，见"写作之夜"丛书编委会：《生命：民间记忆史铁生》，中国对外翻译出版有限公司 2012 年版，第 74 页。

云见日，自由驰骋。在日后的写作中，他不断提到《约翰福音》第八章中耶稣与行淫妇人的故事，以此确认忏悔的必要性与罪的普遍性。

从真诚的描摹到深刻的自省，再到直面历史、直面内心的忏悔，“文革”就像一根皮鞭，在史铁生的创作之路与心灵探索之路上留下一条重重的印痕，它促使他、推动他不断进行痛苦而深入的思考，用纸笔担负起启迪智性、唤醒愚昧的重任。

（二）残疾——“人生之夜”

如果说“文化大革命”是生活在上世纪六七十年代的中国人的集体创伤，那么突如其来的残疾则将史铁生彻底抛入无尽的深渊。然而，在时代洪流中，个人遭遇常常被不经意地忽略。在“最狂妄的年龄上忽地残废了双腿”[①]，对于一个尚怀着无限理想与青春萌动的年轻人来说，用“天塌”来形容也不为过。1972年1月5日，史铁生第一次住进了友谊医院。在随后的30年里，他又不间断地住院治疗，48岁那年罹患尿毒症，靠透析维持生命12年直到去世。

有人说残疾成就了史铁生，也有人说史铁生的信仰之路是命定之路，比如周国平认为：“他（史铁生）的哲学慧根深植于他的天性之中，和残疾无关。”[②]但不可否认，命运的无常、疾病的接踵而至、与死亡的一次次擦肩而过，无论从深度还是力度上都拓展着史铁生的灵魂追问旅程。在“残疾人作家联谊会成立大会”的发言中，他讲到，“我一直相信，残疾与写作是天生有缘的。因为，正是生活或生命的困境，使写作行为诞生。写作，说到底，是对生命意义的询问，对生命困境的思索，也是人们在困境中自励并相互携手的一种最有效的方式。人都不是完美的，而残疾，恰恰是对人的残缺的夸张与强调。因而，残疾人的渴望写作，是容易理解，是应该得到支持的”[③]。只不过，他的这种体悟其实最早是从两位清华附中的老师身上开始的。

在清华附中时，史铁生的语文老师董玉英与班主任同时也是音乐老师的王玉田是一对残疾夫妇。在学生们精心准备的专场音乐会上，王老师倒在了舞台边上，而那时，史铁生正准备着向他献花。“残疾”和“死亡”就这样从抽象的概

① 史铁生：《我与地坛》，见《我与地坛》，人民文学出版社2011年版，第1页。

② 周国平：《孩子和哲人》，见“写作之夜”丛书编委会：《生命：民间记忆史铁生》，中国对外翻译出版有限公司2012年版，第306页。

③ 史铁生：《残疾人作家联谊会成立大会上的发言》，见《病隙碎笔》，人民文学出版社2011年版，第235页。

念转换成鲜活的现实。后来,在怀念王老师的文章中,他承认:“我最终从事文学创作,肯定与我的班主任是个艺术家分不开,与他的夫人我的语文老师分不开。在我双腿瘫痪后,我常常想起我的老师是怎样对待疾病的。”①

如果说两位老师的经历为史铁生的文学创作之路提供了一种可能性,双腿瘫痪的现实遭遇则将这种可能彻底变成了现实。每个人的生命总是以个体的形式存在,对于整个世界而言,也许“我”无足轻重,但对于“我自己”而言,此一世的身体又承载着“我”的全部精神与灵魂。生病之后,史铁生便从那“遥远的清平湾”回到了北京,此时的中国尚且笼罩在一片阴霾之下,而他的“黑夜”又比旁人更深沉了几分。当个人的黑夜遭遇时代的黑夜,“死”似乎成了必然的选择。在妹妹史岚回忆中,刚得病的时候,史铁生曾“把鸡蛋羹一下扔向屋顶、把床单撕成一条一条”②。在早期诸多有自传色彩的作品中,他常常借助主人公之口向死亡求解脱。可以说,史铁生对生命的诘问、对无尽苦难的无尽追寻,源头是清华附中,他在这里结识了交往一生的友人、尊敬一生的老师,亲历了“文革”,从这里出发去农村插队,又在插队时生病回京。史铁生最初的创作从此地出发,多是对这些生活的描绘——追忆插队经历、描摹残疾故事。自 1979 年创作小说《爱情的命运》开始,其写于 20 世纪 80 年代的作品如《山顶上的传说》《没有太阳的角落》《在一个冬天的晚上》《足球》《来到人间》等,基本体现的都是残疾人对宿命的抗争、对爱情的向往和失落以及来自“健全人”的歧视。

在探索死亡之可能与意义的过程中,史铁生发现了命运的偶然、苦难的必然。在之后的作品尤其是《命若琴弦》后,他总结了人类的三种根本困境——孤独、痛苦、恐惧,并将目光投向生命的过程,确认了死不必急于求成,摆脱了精神上对死亡的纠缠和依赖。

文学的精神超越性是许多残疾人选择写作的重要原因之一。创伤性的体验、倾诉的需求、创作潜能的激发为他们的文学创作提供了某种动力。美国心理学家马斯洛曾提出,对于许多人来说,“不知道究竟有多少即使是最强烈的快乐也会变得索然无味,失去新鲜之感,只有体验了丧失、困扰、威胁甚至是悲剧的经历之后,才能重新认识其价值”③。在回答自己如何走上写作之路的问题上,史铁生肯定疾病的推波助澜作用:“病了以后最重要的问题是还活不活,慢

---

① 史铁生:《纪念我的老师王玉田》,见《我与地坛》,人民文学出版社 2011 年版,第 184 页。

② 史岚:《我和哥哥》,见“写作之夜”丛书编委会:《生命:民间记忆史铁生》,中国对外翻译出版有限公司 2012 年版,第 168 页。

③ [美]马斯洛:《马斯洛人本哲学》,成明编译,九州出版社 2003 年版,第 80 页。

慢才想明白死是迟早要来临的节日，不必太着急，等决定活下去之后，自然要想怎么活，有一点很明白，就是：总得要做点事情。”①只是，他的“做点事情”比其他人走得更远。从一己的遭际出发，史铁生发现了残缺之普遍存在——所谓人之所不能，就是限制，就是残疾。同“爱情”并列，它们是“上帝为人性写下的最本质的两条密码”②，如影随形，亘古不去。这一发现让史铁生最终克服了对茫茫黑夜的恐惧。以1990年的《我与地坛》为分界线，在《务虚笔记》《病隙碎笔》《我的丁一之旅》《回忆与随想》等作品中，他开始主动地展现宗教情怀，把生理残疾暂时搁置一旁，思考着精神残缺的永恒与必然。史铁生将自己对人生、命运、信仰等一系列形而上的问题的认识自觉地转化成写作资源，大大拓展了作品的内涵与外延。

海德格尔认为，人们在思索死亡的过程中，能够摒弃对世俗功利、私人欲念的追逐，从而“立于一个超越生死的至高境界，升华出对人生的艺术性审视”③。史铁生用写作完成了生命的升华，写作对于他不仅仅是一种“职业”、一种“光荣”，更是“一种信仰”、“一种命运”。不管如何否认，残疾与死亡对史铁生的扶轮问路，用笔墨丈量生命的深度、信仰的高度，并最终用一种自发自省的“宗教精神”拷问灵魂、不断靠近精神之彼岸有着极其重要而深远的意义。

这种从生命中“流出来”、“挤出来”的文字饱含着悲天悯人的情怀，展露出当代中国文坛极其罕见的精神高度，史铁生用一套独特的、私人的话语体系创建了自己的文学世界。在他的文字中，不难发现命运的颠沛流离带给人的精神和生理的巨大痛苦，但却罕见对苦难的描述与抱怨。他的作品不是赤裸裸地描写现实生活中已经发生的事情，而是时刻在探索一种可能，一种超越日常的却又以日常生活为基础的，一种旨在关注那些事关全人类的，事关精神的、信仰的、宗教的，却又不缥缈、不故弄玄虚，立足于此在而时刻面向彼岸的书写。在《病隙碎笔》中，史铁生引用了爱因斯坦的一句话——“凡是涉及实在的数学定律都是不确定的，凡是确定的定律都不涉及实在”④。在他看来，文学是涉及实在的学科，它不需要真实，但需要真诚。而写作在文学之上，又在文学之外，它

① 张专、史铁生：《一个作家的生命体验——史铁生访谈录》，《现代传播——北京广播学院学报》1994年第3期。

② 史铁生：《病隙碎笔2》，见《病隙碎笔》，人民文学出版社2011年版，第42页。

③ [德]海德格尔：《存在与时间》，陈嘉映、王庆杰译，生活·读书·新知三联书店1999年版，第268页。

④ 史铁生：《病隙碎笔5》，见《病隙碎笔》，人民文学出版社2011年版，第126页。

必须从人间困境出发,才能获得意义。在史铁生这里,写作与个人生活经历的紧密联系是任何人都不可否认的。在讲述患病经历的作品《我二十一岁那年》中,他说自己也曾求助于神灵,并将其视作为"最美好的向往":"多年以后才听一位无名的哲人说过:危卧病榻,难有无神论者。如今来想,有神无神并不值得争论,但在命运的混沌之点,人自然会忽略着科学,向虚暝之中寄托一份虔敬的祈盼。正如迄今人类最美好的向往也都没有实际的验证,但那向往并不因此消灭。"①怀着对命运之路的无限向往,史铁生的扶轮问路之旅也走得越来越远。

虽然在探索的道路上有着太多的坎坷,但最终,史铁生冲破了无处不在的黑暗。当时代的黑夜渐渐走远,命运的不堪越发沉重的时候,他用文字释放思想,让精神的光明冲破民族的、历史的、时代的束缚。这探索改变着他对于生活的态度,"刚得病的那几年,有人嘲笑他的腿,他说恨不得想抱着炸药包冲过去,和那些人同归于尽;现在有人嘲笑他的腿,他有的不再是恨,而是怜悯"②,也最终让史铁生确立了自己的写作观念。写作所面临的和想要解决的是人的存在困境,比如死亡、生命、人之欲望、人生之意义等人类与生俱来的问题,这些问题不以制度、阶级、国家为局限,而指向全人类:"文学之一种,是只凭着大脑操作的,为跟随着某种传统,跟随着那些已经被确定为文学的东西。而另一种文学,则是跟随着灵魂,跟随着灵魂与固有的文学之外所遭遇的迷茫——既是于固有的文学之外,那就不如叫写作吧。前者常会在部分的知识中沾沾自喜。后者呢,原是由于那辽阔的神秘之呼唤与折磨,所以用笔、用思、用悟去寻找存在的真相。"③

(三)从"生命之夜"到"写作之夜"

将"文革"与残疾比作"时代之夜"与"人生之夜",是借用了"夜"意象中黑暗、恐怖之意,而"写作之夜"的提出则完全是史铁生自觉且经过深思熟虑的、最能表达他的创作理念与状态的一个概念。这里的"夜"既未取其形容词意义,也不指向客观时间,而是类似于胡塞尔"内在时间意识"中所指代的一种"现象学时间",是"意识流中的内在时间,它本质上属于体验本身,现象学关注时间主要

① 史铁生:《我二十一岁那年》,见《我与地坛》,人民文学出版社 2011 年版,第 175 页。

② 徐晓:《我的朋友史铁生》,见"写作之夜"丛书编委会:《生命:民间记忆史铁生》,中国对外翻译出版有限公司 2012 年版,第 119 页。

③ 史铁生:《病隙碎笔 5》,见《病隙碎笔》,人民文学出版社 2011 年版,第 131 页。

是对时间体验感兴趣”[①]，“不是世界时间的存在、具体绵延的存在以及诸如此类的东西，而是如此这般显现的时间和绵延”[②]。“现象学时间”生发于主体的生命体验，是客观的时间体验进入主体意识之后而形成的。“写作之夜”就是史铁生的这一体验的文字还原，是一种独特的理解时间的方式。

“写作之夜”的“夜”代表着一种喧嚣背后的宁静，无论外在时间是白昼还是黑夜，只要思绪进入灵魂追问之途，真正的写作也将开始。在“写作之夜”，心魂脱离身体，笔墨流向精神，对“终极问题”的探索只有在这样的“夜”里才能尽情书写，只有这样的书写才有意义，“被意识到的生活才是真正存在的，才被保存下来成为意义的载体”[③]。而史铁生所向往的、所追求的“写作”正是为了寻找存在的意义。关于时间的问题，史铁生也有自己的表述：“比如说‘现在’是多久？一分钟，一秒钟，还是更长或者更短？我想来想去，什么现在呀，当下呀，瞬间呀，刹那呀……都没有固定的长短，所有这类时间概念都不过是说：构成一种意义所需要的最短时间。”[④]“‘现在’对于人——对于每一位观察者——却是有意义的，或其实，恰是意义造就了现在、过去和未来，从而造就了时间。……人在一条永恒行进的路途上，意义是其坐标；设若没有这样的坐标，你说‘当下’是多久？”[⑤]他打破了时间延绵不断的线性结构，将感受看作证明时间存在的依据。

既然是意义创造了时间，那又为何执着于“写作之夜”呢？“写作之白昼”有何不妥？显然，“写作之夜”不代表写作一定要发生在夜晚。史铁生认为：“难以捉摸，微妙莫测和不肯定性，这便是黑夜。但不是外部世界的黑夜，而是内在心流的黑夜。写作一向都在这样的黑夜中。”[⑥]在《身与心》中，他分析两种不同的信仰方式，一种只是将人看作肉身者，另一种则将人视为精神之旅者。“夜”与“白昼”似乎可以分别对应这二者，后者负责“及时行乐”，“把人仅仅视为肉身，余者不过功能种种，当然就会看人生是一场偶然的戏剧”[⑦]，前者则把人生视为一场精神之旅，“肉身不过一具临时载体”[⑧]。这两种取向各有其存在的必

---

① 郑争文：《胡塞尔现象学中的“时间”概念》，《理论界》2007 年第 2 期。

② 郑争文：《胡塞尔现象学中的“时间”概念》，《理论界》2007 年第 2 期。

③ 史铁生：《务虚笔记》，人民文学出版社 2011 年版，第 6 页。

④ 史铁生：《回忆与随想：我在史铁生》，见《昼信基督夜信佛》，北京十月文艺出版社 2012 年版，第 90 页。

⑤ 史铁生：《回忆与随想：我在史铁生》，见《昼信基督夜信佛》，北京十月文艺出版社 2012 年版，第 91 页。

⑥ 史铁生：《病隙碎笔 2》，见《病隙碎笔》，人民文学出版社 2011 年版，第 65 页。

⑦ 史铁生：《身与心》，见《扶轮问路妄想电影》，人民文学出版社 2011 年版，第 105 页。

⑧ 史铁生：《身与心》，见《扶轮问路妄想电影》，人民文学出版社 2011 年版，第 105 页。

要，在史铁生看来，“早晨一睁眼便相信后一种，晚上一上床，自然而然地也赞成前者。后一种让我满怀热情地走进生活，在寻求意义的过程中享受欢乐，而前者是最好的心理医生，或安眠曲”①。写作，作为一种极其私人化的行为，自然而然地倾向于发生在夜里。

“夜”的意象在自身存在的历史中也确实包含着一些约定俗成的内涵。史铁生曾分析戏剧多在夜晚演出的原因，指明思绪在进入一片宁静后将飞升到更广阔、更深远的地方，在那里，思维之光更容易与存在相遇：“戏剧多在夜晚出演，这事值得玩味。只为凑观众的闲暇吗？莫如说是‘陌生化’，开宗明义的‘间离’：请先寄存起白昼的娇宠或昏迷，进入这夜晚的清醒与诚实吧，进入一向被冷落的另种思绪——但你要听，以孩子的惊奇/或老人一样的从命/以放弃的心情/从夕光听到夜静。/在另外的地方/以不合要求的姿势/听星光全是灯火，遍野行魂/白昼的昏迷在黑夜哭醒。”②《我的丁一之旅》中，人们在白昼伪装自己，到了夜晚才能敞开心魂，实现对爱情与自由的追寻。在《空墙之夜》，丁一与秦娥、吕萨的坦诚相见，不仅是肉体的，更是灵魂的。史铁生在“写作之夜”进行着自己的戏剧理想，以期解决白昼所不能实现的对自由平等爱愿的疑问。他认为，此时在剧场的人们，思绪也早就飘向广袤的远方，“夜”似乎有独特的魅力，白昼之“惑”在这里渐渐明晰，梦想在这里得到实现。进入“写作之夜”，“写作”便不仅仅是谋生手段，而成为价值实现过程与认定过程的一部分，是“笔墨代替香火的修行”③。

《务虚笔记》第一章即为“写作之夜”，这部“记忆与印象”之书所探讨的是生存的意义。所谓“务虚”，简单来说，就是一种对精神活动的追求。“写作之夜”是史铁生“写作”真正开始的地方，是他在反复地思索生命体验后，用文字的方式连结自己的印象的地方。在“写作之夜”，史铁生走向了宗教，文学之于他真正成为追寻意义的手段，成为在陋室之中让心魂放肆驰骋、上天入地、通贯古今的依托。宗教是人类精神的重要方面，而且是最基本、最基础的方面。美国神学家保罗·蒂利希曾说：“宗教是人类精神生活所有机能的基础，它居于人类精神整体中的深层。‘深层’一词是什么意思呢？它的意思是，宗教精神指向人

① 史铁生：《身与心》，见《扶轮问路妄想电影》，人民文学出版社2011年版，第106页。
② 史铁生：《诚实与善思》，见《扶轮问路妄想电影》，人民文学出版社2011年版，第97～98页。
③ 史铁生：《诚实与善思》，见《扶轮问路妄想电影》，人民文学出版社2011年版，第97～98页。

类精神生活中终极的、无限的、无条件的一面。”①宗教根本上是一种“终极眷注”，蒂利希认为，这种“终极眷注”，在道德领域、认识领域以及审美机能方面有不同表现，对道德需求的无条件严肃性、对终极存在的热切盼望、对终极意义的无尽期盼是其中重要的组成部分。在“写作之夜”，命运与梦想的密码对应着残疾与爱情，每一个人都成为残疾人C，都在走向终极的过程中走向一个更完满、更真实的自己。

史铁生认为，“写作”的最终目的是探寻人类存在的真善美——“所有的实际之真，以及所谓的普遍情感，都不是写作应该止步的地方。文学和艺术，来都是向着更深处的寻觅，当然是人的心魂深处”②。宗教作为一种超越性存在，它关注“终极”，关注存在及其意义，在本质上也有求真问善寻美的需求。而“写作之夜”为史铁生的心魂驰骋提供了足够的时间与空间。黑夜是真正直面自我、独问苍天的时刻，夜的漫长让人有足够的时间任心魂自由驰骋，有足够的空间拷问自身。当白昼世界的理性法则不复存在，现实世界的等级、身份、地位、秩序变得毫无意义，个体于是进入一个理想中的自由、平等、生命回归的新时空。

此时，真正的写作行为成为可能。一则因为灵魂发出的声音迫使写作者真诚地记录。在心魂入夜时分，思绪异常活跃，被白昼遮蔽的问题一一凸显，在白昼被纵容的行为得到谴责，以写作为信仰的人们不得不记录下这些“没边没沿、混沌不清”的声音——“夜深人静，是个人独对上帝的时候。其他时间也可以，但上帝总是在你心魂的黑夜中降临。忏悔，不单是忏悔白昼的已明之罪，更是看那暗中奔溢着的心流与神的要求有着怎样的背离”③。在黑夜，被白昼遮蔽的丑陋无处遁形，在独自面对上帝的时刻，忏悔自然而然地发生，心门全部敞开，所以“你不能不对自己坦白，不能不对黑夜坦白，不能不直视你的黑夜：迷茫、曲折、绝途、丑陋和恶念……一切你的心流你都不能回避”④。二则是由于在黑夜中，用“另一只眼睛看这世界”提供了不同于白昼的独特视角——“当白昼的一切明智与迷障都消散了以后，黑夜要你用另一种眼睛看这世界。……他是对生命意义不肯放松的累人的眼睛。如果还有什么别的眼睛，尽可都排在他前面，

① ［美］蒂利希：《文化神学》，见何光沪编：《蒂利希选集》（上），生活·读书·新知三联书店1999年版，第382页。

② 史铁生：《病隙碎笔3》，见《病隙碎笔》，人民文学出版社2011年版，第85页。

③ 史铁生：《病隙碎笔3》，见《病隙碎笔》，人民文学出版社2011年版，第88页。

④ 史铁生：《病隙碎笔3》，见《病隙碎笔》，人民文学出版社2011年版，第88页。

总之这是最后的眼睛，是对白昼表示怀疑而对黑夜秉有期盼的眼睛”[①]。只有这只眼睛能看清“我是谁”，它所看重的不是所展现的成品，而是关于“我”的“一缕消息”，那是“我”之为“我”，“史铁生”之于“史铁生”的本质特征。写作在黑夜与其说是一种行为，不如说是宿命，更是一种向往、一种需求，如何写与写什么早就无暇去想。如是这般，史铁生的写作也就超越了“个体情结”与“个人苦难”，而是以以哲学家的深沉、宗教学家的博大热切地关心着人类的前途与命运，书写着可能世界的真善美。

二、“写作之夜”与“宗教精神”相遇

同虔诚的教徒不同，史铁生走上的是一条自我发掘的信仰之路，是自我救赎之路，也是他为人类寻求灵魂归宿之路。史铁生既非教徒又非宗教学家，但他所思考的问题却事关宗教根本，具体说来是信仰问题——“简单地说，即所谓终极价值是什么？一个人生活，概而化之有两种：一个是他实际的生活，要生存，你肯定要面临诸多的问题。但人还有第二块东西，思考属于你的生命的根本的一些问题”[②]。这是史铁生在经过长期的生理痛苦与心魂激荡之后，用自己独特的理解方式将所见、所闻、所感转化为所思、所写。他不接受任何一套完整的宗教理论体系，在各个教派——主要是佛教与基督教——中选择有益的方面，炼就自己的宗教。为了将这一套个人化的宗教观念与传统宗教和迷信区别，史铁生将其命名为“宗教精神”。他将苦难视为原罪、视为必然，在不断走向真善美的过程中，逐渐确认“自我”的价值，确认“有无”、“虚实”的概念，最终超越性别、族群、国家、历史，用“爱”构筑起一条人生美路。

（一）史铁生的“宗教精神”

在“写作之夜”与宗教相遇既是史铁生的命定之选择，也是写作进入一定阶段后的必然。如前所述，史铁生的作品早就超越了简单的现实主义描摹，比起并不可靠的历史经验，他更热衷于记录那些经过心灵在“写作之夜”所筛选过的、在印象中被记录的、有关于人类根本问题的东西。德国神学家库舍尔曾与

① 史铁生：《病隙碎笔2》，见《病隙碎笔》，人民文学出版社2011年版，第62页。
② 阎阳生：《透析生命》，见“写作之夜”丛书编委会：《生命：民间记忆史铁生》，中国对外翻译出版有限公司2012年版，第75页。

十二位德语著名作家就宗教与文学问题进行对话，探讨文学作品中神性表达的问题，他指出："在文学领域实际上可以发现一块独创性的语言练习、创造性的想象和用于反省的绿洲。这片绿洲将为那些古老的宗教问题注入新的时代活力。对那些对文学感兴趣的人们，它们则可传递信息，告诉他们，宗教——不管是基督教，还是非基督教，不管是被肯定的，还是有争议的宗教都一再成为文学创作的一个永不枯竭的源泉。"[①]"宗教精神"对于史铁生不仅是写作的绿洲，也是存在的绿洲，他曾一度枯萎的对于未来的希望因为宗教的绿洲而再次蓬勃。

史铁生所谈论的宗教信仰有其自身特点，在谈及他写作中的宗教内涵时，有几个方面的问题和界限是必须确认的。

首先，史铁生是从个体生命出发，走上了一条自觉自愿自发的信仰之路，对于东、西方宗教中的一些基本思路他选择了批判地继承——"由于流行，也由于确实曾想求得一点解脱，我看了一些佛、禅、道之类。我发现它们在世界观方面确有高明之处。但不知怎么回事，这些妙论一触及人生观便似乎走入了歧途"[②]。他说自己是"昼信基督夜信佛"，白天在基督教中获益，用基督教"爱的哲学"点燃生活的希望与理想，晚上则相信佛说，以此来参悟生死大事，明确生之困境、死之必然。借助传统宗教中的有益因素，他发展了自己的宗教，以此来引导前行之路。

其次，史铁生用"宗教精神"定义自己的信仰特点，不断强调要区分宗教与"宗教精神"。他选择用"宗教精神"一词与传统的基督教、佛教或伊斯兰教等分离，既有个人的原因，也有历史的原因。从个人来说，史铁生是完全从自身的生存体验出发，走向形而上的超越之路，如唐小林所说他是从"经验的生存，走向先验的生存，并朝着超验的神在跳跃"[③]，在切实的生命感受中，把握存在的意义，用写作将此在与彼岸联结起来，使作品闪现出独特的信仰之光。史铁生在写作中多传递自己对抽象的如关于灵魂、存在、困境问题的见解，但他又总是将目光投向世俗，认为"神圣并不蔑视凡俗，更不与凡俗敌对，神圣不期消灭也不可能消灭凡俗，任何圣徒都凡俗地需要衣食住行，也都凡俗地难免心魄的歧途，唯此神圣才要驾临俗世"[④]。而从历史的角度来说，中国传统文化似乎天然地包

---

① ［德］K. J. 库舍尔：《神学与文学十二位德语著名作家谈宗教与文学》，见汉斯·昆、伯尔等：《神学与当代文艺思想》，徐菲、刁承俊译，生活·读书·新知三联书店1995年版，第54页。

② 史铁生：《给杨晓敏》，见《病隙碎笔》，人民文学出版社2011年版，第293页。

③ 唐小林：《极限情境：史铁生存在诗学的逻辑起点》，《文学评论》2005年第5期。

④ 史铁生：《足球内外》，见《我与地坛》，人民文学出版社2011年版，第351页。

含着一种多元主义因素,儒释道在中国的三教合流就是显著的表现。以基督教为例,它以上帝为唯一的神,上帝之外无救恩,同时坚持信仰的纯粹性,信仰与终极真理之间存在着绝对关系,讲究"看不见而信"、"因信称义"。而在我国,宗教信仰与日常生活并没有什么必然的联系,人们对待信仰的态度总是含混不清的,所谓"敬鬼神而远之"。中国文化传统中有明显"拼凑"痕迹的信仰架构体系,以及以"实用理性"为特点的价值评价体系在某种程度上影响了人们的信仰选择与建构。

那么,史铁生又是如何理解"宗教精神"的呢?

史铁生认为,"宗教精神"与智性、科学、哲学不是对立关系。在《自言自语》中,他回答了关于文学应该写什么、怎样写,应该如何面对人的根本困境与"宗教精神"应怎样引导文学创作以及文学批评等问题。他定义真正的"宗教精神"是"人们在'知不知'时依然葆有的坚定信念,是人类大军落入重围时宁愿赴死而求也不甘惧退而失的壮烈理想"①,是"自然之神的佳作"。在史铁生看来,科学、哲学、智性最终都将指向"宗教精神"。无论在东方还是西方,"宗教精神"皆可以引导人们坚持理想、保存信念,在生存苦难的必然面前也不丧失热情、信心与勇气,是在"真和善的绝望处产生的一种感动"②,也是人类不断发展进步的动力之源。

史铁生所说的"宗教精神"有其自己的特点。首先,他对各教派的专有名词有自己的理解。台湾作家琦君曾借地理老师之口说:"上帝也是佛,耶稣就是观音"③,史铁生也是如此。宗教作为一种文化资源,教义和教派之间的区别并不是障碍。以基督教为例,冯友兰在《一种人生观》中曾概括了基督教的几个特点:"一是在本体论上只有一个上帝,一个主有'人格的上帝';二是有一个像现实世界具体的理想世界——天国;三是抵达这个天国世界,'非上帝施恩不可'。"④而在史铁生的作品里,"上帝"一词虽频繁出现,但是同作为基督教中唯一的救世主的上帝不同。在他看来,"上帝"类似于中国人所说的"天",它代表着一种敬畏之心,也代表着一种知难而上的精神,无论佛还是基督,讲究的是一

① 史铁生:《自言自语》,见《病隙碎笔》,人民文学出版社 2011 年版,第 198 页。

② 张专、史铁生:《一个作家的生命体验——史铁生访谈录》,《现代传播——北京广播学院学报》1994 年第 3 期。

③ 琦君:《你莫哭呀——记中学地理老师》,见《素心笺》,重庆出版社 2004 年版,第 176 页。

④ 唐小林:《看不见的签名》,中国社会科学出版社、华龄出版社 2004 年版,第 21 页。

个“信”字，即“基督，并不等于基督教。故在基督教外，却完全可以是在基督之中”[①]。因此，“神”只是标志着一种超越于客观存在的精神向度，无论是救赎还是解脱，基督教或是佛教的上帝、菩萨所关注的都是人间的苦难，他们都怀着一颗悲天悯人之心，关注全人类、赞美全人类，而人们又在其中得到不断克服困难、勇往直前的精神慰藉，至于如何命名的问题倒是其次——“‘名可名，非常名’，姑且称之为‘神’吧；当然也可另赋其名，比如‘道’。但无论何名，意思还是那个意思，即存在的最初之因，道德最高判断”[②]。所以，史铁生将“神”理解为一种祈祷，“在人面临困境的时候从根本上讲没有人能救助我们，而这种状态可以使我们的心境得到改变，对世界对生命有一种新的态度，这时候，上帝就显露了”[③]。作为实体的“神”也许永远不会显现，但在对“神性”的向往中，人类获得存在的意义。

第二，史铁生将“神”区分为“造物主”与“救世主”。从某种层面上说，人类的“救世主”就是“自己”。“将人力永不可及的无限之在，称为神；将不分国族的灵魂拯救方略，称为神。前者可称之为‘造物主’，造物主不由分说地给人以困阻与苦难；后者则被信为‘救世主’，救世主不容质疑地教人以不屈与互爱。”在面对严酷的生活考验之时，人类所迸发出的力量、理性、意志才是最值得肯定的。史铁生“宗教精神”中的神就是人类的精神：“有一天我认识了神，他有一个更为具体的名字——精神。在科学的迷茫之处，在命运的混沌之点，人唯有乞灵于自己的精神。不管我们信仰什么，都是我们自己的精神的描述和引导。”[④]史铁生虽然承认原罪之不可脱，苦难之必然，但他既不将救赎的唯一希望寄托于上帝，也不甘在六道轮回中生生不息，他坚信纵然目的地难以到达，但通向目的地的过程却可能多种多样，这取决于人的精神信念，取决于人类自己的选择。

再次，“宗教精神”不是死的教条，而是不断发展的，“宗教的生命力之强是一个事实。因为人类面对未知和对未来怀着美好希望与幻想，是永恒的事实。只要人不能尽知穷望，宗教就不会消失。不如说宗教精神吧，以区别于死教条

---

① 史铁生：《看不见而信》，见《扶轮问路妄想电影》，人民文学出版社 2011 年版，第 66 页。

② 史铁生：《“自由平等”与“终极价值”》，见《扶轮问路妄想电影》，人民文学出版社 2011 年版，第 60 页。

③ 张专、史铁生：《一个作家的生命体验——史铁生访谈录》，《现代传播——北京广播学院学报》1994 年第 3 期。

④ 史铁生：《我二十一岁那年》，见《我与地坛》，人民文学出版社 2011 年版，第 183 页。

的坏的宗教。教条是坏东西。不图发展是教条”①。这种“宗教精神”是实践中的血肉体悟，它不是灵光一闪、不是神话，而更像是药方，在逼仄的现实空间中带给人精神的慰藉与生活的勇气，就像《命若琴弦》中的说书人一样。

究其根本，“宗教精神”的根本意蕴是终极关怀。“终极问题”也就是在人类的生命中所面临的一系列根本问题，它不按照民族、地域划分界限。史铁生在追求终极价值的道路上走向“宗教精神”，在“写作之夜”，他开启了自己的找寻之旅，将对苦难的经历与思考汇聚成文字，用“宗教精神”灌注其中。这是宿命的选择，也是文学发展的必然，因为在他看来，“文学就是宗教精神的文字体现”②。

（二）原罪与苦难——人类的生存困境

基督教认为，人类的始祖亚当和夏娃在蛇的引诱下违背了与上帝订立的盟约，受撒旦的蛊惑偷食了能分辨善恶的禁果，从而有了遮蔽与掩饰、指责与背叛，被上帝逐出了伊甸园，注定一生一世的孤独。这是“原罪”的来源，它开启了人类的苦难历史，因此人类生而有罪，亚当与夏娃的子子孙孙注定要世世代代匍匐在这大地上。佛教则将众生的苦难解说为个人的业感报应，而不受外在力量的支配，其根本原因在于人类的“无明”，执着追求并不存在的真实“自我”，也就是“我执”。圣严法师说：“众生由于无明之惑的烦恼，而造生死之业，由于生死之业，而感生死之苦，正在感受生死之苦的生死之间，又因生死而造无明之惑；就这样，由惑造业，由业感苦，因苦生惑，惑业苦三者，连成一个生死之流，周而复始。”③佛教认为众生修持的目的在于脱苦，其基本方法是戒、定、慧三无漏学，但苦难纯粹是个人行为，“佛菩萨只能教导我们如何解脱，却不能代替我们解脱”④，众生只有自己努力，才有解脱可能。而在《圣经》中，上帝派他的独生子耶稣来到人间，在十字架上代信他的人赎罪，以此说明人们唯有真诚的反思忏悔、依靠上帝的宽恕才有得救希望。

纵然，佛教与基督教在如何看待人类根本困境的问题上有诸多不同，但佛教之“苦”与基督教之“罪”又有不少相似之处。从起源上来说，使徒保罗认为

① 史铁生：《随想与反省——〈礼拜日〉代后记》，见《扶轮问路妄想电影》，人民文学出版社 2011 年版，第 169 页。

② 史铁生：《自言自语》，见《病隙碎笔》，人民文学出版社 2011 年版，第 197 页。

③ 圣严法师：《正信的佛教》，陕西师范大学出版社 2008 年版，第 111 ~ 112 页。

④ 圣严法师：《正信的佛教》，陕西师范大学出版社 2008 年版，第 112 页。

罪在于“敬拜事奉受造之物，不敬奉那造物的主”①，人类以上帝所造之物中的一类作为追随的对象，而舍弃了上帝，实际上就是执着于一个不真实的“自我”。上帝说“只是分别善恶树上的果子，你不可吃，因为你吃的日子必定死”②，亚当与夏娃在偷食了禁果之后才有了羞耻之心、能够分辨善恶，也就是有了佛教所说的“我执”的表现。“罪”源于人类始祖，但自由意志的滥用才使它形成“罪”的事实；苦难的轮回来自于业力的推动，但“无明”的无始伴随人类始终。六道轮回无止无休，“常有生老，病死忧患，如是等火，炽然不息”③，罪与苦难都是与生俱来而挥之不去的。从解救方式上来说，此二者虽然一个倾向于自救，一个倾向于因信得救，但自救离不开佛菩萨的“普度众生”，因为人类的“无明”虽非本性，却不自知、不明白，所谓“无一众生而不具有如来智慧，但以妄想颠倒执著而不证得。若离妄想，一切智、自然智、无碍智则得现前”④。信上帝也离不开自我的努力，强调“像那不可奸淫，不可杀人，不可偷盗，不可贪婪，或有别的诫命，都包在‘爱人如己’这一句话之内了”⑤。所以“因信称义”的前提是“信”，“信”的实现方式是“爱”，唯有爱上帝、爱命运，才能得救，这一切都需人的实践才能完成。无论是苦难还是原罪，都是人性中天然的欠缺，凭借个体的力量无法改变。

将佛教的“苦”与基督教的“罪”放在同一维度进行解释，虽有不妥，但在史铁生的写作空间内又成为可能。余杰说，如今“（有些）作品仅仅停留在对恶的白描上，甚至还陷入了对心灵堕落的情不自禁地把玩”⑥，展示痛苦，撕开伤疤，消费苦难，许多作家无力也不想寻求意义与解决方案，他们只是沉湎于“欣赏”人类的无助、卑微、沉沦。史铁生的写作源于生存的困境，这种困境让他必须为活着找一个理由，残疾的不期而至曾使他不解，但在存在的事实面前，一遍遍追问“为什么”毫无意义。他用偶然解释苦难，如《宿命》中的“我”，因为一只狗放了个屁引发了学生的大笑，“我”在教育学生的时候偶然得到了一张歌剧票，又因为买包子、与熟人打招呼耽误了一下、轧到了一只茄子而与车相撞等一系列事件，最终瘫痪在床，仅仅几秒钟，意气风发的莫非教授人生发生了逆转。狗放

---

① 《圣经·罗马书》1:25。
② 《圣经·创世纪》2:17。
③ （后秦）鸠摩罗什译：《妙法莲华经譬喻品第三》。
④ （唐）实叉难陀译：《大方广佛华严经方广佛华严经卷第五十一如来出现品第三十七之二》。
⑤ 《圣经·罗马书》13:9~10。
⑥ 余杰：《我们的罪与爱——〈愤怒〉序》，见北村：《愤怒》，团结出版社2004年版，第3页。

屁这个偶然事件看似可笑，但其发生又包含着必然，如小说结尾所述，这不过是上帝所要的“一声闷响”，并无缘由。《山顶上的传说》中患有腿疾的小伙子在经历了无望的挣扎后，发现自己的倒霉无法憎恨任何人，也不知自己所受到的损害应向谁报复，唯一能做的是忘记死亡，选择乐观而坚强的活。苦难因为无缘无故，无从解释，也就无须抱怨，就像《创世纪》中那接连受难的约伯，上帝对他说：“我立大地根基的时候，你在哪里呢？”①人们不能抱怨上帝的创造，因为命运的安排是没有缘由的，无处声讨、无冤可鸣。史铁生说早年他觉得这样的安排荒唐透顶，但后来意识到“这正是上帝的启示：无缘无故地受苦，才是人的根本处境”②。唯有接受命运的安排，才能找到活着的更好方式，所以约伯回答上帝：“从前风闻有你，现在亲眼看见你。因此我厌恶自己，在尘土和炉灰中懊悔。”③信仰因苦难而得以明确彰显。

“罪”的发生降落在某个个体身上是纯粹偶然的，史铁生用叛徒与俘虏的悖论来加以说明。他用小时候的游戏举例，以说明叛徒的出现是必然，但哪个具体的人成为叛徒、流氓则是上帝的安排，所谓的“好人”也不过是“凑巧”没有惹上麻烦。“叛徒”这个词的创造是为了“警告已经掉进了那可怕处境中的人，警告他不要殃及我们，不要把我们也带进那可怕的处境”④，“我们是如此地害怕殃及，因为我们心里还有一个秘密，那就是：我们也有可能经受不住敌人的折磨，我们也有可能成为叛徒，遭受永生不完的惩罚。这是那可怕处境中最为可怕的背景”⑤。这同《约翰福音》第八章所记录的行淫的妇人的故事类似：法利赛人将一个行淫时被发现的妇人带到耶稣面前，说按照摩西在律法上的吩咐，她应该被石头打死。耶稣对他们说，“你们中间谁是没有罪的，谁就可以先拿石头打她”⑥，围观的百姓最终一个个都离开了。耶稣这样做并非否认律法存在的必要，亦非纵容罪恶，他比任何人更恨罪，但是他爱罪人，于是才会用自己的血洗净信他的人，希冀用爱的手段实现律法的目的。爱的存在有助于律法的实现，但爱的结果并非消除律法，“莫想我来要废掉律法和先知，我来不是要废掉，乃是要成全”⑦。他知道，人人都是罪人，却常常将自己摆在神的位置上，去定别

---

① 《圣经·约伯记》38:4。

② 史铁生：《给李健鸣（1）》，见《病隙碎笔》，人民文学出版社2013年版，第338页。

③ 《圣经·约伯记》42:5。

④ 史铁生：《务虚笔记》，人民文学出版社2011年版，第320页。

⑤ 史铁生：《务虚笔记》，人民文学出版社2011年版，第320页。

⑥ 《圣经·约翰福音》8:7。

⑦ 《圣经·马太福音》5:17。

人的罪。在律法与道德上被认定有罪的人固然应该受到惩罚，但罪人的拣选实在是一件偶然发生的事件，“谁应该做坏蛋？谁应该做丑角？凭什么？根据什么究竟根据什么？偶然。我们只能说这纯粹是偶然的挑选”①。因此，“在俗界的法场上把他们处决的同时，也应当设一个神坛为他们祭祀。当正义的胜利给我们带来光荣和喜悦，我们有必要以全人类的名义，对这些最不幸的罪人表示真心的同情”。就像耶稣临死前祷告的：“赦免他们，因为他们所做的他们不晓得。”②史铁生的“原罪”观念虽与基督教相似，但他废弃了基督教观念里人神关系破裂的内涵，更加关心个体生命的处境。

无论是苦难的现实还是罪的降临，都是必然发生的偶然事件。在接受了命运的安排后，史铁生认清了苦难的普遍性以及人类的局限性，并试图说明无视这一事实的可怕后果。前者指向残缺的无处不在（从生理的残疾到精神的残缺），后者指向人类对不可靠的“自我”的执着，后一种情况如果扩大到整个人类群体，则往往会导致集体的悲剧。“文化大革命”的发生即是后一种情况发生到极端的产物。人的残缺印证着神的完美，而人类却试图取代上帝成为世界中心，一旦崇拜的对象变成了人造之神，惨剧就要发生。基督教政治家莱茵霍尔德·尼布尔认为骄傲是万恶之源，它让人类“企图使自己成为上帝”③，将自己的知识视作终极真理，以自我的标准作为绝对标准，自以为是、自以为善、自我称义，最终把上帝抛弃。这种骄傲进一步发展，有可能成为人类团体的罪。一国、一族群倘若只相信“君权神授”而不知“天赋人权”，那么就只有“人断人案，进而是君断臣案，官断民案，以及自命的‘好人’来断‘坏人’与‘老好人’的案”④，其结果只能导致惨剧非悲剧，因为悲剧是“任人多么聪明能干，也难免要陷入的疑难”⑤，而惨剧的发生是因为“凡夫俗子的命运好歹都是捏在强人的手里”⑥。前者使灵魂成长，对人类的终极问题有更深一步的认识，而后者则与神所珍视的东西——爱——背道而驰。

最终，史铁生认为人类生存困境的存在是绝对必要的。在《好运设计》中，他试图构建一个看似完美的人生蓝图，但最后发现这一切并不可能存在。纵然

---

① 史铁生：《游戏·平等·墓地》，见《我与地坛》，人民文学出版社2011年版，第293页。
② 史铁生：《游戏·平等·墓地》，见《我与地坛》，人民文学出版社2011年版，第293页。
③ 卓新平：《当代西方新教神学》，生活·读书·新知三联书店1998年版，第5页。
④ 史铁生：《老好人》，见《扶轮问路妄想电影》，人民文学出版社2011年版，第32页。
⑤ 史铁生：《老好人》，见《扶轮问路妄想电影》，人民文学出版社2011年版，第33页。
⑥ 史铁生：《老好人》，见《扶轮问路妄想电影》，人民文学出版社2011年版，第33页。

人的本性倾向福音，渴望涅槃，但人类却不得不处在永恒不变的苦难中为洗脱原罪而忙碌。基督教许诺的天堂、佛教徒向往的乐土固然令人神往，但在此岸，苦难是人类世界存在的必然。倘若没有残缺，完满也就没有意义，倘若没有恶劣，高尚又何以成为美德？史铁生发现，这个世界因为苦难而有了差别，“看来就只好接受苦难——人类的全部剧目需要它，存在的自身需要它”①。

史铁生用写作超越困境。在给李健鸣的信中，他提到刘小枫谈论卡夫卡的文章：“受苦是私人形而上学意义上的，不是现世社会意义上的，所以根本不干正义的事。为这私人的受苦寻求社会或人类的正义，不仅荒唐，而且会制造出更多的恶。”②在这个层面上，史铁生感谢疾病，残疾带给了他最直接的生存经验，以直面人类困境的根本。这种并非由社会、历史原因带来的经验让他能够更好地面对“存在”的问题。这问题是不可避免、与生俱来的，唯有写作可以试图解说存在的困境，帮助个体寻找在困境中生存的方法与意义。于是，史铁生的写作在经历过“生命之夜”的洗礼后，进入了有关精神的、灵魂的阶段。他说：“很多人写作是因为社会上经历很多，有感慨、有想法，写的是社会上的一些事和关系。我直接面对的是人的根本困境，生命存在以来它就有了这个问题，自打一出生，问题就存在了，所以我关注的也就是这些。你说它是个人的，但它实际上是人的，只不过较少是社会的。”③

苦难的体验是极其私人化的，然而一旦触及终极问题，又具有了普遍的形而上意义。苦难的方式多种多样，赎罪的路途千差万别，但从根本来说都是从残缺通向完满，以有限对抗无限的过程。在“写作之夜”的“写作”有别于传统意义上的文学。史铁生说，“我只是写作（有时甚至不能写，只是想）。我不知道写作可以归到怎样的‘学’里去。写作就像自语，就像冥思、梦想、祈祷、忏悔……是人的现实之外的一份自由和期盼，是面对根本性苦难的必要练习”④。文学的内容可以多种多样，人们可以按照题材、体裁将其分类，甚至可以按照地域、年代、语言风格使之归于不同的思潮流派。史铁生对评论家说的“小说还是得好看”的论断表示了怀疑，“写作”从一开始就试图说明人类存在的根本问题。生与死、存在的意义、我们将用怎样的方式走向何处，时间将那些仅仅致力于讲

---

① 史铁生：《我与地坛》，见《我与地坛》，人民文学出版社 2011 年版，第 13 页。

② 史铁生：《给李健鸣（1）》，见《病隙碎笔》，人民文学出版社 2011 年版，第 338 页。

③ 张专、史铁生：《一个作家的生命体验——史铁生访谈录》，《现代传播——北京广播学院学报》1994 年第 3 期。

④ 史铁生：《给李健鸣（1）》，见《病隙碎笔》，人民文学出版社 2011 年版，第 339 页。

故事、秀技巧的作品淘汰，留下的部分必定闪耀着思维与灵魂的光芒。“执迷于无苦无忧”与“妄想着全知全能”在史铁生看来是信仰的两条歧路，无论选择何种宗教，人们需要用一颗向善向美的心重塑对生活的信念与理想，写作也是如此。他“不信佛能灭一切苦难，佛因苦难而产生，佛因苦难而成立，佛是苦难不尽中的一种信心，抽去苦难佛便不在了”①，但“信心不指向现实的酬报，信心也不依据他人的证词，信心仅仅是自己的信心，是属于自己的面对苦难的心态和思路”②。

史铁生对于宗教救赎功能的理解同俄国作家陀思妥耶夫斯基有相似之处。陀氏的作品大多与基督教有关，但在写作中总是伴随着反抗与怀疑，他从人的生存困境出发，认为人需要为存在找到意义，必须在不断的自我完善和救赎中实现自己的终极价值。写作之路就是发现与承认自己的不完满，并在心魂自由驰骋的时刻直面内心，艰难却执著地确认前进的方向和道路，不失信念地实践一条人生美路。

（三）死的不可能与带着爱愿前行——昼信基督夜信佛

史铁生在超越人生困境的过程中与“宗教精神”相遇，他未曾皈依任何教派：“我信什么，仅仅是因为什么让我信，至于哪门哪派实在只是增加我的糊涂。”③但在他的写作中，又有着深刻的宗教尤其是基督教与佛教的印痕。在史铁生看来，信仰的目的就是解除心中的迷惑，以突破“全人类共通的理性局限，以及由之而来的终极性迷茫”④。人生中最根本的迷惑无非生与死。对于生，他“从基督精神中受益”，对于死，选择“相信佛说”。史铁生说自己是白天信基督，夜晚则选择信佛法，因为“白天（以及生）充满了及他之事，故而强调爱。黑夜（以及死）则完全属于个人，所以更要强调智慧。白天把万事万物区分得清晰，黑夜却使一颗孤弱的心连接起浩瀚的寂静与神秘，连接起存在的无限与永恒”⑤。

生的意义与死的后果都连接着一条不断超越、追求完美之路。白天，史铁

---

① 史铁生：《神位官位心位》，见《我与地坛》，人民文学出版社 2011 年版，第 314 页。

② 史铁生：《神位官位心位》，见《我与地坛》，人民文学出版社 2011 年版，第 314 页。

③ 史铁生：《回忆与随想：我在史铁生》，见《昼信基督夜信佛》，北京十月文艺出版社 2012 年版，第 66 页。

④ 史铁生：《昼信基督夜信佛》，见《昼信基督夜信佛》，北京十月文艺出版社 2012 年版，第 4 页。

⑤ 史铁生：《昼信基督夜信佛》，见《昼信基督夜信佛》，北京十月文艺出版社 2012 年版，第 8 页。

生用“爱”的理想消解苦难。他曾分析“人人皆可成佛”与“人与上帝有着永恒的距离”这两种说法，认为这是两种不同的生命态度，前者重果，后者重行，前者“为超凡的酬报描述最终的希望”①，后者“为神圣的拯救构筑永恒的路途”②。其实所谓“超凡的酬报”不过是急功近利的“教徒”歪曲了信仰的方向，但“永恒的距离”的确可以坚定前行的信心，让人勇气百倍地度过白天。夜晚，史铁生卸掉武装，郑重其事地思考死的问题：“死，绝不等于消极，而是要根本地看看生命是怎么一回事，全面地看看生前与死后都是怎么一回事，以及换一个白大所不及的角度、看看我们曾经信以为真或无误以为假的很多事都是怎么一回事……”③这个角度要求放弃那个虚空的“自我”，那些真与假、你死我活、无明烦恼不过是因为一个“我执”，摒弃“我执”，不是让心如死灰，而是为了更好地面对这个充满差别的世界，在了悟了人间苦难的绝对之后仍心系众生。佛的伟大，恰在于“有一人未度他便不能安枕的博爱胸怀”④。

“昼信基督夜信佛”，是史铁生在经历了生理的痛苦、精神的困顿，接受了苦难之无始无终后，为身体力行自己的“宗教精神”所寻找到的信仰基点。永存爱愿，断灭“我执”，人生美路方有实现希望。

1. 向死求生与地藏菩萨的宏愿

基督教爱的诫命是史铁生度过苦难充斥的白昼的护身符，夜晚，他用佛菩萨的教导郑重思考死的问题。佛教的宗旨即在解脱生死：“有生有死是世间法，不生不死是出世间法。”⑤世间法有生有死，也有苦有乐，史铁生的“宗教精神”脱胎于他的日常生活困境，也是为了诠释更好地活而寻求一个注脚。因此，他虽借助佛法寻求死的后果，但并不向往不生不死、无苦无乐的涅槃境界，甚至认为这只是一个理想，佛性的证明不在成佛的瞬间，而在于修行的过程中。史铁生特别欣赏地藏菩萨所发的宏愿，据佛典载，在过去无量劫前，地藏菩萨曾名光目，其母生前以“杀害毁骂二业”而受地狱苦报。光目听母诉说地狱罪报后，发下誓愿，如《地藏菩萨本愿经》所记：“听我为母所发广大誓愿。若得我母永离三途及斯下贱，乃至女人之身永劫不受者。愿我自今日后，对清净莲华目如来像

① 史铁生：《神位官位心位》，见《我与地坛》，人民文学出版社2011年版，第316页。

② 史铁生：《神位官位心位》，见《我与地坛》，人民文学出版社2011年版，第316页。

③ 史铁生：《昼信基督夜信佛》，见《昼信基督夜信佛》，北京十月文艺出版社2012年版，第10～11页。

④ 史铁生：《无问之答或无果之行》，见《我与地坛》，人民文学出版社2011年版，第320页。

⑤ 圣严法师：《正信的佛教》，陕西师范大学出版社2008年版，第52页。

前，却后百千万亿劫中，应有世界，所有地狱及三恶道诸罪苦众生，誓愿救拔，令离地狱恶趣、畜生饿鬼等，如是罪报等人，尽成佛竟，我然后方成正觉。"①所谓"地狱未空，誓不成佛"，史铁生认为此乃佛性之所在。生死本就不能背离，死后也并非一切虚空，了解死的后果乃是为了带着爱的理想好好地活："地藏菩萨的大愿，大约就可以归结为这样的爱，至少是始于这样的爱吧"。②

（1）死

史铁生也曾求死，但很快他发现死亡并不意味着结束。据孙立哲回忆，1966年春天，他与史铁生同游过喇嘛庙，该喇嘛庙又名正觉寺，是雍和宫的下院。藏传佛教中对于生死问题尤其是轮回转世的看法十分独特，索甲仁波切在《西藏生死书》中说藏传佛教中的生与死可以视为一体，死亡代表着生命的又一期轮回。史铁生自1966年与喇嘛庙相遇，到1976年与雍和宫为邻，这十年间与生死问题不断纠缠，冥冥中预示了其作为精神圣徒的一生。

在史铁生1986年创作的小说《我之舞》中，破旧的院子、死去的老人，以及同样残疾的朋友老孟、路、世启营造出萧索的气氛，在这样的环境与生理状况之下，他借主人公之思试图厘清死的问题。"我闭上眼睛，眼前是无边而均匀的红色。这时又不知在哪儿有个人说：'除非是你没了知觉，否则你找不到真正的虚空。'声音异常清晰。我摇起轮椅满园里找，仍然不见一个人。"③死后是怎样的状态？"死了就什么都没有了"，"什么什么什么都没有了"④。在同年作品《毒药》中，养不出好鱼的养鱼人曾向死求解脱，于是从老大夫那里偷拿了两颗河豚毒制成的药。但是，当他得到毒药后，却渐渐对死亡的需求不再那么迫切了。最终，这两颗药带给他活下去的勇气，他结了婚，有了孩子，一晃过了六十年，也终于摆脱了对死亡的渴望。死亡并不能解决任何事，死后不代表没有，如果死意味着一切不复存在，那么死也就没有了，而只有"有"才是绝对的。死亡既然不代表无，也就不代表结束，因此在普遍意义上死后并不能获得解脱，人死之后也不会进入虚无。

不过值得注意的是，死有时在史铁生看来并不等同于怯弱，而更靠近勇气。《务虚笔记》中，女教师O的自杀是作品中所有人物出场的序幕，并且O作为小说的灵魂人物贯穿始终，同时她也是小说中唯一一个被拯救的人物，而爱的梦

① （唐）实叉难陀译：《地藏菩萨本愿经阎浮众生业感品第四》。
② 史铁生：《无问之答或无果之行》，见《我与地坛》，人民文学出版社2011年版，第324页。
③ 史铁生：《我之舞》，见《命若琴弦》，人民文学出版社2011年版，第270~271页。
④ 史铁生：《我之舞》，见《命若琴弦》，人民文学出版社2011年版，第271页。

想与死的困惑则一直纠缠着 F、Z、WR 等人。赵毅衡说:“自杀作为解脱升华,在史铁生先前的作品中,只是作为一种不可能之可能出现,一种生存的两难之境之结束,而在这部小说中,自杀是高尚道德的圆满化。在中国文学中,自杀从来没有得到如此壮美的描写。”①佛教反对自杀,此之自杀,“是指为了厌恶此一生命的存在,误以为自杀之后,便可得到解脱而言”②,因为业报未尽,自杀也是没有用的。但是佛教认为为了维护信仰或救济众生,必要时可以舍身,甚至认为“真正的菩萨道的实行者,应该是头目身肉,无疑不能施舍的”③。如是观之,O 的自杀有了颇为悲壮的殉道色彩,而她在《务虚笔记》中确实是某种无视功利价值、追求绝对平等、摒弃世俗眼光的精神化身。

从很早开始,史铁生就进入了对于生死问题的思考,并由此拓展到对“虚”、“空”、“有”、“无”等概念的把握,这条线索的发展从必然中透露出偶然性因素,也展示着命运的不可把握性。但是史铁生看问题的方式从来都是辩证的,当死亡不再以胆怯的同袍的姿态出现,它便与昂扬地活着有了同样的价值,而苟且的活着却成了受唾弃的那一个。史铁生从不用非黑即白的二元对立观看待存在的根本问题,如札巴姜臣说“若有执着即非正见”④,这非常接近佛教的空性体验。

(2)“空性”

史铁生说自己夜晚信佛法。在心魂独处的夜晚,白昼之魅渐渐消散,面对逃不脱的存在困境,人的孤独、恐惧、无助之感越发明晰,这是静心面对“死”的时刻。在这样的时刻,史铁生得出结论——“死是一件不必急于求成的事,死是一个必然会降临的节日”⑤。在史铁生从寻死到不急于求死的过程中,佛教的“空性”理念起到了重要作用。所谓“空性”,宗萨钦哲仁波切说是“虽然事物并不是天生具有某些特质,但也不是天生就不具有某些特质,这使得事物具有成为任何东西的可能性——事物并不是那个样子,但也不是‘不是那个样子’”⑥。可见,“空性”不是断灭论,也不曾否认与排斥存在,而是包含一切事物。

---

① 赵毅衡:《神性的证明:面对史铁生》,《花城》2001 年第 1 期。

② 圣严法师:《正信的佛教》,陕西师范大学出版社 2008 年版,第 51 页。

③ 圣严法师:《正信的佛教》,陕西师范大学出版社 2008 年版,第 51 页。

④ 宗萨钦哲仁波切:《佛教的见地与修道》,马君美、杨忆祖、陈冠中译,甘肃民族出版社 2006 年版,第 21 页。

⑤ 史铁生:《我与地坛》,见《我与地坛》,人民文学出版社 2011 年版,第 2 页。

⑥ 宗萨钦哲仁波切:《佛教的见地与修道》,马君美、杨忆祖、陈冠中译,甘肃民族出版社 2006 年版,第 30 页。

佛教认为宇宙间万事万物变化无常，一切的现象，都是暂时的、幻有的。世间万物既然并非永恒存在，就说明一切皆空，佛教称此为“缘生性空”。空门之“空”不是不存在，而是说没有固定不变的事物。圣严法师说，“佛教讲缘生性空，是看重于本质的分析透视，从而警惕我们认识生存在幻妄的境界中，不要为了幻妄的名利物欲而变成名利物欲的牺牲，这就叫作看破、叫作放下”①。众生若能看透“缘生性空”的道理，便能不受外在境界所转，而不造生死之业，以此可解脱生死、脱离六道轮回。佛教看重因果，向往无苦无忧、不生不灭的涅槃境界，但因果律不是那种被误解的消极的宿命论。佛法并不虚无，所谓“宁可执有如须弥山，不可落空如芥子许”，它将真和有推向无限。

“空”不是无。在《无问之答或无果之行》中，史铁生对六祖慧能的偈语“菩提本无树，明镜亦非台。本来无一物，何处惹尘埃”表示了怀疑：“‘本来无一物’的前提可谓彻底，因而‘何处惹尘埃’的逻辑无懈可击，但那彻底的前提却难成立，因为此处之‘物’显然不是指身外之物以及对它的轻视，而是就神秀的‘身为菩提树，心如明镜台’而言，是对人之存在的视而不见，甚至是对人之心灵价值的取消。”②所以“万法皆空”不是万法皆无，当若真有个“无”，那么世界将无止无息，万物也就没有了存在的必要。

佛教讲“空”是希望人们能看到万事万物皆为虚妄，从而放下执着：“佛祖的宏愿本是根据一个运动着的世界而生，根据众生的苦乐福患而发，一切都无，佛与佛法倒要去救助什么？所救之物首先应该是有的吧，身与心、尘埃与佛法当是相反相成的吧，这才是大乘佛法的入世精神吧。”③中国人在学佛道路上容易走向两种极端，一种如史铁生在《神位官位心位》中所批评的，在烟雾缭绕中求一个现实福报，另一种则是消极厌世恨不得一死了之。他看清了世间凡俗之人求信仰多是为了实利，一旦现实的酬报未得满足，便溜入“空门”，犯了价值虚无主义的错误，将佛菩萨的宏愿会错了意。史铁生不回避虚无，他战胜虚无的方法是“承认虚无”，“随后超越它、战胜它，在信仰的废墟上重建理想，获得生命的意义”④。佛教讲“空”是看清“那人为的差别、荣辱才是幻境，这世间的名利、权谋才是虚妄……但被福乐的期许惯坏的人，恰不认此为空，倒看灵魂才是虚拟，

① 圣严法师：《正信的佛教》，陕西师范大学出版社 2008 年版，第 15 页。

② 史铁生：《无问之答或无果之行》，见《我与地坛》，人民文学出版社 2011 年版，第 320 页。

③ 史铁生：《无问之答或无果之行》，见《我与地坛》，人民文学出版社 2011 年版，第 320 ~ 321 页。

④ 许纪霖：《史铁生：另一种理想主义》，见许纪霖等：《另一种理想主义》，凤凰出版社 2011 年版，第 3 页。

爱愿不过煽情”[①]。说到底，佛菩萨的伟大，是在于他看到了人间的苦难，也看清了生死烦恼实乃虚妄，但仍心系众生，艰苦前行，不仅求自己超脱，还要帮助众生出离。佛教，尤其是大乘佛教，始终倡导修行之人要行菩萨道，发大乘心，是真正积极地肯定人的行为价值。这种知不知而不放弃的博大胸怀正是佛法的动人之处。

史铁生同意佛家对苦难的认识，在“苦集灭道”四谛中，“苦谛”最为根本，《佛地经》将“苦”解释为“逼恼身心”，可见，“苦”不仅指代生理的残缺与痛苦，更泛指心神的烦恼与精神的压迫感。“集谛”是说明痛苦的成因在于我们不明白自己的本性应是没有痛苦的，“灭谛”的意思是说我们的痛苦非真实存在，而是由一个假的自我创造出来。佛法认为各种不理智、不正确的思维实际上是欲望的不能满足，希望通过对欲望的斩断来达到心的安定。史铁生不同意“脱离一己之苦可由灭断一己之欲来达成”[②]，他认为“空”里有大“势”，而“势”是一种想要成为“有”的趋势，也可以称之为“欲望”。所以，“万法皆空”不如理解成万法归一，“欲望”只要不落在那虚幻的名望、实利、职权之上，就能成为人类不辞辛苦艰难行愿的动力。

(3)“自我”的确认与死之不可能

在《论死的不可能性》中，史铁生进一步引入了“观察”的概念，他说“无”是“观察之不及的确认”[③]，“那么，观察意味着什么呢？观察意味着观察者的确在”[④]。从死之不可能，到有之绝对存在，史铁生最终用“我”的诞生将自己对死的看法体系化——“这个观察者，既然能够认知他者，也就能够自认。这自认，便创生了‘我’”[⑤]。

亨廷顿指出，“社会飞速变革的时期，已确立的认同消失了，必须重新界定自我，确立新的认同，对于那些面临需要决定我是谁、我属于哪里的人们，宗教给予了令人信服的答案”[⑥]。什么是我？佛教认为众生是由色受想行识五蕴组

---

① 史铁生：《看不见而信》，见《扶轮问路妄想电影》，人民文学出版社 2011 年版，第 68 页。

② 史铁生：《病隙碎笔 4》，见《病隙碎笔》，人民文学出版社 2011 年版，第 93 页。

③ 史铁生：《回忆与随想：我在史铁生》，见《昼信基督夜信佛》，北京十月文艺出版社 2012 年版，第 34 页。

④ 史铁生：《回忆与随想：我在史铁生》，见《昼信基督夜信佛》，北京十月文艺出版社 2012 年版，第 34 页。

⑤ 史铁生：《回忆与随想：我在史铁生》，《昼信基督夜信佛》，北京十月文艺出版社 2012 年版，第 34 页。

⑥ ［美］塞缪尔·亨廷顿：《文明的冲突与世界秩序的重建》，周琪、刘绯、张立平、王圆等译，新华出版社 2003 年版，第 48 页。

成，如果这其中有能够永恒的东西，那么就可以确定“自我”的存在。但事实上，五蕴本质是“空性”，人们所说的“我”是没有任何真实基础的东西，我们所谓的“自我”只是一种幻觉，史铁生说“你由亿万个细胞组成，但你不能说哪一个细胞就是你”[①]，大概就是这个意思。

佛教讲断灭我执，“我执”是执着于有个真实存在的“我”，它会蒙蔽我们的双眼，使我们自以为看到了事物的真相。史铁生在写作中一直试图展示一个悖论——“我是我的印象的一部分，而我的全部印象才是我”[②]。在中国当代作家中，很少有人有兴趣探讨“我是谁”的问题，就像大多数人无暇顾及谁是上帝。北村的作品中，凡人总是无助，在现实矛盾不可调和的时候，他们向上帝求解脱，然而这个假定的上帝真的能带来救赎吗？大多数人不过是从执着于一个不真实的自我走向了执着于一个不真实的上帝，而史铁生将“我”的问题推向极致。在许多作品中，史铁生分析了史铁生、我、“我”与生的关系，如《说死说活》里他罗列了几个公式：史铁生≠我，因此“要是史铁生死了，并不等于我死了”[③]；生=我，所以“死是生之消息的一种”[④]，而生“是‘我’之角度的确在”[⑤]；浪与水=我与“我”，许多个“我”死去，但是“我”并没有消失。在《我与史铁生》中，他说“我是我，史铁生是史铁生”[⑥]。或者如《所谓轮回，或永恒复返》中提到的，“记忆=心魂=我或者‘我’，DNA=肉身=种种姓名所标分的一具具心魂的载体。又所以，我≠史铁生；最多是，我≈史铁生”[⑦]。《我的丁一之旅》中，史铁生选择了几个不同的视角——“我”、史铁生、丁一。小说中的“我”，自称是“永远的行魂”，代表了一种精神性存在，而丁一不过是“我”到过的生命之一。丁一在得了癌症之后想选择自杀，他与自己的灵魂有一场对话。丁一的灵魂告诉丁一，自杀并非解脱，也不能阻止“永远的行魂”，自杀无法消解痛苦，因为杀死的只能是身体而非灵魂，“我”永远在路上，“或不如说我从某丁之梦，醒进了某史之实。——所谓‘丁一’不过是一种可能；一种可能，于‘写作之夜’的实现。所

① 史铁生：《说死说活》，见《我与地坛》，人民文学出版社2011年版，第375页。

② 史铁生：《务虚笔记》，人民文学出版社2011年版，第8页。

③ 史铁生：《说死说活》，见《我与地坛》，人民文学出版社2011年版，第373页。

④ 史铁生：《说死说活》，见《我与地坛》，人民文学出版社2011年版，第373页。

⑤ 史铁生：《说死说活》，见《我与地坛》，人民文学出版社2011年版，第374页。

⑥ 史铁生：《回忆与随想：我在史铁生》，见《昼信基督夜信佛》，北京十月文艺出版社2012年版，第76页。

⑦ 史铁生：《回忆与随想：我在史铁生》，见《昼信基督夜信佛》，北京十月文艺出版社2012年版，第39~40页。

谓‘丁一之旅’不过是一种话语;一种可能的话语在黑夜中徜徉吟唱,又在拘谨的白昼中惊醒”①。这也解释了本篇小说的题目,此处的“我”可以是丁一,也可以是史铁生,任何一个你、我、他都可以自称为“我”。

史铁生认为肉体、精神、灵魂三者截然不同。肉体并不直接构成“我”,肉身新陈代谢几十年早就不知道更换了多少回,所以史铁生的存在并不在于他所栖身的某个身体。并且,灵魂与精神也处在绝对不同的维度,史铁生分析这样一句话——“我看我这个人也并不怎么样”。“‘不怎么样’绝不是指身体不好,而‘我这个人’则明显就是精神而言”②,但是那个不满意“我的精神”的又是谁呢?答案只能是灵魂,灵魂高于肉身的我也高于精神的我。所以,“精神只是一种能力。而灵魂,是指这能力或有或没有的一种方向,一种辽阔无边的牵挂,一种并不限于一己的由衷的祈祷”③。进一步,那个观察灵魂的存在,只能是绝对真善美的“神”。

广义的“自我”处于“一缕独立、自洽且不断更新着的消息之中”④,而“这世间同时存在着无数缕独立、自洽且不断更新着的消息,他们各具其尘世之名,但统统自称为‘我’”⑤。以此,史铁生说,“我死了”是不可能的,因为死作为生的一种,其本质是“有”,而“有”的存在是要被观察的,这里的观察者,只能是“我”。死去的只能是史铁生们,而“我”是不可能死的。那么,“我”这一缕消息是怎样延续的?史铁生说生生相继的是心魂。佛教也说“心识之流的因缘在身体死亡之后仍然继续”⑥,只要有“我”就会造业力,即使身体死了,业的能量将使心识之流持续。

佛教所向往的真正的“空性”不受贪、嗔、痴等“自我”观点的遮蔽,因而能够觉知一切事物。但成佛不是目的,佛法目的在修行、在过程,佛教有人人都可成佛的说法。天台智者大师立六即佛义,“一切众生,皆有佛性”中的成佛才到达佛的第一层次,要成无明断尽、功德圆满的“究竟佛”则是真正的路漫漫其修

① 史铁生:《我的丁一之旅》,人民文学出版社2011年版,第405页。

② 史铁生:《病隙碎笔5》,见《病隙碎笔》,人民文学出版社2011年版,第101页。

③ 史铁生:《病隙碎笔5》,见《病隙碎笔》,人民文学出版社2011年版,第102页。

④ 史铁生:《回忆与随想:我在史铁生》,见《昼信基督夜信佛》,北京十月文艺出版社2012年版,第74页。

⑤ 史铁生:《回忆与随想:我在史铁生》,见《昼信基督夜信佛》,北京十月文艺出版社2012年版,第74页。

⑥ 宗萨钦哲仁波切:《佛教的见地与修道》,马君美、杨忆祖、陈冠中译,甘肃民族出版社2006年版,第48页。

远兮，需经三大无数劫，使恩泽遍及十方、充满法界才有可能。成佛道路虽然漫长，但人类前途并不悲观，圣严法师说，再过大约五十六亿年之后，会有一位佛陀在人间出现，称为"弥勒世尊"，那时人间将会像西方极乐一样安乐、庄严、自由、统一。为迎接那个时代，人类要预先完善自我、成就各项社会建设。明知世间多苦难、成佛路途艰辛且遥远，但仍不放弃希望，既不消极厌世也不自吹自擂，在小处把握此在的"我"，从而实践此一世的爱愿之路，在大处断灭我执，不执着于种种不真实的幻境。只是，倘若人人成佛，差别与不平等消失殆尽，佛法也就没有意义，若人人都一念不动，存在也将等同于虚妄。这是人的自由，也是人的限制。传说中的那日毕竟遥远，只要"地狱未空"，众生就永远在路上，在通往自由的道路上被各种限制撕扯。但如果人们不放弃成佛的希望，必定会距离目的地越来越近。

2. 爱的救赎方略

在"写作之夜"，史铁生不仅看透了死之不可能，还找到了度过被种种幻境遮蔽的白天的方法。史铁生将爱的理想看作"宗教精神"的根本。在显克微支的基督历史小说《你往何处去》中，罗马贵族维尼茨尤斯借他人之口发问："希腊创造了智慧和美，罗马创造了权力，可是你们基督教徒又带来了什么？"使徒彼得说："我们带来了爱。"①爱是统摄基督教一切道德原则与观念的总纲。在基督教中，爱是一种先于并且高于理性的精神活动，上帝就是爱，神出于爱而创造了世界万物。在各种有关上帝的定义中，"神就是爱"似乎是人们最为认同也最为熟悉的一个："亲爱的弟兄啊，我们应当彼此相爱，因为爱是从神来的。凡是有爱心的，都是由神而生，并且认识神。没有爱心的，就不认识神，因为神就是爱。"②

"爱"是基督教信仰的起点。被称为基督教第一个神学家的保罗在《新约·哥林多前书》中说："如今长存的有信、有望、有爱，这三样，其中最大的是爱"③，"我若能说万人的万言，并天使的话语，却没有爱，我就成了鸣的锣、响的钹一般。我若有先知讲道之能，也明白各样的奥秘、各样的知识、而且有全备的信，叫我能够移山，却没有爱，我就算不得什么。我若将所有的周济穷人，又舍己身叫人焚烧，却没有爱，仍然与我无益"④。"爱"（charity）这个词的原意十分广

① ［波兰］显克微支：《你往何处去》，侍桁译，上海译文出版社1980年版，第286页。
② 《圣经·约翰一书》4:7~8。
③ 《圣经·哥林多前书》13:13。
④ 《圣经·哥林多前书》13:1。

泛,基督教意义上的爱“不是指感情,不表示情感状态,而表示一种意愿状态,即我们天生对自己怀有,也必须学会对别人怀有的那种意愿”①。因此,爱不是喜欢,我们爱世人、爱上帝、爱自己,其实是希望那个人好,这是一种向善向美的渴望。

(1)“爱人如己”与基督教教会法

爱是理性的本体,是行动的基础,是人之存在的价值意义所在,人通过与他人之间的联系实现自我认同。黑格尔曾在《法哲学原理》中表示:“所谓爱,就是意识到我和别一个人的统一,使我不专为自己而孤立起来;相反地,我只有抛弃我独立的存在,并且知道自己是同别一个人以及别一个人同自己的之间的统一,才获得我的自我意识。”②“爱人如己”是耶稣的诫命,基督教对于“爱”的认识更为深刻的地方在于:在教导人们要爱上帝、爱自己的同时,还要爱邻人、爱罪人——“不要再分犹太人或希腊人,奴隶或自由人,因为你们众人在基督内已成了一个”③。于是,基督之爱成为一种普世之爱,这种爱是自我牺牲的、无条件的,也是跨越种族、国籍、宗教的。

对灵魂的解构、对存在的发问,让史铁生的精神探索之旅充满“爱”的救赎。他在人本立场上带着“爱”的信仰关注人类的生存,让权力、主义、立场在“爱”的笼罩下烟消云散。在“爱”的实践中,史铁生真正走向了上帝,突破了生理的局限,也超越了国族、信仰的藩篱。“叛徒”是史铁生一直思考的一个问题,他认为成为叛徒是一个极其偶然的事件,叛徒是英雄的对立面,又是成就英雄的牺牲品,立场是划分叛徒与英雄的标准。《务虚笔记》中“葵林故事”的女主角 L,人们不管她有怎样的经历,她终于屈服,也就终于成了叛徒。与《务虚笔记》中的其他主人公一样,L 和葵花林里的那个男人的故事代表着世间任何一个可能的有关于叛徒的事件,不论事业、不论信仰、不论缘故,这是一个被迫被带进秘密的人成为叛徒的故事。这个故事看起来没什么特别之处,因为它在此之前发生过千万次,在此之后还要继续发生。但史铁生看到的不是一个抽象模糊的背叛,而是某个具体的“人”走向“背叛”的过程。这里没有革命浪漫主义,任何浪漫的想象最终与代表正义的审讯、严刑拷打画上等号,“暴行千篇一律。罪恶的想象力在其极端,必定千篇一律”④,“历史不重过程,而重结果。结果是,她终

① [英]C. S. 路易斯:《返璞归真》,汪咏梅译,华东师范大学出版社 2011 年版,第 132 页。
② [德]黑格尔:《法哲学原理》,范扬、张企泰译,商务印书馆 1996 年版,第 175 页。
③ 《圣经·迦拉达书》3:28。
④ 史铁生:《务虚笔记》,人民文学出版社 2011 年版,第 261 页。

于屈服，终于说出她（L）并不愿意说的秘密，说出了别人让她知道但不让她说的那些秘密。她原以为她会英勇不屈到底，她确实有过那么一段颇富诗情画意的暂短历史，但酷刑并不浪漫，无尽无休的生理折磨会把诗情画意消灭干净”[①]。被归类为叛徒后的被歧视感、孤独感、耻辱感是比严刑拷打、轮奸强暴更为残忍的折磨，这又是一个安提戈涅式的悲剧。成为叛徒与活着是生存的悖论，“如果她高尚她就必须去死，如果她活着她就不再高尚，如果她死了她就不能享受幸福，如果她没死她就只能受到惩罚——自从她被敌人抓去，这样的命运，在她，就已经注定了”[②]。它的发生不是由于人性的懦弱，相反是由于人性的自大。可见，将宗教伦理哲学化，继而世俗化为世人的日常行为准则，是非常必要的。基督教虽然给人们构建了一个完美的彼岸，但目前仍存在于此岸的人们面临的却是充满苦难与不平等而又无处可逃的现实。基督教作为一种世界观又是一种人生观，用“爱”的原则将此岸与彼岸连接起来，以恨的方法不可能实现正义，更不可能实现爱的目的。

世俗的法律体系因其严苛性与人为性在某些时代成为为特权阶层服务的工具，法律为少数人控制，丧失其公平正义的可能。耶稣将基督教从律法宗教改革为伦理宗教，希望用“爱”约束人们的行为。史铁生在“罪人”问题上的看法有基督教教会法的影子，可以说，在爱的对象中，对“罪人”的爱是最难实现的。从现实角度来看，罪人受罚是天经地义，但从人本立场出发，惩罚永远是历史的、阶段的、人为的、与神无关的，这种人定的惩罚由于远离了神性而不可避免地带有人的局限。基督教教会法即使在被人们形容为黑暗的中世纪也追求这样的一个前提：处于基督教的爱的原则的控制之下，爱与法律相辅相成。教会法比世俗法更加注重人的信仰的力量，注重爱在人际关系中的协调作用，注重以人为本。12 世纪著名的基督教法学家格兰西曾说，“许多事要去做，不是因为法律的强制，而是出自由衷的爱”[③]。基于此，对于有罪之人，教会法的最终宗旨是救赎、纠正，而非惩罚、毁灭，其目的是给罪人提供帮助，拯救灵魂。律法只是手段，在基督之爱的引导下，基督徒效仿上帝之子耶稣的做法，追寻基督的榜样，改变作恶之人的罪恶的存在，“如果法律的条款和基督教之爱发生矛盾，

① 史铁生：《务虚笔记》，人民文学出版社 2011 年版，第 262 页。
② 史铁生：《务虚笔记》，人民文学出版社 2011 年版，第 324 页。
③ 彭小瑜：《教会法研究——历史与理论》，商务印书馆 2003 年版，第 6 页。

仁慈的作用是调和外在的法律秩序和教会最高的律法——灵魂的拯救”[①]。这是教会法的终极目的，也是史铁生在写作中想要传递的理想。

(2)爱情与爱情的语言——性

爱作为基督教伦理的核心，将人与神连接在一起，它不仅是神的本质，更是人的生存本质。史铁生的爱的内容包含两个层次，一个指向广泛的人类之爱，一个特指爱情。如果残缺是人的原罪，那么爱情就是救赎之道。爱情与残疾是史铁生反复强调的两个生命密码。在他的写作中，爱情与残疾曾相互背离，如《没有太阳的角落》中的克俭与铁子、《足球》中的山子与小刚就是因残疾被爱情抛弃。但后来，爱情进入了残疾。这首先表现在史铁生本人的生活中，夫人陈希米的相伴在极大的程度上给他带来生活的信心与希望，也促使他进一步完善自己的宗教——“我就是靠了这种爱而耽搁也延缓了死亡的，然后才感到了生的诱惑。你要是说这爱是生命的诱惑，也行。但绝不是生理性生命的诱惑，而是精神性生命的诱惑，是生命意义的诱惑”[②]。随后，爱情也进入史铁生的写作中。

基督教所倡导的无差别的“爱人如己”是一种理想状态，在现实生活中很难全面的实现，但爱情的发生却是可能的。史铁生说爱情“甚至像是上帝为广博的爱所保留的一点火种。它甚至是在现实和现实的强大包围下的一个圆梦的机会。……所以爱情本身也具有理想意义”[③]。“相爱”是一种让人愉快的状态，它有助于让我们看到所爱之人的美，以及世间一切的美。

爱情之所以不同于普通意义上的人类之爱，“性”是一个重要的区分点。基督教不回避性，甚至可以说，在几大宗教中，“基督教几乎是唯一一个彻底肯定身体的宗教。基督教相信物质是善的，上帝自己就曾经以血肉之躯来到世间，甚至将来在天国，上帝也会给我们以某种形式的身体，这个身体将是我们的幸福、美和活力必不可少的一部分”[④]。性是爱情中的重要组成部分，也是史铁生写作中一直探讨的主题。《我的丁一之旅》的“丁一之旅”就始于伊甸园。在游历过程中，丁一始终被“情”与“性”两方撕扯着，在与阿春、阿秋、泠泠、何依、秦

① 彭小瑜：《教会法与基督教之爱——格兰西〈教会法汇要〉的启示》，《北大法律评论》2001年第4期。

② 史铁生：《在友谊医院“友谊之友”座谈会上的发言》，见《我与地坛》，人民文学出版社2011年版，第390页。

③ 史铁生：《给李健鸣(1)》，见《病隙碎笔》，人民文学出版社2011年版，第349页。

④ [英]C. S. 路易斯：《返璞归真》，汪咏梅译，华东师范大学出版社2011年版，第104~105页。

娥、吕萨等女性的交往中，他一步步深入对生存困境的思考，从对爱的真诚祈盼走向性的放纵。与秦娥的相逢曾让丁一短暂回归到寻找夏娃之路。但秦汉的疑问成为丁一欲爱多向的理论来源与道德支持。秦汉说："既然爱情是人间最为美好的情感，那又为什么一定要限制在尽量小的范围里?"①在《我的丁一之旅》第115节"标题释义"中，史铁生写道："所谓'我的丁一之旅'即是这一句诘问的引发，又是这一句诘问的继续；既是我因之而有的一份惊诧，又是我由之而生的一种持续不断的热情，与盼念。"②以此为基础，丁一开始实践自己的情爱乌托邦，但故事的最后，秦娥的选择、吕萨的离开、丁一的伤痛而死证明了性作为爱情仪式的神圣性，这是对神圣之爱与信仰本身的呼唤。性是爱的语言，语言的滥用将粉碎爱的言说，丁一悲剧的根源在此，《务虚笔记》中诗人L的症结也在此。在丁一出发伊始，行魂曾给予他三点忠告："第一，唯当你找到夏娃，你才能认出她不是别人，而此前她与别人毫无二致。第二，你不能靠展示上帝赋予你的信物去昭告她，不能滥用那独具的语言来试探她——就譬如，认识不可以试探神的！……但是第三，丁一你听着：最终我们又必须靠这信物，靠这独特的语言，来认定那伊甸的盟约！"③这三点忠告展示了寻找夏娃之旅的困难，白昼遮蔽了人们的心魂，性是确认爱情的密码，但对性的滥用却让丁一与夏娃渐行渐远，肉体的快乐并不能带来心魂的敞开，性作为爱情的表达，"正是因为，性，以其极端的状态和极端的敞开形式，符合了爱的要求"④。

在与爱情有关的性行为中，动物性欲望退居次要地位，C. S. 路易斯说"爱是色欲的伟大的征服者"⑤。亚当与夏娃的故事常给人一种错觉，认为人的原罪与性有关，但性本能的堕落与其说是被逐出伊甸园的原因，不如说是结果。真诚的性行为是"相爱"这个命题中不可缺少的组成部分，我们在史铁生的作品中看到许多关于残疾人性行为的困境。但另一方面，性行为与其说是一种生理行为，不如说是一种意志行为，男人与女人生来就要成对地结合，这种结合不仅限于性方面。爱情没有性依旧可以成立，《务虚笔记》中×最终回到了残疾人C的身边，并且完成了爱情的仪式。离开爱情的性行为却是一种堕落，所以有时爱情需要婚姻的制衡，纵欲之人试图将性结合与其他方面的结合分开，如丁一，他

① 史铁生：《我的丁一之旅》，人民文学出版社2011年版，第299页。
② 史铁生：《我的丁一之旅》，人民文学出版社2011年版，第303页。
③ 史铁生：《我的丁一之旅》，人民文学出版社2011年版，第79页。
④ 史铁生：《给李健鸣(1)》，见《病隙碎笔》，人民文学出版社2011年版，第345页。
⑤ ［英］C. S. 路易斯：《返璞归真》，汪咏梅译，华东师范大学出版社2011年版，第113页。

们终将在寻找心魂的道路上迷失自我。

史铁生在病重的时候，与妻子陈希米共处的日子让他发现“爱与性之比，竟是无限与有限之比的悬殊！那大约正是因为，人生的困苦比喜欢要辽阔得多、深重得多吧。所以，喜欢不能证明爱情（但可以证明性），困苦才能证明。这困苦是超越肉体的。肉体的困苦不可能一同，一同的必是精神”[①]。但是爱情在白昼中被层层遮蔽，纵然在夜晚的梦境与戏剧中，现实之墙被打破，但心墙却仍然无处不在。《我的丁一之旅》中丹青岛之梦的破碎预示着理想生活的不堪一击，史铁生说：“性爱是一切人类理想的源头，或征兆。——亚当与夏娃的头一宗愿望就是相互寻找。但这源头或许还算不得理想，唯当人的眺望更加辽阔、期待这一美好情感能够扩展到更大单位（比如说种群、国家、人类）之时，理想才算诞生。”[②]史铁生的深刻之处在于，在现实生活中，他抱着爱人之心艰难前行，但不盲目寄希望于完美的可能，人生的根本困境在此，人不停止追问的脚步逐渐接近终极问题的终极答案的意义在此。在给王安忆的信中，他这样解释“丁一之旅”的结局——“从你的意见中我感到，你期待于《丁一》的是美好理想，或爱情升华，所以你认为写到‘戏剧乌托邦’就够了。但我的着眼点更在于理想的继续，或理想的疑难”[③]。史铁生在写作中给人信心，但从不盲目地安慰，深刻地揭示通往理想彼岸的困难。他提出问题，却并不希冀解决之道一定出现，廉价的乐观主义于面对人生困境并无益处。

（3）爱命运

无差别的人间之爱难以实现，纯粹的爱情又因现实的遮蔽而困难重重，人生的苦难接踵而至且伴随始终，生的意义一次又一次被拷问。在承认人生的根本困境后应以怎样的心态才能保证乐观地活，史铁生的答案是“爱命运”——“尼采说‘要爱命运’。爱命运才是至爱的境界”[④]。“爱命运”是“爱上帝”，也是“爱众生”，如果说喜欢表明着欲占有，那么爱则意味着愿意付出，爱不一定喜欢，而是代表着一种希望。我们爱人是希望他们好，我们爱命运是怀有对完美人生的希望，并为了这希望而不断努力。

在《放下与执着》中，史铁生说先哲有言，“愿意的，命运领着你走；不愿意

① 史铁生：《给李健鸣（1）》，见《病隙碎笔》，人民文学出版社2011年版，第345页。

② 史铁生：《给王安忆》，见《昼信基督夜信佛》，北京十月文艺出版社2012年版，第130页。

③ 史铁生：《给王安忆》，见《昼信基督夜信佛》，北京十月文艺出版社2012年版，第129页。

④ 史铁生：《扶轮问路》，见《扶轮问路妄想电影》，人民文学出版社2011年版，第9页。

的，命运拖着你走"[①]，他自己就是被"拖着走"的。在被拖着走了二十几年后他突然发现："那二十一岁的遭遇以及其后三十几年的被拖，未必不是神恩——此一铁生并未经受多少选择之苦，便被放在了'不得不放一放'的地位，真是何等幸运的事！"[②]最终他得出结论："尼采那一句'爱命运'真是对人生态度之最英明的指引。"[③]史铁生的写作是真正地用自己的遭遇与痛苦作支撑的，因此在谈论抽象的哲学问题时，他从不给人以故弄玄虚、卖弄技巧之感。他记录自己的思维经验，对命运带给他的经历不做无谓的抗争也不做痛哭流涕的申诉，坦然接受宿命的安排，"放下占有的欲望"，却"执着于行走的努力"。放下抱怨，欣然接受，站在爱的高度，方能真正进入形而上的思考，以有局限的人类之身探索那无限的生存奥秘——"大凡存在者，都必有宿命为其前提。大凡自由，都是说，在某种局限下去做无限的寻求。尼采说，伟大的人是爱命运的"[④]。不屈从、不怨恨，命定之路才能走得精彩纷呈、妙趣横生。《山顶上的传说》中残疾小伙便是在经历了爱情与残疾的双重打击后，由恨走向了爱，最终明白摆脱人生困境的从来都是爱而不是恨，意识到只有不求回报的爱，才能真正远离通往地狱之路，爱因此而具有神性色彩。

爱命运是一种比"爱人如己"更高的对于爱的要求，更接近于上帝爱人的实质。耶稣以无罪之身代人受过，"所谓'爱上帝'说的是什么？是说要爱世间一切造物。所谓'爱命运'说的是什么？是说对一切顺心与不顺心的事，都要持爱的态度"[⑤]。"爱命运"是史铁生关于爱的终极理想，是他写作与生存一直在遵循的原则，也是他为文学所寻找的那个不变的终极意义。无论这个意义是什么，"爱"一定是实现它的最好的也是唯一的途径。古往今来，多少艺术家在品尝了人生艰辛后，却创作出了带给世人爱的理想的作品，能突破时间流变而沉淀下来，罕见对命运不公的抱怨与不可一世的炫耀。他们站在人类的立场上解剖苦难，传播爱愿，在趋向完美的道路上记录痛苦也记录下人类不断冲破局限、追寻完美的勇气和努力。

困境不可能彻底消灭，理想、英雄、爱情、勇气的对立面将一直存在，人们如果互相扶持、互相交流，如上帝爱人一般爱人如己，那么就可能拥有一种新的处

---

① 史铁生：《放下与执着》，见《扶轮问路妄想电影》，人民文学出版社2011年版，第18页。
② 史铁生：《放下与执着》，见《扶轮问路妄想电影》，人民文学出版社2011年版，第18页。
③ 史铁生：《放下与执着》，见《扶轮问路妄想电影》，人民文学出版社2011年版，第18页。
④ 史铁生：《智能设计》，见《扶轮问路妄想电影》，人民文学出版社2011年版，第55页。
⑤ 史铁生：《昼信基督夜信佛》，见《昼信基督夜信佛》，北京十月文艺出版社2012年版，第26页。

世态度，进而迈向人生新境界。这一新境界由爱启发，用爱建筑，并通过爱来维护：“爱愿，并不只是物质的捐赠，重要的是心灵的相互沟通、了解，相互精神的支持、信任，一同探讨我们的问题。”①

基督教爱的理想是克服白昼局限，以积极的姿态认识到人之困境的必然，并且拥有不畏艰难险阻勇往直前的精神支撑与实践原则。如果以原罪之身降临在世的人们注定一生在苦难中挣扎，那么“爱”就是黑暗中的烛火，倘若人人都能点亮爱的火种，那么日头必定从地平线升起。所以史铁生说：“基督信仰并不是以弄清世界的真相为要点，而是要把一条困苦频仍的人生（真）路，转变成一条爱愿常存的人生（善）路；把一条无尽无休、颇具荒诞的人生（实）路，转变成热情浪漫，可歌可泣的人生（美）路。”②

三、“宗教精神”的审美超越：“生命之美”

刘小枫在《诗化哲学》中分析了德国早期浪漫派诗哲们关于“人生向诗转化”的思想，将其概括为“诗的本体论”，认为早期浪漫派的创作在诗中表现了作家对超验性自由的向往，在诗中彰显人类的灵性，为没有意义的世界创造意义，“于是，审美、诗，就成了设定这个世界的根据，或者说，审美的世界成为现实世界的样板。审美、诗被摆到最高的地方，具有一种统摄的作用”③。审美是世界从无意义到有意义的依据，而在这一过程中，人的作用被凸显。尼采说：“存在和世界只有作为审美现象才是永远合理的。”④如果现实是此岸的，那么审美就是彼岸的，人生不断向诗意化和审美化生成的过程，也就是人类靠近无限和绝对的过程。审美、诗与“宗教精神”有着天然的联系，它们都是从“具有超验精神的人的自我出发”⑤，在对现实世界的把握中走向精神的高地。信仰的发生无须也无法在物质世界中得到证明，但是这无法得到证明的精神一维却能经受住时间的洗涤与冲刷，对于蹒跚于苦难世界的人们来说是可以坚守的解脱良药。“宗教精神”的获得不仅使史铁生在精神上走出夜的迷障，摆脱死亡的纠缠，更

---

① 史铁生：《在友谊医院“友谊之友”座谈会上的发言》，见《我与地坛》，人民文学出版社 2011 年版，第 387 页。

② 史铁生：《看不见而信》，见《扶轮问路妄想电影》，人民文学出版社 2011 年版，第 64 页。

③ 刘小枫：《诗化哲学——德国浪漫美学传统》，山东文艺出版社 1986 年版，第 35 页。

④ 朱光潜：《悲剧心理学——各种悲剧快感理论的批判研究》，人民文学出版社 1983 年版，第 152 页。

⑤ 刘小枫：《诗化哲学——德国浪漫美学传统》，山东文艺出版社 1986 年版，第 36 页。

使他实现了对个体有限性的超越，进入无限的审美境界。史铁生认为，“成为美，进入了欣赏的维度，一切才有了价值和意义”①。而写作作为艺术门类的一种，“不是发生在空间和时间，而是发生在更高的一维”②，这一维是精神之维，宗教情怀保证了作家对生命的怜悯与同情、对终极意义的永恒发问与永恒追求，也使其作品从内容到形式都充满了丰富的美学意蕴。

（一）“宗教精神”的美学内涵

在写作之夜，史铁生不仅与爱情坦诚相见，还构建了自己的以宗教超越为核心的美学理想，从人的困境之路走向审美之路。参透生的真谛后，原本令人窒息的黑夜、无法释怀的苦难、不可解开的心魔幻化成在不断克服困难中获得意义的“过程美学”。“宗教精神”对生命恒久价值的肯定让死成为无须强求也无须害怕的东西，死在史铁生笔下展现出罕见的宁静、诗意与壮美。如史铁生给杨晓敏的信中所述：“人类在绝境或迷途上，爱而悲，悲而爱，互相牵着手在眼见无路的地方为了活而舍死地朝前走，这便是佛及一切神灵的诞生，这便是宗教精神的引出，也便是艺术之根吧。”③

1. 文学、“宗教精神”与美

如果说，史铁生最开始选择写作是为了活着，为了活着找一点事做，那么后来对生命意义与存在价值的探索将他带向了精神的更高层次——美。史铁生将真、善、美视作递进的三个层次，“文学是真的层次，如果文学中看到了人的处境问题，那就有了哲学的意味，也就到了善的层次，然而此时人们往往会陷入一种绝望，一种彻底的悲观，那么就要进入一种神学的层次，我觉得也就是一种美的层次”④。所以，宗教与艺术总是难分难解，“好的宗教必进入艺术境界，好的艺术必源于宗教精神”⑤。史铁生认为宗教与审美都是人类精神生活的高级层次，当人们意识到自身局限后，突破存在的束缚，实现灵魂的超越，自然就会与宗教和美相遇。

首先，“宗教精神”与审美的出发点都是克服存在的有限性，进而认清虚无

---

① 史铁生：《随笔十三》，见《我与地坛》，人民文学出版社 2011 年版，第 276 页。

② 史铁生：《随笔十三》，见《我与地坛》，人民文学出版社 2011 年版，第 277 页。

③ 史铁生：《给杨晓敏》，见《病隙碎笔》，人民文学出版社 2011 年版，第 295 页。

④ 张专、史铁生：《一个作家的生命体验——史铁生访谈录》，《现代传播——北京广播学院学报》1994 年第 3 期。

⑤ 史铁生：《给杨晓敏》，见《病隙碎笔》，人民文学出版社 2011 年版，第 296 页。

的深渊,为生命的完美不断努力,以超越无限。无论宗教还是审美,二者都是对人的生存状态与生命价值的关切,都要求突破生命的狭隘,为寻找无限存在和永恒意义而不断努力探索。冯友兰将人生境界分为四种——自然境界、功利境界、道德境界和天地境界。在天地境界,一个人在“了解于社会的全之外,还有宇宙的全,人必于知有宇宙的全时,始能使其所得于人之所以为人者尽量发展,始能尽性。在此种境界中底人,有完全底高一层地觉解。此即是说,他以完全知性,因其已知天,所以他知人不但是社会的全的一部分,而并且是宇宙的全的一部分”①。可见,在天地境界的人已经能够对宇宙人生有整体的认知,其对人生困境的反思与对自我超越的追求实际上已经进入了审美境界。史铁生在写作中几次提到西西弗斯,他千万年的劳顿正象征着人的存在困境,如尼采所说,西西弗斯正是“以自己的劳顿为一件艺术品,以劳顿的自己为一个艺术欣赏家,把这个无穷的过程全盘接受下来再把它点化成艺术,其身影如日神一般地作美的形式,其心魂如酒神一般地常常醉出躯壳,在一旁作着美的欣赏”②。在西西弗斯这里,人生境界与审美境界实现了融会贯通。

其次,“宗教精神”同审美一样,它们的价值尺度都是神性的,都要求用爱与勇气、同情与善良、正义与良心来度量存在的价值,都在为了人的终极关怀,为了将人从原罪中拯救出来而不断努力。如刘小枫在《拯救与逍遥》中所说:“当人人感到处身于其中的世界与自己离异时,有两条道路可能让人在肯定价值真实的前提下重新聚合分离了的世界。一条是审美之路,它将有限的生命领入一个在沉醉中歌唱的世界……另一条是救赎之路,这条道路的终极是:人、历史和世界的欠然在一个超上帝的神性怀抱中得到爱的救护。”③审美在明知世界的谎言与虚无时,仍用爱的胸怀去实现生命的价值、度量生命的深度,甚至可以断定,所有伟大的艺术品都散发着神性的光芒。史铁生说,“当人把一切坦途和困境、乐观和悲观,变作艺术,来观照、来感受、来沉思,人便在审美意义中获得了精神的超越,他不再计较坦途还是困境、乐观还是悲观,他谛听着人的脚步和心声,他只关心这一切美还是不美”④。“宗教精神”使人们在这个苦难充斥的世界永葆活着的热情与信心,以有限的努力创造无限的可能,而艺术将这勇气与探索塑造成可以欣赏、给人以希望的作品,为现实人生灌注了审美内涵。

① 冯友兰:《新原人》,河北教育出版社1996年版,第531页。
② 史铁生:《给杨晓敏》,见《病隙碎笔》,人民文学出版社2011年版,第296页。
③ 刘小枫:《拯救与逍遥》,生活·读书·新知三联书店2001年版,第78页。
④ 史铁生:《自言自语》,见《病隙碎笔》,人民文学出版社2011年版,第207页。

最终，写作将“宗教精神”与美结合。史铁生说“宗教精神”是“美的层面的。这样它就能使人在知道自己生存的困境与局限之后，依然不言弃这个存在，依然不失信心和热情、敬畏与骄傲”①。而他也正是用自己的创作实践着一种审美行为。史铁生对宇宙、存在、神性、生死的认识，最终落实到写作中来，“我们活着，本不需要诗。我们活着，忽然觉悟到活出了问题，所以才有了‘诗性地栖居’那样一句名言”②。在“写作之夜”，他记录下自己的所思所惑所感所知，将“宗教精神”注入文学创作，使写作成为沟通“宗教精神”与美的桥梁。他自觉地对人类的一系列终极问题进行着坚持不懈的思索，在与“宗教精神”的对话中，收获的不仅是生存的意义，更是如何让生存有意义——用美装点生命，用美贯穿生命，用美浇筑生命，这是一种既尊重命运又不屈于命运，既承认人之有限性又不放弃人的创造力的行为模式。我们在史铁生这里，总是可以看到命运的不可知、人生困境的无处不在，看到人时时刻刻处在被撕扯的环境中，在生存的悖论中挣扎沉浮，看到他们明知目的地的虚无而努力活出一个样子。在荒诞中，有人的懦弱也有人的强大，在怀疑中走向信仰，又在怀疑中坚定信仰，于是写作行为在这里发生。史铁生的写作和“宗教精神”从根本上都是出于对人的生存的关注，这正是审美与宗教的共通点，“文学的根，也当是人类与生俱来的困境”③，“只有在模糊不清的忧郁和不幸之中，艺术才显示其不屈的美”④。

2. 美是主观的

按照佛教关于正见的解释，任何事物都不是按照人们所标示的样子存在。“自我”的无明特性，让人误认为自己看到事物的实相，但其实人们所看到的一切都经过了情绪、见识、习惯、二元对立等“自我”意识的过滤与遮蔽，只能看到自己的见解。人们既看不到事物的全部，也无法真正掌握事物的本性。不仅如此，人们还总是自以为掌握了事物的特性，却不知道，这种认知只是仅对“自己”而言的。这一方面说明世间万物皆为幻象，无须过分执着。另一方面也可以理解为事物虽然不具有某种特质，但也不是不具有某种特质，事物有成为任何东

---

① 张专、史铁生：《一个作家的生命体验——史铁生访谈录》，《现代传播——北京广播学院学报》1994 年第 3 期。

② 史铁生：《无病之病》，见《我与地坛》，人民文学出版社 2011 年版，第 381 页。

③ 史铁生：《随想与反省——〈礼拜日〉代后记》，见《扶轮问路妄想电影》，人民文学出版社 2011 年版，第 162 页。

④ 史铁生：《随想与反省——〈礼拜日〉代后记》，见《扶轮问路妄想电影》，人民文学出版社 2011 年版，第 162 页。

西的可能,我们对事物的认识取决于我们自己的看法。史铁生说美是主观的,“它是不同主体的不同赋予,是不同感悟的不同要求”[①],所以他才能把西西弗斯的患难之路看作一条通向救赎的人生美路。

史铁生区分了漂亮与美,就像喜欢与爱一样,漂亮是生理感官的愉悦与和谐,而美则“牵涉着对生命意义的感悟”[②]。所以,“美是主观的,是人敬畏于宇宙的无穷又看到自己不屈的创造和升华时的骄傲与自赏”[③]。美总是牵涉人们对存在价值的主观感受,尽管人是带着原罪之身来到这个苦难充斥的世界,但是人类的前途却不乏光明,“宗教精神”看重人的灵魂价值,相信在上帝许诺的天堂到来之前,人类可以凭借血肉之躯开拓一条无畏无惧的不断靠近彼岸的道路,因此文学无须对人类命运感到悲观,在对存在状态的体察中,充满了爱的救赎与美的理想。

美不代表无苦无忧,相反,美总是在对苦难的质询中得到确认。但对苦难的不同心态却将人带往不同的旅途。《务虚笔记》中,女教师 O、葵林里的女人、医生 F 走向信仰和爱愿,而画家 Z、政客 WR 则走向虚荣、孤独与怨恨。比如医生 F,在人生岔路他放弃了爱情,这让他几乎一生在沉默中度日,但在那本《love story》出现后,F 医生心底尘封已久的爱被唤醒,最终他出现在女导演 N 的那部关于寻找爱的电影中。又比如 WR,年轻时因父亲身份问题而被取消大学资格,但他后来在权力的追逐中却放弃了梦想与希望。而画家 Z 是由于九岁时的心理创伤造成深深的自卑,以至于日后不敢向外国人承认自己形象邋遢的母亲,说那是家里的女仆。按照存在主义的说法,人是被抛到这个世界上的,人存在于世本身就是一个偶然事件,人类要面对生活中种种不可预知的苦难,而这些苦难又是人的根本困境。史铁生从自己的遭遇出发,看到美是生命的终极价值,他在现实的铜墙铁壁之中开辟了一处自由时空,“说生命的终极价值和意义是美,仿佛有点无可奈何。我们可以把社会的价值和意义发现得很清晰,很具体,很实在或很实用,可生命呢? 如果一切清晰、具体、实在和实用的东西都必然要毁灭,生命的意义难道还可以系之于此吗? 如果毁灭一向都在潜伏着一向都在瞄准着生命,那么,生命原本就是无用的热情,就是无目的的过程,就是无法求其真只可求其美的游戏”[④]。

① 史铁生:《答自己问》,见《病隙碎笔》,人民文学出版社 2011 年版,第 184 页。
② 史铁生:《答自己问》,见《病隙碎笔》,人民文学出版社 2011 年版,第 184 页。
③ 史铁生:《答自己问》,见《病隙碎笔》,人民文学出版社 2011 年版,第 184 页。
④ 史铁生:《随笔十三》,见《我与地坛》,人民文学出版社 2011 年版,第 277 页。

将人生之旅看作一场审美游戏，看似荒诞，实则肯定了人的精神价值。在生理的痛苦与思维的局限之外，人的精神超越人的肉体，无限接近理想中的终极，死去的只能是身体，而心识却有不断延续的可能，“就好比是说：史铁生嘛，不过一具偶然所乘之器物，而游心一事非我莫属。所以又要谈到‘超越自我’，‘超越自我’就是说你完全可以弃车而游！无论是车子报废了，还是存心弃之于路边，你都可以继续你的心游”①。只要精神不死，灵魂不灭，美必将弥漫，因此处处皆有美，就如同“人人皆可成佛”。

3. 悲剧美

史铁生早期的作品，如《我的遥远的清平湾》等，大多是采用现实主义手法，展现出一种比较乐观明快的情绪，但很快他就转变了写作方向，从对生命的苦难的书写到对精神困境的描摹，一步步远离了传统的、写实的创作思路。他曾在一次采访中解释道：“某种东西确实没有延续下去，因为我觉得那时候还有一种比较虚假的乐观主义。我并不认为悲观是一个贬义词，在比较深层的意义上。但如果以自己的悲哀为坐标的悲观主义是不好的，以自己的某种温馨为出发点的乐观主义也是虚假的、浅薄的。真正的乐观和悲观都是在一个更深的层面，它是人的处境的根本状态，从这个意义上讲，悲观和乐观没有高低优劣之分。”②

史铁生认为悲剧是与灵魂有关的，是关于生命本身的悲哀。他说中国人所感受到的永远都是有惨剧，而没有悲剧，真正的天才的诗人都是出于绝望的。在对存在的发问中，诗人开始写作：“他（诗人）只有永远看到更深的困苦，他才总能比别人创造得更为精彩；他来不及想当大师，恶浪一直在他脑际咆哮他才最终求助于审美的力量，在艺术中实现人生。”③从存在的根本处境出发，史铁生的悲剧美学受到尼采的影响。尽管尼采自称是“第一个悲剧哲学家”，但在《悲剧心理学》中，朱光潜分析对比了尼采与叔本华对于悲剧的不同认识后，认为尼采其实是一位乐观主义者。迈达斯王问塞伦纳斯什么是对人最好的东西，尼采借塞伦纳斯之口回答说：“最好的东西就是你永远得不到的：不要出生，不要存

---

① 史铁生：《回忆与随想：我在史铁生》，见《昼信基督夜信佛》，北京十月文艺出版社2012年版，第73页。

② 张专、史铁生：《一个作家的生命体验——史铁生访谈录》，《现代传播——北京广播学院学报》1994年第3期。

③ 史铁生：《答自己问》，见《病隙碎笔》，人民文学出版社2011年版，第176～177页。

在，化为虚无。”[①]这是酒神的智慧，但是希腊人的日神式的眼光翻转了这种智慧，存在因此变得愉快。朱光潜说，尼采的艺术信条其实更遵循荷马笔下的英雄式理想——“对于他们，最糟的是早死，其次糟的是——毕竟某一天会死去。”[②]尼采的酒神精神以肯定人的悲剧性为前提，他将人的苦难作为审美对象而观照，以正视人的悲剧性为基础，赞美人生、积极面对人生，相信人可以凭借自己的能力战胜人生的悲剧。同时，肯定艺术对于人生的重要意义，认为正是由于人生充满坎坷与不幸，才有整个世界的完满与永恒，人生的悲剧和审美意蕴才得以展现。而悲剧人物即使是一个坏人，也不乏英雄气质，悲剧总是伴随着对苦难的反抗。史铁生不仅将人类的悲剧审美化，而且将生命过程赋予意义，在悲壮美中体现了自我拯救的“宗教精神”。《好运设计》中，在各种完美的设计都宣告失败后，希望却并未落空，因为在创造过程的时候，生命的意义已然彰显，在欣赏这过程的精彩和无畏的时刻，生命的价值得到确认，也即“从不屈获得骄傲，从苦难提取幸福，从虚无中创造意义”[③]。对于悲剧人物来说，怯弱、屈从、退让最为不堪。

值得注意的是，在史铁生的笔下，死亡叙述有时也具有审美性。他的主人公常常陷入困境而选择死亡，最终走向对死亡的超越。《我与地坛》中，绝望的母亲、老年夫妻、长跑者、漂亮的弱智小姑娘，在这座废弃的古园里，苦难是如此真切，苦难又是如此的必不可少，倘若一切差别都消失，“怕是人间的剧目就全要收场了，一个失去差别的世界将是一潭死水，是一块没有感觉没有肥力的沙漠”[④]，死亡在这里达到了前所未有的哲学与现实的和谐。死亡从个体的消失拓展到了宇宙、人生层面，从想去死到不怕死，显示着史铁生灵魂向度的飞升。而《一个谜语的几种简单猜法》中的女医生之死、《务虚笔记》中雄鹿之死与女教师 O 的自杀也都成为生命的礼赞，展现出苍凉神圣而又淡然的美学意蕴。

从苦难中发现美，将悲剧变成美之一种，是史铁生在漫长的“写作之夜”经过重重精神磨难而获得的关于存在、关于如何更好地活的灵魂救赎密码。在地坛，他说自己思考了三个问题：要不要死、为什么活、我干吗要写作，最终得出结

---

① 朱光潜：《悲剧心理学——各种悲剧快感理论的批判研究》，人民文学出版社 1983 年版，第 152 页。

② 朱光潜：《悲剧心理学——各种悲剧快感理论的批判研究》，人民文学出版社 1983 年版，第 152 页。

③ 史铁生：《好运设计》，见《我与地坛》，人民文学出版社 2011 年版，第 171 页。

④ 史铁生：《我与地坛》，见《我与地坛》，人民文学出版社 2011 年版，第 13 页。

论，既然死是人类必然的结局，那何不试试活着的感受，写作就是为了活着，要想活得更好一点，"宗教精神"便降临了。在与宗教的邂逅中，人性展现出不屈而又神秘的光辉，"面对悲剧的背景，必死的归宿，如果从此就灰溜溜地不思振作，除了抱怨和哀叹再无其他作为，这样的人真是惨透了。有悟性的人会想：既然只能走在这条路上，为什么不在这条路上纵情歌舞一番呢？于是一路上他不羁不绊，挥洒自如，把上帝赐予他的高山和深渊都笑着接过来玩了一回，玩得兴致盎然且回味无穷，那他就算活出来了"①。在苦难丛生的人生旅途一路高歌，史铁生从生命过程中实现了美学层面的永恒。

（二）"过程美学"与生命历程的审美化

美，同"宗教精神"一样，说到底就是人对世界的一种态度，是精神自我完善的过程，它不是终点，而始终在路上。信仰不是求福乐，天堂也好、西方极乐世界也罢，人们永远可以无限接近它，但又和它保持着永恒的距离。史铁生肯定基督教用爱指引救赎之道、应对生之苦难，但他也对基督教对死的回避提出质疑，"基督信仰的弱项，在于黑夜的匮乏。……无论多么成功的生，最终都要撞见死，何以应对呢？莫非人类一切美好情怀、伟大创造、和谐社会以及一切辉煌的文明，都要在死亡面前沦为一场荒诞不成？这是最大的、也是最终的问题"②。其实解决的方法史铁生已经提出来，那就是不要把死亡当作终点，而是把通向它的路途作为意义。天堂无法到达，但去往天堂的道路却永远通畅。

死亡因为心魂的延续而不再是虚无的，目的地的不可把握并不意味着过程变成幻影，人类在对逃不脱的命运的抗争中披上灵性的光辉。所以史铁生相信信仰的真谛在追求信仰的过程中，"佛的本义是觉悟，是一个动词，是行为，而不是绝顶的一处宝座。这样，'人人皆可成佛'就可以理解了，'成'不再是一个终点，理想中那个完美的状态与人有着永恒的距离，人即可朝向神圣无止地开步了"③，而天堂同佛教的乐土一样，也并非一处确定的终点。史铁生所理解的"宗教精神"永远都不是僵死的，他将"宗教精神"置于一个永恒的、不断趋近终点、而又与终点始终保持距离的过程中。《病隙碎笔》记录了史铁生患病以来对

---

① 张专、史铁生：《一个作家的生命体验——史铁生访谈录》，《现代传播——北京广播学院学报》1994 年第 3 期。

② 史铁生：《昼信基督夜信佛》，见《昼信基督夜信佛》，北京十月文艺出版社 2012 年版，第 9 ~ 10 页。

③ 史铁生：《神位官位心位》，见《我与地坛》，人民文学出版社 2011 年版，第 316 ~ 317 页。

人生、存在、宗教、哲学的思考。在与疾病纠缠的日子,他发现“人间总是喧嚣,因而佛陀领导清净。人间总有污浊,所以上帝主张清洁,那是一条路啊!皈依无处”①。所以皈依永远在路上,这种永远在路上的宗教才是好的宗教,也就是史铁生所说的“宗教精神”。

既然人与传说中福乐的终点有着永恒的距离,那么历经艰苦悲剧前行的意义又在哪里?史铁生说“过程就是目的”。小说《命若琴弦》是其“过程即意义”思想的最集中体现。七十岁的老瞎子五十年来虔诚地弹琴只为能睁眼看一次世界,他尽心尽力地弹断了1000根琴弦,最终却发现精心保存的药方不过是一张无字的白纸。回望这几十年的艰难困苦,他顿悟“以往那些奔奔忙忙兴致勃勃的翻山、赶路、弹琴,乃至心焦、忧虑都是多么欢乐!那时有个东西把心弦扯紧,虽然那东西原是虚设”②。目的本来没有,过程就是全部,1000根琴弦不够,于是他告诉十七岁的小瞎子要弹断1200根琴弦。从老瞎子的师傅到老瞎子,再到小瞎子,仿佛生命的轮回。既然目的不可能实现,那么为何又要设一个满是希望的局?因为苦难无处不在,寻死无益于解脱,消极将消解意义,唯有带着希望前行才能发现生命的美丽。上帝为终点设了一个死局,人类却可以选择到达终点的不同方式,目的地在哪里,只有依靠自己丈量。在小说结尾,一切又回到了最初,“苍苍茫茫的群山之中走着两个瞎子,一老一少,一前一后,两顶发了黑的草帽起伏蹿动,匆匆忙忙,像是随着一条不安静的河水在漂流。无所谓从哪儿来、到哪儿去,也无所谓谁是谁……”③。正是在人类无限接近完美却永无终点的道路上,神显现。

王安忆说史铁生“并不提供给人们神话,只提供真实”④,他的全部玄思都是有着血肉体悟做根基,而又早早突破了生理的局限,他的心智与他的感官在理性与非理性的冲撞中发现一条无限真实的救赎之路。因此,史铁生的写作从来不是建造空中楼阁,他从解脱自己出发,最终影响了围绕他身边的许多人。史铁生将自己逐美的努力实践在日常生活中,不仅摆脱最初患病时消极、厌世的情绪,而且广泛交友,积极参与社会活动,笔耕不辍创作了许多发人深思的文学作品,死后又捐献了自己的脊椎肝脏遗体用于救助他人与医学研究。与史铁

① 史铁生:《病隙碎笔1》,见《病隙碎笔》,人民文学出版社2011年版,第30页。

② 史铁生:《命若琴弦》,见《命若琴弦》,人民文学出版社2011年版,第245页。

③ 史铁生:《命若琴弦》,见《命若琴弦》,人民文学出版社2011年版,第247页。

④ 王安忆:《残疾人史铁生》,见“写作之夜”丛书编委会:《生命:民间记忆史铁生》,中国对外翻译出版有限公司2012年版,第303页。

生同在陕西插队的谢侯之曾回忆史铁生与他谈论植物人与安乐死的话题，史铁生说植物人的脑筋是好的，意识清楚，但是身子不是自己的，被束缚不自由，此时安乐死就是解脱。可见，史铁生认为生命过程并不在时间长短，他非贪生，亦不怕死，只是想在有限的生命长度洞悉更多的生命意义。

自20世纪70年代初，史铁生瘫痪的双腿就将他牢牢地限制在一把轮椅之上，但是朋友们抬着他的轮椅走遍了世界。张守仁说："近三十年来，他坐的轮椅运载着他内心的沉思、忧郁、痛苦、梦想、爱恋、探寻、追问，行驶在雍和宫附近的街巷里，徘徊在地坛柏荫下的草地上，出现在北京、上海、杭州、纽约、北欧的文学集会和笔会上。"①在《扶轮问路》中，史铁生回忆了那些坐在轮椅上游世界的日子。他的第二辆轮椅是由《丑小鸭》杂志社送的，这辆"福"字牌轮椅也是友情的见证，洪峰、马原、韩少功、王安忆、何立伟、郑义等人推他回了"清平湾"、去长春领了奖、游了沈阳、逛了淮海路，甚至登上南海舰队的鱼雷快艇，还去了斯德哥尔摩开会。1997年，孙立哲邀请双肾衰竭的史铁生去美国旅游，他挣扎着游览了沙漠、瀑布、大峡谷、赌城。史铁生十分赞同孙立哲的人生哲学："命，干吗用的？单是为了活着？"②

除了游历了国内外的大好山河，在雍和宫26号的家中，史铁生还与来自各界的朋友们不定期地举行沙龙式的聚会。他清华附中的同学刘瑞虎曾回忆自己在史铁生的家里遇过各色人等："专家、学者、电视台主播、电影演员、工人、农民、插队的朋友、回国探亲的海外学子以及他的国内外粉丝……所有的人都乐于向他倾诉，也期待着聆听他诙谐的插话、评论乃至故事。"③正如史铁生的另一位友人所说，"与其说铁生需要友情滋润，莫如说他的很多朋友和我一样，需要铁生的精神照耀"④。作家王安忆与周国平也是他家中的客人，他们不约而同地在回忆文章中提到去史铁生家里对他们来说是件大事，以至于每次去之前都要做好各种准备，珍惜每一次去的机会。几乎所有史铁生身边的人在谈到与他的交往时，都感谢史铁生的谈话带给自己的精神慰藉。这个坐在轮椅上丈量灵魂深度的思考者，显然比许多健全人走得更远也想得更深。

---

① 张守仁：《轮椅上的背影》，《北京文学》2012年第2期。

② 史铁生：《扶轮问路》，见《扶轮问路妄想电影》，人民文学出版社2011年版，第7页。

③ 刘瑞虎：《高山流水四海神游》，见"写作之夜"丛书编委会：《生命：民间记忆史铁生》，中国对外翻译出版有限公司2012年版，第163～164页。

④ 章德宁：《三十年的追思》，见"写作之夜"丛书编委会：《生命：民间记忆史铁生》，中国对外翻译出版有限公司2012年版，第362页。

信仰的皈依在过程，人生的价值在过程。在史铁生看来，历史的意义也在过程，倘若时间流转，人类只是向着那虚无的终点前仆后继，而看不到希望与美，努力永远都是泡影，未来永远朦胧，总有一天，人类会厌倦这个死局，进而厌倦这无始无终无止无休的轮回。在《人间智慧必在某处汇合》中，史铁生分析了尼采"永恒回归"的概念，说尼采的"永恒回归"的证明，也许可作这样理解："生命的前仆后继是无穷无尽的，但生命的内容，或生命中的时间，无论怎样繁杂多变也是有限的；有限对峙于无限，致使回归(复返、再现)必定发生。"[1]因此，生命的路途也许重复，但是个体并非必然复返，在艰难的跋涉中，心魂超越生理性存在，因其对苦难的探索而变得不同、变得有意义。其实上帝早就料到了这个现实，所以史铁生说，"上帝是一个聪明的幼儿园阿姨，让一代一代的孩子们玩同一个游戏，绝不让同一个孩子把这游戏永远玩下去，她懂得艺术的魅力在于新奇感"。在重复的剧目中，不同的人却能赋予其不同的内涵，"太阳底下无新事"，想象力让心魂自由驰骋，突破阻碍，挣脱束缚，永葆生命的激情与活力。在前世今生的纠缠中，世世代代的变迁延续才有了意义，历史的价值随即浮出水面——"历史的意义又是什么呢？进步、繁荣、公正？那只能是阶段性的安慰，其后，同样的问题并不稍有减轻。只有追求完美，才可能有一条永无止境又永富激情的路。或者说，一条无始无终的路，唯以审美标准来评价，才不至陷于荒诞"[2]。

在人类以有限对抗无限的过程中，人性与神性的伟大同时显现。在这条朝圣之路中，人类必将获得精神愉悦，在趋近永恒的道路上，人的精神不断实现着自我完善，实际上也就实践着一个审美过程。这个过程一定不是一帆风顺，但倘若人真的能够用审美方式体验生命，那么也就能在享受快慰的同时也能享受哀伤，也就能够看见美。在生命艰难的跋涉中，即使是悲剧的过程也可以变成美，"美丽者何？所谓童心不泯是也，生气勃勃是也，所谓既敬畏自然之神秘又不屈于命运之坎坷是也，无论你干什么都干它个津津乐道一醉方休"[3]。不仅生的过程富有美的内涵，死亡也同样可以成为精彩的过程，"死神也无法将一个精彩的过程变成不精彩的过程，因为坏运也无法阻挡你去创造一个精彩的过程，

① 史铁生：《人间智慧必在某处汇合——斯坦哈特的〈尼采〉读后》，见《扶轮问路妄想电影》，人民文学出版社 2011 年版，第 38 页。

② 史铁生：《昼信基督夜信佛》，见《昼信基督夜信佛》，北京十月文艺出版社 2012 年版，第 9 页。

③ 史铁生：《给 × L》，见《病隙碎笔》，人民文学出版社 2011 年版，第 302 页。

相反你可以把死亡也变成一个精彩的过程，相反坏运更利于你去创造精彩的过程”[①]。说到底，过程就是人的心路历程，也就是人的精神，生的意义与死的后果，这个纠缠史铁生几乎整个写作生涯的两个问题，最终被他与美牢牢结合在了一起。

（三）陌生化语言的审美特征

文学是语言的艺术，语言传递着写作者的思想，承载着其情感表达与创作意图。韦勒克说：“语言是文学的材料，就像石头和铜是雕刻的材料，颜色是绘画的材料或是声音是音乐的材料一样。”[②]史铁生的写作是他对宇宙人生进行深刻洞察后的自然流淌，虽然他的写作突破了一般的文体限制，但作为文学之一种，其作品在富有丰厚的精神内涵之外，也具有文学作品的独特美学特征。史铁生小说语言的乡土性、音乐性、形象性等特点已经得到了广泛的认同。本节将主要以史铁生文学语言的陌生化的审美特征为例，简要分析语言对其作品精神内涵传达的贡献。

“陌生化”这一概念由俄国形式主义文学评论家维克多·什克洛夫斯基在发表于1917年的论文《艺术作为手法》中首先提出。什克洛夫斯基将日常语言与诗歌语言作比较，认为日常语言是一种“自动化”的语言，而诗歌语言是一种“陌生化”语言。什克洛夫斯基称：“正是为了恢复对生活的体验，感觉到事物的存在，为了使石头成其为石头，才存在所谓的艺术。艺术的目的是要使人感觉到事物，而不是仅仅知道事物。艺术的手法就是使对象变得陌生，使形式变得困难，增加感觉的难度和时间的长度，因为感觉过程本身就是审美目的，必须设法延长。”[③]作为一种艺术处理手法，陌生化力图增强接受者的感受难度，调动人的情感、想象，希望在感受过程中实现艺术目的。

在《我的遥远的清平湾》《插队的故事》等作品中，史铁生多选用清丽平和的语言，给读者营造出一种平淡温馨的审美感受。但很快他放弃了对“插队”故事的描摹，也放弃了那种散漫通俗的语言风格，之后的《小说三篇》《礼拜日》《一个谜语的几种简单猜法》《我之舞》等作品，语言的哲理性初露端倪。而在《原罪·宿命》《好运设计》《中篇1或短篇4》中，史铁生的叙事开始带有一种冷

---

① 史铁生：《好运设计》，见《病隙碎笔》，人民文学出版社2011年版，第170页。

② ［美］勒内·韦勒克、奥斯汀·沃伦：《文学理论》，刘象愚、邢培明、陈圣生、李哲明译，文化艺术出版社2010年版，第11页。

③ ［苏］维克多·什克洛夫斯基：《散文理论》，刘宗次译，百花洲文艺出版社1994年版，第10页。

峻的幽默，他有意地制造障碍，给读者带来阅读难度，迫使读者增加阅读时间，这种特点在《务虚笔记》和《我的丁一之旅》中达到极致。

陌生化手法在写作中的运用通常有以下几种方式：语言的陌生化、结构的延宕、变形等，目的就是使平常事物变得陌生，使感知变得敏锐，从而更好地传达作者想要表现的对象。

语言的陌生化多运用比喻、夸张、反讽、象征、隐喻等方法。什克洛夫斯基说文学语言必须个性突出，作者为了美学目的的实现，常常需要对标准语言进行扭曲变形。而优秀的作家在使用语言的时候，对这一点通常都有明确认识，并且能够自觉地选用陌生化的语言，以利于个人创作理念的传播与审美理想的传达。如在《我的丁一之旅》中，史铁生这样写“恨”：

> 恨不过是一种生理反应，好比狼的龇牙，好比狗的夹起尾巴，其实是恐惧，是防范，或者是以守为攻，当然这有时也是必要的，但绝不是思想，恐惧和防范哪儿还来得及思想？当恨转向了爱，追随了爱，思想才会诞生，爱所以也不是本能，爱是智慧。①

将“恨”这样一种心理状态，比喻为一种动作行为——“狼的龇牙”和“狗夹起尾巴”，新奇形象，生动地说明恨的无用。

变形则集中体现于结构、情节、韵律、叙述视点等方面。在史铁生的写作中，小说叙述视角的陌生化是一个极为突出的现象。“我”或“史铁生”或直接插入作品发声，或与读者对话，超越了文本的时空限制。《我的丁一之旅》的“想象力”一节，“我”与“史铁生”同时在场，通过对《务虚笔记》中的画家Z与丁一的对比，展开了一场关于“情”与“爱”的争论：

> 但是但是，史铁生又在一旁讪笑了：“你肯定，Z的愤恨就不是出于一个‘情’字？”
>
> 是呀，我记得，Z在其愤愤然走出人群的那一刻首先想到的是母亲，是母亲备受欺侮的一生——能说这就不是因为一个“情”字？
>
> “不打自招，不打自招！”那史的笑于是近乎幸灾乐祸了，“这个‘情’字不也一样什么都可以是，什么都可以干吗？”
>
> 是呀是呀，这个“情”字如果不能走向爱，就仍然是一种本能。不过，老

① 史铁生：《我的丁一之旅》，人民文学出版社2011年版，第17页。

史你注意到没有，丁一的情眸却是眺望得更为宽广，更为辽阔，更为痴迷或更为深重？也许就因为他从来不是对准着一个，而是向往着她们，不是依恋着自己的一部分（譬如母亲，或母爱）。而是向往着他者，所以他才会那样问。①

这段文字与其说是“我”与“那史”的争论，不如说是“我的一部分”与“我的另一部分”在同一问题上的相互否定与相互认同。在《我的丁一之旅》中，“我”与“那史”经常出现，再比如如下关于语言与灵魂的对话：

“灵魂是什么样子？什么形态？”

“这我没法儿跟你说。”

“哈！”那史讪笑道，“为什么不能说？”

“不是不能说，是没法儿说。因为语言是灵魂的创造，创造者就一定比被创造者大；你认为浪，可以说得清水吗？云，可能说得清风吗？”

那史遂低头不语。

“但是，”我说，“浪是水的一种表达，云是风的一项证明。”

“证明什么？”

“证明那辽阔之在的确凿。”

“你在那儿？”那史又眯起眼睛，一脸的不屑。

“有限以其无限的行旅，而在无限之中。”②

“那史”与“我”大多出现于有关形而上问题的讨论中，一方面类似对话的插入割裂了叙事的连贯性，另一方面又有助于作者意图的传递。《我的丁一之旅》是史铁生对爱情问题思考最为深入也最为成熟的一部作品，爱情超越了性吸引而成为哲学宗教等抽象问题中一个至关重要的存在，与爱情相遇的时刻，也常常是与精神相遇的时刻。当人物不足以表达“我”的想法时，“我”亲自登场。

除了写作者的突然登场，史铁生写作中还有一类比较特殊的对话形式——姑且称之为“独白式”对话。如《务虚笔记》中因为F的父母以死相逼，要挟儿子不可与右派的女儿N结婚，恋人N和F最后一次见面，二人的对话其实只是

① 史铁生：《我的丁一之旅》，人民文学出版社2011年版，第47页。

② 史铁生：《我的丁一之旅》，人民文学出版社2011年版，第269页。

N一个人的絮语：

> N说，你曾经告诉我的，是不是真的？N说，请你告诉我，是不是出身可以使爱成为错误？是不是有什么东西可以使爱成为错误？……N说我能够承认现实，我也许不得不接受现实，N说，如果我父亲的罪孽注定要剥夺我，N说至少我不想让它再剥夺你，走吧你去苏联留学吧，N说，我不想损害你父母为你安排的锦绣前程，但是我必须得知道这仅仅是现实这并不就是一切的证明……①

再比如，《我的丁一之旅》112节，丁一与吕萨关于戏剧真实的探讨：

> 丁一：“娥说，戏剧，就是这样一种时刻：一切不可能在那儿都是可能的，所有的不现实，在那儿都可以实现。”
>
> 丁一：“准确说，那是一种约定，心与心的约定。”
>
> 丁一：“约定在现实之外，约定在梦愿之中。”
>
> 丁一：“戏剧，并不是模仿现实之真，而是实现梦愿之真。在那儿，在戏剧里，或约定中，一切真心都可以袒露，一切真愿都可以实行。”
>
> 丁一：“然后你回到现实中去。在那约定之外，你不得不遵守白昼的规则。”
>
> 丁一：“但是在黑夜，在戏剧里，在那样的约定中，你必须是本真的你，卸去身心的铠甲，卸去一切包装，脱掉‘裸体之衣’，因为一旦……”②

原本的对话成为丁一的个人独白，在这段“唠叨”中，史铁生借丁一之口阐释了自己关于戏剧真实与可能、现实与梦境、白昼与黑夜法则等一系列长久以来关注的话题的迷惑。

此外，人物的命名与抽象词语的运用也是史铁生作品造成读者阅读障碍的一个重要原因。在《务虚笔记》中，主人公的名字或用字母表示，或干脆没有名字，这本身就给接受者一种新鲜的阅读体验，而在文本中，史铁生选择了大量抽象的表达心理感知的词语，如“存在”、“死亡”、“虚无”、“感知”、“可能”等。这部作品同以往任何一部小说都不同，它人物极度虚化，中心情节淡化，作者试图

① 史铁生：《务虚笔记》，人民文学出版社2011年版，第57页。
② 史铁生：《我的丁一之旅》，人民文学出版社2011年版，第294页。

以此说明，小说中的人物、事件并无具体所指，它只代表生活中的一种可能性，甚至可以说，每一个人都可以是C，都是残疾人。所以史铁生同意将《务虚笔记》看作一部自传体小说，但它记录的不是在现实存在中发生的，而是在心魂中可能发生的事件。史铁生这样解释自己用字母为人物命名的原因："首先，——但不是首要的：姓名总难免有一种固定的意义或意向，给读者以成见。我很不喜欢所谓的人物性格，那总难免类型化，使内心的丰富受到限制。其次——但这是最重要的：我前面已经说过了我不试图塑造完整的人物，倘若这小说中真有一个完整的人物，那只能是我，其他角色都可以看作是我的思绪的一部分"①。他总是希望能在写作中传达出一种信息，相比起讲故事，更在意那些关于精神与灵魂的事情。具体的语言在表达抽象的思想时，总是会出现各种各样的错位，引起接受者理解的偏差。因此，同时他十分自觉而慎重地进行作品语言、形式等材料的选择，有时会故意用艰深的、晦涩的、扭曲的、阻碍重重的方式来延缓或阻滞读者的感受，以期实现最大程度的被理解和被消化，尽管这样做可能会失去一部分读者。柳青曾建议史铁生《务虚笔记》在海外发行时可以进行一定程度的删减，史铁生在回信中的回答可以看出他的"有意为之"："它(《务虚笔记》)本不指望抓住只给它一点点时间的读者，这是我从一开始就明白的事。世界上的人很多，每个人的世界其实又很小，一个个小世界大约旨在务实之际有所相关，一旦务虚，便可能老死难相理解。"②史铁生的写作在表达精神诉求的同时，从未放弃文学之为文学的"文学性"的特征，这让他的写作在给人以精神补给之外，也能获得美的享受。在写作之夜，在独自面对灵魂的时刻，在精神的与灵魂的问题总是被忽略和被误读的领域，史铁生执着于选择陌生化的语言帮助读者重新定义与理解那些有助于人类认清自己的东西。他说，"你只是感到一片很朦胧的东西，你还说不出来的时候，就是在选择语言了，就是在寻找方式了。方式本身是语言嘛，所以语言不仅仅表现在文字上。我觉得写作有意思的就在这儿，有时候，我看到别人用了很好的方式，我很喜欢，觉得也可以试试。但是你心里没有这个东西，仅仅模仿也不行。只有对世界有一种不断的新的理解，才可能有不断的新的语言或新的形式。"③史铁生拒绝过于清晰的东西，他认为朦胧的东西距离绝对清晰就像人与上帝的距离一样远。他尝试使用不同的

① 史铁生：《我的丁一之旅》，人民文学出版社2011年版，第296页。
② 史铁生：《给柳青》，见《病隙碎笔》，人民文学出版社2011年版，第322页。
③ 栗山千香子：《史铁生访谈录》，《作家》1997年第2期。

语言吸引读者，从而让读者放慢阅读速度，去感受作者所写，并进而产生情感上的共鸣和理解的需要，陌生化在制造阅读障碍的同时也拓展着读者理解的深度与广度。这种超越一般阅读经验的写作方式，是史铁生不断寻找的、最能贴近他的思想的方式。在语言的局限内，史铁生时刻寻找突破的可能，就像他的“宗教精神”一样，在不可能中不放弃对可能性的追求。

小　结

史铁生认为自己的写作不及思想的千万分之一，高晖说：“你可以读他（史铁生），也可以想他，就是无法写他。”①可见，要想真正把握史铁生的写作是一件十分困难的事情。但是，也正如史铁生对美的感悟一样——“美正是这样有误的观察。它是不同主体的不同赋予，是不同感悟的不同要求”②，从他的文字、他对自己作品的解读、他与友人的对话、与文学界同仁的交流中，我们又确实能看到一些问题、得到一些启示、汇成一些思考。但因才疏学浅、篇幅时间有限，许多问题并未表述得明白透彻。比如文学作品的形式问题，史铁生十分看重形式的作用，他曾说“一切形式，都是来自人与外部世界相处的形式。你以什么样的形式与世界相处，你便会获得或创造出什么样的艺术形式”③。史铁生对于文学语言形式的选择是十分谨慎的，这与他所思考的那些形而上问题有着紧密的联系，但在本文中显然表述得不够充分。再比如史铁生的“写作之夜”，胡书庆说这是一种“与以往任何一种写作理论都无关的理论”④，本文虽试图厘清其前因后果，但仍有不少遗漏之处。

为了在“人生之夜”给活着找一个理由，史铁生开启了自己的“写作之夜”，那些关乎灵魂、关乎存在、关乎生存与死亡的事情让他最终与“宗教精神”相遇。与“宗教精神”的邂逅让史铁生的灵魂得到了暂时安置也得到了长久安慰，但他并未就此停止追问的脚步，而是看到了比“宗教精神”更高一维的美。于是，史铁生的写作不仅达到了当代中国文学创作罕见的精神高度，而且进一步完善了自己的文艺美学思想——美在主观、美在过程、美在悲剧。他摒弃了通俗的、娱乐的、简单粗暴的文学创作观念，远离了狂欢的、拥有大批拥簇的、廉价乐观的中国当代作家

① 高晖：《史铁生的意义》，《当代作家评论》2011 年第 2 期。
② 史铁生：《答自己问》，见《病隙碎笔》，人民文学出版社 2011 年版，第 184 页。
③ 胡书庆：《〈我的丁一之旅〉思想基质考量》，《当代作家评论》2012 年第 2 期。
④ 胡书庆：《〈我的丁一之旅〉思想基质考量》，《当代作家评论》2012 年第 2 期。

生存模式，孤独地面对着他用整个生命回答的“纯文学”应当面临的问题——人本的困境、死亡的默想、对生命的沉思、人的欲望和人实现欲望的能力之间的永恒差距、人的挣扎奋斗意义何在等等，探索出一条属于全人类的路[①]。这是史铁生式的写作——“以自己的才华，智慧地创造出既弘扬普世价值又不易被非普世价值的权势阻扼的、独特的、非他莫属而不可复制的文学，成就了他的辉煌”[②]。

读史铁生的文字，常会在不经意间触碰灵魂深处一些说不清道不明的地方，进而会心一笑、进而恍然大悟、进而好像是与旧友相逢，感到分外亲切。本文的写作以此为缘起，希望未做过度的阐释。

---

① 史铁生：《答自己问》，见《病隙碎笔》，人民文学出版社 2011 年版，第 178 页。

② 牛志强：《如歌的行板》，见“写作之夜”丛书编委会：《生命：民间记忆史铁生》，中国对外翻译出版有限公司 2012 年版，第 300 页。

“80后”长篇小说研究

乔宏智*

引 言

1998年末，由《萌芽》杂志社和国内北京大学、复旦大学、华东师范大学、南京大学、南开大学、山东大学、厦门大学等7所高校合作，发出了联合举办“第一届全国新概念作文大赛”的通知。1999年，正在读高中的韩寒获得了首届全国新概念作文大赛的一等奖，“80后”文学开始进入批评界和公众的视野。此后，以郭敬明、张悦然等为代表，在新概念作文大赛中涌现出了一批获奖的青少年写手、作家。2004年2月，韩寒、春树等四位出生在1980年代的青年人，作为中国“80后”青年的代表登上了美国《时代》周刊亚洲版的封面。至此，“80后”文学以不可阻挡的气势成为社会文化思潮关注的焦点。“80后”的概念也由文学领域迅速扩展到了社会、文化、商业等诸领域，文学再一次走到了社会思潮的前列。

时至今日，若从2000年韩寒出版首部长篇小说《三重门》算起，“80后”长篇小说已走过了15个春秋。对于“80后”文学的命名现在已较难确证，但可以肯定的是，这一概念的产生不晚于“80后”作家文学创作的出现①。“80后”文学真正引起文学界和读者大众的关注缘于小说创作。尽管对于青春作家的写作，媒体和评论界一直有着诸如商业化写作、价值观误导等各种各样质疑的声音，但毫无疑问，这一批年轻人用他们手中的笔构建起了一座在文学史上永远无法被忽略的写作大厦。截至2014年，由郭敬明小说改编的系列电影《小时代》和由韩寒小说改编的电影《后会无期》，依然取得了令人瞩目的票房成绩，并再次引发了评论界和大众传媒的激烈讨论。韩寒、郭敬明、张悦然，已然成为

---

* 作者简介：乔宏智，1989年生，男，山东东营人，2015年毕业于山东师范大学中国现当代文学专业，获硕士学位；指导教师张丽军教授。

① 在蒋原伦《“断裂”喧响中的先锋与传统》一文中，出现了“80后作家”的表述，《文艺研究》2000年第6期。

“80后”青春文学的三面大旗，标志着、见证了彼时青春文学的辉煌成就和峥嵘岁月。然而，近几年，新人辈出的新概念作文大赛已难再见到诸如韩寒、郭敬明、张悦然这样的青春文学大家。而最早一批的“80后”写手们正逐渐步入而立之年，褪去了曾经的稚气，渐次为人父母，走向了成熟。而新生代“90后”文学小将们也大有抢滩登陆之势，实力不容小觑。难道“80后”文学竟领了文坛十几年的风骚之后已逐渐成为明日黄花？莫非青春文学就足以代表“80后”文学的最高成就了吗？

答案显然是否定的。青春写作的创作成绩是肯定的，但这远不足以代表整个80年代出生的作家的创作全貌。抑或是可以将其理解为“80后”文学的出场方式及其早期存在形态。提到“80后”文学，许多读者、媒体和学者的唯一印象还是停留在从新概念走出来的一批青年写手的层面，脑海里首先浮现出来的“80后”作家还是韩寒、郭敬明、张悦然等人。造成这种局面的原因是多种多样的，既有商业文化的运作，又有传媒势力的鼓吹，也有少年成名的令人惊羡，更重要的是，他们的创作填补了文学史上空缺的反映青少年生活、成长的一类小说创作类型。随着1980年代出生的作家的逐步成熟，一大批远离商业市场、经受过系统的文学类专业高等教育、沿着传统期刊创作路线成长起来的青年作家甫跃辉、郑小驴、马金莲、李德南、王威廉等逐渐进入了当代文学场，引起了评论者的关注。他们的出场虽然不如青春写作者那般集体出场，光彩夺目，但正是他们的循规蹈矩让我们感受到了一种踏实的坚定，看到了一股接续文学传统、承载文学之道的新势力崛起的希望。

面对社会变革背景下不断涌现的全新的文学创作，作为1980年代出生的作家的同时代人，笔者非常荣幸和渴望走进“80后”文学之中，和他们一起去体味中国青年一代对国家、民族、社会、家庭和个体情感的文学表达。这也是笔者选择“80后”文学作为研究方向的缘起。之所以关注长篇小说，主要有两方面原因的考虑。第一，在当代文学中，长篇小说一直是生命力非常强的一种小说文体。“十七年”阶段，涌现出了诸如“三红一创、保林青山”等一大批红色革命经典作品。到了1990年代，当代长篇小说创作迎来了第二个高产期。现在新世纪已然度过了十多年的光景，我们自然需要关注接续传统长篇小说创作脉络的新的长篇小说创作实绩。第二，从一个作家的创作来说，小说创作中是否有优秀的长篇小说，是衡量一位作家创作能力的重要指标之一。当然，这不是一种绝对的衡量，只是可以参考的一个评价面向。因为毕竟对于年轻作家来说，长篇小说不论从长度还是从深度来说，都是最考验一个作家耐力、叙述力和知识、思想储备的一种挑战性创作。我们不能否定一个没有长篇小说创作实绩的作家的能力,但反过来,我们凭一个作家已有的长篇小说创作质量去判断其创作能力的高下,是站得住脚的。

基于以上两个方面原因的考虑,笔者选择了"80后"长篇小说作为研究对象。在本论文中,笔者确定的作家、作品研究对象是:韩寒的《三重门》《一座城池》《1988:我想和这个世界谈谈》《他的国》《光荣日》《长安乱》《像少年啦飞驰》,春树的《北京娃娃》,郭敬明的《幻城》《悲伤逆流成河》《1995—2005夏至未至》《临界·爵迹Ⅰ》《临界·爵迹Ⅱ》《小时代1.0折纸时代》《小时代2.0虚铜时代》《小时代3.0刺金时代》,张悦然的《水仙已乘鲤鱼去》《誓鸟》《樱桃之远》,蒋峰的《维以不永伤》,七堇年的《澜本嫁衣》《大地之灯》《平生欢》,辛夷坞的《致我们终将逝去的青春》,鲍鲸鲸的《失恋33天:小说,或是指南》《等风来》,笛安的《告别天堂》《芙蓉如面柳如眉》《西决》《东霓》《南音(上·下)》《南方有令秧》,颜歌的《关河》《五月女王》《声音乐团》《我们家》,林培源的《薄暮》《锦葵》《欢喜城》《南方旅店》,张怡微的《梦·醒》《下一站,西单》《你所不知道的夜晚》,郑小驴的《西洲曲》,甫跃辉的《刻舟记》,李德南的《遍地伤花》,王威廉的《获救者》,孙频的《绣楼里的女人》,马金莲的《马兰花开》,共18位作家50部作品。

从国内外的研究现状来看,对"80后"文学的研究最早开始于青春写作和新概念作家。从时间上看,主要从2004年"80后"文学集中出现开始,主流批评界主要有白烨、江冰、曹文轩、邵燕君、金理、陈平等人一直对"80后"文学进行着持续关注和批评。对"80后"文学的研究专著主要包括陈平的《"80后"作家访谈录一》和《"80后"作家访谈录二》,焦守红的《当代青春文学生态研究》,苏文清的《"80后"写作的多维透视》,王涛的《代际定位与文学越位:"80后"写作研究》,许多余的《笔尖的舞蹈》和邵燕君的《美女文学现象研究:从"70后"到"80后"》等著作,但这些著作全部是以青春作家和作品为主要研究对象,并没有对长篇小说进行专门论述。从硕、博士论文来看,对"80后"文学进行专门的研究主要从2005年开始,包括吉林大学蒋楠的硕士论文《"新概念"下的青春文本——解析"80后"文学创作热》和2006年山东师范大学王玉冰的硕士论文《个性闪烁在喧嚣的时代——论"80后"文学》等,期间,还有山东师范大学范晓棠的硕士论文《"80后"小说家研究》等。直到2014年,山东师范大学郑华宇的硕士论文《"80后"文学的传播途径研究》和吉林大学柏松松的硕士论文《市场经济下的"80后"女作家写作——以张悦然和辛夷坞为例》,大家关注的"80

后”文学仍然主要停留在青春写作的影响方面。

本论文主体计划由七部分构成。第一部分是引言，对所研究的长篇小说对象进行梳理。明确论文的研究现状、研究思路和研究方法，界定研究的范畴和采用的概念，起到引出论题的作用。第二部分是论文第一章，主要分析“80后”长篇小说产生的时代、文化语境等背景。第三部分是论文的第二章，主要对“80后”长篇小说的出场方式及创作流变进行概述。第四部分是论文的第三章，主要分析“80后”长篇小说中人物主体凸显的特点。第五部分是论文的第四章，主要分析“80后”长篇小说的丰富的创作主题。第六部分是论文的第五章，主要分析“80后”长篇小说创作的艺术特色。第七部分是论文的结语，主要分析对“80后”长篇小说的评价问题，试着指出其存在的局限和不足。

本论文主要遵循文本细读的研究方法，在作家代际划分法的整体框架下，选取部分优秀作家作品，从文本出发，借助相关的理论工具，将“80后”长篇小说作品中的文本世界逐一进行解剖。同时，采用背景分析的方法，分析“80后”长篇小说在不同发展阶段所处的不同背景，既包括时代背景和文学生产的大背景，也包括作家本人成长、创作的个体背景。在背景分析的过程中，借助社会学研究方法所得的统计数据加以佐证。本论文在对小说作品内容主题和艺术特色分析的过程中，采用分类法和比较法等研究方法，探究不同作家创作的异同，比较同一作家在不同时段长篇小说创作的发展、流变，力图在兼顾作家个体创作的同时，对“80后”长篇小说整体发展概况作出分析和研究。

一、变革中应运而生

——“80后”长篇小说产生背景分析

新世纪文学伊始，“80后文学”“少年作家”等文学现象，忽如一夜春风来，迅速“闯”入了人们的认知视野。“80后文学”的概念迅速占据了各大媒体的文化版块与社会版块，甚至在娱乐版块也常见到有关“80后文学”的报道。自2000年韩寒出版长篇小说《三重门》始，“80后”长篇小说便在“80后文学”整体发展背景下掀起了一股创作的热潮，时至今日已有了15年的创作发展历程，期间也涌现出了大量的长篇小说作品。尽管其在15年的发展过程中有过辉煌有过落寞，一路曲折几经坎坷，但一直在向前发展。“80后”长篇小说在不断转型与突围，寻求着自我在文学史发展脉络中的定位。今天的“80后小说”已经成为新世纪文学中一个无法绕开的文学创作潮流，许多文坛批评家也已经给予了

"80后文学"主流文学史地位的认可。"80后"从字面上说,是一个代际概念。"80后作家"指的是出生于20世纪80年代的作家们。21世纪伊始,即便是出生于1980年的作家,也不过二十周岁上下,可谓是名副其实的少年创作。对"80后"长篇小说进行解读,首先需要了解"80后文学"整体产生的背景。20世纪八九十年代是"80后"作家们的成长时期,同时也是孕育"80后文学"的温床与土壤。在这一历史时期,整个中华民族最大的发展特征就是变革。自1978年中国对外开放对内改革开始,中国社会便进入了现代化和工业化的进程中,时至今日,中国社会的深度改革仍在行进中。"80后"长篇小说与整体的"80后文学"都是在这种变革中应运而生的。多种历史运势也决定了文学史的这种必然的转向。本章从时代背景变革、文化语境变革和文学生产变革三个角度,对"80后"长篇小说产生的精神背景进行分析。

(一)时代背景变革分析

20世纪80年代,改革开放的春风吹遍了神州大地,掀起了中国走向世界、走向全球化的浪潮。全球化与改革开放成为当代最大的变革。改革开放是中国进行的一场政治、经济、文化领域全方位的变革。变革的结果就是社会和个体均实现了从禁锢到解放。深刻的社会变革与文化转向为文学的发展提供了崭新的空间和契机。而出生于80年代的作家们便成为这个时代的受益者。

根据《中国统计年鉴》的数据记载,从1980年到1989年间,我国大约有2.04亿人出生,这也就意味着中国的"80后"有2亿人之多。他们从童年时代就享受到了改革开放的红利。首先,中国经济在改革开放的拉动下实现了跨越式发展。改革开放不到40年,中国家庭生活就由过去的"楼上楼下,电灯电话"的小康目标变为了今天汽车进入家庭并逐步普及的现实。人民生活水平的提高直接为"80后"作家的成长提供了富裕的物质生活保障。改革开放允许一部分人先富起来的政策使城市得到了优先发展,城市的"80后"们也自然最先体现出了消费文化的特征。同时,经济的突飞猛进也为西方发达国家消费主义文化在我国的推行提供了便捷的条件。中国居民的消费结构也受到了消费文化的影响。过去食品消费在消费结构中占据主导,而现在消费模式走向多样,各种诱导性的消费信息也成为人们生活中的常态。商业信息渗透在各种精心策划的书刊、杂志之中,高强度的广告强有力地激起了人们的消费欲望。这种物质条件的优越使得中国从传统的生产型社会转变成了现代化的消费型社会。这种生产消费的特性在1980年代生人,尤其是1980年代城市生存的人群中体现得尤为明显。北京大学教授张颐武在2005年北京文艺论坛上曾指出，“80后”一代人的特点便是文化消费能力特别强，“他们是独生子女，赶上了我国历史上最富裕的时期；他们要买书，于是郭敬明变成了文化英雄；他们要玩游戏，于是陈天桥变成了网游大亨；他们要看电影，于是《头文字D》卖座……他们的文化消费力量越来越强大。随着这一代年轻人的崛起，一种独特的文学创作和阅读市场也逐渐形成”①。这种消费能力的形成直接得益于改革开放带来的人民物质生活水平的提高，这既在“80后”的精神深处，也对其文学创作中商业化气息的蔓延，注入了成长性的基因。

改革开放与全球化带来的另一个时代背景变革便是政治环境的宽松与文化发展的繁荣。我国改革开放之前的文艺与政治是紧密相连的，而改革开放后政治环境的宽松为文化的多样化发展松了绑。中外文化交流日益增多，从互派学者进行文化交流到互派留学生，各种西方文艺思想逐步进入中国，成为中国“80后”一代人成长中的重要文化资源。中西方文艺思想交流和碰撞也让人们的思想结构日益开放和多元。港台流行歌曲、好莱坞大片、日本动漫等都成为“80后”一代人成长过程中不可磨灭的印记。

20世纪八九十年代的另一个重大时代变革便是教育制度的改革。1977年，作为改革开放的先行军，国家恢复了高考制度。自此，中国千千万万的学生费尽心力、挤破头颅走上了这条独木桥。鲤鱼跳龙门、学而优则仕等中国传统观念在中国人的心中依然根深蒂固，高考成功与否几乎成了判定一个孩子优劣的唯一标杆。只要家里有一个高考的学生，全家人甚至社会都要为其让路。父母节衣缩食，呕心沥血，尽力为孩子提供最好的食物和环境，学校里老师们也不分昼夜，辛勤耕耘，都是为了使学生有朝一日能够金榜题名。即便在高等教育入学率节节攀升的今天，高考期间封路让行的事情仍然时有发生。高考成为名副其实的中国第一大考。在这种教育制度下，学生们的压力可想而知。父母的心愿虽然功利，但并没有错。问题是这种单一的成才判断模式仅仅是父母的一厢情愿，许多学生，尤其是青春期的青少年们，他们对于成功有着自我认知。而单纯以学习成绩判定优劣高下的评价模式极大地压抑和抹杀了学生们的创造力。许多学生本就不适合一味读书，而来自父母的强大压力令他们费尽一切努力，仍然无法达到老师和家长的期望。长此以往，他们的厌学情绪必然产生，甚至会出现无法调和的恶性循环。当代中国的教育资源非常匮乏，一方面我们大

① 郭威：《年轻一代正成为中国文学消费主力》，新华网2005年11月26日。

搞希望工程,另一方面却有很多学生选择自动退学。当代的语文教学模式也是导致这种教育退化的原因之一。刻板的课堂授课和僵化的教学模式拆解了文学的审美意味,三段论式的写作模式和整体上总结中心思想、划分段落大意等教学结构全部是为了考试而设定,文学作品本应具有的审美陶冶和精神净化作用被遮蔽。青少年对文学的热爱却要用分数衡量。这一切教育制度和教育模式的弊端,都成为早期的"80后"长篇小说重要的主题呈现。"80后"长篇小说的开山之作——韩寒的《三重门》,通过体育特长生林雨翔的视角,讽刺了当时教育制度中黑暗和不合理的成分。而韩寒本人的弃学经历也有力地驳斥了"学好数理化,走遍天下都不怕"这种忽视文学教育的偏颇说法。

计划生育制度的实行,成为"80后"长篇小说产生背景中的又一个重大时代变革因素。中国于1970年正式开始实施计划生育政策。实施初期,计划生育政策是相对宽松的,是允许生育两孩的。到了1980年,计划生育政策开始收紧,一胎政策实行,落实计划生育政策也成为许多地方政府的一项政治任务。1982年,计划生育政策成为我国的一项基本国策。随着计划生育政策的收紧,"80后"也就成为第一代独生子女的主要人群。这种计划生育政策造就的独生子女现象,为"80后"作家们的产生提供了人力资源上的可能。"80后"长篇小说在初创时期,几乎清一色地来源于城市的孩子们。彼时中国的城镇化水平并不高,城乡人口数量也有着巨大的差异。但是占人口总量少数的城市"80后"却在相当长的时期内完全遮蔽了乡土"80后"的文学创作。出现这种反差的原因,一方面是城乡经济发展水平的不平衡,另一方面就是计划生育政策施行所造成的独生子女现象。尽管计划生育政策是我国的国策,但在具体实施的过程中出现了很大的问题。对于在城市生活的人们来说,住所基本固定,人们大都有着正式的工作编制,计划生育政策落实也较为严格。鉴于违反政策会付出较大的代价,所以城市中很快便普及了独生子女政策。但在乡村地区,本身就一直存在着头胎女孩,一定年限后允许生二胎的政策,加之乡土社会里的宗法观念更为强烈,因此通过进城务工、打游击、在多个亲戚家不停躲避等方式,大量超生。独生子女数量的增长也就非常缓慢。大量的物质生活优越的城市独生子女群体的存在为"80后"少年作家的出场提供了可能性。

计划生育政策造就的独生子女群体成长过程中的经历和感受,成为"80后"长篇小说初创时期的重要创作资源和表现主题。城市独生子女群体中的"80后"们的青春期生活主要是由家庭、学校两点一线组成,他们与社会的接触相对较少。学习成为他们生活中的主旋律。巨大的学习压力和青春期的心理压力伴随着他们的成长，压抑需要宣泄，父母无法理解他们，又没有兄弟姐妹，同学朋友间的交流也十分有限，因而，写作，或是形式之一的写日记，便成为他们倾诉感受和困惑的主要形式。随着网络技术的发达，少年们开始在网络上写作，并彼此交流、欣赏，这构成了“80后文学”的创作雏形。因为这种内在的成长孤独，独生子女群体间最能相互了解，因此这种同龄人之间的叛逆与自我想象便成为他们最能彻底表达自我的方式，但这种青春期题材和校园写作因为不被成年人们理解而在一段时期内没有得到主流文坛的批评认可。如果没有计划生育政策的变革，“80后”小说也不可能呈现如此的精神风貌。

以上是“80后”长篇小说出现的时代变革背景。除了时代因素，文化语境的变革同样也是“80后”长篇小说出现的隐形推手。

（二）文化语境变革分析

文化语境，一般指的是在特定的时空中，由特定的文化积累与文化现状构成的“文化场”。改革开放前，我国的文化语境是一种单一的、红色“革命”语境，二元对立思维下的阶级斗争是生活的主线。改革开放后，我国进入了全球化的文化语境中，现代性话语和后现代话语主导下的“变革”文化成为共同的文化主题。此时的文化语境变革，主要由大众文化、消费文化和网络文化主导完成。

20世纪90年代开始，伴随着我国商品经济的发展，大众文化开始流行。这种流行的大众文化主要来自于外来文化的输入：欧美、日韩的电视电影、游戏、动漫等等。首先是欧美大众文化的影响。曾一度有言论认为，美国依靠“三片”来对我国进行文化渗透：“面对美国薯片、芯片、大片这‘三片齐下’的文化战略，我们的文化在相当长一段时期处于‘失声’状态。”①美国的快餐文化与电影文化曾一度成为我国“80后”青少年们追逐、崇拜的对象。许多欧美流行歌曲和知名餐饮品牌，如星巴克咖啡、必胜客披萨等，经常出现在“80后”小说作品中。其次是日韩大众文化的影响。韩剧、日本动漫等一度风靡中国，造就了哈韩族、哈日族等年轻一代。时至今日，来自韩国的“都教授”等明星依然是许多青年人追星的对象。从文学角度来看，许多“80后”少年作家的作品中都能看到日韩文化的影子，有的甚至会在创作中进行较为明显的模仿创作。再次是电子游戏的影响。许多“80后”的童年记忆中都会有一种通过连接电视和插入芯片卡来

---

① 王岳川：《面对薯片芯片大片中国文化不能失声》，《人民日报》2006年4月14日。

进行电子游戏的游戏机，同时他们也会记得电子游戏厅内通过投入代币进行电子游戏的大型电玩设备。电子游戏中夸张的人物造型、虚幻的故事情节等对于"80后"青年作家们的创作同样产生了隐形的影响。许多青年作家们也承认日韩电子游戏对于他们成长和创作的影响。周嘉宁的作品《超级马里奥在哭泣》中的马里奥，就是日本任天堂游戏公司于1985年推出的一款名为《超级马里奥》游戏中的主人公。蒋峰的长篇小说《维以不永伤》中，12个人物的死亡与电子游戏中人物的大量死亡也有相通之处。青年作家李海洋则坦言自己在第一人称射击类游戏"CS"中的"狙击水平已经登堂入室"①。最后则是港台大众文化的影响。金庸、古龙的武侠小说，琼瑶的爱情故事，邓丽君、王菲、刘德华等港台著名歌星，都构成了20世纪末期流行大众文化的重要组成部分。韩寒的长篇小说《三重门》中便出现了老狼的歌曲和《青春无悔》的歌词等。

与大众文化同时流行，并且二者经常紧密结合的另一种文化语境便是消费主义的文化语境。物质生活的富足是改革开放的成果，而消费文化的形成则与中国传统的文化语境不相一致。欧美发达国家常常超前消费、透支消费，而中国人则以财富储值为要。曾经有一个买房子的故事便体现了中美消费文化的差异。欧美人士在年老的时候终于还清了房子的贷款，而中国老人们则是终于攒够了买房子的钱。消费文化的流行，使得中国的文化语境发生了变革。过去，中国人的消费主要是为了满足生存和发展的基本需要，而现在则超出了这种基本需要，向着追求时尚、身份认同等方向转变，甚至出现了拼名牌、讲攀比的浮夸风气。文学创作领域自然也对这种全新的文化语境亦步亦趋，文学开始商业化运作，作家被当作明星进行包装，文学文本竟也成为一种可以追逐的"时尚"物。这种大众消费文化语境也极大影响了"80后"文学的发生和发展。

文化语境变革的第三个重要方面便是网络文化语境的兴起。顾名思义，网络文化自然是随着网络的普及而产生的。网络的出现不仅仅改变了人们的认知方式，更是在"80后"青年人群中形成了一种独特的文化语境。电脑屏幕和手机屏幕成为年轻人可以一心多用的工具，年轻人一边听着歌一边写作业，一边开着电脑聊天一边学习早已轻车熟路。"火星文"的出现也好，"非主流"的受欢迎也罢，网络神曲的走红也好，"超级女声"的选秀狂热也罢，这一切都构成了全新的网络文化语境。学者江冰曾将这种网络文化语境总结为"网络青年亚文化，如山寨文化、恶搞文化、迷文化、网络语言文化、自拍文化、情色文化、宅文

① 李海洋：《玩命》，见韩寒、何员外：《那么红》，中国文联出版社2005年版，第80页。

化等"[①]。与此同时,网络也为青年人发表作品提供了全新的渠道。许多网站如天涯社区、榕树下等的走红都与青年作家的文学作品的推动有关。在网络文化语境的影响下,"80后"作家又通过网络平台发表作品,其作品自然带上了明显的青年一代的印记。

(三)文学生产变革分析

"80后"长篇小说产生背景中另一个重要的变革便是文学生产的变革。文学生产的变革贯穿文学创作、文学出版、文学传播和文学消费等各个领域。首先,从技术角度讲,互联网的普及为文学创作和传播开创了全新的渠道。网络传媒产生力量,前提是网络与计算机的大面积普及。尽管我国在计算机普及上开始的时间要远远落后于欧美日韩等国家,但我国计算机普及的速度却是突飞猛进,这也是我国后发现代性国家的优势。下图是我国《2000—2013年互联网网民数和普及率发展情况》[②]:

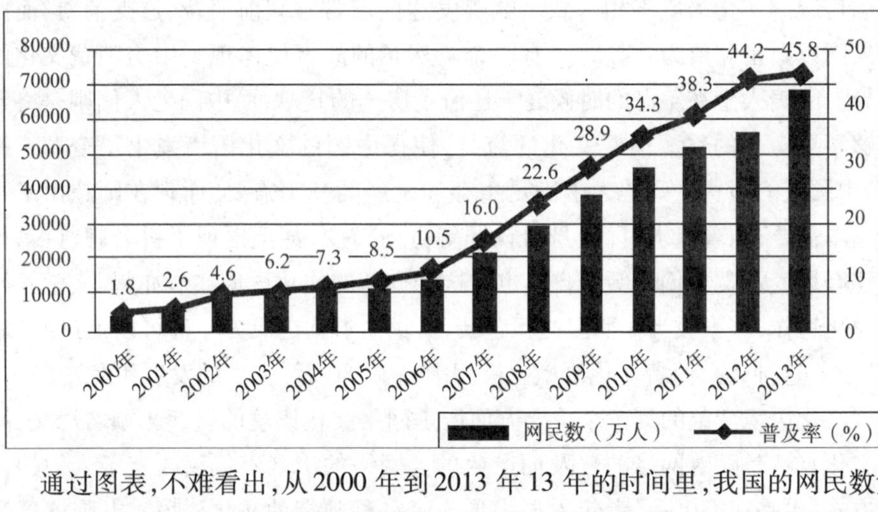

通过图表,不难看出,从2000年到2013年13年的时间里,我国的网民数量和互联网普及率不仅一直在攀升,而且实现了几何倍数的快速增长。下图是我国《2007—2013年手机网民规模和网民比例发展情况》[③]:

① 江冰:《"80后"文学:以新媒体为关键词》,《中国社会科学报》2013年1月4日。

② 《2000—2013年互联网网民数和普及率发展情况》,中商情报网,www.askci.com/news/201401/24/24155648145509.shtml。

③ 《2007—2013年手机网民规模和网民比例发展情况》,中商情报网,www.askci.com/news/201401/24/24155741145510.shtml。

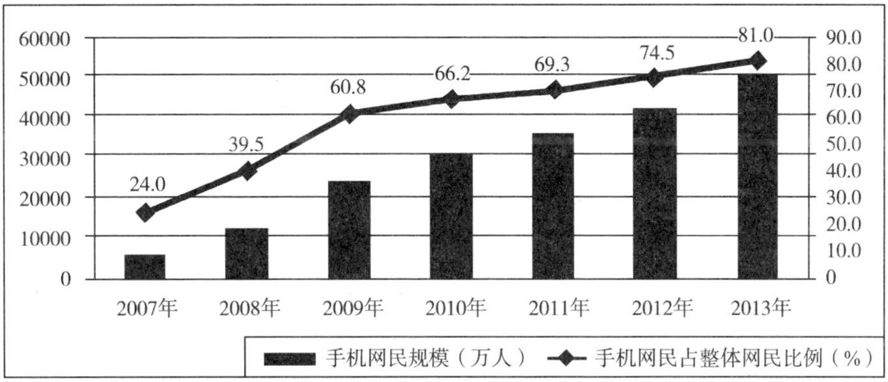

通过图表，不难看出，尽管我国互联网发展早期手机网民数量较少，但随着近两年智能手机的普及，我国手机网民占到了整体网民比例的80%以上，我国已经成为名副其实的互联网大国。

互联网技术的大面积应用，对"'80后'文学"的产生和发展形成了巨大的影响。一方面，互联网为文学作品的创作、发表和交流提供了全新的平台。这并非意味着过去文学作品的发表不具备平台，但网络平台对于写作者而言，最大的特点便是"零进入门槛"。任何人想要进入文学领域，不需要体制，不需要编辑，只要会上网，会写作，便可以直接在网上发表自己的作品。各种各样的文学原创网站、网络论坛和BBS等，都成为所谓原创网络文学发表的阵地。事实上，"80后"作家最初的作品也都是在网络上发表的。另一方面，网络的普及还极大地改变了作家们的创作方式。过去作家们写作是通过笔在稿纸上进行写作，俗称"爬格子"，无论是写作速度还是修改过程都非常烦琐。而"80后"作家们则是通过电脑进行创作，文稿可以轻易地增、删修改并不留痕迹。互联网技术也为在写作过程中随时上网搜寻需要的信息提供了可能。同时，互联网技术为作家和读者间的互动提供了平台。对于连载类文学作品，作家们可以在第一时间收到来自读者的反馈，甚至会根据读者的需要对作品的故事情节进行修改，这种互动式的创作方式在互联网技术普及之前几乎是不可能实现的。最后，许多出版商们也会关注网络原创作品。许多写手在网络上不断修改、出新，不断适应着读者的阅读口味，影响力逐渐增大，被精明的书商看中，从而顺利进入了纸媒出版的行列，许多"80后"少年作家便是通过网络创作的方式逐渐成名的。网络的普及在为作家们提供了新的创作、发表平台的同时，也培养了大批网络文学的读者。"80后"是我国第一代互联网网民，也是目前在网络上活跃人数最大的一个群体，许多人的生活甚至已经无法离开互联网，他们也就成为“80 后”网络文学中最早的一批读者。学者江冰甚至断言：“没有互联网，就没有 80 后。”①

文学生产变革中的另一个重要内容便是改革开放后我国期刊制度和出版制度的改革。改革开放后，我国期刊制度的发展基本上可以分为三个时段。第一个阶段是 1978 年改革开放后到 20 世纪 80 年代中期，这一阶段随着改革开放文化多元发展，百花齐放，百家争鸣，文学期刊的发展也处在了繁荣时期。但到 20 世纪 90 年代初期，随着我国社会主义市场经济体制的建立，市场化成为了社会转型的风向标。而这一阶段，大型文学期刊的征订数量急剧下滑，有的甚至从百万册下滑到了十万册以下。这一过程自然也存在多媒体技术冲击的原因。20 世纪末期，期刊进入了改革的深水区，1998 年提出了所谓的“三年断奶”说，即除了个别期刊外，三年之内将切断财政拨款。期刊出版由事业单位全面推向了市场。1997 年 3 月 10 日，新闻出版总署印发了《关于期刊业治理工作的通知》，规定除学报、学术类期刊外，发行量不足 1000 份的期刊予以停办。在此行政命令下，《昆仑》《漓江》等文学期刊都在 1998 年停办了。许多坚持下来的文学期刊也开始寻求市场化运作转型。据不完全统计，“仅 1998 年更名和申报更名（1999 年才以新刊名出刊）的刊物就至少有 154 种”②。至此，期刊的生存实现了市场化。作为第一届“新概念”作文大赛举办刊物的《萌芽》，同样也是在此种期刊大环境下走上了求新求变的道路。1995 年，《萌芽》杂志的发行量曾一度跌破 1 万份大限。从 1996 年 1 月起，《萌芽》结合市场定位，开始加入时尚因素，读者定位在大中学学生，开始向校园杂志转型，并提出了“用一本杂志来体验青春，用一本杂志来感受文学”的口号。到了 1998 年，作为面对期刊整顿“生死令”的自救手段，《萌芽》在 1998 年 12 月正式启动了“新概念”作文大赛并一举成功。试想如果没有期刊制度的改革，恐怕“新概念”作文大赛也不会这么快地到来。

我国出版制度的发展变化大致上也经历了和期刊相似的命运，经历了从事业单位向市场化转型的过程。出版社作为国家控制的重要文化生产单位，一直享受着国家新闻出版署的政策扶持，如全行业所得税返回，出版社增值税减免，县级以下新华书店营业税减免等福利政策。对于出版社的社会定位也属于为社会服务的事业单位。但是 20 世纪八九十年代，出版社也走上了企业制的发

① 江冰：《“80 后文学”的文学史意义》，《文艺争鸣》2009 年第 12 期。

② 李频：《期刊策划导论》，河北教育出版社 2000 年版，第 126 页。

展道路。20世纪80年代末、90年代初，由于精神产品的供不应求，出版社在国家机关的控制下出版书籍。20世纪90年代以来，出版社开始进行产业体制改革。到了20世纪末，出版社企业化改革的方向已然确立。出版社的一切运行都离不开金钱，失去了财政的支持，出版社也就不得不考虑图书的市场销量。出版社也走向了图书出版的市场化运作。许多出版社便借助“新概念”作文大赛中成名的少年作家们，打起了文学的“青春”牌。以春风文艺出版社为例，1993年，其创立了“布老虎文丛”的品牌，2002年，与郭敬明签约，购下了其大学期间文学创作作品的出版权，此后，更是致力于编辑“布老虎青春文学丛书”，取得了良好的市场效应。今天，湖北长江文艺出版社等许多出版社都是“80后”长篇小说作品的主要出版商。出版制度的变革同样为“80后”长篇小说的规模化、市场化作出了不可磨灭的贡献。

“80后”长篇小说在国家、社会变革转型的大背景下产生，其与时代、文化语境和文学生产等方面的变革有着直接的或是间接的因果关系。变革就是一种推陈出新，社会的各方各面都在朝着一种之前从未见过的新风貌转变，在这种背景影响下，“80后”小说呈现出一种新异甚至是颠覆的创作图景也就是一种合理的发生了。

二、“80后”长篇小说出场方式与创作流变

“80后”长篇小说的第一次正式出场当归属于2000年韩寒《三重门》的问世。很快，同一类型、题材的作品涌现，它们关注青春，关注校园。“80后”长篇小说以青春写作的方式出场是毫无疑问的。然而“80后”这个概念的出现不仅单纯意味着几部文学作品的出现，它还掀起了以作家代际命名的潮流，与“80后”相对应，从“50后”到“90后”都成为一种可以贴在作家身上的身份标签。“80后”概念还引起了一股青春怀旧热潮。许多共同回忆“80后”成长经验的书籍出现，各种诸如小人书、弹弓等在“80后”童年记忆中留下鲜明印记的物品受到共同的追忆。生活中，许多商店也以售卖这种怀旧物回忆光阴的故事，取得了较好的经济利益。与此同时，“50后”“60后”也同样开始追忆曾经的青春岁月，各种带有革命时代印记的物品，如“红宝书”等，也出现在了商场柜台，似乎每一代人都开始了回忆。“80后”的概念还从文学领域扩展到了社会文化领域，社会学学科研究中也已经通行了“80后”的说法。具有如此影响力的概念究竟从何而来，这是值得我们辨析的。“80后”长篇小说从《三重门》开始到今

天已经15个年头了，这15年里“80后”长篇小说的类型早已经出现了多次转型，远非简单的青春写作可以概括。仅仅网络文学领域，就先后出现了武侠、仙侠、玄幻、穿越、悬疑、推理、神话、盗墓、宫斗等10多种小说类型。即便是早期的少年作家们，今天也大都实现了创作转型，或走向商业化路线，或向严肃文学写作靠拢。今天“80后”长篇小说已经是多元化共存。抛开质量芜杂的网络小说不谈，下面，我们来梳理一下纸媒“80后”长篇小说的创作流变。

（一）命名由来与青春写作的出场

“80后”最初只是一个时间泛称，指1980—1989年间出生的人。“80后”在文学领域的最初使用可以追溯到2000年。在《文艺研究》2000年第6期的《“断裂”喧响中先锋与传统》一文中，出现了“80后作家”的说法。在《诗参考》2000年8月期中，开辟了一个叫作“80年代出生的诗人的诗”的专栏。此外，2001年，刊物《冬至》中有“80年代出生少年诗人力作展”的说法，刊物《诗与思》中也出现了“80年代后少年诗人力作展”的说法。这些说法都可以看作是“80后”概念出现早期的一些说法。2002年，《诗潮》开设了“80后”诗歌大展栏目，此后，“80后”的概念在批评界也开始大量使用，如《诗潮》2002年第1期刊载的徐江的文章《这一代人的诗与事》等。可以肯定的是，“80后”概念在文学领域的最早出现是在诗歌领域，尽管韩寒的《三重门》2000年就已经出版，但是作为批评概念的“80后”长篇小说滞后于文学创作本身。“80后”的概念正式从诗歌领域转移到小说创作领域是在2004年蜚声文坛的韩寒、春树登上《时代周刊》事件之后。美国的《时代周刊》亚洲版在2004年2月2日刊登了一篇名为《新激进分子》的文章，其中提到了中国“80后”的代表人物韩寒、春树和满舟，其中春树的照片还登上了杂志的封面，自此，“80后”的概念得到了广泛认可和应用，几乎等同于了“80后小说”。与韩寒、春树等作家创作风格相似的一大批青春作家和校园青春题材的作品也受到了文学界的关注。

从2000年6月《三重门》的出版算起，“80后”长篇小说的第一个历史发展阶段大约持续到2004—2005年左右。这一阶段也是“80后”长篇小说正式以青春写作的身份出场的发展阶段。《三重门》之后，春树的《北京娃娃》、郭敬明的《幻城》等长篇小说先后在2002年、2003年出版，韩寒、郭敬明、春树、张悦然、蒋峰、李傻傻等一批作家开始受到人们关注。2004年，蒋峰出版《维以不永伤》；2005年，张悦然出版《水仙已乘鲤鱼去》，张怡微出版《怅然年华》，笛安出版《告别天堂》等。2004年《时代周刊》报道后，主流媒体和批评界开始了对于“80

后”小说的关注。2004年5月，东方出版中心推出了《重金属——80后实力五虎将精品集》，作家马原作序。同年8月，中国文联出版社出版《我们，我们——80后的盛宴》，白烨作序。此后，8—10月期间，《花城》《小说界》《上海文学》等主流文学期刊登载了“80后”中短篇小说。至此，“80后”长篇小说正式以青春写作的出场方式登上了文坛。

之所以将“80后”长篇小说的出场方式定位在青春写作，这与他们小说创作的主题、思想以青春、校园为主是密不可分的。韩寒的《三重门》通过讲述体育生林雨翔和同学罗天成、Susan等人的高中生活，呈现了高中沉重的课业负担对青年人的压抑，用幽默的笔法控诉了教育制度中不合理的成分，通过青年人之间简单的爱恋情感交织了一幅青春反抗的图景。郭敬明的《幻城》《悲伤逆流成河》等作品则或是通过幻想的神秘帝国，或是通过少男少女之间纠结、撕裂的命运和爱情故事，诉说着童话般的玄幻和青春的伤痛。春树的《北京娃娃》讲述了北京女孩林嘉芙从14岁到18岁之间的故事，既有令人窒息的校园生活描写，又有男女之间复杂的情感经历，还有休学到出版社打工等社会适应故事，总体上表达了一个残酷青春的故事。张悦然的《水仙已乘鲤鱼去》则通过讲述一个叫“璟”的女孩残酷的成长和蜕变经历，表达了一种哀绝美艳的青春伤感。笛安的《告别天堂》则通过回忆江东、宋天杨、周雷、肖强和方可寒等人的高中生活，表达对逝去的青春岁月的怀念。

其实，不论是校园文学还是青春写作，都不是“80后”作家们的首创。20世纪80年代的《女大学生宿舍》、90年代的《花季·雨季》等作品都可以看作是一种青春写作。然而这些作品往往只是将青春和校园当作一种载体，其内涵表达的是一种成人视角下规训的社会化观念。而“80后”作家们的作品，则以青年自身为创作者，以自身真实的经历和真实的情感为主题故事，表达的是与个体经历密切相关的情感和想象，因此“80后”小说真正令青春写作具有了一种“本体性”的特质。“80后”作家们处在青春的阶段讲述正在经历的青春的故事，这是老一辈作家们所无法替代实现的天然优势。这是一种同龄人之间的契约和合作。此外，除了这种自我写作的“本体性”特质之外，之所以将“80后”长篇小说的出场命名为青春写作，还因为他们的文学创作弥补了青春文学类型的空白。正如白烨指出的那样：“过去我们的文学在针对不同年龄层次的读者上，相当粗线条。在成人文学之外，就只有成人创作的儿童文学，而这只能对应小学生读者群体。而中学生读者群体这一块，要不去看成人文学，要不去看儿童文学，这实际上都与他们的实际需要并不对位。现在的青春文学——‘80后’的出现，弥补了这样一个长久以来的欠缺。”①“80后”青春写作的出场在一定程度上激发了同龄学生们对于语文学习和写作的热爱，这未尝不是一种正能量。“80后”文学的出现，完整了这样一个文学作品与读者年龄相对应的序列，同时使青春写作这样一种类型文学进一步走向了成熟。因此，我们可以肯定地说，归属于“80后文学”大范围内的“80后”长篇小说，是以青春写作的方式登场的。

在“80后”长篇小说创作发展初期的青春写作阶段，其内部也存在着一次小的内在精神嬗变，即由叛逆教育制度的写作到青春迷茫伤痛的转变。韩寒早期的作品中充满着对于教师的叛逆和对教育制度的反讽。其《三重门》男主人公林雨翔听说到有女生因为考试成绩不理想而自杀，感叹道：“当今中国的教育真是厉害，不仅读死书，死读书，还有读书死。”②表面幽默的语言背后充满着辛辣的讽刺。就像《三重门》的后记中调侃的那样：“韩寒是完完全全彻彻底底反对现在教育制度的小混混。”③而生活中韩寒本人也确实拒绝了进一步接受高等教育的机会，转行当起了赛车手。《三重门》本身也带有了韩寒半自传的色彩。春树的《北京娃娃》中，主人公竟然会对每天在校门口对老师鞠躬问好，老师再慈祥地弯腰回礼这种礼貌行为表示恼怒。孙睿在系列长篇《草样年华》中，也通过一种京味儿的调侃表达了对现行大学教育制度的不满。主人公杨阳为了躲避期末考试，竟借口已死去多年的姥爷去世来请假逃避。而不得不考试的时候，竟通过将体温计放在热水袋上来假装发烧再次逃避，最后实在没有办法了，只能让女朋友邱飞替考。在考试制度的规约下，他只能选择暂时性地逃避和反叛。这一时期“80后”长篇小说集中展现了对学校生活教育制度的叛逆，这也是早期少年作家们的一种真性情写作。

而到了郭敬明和张悦然的出现，一种新的自怜自伤式的感伤风格开始流行。郭敬明的《悲伤逆流成河》，单看题目我们就能够感受到作品中悲伤的分量，这与韩寒式的调侃显然是不同风格的文本。张悦然的《水仙已乘鲤鱼去》等作品也通过对一种纠结、畸形爱恋的探讨表达了一种悲郁的格调，充满了女性气息，就像邵燕君曾评价张悦然是“玉女忧伤”。因此，在2005年之前的“80后”长篇小说以青春写作出场的阶段，存在这样一个小的转型过程，但其整体的创作风格依然是一致的，可以归于青春写作中的。

---

① 白烨、张萍：《崛起之后——关于“80后”的答问》，《南方文坛》2004年第6期。
② 韩寒：《三重门》，作家出版社2000年版，第177页。
③ 韩寒：《三重门》，作家出版社2000年版，第362页。

（二）第一次转型：青春写作到商业运作

青春写作为“80 后”长篇小说的登场赢得了良好的开局。2006 年后，也有七堇年、辛夷坞、颜歌等优秀作家出现，但是繁华过后是落幕。2004—2005 年青春写作实现了名利双收，2006 年之后青春写作作家们开始出现了集体性的转型。这次转型，既有批评界对青春写作不满的批评因素在内，更主要的是青春写作本身的资源面临难再推陈出新的困境。首先，每个人生命中青春的时光总是有限的，且往往是如落花流水般，较为短暂。尽管青春本身是一种极具个人化特色的感受，但由于“80 后”作家们童年时代生活背景、家庭生活情况和教育体制的大致相同，使得他们这一代人的青春也带上了极强的共时性色彩。从初二到高二四五年的时间，是作家们青春体验最为鲜明的时段。当这一时段过去，“80 后”们或是为了高考紧张备考，或是为了出国等其他出路奔忙。考入大学之后面对全新的广阔学习生活天地，曾经的那种青春期对学习、情感的感伤之情也再难寻。青春写作中很多故事灵感来源于自身真实的生活，而进入人生下一阶段的作家们已然迎来了全新的生活境况，曾经的青春处境和青春心态也就自然难以为继。其实对于作家来说，通过艺术加工的方式进行非本真的写作不是不可能的，对于长期锤炼写作能力的作家们来说是没有大问题的。但是“80 后”作家们的创作起源于自然，成功于本真，因而消失了本真的“80 后”们自然在青春写作的题材领域日渐穷途末路。与作家们同时代的追随者们，在考入大学之后，心智更加成熟，面对社会、人生也有了更为社会化的思考，因而他们对于“80 后”青春写作的迷恋也逐步降温。一组数据可以说明，根据北京开卷图书市场研究所公布的数据，2004 年，全国文学图书畅销排行榜中，前 5 强“80 后”的作品就占了 4 强。2005 年，前 10 强里“80 后”作品也占了 8 席。而 2006 年，排行榜前 10 强中“80 后”作品仅占了 2 席。面对销量的下滑，青年作家们自然会出现迎合市场而进行写作转型的焦虑，同时，网络写作写手们巨大的经济收益也自然影响到了传统纸媒作家们的创作，这也是“80 后”长篇小说实现第一次转型的方向。

“80 后”长篇小说的这种商业化转型，可以分为两个群体。一个群体是早期成名的青春写作作家们的商业化写作之路，如韩寒、郭敬明、张悦然等。另一个群体则是新兴的网络与纸媒相结合而推出的作家，如辛夷坞、鲍晶晶等。“80 后”长篇小说的这种商业化转型首先体现在图书的出版和发行上。为了更好地促进出版，出版社对图书和作家进行了营销和炒作，每个出版集团都有了自己相对固定的关注作家，并对他们进行一种明星化的包装。每一本图书的出版都是一次品牌树立的过程。韩寒的作品基本上由万卷出版公司和国际文化出版公司来出版发行，张悦然的作品大多数由上海文艺出版社和江苏文艺出版社来出版发行，笛安的作品则多归于春风文艺出版社和长江文艺出版社出版发行，孙睿的作品则主要由万卷出版社和长江文艺出版社来出版……以企业制度运行的出版社对作家的选择不言而喻，必然包含着商业市场的因素。其次，这一时期出版的“80后”长篇小说在装帧设计上也充满着商业化写作的炒作气息。小说文本中经常配有作者的照片，尤其是女作家的各种角度的照片，或是插入风景图片、手绘漫画等。文字本身的排版上也经过了精心设计，字体、大小、间隔、排版等都尽量呈现出一种华丽夺目的美感。韩寒、郭敬明的许多作品也通过纪念版、限量发行等手段进行营销。韩寒在2010年出版长篇小说《1988：我想和这个世界谈谈》的时候，便将其分为了平装版和限量版，限量版内附10克纯黄金，售价近千元，且只有一百本，自然是一上市便售罄，而且对于此事的炒作也拉动了平装版的销售。这种内附黄金的装帧和销售运作已经是一种纯粹的商业化包装了。至此，“80后”长篇作品的出版发行已基本走上了商业化的道路。再次，“80后”长篇小说的文本创作中也越来越多地体现出了商业化的气息。代表消费主义姿态的品牌和行为出现在他们的小说文本之中，冰激凌要吃哈根达斯，咖啡要喝星巴克，电影要看伊朗电影，读书要读杜拉斯，作品中著名的奢侈品牌不断冲击着读者的消费观念，满含着炫富的味道。郭敬明《小时代》系列作品中随处可见的凯迪拉克汽车、LV包包和Gucci短靴等世界奢侈品牌，让整部小说充满了上海这样一个商业社会的铜臭气息。小说甚至会赤裸裸地对一些非奢侈品牌表现出鄙弃的态度，这也成为批评家们评论《小时代》系列会给青少年们带来不良价值观的主要证据之一。就像张丽军批评的：“小说中特别呈现这种东西。里面有很多洋货，很多主人公用外国的名字。我觉得小说格局太小了。”[①]最后，从“80后”长篇小说转型的结果来看，这次转型是成功的。既然作家们选择了以市场为目标，那么对他们而言，经济利益的获胜自然超过了文学创作本身品格的成功。2010年8月24日，郭敬明的长篇玄幻作品《临界·爵迹》上市，作为郭敬明出道10年的纪念作品，首发就印制了200万册，上市当日就售出了20万册，五天内就登上了图书销售排行榜榜首。2008年，其

① 张丽军：《市场孵化·轻写作·伪忧伤·恋物——关于“80后”文学精神性缺失与困境的讨论》，《艺术广角》2010年第5期。

《小时代1.0折纸时代》3个月便登上了当年畅销书榜。2009年，郭敬明的《小时代2.0虚铜时代》上市10天首印120万册便已售罄。2011年的《小时代3.0刺金时代》则连续两年登上了畅销书排行榜。郭敬明主编的两本青春杂志《最小说》和《岛》系列，年平均销量也分别达到了40万册和20万册。采用这种方式办刊的还有韩寒的《独唱团》，张悦然的《鲤》，明晓溪的《公主志》和饶雪漫的《最女生》等等。郭敬明更是在2006年创办了上海艾柯文化传播有限公司，并在2010年再次创办上海最世文化发展有限公司，并在其旗下集结了落落、笛安、林培源、颜歌等50多位"80后"作家。"80后"长篇小说的发展接近了产业化的形态，郭敬明也成为"80后"长篇小说商业化转型的代表。

除此之外，还有一部分最初在网络上进行创作的作家选择了将作品与影视传媒结合。辛夷坞2011年出版的长篇小说《致我们终将逝去的青春》，于2012年被赵薇以同名电影的方式搬上了大荧幕，最终取得了7.26亿元的票房成绩。鲍鲸鲸2010年出版的长篇小说《失恋33天：小说，或是指南》于2011年由导演滕华涛搬上了银幕，890万元的小成本投资最终收获了3.5亿元票房。其DVD光盘于2014年国家主席习近平访问阿根廷时，作为国礼之一赠送给了阿根廷。鲍鲸鲸2013年出版的长篇小说《等风来》于同年再次由滕华涛导演搬上了大银幕，最终收获了近8000万的票房。而根据郭敬明长篇小说《小时代》系列改编的同名电影，目前总票房已经超过了10亿，而《小时代》电影第四部仍然在紧张拍摄制作中，相信上映之后票房不会意外遇冷。通过以上数据我们不难看出，无论是通过哪一种渠道，"80后"长篇小说商业化的转型是成功的，尽管会有人质疑这种商业化写作背离了文学发展的初衷，但在当下的多媒体影像时代，这无疑也是为文学的发展开辟了一条新的路径。况且，"80后"长篇小说在商业化的转型同时，也迎来了发展的第三个阶段，即严肃文学写作的出现。

（三）第二次转型：严肃文学写作浮出地表

2006—2010年是"80后"长篇小说商业化写作最为繁盛的阶段，即便是今天，这种商业与文学结合的模式依然在成功地产生和延续着。然而2010年前后，"80后"长篇小说的第二次转型开启了大幕，即"80后"长篇小说严肃文学写作的出现。这里的所谓严肃文学写作，相对于前期的"80后"文学来说，没有浓重的商业化气息，也褪去了曾经本真写作的那种简单，而是以一种更为老到和成熟的笔法，关注命运、关注人生、关注历史，接续中国几千年来的文学脉络，表达内心深思熟虑之后的情感与哲思。至此，"80后"长篇小说的写作在写作模式和生产机制上呈现出了鲜明的多样化特色。可以说，这种严肃文学写作与网络写作、商业化写作等多种模式共存于当下的“80后”文学场内，使得“80后文学”呈现出了多样化的风貌。

“80后”长篇小说的严肃文学写作主要由两部分作家组成。一部分是由曾经的“新概念”作家们通过调整自己的创作而组成的。这一部分作家及其长篇小说作品主要有张悦然2010年出版的《樱桃之远》；笛安2009年出版的《西决》，2010年出版的《东霓》，2012年出版的《南音》上下两册和2014年出版的《南方有令秧》；颜歌2011年出版的《声音乐团》，2012年出版的《五月女王》和2013年出版的《我们家》；张怡薇2012年出版的《你所不知道的夜晚》；林培源2009年出版的《薄暮》，2010年的《锦葵》，2011年的《欢喜城》和2012年出版的《南方旅店》等等。另一部分“80后”长篇小说严肃文学作家则是没有经过“新概念”和商业化等运作手段的推动，而是经过传统文学机制登台的作家。如甫跃辉、郑小驴、孙频、王威廉、李德南、马金莲等，他们大多是中文系科班出身，接受过高等教育，其中不乏博士学位获得者。他们最初的创作依然坚持以《人民文学》《收获》《钟山》《作家》《江南》《大家》《山花》《天涯》《时代文学》等传统主流文学刊物为阵地，以作协、主流文学奖和学院派文学批评的评价标准作为自己的创作追求，从中短篇小说创作开始，尝试多种题材、多种风格，历经一定的磨练后开始了自己的长篇小说创作道路，走了一条脚踏实地、稳健、扎实的成熟道路。甫跃辉是上海复旦大学培养出的第一位文学写作专业的研究生，师从作家王安忆，现为中国作协会员，曾获得过人民文学短篇小说创作奖，2013年复旦大学中文系还为其举行过作品研讨会。显然，这一批作家的创作道路迥异于早期由青春写作转型而来的严肃文学作家们。尽管这一批作家目前长篇小说的创作量相对较少，基本上每个人只有1—2部，但他们作品的质量与对其创作的高期待使他们甫一出场就成为“80后”长篇小说严肃文学写作不可忽视的力量。

既然“80后”长篇小说严肃文学写作者们的成长路径是不同的，那么他们文学创作的外在出版、发行机制等自然会存在着差异，例如林培源、笛安等作家仍然属于郭敬明文化发展有限公司旗下的签约作家，作品的出版仍然有运作的意味，而甫跃辉、郑小驴等作家则依然通过老牌文学期刊的力量来推出作品。作家的生长环境也不再是单纯的城市“80后”，许多乡村“80后”，如来自乡村的进城人郑小驴、甫跃辉，则通过求学等途径走上了文学创作的道路，同时还出现了马金莲等少数民族的“80后”作家。评判他们创作的标准，只看文学出版、发行等外部因素便显得有失公正。之所以说他们的创作属于严肃文学写作，最根本的是从他们的创作主题、意蕴等文本内部的评价来说的。“80后”长篇小说严肃文学写作者们作品中的一个共同的本质特点就是对时代的记录。中国现当代文学的整体发展历程中，每一阶段的文学都体现着当时最为鲜明的时代主题和时代特色。在中国现代文学发轫期20世纪初期，五四文学精神成为创作主流；三四十年代左翼革命文学和抗战文艺成为文坛的创作主潮；新中国成立后中国文学进入当代文学发展期，“十七年”等红色革命文学成为文学创作的追求；“文革”结束后，作家们不约而同地通过“伤痕文学”、“反思文学”等表达自己压抑了十年的创作悲愤；改革开放后西方文艺思想输入，中国文学发展进入新时期，多种多样的文学创作流派登场，不同创作流派代表着一定的文艺思想。可以说，每一时代的文学都记录着当时代的脉搏。中国现当代文学自诞生之日起就有着记录时代的天然使命。然而对于“80后”作家们来说，因为他们出场时年龄相对要小，刚刚经过几年取材于自身生活经历的自然写作便被商业化和市场化的浪潮收编，他们一直没有好好地静心思考过我们当下多元的时代究竟如何与前时代相沟通、交流。随着作家们年龄的增长，心智的成熟，这种记录时代的严肃文学写作的产生也是必然的文学发展规律。他们在作品中表达了对中国文学传统继承的意愿，做出了相关的努力和尝试，传达出了他们心中和眼中对于当下时代的思考。郑小驴的《西洲曲》聚焦第一代乡村“80后”眼中的计划生育政策，对政策的不合理及对人们生活带来的伤痛进行了呈现。李德南的《遍地伤花》则关注当下青年人生存的时代焦虑和困境，揭示了当下中国社会青年广泛存在的时代病。马金莲则通过呈现本民族日常生活的图景，表现了民族传统在当下现代化社会中的遭遇和嬗变。笛安的《南方有令秧》则致力于古典写作手法的尝试，其作品在向《红楼梦》致敬的同时，将现代观念注入古代女子体内，表达了现代人对于传统的接受和想象。尽管目前来看，“80后”长篇小说的商业化写作仍然具有强大的活力，但是商业化写作往往在追求利益的过程中忽视了作品意境品格的追求，从而产生了快餐化的消费文化。既然是快餐，自然就难以给人留下深刻的印象。因此我们相信，只有记录了“80后”一代人对时代独特面貌认知的严肃文学创作，才是真正接续中国当代文学史的主要力量，而网络写作和商业化写作更多的只是现时代的一种文脉支流，无法拥有贯通中国文学主潮的力量。

“80后”严肃文学写作在审美特质上除了具有内容、主题上对历史、时代进行关注的特点之外，在语言上，还表现出了与青春写作不同的特点。早期的“80

后”长篇作品中充满着忧伤性、叛逆性和青春性的行文风格。情绪化和情感性渗透在语言表达之中。呈现出类似于诗歌语言的表现特点，传达情感、渲染气氛往往重于内容的叙述。后期的商业化写作阶段，长篇作品中的语言呈现了明显的商业性和多媒体性的特点，语言夸张、刺激，选用的意象也多与商业文化有关，且在其语言表达中有着碎片化、影像化等多媒体语言表达方式的特征。在严肃文学写作阶段，语言从注重情感情绪、商业、多媒体等特点转向了严肃的风格。这种严肃体现在语言的规范、典雅和叙述的层次上。严肃文学写作的语言风格或平淡朴实，或古朴典雅，少了戏谑和玩笑，多了厚重感和责任感。

“80后”长篇小说严肃文学写作之所以出现的原因，主要有以下几个方面。首先，“80后”严肃文学写作之所以较之于“80后”青春写作晚登场几乎十年，根源主要在于这十年恰是严肃文学作家熏陶、成长的十年。对于曾经的少年作家，十几岁成名，彼时的同龄人仍然处在基础教育阶段，几乎还没有接触到与文学相关的专业培训。根据我国现行的教育体制，硕士研究生毕业时的平均年龄已接近25周岁了，而博士或出国留学归来的学生年龄已然“奔三”，因此2010年左右是第一代“80后”基本完成学业、创作开始崭露头角的时段，此时严肃文学写作应运而生。这也同时解释了为什么“80后”同时代批评家一直迟迟没有出现，时至今日，“80后”批评家们也随着严肃文学作家的出现而陆续登场。其次，“80后”严肃文学写作的出现取决于作家们心智的成熟和对社会认知的提高。越来越多的作家远离了曾经的青涩，许多青春年岁时称为烦恼的东西今天看来已然不再成为烦恼，人生阅历日渐丰富的作家们思考的关注点自然也会向着亲情、家庭、社会、国家、历史等层面转型。否则，就像张丽军评价青春主题写作时所说：“年轻的时候这种记忆是真实的，这种情感是真实的；但是到了几个时期之后，我觉得再‘老调重弹’，就是一种虚伪的东西，一种‘伪忧伤’。”①作家们面对当下社会出现的许多热点问题，感到了一个作家和一个知识分子的责任，他们选择了叨破“小时代”的蛋壳，融入时代的洪流，承担起年轻一代作为社会中坚力量的责任。最后，便是社会转型期的生存压力给作家们带来的诉说欲求和创作冲动。彼时青春写作出场时，社会进行着改革开放等重大时代变革，而今天，这种变革仍然在继续，并进入了深度改革的模式。当下社会的年轻人与同前代人一样，面临着巨大的生存和发展压力。教育扩招改变了曾经千军万

① 张丽军：《市场孵化·轻写作·伪忧伤·恋物——关于“80后”文学精神性缺失与困境的讨论》，《艺术广角》2010年第5期。

马挤独木桥的状况，却由于教育供给和社会职业需求的结构性失衡，使得每年几百万的“天之骄子”连找到一份体面的工作都很困难，高昂的房价和生活成本与日渐固化的社会阶层让年轻人们看不到未来的希望。曾有一则名为《史记·80后传》的网络热帖这样调侃道：“初从文，未及义务教育之免费，不见高等学校之分配，适值扩招，过五关，斩六将，硕博相继，寒窗数载，二十四乃成，负债十万。觅生计，背井离乡，南下深圳，披星戴月，秉烛达旦，十年无休，蓄十万。楼市暴涨，无栖处，购房金不足首付，遂投股市，翌年缩至万余，遂抑郁成疾，入院一周，倾其所有病无果，因欠费被逐院门。寻医保，不合大病之规，拒付，无奈带病还。友怜之，赠三鹿奶粉一包，鸡蛋数枚。翌日，卒。”①虽是调侃，却也间接反映出了当下时代青年人生存的焦虑与压力之大。而对这种社会现状的体会与发泄自然成为催生“80后”长篇小说严肃文学写作的力量，只有直面人生的苦难与困境，才能创作出真正有力量的文学作品。至此，“80后”长篇小说实现了严肃文学写作的转型和突破，也实现了对中国文学史传统的接续写作。

“80后”长篇小说自2000年左右的诞生之日起，经过十几年的发展，经过了青春写作、商业化写作和严肃文学写作三个发展阶段，实现了从青春写作到商业化写作、从商业化写作到严肃文学写作的多种创作模式和文学类型并存的两次创作转型。在这三个阶段、两次转型中，我们明显看到了“80后”长篇小说以集体出场的方式引起创作潮流的倾向，同时了解了“80后”长篇小说十几年来发展的整体脉络。

三、“80后”长篇小说：人物形象自我主体的凸显

“80后”文学最初进入公众视野，始于2000年前后一批青春写作少年写手参加“新概念”作文大赛的获奖。这同时也是“80后”长篇小说的发轫期。他们以一种横空出世的方式宣告了少年的多种可能性与小说创作的一种新的表达，即青春期少年的叛逆故事和情感探索。很快，青春写作的阵营出现了分化，一部分作家选择了与商业文化合作的道路。2010年前后，“80后”长篇小说严肃文学写作开始出现，时至今日，“80后”长篇小说的发展经历了三个阶段，呈现出了多样化的存在状态。而对于一种文学现象或文学群体的研究，必须满足一定的条件：“一个文学现象得以命名而聚合的条件是要求其对象具有本质同一

① 铁血社区，http://bbs.tiexue.net/post2_3499273_1.html。

性、封闭性和多层次性。它特指某一特定时期内某些本质相近或者相似的作家、作品及内容的集合体。……一个文学群体，它内部的各种文学元素必须有着不可忽视的本质同一性，否则就失去了作为一个文学群体集合的基础，同时，相对于外在的文学现象它又具有不容混淆的个性。”①然而对于“80 后”长篇小说的创作来说，其多种文学样式共有的一个特点便是小说中人物形象自我主体的凸显。

（一）人物形象自我主体的理论含义

主体的概念最早来源于西方的文艺批评理论，其与客体共同构成了一对矛盾统一的概念，共生于文学创作的理论之中。在我国，学者刘再复曾在 20 世纪 80 年代就文学主体的问题发表过一系列观点。对于文学主体，刘再复的定义是：“所谓主体，在文学艺术中，包括作为创造主体的作家，作为对象主体的人物，作为接受主体的读者。”②在刘再复看来，文学以人为主体。关于这一点，在中国现代文学发轫期的五四时期曾成为文学创作的共识，后来经历了一系列的政治运动，在新时期得到了重新认识。刘再复认为，人的文学主体分为三种，即作家主体、对象主体和读者主体，这与艾布拉姆斯文学活动四要素的说法是有着内在的联系的。“美国当代文艺学家 M. H. 艾布拉姆斯在《镜与灯——浪漫主义文论及批评传统》一书提出了文学四要素的著名观点，他认为文学作为一种活动，总是由作品、作家、世界、读者等四个要素组成。”③这里的世界，“就是我们所指的社会生活，社会生活是一切种类的文学艺术的源泉”。显然，如果暂不考虑后现代主义文论中主观精神领域，社会生活是一种客观的存在。另外三个要素与刘再复的三种文学主体是有着内在对应关系的。作家要素对应“创作主体的作家”，读者要素对应“接受主体的读者”，作品要素对应“对象主体的人物”。对象主体的人物，在刘再复看来，是指“文学对象结构中人的主体地位和人的主体形象”④，在此理论的启发下，笔者用其指代文学作品中的人物形象的主体。即在“80 后”长篇小说中，对象主体的人物具体体现为人物的自我主体特质。作品中的人物是被包含于作品要素中的，是作品要素中复杂结构构成之

---

① 王涛：《代际定位与文学越位——“80 后”写作研究》，四川出版集团巴蜀书社 2009 年版，第 15 页。

② 刘再复：《性格组合论》，上海文艺出版社 1986 年版，第 4 页。

③ 童庆炳主编：《文学理论教程》，高等教育出版社 2004 年版，第 5 页。

④ 刘再复：《论文学的主体性》，《文学评论》1985 年第 6 期。

一极。作家文学创作中的主观能动性和读者文学接受中主观能动性的发挥是毋庸置疑的。但是我们发现,文学作品一经完成便是一种客观化的存在,以一本纸质书的形式或是电子书二进制编码数据的形式存在,生存在作品中的人物主体如何富有生命、获得意义呢?在这里,萨特和巴赫金的理论给予了我们启示。在萨特看来:"文学客体必须通过阅读才能显示出来。离开了阅读,它只是白纸上的黑色符号而已。""任何文学作品都是一种召唤。写作,就是为了召唤读者以使读者把我通过语言所作的启示化为客观存在。"[①]萨特强调了读者接受对于作品存在的重要性。在巴赫金看来,审美活动中的作者和主人公有多种关系,但其非常强调二者的对话关系,用一种对话式思维阐释了其"复调"理论:"有着众多的各自独立而不相融合的声音和意识,由具有充分价值的不同声音组成真正的复调……陀思妥耶夫斯基恰似歌德的普罗米修斯,他创造出来的不是无声的奴隶(如宙斯的创造),而是自由的人;这自由的人能够同自己的创造者并肩而立,能够不同意创造者的意见,甚至能反抗他的意见。"[②]在巴赫金的观点中,人物的主体地位的内涵是由作家在创作过程中与之对话所产生的,结合艾布拉姆斯的读者文学接受理论,可以得出,作品人物的主体的凸显是由作家和读者在与之交流、对话的动态过程中的再创造。人物主体的地位背后反映的是整个文学创作和接受过程中创作主体和接受主体的参与程度。

人物形象是感性的承载体,决定其特殊性的深层内涵是作家和读者赋予的,人物独立行动的基因也是由主体性决定的。"主体是存在的范畴,它不仅是意识对存在的积极关系,而且是存在本身,即人的本体存在。这就是说,主体性问题首先是本体论的问题,然后才是认识论、价值论问题。"[③]也就是说,主体地位的凸显能够体现人物的独立存在。我们之所以要强调人物的独立存在,是从我国现当代文学发展的实际情状来考虑的。在中国古代,人物形象的自我主体独立是被压抑的:"自我的起点和归宿都是自明的,源出于天道,复归于天道,并不为自我争个性和独立性。"[④]其实强调文学是人学、创作中注意彰显人的主体地位,早在中国现代文学发轫的五四时期就已经有了明显的论断。五四新文学的倡导者之一胡适就曾提出:"自治的社会,共和的国家,只是要个人有自由选

① 倪浓水:《小说叙事研究》,群言出版社2008年版,第57页。

② [俄]巴赫金:《陀思妥耶夫斯基诗学问题》,见《巴赫金全集·诗学与访谈》,河北教育出版社1998年版,第4页。

③ 刘再复:《文学的反思》,人民文学出版社1986年版,第79页。

④ 邴正:《当代人与文化——人类自我意识与文化批判》,吉林教育出版社1998年版,第104页。

择之权，还要个人对于自己所作所为都负责任。若不如此，决不能造出自己独立的人格。社会国家如果没有自由独立的人格，如同酒里少了酒麯，面包里少了酵，人身上少了脑筋。那种社会国家决没有改良进步的希望。"①胡适的观点代表了五四时期文学对人的独立人格、人的主体地位的呼唤，但同时也将这种主体捆绑在了自治社会和共和国家上面。个人的完善，是为了社会、国家的进步和独立，这是一种宏大叙事的个人化言说。从较大历史时期、从中国现当代文学发展的主流来看，个人的发展和命运一直都受到历史潮流的深刻影响。五四时期周作人提倡的"人的文学"很快被左翼革命的需要所取代，抗日战争的爆发将全民族卷入了时代的洪流而无法奢谈个人。新中国的成立开启了当代文学"十七年"发展时期，革命斗争与农村现实生活成为宣传党的政策最好的文学题材载体。"文革"时期文学集权主义发展到顶峰，个人的声音被完全压抑，所有的文学形象主体都可以划归到某一类型模板中。新时期文学开启了"文学是人学"的新认识，但对"文革"的控诉和反思仍然较长时段占据了文坛的主流。1980 年代受西方文学理论和文艺思潮的影响，当代文学开始进入新启蒙和多元化阶段，这十年也是"80 后"作家们最先感受到的文化浪潮。在他们建立对世界最初认识的青少年阶段，1990 年代的消费主义文化浸润了他们的生活，由此导致了"80 后"最早青春写作中那无法抹去的商业化印记。新世纪以来，随着作家们的成熟和大众消费文化的逐渐理性化，作家们跳出了消费的怪圈，接续了 1980 年代多元化的传统，直面当下社会转型期的生存困局，实现了小说主人公为自我而活的目标。有关民族国家的表达，也是人物主体自动的选择，最终目的是实现主体自身更好的发展。因此我们说，"80 后"长篇小说人物主体地位的凸显，为文学的发展带来了新的审美经验和表达。

（二）"80 后"长篇小说人物形象自我主体凸显的三种表达方式

"80 后"长篇小说中的小说人物主人公在整体上看，取得了独立、自为发展的主体可能性，他们能够摆脱为历史和社会摇旗呐喊、鼓掌助威的宿命，实现了以自我为中心的情感抒发和表达。大致看来，这些关于小说主人公"我"的故事的表现主要可以分为以下三类：（1）直接诉说"我"的情感和经历；（2）讲述我们家的故事和情感；（3）呈现"我"在当下时代里受制于现实生活的生存状貌。

---

① 胡适：《易卜生主义》，《新青年》1918 年第 4 期。

1. 发生在"我"身上的爱恨情仇与喜怒哀乐

何平在《"个"文学时代的再个人化问题》中提出:"而按照我来说,所谓的新世纪文学应该是从1998年朱文等人发起的'断裂'事件开始。因为'断裂'以它独特的提问方式以及最后的文本澄清并呈现了中国文学'破碎'和'离散'的图景,宣告了文学'代'时代的终结和'个'时代的来临。"[①]从何平的说法中我们可以看出,当代文学个人主体性的异军突起已成为很多人的共识。新生代作家韩东也认为:"一般的个人为纳入社会或群体,借助的是现成方便的观望方式、沿袭已久的理解和表达方式","其实现有的方式与每个人具体的生活经验是有差异的"[②]。今天的时代,作家们面对的社会生活是多元化的,作家笔下创作出来的人物也是凝聚着作家自身独特生命体验而千情百貌的,不应该也无法再简单归入某种类型化之中。与之相对应,陈晓明认为:"过去我们在普遍性的思想氛围里所把握的思想'深度''力度'之类的标准,在今天个体经验占据创作主导的情势中,是否还能以此去规范和衡量所有的作家作品,也是值得考究的。现在可能更需要一种他者伦理去理解作家的个体性经验,去接近每一种个体经验存在的意义。在接近和理解中,再来评判其文学价值,可能是更恰当的批评方法。"[③]我们再进入小说文本的时候,或许应该在观念上有所转变,过去文学研究往往过于注重整体高度,今天我们应该试着去理解个体经验与自由。"80后"长篇小说中有着许多讲述个体故事的文本。

甫跃辉的《刻舟记》,题目化用成语"刻舟求剑"而来,是一部带有自传性质的回忆体小说。其意为以寻找为目的的寻找,即"很多珍贵的东西丢失了找不回来了但又不愿意就此罢休只能聊胜于无地在不相干的事物上留下个印记然后尽力寻找"[④]。小说共分十五章,讲述了云南省滇缅边陲小村孤竹里一个叫作刘家林的男孩考上大学后对自己童年成长难忘经历的回忆。通过人物自我主体刘家林的成长回忆,展现了少年跌跌撞撞、带着爱与痛的成长。

笛安的《告别天堂》通过讲述宋天杨、江东、方可寒、周雷和肖强五个高中生的成长故事,同样展现了青春的成长。小说以护士宋天杨对高中生活的回忆为叙事线索,采用多声部发生的叙事方式,让五个人单独讲述自己的故事。

马金莲的《马兰花开》是一部四十万字的长篇,马金莲将其本民族——回族

① 何平:《"个"文学时代的再个人化问题》,《南方文坛》2010年第1期。

② 韩东:《韩东散文》,中国广播电视出版社1998年版,第308页。

③ 陈晓明:《新世纪小说开辟的个体经验》,《东岳论丛》2011年第2期。

④ 甫跃辉:《刻舟记》,文汇出版社2013年版,第214页。

的日常生活状貌全景式地通过马兰这一回族女子的生活经历呈现在了作品之中。小说描写了互为邻居的李万山和马柏云两个家庭，细致到一顿饭食与一次劳作的描写，展现了回族女性身上的善良与美好。

李德南的《遍地伤花》通过人物自我主体“80后”年轻人周克的种种充满讽刺而又无可奈何的生活遭际，展现时代病的同时，探讨了命运的强大和不可抗拒，并为同时代失败者造像。

张怡微的《梦·醒》通过讲述高中生维夏、童杨和铮岩的故事，为我们讲述了人物自我主体成长的感受。她的另一部作品《下一站，西单》同样是通过林玮质这一人物形象来呈现人物自我主体的情感世界。

林培源的《欢喜城》，通过人物主体叶贞青的故事呈现了人世的悲欢喜乐。所谓城的欢喜即为人的欢喜，小说借叶贞青的关系，勾连出了一系列人物的悲喜人生。从婶婶文杏、表弟叶志琛到路鸣，甚至破坏叔叔家庭的丁末，都有着各自难以言说的悲和喜。尽管人生悲喜无常，最后路鸣的出现给了叶贞青一份真挚的感情归宿。而叶贞青对弃婴的收养体现了悲喜人世间永恒的温暖和爱。他的《南方旅店》通过讲述三对情侣的故事探讨了人物主体的爱、死亡和孤独。小说设置了两种叙事时空，一个是上世纪80年代的故事，是关于良家少女蓝瑛和少年劳改犯赵嘉轩的爱情故事。另一个时空是刚刚过去的一年里的故事，是小说叙述人、日报社记者周岐山和死去女友赵淇的爱情故事。而第三对情侣便是当下刚刚发生的事情，即清平镇女大学生刘素彩在家里的自杀和陈天玺冒充杀人者的情感纠葛。作家通过时间和空间的连接将这双重时空中的三个故事联系在了一起。小说的故事情节似乎并不复杂，然而林培源的叙事让我们难以抑制掩卷沉思的冲动和困惑。《锦葵》讲述青春岁月里成长中的爱与恨的故事。小说采用姐弟俩——叶重阳和叶明生的双重视角来叙述，互为补充，互相纠葛、交缠，呈现了成长中一代人对爱与恨的感悟。

颜歌的《五月女王》中的主人公叫袁青山，是一个从出生就失去了母亲的女孩儿。小说以她为中心，以好朋友岑仲伯、张沛、黄元军、妹妹袁清江等人的视角，讲述了一代人80年代的小镇记忆。小说目录分为两种，一类以章节命名，共十八章。而另一类以人物命名，张仙姑、茅厕娃、宣传员、叶瞎子等等，呈现发生在他们之间的流言、丑闻、秘密等，构建起了清平小镇独特的、带有传奇色彩的文化生活图景。

颜歌的《关河》以历史为背景，通过人物主体哑女杜若，传达了爱和追寻的力量。笛安的《芙蓉如面柳如眉》则采用了破案悬疑小说的笔法，小说一共有三条叙事线索,一条是陆羽平和夏芳然的,一条是丁小洛和罗凯的,第三条是警察破案的。小说在对故事悬念的不断解密中探讨了爱与美、青春和生命的意义,正应了白居易《长恨歌》里的那句“芙蓉如面柳如眉,对此如何不泪垂”。[①]

2.“我”家的故事:讲述发生在家庭或家族中的生活变迁

以小说人物自我主体所在的家庭为主要的表现对象,是“80后”长篇小说人物自我主体地位凸显的另一种表达方式。这类小说与纯粹的个人自我主体表达不同,其将个人的命运和情感安放到了家庭或是家族之中,表现我的经历对家庭的影响和家族命运的流转在每一个个体主体身上留下的印记,即“我”之家庭与家庭之“我”。马克斯·韦伯说过:“中国是家族结构式的社会。”[②]当下社会,“80后”们,尤其是城市“80后”受计划生育国策的影响,正逐渐远离大家族走向小家庭结构。在这种家庭变迁过程中,作家们感受到的变化成为他们作品所表达的重要向度之一,这与宗法等级观念森严的中国古代家族小说,和中国现代文学中为了理想和革命逃离家族的小说是有着不同的审美内涵的。可以说“80后”长篇小说中的此类作品就是当下文学时代的家族小说形态。在西方,家族小说一般指:“描写一个或几个家族的生活及家族成员间关系的散文叙事作品,即写两代人以上的家族本身及生活,甚至追溯家族的历史,也涉及同代人中几个成员和几个家庭之间的关系。”[③]而叶永胜在定义“家族小说”时,采用了“家族叙事”这个概念,认为“家族叙事取材具有特指性,它所描写的对象应是一个或几个家族,展现它(们)的生活,或追溯其历史,并在现实与历史相结合的叙写中,折射时代风云,进行社会、历史、文化、生命的思考”[④]。罗伯特·肖尔斯则认为家世小说等同于传奇故事:“家世小说和传奇故事一样,它也是建立在一种表现实际需要的理想之上的。家世小说依据的是一种真实的事实,即家族的联系,它有自己的理想:家族的社会,家族中的复仇,家族间的血仇、婚姻、亲属关系、继承权、祖传遗产、遗传特征。家世小说就是受这些概念吸引的。”[⑤]无论从哪一种定义来看,“80后”长篇小说中都有许多作品呈现出了这样的审美特质。

① 白居易:《长恨歌》,见蘅塘退士编,陈婉俊补注:《唐诗三百首》(卷三),中华书局1959年版,第14页。

② [德]马克斯·韦伯:《社会结构分析》,中国文联出版公司1993年版,第410页。

③ 邵旭东:《步入异国的家庭殿堂:西方“家族小说”概论》,《外国文学研究》1988年第3期。

④ 叶永胜:《家族叙事流变研究——中国文学古今演变个案考察》,安徽人民出版社2009年版,第23页。

⑤ [美]罗伯特·肖尔斯:《结构主义与文学》,孙秋秋、高雁魁、王焱译,春风文艺出版社1988年版,第67页。

林培源的《薄暮》以小男孩林念生的回忆叙述为最外层的故事框架，在跨越近百年的叙事时空里，讲述了时代影响下祖孙三代的家族变迁故事。全书共十五章，小说的主体故事时间是从19世纪60年代、林念生的母亲陈秀米十来岁的少年光景开始的。在南方一个尘土飞扬的小镇溪桥，陈祖川一家七口，妻子沈桂芳，大女儿秀旗，二女儿秀米，三儿子秀楠，四妹秀锦和五妹秀绣。小说以母亲陈秀米为主要叙事线索，讲述了时代背景下秀米从十五岁“出花园”开始直至一生的经历。与来自木棉镇的林宝年结婚、过继到陈姨家庭、生活不顺又重返林家、先后生下两个孩子、送走了去世的父母亲人等，期间夹杂着各种各样的地方习俗与生活中的种种艰辛。这是一部讲述时代影响下家族变迁的小说。《我们家》是颜歌以第一人称讲述的一部以荒诞和轻幽默去表现家族变迁故事的小说。小说原载2012年第5期《收获》，名为《段逸兴的一家》，后出单行本改名《我们家》。从原名不难看出，“我”自然就是段逸兴，所谓逸兴，即取逸兴遄飞之意，小说以疯病康复病人段逸兴的视角，讲述了祖孙四代人六十年里围绕着春娟豆瓣厂发生的种种不足为外人道的奇葩家事。小说的地理背景延续了颜歌近年来小说创作的一贯风格——四川平乐镇。小说以全家人给奶奶薛春娟过八十大寿为叙事线索，将日常经验中的感情、算计与金钱统统呈现。母亲陈安琴给父亲薛胜强戴了绿帽子，父亲便在奶奶家楼上包养了二奶钟馨郁，母亲对此却是安之若素。但结局是钟馨郁却怀上了父亲司机朱成的孩子。从少年时红幺妹的传说开始，到父亲一路伴随着艳遇做到了豆瓣厂厂长的经历，颜歌叙述的背后是抛却了道德、伦理层面的关于人之本性的沉重事实。“龙城三部曲”是笛安创作的以龙城为地理背景的一系列小说。从2009年出版第一部《西决》，到2010年出版《东霓》，再到2012年出版完结篇《南音（上·下）》，讲述了生活在龙城的三叔三婶家里的一系列故事。小说以家庭和家族的形式构建叙事骨架，郑东霓是大伯家的女儿，郑西决是已故二叔家的孩子，郑南音是三叔家的女儿，还有小叔家的女儿郑北北。小说以郑家第三代——“东、南、西、北”为主要叙事线索，故事围绕着他们向内、外延展。大婶当初为了工作调动不惜和单位领导发生了不正当关系，大伯为此终其一生都在用家庭暴力，怀疑郑东霓是否是自己的女儿。父母整日的家暴导致郑东霓初中毕业就离开了家庭独自在外闯荡，并继承了源自父母的敢爱敢恨的暴力性格。最终在大伯死后，郑东霓通过DNA鉴定证实了自己是大伯亲生，但她与留美博士方靖晖的婚姻却似乎命定了要延续上一辈的遭际。郑西决从十岁起就生活在三叔三婶家里，长大后成为一名物理老师，进入了和教语文的小叔所在的同一个中学，并恰好是郑南音的老师。小叔曾当过郑东霓的老师,当时因为与班上女生唐若琳发生了恋情,断送了婚姻并几乎断送了自己的工作前途,多年来忍辱负重当着平庸的教书匠。命运在十几年后再起波澜,郑西决的女朋友陈嫣就是多年前的唐若琳。最终,叔侄两人共同爱着的女人选择了初恋。因为三叔的一场疑似胃癌,郑西决不是二叔二婶亲生的秘密浮出了水面。而最终郑西决为了班上一个因血液病死去的女孩昭昭开车撞死了主治医生陈宇呈,其间各种原因纠结又沉重。郑南音看似是家里最幸福的小公主,但她在成长过程中见证家庭变故的同时经历着自己与苏远智一波多折的婚姻感情。郑北北是这个家庭里新的希望,她的降临代表了小说最后的温暖。小说以家族为构架,但却超越了一般家族小说叙事的模式,其与时代和家族的整体继承是无关的,更多的是关注个人的情感和命运,家族起到的只是将他们联结在一起的作用。

3."我"与时代:关注时代影响下个体命运的流转

"80后"长篇小说中第三种人物形象自我主体地位凸显的表达方式便是看取时代背景下人物主体的存在方式。莫言曾说过:"我觉得我们小说家,应该站在一个有历史眼光的立场上,站在一个认真地思考中国近代发展史的立场上,来为我们社会下一个结论。然后,站在这样的立场上来研究人,研究各个层次的人。了解我们社会的主流,了解我们社会的支流,了解我们的成绩,了解我们的弊病,然后从中发现新的思想,提炼新的主题,塑造新的人物,探索新的形式。然后写出无愧于我们时代的作品,奉献给我们这片辽阔的大地。"①其实,小说人物主体的存在必然离不开社会和时代,但从文学作品的文本本身来看,人物主体既可以选择忽略其所生存的时代,也可以选择将自己的生活关涉其中。但这种关涉或关照已不同于文学史上先前的革命小说或政治小说,"80后"长篇小说中的时代往往不再是决定人物主体命运的唯一主宰,而更多的成为人物主体眼中的风景,即"我"是时代之"我",而"时代"是"我"之时代。人物主体在讲述自己所经历的时代事件的同时,或是表达其看法,或是呈现蕴含其中的人类共通的普世情感和命运。自我与时代的命运不再是截然对立,也不是简单的支配与被支配,而是在大的时代舞台中,人舒展自我的主体性。

孙频的《绣楼里的女人》讲述了百年时空下晋商贺秀川家族里四代女性挣扎的命运。晋商贺秀川自幼便跟随祖上在北京经商,无奈到了抗战前夕,生意

① 莫言:《文学与时代——2011年12月7日在解放军艺术学院的演讲》,《解放军艺术学院院报》2012年第2期。

破产，举家迁回了老家山西省安定县，并带回了自己在北京的姨太太。没过几年，女儿贺红雨、儿子贺天声的生母病逝，姨太太便被扶为正室，成了老姨太太。小说以贺红雨为人物主体，通过讲述她的一生，透视了时代给个体命运带来的深刻影响。晋商家族里第一代女性便是老姨太太。她在成功扶正后因为不能生育子嗣，便将贺天声视作掌中宝，从两岁起便无限溺爱，以至于毁掉了贺天声生活自理的能力。在土改运动中，贺秀川被枪毙，老姨太太带着贺天声献出了家里全部的财产，暂时得以保命，最终仍因困顿而死。晋商家族里的第二代女性便是贺红雨。贺红雨18岁时，正是1943年日本帝国主义侵略者肆虐我中华大地的时候。她在从舅舅家回家途中被两名日本兵轮奸。三年后抗战结束，贺红雨21岁了，因为样貌平平，加之18岁时的遭遇，便匆匆下嫁给了安定县小学教员，贫农出身的段星瑞。正是这一次出嫁，使贺红雨躲过了1948年的土改运动，然而却没有躲过1958年的反右斗争。段星瑞被打成右派进了劳教所，紧接着便是1960年全国大饥荒。贺红雨硬是拖着三个孩子熬过了这段时期，迎来了1961年段星瑞的摘帽。儿女逐渐长大成人，贺红雨却又要忙活孩子们的亲事。但儿子段东麟的意外死亡导致段星瑞因悲伤饮酒后中风死去。贺红雨在本应颐享天年的岁月却成了寡妇，最终在2005年，80岁的时候离世。晋商的第三代女性则是贺红雨的女儿段锦碧和段惠青，她们的情感经历也是一路坎坷，一个插足他人婚姻，一个遁入空门。而晋商的第四代女性，即贺红雨孙子段逸鸥先后娶过的妻子王小花和白玉，可以把婚姻爱情当作物质利益去交换，最终也难寻幸福。小说中时代变革的因素对个体命运变迁的影响是无法忽略的。

郑小驴的《西洲曲》直接将社会重大政治事件——计划生育，作为了小说创作的题材。小说以“我”——南棉镇石门乡青花滩一个15岁少年罗成的视角展开，通过罗成的回忆，呈现通过他的眼睛看到的我国计划生育政策对普通群众的生活造成的种种影响。计划生育是我国的基本国策，“作为个人，我无意在这项饱受争议的国家政策面前说三道四。我只能忠于我个人的记忆，我的立场，我的看法，用文字还原记忆中的真相，仅此而已”①。三代单传的油漆匠谭青已经生育了两个女儿，为了生第三胎，将妻子北妹送到了罗成家里待产。然而没有不透风的墙，此事被曾经的计划生育模范代表八叔知晓，八叔答应保密的条件是让罗成的姐姐左兰给自己的双腿残疾的儿子大方当媳妇。最终在南棉主管计生文教的罗副镇长带领下，计生委没能让北妹生下孩子，而北妹因伤心过

① 郑小驴：《西洲曲》，人民文学出版社2013年版，第263页。

度投河自尽。罗成的同学、好朋友罗圭,即罗副镇长的儿子,也因为谭青的报复淹死在河中。小说没有截然分明的立场,而是表现了计划生育政策给各方势力代表带来的不同的命运变化。最有权势的镇长最后成了失独家庭,而孩子的遇害正是源于父亲对计生政策的坚持,我们却不能说干部履行职责是错误的行为。曾经的计生模范代表、村里唯一拥有独生子女的八叔,儿子因事故双腿残疾,面临着找不到媳妇的困境。即使是罗成家里遵守了计生政策的家庭,那个本应存在却最终死在计划生育政策下的哥哥罗影,成为罗成母亲心中永远无法愈合的伤痛。村子里还时不时地游荡着一个因为失去孩子而整日疯癫的孙疯子。时代的感受呈现在了小说中,文学需要有这种人性的反思力量。

王威廉的《获救者》采用第二人称"你"的叙述视角,讲述了在一个虚构世界的历险经历。三个年轻人在一个连手机信号都没有的郊区公交站附近,意外遇到了出售地下电影的残疾乞丐马小福,并被马小福带领着,以参观地下影城为诱饵,进入了一个存在于地下深处、有着自身运转逻辑的神秘国度——塔哈。塔哈在古语中是幸福的意思,然而这个国度的臣民全部都是身体残疾者,尽管存在于地下,却有着相对独立的生态系统和文明组织,等级森严、控制严密,与人类文明几乎无异,但在精神理念上却与真正的人类国度截然相反。在这里,他们凭借对健全人的仇恨来获取心理平衡,谈论尊严是这里的禁忌,这里平民不准结婚生育、不能持有财产,对违法者的惩罚是通过彻底消解意义让他们在彻骨的绝望中放弃人性的尊严。最完美的塔哈人民恰恰是人类世界的残疾者、抑郁症患者,这里有特权、有宗教,但依然会发生暴动和战争。他们既独立于地表世界,又与其相伴相生。三个年轻人中的两人最终在塔哈的斗争中先后逃了出来,成为获救者。小说通过想象构成了一种巨大的隐喻,其中包含对于暴力、自由、宗教、平等等人类精神世界特质的拷问。

张怡微的《你所不知道的夜晚》用第三人称,讲述了时代因素影响下茉莉一家发生在上海的故事。茉莉的母亲少年时从常州老家来到上海普陀区公共租界的色织厂做童工,受尽了磨难,在解放后纱厂女工待遇提高,生活才得以逐渐好转。茉莉的父亲被日本侵略者弄得家破人亡,12 岁来到上海做工,也是新时代给了他新的生命。经人介绍,两人在田林 65 弄共同组建了家庭。而田林这一行政区划的设立也是由于 1957 年上海仪表工厂区在这里兴建,职工住宅开始兴建。至 1961 年,安置工人家属的田林居住区已成规模。田林路 65 弄建成于 1962 年。茉莉是家里的长女,次女玫瑰。茉莉的成长伴随着国家政策的变迁,田林路小学是迁厂工人子弟学校,"文革"初期,学校还算平静,不久,家庭成分的划分，使得曾经做过日本人翻译的邻居跳楼自杀，而母亲也加入了厂里赤卫队，父亲则成了造反派。在茉莉眼中，连父母是否应该在一起睡觉都得参照毛主席的做法。后来革命愈演愈烈，“像是大众的节日，充满着血腥气，许多肩膀上别着红袖章的青年人，打着某某战斗队的身份不无显摆地在农村与新村间神气地走动。他们穿着时髦的翻领运动衫，细瘦的卡其布裤管，绽露出里面两三公分的运动裤角，半旧的解放鞋，落拓地走来走去。少数几个能搞到军装的少年，那可真是了不得的招摇了”。后来，又经历了参军潮、知青上山下乡、回城等一系列时代变迁，茉莉的命运也随着时代大潮而浮沉，而在这其中，茉莉也经历着自身的成长和蜕变。

（三）对人物形象自我主体凸显方式的反思与总结

在本章的前两节中，笔者通过刘再复文学主体理论的启迪，提出了文学作品中小说人物形象自我之主体的思考，进而发现了“80后”长篇小说中普遍存在着小说人物形象自我主体地位突出的特点，并结合着中国现当代文学发展的实际，将“80后”长篇小说中小说人物形象自我主体地位的凸显，作为“80后”长篇小说创作的一个内在的、统一性的特征。刘再复在20世纪80年代提出的主体及主体性理论影响很大，并引起了一股思潮性质的讨论，但随着文学的发展，逐渐显露出了理论的不足与错误，并在1980年代后期出现了姚雪垠与刘再复的论争事件。在今天来看，刘再复的主体理论确实存在着诸如人物过分张扬、文学主体性不足等问题，“应该承认，文学主体性理论确是克服机械反映论弊病的一剂良药。然而必须注意的是：提倡和阐发文学的主体性理论，同样不能‘唯我独优’。文学主体性、主体论文艺学，同客体论文艺学、现实主义文学理论一样，也不是万能的。如果把文学主体性、主体论文艺学神化，就会走到另一极端”①。我们说对刘再复理论的反思和批判是必不可少的，但在强调对刘再复理论中文学主客关系辩证认识的同时，对刘再复理论的评价也应坚持一分为二的观点客观看待。毕竟刘再复的主体理论是我国本土化文艺理论的成果之一，其所具有的开拓和启迪意义或许较之于对理论深度的挖掘更为关键。而且，当时的批判和论争也或多或少与刘再复本人张扬的性格有关系，这多少都会影响到对理论认识的客观性。对于文学主体地位没有真正确立的问题，在1990年代的文学创作中也是确实存在的，“90年代文学主体性的现状是个体化的言说

① 杜书瀛、张婷婷：《文学主体论的超越和局限》，《文艺研究》2001年第1期。

极度膨胀后又忽然衰落,而真正的主体精神尚未成功建立"①。理论的发展预见了未来创作的方向,而创作尚未达到理论提出的预期,这一客观现实我们也是承认的。

本论文并没有对刘再复的理论进行照搬照用,而是从其主体理论中受到启发,从小说人物形象自我主体地位这一论点进行阐释。本文所探讨的"80后"长篇小说,从其文本实际内容来看,已经弥补了刘再复理论中对于文学主体地位确立程度不足的理论缺陷,主要体现在两个方面。第一,小说中人物的变化、成长等变迁是由内而外的、自省式的、自我决定和选择的结果,不是受主体外在其他因素,诸如政治运动等胁迫或支配而动,不是皮影戏中的投影或被提线的木偶,而是实现了在人生道路上的自主选择权。尽管早期的"80后"青春写作中的部分长篇小说存在过度自我关注和自我宣泄式表达的缺陷,但这与小说人物主体地位的凸显是不矛盾的。第二,人物主体呈现一种目的性存在,即小说创作的最终目的是落脚到人物形象或与人物相关的情感、意义中。人物形象不再是概念、理念的图解,不再是表现的工具,而是为自己,或自我选择的主体代言,人物是小说文本中不可或缺的核心构建,自我在与其他文本构建的互动交流中获得生命力,变得鲜活灵动。文学人物主体地位的增强可谓是近年来文学创作的新审美特质。

上文中提到的关于长篇小说人物形象自我主体地位凸显的三种表达方式,从自我到家庭,再到时代背景下的自我,三者之间分类的界限不是绝对的。个体故事中是否决然没有家庭存在?家庭或家族的历史中是否绝对找不出时代事件的投影?答案显然是否定的。个人组成家庭,家庭构成社会,三者之间由小到大呈现包含与被包含的关系。当下社会科技进步拉近了人与人之间的距离,缩小了现在与过去的间隔,甚至未来都可以被清晰预见。物质水平的不断提高使人类的需求层次也不断加深,情感的需要和自我实现的需求必然要在更大的范围内才可以达成。现代文学史家黄修己曾对20世纪中国文学作出如下判断:"它与当代社会的紧密关系,是历史上任何一个世纪的文学所未曾有过的。"②对于繁荣在21世纪的当代文学,界限的交叉、模糊和层级间渗透与联系的日趋紧密是无法避免的大势所趋。我们不排除极端个人化或民族化的作品

① 方亨:《未完成的主体性——新时期中国文学主体性理论之反思与重建》,《社会科学家》2008年第12期。

② 黄修己:《20世纪中国文学的时代性》,《学术研究》1995年第1期。

存在,但其终究无法汇入文学的主流。本文对“80后”长篇小说所进行的三种人物主体地位凸显方式的分类,其界限并不互斥,而是有所交叉和重叠。个人的故事里,有与家庭成员之间的纠葛,也有时代的局限和大的历史事件的影响,真正的人物主体从本质上来讲是无法脱离家庭和时代而独立存活的。本文的分类标准,一个是参考文本所叙述主人公的身份及其观察视角,第二个是更加有利于清楚阐释本论文所要探讨的问题,同时兼顾作家创作的主观表现意图,即更加侧重自我主题、家庭故事或是时代影响。从小说文本中选取更加整体性与更加主流的叙事关照层面,从而确定了三种小说人物形象自我主体地位凸显的表现方式。“80后”长篇小说中之所以出现人物形象“自我”主体地位凸显的特点,忽略了“大我”的主体地位,这是“80后”一代人的成长资源所决定的。“80后”是计划生育政策下出生的第一代独生子女,他们自身以及他们的邻居、同学也大多都是独生子女,尤其在城市“80后”群体中。一方面,独生子女的地位自然成为全家人关爱的中心;另一方面,独生子女的成长环境使他们缺失了兄弟姐妹之间相处的机会,从而缺少了对于他者思考的体验,仅仅以“自我”为中心。同时,“80后”一代人是在消费主义文化的熏染中成长起来的,消费与“自我”相对应,“大我”更强调奉献和牺牲。因此,消费主义的自然本性决定了“自我”对“大我”的排斥。总之,“80后”长篇小说是一种独生子女独特成长背景与消费主义文化氛围相结合产生的“自我”文学之花。

四、多样化:“80后”长篇小说的叙事主题分析

刘勰在《文心雕龙》中说过:“时运交移,质文代变。”[①]清代学者王国维在《宋元戏曲考·自序》中说道:“凡一代有一代之文学:楚之骚,汉之赋,六代之骈语,唐之诗,宋之词,元之曲,皆所谓一代之文学,而后世莫能继焉者也。”[②]在近百年前的五四新文化运动时期,即中国现代文学的发轫期,文学革命先驱胡适也提出了“一时代有一时代之文学”[③]的论断。此种进化论式的文学史观意在探讨中国文学的发展是否存在规律。尽管从今天文学研究的角度来看,此种论调存在先入为主的理论预设的缺陷,忽视了中国文学发展过程中的特殊性和民

① 刘勰著,范文澜注:《文心雕龙注》(下),人民文学出版社1958年版,第671页。
② 王国维:《宋元戏曲考·自序》,东方出版社1996年版,第1页。
③ 胡适:《历史的文学观念论》,见《胡适文集》(3),人民文学出版社1998年版,第32页。

族性,过分强调了文学发展的一致性和进步性。但是,此种文学史阐释恰恰契合了中国文学发展中"一代之兴必有一代之绝艺"和"一代有一代之所胜"的文学实际。也就是说,从中国几千年来的文学发展传统看,在文学创作的整体性上,不同时代的文学受当时时代的制约而存在明显的差异性,这一点是可以肯定的。那么,在承认差异的前提下,是否可以肯定不同时代文学中所包含的差异指征一定是由时代差异所造成的,或是有时代特点的烙印包含于其中呢?美国文学理论家杰姆逊认为,政治无意识每时每刻都在发挥着作用,他在《政治无意识》中提出了"永远的历史化"的论断,"依据表现性因果律或寓言的宏大叙事进行阐释如果仍然是一种持续不变的诱惑的话,那么,这是因为这些宏大叙事本身已经刻写在文本和我们关于文本的思考之中了;这些寓言的叙事所指构成了文学和文化文本的持续不变的范畴,恰恰是因为它们反映了我们关于历史和现实的集体思考和集体幻想的基本范畴"①。这里的寓言叙事可以理解为小说创作,而"历史和现实"即指时代的具体状貌。由此可见,受制于创作主体的时代局限性,文学作品必然会反映其所产生时的时代的特征和经验,只不过有时不会那么明显和直白,而是采用一种寓言式的言说方式。即便是作家试图有意创作出脱离当时代的作品,那么也无法清除刻写在其思想深处的历史无意识的痕迹。

从我国当代文学中长篇小说的实际发展历史来看,文学作品中反映了当时代独特的历史经验和作家独特的生命体验这一论断,不断被验证。在中国当代文学的发展中,当代作家的文学创作无法脱离时代的影响而独立存在,这与我国文学与政治的特殊存在关系是有着很大关联的。中国当代文学近60年的长篇小说创作道路,文学的兴衰与所反映的内容,都随着时代的影响不断发生着变化。1949年新中国成立后,中国当代文学进入"十七年"时期,反映新中国建立的艰辛与喜悦、为中国新政权的成立构建文学意识形态大厦的红色经典长篇小说,成为这一时期文学创作的扛鼎之作。其遵循社会主义现实主义的写实原则,将红色革命经典叙事发挥到了极致。新中国的成立是翻天覆地的大事件、大变革,而长篇小说中所叙述的革命历史斗争小说和农村革命题材的小说,正是契合了当时代正在发生的大变革。这也是中国当代长篇小说发展的第一个高潮。"十七年"后,"文化大革命"阻断了当代文学的健康发展,长篇小说创作由主动讴歌政治生活而被动沦为政治的工具。70年代末80年代初,拨乱反正

① [美]弗·杰姆逊:《政治无意识》,中国社会科学出版社1999年版,第24页。

的启蒙主题与人的再次回归成为文学反映的焦点问题。到了80年代中后期，也就是"80后"青年作家们出生的时代，大量的西方文艺思潮开始涌入中国，长篇小说创作受制于先前的束缚，开始刻意忽视题材，狂热追求纯艺术技巧。探索艺术实验的先锋小说迅速崛起，文学界掀起了"如何写"、"写的如何"的讨论。尽管此时有意忽略"写什么"的题材问题，但这也不过是一种反路径的强调而已。历史证明，不存在题材价值而纯粹炫技的小说很快在90年代遭到人们抛弃。市场化、全球化、网络小说、商业写作等等文学的多种发展可能性在90年代一齐崭露头角，而此时恰恰是中国改革开放如火如荼的时期。社会生活尤其是经济领域大变革，各种新的社会现象层出不穷，作家们再次将眼光聚焦那个时代，当代文学长篇小说迎来了第二个创作高潮。这种多元化的文化语境正是"80后"青年作家们成长过程中所需的第一口文化资源的奶。新世纪伊始，"80后"文学便裹挟着商业的泥沙冲刷出了属于自己的一片海天。新世纪已然走过了15年，最初的"80后"青春写作已然退潮，然而当下的社会时代又处在了一次深度改革的大变革进程之中。此时的"80后"新势力长篇小说的出现，能否像之前当代长篇小说一样，写出独具这个时代特色的内容呢？而此时期出现的长篇小说创作，又是否有潜力成为新一波当代长篇小说创作高潮到来的排头兵呢？就像张丽军评价的："文学是一代一代人成长起来的。……这一代人是应该到了一个担当的时刻了。"①雷蒙·威廉斯曾说过："新的一代人将会以其自身的方式对他们继承的独特世界作出反应，吸收许多可追溯的连续性，再生产可能被单独描述的组织的许多内容，可是却以某些不同的方式感觉他们的全部生活，将他们的创造性反应塑造成一种新的感觉结构。"②本文通过分析"80后"长篇小说中存在的多样化的叙事主题，试图厘清"80后"一代作家的创作经验中对世界的感受及其作品中体现出的时代风貌。

（一）"80后"长篇小说中的成长主题

成长，尤其是青少年时期的成长，是"80后"长篇小说中一类重要的主题内容和表现维度。小说往往通过主人公对青少年时期的回忆，或是时光倒流到主人公的年少时光，来表现主人公成长的生活经历和心路历程。这一特点与"80

① 张丽军：《市场孵化·轻写作·伪忧伤·恋物——关于"80后"文学精神性缺失与困境的讨论》，《艺术广角》2010年第5期。

② [英]雷蒙·威廉斯：《文化分析》，见罗钢、刘愚编：《文化研究读本》，中国社会科学出版社2000年版，第132页。

后”作家这一批创作主体本身有着密不可分的关系。从作家年龄来看，最早的一批1980年出生的作家，现在已经过了而立之年，大多为人父母，进入了人生的新阶段。而1985年之后的许多作家，仍然在读书求学或是走上工作岗位不久，对他们而言，成家立业这一人生的转折点还没有到来。对他们来说，已经过去的童年期和青春期已然定型，对自身成长过程中的种种感受和认识也可以在若干年的时间距离背后进行反思和评价。对于作家而言，其自身的生活经验和生命体验往往成为其文学创作的第一口井，对于尚显年轻的“80后”作家们来说，展现自身已经经历过的成长自然成为重要的表现内容。

通常意义上，我们会将以展现主人公成长为目的的小说称为“成长小说”。按照巴赫金对成长小说的认识，可以对成长小说作出如下解释：“大部分小说（以及小说的各种变体）只掌握定型的主人公形象。……除了这一占统治地位的、数量众多的小说类型之外，还存在着另一种鲜为人见的小说类型，它塑造的是成长中的人物形象。这里主人公的形象，不是静态的统一体，而是动态的统一体。主人公本身、他的性格，在这一小说的公式中成了变数。主人公本身的变化具有了情节意义；与此相关，小说的情节也从根本上得到了再认识、再构建。时间进入人的内部，进入人物形象本身，极大地改变了人物命运及生活中一切因素所具有的意义。这一小说类型从最普遍涵义上说，可称为人的成长小说。”①根据巴赫金的理论，成长的核心要件便是主人公的变化及其带给主人公的积极影响。中国当代文学中最早的成长小说要算是《青春之歌》《三家巷》等革命青年的成长小说了。无论是林道静还是周家兄弟，都重在表现爱情性爱的成长和革命意识觉悟的成熟，这是由当时社会历史条件下革命的现实需要所决定的。每一代人的成长轨迹都是不同的，每一个个体的成长经历也具有相对的独立性，我们今天探讨的“80后”一代人的成长经历，则充满了伤感的情绪基调。对于“80后”长篇小说中成长叙事题材的解读，可以从生理上的成长和心理上的成熟两个角度来切入。

身体的成长对于每一个生命个体而言都是最表层的、无可避免的生理变化。青春期的生理变化尤为突出与明显，它分为两个向度，既是身体力量成人化的标志，又是生殖力量的获取。身体力量的获取的基本含义是指：“吸收了外界的物质力量，体内的物质变得更多更结实，其方向是指向空间的延展和物质结构的坚实。如一个人在青年期骨骼闭合之前身高的成长、锻炼之后的身体肌

① ［俄］巴赫金：《小说理论》，白春仁、晓河译，河北教育出版社1998年版，第229～230页。

肉的成长和心脏机能的成长等等。”[①]“80后”长篇小说中有着大量对于个体生命自童年经历青春期的变化后发生成长、走向成年的历程展现，下面我们进行具体分析。

身体成长的第一维度便是外在身体骨骼的成长，其表现形态是身体的增高和骨骼的变宽。在今天的审美意识中，身材颀长的人往往被认为是漂亮与帅气的，比如当下娱乐圈中大受欢迎的长腿明星们。今天，人类物质生活的富足也实现了人类进化过程中平均身高的不断增加。对于青春期的少男少女们来说，更渴望快快长高长大，获得一副完美的身材，从而获得异性的青睐。然而在“80后”长篇小说作品中，却出现了许多与身体成长的美妙相背离的图景，成长成为释放伤害与罪恶的“潘多拉魔盒”。对于颜歌笔下的袁青山来说，身体的变化便成为一种创伤般的存在。《五月女王》中的女主人公袁青山，出生不久母亲就离开了她。自幼和父亲袁华一起长大的她在三岁的时候就梦想着自己长大的那天：“她闭上眼睛，幻想自己正在看电视，电视里面还是下午那个穿着黄裙子的女人，但在裙子里面的是她自己的身体，她摸了摸自己平坦的胸脯，幻想她终于长大了，如果她长成了一个漂亮的姑娘，父亲一定会非常爱她。”[②]这种长大的感觉同时寄托着对妈妈的思念。袁青山的身体像她所希望的那样，一直在生长。从幼儿园到小学，都是坐在最后一排。升入初一便加入了校女排，而且是同年级女排队员中最高的一位，就连父亲都会觉得“有一瞬间袁华觉得她已经彻底长大了，哪还是个十一岁的小女孩”。[③] 到了高中，父亲面对已经高自己一头、去年体检已一米八五的女儿，不得不叹息到“你真的不能再长了，不然以后怎么嫁得出去啊”。[④] 此时的袁青山尚未意识到自己的身高有什么不妥。然而接下去的发展却令人意想不到，袁青山没有在该结束身体成长的时候结束，而是继续长了下去。“袁青山长高了，她一直都很高，但现在的她比以往任何时候都高。她对面站的是一米八九的岑仲伯，她居然比岑仲伯活生生高了大半个头，她的肩膀是那样宽，她穿着一件黄色的防寒服，手腕露在外面。”[⑤]等大家都意识到袁青山得了巨人症的时候，她已经成为平乐镇上的一个异类，一个人人见到都会指点与议论的怪胎。加之自己从小失去母亲，袁青山将自己封闭了起来，不愿

① 顾广梅：《中国现代成长小说研究》，山东师范大学2009年博士学位论文。
② 颜歌：《五月女王》，天津人民出版社2012年版，第19页。
③ 颜歌：《五月女王》，天津人民出版社2012年版，第108页。
④ 颜歌：《五月女王》，天津人民出版社2012年版，第183页。
⑤ 颜歌：《五月女王》，天津人民出版社2012年版，第255页。

再踏出居住的北二仓库半步，只让父亲和妹妹按时给自己送饭、换洗衣物。身体的成长带给袁青山的是被侧目而视的创伤，甚至使她无法再融入正常人的生活中去。然而袁青山的身体成长没有就此失去意义。一天清溪河发大水，"河堤被狠狠地冲裂了一块儿——但我们又全都还安然无恙，我们站在那里，没有人敢说话，很长的时间里也没有人动弹——我们看见有一块儿巨大的石头顶在那里，堵住了那个口子，那石头的形状很特别，是一个人的样子。我们大家都看出来了，那石头是一个女人，那就是她，就是我们平乐镇的袁青山"①。袁青山在承受了成长的创伤之后，将身体的毁灭换来了小镇的平安，这也是颜歌称其为"女王"的用意所在。

身体的成长与强壮在某些时候成为一种倚强凌弱的力量，成为某种权威和地位的象征。在中小学的校园生活中，尤其是在男生的群体里，过早发育者与身体强壮者往往会成为某个群体中的主导人物，常被称之为老大。老大会凭借身体的强壮去强迫、欺负身体弱小者，使其表示尊敬和臣服。甫跃辉的《刻舟记》中就讲述了这样一段由身体力量悬殊所带来的关乎尊严和人格高下的故事。火神是班级里最高大、强壮的男生，也因此，班级里人人都怕他，"我"也不例外。然而火神为了在"我"面前显示威风，对"我"实施了一系列刁难。其中一次，他将教室里支撑黑板的木棒故意弄歪抵在了门后面，"我"一开门便将整面黑板推倒到了地上。面对这一切，"我"却无能为力：

> 我手足无措地看着倒在地上的黑板，不知道怎么办好，离上课不久了，我必须把黑板重新立起来。我才九岁，根本没办法将沉重的黑板架上去。……我委屈到了极点。我笨手笨脚地把两根木棒在墙上支好，黑板却无论如何架不上去。时间不可遏制地向上课挨近。……我一遍一遍抬起沉重的黑板，试图架上去，又一次一次失败。②

"我"的无能为力源于身体力量的弱小，而火神借以对我施以不公正待遇的手段也是凭借身体的强壮。身体成长带来了倚强凌弱，人类原始兽性的基因展露无遗。同样，林培源在《锦葵》中也写到了男女身体力量的悬殊差异给弱势一方带来的伤害。许家明是棉城一中校长的儿子，也是学校里出了名的流氓无赖。一次，"我"与许家明和他手下的一帮子女生在女厕所里狭路相逢，面对一

① 颜歌：《五月女王》，天津人民出版社2012年版，第344页。
② 甫跃辉：《刻舟记》，文汇出版社2013年版，第68页。

人对多人的场景，“我”的身体力量显然处于下风：“他朝我步步逼近的时候，我竟然害怕得不知道后退，一种强大的力量把我攫住，利爪一般，使我困顿其间。我无法动弹，也忘了喊叫。他下意识地将我的嘴巴捂住，身后的几个女生上来，把我的手牢牢按住。……他一把扯开我的内裤，他的手指，粗暴地伸了进去——冰冷的触觉，令我一震，我下意识地挣扎，但完全无济于事，紧闭的下体像被撕裂开一道口子，如同幽禁的蚌壳被撬开，渗出惨痛，和无法规避的羞耻。”①学校里的体育生陆兆臣，既是我的邻居，又是我的暗恋者，则通过身体的打斗替我进行了复仇。他用一根钢筋把许家明的膝盖骨敲碎了。为此，陆兆臣的父亲“用一根麻绳把陆兆臣吊在屋里的横梁上，扒光了衣服，把他往死里打”。② 从一系列的身体交锋中不难发现，无论是欺负还是教育，身体力量占上风的一方总可以掌握主动权，并且身体成长力量的不平衡往往给受欺负一方带来心理的伤害。这是“80 后”长篇小说中对身体成长的一种独到的经验表达，构成了主人公身体成长的第一个维度。

身体成长的第二维度便是青春期男女第二性征的发育及性意识的萌发。许多作品都对主人公身体的变化和对身体器官的探秘进行了表现。在以往的小说作品中，对于少年青春期发生的变化，要么避而不谈，要么采取一种极端化的叙事方式，即精神的唯美化或身体的堕落化。而采取过程美学的叙事态度，集中地呈现这种身体变化给主人公带来的深刻印象和独特感受，“80 后”长篇小说开一代先河。一方面，是女性青春期身体变化的展现。《你所不知道的夜晚中》的茉莉和杉杉是一个弄堂里居住的好姐妹。一天，茉莉去参加杉杉的游泳比赛，杉杉在身体感到疲惫的情况下坚持参加了比赛。因为二人都对月经初潮这方面的知识不了解，结果比赛过程中杉杉出现了意外：“所有的人都瞠目结舌地遥望着游泳池中的清水，竟顺着杉杉的身体窜出一缕血红的颜色来，触目惊心。它荡漾着、流淌着、绵延着，直至在延宕的水流中划出一道隐约的嫣红。”③吓坏了的茉莉将“事故”的消息以灾难般的方式传回了弄堂，当一切弄清楚后，茉莉成为一个笑话，而杉杉也成了当时革命年代里“又红又专”的典型。然而这一次风波却相当于给整个弄堂的女孩子们上了一堂免费的生理卫生课。许多难以启齿的知识自然不需要大人们再进行传授。自此以后，茉莉也开始对

① 林培源：《锦葵》，长江文艺出版社 2010 年版，第 67 ~ 68 页。
② 林培源：《锦葵》，长江文艺出版社 2010 年版，第 76 页。
③ 张怡微：《你所不知道的夜晚》，上海文艺出版社 2012 年版，第 64 页。

自己的身体产生了兴趣。她发现:"自己的身体每月都逐着神秘的时间产生着微妙的改变。总有几日特别开心,几日特别不开心。几日内裤上会布有不厚不薄透明的液体,几日又略显干涸。……这样规律的生产,令茉莉对于自己的世界产生了不大不小的好奇。她觉得一定是有原因的,一定有着冥冥的依赖。"①身体的变化引发了茉莉对自身、他人及成人世界的探秘和思考。《薄暮》中,秀米的那一天也对她自己和家人带来了不小的震动。"秀米永远记得那一天,她坐在秋千上,忽然觉得屁股湿湿的,她用手一摸,看到满手的血迹。秀米吓得尖叫一声,从秋千架上摔了下来。……秀旗他们吓得哭了起来。"②直到母亲告诉秀米这是长大的标志,秀米才不好意思地脸红了,而当得知它每月都会出现的时候,仍然是吓了一跳。《五月女王》中的袁青山同样经历了第一次时的尴尬:"她把裤子换下来的时候,才发现上面那摊血远远比她想得要大,它不知道什么时候就渗了出来,遮盖了本身的色彩,然后又迅速失去了光芒,变成了暗红色,好像是一声重重的叹息……她长大了,变成了一个普通人。"③身体的变化成为成长和长大最外在的标志,并开启了内在对成熟的思考。另一方面,是男生对自己身体秘密的发现。《刻舟记》中的刘家木最近一直做着一个对山洞幻想的白日梦:

竹林里有一个很小的山洞,我曾经到过洞口,但没进去。我想象,山洞里有很多女人,她们像洗澡时的妹妹一样赤身裸体,然后呢,我很偶然地到了山洞里,不得已只能和这一大堆光屁股的女人生活在一起……我一次又一次丰富着我和她们生活的细节,但只是徒然多了一些对话,没法深入到那些令我热血澎湃的地方。……一旦心里那股狂躁的欲望涌起,他感觉浑身皮肤发热,薄铁皮似的烫着自己,心里竟然一丝丝恐惧的影子都没有了。他蹑手蹑脚,脸色苍白地走向那棵桃树,去完成痛苦而快乐的短暂飞翔。……所谓的飞翔一旦结束,所有的罂粟花都黯然失色,极度的恐惧和空虚立刻如潮水般涌过来,他拉上裤子,脸颊冰凉,飞也似的逃回家里。……强烈的负罪感和自卑让那段日子暗淡无光,他越来越沉默寡言了。可他管不住自己,他一次次说这是最后一次了,可最后一次之后还有

① 张怡微:《你所不知道的夜晚》,上海文艺出版社 2012 年版,第 75 页。
② 林培源:《薄暮》,长江文艺出版社 2009 年版,第 23 页。
③ 颜歌:《五月女王》,天津人民出版社 2012 年版,第 85 页。

更后一次。①

通过男生和女生的对比，我们发现，身体的成长变化对女生而言一般是长大、成熟的标志，而对于男性而言则是一种自我罪恶感产生的开始。《刻舟记》中的刘家木发现了身体的秘密后，开始对异性产生了好感，并试图接近，甚至有时会为了这种抑制不住的冲动做出非理性的行为。他每天放学后会暗暗跟踪、护送女生殷桃回家，偶尔看到窗帘上映出殷桃的身影，都会激动不已。他渴望与殷桃发展纯洁的恋情，但现实的不可能性与荷尔蒙的激发促使他不得不更加关注殷桃的身体。对于许多青春期的男生来讲，这都是不能说的秘密，人人会经历，但却无法通过正当途径与他人共享。“人是一种利用原欲冲动又不断超越原欲冲动获得新生的动物”，②当原始冲动在理性的压抑下通过正当途径得以宣泄，身体的变化完成之后，主人公也实现了自我心智、感情的成长，完成了青春期的自我蜕变与转型。

“80后”长篇小说中呈现的少年主人公青春期成长变化的故事，在以往的文学作品中是较少涉及的。似乎这种身体的变化既难登大雅之堂，又不值得一提，既没有儿童文学那样的天真烂漫，也无法像成人世界那样进行身体叙事。“80后”的作品恰恰弥补了青少年时期的成长故事的空白，这也是其很快受到同年龄青少年读者欢迎的一个重要原因。同时，这也印证了“80后”长篇小说中关注个人主体性的特点。身体的变化是发生在每个人身上的极为具体的事件，这是一种天赋的自然，与一切法律、宗教、历史无关。中国传统观念中的儒家价值观认为：“个人只有被放置在合适的社会关系中才是最有意义、最完全的，而且将‘道’（天地之道和伦理之道）作为终极价值尺度，这就使得中国传统文化所认同的理想人格是重整体公利、克己利他。从对理想人格的筹划途径看，整体主义文化价值观奉行中庸之道，个人在君君、臣臣、父父、子子的人际关系中实践着君恩、臣忠、父慈、子孝、夫唱、妇随的角色立场。同时，以‘公而忘私、国而忘家’的家国观念、集体观念和责任意识来统摄人心人意。个体必须通过儒家式的‘以天下为己任’的责任——义务本位精神进行自我道德修养，追求至善至美的理想人格境界。由此，个人的声音被压抑到最低点，个人的身份立场缺席。”③从今天“80后”的文学现实来看，个人不再是附属物，正在逐渐走向

① 甫跃辉：《刻舟记》，文汇出版社2013年版，第62～63页。
② 吴炫：《中国当代文学批判》，学林出版社2001年版，第71页。
③ 顾广梅：《中国现代成长小说研究》，山东师范大学2009年博士学位论文。

独立，自我成为个体存在的关键因素。

对个体的成长而言，生理的变化与心理的成熟像是一面镜子的两面，一面是外在光彩夺目，一面是内在深沉低调。二者相辅相成，缺一不可。对于心理幼稚的个体来说，外在的光滑镜面只会成为一眼便可被看穿的玻璃。外在是显性的，内在是隐性的，因而个体内心的成长和变化也更难以察觉，难以实现。所谓相由心生，一定意义上，内心的成长、成熟才更加标志着一个个体走向完整。在人本主义学家看来：“精神的诞生，以及随之到来的在意识上同父母的分化，一般要在性勃发的青春期才发生。生理变化伴随以精神变革，因为，各种各样的身体迹象的显露对自我产生了如此大的影响，以致自我毫无节制地表现自己。这有时被称为‘无法忍受的时期’。”①身体的变化像导火索一样，倒逼心理产生困惑，加之生活中发生的种种意外与变故，内外交困，个体在无奈的选择中走向坚强与成熟，否则只会精神崩溃转入病态。因为心理变化的内在隐秘性和难以察觉性，通过文学直接表现心理素质的成长和蜕变是难以精准言传的，也是不真实的。因此，精神和情感往往成为心理的代名词，通过这两种人类的主观意志来折射镜底的真实。

“80后”长篇小说中有许多篇目呈现了个体主人公心理的成长和蜕变。其叙事方式往往是写青春期精神和情感遭遇挫折，通过种种方式克服了挫折，从而获得了精神和情感的成长。张怡微的《梦·醒》里便讲述了男女主人公在人生的高中阶段经历的心理变迁。女生维夏小时候就被父亲抛弃，多年来和因父亲离开而变得暴躁无常的母亲生活在一起。生活的不如意、学业的压力等让维夏感到孤独和无助。多年来她企图通过在网络空间的写作来寻找信仰、支撑梦想。然而网络的虚拟和临时关闭使得维夏难以在网络中抚平内心的孤苦。她的心里一直有着一个叫罗叙的男生，那是她小时候遇见的一个梦幻般的男生，多年来维夏一直把罗叙安放在那个最懂她的位置，然而现实中与罗叙的再次相见却打破了多年来的梦，并给维夏带来了罗叙的继父便是自己亲生父亲的打击。面对生活中一系列的打击，维夏企图通过网络和幻想来逃避，但这些无法拯救她的彷徨和沉痛。在经历了置之死地般的心力交瘁后，“维夏觉得自己的心正变得坚硬……她仍然孤独地面对着逼仄的生存缝隙，每个人都孤独，没有谁比谁坚强”②。这是一种残酷青春的成长。男生铮岩有一个令同龄人羡慕的

① 林方主编：《人的潜能与价值——人本主义心理学译文集》，华夏出版社1987年版，第53页。

② 张怡微：《梦·醒》，接力出版社2008年版，第214～215页。

学习成绩，然而对铮岩来说，这都是建立在他牺牲生活趣味基础之上的。铮岩在家庭里感受到的不是幸福，而是感觉像在一座监狱里一般，因为家里有一个从来不说话的父亲和一个喋喋不休的母亲。母亲整日和电话那头的男子商量铮岩出国的事情，爸爸甚至晚上只能睡在沙发上。面对感情即将破裂的父母，面对因出国而与恋人分别的不舍，铮岩感到了内心的彷徨和无助。是父亲的一场重病，给了这个家庭重新凝聚在一起的机会，也给了家庭成员间一个彼此表达爱和关心的机会。母亲终于回到了父亲身边，也放弃了让铮岩出国的想法。铮岩之前经历的所有隐忍和怀疑、淡漠与苍凉，每一点细微的努力，都得到了爱的回报。对于铮岩来说，经历的这一切也更加让他明白了成长的含义："铮岩无法使自己变得更坚强，只是可以看淡许多，看清许多。最好的成长，也许并不是无忧无虑云淡风轻的过程吧，而是来自生命最初的挣扎与疼痛，能最终浮现爱。……他也因史无前例的勇敢，感到夜色中的自己，很荣耀。"①肖遥和童杨是一对好兄弟，童杨的父亲和肖遥的母亲早年均去了日本打工，童杨的父亲早已回国，肖遥的母亲却至今音信全无。在肖遥的生活中，日本和母亲成为他最为想念也最不能说的禁忌。一次学校举行中日友谊足球赛，因为两人踢得过于认真，大比分领先了日本队，还因此受到了学校的处分。肖遥在无意中发现了童杨的父亲有外遇，不知该怎样处理。两个人还同时喜欢着同一个女生何韵夕。友情、亲情、爱情的纠葛考验着两个少年。他们"一直未曾明白成长的意义所在，一直在深究，一直在失望，一直在怜惜，一直在伤害"②。生活总要继续下去，无论是变得坚强，还是变得世故，对心理而言都是一种成长和变化。

除了以上人物形象外，笛安"龙城三部曲"中的郑南音，《告别天堂》中的江东、宋天杨、周雷、肖强和方可寒，林培源《欢喜城》中的叶贞青和张怡微《下一站，西单》中的林玮质等人物均有着类似的情感和精神受挫的痛感经历，共同完成了跌倒后再爬起的心理成长与成熟过程。

"80后"长篇小说中对于心理成长的呈现，是具有独特的价值和意义的。首先，这种成长是通过情感与精神层面的细节来呈现的。比如少男少女之间懵懂的恋情，比如面对父母亲情、朋友间的友情等等，甚至会细微到某一次的牵手、某一句话或某一个眼神。其次，与中国现当代文学历史上的其他文学作品相比，"80后"长篇作品里的主人公心理成长是囿于自我的小范围中的，展现的

① 张怡微：《梦·醒》，接力出版社2008年版，第188页。

② 张怡微：《梦·醒》，接力出版社2008年版，第230页。

是自我心理蜕变的过程，是自我对世界、对情感认识的过程，是一种大时代中对小我的关注。这与一般长篇小说，尤其是长篇历史小说中的主人公精神成长的层面是不一样的。通常来说，人物的成长是在国家历史叙事层面发生的，面对全民性的大的灾难与事变，以个体为代表，折射时代主题。例如抗战文学，例如“十七年”时期的长篇历史小说，例如改革小说。即便是曾经喧嚣一时的70后“美女写作”，也是在90年代消费主义和商业文化大潮裹挟下的精神世界的产物。对于“80后”长篇小说中的成长来说，不同时代下，个体身体的成长、情感心理的成熟是有着极强的相似性的。因为这是人类发展的共性。这一批文学作品中，对小我成长的呈现恰恰符合了文学“真实”的内在特质。这种真实不同于历史学上的真实，这是一种符合文学对象发展规律的、内在形而上的真实。对于成长中的青少年来说，亲情、友情、恋情、学业负担等情感和压力就是他们实实在在、真实经历的成长过程，自我的情感和成长也是他们最为关心的。因为只有自我的成长、自我世界观、人生观、价值观确立之后，才有能力去思考国家、民族的历史和未来。记录和呈现是文学的基本功能之一，文学作品就像时代的横断面，将当下时代里人物的呼吸和心跳、笑容与泪水、挫折与感动记录下来，保留了这个时代里人类内心最真实的图景。这或许是文学能够跨越时空传递情感最重要的一个因素。“80后”长篇小说对80后一代人成长记忆的记录和呈现，是真实的、宝贵的，是属于他们的记忆，是属于他们的文学，是属于他们的情感与心灵的表达。

（二）“80后”长篇小说中的历史主题

历史叙事在“80后”长篇小说叙事中占有不小的份额。探究“80后”长篇小说中的历史叙事，是非常有必要的。因为历史叙事所表达的不仅仅是一种历史故事或历史现实，其背后所反映的是“80后”一代作家的历史意识，代表了他们对历史的认识和反思。卡尔·波普尔曾说过：“不可能有一部‘真正如实表现过去’的历史，只能有对历史的解释，而且没有一种解释是最后的解释，因此每一代都有权作出自己的解释。”[①]探究“80后”文学的历史解释，也便成了文学研究的题中应有之意。历史意识对于文学创作主体而言，不仅仅是一种思维方式，更是一种关照历史的态度和价值观。不同的历史意识支配下的文学表达是不一样的，历史叙事的方向和目的也截然不同。通过历史叙事探究一代文学的

① 朱立元：《当代西方文艺理论》，华东师范大学出版社1999年版，第394页。

历史观，是对这个时代生产力和生产关系的能动反映，也是对人类发展的一种总结。再一点，"80后"一代人成长和生活的环境是一种全球化、多元化共融共生的语境，批评家们常常批判"80后"文学中历史感和历史观的缺失。探究"80后"成长小说中的历史主题，恰恰是对这种批评的一种回应。

中国文学中，历史小说的传统源远流长，类型多样，作品数量众多："从敦煌变文、宋元讲史、明清演义，到现代历史小说、当代革命历史小说，以及20世纪80年代中期兴起的新历史小说，作品众多，体式迭变。"[①]对于中国现当代文学而言，对历史小说的真正界定始自梁启超："历史小说者，专以历史上事实为材料，而用演义体叙述之。盖读正史则易生厌，读演义则生感。"[②]在梁启超看来，历史小说即采用文学笔法讲述历史，从而使读者产生阅读历史的兴趣。郁达夫则对梁启超的观点进行了细化和补充："现在所说的历史小说，是指由我们一般所承认的历史中取出题材来，以历史上著名的事件和人物为骨子，而配以历史的背景的一类小说而言。"[③]根据梁启超的观点，我们可以认为，小说文本中或以历史为题材，或以历史事件和人物为表现对象，或以历史为叙事背景，凡占有此一极者，均可以被认为小说中含有对历史主题的表达。

中国当代文学史上有两次历史主义创作的高峰期。第一次是在新中国成立后至"文革"前，即文学史中的"十七年"时期。这一时期，革命历史斗争和农村题材的长篇小说取得了丰硕的成果，涌现出了"三红一创，保林青山"等一大批优秀长篇历史小说。这一时期的作家们受新中国成立的鼓舞，集中力量表现中国共产党领导中国革命取得胜利的历史必然性。作家们以重大的革命历史事件和恢弘的历史进程为主要叙述对象，例如《保卫延安》中的延安保卫战，《红旗谱》中以朱、严两家三代农民与地主冯兰池父子的斗争为线索反映了保定学潮等历史事件。这一时期，宏大叙事的磅礴历史气魄占据了历史小说的天空。个人的感受和经验被红色革命遮蔽。像《红岩》这样的作品，其主要作者罗广斌、杨益言是当时历史的亲历者，他们必然有着丰富的个人感受和体会，但是被淹没在了集体创作的名义之中。新中国成立初期的历史小说是红色革命话语和时代主流的传声筒，这也造成了其小说人物过于同质化等弊端。第二次历史主义小说创作高峰出现在1980年代末和1990年代，即以莫言、苏童、格非、刘

---

① 许道军、葛红兵：《叙事模式·价值取向·历史传承——"架空历史小说"研究论纲》，《社会科学》2009年第3期。

② 梁启超：《中国唯一之文学报〈新小说〉》，《新民丛报》1902年第14号。

③ 郁达夫：《历史小说论》，见《文艺私见》，复旦人学出版社2004年版，第144页。

震云等作家为代表的新历史主义小说，这也是新时期文学中长篇历史小说的集中展现。这里的“新”即相对于“十七年”时期的革命历史小说而言的，他们放弃了传统的二元对立的阶级观念，有意远离革命意识形态，以一种民间化的姿态和立场，书写革命斗争以外的民间历史，在琐碎的民间生活中消解了宏大的革命历史叙事，同时表现了对革命历史小说阶级论的质疑。莫言的《红高粱家族》虽然有大量反映抗日战争等重大历史事件的描写，但小说的主线是以“我”的视角来讲述“我爷爷”和“我奶奶”一生的传奇经历故事。其中，民间风情和习俗的呈现占据了大量的篇幅。从人物形象来看，革命历史小说的英雄人物往往是“高大全”式的，而《红高粱家族》中的抗日英雄余占鳌却是土匪出身，奶奶戴凤莲虽然为抗日献身，但在私生活上却是有道德污点的。而且，他们的抗日行为与国、共两党都无直接的因果关系。这是作家们一种新的历史意识和历史观念的表达。“新历史小说从宏大叙事转向边缘化、个人化的历史叙事，通过对民间立场的张扬让那些被革命历史叙事遗忘或压抑的历史场景浮出地表，它表现了中国后革命时代文学的大众情怀，使得当代文学的历史叙事增添了新的质素，变得更加鲜活和完整。”①

不同时代作家笔下的历史呈现往往面貌各异，各有侧重。“80后”长篇小说中表现了历史主题的文本主要有颜歌的《关河》，孙频的《绣楼里的女人》，林培源的《薄暮》和张怡微的《你所不知道的夜晚》等。“千差万别的小说形态实际上都可以归为两类：现实的拟实类和超现实的表意类。”②《关河》与其他三部作品有所不同，可以归类到表意类作品中。另外三部作品都可以看作是现实基础上的拟实类历史小说。从文本所反映的历史时段来看，《关河》表现的是古代历史，其他作品则以现代历史和当代历史为历史叙事的背景和基础。上节中我们通过对历史概念的梳理，明确了对历史的陈述和呈现也算作是历史，那么叙述较近时段内的故事是否足以称之为历史呢？在这里，我们认为，凡是作者讲述自己未曾亲历的、与自己的生活不在同一时期的故事，都可以算作对历史的表达。也就是说，作者讲述其出生之前的年代里发生的故事，就是一种对历史的回忆。或许这种划分标准对于整体史观的建立而言难以操作，但对于具体的个体历史来说是极易操作、分辨的。对于“80后”作家来说，改革开放之前的中

① 常士举：《新生代小说家的历史叙事》，南开大学博士学位论文2013年版。

② 吴秀明、荆亚平、赵卫东：《中国当代历史文学：面向全球化的新语境》，《浙江大学学报》2005年第1期。

国现当代历史他们都未曾亲历，只能借助文献和长辈的讲述去走近曾经波澜壮阔的中国革命，也因为这种刚刚过去、又无法彻底割断的联系，中国现当代历史也成为"80后"长篇小说中重要的叙述主题。

"80后"长篇小说中历史主题呈现的一个重要特点便是大历史和小历史的结合叙事。所谓大历史，指的是全民族、国家层面上的重大历史事件和革命斗争；所谓小历史，则是时代历史影响下个人、家庭的经历和故事。"80后"长篇小说中这种双重历史叙事的结合主要体现在两个层面。

首先，国家历史和家族历史叙事相结合，展现了在时代历史变迁中家族命运的流转。孙频的《绣楼里的女人》通过贺红雨一生的经历，呈现了晋商家族在革命历史下的命运跌宕。贺家祖上三代都是晋商，抗日战争打响后，生意破产，爷爷病逝。1943年，贺红雨18岁时惨遭日本兵蹂躏，为了隐瞒这段历史，她选择了下嫁穷教书匠段星瑞。在1948年冬的土改运动中，贺红雨父亲自杀身亡。1958年，在反右斗争中，丈夫段星瑞进了大同监狱劳教。贺红雨也成了右派家属。1960年，饥饿瘟疫般席卷全国，贺红雨带着三个孩子勉强度日。1961年，段星瑞释放，但仍属于黑五类分子。为此，25岁的大女儿只能嫁给同村的32岁的光棍汉，二女儿为了避免重复大姐的命运，竟然选择了遁入空门。1978年，改革开放到来，段星瑞摘了帽子，恢复了工作，成为安定小学的副校长，儿子段东麟也被安排到矿上当了工人，自此贺家的生活才一天天好了起来。从小说中我们看到，无论是晋商贺家一大家由繁荣到落寞，还是贺红雨的小家庭里的生离死别，都与国家、民族重大的历史事件和政治运动密切相关。在时代的洪流下，个人只有挣扎着活下去的权利，而没有反抗和抗争的力量与机会。国家历史对于家族历史而言是一种占主导地位、决定性的力量。对于革命历史斗争的残酷性和斗争性，作者没有从正义与否的角度进行呈现，而是更多地落脚到了人民生活和人类情感的本体之上。

其次，家国历史和个人命运变化相结合。个人相对于一个家族或者家庭来说，面对历史的时候，力量更显薄弱。"80后"长篇小说通过讲述个人命运在时代变迁下所发生的转折与变化，渗透出了浓浓的随波逐流般的无力感。《你所不知道的夜晚》中的女主人公茉莉决定其一生命运重大转折的因素几乎全部是时代的变化而非个人主体性的选择。茉莉升入小学不久，"文化大革命"就爆发了。茉莉因为家庭成分可以填写贫农和工人而感到光荣。临近小学毕业时，"茉莉母亲跟随色织厂的大领导们加入了厂里的赤卫队，父亲却参加了仪表厂的造反派。两人因此意见不合,常常从清洁问题一股脑就吵到了派系问题。"①这一切的变化,对于价值观尚未完全确立的茉莉来说,显得混沌不明:"到底应该听谁的呢?老师的话应该要听,可有的老师是四类分子,他们的话就不能听。小干部的话要听,可是有的小干部突然间就变成不是小干部了,怎么办?总之,一切判断都显得朦胧混沌,又掷地有声。谁说的话都言之凿凿,谁说的话又都只能听过算过。"②就连当时的婚恋观,都是与政治导向挂钩的。"吃菜要吃青菜心,嫁人要嫁解放军",③如果是军属,不仅可以躲开"破四旧",还能得到他人的敬重,革命军人的后代成为结婚的首选,选择当兵入伍也成为很多青年的心愿。茉莉毕业时赶上了知识青年上山下乡运动,下乡到了塘湾镇。第二年,茉莉被调到了塘湾镇文化站,对她调动的是小分队队长陈志民。茉莉一方面要应付陈志民对自己感情的骚扰,一方面还要应付远房亲戚何宝荣对自己的过度关心。茉莉既不能得罪陈志民,因为自己的命运掌握在以他为代表的政治权力手里,也不能拒绝何宝荣,因为他是和家里联系的唯一的渠道。茉莉无法按照自己内心的想法去表达,因为她没有权利选择。渐渐茉莉明白了:"家族的思维定势与国家的思维定势、家族的强制与国家的强制一旦作用于个人命运,一样是强力,并无太大的差别。"④后来,茉莉终于得以返城回家。但对于茉莉而言,这最终回城的结局不是政策的使然,回家路上,"沿路所有的标语与口号,都不足以在茉莉内心燃烧起希望了。她不愿相信任何宏大的语词,她知道,自己的新生活是父亲用两张自行车票换来的,是母亲用自己的工作换来的,那都是她最亲爱的人"⑤。1960年代到1980年代,是新中国从动荡到稳定的岁月,同时也是茉莉最美的青春年华,但在家国历史的强制干预下,个人的命运选择成为国家历史进程中的附庸和牺牲品。小说在叙述茉莉外在经历变化的同时,也表现了茉莉自身内在心理和身体的成长。从小说叙事的分量来看,家国叙事也不再是一家独大,个人历史与家国历史互相结合,平分秋色。

除了以上两部作品,林培源的《薄暮》的历史主题表现为家国大历史叙事和小历史叙事的结合,展现的是中国当代革命历史对溪桥镇这个地方生活的人们留下的印记和产生的影响。小说通过家国历史和地方历史叙事的结合,展现了

① 张怡微:《你所不知道的夜晚》,上海文艺出版社2012年版,第39页。
② 张怡微:《你所不知道的夜晚》,上海文艺出版社2012年版,第40页。
③ 张怡微:《你所不知道的夜晚》,上海文艺出版社2012年版,第45页。
④ 张怡微:《你所不知道的夜晚》,上海文艺出版社2012年版,第148页。
⑤ 张怡微:《你所不知道的夜晚》,上海文艺出版社2012年版,第151页。

大历史和小历史、整体历史和局部历史的交流关系，同时以一个乡镇为代表，管窥了特殊历史时期下，地方的发展变化和人们的生活情况。

如果说以上的三部作品都可以看作现实基础上的拟实类历史小说的话，颜歌的《关河》则应该归类到表意类的历史作品中更为恰当。《关河》是颜歌早期创作的小说，仍然带有比较浓重的青春文学的气息。但小说借助对历史背景下人物命运的超现实改写，表达了对于爱恨、思念、遗忘、真相等具有人类普世价值情感关怀的精神领域的思考和探索。小说的历史背景设置在了晋朝，小说开篇便附录了一张当时的中原地区行政区划地图。小说以晋朝的地名分章节，共有雁门郡、管城、东海郡、梁州、洛阳、广陵郡六个部分。小说历史叙事的主线是史官杜家家族的变迁，主要塑造了杜若、杜彻、兰汀、杜善、陈寒碧、莫轻寒等六个人物，展现他们在乱世中的经历，表现彼此之间的情感纠葛。小说呈现了历史宿命般的悲剧。广陵杜家的每一代子孙生来就要担负起传承史官的重任，无一例外，无可逃避，他们必须穷尽一生孤独地去追寻真相，记录真相。他们从成为史官的那一刻起，就明白自己的宿命不得好死，但是他们无法逃避，因为他们生来就是杜家的史官。究竟他们追寻的真相是什么？“真相无人可知，当你越是寻找，就越发现，你永远也不可能知道——追寻真相的人永远不可能知道，而知道真相的人，注定不得好死。”①这既是古老的谶语，也是杜家家族命运的真实写照。每一个死去的杜家史官都会自行将舌头割下，与先人们的舌头共同放在一个木盒中。小说最后一部分还专门以盒中舌头们的视角追述了杜家史官第一代先人的故事。小说的题目《关河》在文本中实指一条真正的河流，同时又充满了隐喻色彩。“这战乱年代，国土变来变去，关河到底在何处。……没有关河，可是关河又无处不在。它流淌着，绵延无边，带领我们，回到故乡。”②杜若、莫轻寒等人终其一生也没有渡过关河，没有找到故乡。关河既具体又抽象，无论是谁，倾其一生也不可跨越，这种象征意蕴令作品充满了一种梦魇般的凄美，体现了小说表意的特点。此外，小说中大量插入诗经中的诗句，并在结尾附录了一张梳理故事情节的年表，这些都在形式上增加了小说叙事的历史感。

“80 后”长篇小说中的历史主题，承接了中国当代文学史中历史小说的叙述文脉，将中国当代革命斗争的历史与家庭、个体的命运变化联系在一起，呈现出了逐渐成为社会中坚力量的一代对历史的文学化书写。正如孟悦所说：“历

① 颜歌：《关河》，中国少年儿童出版社 2009 年版，第 164 页。
② 颜歌：《关河》，中国少年儿童出版社 2009 年版，第 181 页。

史多方面、多色彩地塑造了我们——人,而又是人自身构成了历史。历史规定我们,规定着我们的话语,而又是我们以自己的话语宣布着历史的规定。历史借助或利用我们完成它伟大的故事,而又是我们记录和讲述着历史,把它变成我们的叙事。"①历史天然地就是与人的历史不可分割的,"80 后"长篇小说将历史与人进行结合叙事,是对历史别样的解读和新的理解。文学之于历史,重要的价值之一便是记录历史和参与历史的建构。

历史的文本化有两种表现形式,一种是史料记载,一种便是文学文本。史料记载历来是沿袭正史的主要渠道,文学创作能否成为一种历史记录的参考呢? 亨利·詹姆斯说过:"正如图画之为现实,小说就是历史。这就是我们可以为小说所做的唯一的(对它公道的)概括性描述。"詹姆斯将小说等同于历史,难免有夸大之嫌,但同时也肯定了小说记录历史的意义和价值。史料对历史的记载往往是冷冰冰的,极力客观化的,而文学中的历史则是有温度的,带着作家的情感和关怀的。文本历史更多地呈现人们内心世界的状貌,它就像一个时代的横断面,为我们展示社会、时代由外而内、由表及里的脉象和心跳。因为有了人的参与,历史的多样性得以丰富。因为不同时代、不同物质生产条件下,人们对于一个历史事件或一段历史时期的认知是存在着差别的,甚至是一种颠覆性的认知。可能仅仅是时间因素就足以改变我们对一段历史的评价。正是这种对历史的多维思考和认知,组合起来,才更加接近历史的本来面貌。"80 后"长篇小说中所关注和呈现的中国当代政治运动和革命斗争的历史,与从那个时代走出来的、老一辈作家们的表现是不同的。从作家代际的角度来划分,新中国成立后出生的第一批作家便是"50 后"们,他们现在也代表着中国当代文学创作的最高水平。"50 后"作家们"从小脚丫一落地,就紧随着共和国的步履、蹒跚、踉跄、踟蹰、徘徊,直至稳健"。"50 年代出生的这代人,是坚忍执着的一代,勇于担当的一代,激情澎湃的一代,不需要怜悯的一代。"②因为他们随着共和国一起成长,国家民族的每一次进步与错误他们都是亲历者,因而他们在创作中对家国历史的表达最为宏大、深沉。紧随其后的"60 后"作家们则呈现出了更为复杂的历史构成。他们经历了"文革"却没有完整的"文革"记忆,"文革"、新时期和商品经济时代是他们人生中经历的三段重要历史时期,而这三段时期的价值立场几乎是完全不同的,由此,文学艺术的时代追求也各有千秋。这一代作

① 孟悦:《历史与叙述》,陕西教育出版社 1991 年版,第 1 页。

② 黄新原:《五十年代生人成长史》,中国青年出版社 2009 年版,序言。

家的文学创作分散在多种潮流和文学命名之中，因而缺乏统一的创作理论和宣言。“文革”末期的破碎图景、80年代理想主义高扬的现实和90年代消费文化的狂潮构成的综合体是他们对历史的感悟和认知。“70后”作家们则被称为“断裂”①的一代，他们的文学是期刊和出版合谋打造的一代文学，因为受到前代作家的遮蔽，“70后”文学的出场是较晚的。他们“在一个传统的计划经济时代的最后阶段出生，在全球化和市场化的巨大的变革中成长。他们经历过历史上的困乏和压抑的过程，却又在一个异常活跃和饱含激情的变化的时代里从青春度向中年。他们对于当年的生活只有模糊迷离的记忆。而他们成长的青春期，却是改革开放之后价值和文化都相当不稳定的阶段。‘方生未死’，他们充满了诸多过渡性的气质和表征”②。中国当代革命历史对于他们而言，最激烈的时代显然已经过去，他们所处的是瞬息万变的新的信息社会，因此，对现实多样性的把握和呈现已然成为他们需要为之努力才能实现的事情，因而他们这一代文学中的历史叙事已然呈现出一种逐渐弱化的断裂趋势。“80后”文学则是在中国面临新的变革机遇下，对上世纪中国革命发展道路和发展历史的一种回望和反思，这是历史机遇下的必然，因为只有隔过一段历史时期之后，我们才有反思的力量。“80后”长篇小说实现了对历史新的表达和呈现，将家国大历史和个体小历史相结合，其历史叙事不仅局限于对个体生命的自怜自叹，更加关注历史境遇中的个人遭际，着力表现个体生命在历史中所遭遇的各种矛盾冲突，关注历史的同时深入人性的视域，呈现作者对历史的思考，并将这种思考和反思指向了人类精神苦难和生存困境的历史记忆中。显然，不同时代作家受时代局限，所表达的历史观念是不同的。“80后”长篇小说中的历史主题，构建了“80后”一代作家历史观念的同时，完成了文本对历史进行建构和记录的使命。

“80后”长篇小说中历史主题呈现的另一重重要价值便是对个体记忆的建构和对整体记忆抗拒遗忘的努力。历史是一个民族过去的故事，遗忘历史意味着拒绝未来。在中国当代革命斗争中，许多特殊的历史时期和特殊历史事件的历史记录问题往往在政治压力的左右下显得闪烁其词。随着时间流逝，历史亲历者会一代代地逐渐逝去，但他们身上背负的历史不应随他们身体的消亡而被永远埋入地下。“80后”长篇小说中的历史记忆，是一种个体记忆的建构，其意

① 张丽军:《未完成的审美断裂:中国70后作家群研究》,《中国现代文学研究丛刊》2013年第2期。

② 张颐武:《“70后”和“80后”:文化的代际差异》,《大视野》2007年第12期。

味着个体对历史的理解和记录。但是,随着历史时期的变化,个体历史会出现片面性、理解性偏差等缺陷,因此,建构一个国家和民族的整体历史记忆便是必要的事情。个体记忆是松散的、零碎的,但是个体记忆是集体记忆和国家记忆的基础。从个体记忆到国家记忆,需要经过在公共空间中的分享和交流:"记忆必须在公共空间中有自由交流,才会成为分享的记忆。分享的记忆以自由的公共交流为条件,因而成为一种具有公共政治性质的记忆",而且,"共同记忆会随着事件直接见证者的遗忘或消灭而变得不那么共同"①。"80后"长篇小说中的历史主题便是构成家国记忆的重要基础之一,同时也为个体记忆的交流和分享提供了一个文学接受的公共空间。通过上文的分析,我们知道,"80后"长篇小说以中国当代革命斗争为主要的表现内容。在相当长的一段历史时期内,受文艺政治高压的影响,许多历史事件,如"文革"、反右斗争等历史事件是文学表现的禁区。但是历史的真相是无法遮蔽的,今天,我们迎来了文学发展宽松、自由的良好环境,理应对过去的历史进行建构和反思,这也是时代赋予"80后"文学应有的使命与担当。"80后"历史主题文学作品中已经有了许多对于"土改""文革"等历史事件真相的揭示和反思性的文字:

> 一个人若是生下来就贫困,一直就这样贫困下去大约也不会多想什么,大约只会觉得人和人生来就是不一样的嘛,自己出生在穷人家就得做穷人。只有认命了才能继续活下去,不然挣扎来挣扎去什么都改变不了,穷还是照样穷,还落个心理不平衡。这是人最本能的也是最无奈的妥协,其实是对生存的妥协。但是一旦有一天这种妥协松动了,有机可乘了,它就会质变成一种仇恨心理。土改所激起来的就是这样一种人们心理上的质变。仇恨心理一旦被激起来了,所产生的能量是极其巨大的,仇恨、嫉妒等这些人类最本能的心理很容易就会变成定时炸弹,炸毁一切。②

这种文字若是出现在"文革"时期,作家是要为此丧命的。但这种对革命斗争的分析或许才是最接近历史事实的。冯骥才曾对"文革"表达过如下观点:"'文革'不过十年,已经很少再见提及。那些曾经笼罩人人脸上的阴影如今在哪里?也许由于上千年封建政治的高压,小百姓习惯用抹掉记忆的方式对付苦

---

① 徐贲:《人以什么理由来记忆》,吉林出版集团有限责任公司2008年版,第8~9页。

② 孙频:《绣楼里的女人》,北岳文艺出版社2013年版,第45页。

难。但是，如此乐观未必是一个民族的优长……”①当普通民众选择抹除记忆的时候，作家应该肩负起记录心灵历史的道义。“80后”长篇小说中的历史建构了“80后”一代人的历史记忆，他们虽未曾亲历，但永远铭记以示警醒。我们相信，对中国革命建构和反思的历史会不断涌现，但“80后”文学中所反映出来的青年一代的声音则显得弥足珍贵。

（三）“80后”长篇小说中的生存现实困境主题

表现人类生存现实困境，已经成为文学创作的母题之一。人类自诞生之日起，受制于生产力低下的现实困境，人类不得不与自然斗争，对自然进行改造。在现代工业文明建立之前，物质困境成为人类生存困境最主要的表现形式。在人类与自然一次次的斗争与妥协中，人类文明得以进步。随着西方工业革命、文艺复兴等运动的兴起，现代文明得以产生。人类的物质生存条件得到了极大的改善，然而人类所面临的困境不但没有得到解决，反而更加复杂。现代文明是一种进步的、发展的文明，但其在人类社会渗透、发展的过程中却产生了诸如人类精神困境、人类生存异化等不良后果。这与现代文明发展的初衷是背道而驰的，这同时也是现代性研究领域所关注的课题。因为现代工业文明发端于西方，因此，许多西方学者对人类现实生存困境进行了反思和研究。海德格尔指出了人类两大生存困境，一个困境是生存方式的技术化，“我认为技术的本质就在于我称为‘座架’的这个东西中，座架的作用在于：人被坐落于此，被一股力量安排着，要求着，这股力量是在技术的本质中显示出来的而又是人自己所不能控制的力量”。② 这里，海德格尔强调了技术对人类过度控制所造成的困境，这是现代文明产生之前人类所不曾面临的，同时也是物质技术层面的困境。另一个困境是生存意义上的虚无主义。海德格尔认为，现代世界处于一种无家可归的状态之中，人类的精神也处在这样一种困境之中，对此，海德格尔劝喻人们走向艺术的审美殿堂，提出了人类应该“建立一个世界。这个世界亦是对人敞开的可以栖居之家园”③的论断，这是着眼于人类精神困境而言的。除此之外，法兰克福学派的弗洛姆提出了重占有和重生存的两种存在方式：所谓重占有，即“我与我所拥有的东西之间没有活的关系。我拥有物，物也占有了我，因为我的

---

① 冯骥才：《一百个人的十年（首卷）·前记》，江苏文艺出版社1991年版，第2页。

② 陈嘉映：《〈存在与时间〉读本》，生活·读书·新知三联书店1999年版，第234页。

③ 杨守森主编：《新编西方文论教程》，中国人民大学出版社2011年版，第243页。

自我感觉和心理健康状态取决于对物的占有，而且是尽可能的占有”[①]。所谓重生存，则是将“独立、自由和具有批判的理性”[②]作为人生存方式的先决条件，充满快乐，降低欲望，从而实现自我与世界的融为一体，并提出了以重生存的方式来取代重占有的存在的论断。此外，马尔库塞对现代人生存情态的思考、哈贝马斯的主体间交往理论和尼采等后现代主义者对现代人的生存困境进行的理论上的探讨，都是这方面的代表。在我国文学理论研究界，对人类现实生存困境的研究主要从对马克思主义中人的异化等理论入手的。从现代性的观点来看，中国是一个后发现代性的国家，然而我们却没有避免之前西方国家所遭遇的现代性生存困境，“80 后”长篇小说中对现代人生存困境的主题呈现，在中国现代文明发展的重要转折关头，对时代精神进行了思考和把握，对当下时代人的生存状态进行了呈现和反思，并对人的现实性生存困境进行了建构和展望。

“80 后”长篇小说中所体现出的现实生存困境主题，往往具有较强的现实性，表现的是当下社会生活中的具有普遍意义的一种境况，因而具有较强的时代性。而且，这种生存困境是一种日常状态下的常态，其与灾难性的突发事故不同，这种困境像空气一样，一点点将人束缚在无声无息之中，甚至会因为长久习惯的缘故而察觉不到其存在。无论是在上文提到的“文革”时期，还是西方二战时期，类似奥斯维辛集中营这样的暴行，都有着突发性的特点，因而总会有结束与重建的时候。“80 后”长篇小说中的生存困境，也不同于西方戏剧文学中的《俄狄浦斯王》般的命运悲剧，或《雷雨》般的家庭悲剧，这种生存困境，虽然也具有强烈的悲剧色彩，但其和悲剧最大的不同即在于矛盾冲突激烈程度的不同。戏剧中的悲剧冲突激烈而紧张，尽管无法解决但却剑拔弩张，不断碰撞、撕裂。“80 后”长篇小说中的生存困境却像是进入了无物之阵，不知该将力量使向哪里。正是这种近似于白开水般的寡淡味产生了最强烈的麻痹作用，让现实生活似是罩上了一层水雾，而年轻的作家们则以笔生风，企图吹散这一层雾障。

李德南的《遍地伤花》是一部展现“80 后”同时代人现实性时代困境的小说，塑造了以周克为代表的一批时代失败者的形象。周克是 1980 年代生人，出生不久，母亲就逝世了，此后一直跟外祖父母一起生活。18 岁考上了湖北的一所地方院校 Z 大，本以为大学毕业能够找到一份好工作，但改革开放之后大学

① ［美］埃里希·弗罗姆：《占有还是生存》，关山译，生活·读书·新知三联书店 1989 年版，第 83 页。

② ［美］埃里希·弗罗姆：《占有还是生存》，关山译，生活·读书·新知三联书店 1989 年版，第 94 页。

不断扩招发展，其最直接的后果就是高校毕业生数量的增加和含金量的下降。“80后”一代人就遭遇了这种时代因素造成的困境。每年毕业季，数以百万的高校毕业生涌向就业市场，而社会根本无力消化如此大量的劳动力，对于不知名的地方院校毕业生，往往在度过了四年青春的时光之后，在就业时惨遭淘汰。这是整整一代人所面临的时代境遇。周克在大学认识了初恋女友筱麦。相识仅仅几天的时间，便选择了成为男女朋友，并像其他大多数情侣那样，共同欢度圣诞节，共同关注网络红人凤姐，共同经历“非典”，共同到校外同居。真正坚实的感情基础应该是建立在彼此长期了解、欣赏的基础之上的，而“80后”一代人校园恋情的发展往往是为了恋爱而恋爱，就像大多数人做的那样，并且人们因为其普遍存在性而不觉得有什么不妥。大三时候，筱麦因一次宫外孕，被迫摘除了子宫，这也提前预示了周克初恋的分手结局。面对这一切，周克感到一种无力感，“不管外面的世界如何变化，周克都无法为他的生命找到依托了。属于他的人生底色，注定是阴暗的”①。毕业时，学校为了提高就业率，甚至不惜要求学生提供假就业证明。面对这种荒唐的事情，周克却认为：“造假就造假吧，现在整个中国不都是这个样子吗？对付过去算了，这样也省心。”②我们很难相信这是一个经过了完整的现代高等教育的青年人的世界观和价值观。但真相是在现实中，这种高校造假的新闻已屡见不鲜。找不到工作的周克只能重新学习了驾驶，成为一名客车司机，整日在公路上为了超载挣钱和交警们打游击，并整日遭受老板的讽刺：“操！现在的大学生算个鸟，还不是替我这个小学生打工！”③这种脑体倒挂的现象真实地发生在了“80后”一代人身上，这对周克而言，只会被动接受，却从未想过存在的合理性和反抗的可能性。周克认识现任女友陈碧玉，是在一次朋友聚会醉酒后醒来，发现身边躺着一个女性，因此与其走到了一起。婚姻建立的基础不再关乎爱情，而是和金钱相关，因为何时买房子，买一手还是二手房，直接决定了周克何时能够结婚。小说结尾部分，周克同父异母的弟弟周阳，因为羡慕所谓的文学青年，竟认真地张罗着要为周克出版诗集。一个开长途客车的诗人，反讽的意味浓烈。文学审美的价值节操，也如当下的流行语那样，“碎了一地”。

小说呈现的是以周克为代表的“80后”一代人，在当下时代语境中所遭遇

① 李德南：《遍地伤花》，河南文艺出版社2013年版，第93页。

② 李德南：《遍地伤花》，河南文艺出版社2013年版，第139页。

③ 李德南：《遍地伤花》，河南文艺出版社2013年版，第147页。

的现实性时代困境。"80后"成长的年代,正处于中国转型发展时期。期间,发生了许许多多的变化:"精英文化的衰落和大众文化、消费文化、娱乐文化的兴起,互联网与全球化时代的来临,市场经济的转型和物质主义的盛行,大学生由万众瞩目的'天之骄子'变成了就业困难、竞争激烈的'蚁族'……"[①]这些是时代的变化,是民族国家发展的印记,几乎每个人都被迫卷入其中。许多"80后"青年人缺乏信仰和理想,并非他们生来就没有,而是在现实的复杂性和瞬息万变面前,个人是渺小、无能也无力的,"有时候不得不匍匐在地,甚至因失去生活和意义的支点而被飓风卷起,落入深渊"[②]。虽然并非所有"80后"都是失败者,但是像周克这样,患有"精神瘫痪"已经成为一种时代病。尽管面对这种时代性的生存困境还没有立竿见影的解决办法,但文学的关注提醒我们,至少要有一个积极的态度。或许现实的困境让我们不得不弯腰,但我们仍然要让心灵站稳,而不要采取自我堕落、以恶制恶的方式。对小说中的人物周克来说,如果能够不被这种日常性的生存困境消磨掉意志,能够治愈"精神瘫痪"的时代病的话,现实的奋斗还是可以取得成功的。

王威廉的《获救者》,通过童话寓言的形式,虚构了一个隐藏在地下、全部由残疾人组成的洞穴王国"塔哈",借助三个年轻人误入塔哈并最终逃离的冒险经历,展开了作者对于人类政治与文化生活的思考,思考了苦难之于人类的不可或缺,揭示了人类精神和心灵深处的生存困境。

一个小伙子,一个白裙女子,一个胖子,三个本毫无关系的人,因为地下电影城的诱惑,跟随着一个叫作马小福的小乞丐,进入了一个隐藏在地下深处的神秘国度——塔哈。这里完全存在于地下,并对地面上的人类世界保持隐秘。这是一个有着自身运转逻辑的神秘国度,这里全部由残疾人组成,健全人在这里是不受欢迎的。地下世界和地上世界构成了对应的同构关系,也有着相对独立的生态系统与文明组织。然而,塔哈的精神世界和价值观与人类世界截然相反,因为这里全部是由被损害与被侮辱的人组成的,因此,人性中最基本的尊严在这里湮没。塔哈有着严格的精神控制系统,他们通过广播发布道:

> ……让我们献祭出没用的尊严,才能更快地发展!……只有发展强大了,才能战胜地面上腐朽的一切!……我决定组建塔哈展示团,用你们的

① 李德南:《遍地伤花》,河南文艺出版社2013年版,第264页。

② 李德南:《遍地伤花》,河南文艺出版社2013年版,第265页。

残疾去攻击他们的双目，让他们坐卧不安，无法平静地生活；用你们的凄惨去做他们的道德商品，抢劫他们的财富，让他们无法妄自尊大。我们伟大的事业开始了，让我们歌唱起来，共同开创新的征程……①

按照人类社会运行的规则看来，这样一个最需要帮助、关心和爱的群体，反而将这些美好、善良的感情全都被抛弃，甚至要以此作为道德武器，去反攻道德和美好，这是有违人性的。但是，塔哈有着严密的控制系统，塔哈展示团是执法部门和军事部门，长老会是塔哈的特权机构。在塔哈的意识形态里，痛苦是由内心充满丑恶的健全人造成的，因此要表达这种仇恨。消费怜悯、占领地表是他们的宣传口号，塔哈的监狱被称作净化中心。犯人在这里，唯一的刑罚就是一刻不停地背诵圆周率，因为“无限不循环的圆周率，无非是虚无的某种别称而已。背诵圆周率，就是对虚无的实践。虚无就是零，任何数乘以零，都为零，这就是所谓的‘净化’”②。这样做的目的就是通过毫无意义的事情来折磨罪犯，从而让他们在彻骨的绝望中放弃人生的尊严。最完美的塔哈人民应该是抑郁症患者，塔哈不需要太有创造力的人，塔哈人阅读的书籍则都是地面上各个时代的禁书。他们用意识统治术去统治人民，拒绝暴力损害。塔哈也存在着特权和不平等，长老会的长老们可以随意出入地上地下，并在地面上购置了房产、花园、汽车等，而普通民众则既不能生育，也不能登上地面。副团长雇佣了一支军队进行了反叛。当看门人马克带领叛军处决对塔哈实行异化统治的首席哲学家老耿时才发现，老耿的仇恨竟来自于地上世界1968年反右派斗争中红卫兵的暴行。而团长用以平定叛乱的军队竟是一支秘密的健全人部队。小说最后，所谓的领袖现身，不过是一个发育畸形的第一代人类，这充满了极强的讽刺和隐喻意味。最后，胖子杀死了副团长，被地下获得的统治权力迷惑，小伙子和白裙姑娘则在领袖的帮助下成功逃了出来，成为获救者。

整部小说充满着隐喻的色彩。尽管地下世界完全隐蔽在地上世界看不到的地方，但与地上世界依附而生，所谓地上人的健全和地下人的残缺也绝非泾渭分明。小说的故事线索是历险经历，表面上看是短暂处于困难时期，实际上，小说中所探讨的尊严、信仰、爱和欲望权力等，在人类社会中同样遭受到践踏和

---

① 王威廉：《获救者》，河南文艺出版社2013年版，第27页。

② 王威廉：《获救者》，河南文艺出版社2013年版，第60页。

不尊重。小说实际上是通过虚构,隐喻了人类社会一切善良、美好的事物遭到毁灭的极端状态,以此来警醒我们,如果那一天到来,人类将真正进入无法摆脱的生存困境,直到毁灭。这是一种人类存在寓言化的书写方式。

马金莲的《马兰花开》,则是从少数民族的生活入手,以少数民族的视角,呈现了民族化的生存图景和情感悸动。马金莲本人是一名地地道道的回民女子,同时也是一位平凡、朴实的少数民族作家。她通过一种写实化、散文诗化的叙述,对回民日常生活中的点点滴滴全景式地进行了呈现。其中,回民日常生活中遇到的种种生活困境和情感困境,自然也包括在了文本的叙述之中。

小说的主人公是正在上高中的女孩子马兰。马兰在生活中,遇到的第一个困境就是民族观念与现代化观念的冲突。学校教育制度是现代教育发展的产物,凡是适龄的未成年都有义务接受义务教育,而在马兰的身边,许多亲戚依然持有传统观念,认为:

> 女子娃嘛,念那么多书有啥用,迟早是要嫁出去的,还不如趁早学会针线茶饭和农活儿要紧。……念书有啥用?考上大学不一定能端上国家的铁饭碗,我姑姑的儿子就是个例子,几年大学把家里花了个精光,结果呢,现在在南方啥公司里打工,挣的钱还不如在工地上干苦活挣得多呢。①

这种困境是现代性中的发展意识与传统民族风俗观点之间的冲突。尽管马兰非常渴望继续升学,但现实中出现的高校农村生源毕业后就业难的现状同样影响到了少数民族生活的区域。同时,这种对知识的渴望是无法被家族里的长辈们理解的,因为她们对于现代化的了解知之甚少,更加注重的是实际的经济利益。这是一种对民族生活习惯的坚守,既然多少年来大家都是这样的生活方式,当新的生活方式到来,又不能很快转变成经济利益的时候,便很难被大家认同。马兰考虑到家里的实际情况,还有两个弟弟要上学,便选择退学,并很快嫁给了同民族的李尔萨。

马兰生活中所面临的第二大生存困境便是物质生活的匮乏。虽然现在已经不再是一个饿死人的年代,但是生活仍然处于比较拮据的状态。造成这种困境的,既有民族原因,也有个体的原因。从民族原因来看,马兰所在的回民聚居

① 马金莲:《马兰花开》,宁夏人民教育出版社 2014 年版,第 15 页。

地处于山区，是自然条件较贫瘠的地区。因为整个民族世代居住在这里，民族的根脉从这里生发，因此，对民族认同的感情令他们宁肯生活得艰难一点，也轻易不会离开故土。再一点，这里是传统的农耕文明区，从事农业生产是一个人最本分的事情，这既与民族的价值观念有关，也是千百年来农业生产、生活方式传承的结果。当自然条件开始变得恶劣的时候，单纯的农业生产自然难以满足改善物质生活条件的需要。从个体的原因来看，马兰的父亲染有嗜赌的恶习，但凡家里有一点收入，就被父亲送进了赌场，甚至孩子们的学费也会被父亲毫不犹豫地输掉，因此，马兰家的生活光景就显得格外恓惶了。当马兰嫁到李家，从地理位置上到了开阔地带，李家一家人又都勤劳肯干，生活马上就得到了很大改善，物质生存困境也暂时得以缓解。

马兰生活中面临的第三种生活困境是对日常生活的打理和安排。尽管婚后马兰的生活与在娘家时相比已有了极大的改善，但个人仍是辛苦的，一方面，生活所需依然要靠辛勤的劳动去挣取，另一方面，要学会独立承担起一个小家所需的种种生活技能。从劳动来说，填炕、做饭、切洋芋、种庄稼，后来马兰还搞起了养鸡场……一切的劳动都要从头学起，都要在实践中慢慢积累经验，摸索窍门。例如，回族过三大节日，开斋节、圣纪节和古尔邦节的时候，都需要提前很长时间就开始着手准备。这种盛大的节日是对家庭女主人的一种考验，节日过得是否热闹、体面而又精心实惠，关乎其他族人对自己能力的评价。因此，准备节日所需的生活技能是一项需要用心学习的工作，否则，一个笨手笨脚的女子是难以摆脱日常生活困境的。从一个家庭来说，马兰的丈夫每年都有相当长的一段时间在外打工，马兰在家里如何处理好与长辈、妯娌和孩子们的关系便成了另一重生活的困境。例如，因为马兰在家里养鸡的饮水问题，嫂子都会挑剔，认为养鸡过多消耗了辛苦从井里挑上来的水。对马兰来说，生活永远在学习之中，几乎没有一天是可以彻底放松可以休息的日子。这种生存困境，看似只是日常生活中的平常事，但这种困境往往是长时期存在的，并且一旦处理不好，直接会导致生活的难以为继。但是，马兰身上继承了回民女子那种从宗教情怀生发而来的隐忍、坚强、勤劳、乐观、朴实等美好品质和善良情感，努力通过自己的双手来对抗这种生存困境。现代化进程中的生活，一切都讲究快节奏，但“在这里，日子慢吞吞的，一年四季，春种夏锄秋收冬闲，四季分明。那些活儿，慢腾腾干吧，急有啥用。人活着一辈子，就得慢慢儿地过，这样才可能活出一点滋味”。这是一种民族化哲学的体现，同时也为当代文学呈现现实生存困境提供了新的民族参照。

"80后"长篇小说中现实生存困境的主题呈现，既有外在时代性的影响，又有人类内在精神的考虑，同时还呈现了民族化的风貌，呈现了青年一代作家对人类存在现状和价值的关注。

从"80后"长篇小说多样化的主题呈现中，我们看到了青年作家们对时代、社会和生活的关注与思考。他们既从自身的情感和经历出发，表达成长过程中的爱与痛；又思考历史，关注现实，用文学的表达，思考我国历史中的得与失，关注当下社会青年人的种种生存困境，表现出了作家们创作资源取材的广阔和作家们的人文关怀与社会责任。

五、"80后"长篇小说艺术特色分析

"80后"长篇小说产生于以和平和发展为时代主题的全球化语境下，改革开放的成果已惠及大多数人，人们的生活水平已实现了温饱，向小康迈进。作家们的生计问题已不再是左右其创作的决定因素。从作家文学创作的小环境来看，随着我国各级作协组织的不断建立和作家薪酬制度的不断完善，加之目前宽松和自由的文学创作环境，为作家们的文学创作提供了外在环境和体制、机制等多重保障。当然，对此也有不同声音存在，有人认为目前文学仍然处于不自由的时期。但是，也应该承认，当下的环境已经十分宽松，创作能否真正实现创新与突破，更取决于作家个人的内在精神小宇宙。

应该看到，当下我国长篇小说的发展充满着种种矛盾。这种矛盾冲突主要表现在四个方面。第一是长篇小说自身艺术创新的难度。陈晓明曾这样说明长篇小说的艺术创新的难度：

> 长篇小说显然是一个最保守最有力量的堡垒，它同时还是一个惰性十足的懒汉。其他的艺术门类和文体屈于时代的创新的压力，都要进行各式各样的变革实验，只有长篇小说，它要困守自己的规范，它的鸿篇巨制使它墨守成规就可以有所作为。……其艺术性最容易又最困难。最容易在于：它只要有一定的容量就可以站住脚，人们对着几厚本用文字堆积起来的"纪念碑"很容易产生敬仰之情和宽容之心。其难处在于：长篇小说要达到艺术上的创造相当困难，它需要与传统、与既定的规范妥协才能做得恰如

其分。两相权衡，应该说，长篇小说的艺术性要达到相当高的水准十分困难。①

第二是我国长篇小说创作原则多样化背景下评价机制的滞后和不健全。我国当代长篇小说，在“十七年”时期，受文学政策、作家创作水平和主要表现题材等多种因素的影响，以现实主义为主要的创作指导思想，并且在大量优秀现实主义文本的研究、评价基础上总结出了一套相对完备的现实主义创作评价理论和机制，如典型性理论。然而，随着1980年代西方多样化文艺理论的涌入，中国当代作家也进行了相应的创作实验，如先锋小说、新写实小说和心理现实主义小说等。“80后”一代作家在很大程度上从1980年代、1990年代文学多样化的浪潮中汲取创作营养，因而他们的长篇小说创作能够突破现实主义的樊篱，实现多种形式的探索和创新。但是，由于“80后”作家们在创作的基本功上仍然需要更多锻炼，而且许多创作原则大都来自于西方的文艺理论和文艺创作，在我国，缺乏本土化基础上的评价理论和机制，这样难免会出现照猫画虎却画虎不成反类犬的弊端。但是，文学多样化发展的趋势是不可阻挡的历史大势，在这种时代背景下，青年作家们如何实现民族化基础上的创新，则需要作家自身作出更多的思考和选择。

第三是我国长篇小说面临创作长度、难度等限度的不断突破的挑战。科学技术的发展带来了互联网的兴盛和电子计算机的普及，随之而带来的改变是电脑写作方式的普及和网络小说的出现。网络小说的发端和发展同样兴盛于“80后”作家之手。从字数上看，动辄几百万甚至上千万，并且每天以极快的速度进行更新，其读者的数量和受欢迎程度并不亚于许多当代经典文本。这对传统当代小说10万字的字数限度来说，是一种不可回避的挑战。在网络长篇小说中，还出现了诸如音乐小说、绘画小说、超链接小说等跨领域写作体式。“80后”作家们如何在众说纷纭的长篇小说评价中找到自己的坚守和选择，也是非常考验作家创作功力的。

第四是我国当代长篇小说多媒体形式的改编对传统长篇小说创作艺术手法的挑战。当下，许多优秀长篇小说会被进行电影和电视剧形式的改编，还出现了听书等许多新的文学接受渠道。作家为了实现更广泛的文学接受，在文字

① 陈晓明：《整体性的破解——当代长篇小说的历史流变》，中国作家协会创作研究部编：《长篇小说艺术论：长篇小说艺术暨文学发展趋势研讨会论文集》，作家出版社2012年版，第22页。

表达上如何实现与多媒体接受形式的适应与融合，这仍然需要更多的探索和实验。因此，综合以上四点，不难看出，当前我国长篇小说的创作现状仍然存在着许多矛盾和问题。在这种文学背景下，考察"80后"长篇小说对艺术技巧的探索和呈现，也便有了更多期待和鼓励的意味。

（一）"80后"长篇小说对艺术形式的探索和创新

在"80后"长篇小说这样一个提法中，有两个关键点，一个是"80后"，一个是长篇。对于"80后"，可以将其等同于当下文学创作中最年轻的一支队伍。因为目前"90后"作家还处在单兵作战的状态，从作家作品的数量上说，尚不足以占据文学创作中的重要领地。而"80后"作家从青春写作开始，就呈现出思潮化的倾向，无论是青春写作的登场，还是传统写作的兴起，各自都有着一定规模的创作队伍。若是从时间上看，从最早的青春写作至今，也已经有了十几年的时间，足以构成一代文学力量。对于长篇这个概念，从小说创作来讲，长篇小说的写作难度是最大的，因为它对一个作家创作的叙事格局、语言生命力和思想深度都是极大的考验。同时，长篇小说也是一个作家创作能力的重要衡量指标，"在以往（1950—1980年代中期前）的观念里，长篇本来只是'成熟'作家才敢上手的文体，或者说，只是少数作家才有可能问津的文体——其中似乎有个对于作家等级资格的业内'制度约定'。但从1990年代开始，长篇已经成为所有小说家都'必须'写作的文体。小说家最重要的目标之一就是写长篇"①。大的创作环境使然，长篇已然成为一种对作家创作能力的考核。即便是对于现代文学大师鲁迅来说，没有长篇小说传世也是一个遗憾。将一支文学创作中最年轻的队伍和小说里难度最大的长篇两个概念放在一起，好比是事物的两极，是一段距离最远的征途。但是从"80后"已有的作品和写作的态度来看，他们已然跨越了这道鸿沟，并在路上继续前进。支撑其取得目前成绩的一个重要原因，就是他们对于艺术形式的不懈追求和持续创新。

根据"80后"作家们长篇小说的创作时间，可以将其分为两个群体。一个群体是创作了个人第一部长篇小说的作家，包括孙频、王威廉、李德南、郑小驴、甫跃辉、马金莲等，他们都是在近期推出了个人的第一部长篇小说。另一个群体是已经有了多部作品，但每一部作品都体现出了不同的艺术技巧和形式，包

① 吴俊：《长篇小说的视角：六十年文学反思之一》，见中国作家协会创作研究部编：《长篇小说艺术论：长篇小说艺术暨文学发展趋势研讨会论文集》，作家出版社2012年版，第98页。

括韩寒、郭敬明、七堇年、张悦然、笛安、颜歌、林培源、张怡微等。这几位作家也可以算是较早进行文学创作的，尽管他们的起点是青春写作，但几乎在近两年都发生了转型。从这两个群体推出个人第一部长篇小说的时间来看，大部分作家在 30 岁之前，最早的则是 18 岁就已经写就了第一部长篇。在人生阅历尚显浅薄的年龄，去进行长篇这样大部头的创作，除了勇气可嘉之外，能否保证创作的质量呢？对于这一点怀疑，中国现当代文学的前辈们早已给出了回答："1921 年创造社成立时，郭沫若 29 岁，张资平 28 岁，郑伯奇 26 岁，郁达夫 25 岁，成仿吾 24 岁，田汉、王独清 23 岁，穆木天 21 岁。以上 8 人的平均年龄不足 25 岁，并且体现着创造社创作特色的郭沫若的《女神》、郁达夫的《沉沦》等作品，都作于 1921 年前。"[①]如果从长篇小说的难度来说，现代作家老舍的第一部小说作品就是长篇小说《老张的哲学》。老舍一出手就是长篇，而且也已经达到了相当的艺术水准。因此，"80 后"作家们敢于在青年时代进行长篇小说创作，是对中国现当代文学创新精神的继承和新的发扬。

对于刚刚推出个人第一部长篇小说的作家们来说，尽管只是第一部作品，但除去尝试的意义外，他们的作品也都体现出了各自艺术上的匠心独运之处。首先，从创作主体来讲，他们的一个共同突出特点便是接受过较高的学院派教育。他们大多是国内外高等院校的本科生或硕士研究生，且大多有过中文相关专业的学习经历。李德南是上海大学哲学硕士，现中山大学中文系博士在读。王威廉，中山大学中文系硕士研究生毕业，是中国现当代文学专业的博士。郑小驴，毕业于南昌大学中文系，同时是鲁迅文学院第十五届高级青年作家班学员。孙频毕业于兰州大学中文系。甫跃辉则是复旦大学首届文学写作专业硕士研究生，师从王安忆。即便是学历较低的回族作家马金莲，也是中等师范学校毕业，曾从事过多年语文教育工作，并在 2009 年考入华中师范大学攻读硕士研究生。作家们的高等教育背景为他们提供了不一样的知识谱系和框架。同时，又因为甫跃辉、郑小驴、马金莲等作家出身乡村，对乡村生活和大地有着深刻的体验和理解，从而避免了不接地气的纯粹学院化写作。其次，从小说文本来看，在艺术形式上，也各有特色。甫跃辉的《刻舟记》讲述的是一部关于时光的故事，小说叙事中故意将时序进行颠倒和错乱，并通过叙事视角的灵活转换，创造了多维时空穿梭的艺术结构。李德南在《遍地伤花》里则充分发挥了他的

① 王富仁:《创造社与中国现代社会的青年文化》，见《王富仁自选集》，广西师范大学出版社 1999 年版，第 180 页。

哲学教育背景，通过互文的手法，出其不意地引入维特根斯坦、海德格尔、昆德拉、纳博科夫、大江健三郎、加缪等作家的文本或人物形象，极大地拓展了小说的张力。叙事冷静从容，通过不动声色的比喻和象征，将现实、寓言、哲学和诗融合在了一起。郑小驴的《西洲曲》关注计划生育政策所造成的历史剧痛，笔触细腻，叙事老道，善于在心理描写和内心独白中渗透强烈的批判意识。王威廉的《获救者》则将整个文本变成了一个通过第二人称"你"来表达的巨大隐喻，是一次文学想象力的冒险，通过一种"制造现实的主义"，形成了"前半部分吃力地迈向顶峰，后半部分如瀑布沿山势倾泻而下"①的内在结构。马金莲的《马兰花开》则借助40万字的叙事容量，在展现回族风土人情的民俗化叙事的同时，创造了一种诗化小说的意境。最后，从以上几位作家的创作经历来看，他们大多是遵循短篇、中篇再到长篇的由易到难的逻辑发展顺序进行文学创作的。他们各自都已经有了不少的中短篇小说了，有的还已经出版了选集，例如甫跃辉的《少年游》《动物园》《鱼王》《散佚的族谱》，王威廉的《内脸》，郑小驴的《痒》《1921年的童谣》《少儿不宜》，孙频的《隐形的女人》和马金莲的《父亲的雪》《碎媳妇》等。对于他们来说，长篇小说不见得会成为以后他们创作的主要方向，因此，这第一部长篇的出场同样是他们的一种尝试和创新。敢于挑战自我与不断进步，是"80后"长篇小说对艺术形式坚持探索和创新的重要表现。

对于现在已经创作出了多部长篇小说的"80后"作家们来讲，通过分析他们前后期长篇作品的不同艺术风格及他们创作道路的转型和自我调整，就可以看出他们对艺术形式探索与创新所做的努力。仅仅从他们已经创作出了多部长篇作品这个数量上的衡量标准来看，已经是一种成功：

> 人们好像对质量比较重视，其实，数量也很重要。文学史绝非只是一个由质量构成的集合，它同时也是一个由数量构成的连续的过程。对于文学艺术来说，没有什么单纯的质量，质量总是以数量为前提的。……数量无论怎么说都是一个积累，不能以简单的所谓'精品'去否定其他数量的存在。②

林培源是上海最世文化发展有限公司的签约作者，其目前出版的四部长篇作品均是由上海艾柯文化传播有限公司和上海最世文化公司策划出版的。

① 王威廉：《获救者》，河南文艺出版社2013年版，第259页。

② 汪政、晓华：《有关当前长篇小说创作的断想》，《当代文坛》1998年第6期。

2010年郭敬明成立上海最世文化公司，艾柯可以说是最世文化公司的前身，最世文化公司成立后艾柯成为其下属的一个子公司。也就是说，林培源加入了市场化的写作体制，成为郭敬明旗下的艺人。但是他的文学创作并没有受到市场化的局限，而是努力向严肃文学靠近。林培源的第一部长篇小说《薄暮》，就显现出了作者的雄心壮志。小说讲述了潮汕地区溪桥镇上人们的故事，是一篇乡土故事背景的小说。小说在故事叙事上采取了嵌套模式，外层故事框架是以陈家家族中第三代"我"为叙事视角，回忆家族里过去的事情。内层核心故事框架则是在第三人称全能视角叙述下从祖父母到父母两代人的故事。在叙事时空上，并没有按照代际更替的自然时间顺序进行描写，而是打乱时空，将正常的时间流进行切割，重置，这其实符合了人类回忆跳跃性的特点。同时，在叙事分量上有详有略，详略得当，母亲陈秀米的故事详写，其他家族成员的故事略写，整体的叙事节奏起伏不拖沓。小说在17万字的容量内，既描写了家族三代的故事，又描写了从抗日战争到改革开放半个世纪的家国历史，同时，在故事中还试图探讨死亡、存在、爱恨等情感范畴，从小说扉页的题记便可以看出，"献给所有逝去的岁月，以及爱"[①]，而且，行文中还有大量民俗风情的描写。故事的容量是非常丰富的，这也是作家试图挑战大的格局和气象的呈现。尽管稍显急躁，但已然是相当老道了。林培源的第二部作品《锦葵》则实现了由放到收，由之前的大格局气象聚焦到了个体生存。在叙事方式上，采取了叶重阳和叶明生两姐弟各自的视角来展开，交错进行。这样既可以方便地进入各自人物的内心，也可以互相映照，共同补全由视角限制所遮蔽的内容。锦葵，所代表的是"我们一目了然的青春，和稍纵即逝的岁月"[②]，不再对历史、情感等精神领域进行深究，而是回归了叙事的平常。林培源的第三部作品《欢喜城》，关注点由乡村转移到城市，同时，关注角度继续下移，以叶贞青一生的经历为主要叙事内容，将人物个人的情感比喻成一座城市，通过《琥珀之城》《沉睡之城》《应许之城》三章，表现城的欢喜的同时，呈现人的欢喜。作者在本书的《后记》中，也对自己的创作经历进行了反思："《薄暮》是近乎年少轻狂式的情感喷发，支撑故事内核的，是一股沉重的'怀旧'情绪，以我当时十九岁的年纪，叙述时空跨度如此之大的家庭变迁，明显力不从心；而到了《锦葵》，那种不假思索的写作方式收敛了，取而代之的，是另一种叙事上的'实验性'，因为用了叶重阳和叶明生姐弟的视角交替

① 林培源：《薄暮》，长江文艺出版社2009年版，扉页。

② 林培源：《锦葵》，长江文艺出版社2010年版，第202页。

讲述,从某种程度上,我是在自我'降低'讲故事的难度;至于现在这部《欢喜城》,我所能做的,就是摈弃一开始'敝帚自珍'的那些投机取巧的叙事模式,不管是语言,还是惯常的观照事物的方式,都被一一抛开了,我想做的,就是回归最原始质朴的'说故事'的形态,将这个不算曲折跌宕的故事原原本本、老老实实讲出来。"①林培源的第四部长篇《南方旅店》,涉足悬疑、凶案题材,艺术手法上有了新的尝试。小说在叙述视角上,放弃了惯用的第三人称视角,而是选择通过小说中的人物——记者的眼睛来观察世界。小说在故事结构上采取了三层嵌套的模式,最外层的故事是报社记者周岐山前往清平镇采访刘素彩自杀的案件,中间一层是周岐山与自杀身亡的女友赵淇的感情故事,同时平行叙事的是刘素彩与陈天玺的感情故事;最内层故事是赵淇送给周岐山的一本叫作《南方旅店》小说,讲述的是家里开南方旅店的姐弟蓝瑛和蓝恺的故事。小说设置了两重叙述时空,一重是相距当下较为遥远的 1980 年代,一重是刚过去的一年。一个是过去式,一个是进行时。林培源在创造这两重故事时空的时候,"它并不是独立完成的,我一边写外面的故事,一边构思里面的故事,就像两段从不同位置开始朝中间挖掘的隧道,我必须保证精准,必须使它们刚好就在某一个处打通。"②文本通过将清平镇文化站主任蒋宏设置成小说《南方旅店》中的蓝恺,从而将两个时空打通。从以上分析中,我们看到了林培源在长篇小说创作过程中对艺术手法的探索、实验和创新。

除了林培源,其他几位"80 后"作家的作品中的创作变化也体现出了他们对于艺术形式的实验和创新。笛安出版于 2005 年的长篇《告别天堂》,属于布老虎青春文学工作室的重点书目,尽管带有一定的青春文学印记,但其已经在作品中尝试了多人物、多视角的叙述。小说分别以天杨、肖强、江东、周雷、江东和天杨、天杨和江东等叙述视角展开故事,笛安通过这种手法,直观地照顾到了小说中的每一个人物且不显混乱。笛安写于 2005 年、出版于 2007 年的长篇小说《芙蓉如面柳如眉》,在叙述上增加了对自己的挑战,在故事上采取了多故事嵌套的模式,将警察破案的故事、陆羽平和夏芳然的故事及丁小洛和罗凯的故事嵌套、穿插在一起,通过不同故事中限制性视角叙述透露出的有限信息,增加了阅读难度,并通过破案、悬疑技巧的增加增强了小说的可读性。笛安从 2009 年至 2012 年出版的《西决》《东霓》《南音》(上)(下)四部作品则从整体上构成

① 林培源:《欢喜城》,长江文艺出版社 2011 年版,第 263 页。

② 林培源:《南方旅店》,长江文艺出版社 2012 年版,第 249 页。

了一系列连续性的小说。大家族里的四个兄弟姐妹分别以东、南、西、北命名，然而小说又没有写满，郑北北只是作为四部作品中辅助性的线索存在，没有成为一个叙述主角，小说通过三个兄妹间不同的视角，在时间的纵向轴和家庭内部关系的横向轴上呈现了发生在郑家里的喜怒哀乐、悲欢离合。全文流畅自然，语言自然生动，几乎看不到刻意雕琢的痕迹。无论从小说内容的连续性还是作者写作时间跨度上来看，这都是需要许多思考和努力的。这几部长篇作品也促成了笛安从青春写作中的转身。笛安与林培源同为郭敬明最世文化公司的签约作家，早在第一部《西决》出版之际，郭敬明在前言中写道：

> 笛安选择了当下青春文学里最不热门的父辈家庭伦理题材……这样一部非常规意义上的青春小说（准确地说来，《西决》绝对是一部严肃文学作品），受到了百万读者的疯狂追捧，其受欢迎程度不亚于《小时代》。这也让我们更加相信，盲目追求市场，丧失自己品味的作品，其实是得不到大家的喜欢的。只有发自内心的文字，只有最能代表自己的文字，才能打动万千读者。①

郭敬明的评价不仅是一种宣传，更是一种客观评价。笛安不仅自己实现了从青春写作的飞跃和蜕变，而且在整个青春文学写作转型中也起到了榜样的作用。颜歌的三部作品则是在变与不变中进行着对艺术形式的探索。从2009年出版的《五月女王》到2013年出版的《我们家》，从内容上来说，一直坚持讲述发生在永安县平乐镇上的故事。犹如鲁镇之于鲁迅，颜歌一直有意识地构建着自己的文学故乡。从艺术形式上，《五月女王》采用的是一种双线交叉叙事的模式，一条线索以小镇风情为主，介绍小镇的独特之处；另一条以小说主人公们为主，讲述人物之间的故事。到了2011年的《声音乐团》，艺术形式上的实验可谓达到顶峰。在叙述结构上，采用了相互关联、渗透的四层嵌套模式。最外层的叙事，讲述的是年老的女性小说家“我”在即将失去记忆整理家庭物品的时候，对曾经写作过的两部《声音乐团》的回忆，这一部分在小说文本中以灰色页面印刷，叙述分量较轻。第二层故事，也就是第一层故事中女作家“我”写作的第一部《声音乐团》，讲述的是一个名叫刘蓉蓉的青年女作家，在其写作的小说《声音乐团》还未连载结束时，就从永安市第三乐团演出剧场看台上自杀坠楼身亡。

---

① 郭敬明：《无形的冠冕——周年纪念作品〈西决〉出版前言》，见笛安：《西决》，长江文艺出版社2009年版，第3页。

她的表姐"我"是编辑,为了出版她的遗作四处搜寻原稿件,并同时介绍了刘蓉蓉的身世。小说的第三层故事则是第二层故事中刘蓉蓉创作的连载小说《声音乐团》了。这同时也是第一层故事中年老的女作家创作的第二部《声音乐团》。小说中的第四层故事则是刘蓉蓉在年幼的时候曾创作过一部未发表的小说《声音乐团》,这是刘蓉蓉未完成连载的小说《声音乐团》的前身和雏形,这也是小说中叙述最简略和最隐蔽的一层。这四层叙述结构相互交织、相互联系,并被颜歌放在了马勒第一交响曲和马勒第二交响曲两重小说部分中进行了表现,增加了叙事的难度,同时体现了作者对于艺术形式的不断探索。2010 年诺贝尔文学奖获得者巴·略萨曾说过:"如果母故事和子故事之间能够相互作用、相互影响,创造出复杂、重叠的精美层面,层面能够打破虚构和现实(小说里的小说和小说里的现实)的界限,那么这个结构手段能够创造出迷人和创造性的效果,如果母故事和子故事之间相对独立,没有相互影响的关系,那么这个套中套的结构手段就运用得非常机械,不能算成功运用。"①显然,颜歌的故事嵌套是成功的。到了 2013 年出版的《我们家》,则开启了"80 后文学的第四个方向",②摒弃了对艺术技巧的追求,实现了文体自觉和语言的方言运用。从张怡微的三部长篇小说来看,也如笛安那样,实现了从青春文学向严肃文学写作的转型。张怡微出版于 2009 年的《梦·醒》,属于萌芽书系,内容上也由几个发生在高中生身上的故事组成,尽管语言上略显稚嫩,但在艺术形式上,通过网络空间和现实空间的重叠与联系,将几个厚本相对独立的故事勾连在一起。出版于 2010 年的《下一站,西单》,则是讲述了作者读大学期间的故事,可以看作是转型期的作品。张怡微真正实现较为成熟的写作是在完成《你所不知道的夜晚》后。尽管从字数上看,这只是一部小长篇,但因其对国家历史进程的结合叙事而显现出了大格局,故事中表现的主人公茉莉的成长也更加自然、真实,贴合了人物内在的变化。

通过对以上两个"80 后"长篇小说创作群体中作家的作品分析,我们看到了青年作家们在小说艺术形式上进行的探索和实验,这种尝试和创新的精神,较之于目前他们已经取得的写作成果而言,显得更为重要,因为他们年轻,他们有更充足的时间和能力去寻找真正属于他们自己的文学之路。就像甫跃辉曾

① [秘]巴·略萨:《中国套盒——致一位青年小说家》,赵德明译,百花文艺出版社 2000 年版,第 88 页。

② 崔剑剑:《〈我们家〉:80 后文学的第四个方向》,《学术交流》2014 年第 3 期。

经写到的："对身处的世界，我还远没有形成固定的、站得住脚的且完全属于自己的考量标准。这世界实在太大太复杂，我只能一点一点地了解它。……要知道，拥有可识别的风格往往是一个写作者成熟的标志。但我一点儿不担心这个。一者，我不愿意也不可能这么早就'成熟'，我宁愿怀着好奇，多走几条路，哪怕走的是冤枉路。二者，这些小说再怎么不同，都出自'我'。'我'是有限的，它们的变化必然也是有限的，有限的它们映射出有限的'我'。就像世间万物千差万别，却都出自上苍之手。上苍创造万物，也在创造自己。"[①]同样，我们不应该忽略他们这种坚持探索和创新的状态以及为此做出的努力，这同样是"80后"作家们在长篇小说艺术形式上对中国当代文学所作出的新探索与新贡献。

（二）"80后"长篇小说中的回忆性叙事分析

众所周知，对于小说而言，叙事在小说艺术结构和形式上起着至关重要的决定性作用，叙述方式的选择与叙事质量的高低直接决定着一部作品艺术品质的高下。"叙事文是在叙述过程中形成的，并在叙述中获得意义和价值。……就叙事文而言，叙述方式将直接关系到故事的性质。"[②]叙事过程中所面对的首要问题和重要问题，便是叙事视角的选择，视角在叙述中的重要地位不言而喻。英国小说理论家卢伯克曾这样评价过视角的重要性："小说技巧中整个错综复杂的方法问题，我认为都要受视角问题——叙述者所站位置对故事的关系问题——调节。"[③]所谓视角，指的是"叙述者或人物与叙事文中的事件相对应的位置或状态，或者说，叙述者或人物从什么角度观察故事"[④]。叙述视角的选择往往透露着一部作品观察世界的立场、态度、情感和视野。对于小说来说，叙述视角往往承担着作家本人的情感判断和态度选择，但我们知道，小说中的第一人称"我"并不能够等同于作家本人，那么，这就牵扯到了小说叙述视角承担者的问题，即选择谁来代替作者承担观察聚焦点的任务。一般说来，"视角的承担者有两种类型。一类是叙述者，故事由他观察也由他讲述；另一类是故事中的人物，包括第一人称叙事人中的人物兼叙述者'我'，也包括第三人称叙事文中

---

① 甫跃辉：《后记：刺猬，还是狐狸？》，见《动物园》，上海文艺出版社2013年版，第267～269页。

② 胡亚敏：《叙事学》，华中师范大学出版社2004年版，第18页。

③ ［英］珀·卢伯克：《小说技巧》，转引自李建军：《小说修辞研究》，中国人民大学出版社2003年版，第115页。

④ 胡亚敏：《叙事学》，华中师范大学出版社2004年版，第19页。

的各类人物"①。在小说创作的实践过程中,视角往往会随着叙事的需要出现不断的转换和变化。从叙述视角视野的宽窄来看,可以将叙述视角分为限制性叙述视角和全知性叙述视角。全知叙述"其特点是没有固定的观察位置,'上帝'般的全知全能的叙述者可从任何角度、任何时空来叙事:既可高高在上地鸟瞰概貌,也可看到在其他地方同时发生的一切;对人物的过去、现在和未来均了如指掌,也可任意透视人物的内心"②。限制性叙述视角则与全知性叙述视角相反,处处受到来自聚焦点自身特点的限制,无法做到全知全能。那么,在"80后"长篇小说中,既有第一人称"我"承担叙述视角的作品,也有选择小说中人物承担叙述视角的作品;既有全知全能性的叙述视角,也有限制性的叙述视角。无论何种叙述方式,小说呈现出一个共同特点,便是选择一个儿童的身份去承担回忆性叙事视角。

这种儿童视角的回忆性叙述在"80后"的许多作品中都有所呈现。甫跃辉在《刻舟记》中,以10岁男孩刘家林——"我"来承担叙述视角,讲述童年时代的成长故事。张怡微在《你所不知道的夜晚》中,采用全知性叙述,却是以小女孩"茉莉"作为叙述视角的承担者,讲述茉莉成长过程中经历的故事。林培源在《薄暮》中,以林家第三代孙、家族里唯一的男孩"我"的叙述视角,讲述发生在外祖父母、父母亲和我身上的故事。郑小驴在《西洲曲》中,则以男孩罗成的视角,讲述他眼中看到的计划生育政策给自家和乡村人们带来的灾难与悲痛。颜歌的《我们家》,虽然通篇讲述的是家里爸爸、妈妈、奶奶、姑姑、大伯等长辈的故事,但却是以薛胜强的女儿段逸兴在疯病康复后的讲述作为叙述视角的。也就是说,"80后"长篇小说中选择的叙述视角往往是年龄较小的儿童或少年,极少选择成年人或是长辈。与之相适应,在叙事内容上,"80后"长篇小说往往采用回忆性的叙事,讲述儿童或少年时代曾经经历过的故事,以及他们成长经历中的故事,往往以一种回忆性的外层故事框架展开,内容的主体是年少时的故事。这种儿童叙事视角和回忆性的叙事内容形成了"80后"长篇小说的一种重要的艺术形式和艺术特色。这种艺术形式的选择形成了一种独特的艺术风貌和审美趣味。

首先,"80后"长篇小说中体现出的儿童视角所带来的回忆性叙事特点,反映并符合了青年一代作家们创作道路循序发展和创作资源自然由来的艺术规

① 胡亚敏:《叙事学》,华中师范大学出版社2004年版,第23页。
② 申丹:《叙述学与小说文体学研究》,北京大学出版社1998年版,第229页。

律。儿童时期,也即一个人的童年期,在人一生的发展中起着非常重要的奠基性作用:“童年是人一生中重要的发展阶段,这不仅仅是因为人的知识积累中有很大一部分来自童年,更因为童年经验是一个人心理发展中不可逾越的开端,对一个人的个性、气质、思维方式等的形成和发展起着决定性的作用。大量事实表明,一个人的童年经验常常为他的整个人生定下基调,规定着他以后的发展方向和程度,是人类个体发展的宿因,在个体的心路历程中打下不可磨灭的烙印。”[①]童年经验是人类一生都无法忘记的体验。在现代心理学的研究中,人类成年后的许多认知方式与行为规律都会在童年时期寻找到根由。对于作家而言,因为其具有超乎常人的敏锐观察力和敏感感受等特质,对人生中重要的童年时期更会体验独到,记忆深刻。作家创作之初往往会以自己亲身经历过的人生体验作为创作的首选资源,因为没有经历而得出的感受往往是肤浅的、不真实的。比如,一位20岁出头的年轻作家选择写作中年人的情感危机,或许他可以借助他人经验的转述完成自己的作品想象,但在这种转述和再表达的过程中,感性体验的贴切和真实已然失真,远不如作家发自内心感受的流淌来得感人。因此,对于刚刚三十而立或是尚未成家立业的“80后”青年作家来讲,童年时期便成为他们完整的、足以进行反思和表达的一段人生经历。有的作家创作个人第一部长篇小说的时候,刚刚度过自己18岁的成人礼,那么童年和青春期的故事也是他自身所能提供的唯一的合理资源。因此,选择童年视角来承担童年和少年时期的叙事,也便是题中应有之义。童年无论是幸福还是有创伤,都已像流水般逝去,回忆也便成为最为自然和合理的再现方式。海德格尔认为,回忆是文学创作的根源:“戏剧、音乐、舞蹈、诗歌,都出自于回忆女神的孕育——回忆,回过头来回忆已思过的东西。”[②]同时,作家创作的素材和灵感与其过往的生活经历是有着密不可分的联系的:“在遥远的世界里,我们遭受了令我们无法忘怀的苦难,然而,对某些人来说,这个遥远的世界却仍然散发着一种不可思议的魅力,这些人历经磨难,幸存了下来,他们似乎认为,他们自己最美好的岁月都驻留在了那个艰难时世里,他们希望重温这段逝去的时光。”[③]逝去的童年时代的一切美好与遗憾,都成为作家创作表达的情感资源。

甫跃辉的《刻舟记》,初稿完成于2006年,那一年,他大学二年级。小说最

① 童庆炳、程正民:《文艺心理学教程》,高等教育出版社2001年版,第92页。
② [德]海德格尔:《什么召唤思》,见《海德格尔选集》,上海三联书店1996年版,第1213页。
③ [法]莫里斯·哈布瓦赫:《论集体记忆》,毕然等译,上海人民出版社2002年版,第86页。

终定稿是在2012年,时间跨度长达6年,是作者目前写作时间最长的一部小说。小说虽然用时最长,却只有12万字,但这12万字承载了作者对童年记忆的建构和想象。作者以男孩刘家林为叙述视角,讲述了哥哥刘家木、妹妹刘家雪三兄妹的故事。其中讲到了他们在学校的教育,他们青春期性意识的萌芽,他们班级里“老大”的不断更迭,他们曾经喂养过的小动物,他们对零花钱的渴望等等,这正反映了作者从自己童年的记忆和经验中进行创作的艺术创作规律。固然,小说中的故事不能看作作家生活的真实写照,不可以对号入座,但小说中既没有明确的年代表达,也没有出现具有时代特征的物品,但却令读者感受到这就是“80后”一代人共同的童年记忆。小说中的事件是具有普遍性的,因而作者的童年记忆也自然包含在了小说建构的记忆中。这种建构,既是对自我的建构,同时也是对公共记忆的一种建构。或许我们会怀疑,记忆的真实性何在?用小说这种虚构性文本来建构记忆,是否会更加虚幻?对于记忆的真实性,德国学者阿莱达·阿斯曼认为:“回忆固然并非总真实,我们却不得不认为我们的回忆是真实的,因为它们是我们赖以汲取经验和建立关系,尤其是赖以绘制自我认同图像的材料。……若是没有回忆能力,我们就不能构建自我,而且也无法作为个人与他人进行沟通。”[①]即便是历史学的研究中,对于文本化的历史依然不认为其是百分之百客观的、真实的,因为对历史的记忆和解读是由人类完成的,人类潜意识中的情感判断和价值选择无法避免主观因素的介入,因此,我们完全可以将记忆放置在相对真实的位置上。对于文学创作构建记忆的观点,卢卡奇认为:“只有在小说里,意义与生活,本质与时间才是分割开来的;我们简直可以说,一部小说不过是一场反抗时间威力的斗争……在此,出现了关于时间的真正史诗性的经验:希望与回忆。只有在小说里才能出现一种创造性回忆,它刺穿了它的目标,把它固定住加以改造。这种回忆浓缩了过去生活的川流,在此之上,主体看到了他全部生活的单一体……而捕捉这个单一体的洞察也就成为那种尚未达致、因而是不可表达的生活意义的先见的、直觉的把握。”文学创作实现了对时间的浓缩,并且因为作家创造性记忆的介入,实现了对内在真实的记忆建构。就像“50”“60后”作家对“文革”记忆的建构,知青文学对上山下乡插队记忆的建构,“80后”长篇小说现在也在遵循着这一艺术创作规律,完成着建构自身文学时代的使命。

---

① [德]哈拉尔德·韦尔策:《社会回忆:历史、回忆、传承》,季斌、王立君、白锡译,北京大学出版社2007年版,第13页。

其次，“80 后”长篇小说中有一类作品，呈现了对童年时期所遭受和见证的创伤经验的回忆性叙述。作者显然已经度过了童年时代、摆脱了创伤困境，然而却依然采用了儿童的视角进行叙述，其目的，便是实现对创伤审美经验的一种自由表达。

郑小驴的《西洲曲》是对计划生育这一重大历史事件进行呈现和反思的作品。对于反映自身生命过程中的历史变迁，往往越是年轻的亲历者越会对历史事件有着更为深刻的记忆：“重大的公共事件在直接参与者的心灵中留下了深刻的印记，特别是在他们还处于成年身份形成的早期阶段，在他们还是年轻人的时候。”①郑小驴通过《西洲曲》，构建了计划生育对于“80 后”一代人的集体记忆。但这种构建是充满了创伤的经验呈现。1978 年以后，我国正式实行计划生育制度，并将之作为我国的基本国策延续至今。“80 后”一代人是最早与计划生育发生碰撞的一代人，尤其是在“重男轻女”思想更为普遍的乡村地区，计划生育的执行更加困难，也更加残酷。《西洲曲》将视角放在了南棉镇青花滩一个五口之家，以家中的小儿子——十几岁的少年罗成为第一人称叙述视角，展现计划生育制度下不同角色命运的云谲波诡。谭青的妻子北妹已经生了两个女儿，却一直想生个儿子，便在罗家住下，以躲避计划生育检查。一次躲避搜查的时候在地窖里时间太久从而缺氧，致使婴儿流产。不久北妹因为接受不了丧子之痛跳河自杀了。丈夫谭青从此性情大变，将这一笔血债记在了执行国策的罗副镇长身上，走上了复仇的道路。他将罗副镇长唯一的儿子，“我”的同学罗圭暗中杀害了。小说没有控诉计划生育制度的不合理，而是展现事件中个体的遭遇。通过罗圭之口，我们发现，貌似是主导这次悲剧的罗副镇长，也一直想再要一个孩子，只是因为妻子的不能生育而无法实现。中年丧子的罗副镇长，最终却收养了一个又聋又哑不知从哪流浪过来的孩子，并喃喃自语：“孩子没了，老婆走了，他今后就是我的天，我的地，我的祖宗了……”②八叔在此次北妹的悲剧中也负有不可推卸的责任。他较早察觉到了北妹在“我”家躲避计划生育，便以此相要挟，让“我”的姐姐左兰嫁给他的残疾儿子大方。从人情的角度来讲，这是为人所不齿的行径。然而谁又能想到，“在石门，大方是唯一一个独生子女。八叔那时其实大可再要一个，只是因为积极响应国家号召，第二胎都有三

① ［法］莫里斯·哈布瓦赫：《论集体记忆》，毕然等译，上海人民出版社 2002 年版，第 52 页。
② 郑小驴：《西洲曲》，人民文学出版社 2013 年版，第 234 页。

四个月了,他将自己女人拉去了医院"[①]。从执行政策的角度看,这反而是一个英雄。从这里我们看出了执行计划生育政策的复杂性。从今天的社会现实看,"失独"家庭也已经引起了国家的重视。这些苦痛是计划生育带来的。从小说中,我们看到了计划生育基本国策在执行过程中给各方带来的创伤。对于"我"来说,独生子女的孤独一直陪伴着我成长;对于母亲来说,一直难以摆脱丧子之痛;对于谭青夫妇来讲,计划生育的强制执行直接导致了家破人亡的惨剧;对于行政官员罗副镇长来说,因为执行计划生育导致报复性寻仇,失去了自己的亲生儿子;对于坚持贯彻计划生育政策的普通民众八叔来说,唯一的儿子丧失了劳动能力,他的生活都成了困难。小说中的记忆故事是曾经真实发生在中国乡村里的事实。我们今天能够读到这样的作品,除了文学政策的自由之外,也与作家本人采用的叙事策略有关。

第一,作者采用儿童视角进行叙事,是具有合理性的。创作心理学认为,创伤,尤其是童年时期感受到的创伤,往往最为深刻与难忘:"童年的痛苦体验对作家的影响是深刻的,内在的,它造就了作家的心理结构和意向结构。作家的一生体验都要经过这个结构的过滤和折光,即使不是直接写到,也常常作为一种基调渗透在作品之中。"[②]从时间上讲,计划生育政策执行最为残酷的年代,恰是作者的童年时期,而这种创伤又发生在作者的童年时期,因而,选择童年视角进行叙述是作者最为自然和舒服的一种选择。

第二,正所谓童言无忌,儿童对世界的认知是不成熟的,我们允许儿童犯错,即便是法律意义上,未成年儿童的犯罪行为也是不接受任何刑事处罚的。对于成年人,已然完成了福柯所倡导的"规训"训练,他们已经熟知了成人世界的各种潜规则并会自我保护式地去遵守这些潜规则,他们甚至已然失去了怀疑和反抗的勇气。因而,通过儿童视角进行叙事,既是合理的,又规避了与国家政策和社会潜规则之间的直接正面冲撞,从而实现了对创伤审美经验的自由表达。

第三,作家采取回忆性的叙事方式,因为"记忆是不受时间约束的,可以自由跑马。现代小说家运用这种办法,把时间和事件组织在人物的记忆中,便赢得了极大的自由"[③]。

---

① 郑小驴:《西洲曲》,人民文学出版社2013年版,第69页。

② 王克俭:《文学创作心理学》,中央民族大学出版社1997年版,第120页。

③ 高行健:《现代小说技巧初探》,花城出版社1981年版,第84页。

第四，如保罗·康纳顿所言："任何社会秩序下的参与者必须具有一个共同的记忆。"①创伤体验同样是"80 后"记忆中的组成部分，计划生育带来的创伤体验更是"80 后"一代人特有的记忆，理应参与到历史文本化中来建构时代的共同记忆。

最后，除了上文分析过的创作论规律的原因和创伤经验的自由表达效果之外，在回忆中实现对缺憾经验的代偿也是"80 后"作家热衷于回忆叙事的一个重要原因。所谓缺憾经验，即指在已经逝去的历史时空和结束的历史事件中，由于各种主客观原因造成预期的失落与目的的未达成，从而对人物主体造成的缺陷与遗憾，通俗地说，即指渴望历史时空重新来过的愿望和现实中无法实现的失落。我们都会有这种经验和感受，觉得自己在过去的事件中本来可以做得更好，比如某次考试，比如某次任务，面对未完成的遗憾和缺陷，不禁希望如果再有一次机会，自己一定会表现得更好，不再出现曾经的遗憾和失落。然而现实时空的不可逆性使得人类这种缺憾永远没有机会在现实中得到弥补，这时候，就需要某种代偿机制在心理层面上来弥补主体感受到的缺陷和遗憾。对于"80 后"青年作家们来说，通过小说中的回忆性叙事，往往就可以实现这种对缺憾经验在心理层面中的代偿。所谓代偿，在生理意义上，指的是人类身体中某种器官丧失功能后，发展其他器官来代替丧失的功能，例如，人类可以通过触觉感受物体的大小和形状，这是对视力障碍者视觉功能一定程度上的代偿。本文所讨论的主要指心理机制的代偿。心理学认为："人的精神系统是一个相对闭合的系统，总是处于趋向平衡的动态过程之中。"②当人类在过去的时间或事件中，感受到了缺陷和遗憾的存在，会自然产生诸如悔恨、懊丧、悲伤等心理情绪，此时，精神系统的平衡便被打破，为了保持心理机制的能量守恒，重新求得平衡，代偿机制往往就发挥了重要的作用。对于文学中回忆机制在心理代偿中所起到的作用，接受美学代表人物耀斯曾这样指出回忆在艺术审美中的特殊作用："被现实的无可弥补的缺陷所阻滞的期待可以在过去的事件中得到实现，这时回忆的净化力量有可能在追求美的过程中弥补经验中的缺憾。"③尽管现实限制了我们的期待，但至少可以通过回忆来弥补缺憾，这也是"80 后"长篇小说中回忆性叙事这一独特艺术形式所呈现出的效果。

---

① [美]保罗·康纳顿：《社会如何记忆》，纳日碧力戈译，上海人民出版社 2000 年版，第 3 页。
② 博玫：《试论网络文化的心理代偿功能》，《心理学探新》2004 年第 4 期。
③ [德]汉斯·罗伯特·耀斯：《审美经验与文学解释学》，上海译文出版社 1997 年版，第 11 页。

在"80后"长篇小说中,许多作家有意识地进行了这种回忆机制的心理代偿。我们从许多作家的创作谈中可以清楚地看到这种主观目的性。郑小驴的《西洲曲》表达了对计划生育基本国策实行过程中带来的苦难的反思。作者本人也是计划生育政策下出生的人,同样也见证了计划生育给自己和身边的人带来的伤害。作者本无意创作这样一部题材较为敏感的作品,但作者曾经见证了自己的堂姐为了躲避计划生育,逃到作者家的地窖中躲藏,某天深夜,一批计划生育干部突然到访,堂姐因为在地窖浑浊的空气中呆了太久而不幸流产。尽管几年后,堂姐又重新生下来一个男孩,但她的身体早已垮掉,"她一生最为美丽和宝贵的青春期,至少有十年时间耗在了与国家政策玩捉迷藏的游戏中"[①]。作者面对自己童年亲身经历过的故事,面对为之付出了整个青春的堂姐,将这种计划生育真实的记忆和情感写进了小说中:"我借用那段青涩的少年回忆,书写我们这代人对计划生育的记忆与看法。我没办法忘掉计划生育带给我童年时代的恐惧与不安。深夜的手电筒、狗吠、敲门声,干部们的威逼利诱与专横跋扈——它们在我脑海中挥之不去。我想同龄人中也有很多人和我拥有同样的记忆,计划生育算得上是八〇后这代人的集体记忆了。它就像一座黑沉沉的大山,横亘在我写作道路的前方,选择回避,显然不符合我的性格。"[②]小说文本借姐姐左兰之口,实现了人们心理上对计划生育政策伤害的代偿。姐姐左兰生下的是女孩儿,取名朵朵。左兰对曾经的同桌说:"我以后一定要让朵朵完成我的心愿,我要送她上学,接受最好的教育,送她去巴黎,成为一名顶尖的服装设计师。"[③]当被问到是否还会再生一个小孩时,左兰认真地反问道:"为什么还要一个呢? 如果那样……一个都够我受的了。"[④]小说尾声处的左兰,虽然只是简单一转,确是作者给自己的一种心理交代和代偿。林培源在《薄暮》中,通过年少的"我"对家族里长辈们的回忆,表达的是对逝者的追思和对时光的敬畏。祖母和母亲两代亲人相继去世:

> 当我数着冥纸祭奠逝去的亡灵时,时光流逝的疼痛从头顶直直地穿透骨髓,然后深入心脏。……透过耀眼的火光,我仿佛看到了十年前那个懵懵懂懂的小男孩,岁月在他身上留下了一辈子都难以磨灭的痕迹,他经历

---

① 郑小驴:《西洲曲》,人民文学出版社 2013 年版,第 260 页。
② 郑小驴:《西洲曲》,人民文学出版社 2013 年版,第 261 页。
③ 郑小驴:《西洲曲》,人民文学出版社 2013 年版,第 257 页。
④ 郑小驴:《西洲曲》,人民文学出版社 2013 年版,第 258 页。

> 过曾祖母、陈姨和祖父的去世。如果幼小的心灵不能承受“死亡”这个盛大的字眼，那么我们注定要在一场又一场的别离中独自长大。……那些打马而过的旧时光，它们驮着我年少斑驳的心跨越生死之间的地平线，在生活与生活密不透风的罅隙间，总有一种情感叫人泪流满面。①

面对死亡与时光带来的悲伤，作者通过抒写心中的伤痛，最终意识到了“原谅时光，记住爱”②，通过爱的缅怀实现了自身的心理代偿。甫跃辉的《刻舟记》，讲述的是少年刘家林童年时的成长故事。但作者自己却说这是一个忧伤的故事。作者现在已然成年，但他的生活却处处被童年的记忆包围。当许多事情只能成为回忆的时候，我们往往是无能为力的。当下社会，回忆已不再是老年人的专利。然而回忆能带给我们的，更多的却是两手空空。“这样的时候，是一个人最脆弱、最伤感、最孤独的时候，可也是一个人最像人的时候。我们忽然摈弃了外界的烦扰，安静下来了，沉浸在往事带来的欣喜、忧戚、悔恨、怅惘之中。过去已然消失，未来还不属于我们，我们只拥有当下，可当下属于我们吗？当下转瞬即逝，仍然不属于我们。”③作者创作小说，在回忆过去的同时实现的是一种对逝去时光的缺憾的心理代偿：“很多珍贵的东西丢失了找不回来了但又不愿意就此罢休只能聊胜于无地在不相干的事物上留下个印记，然后尽力寻找。”④

以上几部作品中体现出的心理代偿机制是“80后”长篇小说中回忆性叙事这一独特艺术形式产生的效果。通过本节内容的分析，我们看到了“80后”长篇小说中儿童叙事视角和回忆性叙事等独特的艺术形式及其带来的独特效果，看到了“80后”长篇小说在艺术形式上作出的探索和贡献。

（三）“80后”长篇小说中的影像化叙事分析

“80后”长篇小说产生于一个多元化的文化语境中。作者在创作中能够充分吸收、借鉴传统与现代、中国与西方的多种艺术技法的丰富资源，为我所用，在叙事内容上实现“我手写我心”的同时，在叙事手法上也呈现出了多样化的表达。不论是韩寒、郭敬明、张悦然等人早期青春写作的手法，还是近两年崛起的

① 林培源：《薄暮》，长江文艺出版社2009年版，第240页。
② 林培源：《薄暮》，长江文艺出版社2009年版，第241页。
③ 甫跃辉：《刻舟记》，文汇出版社2013年版，第212页。
④ 甫跃辉：《刻舟记》，文汇出版社2013年版，第214页。

严肃文学写作手法，我们都能够看到作家在借鉴、模仿基础上的创新，都能够看到他们向经典致敬的姿态。韩寒的《三重门》中，无论从语言、风格还是人物形象，都能够看到向钱锺书的《围城》学习、借鉴的影子。有人将《三重门》称之为"围城的翻版"。韩寒在借鉴的基础上实现了创新，有许多突破了许多传统小说技法的桥段，将机智、幽默的语言与当下的现实生活相融合，通过一批叛逆主人公的形象实现了对读者的征服。张悦然小说创作中体现出的对女性情感、命运的关注和冷静叙事的姿态让我们不禁联想到了张爱玲的小说创作。她在继承张爱玲残酷、冰冷的"传奇"故事讲述风格的同时，又通过表现大悲大喜和极端离奇的故事情节来突破了这种传奇故事和小资情调。笛安的《南方有令秧》则让我们从中看到了《红楼梦》的影子。家族内部的复杂情感纠葛、封建家族的兴衰转折、古典感伤的叙述语言，都让我们体会到了作者对中国传统文学技法的传承。笛安将现代性的想象观念注入传统故事框架中，旧瓶装新酒，实现了模仿基础上的创新。郑小驴的《西洲曲》则与莫言的《蛙》有异曲同工之妙，共同关注乡村计划生育政策实行的同时，表达了不同年代的人们不同视角和感受。总体而言，"80后"长篇小说在叙事手法上实现了借鉴基础上的多样化的创新。现在我们要探讨的"80后"长篇小说中的影像化叙事手法，就是在对电视、电影等视觉文化表现方式的借鉴、模仿基础上产生的，是又一种成功的借鉴、学习后的艺术创新，是一次跨文体表现的成功实践。

当代中国正处于社会转型的历史时期，在全球化和现代化的背景下，消费主义文化正在强有力地介入中国当代文化语境的构建。文学从生产到流通的各个领域也都具有了商品化的属性。这一点在前文已经有所涉及。影像化作为当代消费主义文化的典型代表，自然也随着商品化的过程渗透到了文学领域，影响到了文学作品中语言的表达。影像化是现代工业文明的产物，同时也是符合市场经济体系运行规则的。从我们今天生活的实际来看，图像、影像等视觉文化已经成为当今重要的文化资源。电影、电视、漫画、广告、摄影、MTV、印刷物的插画等等影像化的表达充斥在我们的生活中。人类创造了影像化，影像化也包围了人类。"80后"长篇小说的文本语言叙事就鲜明地体现了这种影像化的叙事手法，主要体现在以下几个方面。

"80后"长篇小说影像化叙事的表现之一是在文字文本中对于影像化文本的直接嵌入。许多"80后"长篇作品往往会通过插图、插画的形式在文字文本中介入影像化的文本。《小时代》系列作品中，扉页都会有对小说场景的漫画化表达。许多女作家的作品中也会加入作家本人的照片或是出自作家本人之手的绘画作品。这种封面装帧设计的影像化本身是一种促销手段和宣传手段，同时，也对小说文本的理解增加了渠道。对于传统纯文本小说的阅读而言，小说中塑造的场景和描写的画面主要借助于读者自身的想象来呈现，存在多样性和不确定性，而直接画面的呈现则打破了这种不确定性，干预了读者对于小说情感、思想等的想象和理解。同时，影像化文本的直接嵌入也使得阅读过程变得更加赏心悦目。

"80后"长篇小说影像化叙事的另一重要表现是文学审美景观的呈现。"80后"长篇文本中有许多对于旅游、观光、逛街、游览等场景的景观描写，使读者在阅读时犹如观看大街上琳琅满目的宣传广告，从而营造了一种消遣式的审美景观。郭敬明在《小时代1.0》中对女主角林萧经过男主人公宫洺办公场所时的描写就体现了这种审美景观的呈现："沿路经过的橱窗，差不多就是宫洺的生活展示柜。那些看起来非常眼熟的有着小蜜蜂logo的白色衬衣，那些看起来非常怪异的黑色长脖子的音箱，那一套白色的餐盘，那一条铺在宫洺公寓门口的有着万马奔腾图案的地毯，那个穿着钢筋外套的小熊，那只蓝色的斜条纹的提包……"[①]这一段描写在体现消费主义文化氛围的同时，犹如引领着读者在购物商场行进，让各种物品以视觉化的景观方式映入读者的想象。它并不遵循传统文学描写中由远及近、由上到下等逻辑性的描写顺序，完全是随机性的，景观性的和影像化的，读者的阅读接受过程也由逻辑主导变为了视觉主导。这种审美景观的呈现增加了文学文本的视觉化，同时也成为小说文本阅读接受过程中大众文化的一个典型特征。

"80后"长篇小说影像化叙事的又一重要表现是对身体景观的呈现。对于身体的呈现在中国文学传统中是一个被遮蔽的对象，而到了当下的消费主义时代，成为一种视觉文化的表征。身体既属于个人，又具有一定的社会性。消费时代视觉化呈现的对象除了大千世界外就是人们的身体了。在现代社会，人们在注重自身身体的同时，也会在潜意识中将对身体的关注投射到他人身上。于是文学中对于身体的影像化描绘就开始流行。不论是男性的身体还是女性的身体，都成为一种身体景观的影像化存在。文学作品中，会出现对男性健硕肌肉群的描写，会出现对女性曼妙身姿的呈现，这种影像化的呈现往往以突出细节和极具煽情性为特征。这实际上是以一种以影响快感为轴心来诠释身体所代表的文化符号。读者在生活中可以用肉眼真实地观察人们的身体，同时，又

① 郭敬明：《小时代1.0折纸时代》，长江文艺出版社2008年版，第47页。

通过文学对身体景观的影像化呈现，借助阅读想象来"观察"身体，在一种虚幻和真实、语言和影响的共同作用下达到对自我身份的认同。这也是"80后"长篇小说影像化呈现身体景观所达到的独特审美经验。

动作化的场景呈现也是"80后"长篇小说影像化叙事的一个重要表现。一般而言，文学文本是由词、句、段、章、篇组合而成的一部作品。对于影像化的作品而言，其构建过程是相似的，只不过把词换成了画面，把句换成了镜头，把段变成了场景。这两种不同艺术形式是具有互文性的。文学文本中的文字段落描写可以去呈现视觉文本中的场景，也就自然可以具有视觉化、影像化的功效。视觉艺术在展现一个场景时，可以在同一个地点表现多种动作形式，文学的描写也可以通过同一地点进行多种动作的描写来实现这种影像化叙事的效果。郭敬明的《小时代》系列中经常出现林萧、南湘、顾里和唐宛如四位女主角共同存在于客厅中的场景。其中，每个人有自己发生的动作，同时她们不同主体之间还有交流和互动。这种多动作的艺术表达在视觉艺术中不难实现，但在传统的文学表现中，则难以同时呈现，而且一般会表达得冗长、枯燥。郭敬明借鉴了影像化的表现手法，从动作呈现的表达入手，忽略不同人物之间的关系勾连，用影像化的手法实现了同一场景中多动作的呈现。这是"80后"长篇小说中对于影像化手法借鉴运用的又一种独特审美特质。

"80后"长篇小说中影像化叙事手法的运用与作家们成长的经历是有关的。"80后"作家们在成长过程中，接触到了大量的动漫、游戏等主要以视觉形式来呈现信息的动态影像。这种影像化的叙事手法自然而然地也在他们的文学创作中得到了借鉴和体现。张悦然曾提到过自幼"对画画特别感兴趣"，在创作中采用影像化的手法来追求一种画面感的营造"已经成为一种追求"①。张悦然在长篇小说《樱桃之远》中，采用了一对触感相通的姐妹——段小沐和杜宛宛——的双重视角和情节线索进行叙事，这与文中杜宛宛观看的法国电影《薇若妮卡的双重生命》的故事情节是相类似的。电影中的薇若妮卡，一个生活在法国，一个生活在波兰，彼此互不相识但却触感相同，这种情节设置与《樱桃之远》中的情节设计是相似的。张悦然还把这种借鉴巧妙地化用到了文本叙事之中：曾试图自杀而失忆的杜宛宛正是在看到了这部电影之后回忆起了自己和段小沐之间曾发生过的故事。莫言在写给《樱桃之远》的序言中也曾这样评价：

---

① 《21岁张悦然推出新书〈葵花走失在1980〉"新生代写手成熟了"》，新浪网，http://news.sina.com.cn/o/2003-07-24/0446433425s.shtml。

“在故事的框架上，我们可以看到西方艺术电影、港台言情小说、世界经典童话等的影响。在小说形象和场景上，我们可以看到日本动漫的清峻脱俗，简约纯粹；可以看到西方油画浓烈的色彩与静雅的光晕。”①

“80后”作家们不仅运用了影像化的叙事手法，而且成功地实现了与文本的结合。“80后”长篇小说中的影像化叙事手法首先体现在对于影视结构模式的运用。“80后”长篇小说叙事文本大多采用内聚焦式的叙述视角和全知全能的叙述视角，在故事结构上大多流畅、平实，采用一种线性叙事的发展结构，要么按照时间的发展，要么按照故事情节本身的逻辑来发展，往往在单向叙事的过程中通过情感的抒发和情绪的渲染来实现文本的叙事张力，增加了文本的容量。在塑造不同人物形象时，往往采用单元剧的形式。每个人物的经历和故事发展相对独立，而彼此各个人物命运之间互相联系、交叠，形成一种在叙述主线贯穿下相对独立的冰糖葫芦式的结构。如郭敬明的长篇小说《小时代》系列和《梦里花落知多少》便基本采用了单元剧的形式，各个小故事彼此有一定的关联，但又保持着自身的相对独立。

无论是内聚焦的叙述视角还是全知全能的叙述视角，其采用的都是一种平面化的叙事结构，韩寒的《三重门》《一座城池》，春树的《北京娃娃》和孙睿的《草样年华》等，营造了一种浅显平实、抒情性强的阅读效果。这也契合了“80后”读者群们的接受视野。其次，“80后”长篇小说中的影像化叙事手法还体现在对影视画面效果的借鉴上。影视画面最大的特点便是影像感和画面感，“80后”长篇小说中通过将文学文本和影视画面相结合，创造了一种“文画结合”的美感。如郭敬明的小说，通常采用蒙太奇的结构模式，用一个个的镜头画面来呈现故事背景、人物环境和主要事件，通过一幕幕画面闪现的方式来起到叙事的功能。张悦然小说中蒙太奇叙事手法的运用也较为普遍，文本时间灵活跳跃，空间任意转换组合，叙事人称也灵活转变，充满了一种音乐性的灵动飞扬。2006年，郭敬明应导演陈凯歌邀请，对电影《无极》的剧本进行修改。郭敬明也在此次修改的基础上推出了同名作品《无极》。小说版本的《无极》相对于电影来说，情节更加完整、圆满，人物形象更加鲜明、圆润，其中，影像化的叙事手法也成为文本情节发展的主要叙事推动力量。如：

那一声尖锐的弦音突然地出现在黑夜的天空上弥漫开来，整条街上的

① 莫言：《她的姿态，她的方式》，见《樱桃之远》，上海文艺出版社2010年版，第292页。

人都全部惊呆了，抬起头看着突然出现在沉月轩上空这个巨大的红色透明的矩形空间，不懂咒术的人以为遇了邪，而稍微懂点咒术的人，全部都吓傻了。①

文本的描述具有鲜明的形象性和画面感，随着阅读的行进，整个场景浮现在了读者的阅读想象中，具有极强的视觉冲击力。同时，这种影像化的叙事表达并未影响正常文本叙事情节的推进，从而创造了一种"文画结合"的美感。

美国学者爱德华·茂来认为："在电影里，人们从形象中获得思想，在文学里，人们从思想中获得形象。"②电影与文学作品切入的角度不同，但获得的形象思想是相通的。"80后"长篇小说对影像化叙事手法的借鉴，总体上是成功的。影视艺术中多视点、多线索、多时空的结构对小说文本的立体化透视呈现产生了较好的影响。画面感的呈现使得小说的叙事时间有了空间化的转换倾向，场景的变换与拼接令作品的情节发展更加紧凑。然而，影像化手法的运用在一定程度上也产生了不足。例如，文学作品叙事的核心是事件，影像化的手法往往只能停留在事件的表面，难以深入事件的内在发展规律，更难以实现对复杂的心理细节的呈现。同时，小说里传统时间转换的技巧被场景的转换替代，难免会令叙事缺少必要的过渡和铺垫。传统文本写作中诗意的、心灵化的表现被概括化和戏剧化的场景交替取代，整体的叙述被分割成相对独立的镜头式的语言，这也难免会产生小说叙事丰富性和完整性打折的弊端。因此"80后"作家们在使用影像化叙事技巧的时候要注意对程度的把握，以避免过度影视化倾向的出现。只有二者在保持独立地位中的融合才能彼此相互促进，相得益彰。

结　语

21世纪初，"80后"长篇小说浮出历史地表，从目前长篇小说文本的数量、质量和作家数量上看，都已经取得了一定的成绩。"80后作家"的创作融合在"80后"文学创作的大框架下，已然对中国当代文学史接续提供了新的文学创作资源。在这股新势力已经不可忽略的前提下，我们有责任对他们的长篇创作作出文学史维度的客观评价。

① 郭敬明：《无极》，人民文学出版社2006年版，第25页。

② ［美］爱德华·茂来：《电影化的想象——作家和电影》，邵牧君译，中国电影出版社1989年版，第114页。

第一，这一股“80后”长篇小说创作力量，仅从他们的出场和存在而言，就已经具有了文学史的意义。“80后”作家在21世纪之初就已在文坛崭露头角，但是他们所呈现出来的全新的叛逆、忧伤等审美经验和被包装、炒作的商业化出场气息，以及网络小说等全新的小说样式，虽然曾给文坛带来了一丝惊喜，但很快因为评价机制和标准的无所适从，而遭遇了无法写入文学史的尴尬。“80后”长篇新势力作家，在消费文化和多媒体传媒的双重影响下，能够在经过了正规的高等教育和不断地写作实践下，坚持从普遍意义上的小说文体概念出发，接续中国文学传统的写作文脉，从而营造了中国当代文学多元化的繁荣局面。尽管中国当代文坛许多老作家们笔耕不辍，给我们创作出了许多宝贵的财富，但是如果年轻的力量不出现，中国当代文学会面临着后继无人的危机。现在，“80后”作家们的长篇创作让我们看到了中国文学传统的传承所在，尽管他们的创作目前还有许多局限和问题，但历史的时机和文学创作的现实注定要这一代作家来担负起使命。中国当代文学的发展就像一条河流，支脉众多，但总有一条最大的水流从发源地一路奔海而去，有过激流险阻，却未曾中断过。“80后”长篇小说就是这一条主水流中的浪花，其他新鲜的文学创作经验就像是各个支流，它们共同构成了中国当代文学的繁荣和多元化的局面。随着年轻作家的不断成熟和不懈努力，我们有理由相信，今日的浪花之作日后会成为当代文学文脉中的主潮。

第二，“80后”长篇小说真正实现了文学为“自我”而书写。卡冈为现代小说所下的定义就是：“私人世界在私人声调中的叙述。”①现代小说理应有自我的存在。中国当代文学发展的历史进程中，文学与政治一直互相交缠、纠葛。当人们意识到文学的发展应该与政治保持距离，而政治也允许文学实现自我发展的时候，多年的惯性依然难以在短时间内改变。许多曾经见证过文学发展波折的作家们，在改革开放之后依然心有余悸，不能实现真正地为自我书写。而“80后”一代作家成长的时代是文学政策逐渐走向自由和宽松的时代，从内心深处，他们实现了真正抛开政治的枷锁去构建属于自我的和我们的文学。最早出现的“80后”青春写作就是一种无所顾忌的自我书写，青春写作填补了当代文学史上青少年文学的空白。尽管后来批评家们大多对他们这种绝对的小我情感和对时代、历史等宏大叙事的绝对抛弃产生了质疑，但就像是五四新文学运动时期文学革命先驱们对于白话文学的倡导那样，虽然矫枉过正，但开启了

① 倪浓水：《小说叙事研究》，群言出版社2008年版，第8页。

新的文学发展模式。“80后”长篇新势力的出现,则将早期“80后”文学与主流文学进行了调和,书写时代下的自我,让我们听到了时代脉搏下“80后”作家自我的声音。

第三,“80后”长篇小说为中国当代长篇小说文体的发展提供了新的审美启示。巴赫金曾说过:“研究作为一种体裁的长篇小说特别困难。这是由对象本身的独特性决定的:长篇小说——是唯一在形成中的和未定型的一种体裁。我们眼睁睁地看到体裁的一些构成力量正在起作用:长篇小说体裁的诞生和形成,正在通过充分的历史时日得到呈现。长篇小说的体裁骨架还远远没有定型,我们还不能预测它全部层面的可能性。”①中国当代长篇小说一直以现实主义为主要创作原则和评判标准,兴起于20世纪80年代的新写实小说将这种现实主义的写实精神发挥到了极致。对于受西方文艺理论影响的先锋派写作,颠覆了传统的现实主义写法,将种种叙述的技巧和叙事迷宫杂糅运用,给小说作品造成了极大的阅读障碍。对于“十七年”时期的长篇小说来说,过于重视呈现政治意识形态;对于现实主义写实手法发挥极致的新写实小说来说,叙事又太过细腻、琐碎,伤害了小说的艺术生命力;对于注重技巧实验的先锋小说来讲,对技巧的探索甚至超过了叙事本身的意义,偏离了小说叙事本质的存在意义,即通过讲故事实现情感传递和思想交流。“80后”长篇小说则将以上各个流派的发展经验化为己用,为现实主义创作原则带来了新的审美文本。“80后”长篇小说依然选择了遵循现实主义的创作道路,在现实主义的大框架之下,采用了诸如叙事嵌套,视角、时空转换,心理现实描写和跨文体写作等艺术技法,实现了传统写实技法与新的艺术技巧的融合。尽管仍然存在明显的使用技法的痕迹,但这种探索和实验的方向会随着作家们创作的不断成熟而日臻完善。同时,“80后”长篇小说相对于“十七年”时期的作品来说,实现从“个体反映的时代”到“时代背景下的个人”的转换,为中国现实主义创作书写个人性情提供了新的审美经验和启示。

从“80后”长篇小说目前的创作实绩来看,仍然存在许多需要解决的问题,也存在局限。

第一,是作家创作同质化的问题,这也间接反映了作家创作资源相对匮乏的现状。对于大多数“80后”作家来说,童年和少年时期的经历在他们的创作

① [俄]巴赫金:《长篇小说和史诗》,见吕同六主编:《20世纪世界小说理论经典》,华夏出版社1995年版,第296页。

中占有相当大的比重。因为他们自身人生经历时间最长的也不过刚刚30年而已，自身经历过的童年时期和青少年时期自然会成为感受最深的创作来源。如果说他们现在就在作品中呈现人到中年的生存状况，反而会显得不够真实。这一点或许会随着作家们阅历的增加而自然解决。另一方面，许多作家往往会把自己曾经写作过的中篇小说进行艺术加工，从而成为一部长篇作品。例如，郑小驴的《1921年的童谣》与《西洲曲》、颜歌的《请带我到平乐去》与《五月女王》等，尽管作家这种扩充与改写在中篇小说和长篇小说的文体形式上给我们提供了新的思考点，但从创作资源的角度来说，既然一个题材可以用中篇小说的容量呈现，转而化作题材内容相类似的长篇小说，尽管会有情节的扩写和人物的丰富，仍然难逃创作资源匮乏的嫌疑。这一点或许更需要年轻作家们多多思考。

第二，是“80后”作家们长篇小说创作能力的限度问题。在今天的文学环境下，“80后”作家所能接触和学习到的文学资源是历史上最为丰富的时期，文学发展的条件和政策也是历史上相对自由的时期，作家们受教育的专业化与精英化程度也是最高的。但是目前许多作家的长篇小说从字数上看，虽然达到了长篇小说的要求，但更应该称之为是小长篇。从体量上看，32开纸张印刷，200页左右，12万字以内的作品有很多。如《你所不知道的夜晚》《刻舟记》等，也就是刚刚达到了长篇小说的最低要求。从叙事的格局来看，尽管小说中的时间跨度相当长，但叙事的深度和厚度太单薄了，其呈现社会历史和个人内心的深刻程度与丰富性仍然需要加强。小说《马兰花开》达到了40万字的体量，尽管体量很大，但是事无巨细的描写造成了小说叙事结构和视角的单一，某种程度上重复了新写实小说的弊端。此外，“80后”长篇小说中艺术技巧和手法的使用痕迹依然过于明显，在处理形式和内容的关系方面，二者最好的融合是自然而不落痕迹的。对于“80后”作家来讲，如何利用丰富的资源和已有的高等教育背景来提高他们的小说创作能力，是不可回避的问题。

第三，是“80后”长篇小说人文关怀精神的缺失。“80后”长篇小说虽然实现了对自我主体的书写和表达，但因为其关注的焦点过于集中和下移，便缺少了一种具有普世价值的人文关怀精神。这种人文情怀的体现有赖于作家对这个世界的理解和悲悯。尽管“80后”的长篇小说中有许多对于人类共有的情感的表现，但其出发点均是个人的体验。这或许是作家们为了规避凌空高蹈的空洞言说采取的一种策略，但毕竟文学自身承担着一定的使命和责任。文学所具有的给予人温暖、带给人力量和净化人类心灵、劝喻教化世道人心的作用不应被泯灭。其实文学的审美功用和教化功用应该是并行不悖的。这一点也是我们对"80 后"文学所寄予的更高的期望,期望能从他们的作品里读出一个人文主义者所应抱有的悲天悯人的大情怀,期待他们创作出跨越国界、种族和语言的世界性的文学作品。

最后,如果用一句话概括"80 后"长篇小说目前的创作状态,那么这句话是,依然在路上。这一条路是光明的、充满希望的,同时,又是漫长的、没有捷径的、需要有不回头的勇气。我们相信,年轻的作家们一定可以用他们的作品告诉我们:中国当代文坛新势力正在崛起!

想象文学史的方法
——论王德威"抒情传统"文学史观

张　莉*

绪　论

20世纪80年代以来,以普实克、夏志清、李欧梵、王德威等为代表的海外及台湾学者及其著作深刻影响了中国现当代文学研究实践,在观念方法、批评工具以及学术结论等方面都形成了具体而微的多重影响,改变了中国相关学科的学术格局。这些理论方法融合西方文学批评传统,呼应中国现代文学批评方法,重新回归审美本体,注重主体情感诉求,着眼于文学研究的现代化与非意识形态化,逐渐构建起了新的文学史观,对认识当下的中国现当代文学研究格局具有重大的理论意义。在这个理论序列中,作为最新理论产品,王德威提出并应用于中国现当代文学研究的"抒情传统"文学史观,建立在本人丰富复杂的文学史研究实践和海内外广阔的文学理论发展史背景上,具有重构文学史本体的积极作用,因而代表了大陆与台湾、海外文学理论、文学史学融合与互生的最新成果。

(一)研究对象

作为一个中西合璧的巨大能指,"抒情传统"文学史观自成型之初,便一跃成为海内外众多学者所持续关注的热点,俨然成为当下学界无法忽略的一个存在。值得一提的是,"抒情传统"文学史观的功效并不止于以西方话语体系对中国传统文论进行重新阐释与再度延展。事实上,在赋予中国传统文学新生活力、将其推至与西方话语理论进行直接对话交流的高度之后,"抒情传统"文学史观的提出亦成就了王德威的学术个性与地位,奠定了其在海内外学界的广泛

* 作者简介:张莉,1990年生,女,山东青岛人,2016年毕业于鲁东大学中国现当代文学专业,获硕士学位;指导教师刘永春副教授。

声誉。

作为海外华人及台湾学者的代表，王德威深受中西两种文化的熏陶渐染。他既具有扎实的中国古典文艺理论功底，对西方各个流派的经典著作亦是熟稔到信手拈来；东方文化所特有的谦逊谨慎造就了他低调严谨的学术风格，而西方相对开放的学术风气又给予他更为开阔的眼界与胸襟。“没有晚清，何来五四”的理论创见足以引发大陆学界集体深思与追问，而“抒情传统”文学史观的横空出世又让海内外众多批评家对中国传统文学进行重新定位，对中国现代性的多个面向进行全方位的反观与重审。本文将以王德威的“抒情传统”史观为观照对象，对其深远繁复的理论背景、渐次深入的生成过程、多维视野下的批评实践等进行全方位的描述与评价，以期形成相对科学的价值判断，对准确认识当下中国现当代文学研究的现状提供理论视野。

（二）文献综述

综观大陆学界与王德威“抒情传统”文学史观相关的众多文章著述，大致已形成两个比较稳定的态势。

一是将“抒情传统”文学史观重置于宏观的抒情谱系之中，将王德威的理论研究作为海外华人及台湾学者学术成果的一部分，对这一支脉进行整体上的梳理与理顺。

在“抒情传统”文学史观正式提出之前，海外及台湾学界已经存在一条更为宏大的抒情传统学术体系。“抒情传统论”是台湾文学美学研究领域近几十年来共同关注的研究趋势，指20世纪五六十年代以来，在与西方文学的比较影响下来考察中国古典文学传统，它起源于海外华人学者，延伸到北美港台地区，形成了含有文学史、文学理论及其哲学基础在内的学术研究体系，是当代具有原创性的古典文学批评理论之一①。事实上，王德威的“抒情传统”理论学说并非是完全意义上的独创，前人的论证与著述对他多少有所启发。沈一帆与李云凤两位学者对海外及台湾地区的抒情传统的建设工作进行了较为详尽的梳理。沈一帆的《中国抒情传统的海外建构及其影响》一文在对“抒情传统”理论来源进行充分铺垫的基础之上，详细论证了陈世骧是如何在比较诗学的语境中挖掘出中国文学的根本精神；而高友工又是如何通过抒情美典的建构，将文学与多种艺术文类进行串联，最终建构出囊括审美心理学、语言学、文化史意识等多学

① 唐瑜：《有情的台湾——当代台湾“抒情传统论”研究综述》，辽宁大学2012年硕士学位论文。

科在内的繁复体系。李云凤的《论海外中国抒情传统研究》一文则更为系统也更具条理性地对中国抒情传统的发展演变进行梳理。她采用了比较诗学的研究方法，从宏观与微观两个视角对陈世骧中国抒情传统进行了解读；其后又以历史与理论双重维度对高友工抒情美典的创建进行阐述；在此基础上，进一步将视野投向台湾地区，分析以蔡英俊、张淑香、孙康宜、吕正惠等为代表的台湾学者是如何对前人的学说进行呼应，完成了中国抒情传统自海外向国内的转移。唐瑜的《有情的台湾——当代台湾"抒情传统"研究综论》写得相当出彩。她先是对陈世骧、高友工、蔡英俊、吕正惠等台湾学者的著述学说进行整理，呈现出"中国抒情传统"是如何走向一种多元化发展的局势；又在文章的第四章节，完成了王德威"抒情传统"文学史观与前人众多版本的"抒情说"之间的对接，并将中国现代文学作为论证参照物，在现代语境中探讨王德威"抒情传统"文学史观的核心价值。

第二种态势是以"抒情传统"文学史观本身作为品读钻研的主体，对其进行细致入微的多层次、多面向解读，与将王德威"抒情传统"文学史观作为中国整体抒情学说某一枝干的做法相反。需要指出的是，把"抒情传统"文学史观作为论证重点只是我们进行粗略划分的标杆，如若对这一态势中众多的文章作品进行进一步的细分，可根据研究主题与方向大致生发出以下四个研究面向。

首先是将"抒情传统"与"中国现代性"进行联接，在二者互为依据、互为注释的过程中，对王德威"抒情传统"的理念进行深入的挖掘。"抒情传统"理论学说顺承"晚清现代性"而来，因而自创建之初便具有极强的指向性与目的性——作为阐释"中国现代性"的全新面向。从某种程度上讲，所谓的"抒情传统"也正是在对"中国现代性"进行全新解读的过程中一步步完成自我构建，逐渐走向完善与健全。季进的《抒情传统与中国现代性》，尝试从启蒙与启悟、革命与回转、国族主义与身份认同、时间与创伤、主体与死亡这几组概念对"抒情传统"与"中国现代性"间的关系进行合理定位。韩昀的《论王德威建构中国现代性的途径——从写实与抒情谈起》一文对"抒情"与现代性的关系作出了辩证分析。他指出，从《想象中国的方法——历史、小说、叙事》到《被压抑的现代性——晚清小说新论》再到《抒情传统与中国现代性——在北大的八堂课》，王德威始终致力于打破国人对现代性的固有理解，试图在中国语境中对其进行重新解读，而抒情与写实正是他对中国现代性进行创建所采用的两大途径。在《抒情与史诗的再辩证——论王德威的抒情传统研究》中，他则以"抒情"与"史诗"二者的关系为生发点，对王德威中国现代性的书写过程进行梳理。当李荣华与吕周聚在《中国文学现代性的重新发现与阐释——评王德威〈抒情传统与中国现代性:在北大的八堂课〉》中指出王德威促成的“抒情传统”与“中国现代性”之间的对话,富有创意地丰富了中国现代文学的研究方法,极大地拓宽了中国现代文学的研究思路[①]时,汤拥华的《再论“抒情传统”与中国现代性》站在重构历史整体性的角度,同样表明这一做法在获得洞见的同时,亦留下一些盲点[②]。

其次是将“抒情传统”文学史观作为一种学说体系,瞩目于其理论价值并在此基础上对其实际指导意义进行阐发。马传江在自己的硕士学位论文《王德威文学批评的对话性研究》中对王德威独特的批评对话性的源起与演变历程进行了梳理;庞书纬则在相关论著中指出“抒情传统”最为突出的价值是将西方话语与中国传统的文人关怀进行了融合统一,并以此开创出文学与历史发生连结的多重方式。学者谢有顺则直接将“抒情传统”作为一种指导理论,对当下文学现实进行解读。《“70后”写作与抒情传统的再造》一文以“抒情传统”为线索,反观“70后”作家们的写作实践,观察这一代作家是以怎样的写作姿态对“抒情传统”进行回应。

再次,与“没有晚清,何来五四”的口号一出现便引得众学者争议不休的命运相同,“抒情传统”这一概念自诞生之初便面对着赞美与反诘共存的局面。由于“抒情传统”最初是作为“中国现代性”的一个阐释面向出现的,因而当学者对王德威笔下的“现代性”提出质疑的时候,某种程度上也质疑了“抒情传统”存在的合理性。另有一部分学者对王德威隐藏在抒情说背后的意识形态进行了推测。无论是冯庆的《“有情”的启蒙——“抒情传统”论的意图》还是汤拥华的《“抒情传统说”应该缓行——由王德威〈抒情传统与中国现代性——在北大的八堂课〉引发的思考》都对王德威的预设目的进行了深入的挖掘,对“抒情传统”作为一种理论学说的客观性与严谨性进行了反思。

第四个面向,则是有关王德威“抒情传统”的相关纪实访谈。其中较为重要的有季进的《抒情传统与中国现代性》、黄一的《书写新的文学中国史——王德威教授访谈》和苗绿的《重写中国文学史——王德威教授访谈之一》。相较于其他学术论文,这些访谈更为直接也更为真实地呈现了王德威的价值取向与学术

① 李荣华、吕周聚:《中国文学现代性的重新发现与阐释——评王德威〈抒情传统与中国现代性:在北大的八堂课〉》,《海南大学学报》2012年第2期。

② 汤拥华:《再论“抒情传统”与中国现代性》,《华文文学》2013年第5期。

立场，对“抒情传统”文学史观进行了较为中肯和客观的评价。

（三）研究意义

“抒情传统”文学史观的研究意义体现在以下两个层面。

第一个层面是“抒情传统”文学史观作为研究的对象与主体，其本身的意义与价值。与其立体丰沛的概念内涵相对应，“抒情传统”文学史观的独特的价值与意义也是多面向呈现的。

首先，作为一个独立的理论学说或一种文学史观，“抒情传统”打破了学界长久以来对“抒情”一词的固有认知，成为继“革命”与“启蒙”之后对中国现代性进行阐释的另一重要面向。王德威一方面对中西传统诗学体系中的抒情学说进行融会贯通，打造出一个既具有东方人文关怀又兼备西方抒情主体的中西合璧的超级概念；另一方面又对“抒情传统”的指涉范围进行扩大，将它从曾经的一个文体分类扩充至一种文化层面上的思考，甚至一种人生的存在方式。在这一过程中，王德威借鉴了中国古典诗学批评体系、西方后现代后结构主义话语与海外华人学界的精华部分，可以说对前人的理论成果进行了一次系统的整理与补全，并开创出一套全新的批评话语资源。

其次，“抒情传统”文学史观也有着相当重要的实践价值。作为一个宏观的理论框架与方法论，它对文学史的书写与文学批评的实践工作有一定的指导意义。一方面，作为文学史观的“抒情传统”对重写文学史有着开拓性的意义：打通了学科间的界限、打通了大陆与台湾文学间的界限、打通了海内外学术界的界限，并在此基础上完成了对陆台文学关系和华文文学与华语文学关系的重新定位。另一方面，“抒情传统”文学史观于现代文学史的研究工作也有着不可忽略的范式价值：将现代文学的研究状态由断裂性转为连续性，由本土性改为开放性，以此对中国现代文学史的研究版图予以一定程度上的拓展。

第二个层面则是指对“抒情传统”文学史观展开研究这一行为的意义，即本论文的创新与价值。反观当下学界对“抒情传统”文学史观的研究态势，众声喧哗背后却也有其“难言之隐”。正如前文所述，王德威的诸多理论一直是海内外学者持续关注的热点与重点所在，相关论著也所在多有，然而，伴随着庞大信息量而来的是信息的驳杂化与碎片化。大多数学者要么针对与“抒情传统”文学史观相关的某一专著进行论述，要么对“抒情传统”文学史观的某一面向进行重点阐释。换言之，在现阶段少有学者对“抒情传统”文学史观进行全局式的论述，而这也恰恰为本论文的存在提供了可能性。本论文以“抒情传统”文学史观为阐述对象，对其深远繁复的理论背景进行梳理，对其渐次深入的演变过程进行归纳，并在此基础上观照王德威是如何在自己的一系列作品中对“抒情传统”文学史观进行多面向、多角度的践行。因而，本论文对“抒情传统”文学史观进行了较为全面而系统的论述，具有一定的创新性。

（四）研究方法

本论文主要采用比较观照法、文献法、双向反观法等研究方法进行写作。

比较观照法是当下学界研究中运用的较为广泛的一种研究方法。这一研究方法要求学者在对比观照中对研究对象的特质予以突出与总结。本论文一方面将王德威“抒情传统”文学史观与中西传统诗学中的抒情学说进行比对，另一方面又将其与以陈世骧、高友工、普实克等为代表的海外学者的学术成果互为观照，在比较文学的语境下对王德威“抒情传统”文学史观的创见与突破予以展现。

文献法是相对而言较为客观、理性的一种研究方法。由于王德威“抒情传统”文学史观的提出是在一系列著作中渐次生成的，涉及的学术作品繁多。本论文以文献法对相关学术著作予以归纳总结，在具体的例证中对王德威的学术观点予以提炼，力求做到客观与真实的还原。

双向反观法既要求研究者对研究对象保持关注，又要求在论文的书写过程中时常进行自我观照，以此来保证公允的研究态度。

一、王德威“抒情传统”文学史观的概念体系

王德威用“抒情传统”文学史观在“启蒙”与“革命”之外为中国现代文学寻到了一个全新的解读面向，不仅打通了学科间的界限，还对陆台文学关系、华文文学与华语文学间的关系进行了重新定位。与此同时，作为一种理论学说的“抒情传统”文学史观还对当下中国现代文学史的研究工作具有重要的范式价值，为其提供了全新的话语系统与操作方式。

（一）作为批评概念的“抒情传统”

王德威打破了国人对“抒情”一词的固有认知，赋予了“抒情传统”文学史观时间与空间上的双重解放，将其打造成一个接通中西、无所不包的巨大能指。

1.“传统”的抒情

长久以来，国人对“抒情”二字似乎持有某种根深蒂固的偏见。

作为一种诗歌或叙述修辞模式，抒情不外轻吟浅唱；作为一种情感符号，抒情无非感事伤时①。相对于早已习以为常的宏大叙述，我们或有心或无意地总是将其视作不登大堂的小道，简单粗暴地将抒情与“个人、主观、浪漫、感性、精英、风花雪月、无病呻吟”等概念进行等同。我们对“抒情”二字的解读一直都处于一种误读状态，将一个原本具有足够包容性的概念窄化到了个人主义的极端。

事实上，无论是在中国传统文论还是西方话语语境中，都有着“抒情”的传统。但由于不同的心理机制与文化背景，其指涉的意义自然也不尽相同。东西方所流传的两种抒情观在不同时空中有条不紊地发展着，直至五四时期二者间发生了某种微妙的关联，而国人抒情观的第一次颠覆亦发生在这一阶段。

在新文学运动中，时代精英们为了创建更符合时代基调的新文学，试图从两方面进行筹谋：他们一边高喊着打倒旧文学的口号，与传统文学势不两立；一边又打开国门广泛引入西方文化，唯西方理论马首是瞻。在与旧文学决裂的过程中，包含中国传统抒情观在内的古代文学理论被一并推翻，而18、19世纪的欧洲浪漫主义因其契合五四文人感时伤怀的家国之思而一时蔚然成风。这一来一往之间，实则完成了概念的置换：自此以后，当我们再提及“抒情”二字，联想到的并非是中国传统文学中富含多个意义面向的抒情，而是西方定义下那个个人主义，成为“晚近的、浪漫主义的表征的一端”的抒情。这种概念窄化所造成的影响一直延续至今日学界，以至于不少学者在引用抒情观进行论证时，所引的仍是以西方浪漫主义为内核的抒情。因此，我们潜意识中所谓“传统”的抒情并非真正源于中国传统，而是经过西方浪漫主义的改造，内涵一步步走向窄化的抒情。因而王德威曾指出：“‘五四’以来中国的文学论述以启蒙、革命是尚，1949年之后，宏大叙事更是主导一切。在史诗般的国族号召下，抒情显得如此个人主义、小资情怀，自然无足轻重。”②

此时，王德威要做的是打破现有窠臼，竭尽其所能地去拓宽“抒情”二字所代表的内涵与外延，不断地去进行合理可靠的填充、丰盈，对抒情主义不为人知的其他面向进行深入挖掘，最终能够经由个人情感窥望群体与国族，经由抒情

① 陈国球、王德威：《抒情之现代性》，生活·读书·新知三联书店2014年版，第1页。

② 陈国球、王德威：《抒情之现代性》，生活·读书·新知三联书店2014年版，第1页。

旁观历史与时代。

2. 抒情的传统

王德威对"抒情"从内涵到外延进行了一次完整的拓充，从时间到空间赋予其无尽的延展性，让"传统的抒情"摇身一变成为能够指涉一切的"抒情的传统"。

王德威首次对"抒情传统"这一理论学说进行较为系统与全面的论证，是在《抒情传统与中国现代性——在北大的八堂课》一书中完成的。

2006 年，应陈平原教授之邀，王德威赴北大进行短期授课，其中包括六次演讲和两次座谈，内容多围绕中国现代性话语的关键词展开，无论是启蒙、启悟、革命，还是历史、国族、创作主体等主题均有所涉猎。于此之后，王德威又另作《"有情"的历史：抒情传统与中国文学现代性》一文作为序论，对"抒情主义"与"抒情传统"产生的理论背景进行梳理。2010 年，授课内容由三联书店整理出版，《抒情传统与中国现代性——在北大的八堂课》终于得以与大陆读者见面。而"抒情传统"也成为继"中国现代性"之后，另一个引发众多学者争议不休的热点话题。

在《抒情传统与中国现代性——在北大的八堂课》一书中，王德威对"抒情传统"进行了多角度、多层次、多面向的解读，给予其时间与空间上的双重解放。

首先，王德威对"抒情传统"的内涵进行了完善，完成了从东方到西方最终走向中西合璧的过程。在对中国传统文论中体现出的抒情现象进行反观后，王德威试图以西方话语对其进行解读，赋予其更符合当下价值取向的意义，并以此来完成对中国古典视野中抒情观的提炼与修复。他笔下的"抒情传统"既有着中国古典诗学批评体系中反复多元的面向，亦囊括了西方浪漫主义文学中的抒情主体，达成了中西文化超越时间与空间的对话。可以说，他以恢复传统之名，构建出一套全新的话语体系。

其次，王德威也力图从空间角度上对"抒情传统"的指涉范畴予以扩大，将其从文学层面的书写提升至一种文化层面的思考。他笔下的"抒情"从单纯的文类代表成为一种文化编码方式，成为一个囊括万物、无所不包的超级能指——抒情的定义可以从一个文类开始，作为我们看待诗歌，尤其是西方定义下的，以发挥个人主体情性是尚的诗歌这种文类的特别指称，但是它可以推而广之，成为一种言谈论述的方式、一种审美愿景的呈现、一种日常生活方式的实践，乃至于最重要而且是最具争议性的，一种政治想象或政治对话的可能①。

在2014年出版的《抒情之现代性——"抒情传统"论述与中国文学研究》一书中，王德威试图对过去十年中"抒情传统"学说的发展流变进行展现，进而对"抒情传统"的理论框架进行进一步的完善。

在此书的引言部分，王德威对"抒情"的含义逐字进行分析。"'抒'情的抒字，不但有抒发、解散的含义，也可与传统'杼'字互训，因而带出编织、合成的意思。这说明'抒情'既有兴发自然的向往，也有形式劳作的诉求。""抒情的'情'字带出中国古典和现代文学对主体的特殊观照。从内烁到外缘，从官能到形上，从感物到感悟，从壮怀激烈到缠绵悱恻，情为何物一直触动作家的文思；情与志、情与性、情与理、情与不情等观念的辩证则丰富了文学论述。"②而在接下来的篇章，王德威与陈国球依照"抒情传统"学说谱系的源头与发展脉络划分纲目、选编文章，除了对陈世骧、高友工、普实克等人的经典著作进行品评外，同样对闻一多、朱自清、朱光潜、鲁迅、宗白华等五四学者的抒情学说进行反观并以此为理论奠基对当下学者的学术创见进行归纳。自此，王德威对"抒情传统"的脉络体系进一步梳理，对其内涵与外延进行了拓展与填充，将"抒情传统"打造成一个无所不包的超级概念。

（二）作为文学史观的"抒情传统"

经过多年来的理论梳理与学术实践，"抒情传统"已成为一个极具差异性与开放性的话语体系；而王德威最为突出的贡献，莫过于在此基础上进一步将"抒情传统"从一个批评概念提升至一种文学史观。

1. 合法性与正当性

在展开详细论证之前，我们不妨追根溯源，返回一切的根本，思考这样一个问题："抒情传统"究竟能否成为一种文学史观？换言之，"抒情传统"作为一种文学史观是否具备合法性与合理性？

毫无疑问，所谓的文学史观是对文学进行观望时所采取的一种态度与立场，不同的倾向直接决定了学者在进行文学批评实践时所展现出的不同姿态。在西方语境中，所谓的文学是由一系列文字编码建构而成的审美体系，虽然有

① 王德威：《抒情传统与中国现代性——在北大的八堂课》，生活·读书·新知三联书店2010年版，第72页。

② 陈国球、王德威：《抒情之现代性》，生活·读书·新知三联书店2014年版，第1~2页。

其指向社会现实的面向，但更多的还是对审美特质和虚构属性进行强调。在中国传统的文学理论中，广义的文学似乎具备更为开阔的指涉——不仅是文字的排列，更是一种图像，一种韵味，一种文明。王德威指出，自近现代以来，当我们提及“文学”这一概念时，大多沿用的是西方相对狭窄的定义，这于无形之中造成了与中国传统文论之间的断裂。因而，在对文学史进行重新书写的过程中，王德威试图以某种理论学说对这种传统进行回应。而“抒情传统”繁复多元的内涵恰恰对应了中国传统文论中广义文学的定义，能对其各个面向进行观照。

另一方面，李泽厚在自己的论著中曾多次强调人生的意义在于情感，他甚至将治学的最终信念也归纳为情感，他用自己的美学论述点出“建立新感性”的重要意义。王德威由此更进一步，指出“抒情传统”实在是“新感性”最为重要的一个层面。当我们以“抒情传统”作为一种文学史观，我们会对中国现代文学以及呈现其中的现代性问题进行一个持久而深入的思考，在启蒙、革命、主体欲望与家国神话等宏大观念之外，产生一个全新的观察视角。

综上所述，“抒情传统”因其多元面向与开放特质能够承担起作为“史观”的重任。而在证明了“抒情传统”作为文学史观的正当性之后，我们不禁进一步追问：作为文学史观的“抒情传统”价值何在？

2. 创新性与开拓性

首先，作为文学史观的“抒情传统”为中国争取了学术话语权。归根结底，文学史观是一种权力话语，而对文学史观的建构实质上是对文学话语权的争夺。陈国球在《“抒情”的传统》一文中指出，以诗歌、小说、戏剧等崭新的门类重新组合排序、以“文学”作为新组合的统称，可说是现代的概念，也唯有在“现代”的视野下，与“西方”并置相对的此一“中国”之意才能生成；因而眼下“中国”的“文学传统”是在“西方文学传统”的映照下得到体认或者说得以建构的[①]。王德威也曾说：“在一片后殖民、反帝国的批判话语之后，作为中国文学研究者，我们到底要提供什么样的话语资源，引起对话？还是只能继续拾人牙慧，以西方学院所认可的资源，作为批判或参与西方话语的资本？”[②]脱胎于中国古典诗论的“抒情传统”作为一种文学史观，在与西方现代理论发生碰撞之后彰显出了巨大的学术能量，产生了重要的理论意义。因而作为文学史观的“抒情传

① 陈国球、王德威：《抒情之现代性》，生活·读书·新知三联书店2014年版，第5页。

② 王德威：《抒情传统与中国现代性——在北大的八堂课》，生活·读书·新知三联书店2010年版，第64页。

统”不仅拓展了中国本土话语资源，也进一步推动了中西学术理论的沟通与交流。

其次，“抒情传统”文学史观的提出有利于活跃现有的学术研究氛围。眼下无论海内外，学者们似乎都积极投身于历史大叙事的建构当中，因而在对现代文学进行反观时，大多采用一种宏大的叙述视角，议题也多围绕国族与社会等关键词展开。王德威在相关访谈中指出，这种有一以贯之的主题精神并以大师、经典、重要的事件来贯穿的大历史、大叙事是求全责备的，这使得文学史的研究逐渐形成一种模式，甚至大有向社会科学靠拢的趋势。而正如沈从文所说，“成熟的书写不仅仅是积学而来，更需要作者生命中一些特别东西，即必须由痛苦方能成熟积聚的情——这个情即深入体会，深挚的爱，以及通过事功以上的理解与认识”①。回望现代文学中的经典之作，除了感时忧国的主题之外，作家内心图景的呈现亦是相当重要的组成部分。我们常说风格照映史观，而反过来，史观的选择亦影响着风格的形成。在现有的文学研究工作中，学者们仍沿用着“言志”的文学史观，常常忽略了文学的审美想象层面。而“抒情传统”作为一种文学史观，它以“抒情主体”的视角给予过往的文学史实一个想象的形式，并以“审美”为秩序将文学与历史进行更为深入、紧密的联接，真正做到了情与志的统一。

王德威“抒情传统”概念的成型颠覆了长久以来学界对“抒情”二字的固有认知，以现代话语完成了一次对中国传统诗学体系的提炼与修复，丰富了文学批评话语体系。除此之外，他更以文学史观的身份赋予了这个概念更为重要的时代意义，为我们反观文学史提供了全新的路径。

二、王德威“抒情传统”文学史观深远繁复的理论背景

“抒情传统”文学史观作为王德威代表性的学术创建却并非是他福至心灵的灵光一闪，从严格意义上讲，“抒情传统”文学史观亦算不得他独辟蹊径所开创出的理论学派。事实上，在如今我们所见的“抒情传统”文学史观的背后，存在着一个庞大而驳杂的理论背景；换言之，王德威“抒情传统”文学史观是在特定理论背景下孕育而生的，是一种有渊源、有历史、成规模、成体系的学术传统。

① 沈从文、张兆和：《沈从文家书：1930—1966 从文、兆和书信选》，商务印书馆 1998 年版，第 186 页。

回顾中国学术发展史，不难总结出“抒情”理论发展演变的大致脉络；放眼西方，海外学者对“抒情”学说的苦心打造亦是有迹可循。

（一）“抒情传统”文学史观的理论来源

王德威之所以能够打造出如此一个贯古通今、容纳中西的巨大能指，极大一部分原因是他懂得海纳百川。在建构“抒情传统”文学史观的过程中，他吸取了中国古典诗学批评体系、中国近现代美学思想与海外学界理论成果的精华部分。换言之，中国传统诗学体系、中国近现代文学批评的话语变革以及海外汉学界对“抒情”谱系的打造在某种程度上成为王德威“抒情传统”文学史观的三大理论来源。

1. 中国传统诗学批评的三大体系

中国古代文论及文学批评对“抒情”并未给予足够多的重视，作为批评概念的“抒情”在古代文学作品、文学史集和批评史集中直接出现的频率并不算高。虽然古代的文论家并未直接创建出“抒情”的理论体系，作为概念和方法的“抒情”亦不是中国传统文学批评的主流，但无可否认的是，作为现象的“抒情”和作为功能的“抒情”在中国古代文学典籍中却是无处不在的。中国传统诗学中处处显露出的“抒情”不仅影响了徐复观、陈世骧、高友工等学者学术体系的构建，亦成为王德威在建构“抒情传统”文学史观时所直接引用的证据。作为中国传统诗学批评三大体系的言志说、缘情说、情志说不仅表明了古代文人学者对“抒情”意识形态进行表述时所选取的诸多面向，亦成为王德威“抒情传统”文学史观的重要理论基础。

（1）言志说

先秦时期是中华文明的发轫期，亦是许多经典的文学思想和文学理论批评的萌芽期。在这一历史阶段，中华民族的文化正处于一个起步状态，意识形态和文化领域内各个分支的发展并未成熟，彼此之间的界限也较为含混。可以说，这是个“文史哲不分，诗乐舞合一”的时代。诗歌正是作为礼乐文化构建的重要组成部分，与政治产生了密切的联系，逐步走向“言志”的功用。

朱自清在《诗言志辨》一书中，曾将“诗言志”称作中国诗学的开山纲领。“诗言志”最早见于《尚书·尧典》：“夔！命汝典乐，教胄子，直而温，宽而栗，刚而无虐，简而无傲。诗言志，歌永言，声依永，律和声。八音克谐，无相夺伦，神人以和。”[①]（虽然后世学者对此书的具体成书年代存疑，但鉴于写作时间并不妨碍对“诗言志”内涵的厘清，因此笔者暂将疑惑按下不表，仅取本文所需。）此句足以表明在当时的历史环境下，人们对诗歌理论所持有的一种普遍态度。而“诗言志”作为一种较成体系的学说，多见于先秦时期的《左传》《礼记》《孟子》《荀子》等儒家经典著作中。无论是《左传》中襄公二十七年赵文子对叔向所说的“诗以言志”，还是孔子的“温柔敦厚”诗教说、孟子的“知人论世”说、荀子在《儒效》中写到的“《诗》言是其志也，《书》言是其事也，《礼》言是其行也，《乐》言是其和也，《春秋》言是其微也”[②]都足以让我们略窥一斑。

必须指出的是，对“志”字具体指代的阐释，正是言志说的核心。“诗言志”中的“志”字，其内涵与我们当下的理解有极大的出入。对其具体内涵的界定，时至现当代仍争论不休，许多著名学者提出了自己的观点。一种观点认为，“志”指的是思想、意志、国家理想和政治抱负，是将个人情感因素剔除在外的，这种观点以朱自清为代表。他在《诗言志辨》一书中提及，“志”指的就是怀抱，与“礼”分不开，同时也与政治教化等因素分不开。刘纲纪、叶朗、李泽厚等学者都是这种观点的拥护者。另一种观点则把“志”表述为诗人的思想情感。郭绍虞在其主编的《中国历代文论选》中写道：“‘诗言志’概括地说明了诗歌表现作家思想感情的特点，也就涉及诗的认识作用……人们通过言‘志’的诗，也就能在不同程度上认识社会。‘志’既然是诗人的思想感情，言志的诗必须具有从思想感情上影响人和对人进行道德规范的力量。”[③]这种观点将“志”视为情与意的结合。秉承这种观点的还有张少康、罗根泽、陈良运、王运熙、顾易生、鲁文忠、周振甫等。

与现当代学者相同，古代的文人雅士对此亦是仁者见仁智者见智。一部分学者将“志”视为“圣道之志”，继续延续传统意义上“诗言志”的道路。他们延续了儒家的政教观，倡导孔子的“思无邪”，并以“兴、观、群、怨”、“事父、事君”的观点来规范诗的教化作用，将诗歌视为辅佐政治的工具，强调文学的社会功用性。经过汉代的董仲舒，南朝梁代的裴子野，唐代的韩愈、柳宗元和白居易，宋代的邵雍、欧阳修与张戒，清代的王夫之、沈德潜和翁方纲等几代人的不懈努力，“诗言志”的精髓传承了下来，并以“赋诗言志”、“以意逆志”、“作诗言志”等

① 郭绍虞、王文生：《中国历代文论选》（第1册），上海古籍出版社2001年版，第1页。
② 郭绍虞、王文生：《中国历代文论选》（第1册），上海古籍出版社2001年版，第52页。
③ 郭绍虞、王文生：《中国历代文论选》（第1册），上海古籍出版社2001年版，第2页。

多种形式活跃在诗歌理论领域。另有相当一部分学者，走向了另一条道路。与上文提及的第二派观点相同，他们对“志”的内涵进行填充，拓展出更为丰富的外延。而伴随“志”血肉渐丰的过程，便引出了中国诗歌理论界另一经典理论——“诗缘情”。

（2）缘情说

从某种程度上讲，我们可以将屈原的“发愤抒情”作为“诗缘情”学说的先声。屈原在《离骚》中曾写道，“屈心而抑志”。不难看出，这里的“志”已经饱含他对自己怀才不遇的愤懑与不甘；而在《怀沙》中，他又写道：“抚情效志兮，冤屈而自抑。”有学者认为，这里的“志”已经能够指代屈原内心整体的思想感情与主观意愿，甚至更多地倾向于情感层面。

两汉时期的《诗大序》被认为是“诗缘情”理论形成过程中一个里程碑式的存在。虽然《诗大序》在整体上仍秉承儒家“诗言志”的观点，但已经一定程度上融入了“情”的成分，点出诗歌的抒情审美特征。“诗者，志之所之也，在心为志，发言为诗。情动于中而行于言，言之不知故磋叹之，磋叹之不足故永歌之，永歌之不足，不知手之舞之，足之蹈之也。”[①]如果说荀子提出了“性”、“情”、“乐”三者的关系，那《诗大序》则近一步扩展到“志”、“情”、“心”、“乐”四者的关系，点出诗歌在形成过程中“心性”的重要作用。

随着诗歌自身的发展，魏晋的诗学批判发生了新的转向，解诗不再强调为政治服务，而是充分体现诗歌审美功能的发展[②]。伴随着儒学和经学的式微，佛教的引入，老庄思想的兴起，在人与诗学双重觉醒的前提下，陆机才得以提出“诗缘情而绮靡”的学说。值得一提的是，“缘情说”并非是陆机的独创，事实上，远在陆机之前，无论在理论还是实践方面，前人都已经有所涉猎。陆机是第一个将“诗缘情”提炼成一个概念并以文字的形式加以固定的人，正式完成了“诗言志”向“诗缘情”的过渡。

陆机之后的学者，在“诗缘情”的基础上进一步延伸，在情景交融的意境中，提出了一些更加突出审美情感的诗歌理论，如唐代皎然的《诗式》、司空图的《诗品》，宋代严羽的《沧浪诗话》，晚明公安派的“独抒性灵”学说，清代袁枚的“性灵”说、王渔洋的“神韵”说等。

自此，“诗缘情”的学说得以延续下来，成为与“诗言志”齐名的我国古代最

---

① 郭绍虞、王文生：《中国历代文论选》（第1册），上海古籍出版社2001年版，第65页。

② 郭常斐：《论“诗言志”走向“诗缘情”的历史必然性》，《漳州师范学院学报》2006年第4期。

为重要的两个诗歌理念之一。

(3)情志说

言志说与缘情说两大思潮虽指向不同，但二者并非是泾渭分明的对立关系；与此相反，更多的时候二者呈现出一种你中有我、我中有你的交融状态，而后世的学者更是有意将二者进行融合，从而拓展出新的理论。这种第三派文学理论成熟的标志，当属刘勰在《文心雕龙》中提出的情志说。“刘勰在论‘情’与‘志’时，既是从‘情’与‘志’并重，又是从‘情’与‘志’不可分两个方面，来论它们关系的。所以，在《附会》中提出以‘情志为神明’的著名论点。”[①]而孔颖达则更加明确地将情、志统一起来，直接提出“情、志一也”的说法。在他的观念中，诗的产生是在外在世界的触动下，人的内心产生一种哀乐的情感，这种情感就可以统称为“志”，把这种情感抒发出来的形式，就是“诗”。

以上只是从“诗言志”、“诗缘情”、“情志合一”等层面对中国文学传统中的与抒情相关的面向进行了简略的总结，但也勾画出了古代典籍中“抒情说”的大致发展脉络。言志说、缘情说、情志说这三大诗学体系成为王德威在论证“抒情传统”文学史观合法性与合理性时所最多引用的例证。在《“有情”的历史：抒情传统与中国现代性》一文中，他指出“‘言志’和‘缘情’，不论作为抒情的认识论讨论课题，或是修辞技术的指标，从情景交融，到物色比兴，神韵兴趣，更是千百年来诗学对话的焦点之一”[②]。在《抒情传统与中国现代性——在北大的八堂课》一书中，王德威试图用中国传统诗学体系中“兴与怨”、“情与物”、“诗与史”这三组概念对陈世骧、沈从文和普实克的文学实践进行评述；当对以鲁迅、王国维等为代表的五四时期的学者进行品评时，他亦是从传统文学批评的理论体系中进行生发。“乍看之下，王国维不断叩问情以物牵，兴发感动的可能，似乎延续了诗可以兴的风格，而鲁迅则充满怨诽不群、忧谗畏讥的声音，因此成为诗可以怨的现代回响。”[③]王德威不断从传统诗学批评三大体系中寻找可以为自己所用的学说理论，赋予它们全新的时代主张与价值取向，完成了以他人之酒杯，浇自己之块垒的过程。

---

① 吴照贵：《刘勰发展了“诗言志”与“诗缘情”的理论——初论〈文心雕龙〉中的情与志》，《文学遗产》2005年第3期。

② 王德威：《抒情传统与中国现代性——在北大的八堂课》，生活·读书·新知三联书店2010年版，第4页。

③ 王德威：《抒情传统与中国现代性——在北大的八堂课》，生活·读书·新知三联书店2010年版，第49页。

2. 中国近现代文学批评的话语革新

学者徐承曾说:“中国抒情传统学派的思想渊源,便隐藏在晚清迄五四的中国文学现代化进程之中,与其间的许多纷争与倾向紧密关联。”[①]而王德威在《抒情传统与中国现代性——在北大的八堂课》一书中亦曾提及,“‘情’的辩证曾是晚清文论的重要议题之一。面对世变之局,有识之士在寻求强国之道的同时,对主体意识的重建同样不遗余力,而‘情’的重新定义成为重要的界面”[②]。无论是刘鹗在《老残游记》中提出的哭泣论、吴趼人在《恨海》中写到的至情论、梁启超在《论小说与群治之关系》中强调的新小说“熏、浸、提、刺”等功能,还是严复和夏曾佑有关“英雄之情”与“浪漫之情”的争辩,都在某种程度上显示了在新的历史条件下,文人学者对“抒情”的全新认知。

随着中国国门被迫打开,知识分子终于从“天朝上国”的大梦中惊醒。坚船利炮载来的不仅是物质上的西洋货,还有精神上的舶来品。与东方传统截然不同的西方文化在一夜之间席卷中国,现实主义、浪漫主义、象征主义等西方文化理论进入国人视野。而随着西方文学观念的引入,长久以来中国传统文学固有的秩序和体系逐步松动,具有现代精神的先进知识分子,以西方学术理论作为横向参照物,逐步摸索着对中国传统文化“应有的”、“合适的”态度。事实上,在这一过程中,所谓的先进知识分子内部也悄然发生了某种分化。

深受西方思想文化浸染的激进派慷慨激昂地高呼着与中国传统文化“势不两立”,将五千年来的积淀全盘推翻;与此同时,亦有某些学者能够保持一颗相对理智与冷静的头脑,以积极的态度对中国古典文学的价值进行反观。在对传统文学理论进行重新解读的过程中,他们对“抒情说”亦进行了总结与提炼,对文学批评话语进行了一次革新。我们不妨以梁启超与宗白华、王国维等学者为例,对当时的历史场景进行还原。

梁启超的立场有着一条泾渭分明的分界线。作为西方文化的引进者之一,在五四大潮前期,他主要致力于对传统文化进行革新,让文学承载了过多的社会改良方面的负担;而以1919年为界,梁启超在游历欧洲回国后转而以西方现代文学为标准,对中国传统文学进行了重新梳理与阐释,试图重建中国古代文学体系。他不止一次地强调,要想真正理解中国传统文化,必须深入挖掘出隐

① 徐承:《梁启超与中国抒情传统论》,《美育学刊》2013年第5期。

② 王德威:《抒情传统与中国现代性——在北大的八堂课》,生活·读书·新知三联书店2010年版,第27页。

藏在表层之下的“根本精神”。经过长时间的钻研，深受西方浪漫主义浸染的他指出，中国文学一脉相承的“根本精神”即抒情精神，是“艺术是情感的表现”。后来，他又以此为出发点，对诗歌源头——“诗言志”的说法进行了重新阐释，指出文学艺术包含“艺术家的情感”、“作品中表现的艺术家的情感”、“艺术作品所引发出来的情感”三方面，从而得出一个结论：在中国漫溯几千年的文学长河中，无论朝代如何更替，抒情传统与抒情精神始终是生生不息的。梁氏在中国文学的历史流脉中发现了抒情传统的存在，并对此给予高度肯定，这既引发了其传统文学观的变化，也引起他对于古代诗人的评价的变化，而变化的根本在于他对于诗人的情感以及作品中所表现的情感的认识和评价的转变。①

在《中国韵文里头所表现的情感》和《国之美文及其历史》等著作中，梁启超通过梳理的方法对中国抒情传统的历史流脉进行了更为深入的分析，清晰准确地展示了在不同历史朝代，抒情传统是如何一步步发展演变的。“‘情感’中心论由西方‘纯文学’观念的强化，超越了传统意义上‘诗缘情’的解释，而成为从整体文学层面概括中国文学发展历程的一种尝试。在某种程度上这一理论还只是分别在‘抒’（表情法）与‘情’（情感美育）上用力，但它已对‘抒情传统’中的‘抒情’这一概念的核心因素进行了一定深度的探讨。”②

宗白华曾留学德国，对包括康德美学在内的文艺理论进行了较为系统的学习。在对中国传统文论，特别是《易传》进行重审的过程中，他提出西方文明预设了抽象心智的系统结构，这一系统结构包含在数学抽象中的形上体系，而中国文明则更多地体现为一种自然宇宙与人生经历的融合，以音乐的旋律与节奏来对二者进行连结。“用心灵的俯仰的眼睛来看空间万物，我们的诗和画中所表现的空间意识，……是‘俯仰自得’的节奏化的音乐化了的中国人的宇宙感。”“我们的宇宙是时间率领着空间，因而成就了节奏化、音乐化了的‘时空合一体’。”③宗白华进一步指出，所谓的“气韵”最能说明中华文化的渊源，而这种“气韵”恰恰体现在六朝美学当中。通过在自己作品中对六朝美学的重新关注与解读，宗白华完成了“将中国抒情化”的实验。

与梁启超和宗白华的实践相呼应的，还有王国维和朱光潜等学者。在考察了严羽的“兴趣说”、王世禛的“神韵说”后，王国维发展创建出“境界说”。在

① 张冠夫：《梁启超对中国文学抒情传统的重新认识》，《华东师范大学学报》2013 年第 3 期。

② 沈一帆：《中国抒情传统的海外建构及其影响》，暨南大学 2008 年硕士毕业论文。

③ 王德威：《抒情传统与中国现代性——在北大的八堂课》，生活·读书·新知三联书店 2010 年版，第 39 页。

《人间词话》中，他以“境界”为具体的评判标准，对众多抒情作品进行，并明确指出唯有展示出真景物、真情感的作品，才称得上是有意境、有韵味的作品。朱光潜在《诗论》中则以抒情诗作为主要研究对象，从“形式”的角度对抒情文类的整体特征进行概括，刻画出中国诗学与众不同的独特风貌。此外，还有以闻一多、朱自清、林庚等为代表的深受西方思潮影响的学者，对中西方文化进行对比观照，从而自觉地对中国传统文化进行有深度、成体系的内省，为“抒情传统”文学史观的建立提供了更多的理论依据。

上文所述的知识分子在西方话语体系下对中国“抒情传统”文学史观的重新阐释是有巨大历史意义的。正如王德威所说：“五四新文学虽然以打倒旧文学为职志，但对抒情传统其实频频回顾，而且屡有创见。正因为‘现代’意识的介入，这一辈的文人更有勇气解散过去一以贯之的传承法统，将不同时期、学派、风格的抒情论述或实践罗列在同一时空坐标中比对品评。”①五四学者在对传统批评文论进行革新的过程中亦对抒情学说进行了新的生发与演进，而这些成果皆为王德威所用，成为他论述“抒情传统”文学史观内涵与外延的绝佳例证。

3. 海外学术空间的概念创制

如果说上文所述的文论专著只是为王德威“抒情传统”学说的提出提供了理论土壤，那么海外华裔以及台湾地区、欧洲汉学界学者的研究则对王德威的学术道路产生了直接的影响。“抒情传统”文学史观作为一个巨大能指，在本质上是两种研究体系融会贯通的产物：一方面，王德威延续了以陈世骧、高友工等为代表的海外华裔和台湾地区学者创建的有关中国古代“抒情传统”的思考；另一方面，他又深受以普实克、李欧梵等为代表的北美中国现代文学研究者的启发。在某种程度上，我们甚至可以将王德威的理论视为他们学术成果的某种延续，因而很有必要先对这两条学术脉络进行梳理。

(1)海外华裔及台湾学者

作为世界华语现代文学研究的重要组成部分，海外中国现代文学研究或多或少会影响到国内现代文学研究界的发展动态。有关中国“抒情传统”的论述最早在海外展开。

首先，是陈世骧具有开创性意义的“中国抒情传统”。

---

① 王德威：《抒情传统与中国现代性——在北大的八堂课》，生活·读书·新知三联书店2010年版，第34页。

陈世骧被称为“中国抒情传统”理论体系的开创者是名副其实的。在中西比较语境下，他对中国古代文献典籍进行了重新审视，力图创建出一种不同于西方话语的、中国化的文学观念。在《中国的抒情传统》一文中，他率先提出“中国抒情传统”的概念，并将其提升至“传统”的地位，其后又围绕这一概念创建了一整套话语体系。在《中国诗字之原始观念试论》《原兴：兼论中国文学特质》等著述中，他通过对古汉字进行考证的方式，对“抒情传统”的说法进行了进一步的补充与阐发，从而为中国古典诗歌美学开辟出一条全新的研究道路。

有学者认为，陈世骧追寻的这条学术路径在某种程度上可以视作是对宗白华“研寻中国艺术之意境的特构”理念的延续，继承了五四学者立足中西两大语言体系的研究传统。

在《中国的抒情传统》一文中，陈世骧第一次点明中国传统文学具有不同于西方的特质——“抒情”。无论是小说、散文、诗歌还是戏曲，种种艺术文类无不蕴含“抒情”因素。可以说“抒情”特质贯穿了中国文学发展的整个脉络，因此担得起极具历史厚重感的“传统”二字。

陈世骧试图在中国古典文学的语境下对“抒情诗”这一典型的西方文类概念进行新的阐释。在将中国古代文学著作与希腊戏剧、史诗等进行跨文化的平行研究后，陈世骧指出西方文学延续的是一种戏剧传统，而东方文学更多的传承了一种抒情传统。他点出中国所有的文学传统，统统是抒情诗的传统。陈世骧曾说：“中国文学的荣耀并不在史诗；它的光荣在别处，在抒情的传统里。”对于他的这句话，我们可以从以下两个角度进行解读。

从“文学创作”的层面看，他将注重音乐性的《诗经》与《楚辞》视为中国抒情传统的源头，视作道统的起始。“以字的音乐做组织”和“内心自白做意旨”是抒情诗的两大重要因素，《诗经》与《楚辞》这两部著作将两大要素完美融合，使抒情特质“时而以形式见长，时而以内容显现”。时至汉朝，随着乐府和赋的兴盛，抒情得到了更进一步的促进与发展。陈世骧借上述四类文本梳理出抒情文类在中国古代文学中的发展流脉，创建出一套中国抒情文学的话语谱系。

在“批评理论”方面，陈世骧指出从孔子的“兴观群怨”开始，批评家们似乎就更加注重感情的流露，提倡关于“倾吐心中的渴望、意念、抱负”的使得意旨论。其后的文论家们传承了孔子的传统，品评诗歌时更加注重“意象和音响”上的统一，注重“意境”与“风格”的营造。总而言之，中国古典文学批评的爱好是抒情诗所表露出的“诗的音质，情感的流露，以及私下或公共场合中的自我倾吐”①。

其次，高友工继承了陈世骧的衣钵，成为“抒情传统”学说最重要的阐释者与推动者，对“抒情传统”在国内的传播产生了不可忽略的重要作用。如果说陈世骧确立了“中国抒情传统”学说前进的方向，高友工则为这一学说创建了一套更成体系的理论框架。他用西方文学理论来解决中国抒情传统中的美学问题，创建出“美典”的概念，并将其提升至中国文学艺术典范的高度。

“美典”作为艺术的典式范畴，不仅是一个个人对美的独特看法，而且有意无意地演变为一套可以传达继承的观念②。高友工用“抒情美典”的概念对中国艺术传统的精神进行了整体概括。在《美典：中国文学研究论集》一书中，他指出抒情美典的重点在于创造过程，即美感经验。“在中国文化的价值论中，外在的目的当然永远在和内在经验争衡。至少在涉及艺术的领域时，外在的客观目的往往臣服于内在的主观经验。也可以说‘境界’似乎常君临‘实存’。讲抒情传统也就是探索在中国文化（至少在艺术领域）中，一个内向的价值论及美典如何以绝对优势压倒了外向的美典，而渗透到社会的各阶层。”③而对于“抒情”一词的具体指涉，高友工似乎也有着不同于其他学者的理解。“‘抒情’从我们以前的讨论中看，已说明它并不是一个传统上的‘体类’的观念。这个观念不只是专指某一个诗体、文体，也不限于某一种主题、题素。广义的定义涵盖了整个文化史中某一些人（可能同属一背景、阶层、社会、时代）的‘意识形态’，包括他们的‘价值’、‘理想’，以及他们具体表现这种‘意识’的方式。更具体地说，我所用的‘抒情传统’是指这种‘理想’最圆满的体现是在‘抒情诗’这个大的‘体类’之中。”④有学者分析道，高友工的这段话至少点出了“抒情”一词的三个层面：“首先‘抒情传统’关乎中国艺术的特定表达模式，是一种形式美学传统。这一表达模式，一言以蔽之，即‘象意’。其次‘抒情传统’代表了一种中国文化理想，是一种文化精神传统。这种文化理想，归属于意识形态的范围，不单是某个人所特有，更多表现为某一背景、阶层、社会、时代所共有。换句话说，是从整体文化层面观察对象并就其主流倾向而言的，代表中国文化的整体取向和中国人

① 沈一帆：《观念的肇始：陈世骧与“中国抒情传统”的发明》，《当代文坛》2012 年第 2 期。
② 高友工：《美典：中国文学研究论集》，生活·读书·新知三联书店 2008 年版，第 91～92 页。
③ 高友工：《美典：中国文学研究论集》，生活·读书·新知三联书店 2008 年版，第 95 页。
④ 高友工：《美典：中国文学研究论集》，生活·读书·新知三联书店 2008 年版，第 83 页。

的主流审美观。最后‘抒情传统’是一个‘创作论’传统。”①

高友工指出，所谓的“抒情传统”并非是中国独创，事实上无论中西方，每种发展至成熟的文化或多或少都会有这种传统，只是在不同的语境与文化氛围下，这种传统所处的地位也有所不同。在中国的文化氛围中，“抒情”可以说是影响最为深远的一支文化主脉。“当然所谓抒情传统只是艺术传统中的一个源流，但却是一个绵延不断支脉密布的主流……它正体现了我们文化中的一个意识形态或文化理想。至少可以说它透露了一套很具体的价值体系，触及了文化的根本。”②在《中国文化史中的抒情传统》一文中，高友工直接将“抒情传统”定位为中国自有史以来以抒情诗为主所形成的一个传统，同时他又指出这种传统所蕴含的抒情精神早已无声浸润于其他文艺形式之中，以至于后来的诗歌、戏曲、书法、绘画等无不彰显出抒情特质。而在接下来的几个章节，他也分门别类地对这些艺术形式中的“抒情”因子予以挖掘。

高友工在著述中提及音乐是中国抒情传统的发端。远在先秦时期，抒情美典就已经萌芽于当时的乐论之中。无论是《尚书·尧典》还是《乐记》，都已经或多或少地触及“抒情”的实质；与此同时，先秦时期儒家以及老庄等道家著作也在一定程度上成为抒情美典的先导。时至两汉时期，文学理论挣脱了政治或哲学的束缚，开始具有独立地位。《古诗十九首》的出现打开了一个全新的局面，它在之前“赠答体”式的抒情之上又开创出一种全新的抒情形式——“自省体”。这二者之间的细微差别，正是抒情初步成形的关键点。对抒情美典形成最为直接的触发，则是汉魏之交文人雅士文学观念的转变。曹丕提出了文气与个人之见的关系，一定程度上推动了文学由注重社会功用到注重个人情绪表现的转变；陆机的《文赋》则被高友工视为中国古代文学理论正式转向抒情的标志；刘勰《文心雕龙》中的《神思》与《情采》两章对抒情美典的形成起了重要作用，此后抒情美典中许多核心要素都是从“神思”与“情文”两大主题中繁衍而出。隋唐与魏晋文化之间并非是一种断裂，反而是一种延续的关系，六朝时期兴起的许多潮流在唐代又发展至一个全新的高度。唐代文明的最高成就体现在律诗与书法上，在这两种艺术形式走向纯熟的过程中，逐渐形成了以意的形构为特点的律诗美典和以气的质现为特质的草书美典，其讲求的“意”和“气”正是对抒情美典的呼应。诗歌的“意”进一步推衍出“景”和“境”，书法的“气”

① 石了英：《中国美学史的宏大叙述：高友工的“抒情传统”论》，《山西师大学报》2015 年第 7 期。

② 高友工：《美典：中国文学研究论集》，生活·读书·新知三联书店 2008 年版，第 90 页。

则演化为“形”与“势”，只有在绘画中，二者才得以完美的融合。高友工始终强调，中国抒情精神的根本要义在于从此形内窥其神，因此，中国绘画由写实转向抒情的发展过程则可视为是抒情美典演变过程中最为重要的一环。在《中国文化史中的抒情传统》一文中，高友工指出当山水画和水墨画在宋元时期结合升华为水墨山水画时，所谓的“意境”与“气势”也在其中得到了完美融合，一种全新的抒情美典出现了。

自此，高友工将理论与历史进行串联，以抒情美典为线索，对音乐、文学、诗歌、书法、绘画这中国五大艺术品类进行观照，对中国古代艺术发展史进行了全新的发现，继陈世骧之后，进一步完成了对中国抒情传统理论的构建。

再次，是众多台湾学者的通力打造。

1978 年，高友工返台进行演讲，其关于“抒情传统”的论说引起了众多学者的共鸣，掀起一场“高友工旋风”。越来越多的海外华裔及台湾学者对这一论题表现出浓厚的兴趣与持续的关注，而“抒情传统”正是在这一过程中不断地自我修复与完善，逐渐形成了一条清晰可循的发展脉络。

美籍华裔学者孙康宜延续高友工的研究方法，著成《抒情与描写：六朝诗歌概论》一书。她以抒情与描写这一对概念作为切入点，对六朝诗歌进行重新审视；在后来的《晚唐迄北宋词体演进与词人风格》一书中，她又对历代词体的抒情特质进行了挖掘。

台湾学者吕正惠是台湾较早一批对中国抒情传统进行关注的学者，其最大的创新之处，莫过于点出了抒情传统的内在特质。吕正惠用“本质主义”与“印象主义”这一组概念对最能体现抒情传统的古代诗歌进行进一步分析与探讨，得出了“感情本体世界观”的说法。“感情才是人生中唯一的‘真实’，是弥漫于世界的唯一令人关心的‘真实’……这种情之本质化、本体化的倾向，就是中国抒情传统的重大特色之所在。”①另一方面，从任何类型的中国诗歌都可以看到，诗人对文字的推敲运用常常都是严苛的，因此，对文字感性的重视是中国抒情传统的另一个特质②。抒情传统正是这两种特质交叉融合后的产物。而在《物色论与缘情说——中国抒情美学在六朝的开展》一文中，吕正惠又试图以“物色”与“缘情”这组概念来对抒情传统的源头进行探寻，以六朝时期的文学作为例证，证明“物色”、“缘情”二说正是抒情传统的源头，是后世一切有关抒情学

① 吕正惠：《抒情传统与政治现实》，华中师范大学出版社 2011 年版，第 26 页。

② 李云凤：《论海外中国抒恃传统研究》，华中师范大学 2014 年硕士学位论文。

说的理论基础。

台湾学者蔡英俊更注重对“情景交融”与“抒情自我”这一组概念进行阐释，梳理出其内在关联，这一点在《比兴物色与情景交融》中有着较为明显的体现。他认为在对中国古代文学进行批评研究的过程中，“情景交融”是一个极为重要的概念。如果说高友工试图建构出一个贯穿中国美学史的“抒情美典”，蔡英俊则力图厘清一条清晰的“情景交融美典”的发展脉络。

学者张淑香似乎对“本体论”更感兴趣，这亦成为她对抒情传统进行探究的主要切入点。她在《抒情自我的原型——屈原与〈离骚〉》《抒情传统的本体意识——从理论的“演出”解读〈兰亭集序〉》等论文中另辟蹊径，不再以中国古代历朝历代的文论作品作为例证对象，转而以哲学宇宙观作为切入角度，从现象上升到本质，直接对“中国抒情传统”的意识形态原型进行问询。

除此之外，以林顺夫、萧驰等为代表的学者亦是匠心独运，为“抒情传统”学说的臻熟贡献了一己之力。

“抒情传统”之说正式始自陈世骧，他将“抒情”定为中国古典文学的道统，并将这一传统追溯至诗歌的发微时期；高友工在其基础上进一步拓展，用更为宏大亦更为翔实的“抒情美典”来对“抒情传统”一说进行填充与丰盈；众多台湾学者更是用自己的专著赋予“抒情传统”更为多面的意义。我们无法否认他们巨大的学术贡献，他们的执着与热诚，为王德威抒情传统的提出奠定了坚实的理论基石。而王德威对他们理论成果的吸收、借鉴，更多地体现在对具体研究方法的引用与传承上。举例来说，高友工在对“抒情美典”进行阐述时，不仅仅拘泥于作家的某几部文学作品，而是将视野进一步扩大，投放至音乐、文学、诗歌、书法、绘画等多种艺术形式，以此来对古代艺术发展史进行观照，强调“抒情”在历朝历代的连续性。对此，王德威深以为然。在《抒情传统与中国现代性——在北大的八堂课》一书中，他也试图从不同的艺术体类入手，论及了沈从文的简笔画、江文也的音乐、台静农的书法，以此对“抒情传统”的不同面向进行展现。

(2)欧美汉学界

前文提及，对王德威“抒情传统”学说产生重要影响的另一思想来源，则是以普实克、李欧梵、夏志清等为代表的北美中国现代文学研究学派。北美中国现代文学研究在海外中国现代文学研究的整体格局中占有举足轻重的地位，其独辟蹊径的切入视角以及扎实深厚的学术功底都对后来学者的学术钻研工作有所启发。

西方学界对中国现代文学的大规模关注大约发端于20世纪50年代，以夏志清《中国现代小说史》的出版作为标志。1961年，夏志清的《中国现代小说史》(A History of Modern Chinese Fiction)英文版由耶鲁大学出版，被视作海外学者对中国现代文学进行研究的发轫之作。这并非溢美之词，事实上，夏志清在书中对中国现代文学史的重新书写不断引发海内外学者的深思与讨论，意义非凡，俨然已经成为一种全新的典范。

夏志清以“左翼”和“五四”文学史学术模式为文学史叙述他者，采用平行研究的手法将西方理论与中国现代文学现实进行结合，试图建构出一种以日常生活叙事为特征的文学史书写模式。《中国现代小说史》一书打破了常规文学史中对“现代”、“当代”分门别类的论述方式，写作视野从20世纪初的“文学革命”一直延续到20世纪50年代的“反右运动”，对近半个世纪的文学现象进行归纳与重现，对中国现代小说的传承与演变进行整理与讲评。

继承欧美新批评传统的夏志清似乎更倾向于从审美视角对作家作品进行品评，而这也正是此书最为突出的贡献。他一方面将某些被左翼文学史封为经典的作家作品请下神坛、还原为人；另一方面又对长久以来被时代所遮掩、忽视的边缘作家进行重新发现，带他们走入读者与学者的视野。论及的对象不仅包括鲁迅、茅盾、老舍等重要作家，同时也容纳了沈从文、张天翼等薄有文名的“小作家”，甚至还有像钱钟书、张爱玲等当年默默无名者，其眼光之独到、论述之精严，确实造就了不同凡响的效果①。

《中国现代小说史》颠覆了我们的固有认知，不仅对以钱钟书、张爱玲、张天翼、沈从文等长久以来为大陆学界所低估的作家进行了“正名”，更是直接指出五四文学的核心意旨在于“感时忧国”。

李欧梵师承夏济安，同时又受到普实克和夏志清的教导，某种程度上代表了北美现代中国文学研究的态度与动向。他认为无论有关现实主义文学论述的疆域如何拓宽，都始终无法顾全中国现代文学的全貌，因为浪漫主义确实是中国现代文学发展历程中无法忽略的一个存在。在战火纷飞的年代，浪漫已由一己之情思，演变成为浩荡主义，再在炮火和革命的催化之下升格为国家情爱②。因而在李欧梵笔下，浪漫主义不再单单是一个文类，一种文本书写方式或者一股文学潮流，更是历史时代面前，作家个人化的敏感于自我的文学表达方

① 季进:《认知与建构——论海外中国现代文学史的书写》,《文艺理论研究》2011年第5期。
② 季进:《认知与建构——论海外中国现代文学史的书写》,《文艺理论研究》2011年第5期。

式和生活形态[①]。在《中国现代作家的浪漫一代》(The Romantic Generation of Modern Chinese Writers, 1973)一书中，李欧梵通过对郭沫若、徐志摩、郁达夫、林纾、苏曼殊、萧军、蒋光慈等七位作家人生轨迹的书写，反观他们是如何于历史急遽嬗变的时刻，纠结于爱情、性、女人、政治与革命的情感轨迹[②]，从而对中国文坛和文人现象进行了全新层面的解读。

为了对中国现代文学发展进程中浪漫主义文学的演变历程进行成体系的梳理，李欧梵特意于自己的文学史叙述脉络中，开创出"颓废"一条。他在相关著作中大致捋顺出一条中国文学史由古至今的"颓废"线索，认为"颓废"的文学源于魏晋时期，经由唐朝至晚明时期的提炼发展，绵延至以张爱玲和新感觉派为代表的现代文学当中。李欧梵提出，但凡称得上出众的文学作品，大抵是包含"颓废"层面的。他将《红楼梦》称为中国颓废文学集大成者，认为鲁迅为后人称道的《彷徨》与《野草》亦是充满"颓废"的美感。

与前人将"颓废"同化为颓唐、堕落的理解不同，李欧梵似乎并不认为这是一个消极的概念。相反，他将颓废视作审美现代性对启蒙现代性的质疑与颠覆，认为浪漫主义文学中所包含的颓废气质正是作家于无形之中对现代中国历史大叙事的反抗。李欧梵所创建的"颓废"文学史叙事模式将某些长久以来属于五四文学史叙事体系的作家也归入自己麾下，以此来证明这种叙事模式的合理性与合法性。从某种程度上讲，我们可以将李欧梵"颓废"文学史叙述模式视作夏志清"日常生活"文学史叙事模式的延续与深化，这套叙事模式的建立进一步消解了左翼文学史叙述模式的权威。

与王德威学术观念产生共鸣的，当属捷克汉学家普实克。《抒情与史诗——现代中国文学论集》一书选取了普实克较有影响力的九篇论文，他试图以"抒情"和"史诗"这组概念为引线，对新旧文学间的裂缝进行弥合，捋顺出一条贯穿中国从古代至近代文学发展史的线索。由此，普实克不仅细致分析了中国文学抒情传统与欧洲浪漫主义抒情传统的不同，展示了中国文学抒情传统的独特性，而且深刻把握了中国现代抒情文学发生的根本动力[③]。

普实克最为独特与突出的贡献莫过于重新审视了中国新文学与欧洲文学之间的关系，挖掘出新文学与所谓"旧文学"间潜在的联系。长久以来，不少学

① 季进：《认知与建构——论海外中国现代文学史的书写》，《文艺理论研究》2011 年第 5 期。
② 季进：《认知与建构——论海外中国现代文学史的书写》，《文艺理论研究》2011 年第 5 期。
③ 刘云：《普实克论中国文学的抒情传统》，《湖南大学学报》2015 年第 1 期。

者将中国新文学直接视为对西方文学的嫁接。诚然,欧洲浪漫主义文学的传入对中国现代抒情文学的产生有着至关重要的作用,但如果将后者简单地视为前者在东方的复制品,则有失偏颇。在普实克看来,中国现代文学的抒情性特征既受到欧洲浪漫主义文学的直接影响,也是中国古典文学抒情传统的现代发展①。他在书中指出所谓中国的抒情传统与西方的浪漫主义抒情传统是有着细微差异的。西方的浪漫主义抒情传统更加注重自我个性与灵魂的解放,注重个人想象力的展开与创造力的呈现,与其相对的西方抒情诗也更加直白私密,非常的自我本位;而中国的抒情传统则有着一种更为广阔的指涉,以伦理道德与现实关怀为依托,与其对应的抒情文学亦是与现实有着更为密切的联系,表现手法上也更加幽微曲折。

对中国古典传统与新文学之间关系的探讨,是普实克对中国现代文学进行研究时首先关注的一个问题。普实克认为,在中国古典诗歌中,诗人借用借景抒情、融情于景、意象比兴等手法进行抒情,这是诗歌作为中国文学主流较为突出的一个例证。事实上,“不论是‘诗’、‘词’,还是长篇韵文‘赋’,或是充斥其他文艺领域的抒情意境或抒情手法,抒情性在旧文人的文学作品中都占据了首要的位置。从某种意义上说,散文也有抒情性。与政论文或反映作者官场生活的作品不同,对自然景物的描写,对个人经历和感受的叙述,是大部分散文的主题”。② 时至宋明,这种抒情性进一步发展,“这种强调个性和内心情感的倾向日益明显,作家们越来越公开自己的心理世界,把自己完全呈现在读者面前”。③无论是沈复的《浮生六记》、吴趼人的《二十年目睹之怪现状》还是刘鹗的《老残游记》,都标志着晚清文学更加注重主观主义与个人主义的趋势,“晚清是一个独立的时段,是中国传统文学向现代文学过渡的关键时期”。④ 这种说法某种程度上带动了王德威“没有晚清,何来五四”口号的提出。普实克认为,所谓“抒情”不过是更为注重作者的内心反映与主观感受,是感受、色彩、情绪与想象间融合的产物,无论是鲁迅还是郁达夫,都良好地秉承了这一传统。“新文学中这些貌似新颖的形式,其实也是深深地扎根于文学传统的。不论是新文学还是旧

① 刘云:《普实克论中国文学的抒情传统》,《湖南大学学报》2015 年第 1 期。

② [捷克]亚罗斯拉夫·普实克:《抒情与史诗——中国现代文学论集》,郭建玲译,上海三联书店 2010 年版,第 9 页。

③ [捷克]亚罗斯拉夫·普实克:《抒情与史诗——中国现代文学论集》,郭建玲译,上海三联书店 2010 年版,第 10 页。

④ [捷克]亚罗斯拉夫·普实克:《抒情与史诗——中国现代文学论集》,郭建玲译,上海三联书店 2010 年版,第 3 页。

文学，都有着典型的抒情态度，倾向于感知某种特定的现象或境遇。”①

长久以来，大陆学者一直坚持在五四新文学与之前的旧文学之间是有一条深不可测的鸿沟的，二者呈现出一种断裂的姿态。普实克的这种观点颠覆了学者们的固有认知，大胆地将新文学假设为旧文学的一种延续。这种观点对王德威后来的学术道路起到了至关重要的引领作用。

另一方面，普实克在对“抒情”进行解读时，会营造一个二元对立的模式，在比较中进行条分缕析的全面解读。在《抒情与史诗》一书中，他为“抒情”设立了一个对立面——史诗，在相互观照中完成对中国现代文学抒情性的解读；而王德威在对“抒情传统”进行建构时，同样选取史诗作为参照物，在史诗时代中寻觅抒情的踪迹，以此来完成现代文学与古代文学间的连结。

普实克曾指出，中国现代文学所蕴含的抒情性不仅来自于中国传统，同样也受到西方浪漫主义思潮的影响，是一种中西合璧的抒情传统。因而，在具体内涵上也更为繁复与庞大。这一观点同样影响了王德威对“抒情传统”文学史观的认知。他在对“抒情传统”这一概念进行定义时，不仅注重挖掘其中传统文论的因子，同样注意到这些传统诗学因素在西方话语观照下的变异与演进，从而打造出一个从内涵到外延都无限延展的巨大能指。

（二）“抒情传统”文学史观对前人成果的突破

经前人的关注与探索，“抒情传统”俨然已形成一个极具差异性与开放性的话语体系。然而，这并不是说王德威“抒情传统”的学说只是对前人概念的简单重申与复述。事实上，王德威在继承前人理论成果的基础上又进行了更为深入的阐发，并将“抒情传统”由一种批评概念提升为一种文学史观，使其更具广度与深度。

1. 时间维度的拉长

无论是海外华人还是欧美学者，他们的苦心孤诣更多地停留在对过往历史的一种梳理，对先前文坛现象的一种归纳总结。陈世骧与高友工笔下的“抒情传统”到明清为止。在“现代化”来临之后，“抒情传统”何去何从，他们并未提及。普实克亦认为在近代中国，随着革命事业的兴起，个人将逐渐向集体靠拢，抒情群体将会取代抒情个体登上文坛，进而中国又将步入一个以“大我”为基调

① ［捷克］亚罗斯拉夫·普实克：《抒情与史诗——中国现代文学论集》，郭建玲译，上海三联书店2010年版，第84页。

的史诗时代。在他们眼中,绵延千年不断的"抒情传统"在全新的时局变革中似乎终将走向一种式微。王德威用自己的著作对"抒情传统"的学说进行了进一步的扩充,将"抒情传统"的探讨范围扩大至现当代文学领域。他指出即便是在史诗时代,"抒情传统"非但不会绝迹,反而会脱胎换骨,迎来更高层次的发展。王德威使"抒情传统"在当下社会也得以延续,真正成为连接上下五千年文学历史的核心线索,在传统的"启蒙"与"革命"话语之外,又新增"抒情"的视角,为我们重审中国现当代文学开辟出了一条全新的路径。

2. 概念范畴的扩大

王德威之前,学者们要么将"抒情"视为西方浪漫主义在东方的变种,要么视作晚明"情教"说的遗绪。即使普实克多次对比强调东西方"抒情"学说内涵上的差异,但不能否认他眼中所谓中国的"抒情"仍是以西方浪漫主义为内核。王德威对上述观点表示批判,认为"论者对'抒情'的轻视固然显示对国族、政教大叙述不敢须臾稍离,也同时暴露一己的无知:他们多半仍不脱简化了的西方浪漫主义说法,外加晚明'情教'论来的泛泛之辞"①;另一方面,他又将"抒情"一词的内涵无限扩大,拓充为一个超级能指——"成为一种言谈论述的方式;一种审美愿景的呈现;一种日常生活方式的实践,乃至于最重要也最具有争议性的,一种政治想象或政治对话的可能"②。

"抒情传统"作为一个其来有自的学术传统,虽不是由王德威独创,但却是在他手中得到充分发展,逐步走向巅峰,成为海内外学者共同关注的一个理论热点。他在师承前人成果的基础上进一步对概念的内涵与外延进行拓展,打通了"抒情传统"与现当代社会之间的壁垒,将其打造成一个具有复杂面向和多重维度的超级概念。

三、王德威"抒情传统"文学史观渐次深入的生成过程

王德威笔下的"抒情传统"文学史观走向深入与全面的过程并非一蹴而就。结合其一系列著作我们会发现,作为海外华人及台湾中国现代文学的第三代领军人物,他最初关注的中心与重心是"现代性"。围绕这一充满歧义、多少年来

① 王德威:《抒情传统与中国现代性——在北大的八堂课》,生活·读书·新知三联书店2010年版,第3页。

② 王德威:《抒情传统与中国现代性——在北大的八堂课》,生活·读书·新知三联书店2010年版,第72页。

引众学者争议不休的热点概念，王德威不断对中国晚清时期的文学谱系进行探索与补全；而“抒情传统”文学史观的概念，亦是在对“现代性”进行阐释的过程中，逐步羽翼丰满。

（一）前置概念的融合与历时性演进

王德威的知识体系博大深厚，学术研究与文学批评也具有广阔的视野与多样的能力。无论是西方文学艺术领域最前沿的理论还是东方传统诗学中的精华部分，他都熟稔到信手拈来。无论是对海外华裔学者的论著进行论述，还是对中国当下的文学现实进行品评，他都得心应手，游刃有余。从传统文学的诗与史、情与物、兴与怨到革命浪潮中红色诗人们满载豪情壮志的引吭高歌，从鲁迅标志着新文学高度的《狂人日记》到朱天文代表着颓废一代的《荒人手记》，从呢喃着颓废淫靡之音的晚清文学到充满着先锋意味的新时期文学实验，从茅盾到老舍，从苏童到余华，王德威用他的著述营造了一个多姿多彩的学术王国。纵览其学术著作，花开满园各有千秋，这些表面上看似毫无关联的学术成果实际上在深层之中有一条隐而不发的学术脉络一以贯之，那便是对“现代性”的执着，而“抒情传统”文学史观则是这条学术思路的最终成果。

时至今日，无论古今中西，学术界对“现代性”一词的含义似乎从未达成一致。这么多年来，“现代性”始终是学者们持续关注的热点与重点。众声喧哗，百家争鸣，因而如今的它成为一个充满歧义、引人争论不休的存在。正因为学者们对现代性进行观照的视角如此多元，现代性才成为一个立体丰盈的概念，展现出众多复杂的面向；亦是在此基础上，王德威对中国文学中的现代性进行重新阐发才具有可能性与可行性。值得一提的是，王德威对现代性的阶段性探索同样将“抒情传统”文学史观的生成过程划分为三个极具代表性的时期，为“抒情传统”文学史观提供了“传统”、“现代”和“抒情”这三个前置概念。这三个概念三位一体，变化融合，最终构成“抒情传统”文学史观。换言之，“抒情传统”文学史观包含以上三个方面的学术规范，是三个理论维度的有机统一与逻辑关联，缺一不可。

1. 何谓传统：对现代文学传统的重新定义

虽然在王德威早先的著作中已经可以寻觅出有关现代性的追问，但如若进行严格的审视，其最早对现代性概念较成体系的探讨，是在《想象中国的方法——历史·小说·叙事》一书中。这部书的出版记录了王德威对现代性进行阐发的初步尝试，确有其存在的价值与意义。在这部书中，王德威试图以晚清小说作为切入点，对现代性的具体内涵进行尝试性的重建并通过对现代文学传统的重新定义，为“抒情传统”文学史观的提出奠定了基础。

为了提升小说作为例子的可信度，在序言《小说中国》一章中，王德威开篇便将“小说”这一文类提升至一个合适的高度，给予其一个恰如其分的身份。他直言道：“小说是现代中国文学最重要的一种文类。过去一个世纪以来，小说纪录了中国现代化历程中种种可涕可笑的现象，而小说本身的质变，也成为中国现代化的表征之一。”①在将小说提高至我们未来思考文学与国家、神话与史诗互动的起点之一②的高度后，王德威顺势而为，借十余部具有代表性的小说，打破了以往我们对于现代性的固有认知，对其进行了初步叩问。

书中收纳的《被压抑的现代性——没有晚清，何来五四》一文可谓是全书的重中之重，书中其后篇章的论述求证几乎全部以此为骨架，在此篇所建构出的理论框架之中进行自我解说。在此文中，王德威提出“没有晚清，何来五四”的说法并以此为指引，对晚清时期的文学作品进行重新观照，将之与五四时期的新文学进行对比。两相比照之下，王德威认为，长期以来，晚清小说一直处于一种被低估的状态：如果仅从对中国现代性作出的贡献这一层面上进行分析，晚清时期的重要性并不亚于五四时期；或者说，唯有晚清时期的积淀才换来五四时期的爆发。如此一来也就不难理解为什么在文章的最后，王德威会慷慨激昂地写道：“我们应已了解那不只是一个‘过渡’到现代的时期，而是一个被压抑了的现代时期。五四其实是晚清以来对中国现代性追求的收煞——极匆促而窄化的收煞，而非开端。没有晚清，何来五四？”③自此，“没有晚清，何来五四”的观点正式提出。

“没有晚清，何来五四”的观点之所以引人深思，实质上是源于隐藏在表层之下对传统观念的颠覆，而这种质疑与改写无疑是双重的。

王德威将现代性从西方学术观念转为东方文学图景的潜在话语。长久以来，大多数学者始终认为“现代性”一词是西方的舶来品，完全是西学东渐的产物，甚至可以说没有西方坚船利炮打碎我们天朝上国的美梦，中国文学的现代性就无从开启。而王德威却认为，中国现代性的源头并不在海外。西方的冲击并不“开启”了中国文学的现代化，而是使其间转折，更为复杂，并因此展开了跨

① 王德威：《想象中国的方法》，生活·读书·新知三联书店2003年版，第1页。
② 王德威：《想象中国的方法》，生活·读书·新知三联书店2003年版，第2页。
③ 王德威：《想象中国的方法》，生活·读书·新知三联书店2003年版，第17页。

文化、跨语系的对话过程①。因为在晚清时期，无论意识形态的守旧或维新，各路人马都已惊觉变局将至，而必须采取有别于过去的叙写姿态②。换言之，西方文化的传入只是起到了催化剂式的作用，孕育现代性的诸多条件，在太平天国至宣统逊位的一甲子内，早已筹备完善。

当现代性的源头，或者说我们对于现代性在空间上的理解转变之后，现代性在时间上的起讫点也随之改变。传统观念中，我们常将新文化运动作为中国开启现代性的标志，以五四时期作为中国迈入现代进程的时间点，而王德威更为大胆地进行假设，将中国现代化历程的时间点向前推移，上溯至晚清时期，这不得不说是一种新颖且勇敢的尝试。

伴随着时间与空间上的双重改写，王德威笔下近现代之间的连续性便大于断裂性，二者由一种分裂渐渐转为一种弥合状态。因而我们不难看出，“没有晚清，何来五四”口号的提出，为“抒情传统”文学史观的诞生奠定了理论基础。

2. 何谓现代：对现代文学传统的话语重构

如果说在《想象中国的方法——历史·小说·叙事》一书中，王德威试图通过对现代文学传统的重新定义来为“抒情传统”文学史观的生成奠定根基，那么在接下来的一系列作品中，他则力图赋予“现代性”更为广阔与丰富的内涵，从而使“抒情传统”文学史观对中国现代文学的解读成为一种可能。

《被压抑的现代性——晚清小说新论》可以视为王德威对现代性进行探讨的扛鼎之作。这部书最早由斯坦福大学进行出版，时至2002年，北京大学才正式在国内进行出版发行。此书一经问世便引发了轰动，一时间赞美与反诘共存。

在《被压抑的现代性——晚清小说新论》一书中，王德威延续了《想象中国的方法——历史·小说·叙事》一书的思路，在先前的研究基础上又进一步挖掘，继续对“现代性”的概念进行扩充，为20世纪中国文学的现代性进程重新整理出一条发展脉络，并在此过程中形成了自己独特的文学史叙事风格。在此书的中文版序言中，王德威对自己的研究目的显示出了极为清醒的认知。他不止一次地提到，晚清小说的存在以及其被轻视、被忽略这一事实本身就足以彰显中国文学现代性的一端。他写作此书，与其说是为了还原晚清小说的创新与多义面向、展现其在当时历史环境中特定的价值，不如说是通过对晚清小说更为

① 王德威：《想象中国的方法》，生活·读书·新知三联书店2003年版，第6页。
② 王德威：《想象中国的方法》，生活·读书·新知三联书店2003年版，第7页。

全面和深入的剖析来对他眼中的现代化的概念实行进一步的开拓与深化。

全书共分六章,第一章“被压抑的现代性”是统领性的存在。在这一部分,王德威再次对“被压抑的现代性”一词进行界定,并勾勒出晚清时期文学现象与文学批评理论交融并进的图景;后四章分别以狎邪小说、侠义公案小说、丑怪谴责小说和科幻奇谭小说这晚清小说的四大文类为主干,力图挖掘出掩藏其中的“现代性”因素;全书最后一章在总结全文、首尾呼应的基础上又联系当下小说界的现状,以晚清小说为起始点,对中国近几十年来小说的发展脉络进行了一次串联。

这部著作的价值在于王德威对相关概念的厘清与辨析。在现代性一词的众多面向中,王德威更注重其与传统之间的断裂以及由断裂过后的重建所生发出的新意。他选用了“现代”一词最为古典的定义,即“求新求变,打破传承”。而在此书中,他不仅对现代性的内涵进行了重新界定,更是对让现代之所以称之为现代的标准进行了重审。“有哪些现代文类、风格、主题以及人物,是被我们认定为‘现代’的中国文学话语所压抑、压制的?为什么这些革新仍然不被视为‘现代’?在哪一个历史点上‘现代性’摆脱了时间观念的枷锁,成为批判现实的法宝;由一个转瞬即逝的时刻转化而成神秘性的存在;由一个不断改变的历史情境,成为‘历史’天命的完成?难道真的只能有一种现代性的模式,每一个国家都必须采用,才能堂而皇之地自称为‘现代’?”①一连串的发问不仅说出了王德威自己的迷思,更点出中国学术界对现代性某些面向的不见。王德威认为,要想摆脱固有的政治观念的束缚,让现代性回归文学与审美的层次,从而对现代性达成一个较为客观理性的认知,则务必要先对这些问题进行重新思考。

在我国学术界现有的理论语境中,主要存在以下两种“现代观”:第一种基于强硬的“征服”思想,将现代定义为经由叛离及取代历史、过去与传统,而将时间向前推进②。李欧梵曾指出,这种现代观大多强调时间的线性发展,对启蒙与革命主题显示出极大的热情。正是在这种现代观的指引下,当我们回顾历史时,才更加注重当时西方话语的促进作用,更加强调五四时期反传统的呼声,将新文学与古典文学间的关系视作一种彻底的断裂。

与此相对的另一种模式,则难脱东西时间差异,毫无保留地揭示出中国文

① 王德威:《被压抑的现代性——晚清小说新论》,宋伟杰译,生活·读书·新知三联书店2005年版,第23页。

② 王德威:《被压抑的现代性——晚清小说新论》,宋伟杰译,生活·读书·新知三联书店2005年版,第23页。

学在追求"现代化"的过程中始终面临的一种尴尬局面:无论中国的先进知识分子如何紧跟西方文化潮流的脚步,我们的现代性与欧洲相比似乎永远落后一步,二者之间总是存在一定程度上的"延搁"。即使在我国文化语境中看来足够先进的理论,放置到西方世界之中,仍存在拾人牙慧之嫌。

王德威认为,以上两种模式都将现代性的概念过分拔高。这两种探究方式都将所谓"现代"从一个断代的观念转换成一个超越性的存在,好像现代性可以标举为永恒的理想、一个所有历史都必经的阶段①。如果我们跳脱这一固有思维模式,回归"现代"一词的历史性便会得出一个截然不同的结论:"晚清,而不是'五四',才能代表现代中国文学兴起的最重要阶段。太平天国乱后出现的小说已谱出各种中国文学现代化可能的方式。"②

在对"现代性"进行阐释的基础之上,王德威又进一步解释了何为"被压抑的现代性"。

所谓"压抑",指的便是一种潜在、隐藏的状态,暗示着"上述的诸般现象其实从未离我们远去,而是以不断渗透、挪移及变形的方式,幽幽述说着主流文学不能企及的欲望,回旋不已的冲动"。③

王德威特别指出,晚清小说的现代性并不仅仅体现在新旧交替之交梁启超、裘廷梁、严复等人求新求变的改革活动上,更彰显于众多先进知识分子所不齿的狎邪、鸳蝴、科幻、公案、谴责等小说文类中。

早在《想象中国的方法——历史·小说·叙事》一书中,王德威就提及晚清小说的四大文类其实已预告了20世纪中国"正宗"现代文学的四个方向:对欲望、正义、价值、知识范畴的批判性思考,以及如何叙述欲望、正义、价值、知识的形式性琢磨④。而在《被压抑的现代性——晚清小说新论》一书中,他对此进一步进行扩充,进行了更为详尽的论述。"如果'五四'文学以启蒙、革命、情感与理性对话,以及写实主义的表述实践(representational practice)为特征,其实晚清小说早已先驰得点,而且其激进处,在在可为'五四'典律添加另一向度。我以四个话语轴线,论述'被压抑的现代性':启蒙与颓废、革命与'回转'(involu-

---

① 王德威:《被压抑的现代性——晚清小说新论》,宋伟杰译,生活·读书·新知三联书店2005年版,第24页。

② 王德威:《被压抑的现代性——晚清小说新论》,宋伟杰译,生活·读书·新知三联书店2005年版,第24页。

③ 王德威:《被压抑的现代性——晚清小说新论》,宋伟杰译,生活·读书·新知三联书店2005年版,第11页。

④ 王德威:《想象中国的方法》,生活·读书·新知三联书店2003年版,第16页。

tion)、理性与滥情以及模仿与谑仿。”①

就这样,王德威一箭双雕:在对现代性进行深挖的同时已经触到了改写文学史的层面;换言之,当他设想出一种重新书写文学史的方式时,亦在不经意间再次丰盈了自己的现代性理论。

在此之后,《如何现代,怎样文学?——十九、二十世纪中文小说新论》一书正式出版。如果说上文所述的《被压抑的现代性——晚清小说新论》一书是关于王德威现代性思考的集中体现,那《如何现代,怎样文学?——十九、二十世纪中文小说新论》则是他在对现代性发展脉络进行捋顺后,勾画出的一幅有关现代性谱系的理想版图。

在这部书稿中,王德威已经注意到“文学”与“现代”二者间微妙的对话关系。他直言“如何现代”始终是当代研究者念念不忘的主题,而“怎样文学”则一直以来被塑造成与现代性发生连结的主要途径之一。王德威指出,要想真正理解中国式的现代性,务必要返回文学历史现场,对当时的作品进行中肯的细读。这包括从家国理想到个人兴发,从意识形态到文辞语法等在内的各个层面。《如何现代,怎样文学?——十九、二十世纪中文小说新论》一书共收录了21篇文章,围绕6个主题展开,这亦代表了王德威对中国小说进行审视的6个面向。

尽管王德威采用了不同于以往的研究方法,但他对现代性的总体认知并没有改变,他仍将“现代”视为一个充满着时间危机意识的概念,其核心意义就在于对传统的颠覆、对权威的推翻,是一种向新向前的趋势。需要指出的是,这种向前向新指的是观念和内容层面,而非单纯的形式上的新旧与否。五四时期的文学虽然引入不少海外流派的写作技巧,但其话语论证模式上的创新性与超越性并不及晚清时期的小说,因此我们也就不难理解,为何王德威会说相较于晚清时期,五四时期的现代性实则是走向了一种窄化。

王德威通过对现代性、现代文学话语的重构,扩大了其内涵与外延,为“抒情传统”文学史观成为中国现代文学的一个面向提供了可能性。

3. 何谓抒情:对抒情与写实的重新界定

王德威试图对现代性的概念予以重新阐释,他在阐释方法上也力图进行突破与革新。王德威将“现代”一词搁置于不同语境,在与其他概念进行比对连结

---

① 王德威:《被压抑的现代性——晚清小说新论》,宋伟杰译,生活·读书·新知三联书店2005年版,第12页。

的过程中，实现对现代性的一次次反观。写实与抒情一直是王德威对自己的现代观进行构建的两条重要途径。在对现代性以及现代文学话语进行重构的过程中，他无形之中对写实与抒情的概念也进行了重新定位。

在先后出版的《从刘鹗到王祯和——中国现代写实小说散论》《写实主义小说的虚构：茅盾，老舍，沈从文》两部书作中，王德威试图从现实主义或者说写实主义的视角对现代性进行阐释论证，并将写实主义小说称为对中国现代性进行勘探的最佳途径。他通过对刘鹗、王祯和、茅盾、老舍、沈从文等作家的作品进行有预设的解读，在在展现出了重建现代性的另一种可能性。然而，想要单靠写实对现代文学图景进行较为全面的观照，那势必会存在一定难度。长久以来，写实主义作为文坛的正统文学，自有其“难言之隐”；而写实主义小说本身也存有一定的盲点，以它为工具对现代性进行勾勒，存在无法顾全的面向亦是意料之中。于是，以在《写实主义小说的虚构：茅盾，老舍，沈从文》一书中对沈从文的研究为引，王德威似乎寻觅到了对现代性进行开拓的另一条途径——重新叩问抒情传统。

2010 年，《抒情传统与中国现代性——在北大的八堂课》一书由三联书店整理出版，正式与大陆读者见面。此书包括王德威在北大短期授课期间所进行的六次演讲和两次座谈资料。除此之外，王德威又另作《“有情”的历史：抒情传统与中国文学现代性》一文作为序论，对“抒情主义”与“抒情传统”产生的理论背景进行梳理。《抒情传统与中国现代性——在北大的八堂课》不仅回答了单靠“写实说”不能顾及的面向，更是王德威对先前理论著述所做的一次呼应。他通过对“抒情”一词不同于传统的阐释，为现代性研究开辟出更多的可能性。

在西方学界，将抒情与现代性合而观之的做法早已有先河。无论是阿多诺的“抒情诗与社会”，还是保罗·德·曼的“抒情与现代性”，都或多或少地呈现了这一面向，而本雅明在《波德莱尔的几个母题》当中更是向我们展现了在现代情境中，抒情主体究竟应该何去何从。此外，卢卡契、海德格尔对这一话题也有不俗的展现。相较之下，现代中国文学在这方面的尝试则略显薄弱。普实克曾称抒情是中国文学走入现代的一个契机，但之后中国文学的现代性与抒情性将如何相衍相生，他言之不详；而王德威正是顺承这条脉络而下，向我们展现在五四之后，乃至在当下文坛，抒情是如何与现代相辅相成。

当“启蒙”与“革命”成为两大惯性话语，“抒情”的提出无异于能够冲破当下学界所面临的某些尴尬与困局。值得注意的是，王德威抒情学说是在对现代性进行阐释的过程中炼就的，其“抒情传统”学说中的抒情主体是与现代主体相交织的。追根溯源,“抒情传统”原本就是为了辅佐“现代性”而创建起的一个理论体系,因而也就不难理解为什么王德威笔下的“抒情传统”并不扎根于民族性,而是立足于现代性。“事实上不论从审美、从文化实践、历史观照,甚至从政治意识而言,‘抒情’都提供了一个界面,或雷蒙·威廉斯(Raymond Williams)所谓的‘情感结构’,让我们审视思考一个世纪中国文化人追求现代性的成就和不足。”①

在《抒情传统与中国现代性——在北大的八堂课》一书中,王德威先是条理清晰地证明了“抒情传统”的可靠性与合理性。在《“有情”的历史:抒情传统与中国文学现代性》一章中,他将学界对“抒情”的研究细分为海外华人学界、海外异族学界以及中国内陆学界这三部分,分别以陈世骧与高友工、普实克、沈从文等人作为代表。王德威对他们的抒情学说进行详尽评述,由此为自己“抒情传统”文学史观的提出做好学术脉络上的厘清与梳理。在此书的其后几章中,王德威分别围绕启蒙/启悟、革命/回转、国族主义/身份认同、时间/创伤、主体/死亡等关键词展开,成功地将“抒情”打造成继“革命”与“启蒙”之后审视中国现代性的另一维度。

此时此刻的王德威显然已不满足于对现代性概念作出异于前人的阐释,他开始面向更为广阔的未知与疑惑发问:适用于西方文学的现代性定义是否同样契合东方文学的特质?中国文学艺术的现代性从何所来?与传统文学是否具有不绝于缕的内在关联?当下学者又应当以怎样的姿态来对中国语境下的现代性进行评说?

笔者以为,我们不妨以书中对五四文学的具体分析为例,细看王德威是如何在抒情传统的脉络之中对近现代的文学事实进行观察;如何以“五四文学”为纽带,将“抒情传统”与“现代性”二者进行连结。

关于五四文学与抒情传统之间的内在关联以及在抒情的过程中是如何体现“现代”特质的,王德威从以下三个层次逐层进行了递进式的论证。

首先,王德威以开创引领新时期抒情论先河的鲁迅、王国维为例,试图说明五四时期的浪漫不仅是18、19世纪欧洲浪漫主义的果实,更融汇着中国传统文学文论的精髓;试图力证“没有中国诗学资源的支撑,不论是词汇的或是观念

---

① 王德威:《抒情传统与中国现代性——在北大的八堂课》,生活·读书·新知三联书店2010年版,第1页。

的，他们与西方浪漫主义以次文艺理论的接触难以成其大”。[①] 无论是《呐喊》还是《彷徨》，更不消说被鲁迅称为独属于自己、充满个人色彩的《野草》，这些作品情绪丰沛，总是洋溢着一种近似于屈原“发愤以抒情”式的悲愤。《彷徨》一书更直接以《离骚》的名句“路漫漫其修远兮，吾将上下而求索”作为题词。虽然从表层上看，鲁迅始终怒吼着要与旧时代、旧传统、旧文学划清界限，然而幼年时期的私塾教育早已将传统文化的精华渗入其骨髓，铸成其血肉了。传统文化不仅使鲁迅形成了感时愤世的行文风格与写作姿态，更铸就了他刚正不阿、针砭时弊的人生态度。王德威同样指出，王国维的《人间词话》更是浸透了古典诗学文论的汁液。在《人间词话》中，王国维不仅承习了严羽《沧浪诗话》的“兴趣说”，又探讨了王世禛在《神韵集》和《池北偶谈》中谈及的“神韵说”，融合自己对抒情主体的见解后而水到渠成地创造出了影响后世的“境界说”。

其次，王德威进一步指出五四时期的学者不仅传承了抒情传统，更是在新的时代环境下赋予其全新的意义。而对传统进行重新解读的关键，恰恰在于现代意识的进入。“五四新文学虽然以打倒旧文学为职志，但对抒情传统其实频频回顾，而且屡有创建。正因为‘现代’意识的介入，这一辈的文人更有勇气解散过去一以贯之的传承法统，将不同时期、学派、风格的抒情论述或实践罗列在同一时空坐标中比对品评。”[②]王德威例举了朱自清的《诗言志辨》、周作人的《论小诗》、闻一多的《神话与诗·歌与诗》这三部论著。此三人曾就“诗言志”一说展开辩论，各抒已见。王德威认为“他们对‘诗言志’的重新诠释应该不是为了故纸堆里的考证而已，而有叩问中国诗歌传统和现代性之间的用心。诗歌——或文学——的光谱因此包括了言志、缘情、纪事的维度，进而指涉了私人和公共领域的互动、知识议论的呈现和历史记忆的形成”。[③]

再次，在传承抒情传统，对其进行创新的基础之上，更有一批先进知识分子将其与“现代”意识进行更为密切的结合，完成了各种“将中国抒情化”的实验，而这亦是王德威要论述的最后一个层面。朱光潜学贯中西，将西方美学领域的“距离说”与东方诗学“超然物外”的审美观进行比对，将克罗齐的直觉说与传

① 王德威：《抒情传统与中国现代性——在北大的八堂课》，生活·读书·新知三联书店2010年版，第33页。

② 王德威：《抒情传统与中国现代性——在北大的八堂课》，生活·读书·新知三联书店2010年版，第34页。

③ 王德威：《抒情传统与中国现代性——在北大的八堂课》，生活·读书·新知三联书店2010年版，第35页。

统文论“静观自得”的学说进行嫁接；同样，深受象征主义影响的梁宗岱将西方的理论应用到中国传统诗学当中，“认为‘象征’颇近于（虽未必等同）《诗经》中的‘兴’，甚至认为《文心雕龙》的‘兴者，起也；起情者依微以拟文’与象征主义的‘意象’（马拉美），‘客观对应物’（艾略特）等观念有了对话可能”。“如此的传统诗学已经被纳入梁宗岱对当代诗学论述的体系。”①除此之外，沈从文与宗白华亦为构建中国抒情现代性贡献了一己之力。五四时期的学者正是站在了“现代”的时间点上，发现无论是中国还是西方现有的话语资源都有穷尽的威胁，因而才前方无路想回头，试图对中国传统文化进行重新梳理并以此作为与现代性进行对话的资本。对此，王德威曾作出如此评价：“有一代的文人是承接了传统里面的抒情资源，并把这些抒情资源逆转过来，成为自己解放自己，或者用句时髦的话说，自己‘解构’自己的重要形式。”②虽然在当时的时局环境下抒情传统命途多舛，每一步都走得磕磕绊绊，但不得不承认的是，它亦的确在当时大行其道的现实主义或是写实主义的传统之下，为我们提供了另一种想象中国现代性的方式。正如王德威深情写道：“面对着家国的患难，‘抒情’或是‘有情’的作家，一样也能够以文笔为历史做出见证。”③

写实与抒情这组概念的创建与打造为王德威的现代性研究提供了更为广阔的发展空间；而在对现代性进行求索的同时，同样也赋予了写实与抒情某种更符合当下价值取向的意义与地位。

（二）观念体系的深化与指涉范围的泛化

诚然，“抒情传统”文学史观最初是王德威为展示现代性复杂面向而做出的一个有益尝试，但这并不是说“抒情传统”文学史观作为一个理论学说其全部价值都止步于此。事实上，“抒情传统”在与现代性交相辉映的过程中早已逐步羽翼丰满。如果我们将对现代性进行阐释这一功利目的进行抽离，仅对“抒情说”的内涵、外延及理论框架进行观照，便会惊讶地发现王德威对“抒情传统”的论述已经有头有尾、善始善终，逐步完成了自身观念的深化与范围的泛化，成为一

① 王德威：《抒情传统与中国现代性——在北大的八堂课》，生活·读书·新知三联书店2010年版，第38页。

② 王德威：《抒情传统与中国现代性——在北大的八堂课》，生活·读书·新知三联书店2010年版，第79页。

③ 王德威：《抒情传统与中国现代性——在北大的八堂课》，生活·读书·新知三联书店2010年版，第100页。

个能够独当一面的独立学说。

1. 从东方到西方到接通中西

中国抒情说的源头可上溯至言志说、缘情说与情志说。回顾中国传统文学理论，有关抒情的著述亦是精彩纷呈。从儒家兴、观、群、怨的诗教，到老庄的“心斋”、“坐忘”的逍遥，《易传》传统的生生不息、气韵生动，还有禅宗所启发出的羚羊挂角、天机自现，都代表了表述抒情的不同意识形态面向①。

在西方定义下的“抒情”，则关乎于个人情绪的隐秘传达，其含义似乎稍显狭窄。在西方文化语境中，代表“抒情”的 lyric、lyrical、lyricism 源于希腊神话中音乐女神的竖琴 lyre，因而我们可以推测西方的“抒情”最初是与音乐有关的。同样，谈及西方抒情作品，“我们想到的是一种小诗的风格，相对于史诗（epic）的长篇巨制和公众吟唱的场合。它特别强调个人情性的、即景的、比兴的抒发；通常它以流丽的文辞、曼妙的音律、丰沛的热情来传达歌者的衷肠；而听众，抒情音乐或者抒情诗歌的听众，也随着这样的声音的传送，投入到诗人或者吟唱者的想象空间里”②。

这两种抒情观在不同的时空有条不紊地发展着，而王德威所试图重建的“抒情传统”文学史观既不是对中国古典视野中抒情观的提炼与修复，也不是对西方浪漫主义的夸大与添增。他以重新叩问传统之名，创造出一个中西合璧的全新概念。

他先是承认中国传统文论的历史地位与意义，肯定古典抒情论在当下时代的重要价值。“我有意反驳过去的论述把‘浪漫主义’这四个字无限上纲，把‘抒情’压缩成一个很小的、一个牧歌式的、民谣式的个人情绪抒发的写作模式。恰恰相反，正是因为回到了中国传统的文论以及美学的一些资源，我们得以再一次地开拓我们对于抒情的想象。”③与此同时，他也一次次重申，西方浪漫主义想象同样也是“抒情传统”所包容的一个重要组成部分。因此，他笔下的抒情不再拘泥于19世纪传入中国的西方浪漫主义风潮，亦囊括了儒家以《论语》为基底构筑起的礼乐乌托邦、《楚辞》与《九章》中的“发愤以抒情”、老子庄子的哲

---

① 王德威：《抒情传统与中国现代性——在北大的八堂课》，生活·读书·新知三联书店2010年版，第4页。

② 王德威：《抒情传统与中国现代性——在北大的八堂课》，生活·读书·新知三联书店2010年版，第71页。

③ 王德威：《抒情传统与中国现代性——在北大的八堂课》，生活·读书·新知三联书店2010年版，第351页。

学、魏晋时期的美学、陶渊明的田园牧歌、李后主的伤春悲秋等东方抒情文化中的精华部分。他赋予“抒情”以全然不同于以往的阐释，将其打造成一个兼顾中西、内涵丰富多变的概念。

虽然王德威在打造“抒情传统”文学史观概念的过程中既传承了东方古典抒情学说中的多元面向，亦借鉴了西方浪漫主义文学中的抒情主体，但我们却不能将“抒情传统”文学史观视为中西抒情观的简单拼接。实际上，王德威是在对中西方抒情学说进行透彻钻研的基础上找出其被遮蔽的共通性，促成了中西文化超越时间和空间的沟通与交流。

自此，作为中西合璧产物的“抒情传统”文学史观既有东方的抒情视野亦囊括了西方抒情的具体技法，内涵与外延都得以在一定程度上扩充。相较于先前狭隘的抒情说，“抒情传统”文学史观自然具有更为广阔的理论基础。

2. 从文学体类到文化编码

王德威不仅赋予“抒情传统”以丰富内涵，也试图在空间上予以解放，让它从单纯的文类代表一跃成为一个容纳万物的巨大能指。

王德威并不认为抒情仅仅是一种文体类别或者具体的书写方式。在《“有情”的历史：抒情传统与中国文学现代性》一文中，他提出“抒情”不仅标示一种文类风格，更指向一组政教论述、知识方法、感官符号、生存情境的编码形式。高友工早在《文学研究的美学问题（下）：经验材料的意义与解释》中就将抒情的范畴予以开拓：“（抒情）这个观念不只是专指某一诗体，文体，也不限于某一种主题，题素。广义的定义涵盖了整个文化史某一些人（可能同属于一背景，阶层，社会，时代）‘意识形态’，包括他们的‘价值’、‘理想’，以及他们具体表现这种‘意识’的方式。”①王德威在《抒情传统与中国现代性——在北大的八堂课》中将“抒情”细分为五个层次，首先是以抒情诗为代表的抒情文类里的抒情，其次又将其拓展为“叙事以及话语言说模式的一种”，第三层是将抒情“当作一种审美的视景或者愿景”，第四层继而扩大到“一种生活的模式，一种对实践日常生活的方法或姿态”，最后一层亦是最富争议性的一层：一种政治维度，“一种参与、干预或脱离政治历史情境的企图”②。

自此，王德威终于将抒情从文学层面解放出来，上升到一种文化层面上的

① 季进：《认知与建构——论海外中国现代文学史的书写》，《文艺理论研究》2011 年第 5 期。

② 王德威：《抒情传统与中国现代性——在北大的八堂课》，生活·读书·新知三联书店 2010 年版，第 71 ~ 72 页。

思考，一种文化编码形式。

为证实自己所言非虚，王德威在其后的篇章中结合具体作家实例，依次对自己在前文中对“抒情”的分层进行阐释。以第三讲《红色抒情——从瞿秋白到陈映真》为例，王德威试图在最具争议性的层面里自圆其说。

在学术界的传统观念里，中国的抒情似乎到19世纪为止。当时局变动、革命浪潮袭来的时候，文学不再独属于个人，文人的目光也不再停留于个人的喜悲与诗意。他们的聚焦点更多地向“家国”靠拢，向政治标准靠拢，乃至一度出现政治左右文学的局面。王斑曾用“崇高”一词对20世纪中国的文学场景进行概括，他将革命时代的“崇高”定义为：对一切有人味的事物，从食欲、感情、感受力、色欲、想象力、恐惧、激情、性欲到自我的兴趣等一概都在清除或压抑之列，务求以暴力形式将所有人性的质素升华到超人或非人的层面①。在革命时期的文学作品中，处处宣扬着这种不食人间烟火般的崇高。

诚然，革命作为一种人为的发明，的确是以某种政治观念作为轴心来驱动的，但这并不等于革命没有审美的层次。恰恰相反，为了达到众志成城的目的，革命运动的审美维度不可或缺。然而，这种审美终究都走向了一种诗意的寄托；换言之，革命的审美是以抒情作为其核心的。因而王德威认为，革命时期越是强调这种群体化、无个人的崇高感，越是在无形之中运用着充满个人情绪的抒情手法。“如果‘崇高’泯灭了革命主体的个别位置，‘抒情’往往又泄露了革命主体的心事。或反过来说，没有了抒情主体的一往情深，死而后已，崇高美学的开展也不会如此惊心动魄。”②在接下来的部分，王德威又分别以瞿秋白、何其芳、陈映真这三个来自不同领域、具有不同背景的文人作为例子，试图证明革命与抒情二者间的亲密并非偶然，而是一种水到渠成的必然。自此，王德威以革命时期的“红色文学”为对象，挖掘出隐藏在革命话语之下的抒情因素，向读者展现了在革命的历史长河中，“抒情”究竟是以怎样的姿态参与到政治想象、甚至政治对话当中去的。

从文学到生活，从话语言说到存在方式，王德威不断扩展着抒情传统的范畴，使其“成为现代文学处理‘情’与文字、与世界的表征形式，还有所谓的写作

---

① 王德威：《抒情传统与中国现代性——在北大的八堂课》，生活·读书·新知三联书店2010年版，第139页。

② 王德威：《抒情传统与中国现代性——在北大的八堂课》，生活·读书·新知三联书店2010年版，第140页。

主体与肉体的互动的一个过程”①,从而创建出一个自觉以及自为的理论框架,并以此作为中国与海外汉学界沟通交流的起点。

四、王德威“抒情传统”文学史观多维展开的批评实践

与王德威曾用写实与抒情作为实现现代性的两条途径一样,当“抒情传统”文学史观成长为一个有始有终、自成一体的独立学说后,王德威也试图在其他著作中对“抒情传统”文学史观的复杂面向进行展现。综观其学术实践,他在自己的作品中进行了一系列实验,以“抒情传统”学说作为指引,向读者勾勒出全新的文学谱系,展现出前所未见的文学史图景。

王德威以“抒情传统”文学史观为指导进行的首次尝试,是在《被压抑的现代性》一书中。在紧随其后的《如何现代,怎样文学?——十九、二十世纪中文小说新论》《现代中国小说十讲》《当代小说二十家》《抒情传统与中国现代性——在北大的八堂课》等书中,他同样沿用了“抒情”的视角,让一切始于抒情,在对历史场景中的作品与作家进行联结后,最终又回归抒情。

事实上,“抒情传统”文学史观作为一个宏观的理论框架与学说,对于零散纷乱的文学现象具有串联与梳理的作用;与此同时,作为一种方法论其对文学史的写作与研究工作也具有一定的指导意义。因而王德威以“抒情传统”文学史观为指导进行的文学史书写与文学批评的实践是具有繁复面向的。这种理论意义和实践作用体现在其作为视域、评价标准和书写方法三个维度,王德威在这三个维度都进行了深入细致的理论探索。

(一)作为视域:观照对象的丰富性

当王德威以“抒情传统”文学史观为指引对文学史实与现象进行反观时,他似乎打破了某些隐形的壁垒,发现了长久以来被隐藏与忽视的文学线索。因而,较其他评论家而言,王德威获得了更为广阔的写作自由。

这种自由主要体现在观照对象的丰富性上。值得一提的是,所谓的丰富不仅仅是书写范围的扩大,同样也是对对象进行书写时的全面与深入。以“抒情传统”文学史观作为一种写作视域,王德威的写作视野得以扩大,书写对象具有

① 王德威:《抒情传统与中国现代性——在北大的八堂课》,生活·读书·新知三联书店2010年版,第351页。

更多的选择性与创新性。他不仅对某些经典性的作家作品进行了重新审视与评价，更对某些写作“禁区”予以打破，因而从某种程度上讲，他的研究更具开拓性意义。

1. 对经典的重审

在“抒情传统”文学史观的观照下，王德威首先关注所写人物的抒情性，即关注作为抒情主体的作家在历史长河中的沉浮。与其他学者不同，王德威的写作很少有一条一以贯之的宏大脉络线索，也很少圈定几部经典作品，以作品在文学界的地位来反观作家应有的地位。梵·高说，当他画一个人的时候，他要画出他滔滔不绝的人生。这句话同样适用于王德威的文学史写作工作。自始至终，他关注的都是作为独立个体的作家，关注他们是如何以一个抒情主体的身份去面对人生的大风大浪，应对时代的颠簸起伏。他笔下的作家不再是一连串我们耳熟能详的名字，不再是文学史上高高在上的标杆与里程碑，而是一个个有血有肉、有情有义、有着喜怒哀乐与爱恨情仇的活生生的人。王德威秉承了知人论世的学说，先去了解他们的人生，再去了解他们的情绪，最后才是了解他们的作品。如此一来，王德威为我们反观文学史提供了更多的可能性，也为经典作家作品的重读提供了可能性。

在王德威的一系列尝试中，最为出彩的莫过于对沈从文的解读。我们知道，在传统的左翼文学史叙事话语中，沈从文一直处于边缘地位，并未得到过多重视；夏志清在《中国现代小说史》中对沈从文进行了重新发现，将他拉回到读者的视野当中；当代学者对文学史进行重写的过程中点明了沈从文对乡土文学和抒情文学的特殊贡献，将其作品塑造成高高在上的文学典范；而王德威则真正将沈从文从一个经典的“作家”还原为一个曾存活于历史当中的“人”。在他书写的文学史与文学批评中，读者所眼见的不再是具有重要历史意义的某个时间点，而是沈从文跌宕起伏的整个人生。

正如上文所述，在当下的文学史叙述中，沈从文是作为乡土文学与抒情文学的代言人出现的。提及乡土文学，众学者试图于作品中挖掘出沈从文与故乡湘西间的难舍难分，分析楚地山水是如何为他提供创作灵感，而身居都市之中的沈从文又是以怎样的姿态对故乡的有情山水表示怀念。对于抒情文学，更多的评论家试图对沈从文作品中遣词造句的具体方式进行概括，看他是如何创建出一种诗化的语言，如何塑造出一种清新雅致的文学品格。以上种种都属于文学层面的研究，并未上升至一种文化层面上的思考。而“抒情传统”文学史观不仅是一种文学书写方式，更是一种文化编码的方式。因而王德威在“抒情传统”

文学史观引导下对沈从文的评述便显得更为宏观与全面。在《沈从文的三次启悟》一文中，他先是对沈从文的“乡土文学”进行了概念上的延伸：不仅指代童年经验与成长经历，更包括楚地文化传承对他的影响。王德威认为中国传统文学中的《桃花源记》与《楚辞》对沈从文后期的文学创作有着至关重要的影响：前者是千百年来经久不衰的中式乌托邦想象，后者则代表着南方楚辞抒情传统所能达到的极致。当对沈从文的乡土世界进行了庞大而丰富的想象后，王德威又对沈从文的抒情文学提出了自己的见解。他以《批判的抒情》与《想象的乡愁》这两篇文章为例，例证沈从文的“抒情”并不只是一种行文方式上的唯美，更是一种抽象层面上的抒情美学。“他企图借他的书写，借着他生活的美学，以及艺术上各种各样美感经验的交会，塑造一种安身立命的可能性。”[①]在《中国古代服饰研究》一书中，沈从文沿着时间的发展脉络，从先民写到清代，对服装的发展演变进行了详尽的展现，王德威认为这是一种全新的“物色观”。与此同时，以衣着为阐释基础，沈从文进一步生发出自己的领悟，对物象与风物进行品评，王德威则将此视为沈从文“缘情”的写作。由此，沈从文将“抽象的抒情”转变为一种历史实践。

在《沈从文的三次启悟》一文中，王德威还通过一组速写、一张照片和一本木刻画集对沈从文的人生阶段进行串联，看他是如何“借由不同的工艺美术和抒情的文字来重新唤起中国人‘想象’他们的现在和未来的能量”。[②] 王德威始终认为，沈从文的乡土书写中是贯穿着“抒情美学”的线索的。任何仔细地阅读过《边城》或是《长河》的读者，不难发现在沈从文轻盈曼妙的文笔之下，所掩藏的一层又一层深刻的历史感伤。[③]

沈从文用他的人生完成了三次启悟，王德威用他的作品完成了对沈从文的再评价。自此，王德威不仅打通了沈从文人生的不同阶段，更展现了不同历史时期不同文化间的起承转合。

2. 对“禁区”的突破

当批评家只瞩目于作家与作品本身，不再为文学以外其他层面的条件所束

① 王德威：《抒情传统与中国现代性——在北大的八堂课》，生活·读书·新知三联书店2010年版，第130页。

② 王德威：《抒情传统与中国现代性——在北大的八堂课》，生活·读书·新知三联书店2010年版，第109页。

③ 王德威：《抒情传统与中国现代性——在北大的八堂课》，生活·读书·新知三联书店2010年版，第100页。

缚，势必会在写作过程中获得更大程度上的自由，行文结构上突破他人所不能冲出的困境。当王德威在“抒情传统”的观照下进行写作时，他亦是洞见了前人所未见或者说“不敢见”的层面。

比如说对某些禁忌的打破。长久以来，出于某些政治考虑或者惯性思考，在我们眼下所见的文学评述中，一些才华横溢的作家似乎并未得到能与其才气相匹配的地位，国人对其作品价值与地位的评估也有失偏颇。从沈从文到钱钟书，读者乃至批评家对其作品的解读仅仅局限于某一单纯的向度，对他们的评价既不全面也不妥帖。更不消说在政治生涯上存在着污点的周作人与张爱玲。学者对他们的评定慎之又慎，小心翼翼地“就轻避重”，成功地避开某些该保持沉默的领域，处于一种隔靴搔痒的状态。而王德威以“抒情”作视域，一路畅行无阻。

在《“有情”的历史：抒情传统与中国文学现代性》一文中，他以“抒情传统”作为介入工具，直面周作人的文学观与人生观，甚至试图以抒情来对其政治上的背叛进行解读；而在《如何现代，怎样文学？——十九、二十世纪中文小说新论》和《现代中国小说十讲》等作品中，王德威对张爱玲作为一个女人的痴情与决绝、缠绵与怨恨进行了淋漓尽致的刻画。《从“海派”到“张派”——张爱玲小说的渊源与传承》和《记忆的城市，虚构的城市 I：海派文学，又见传人》两篇文章串联起张爱玲与其后大陆女作家之间的关系，深入浅出地揭示了张爱玲的行文风格是如何影响了几代人的上海想象。

要说王德威最为大胆的尝试与突破，笔者认为莫过于对胡兰成的审视。出于政治考虑，胡兰成算得上大陆学界的一块空白。文学史中无从寻觅他的踪迹，对其作品进行论述的学术著作亦不在多数。当王德威以“抒情传统”文学史观作为视域回望文学史发展历程的时候，他发现了胡兰成存在的意义。在《抒情传统与中国现代性——在北大的八堂课》一书的第四讲《抒情主义与礼乐方案——江文也与胡兰成》一章中，王德威试图对胡兰成在《山河岁月》《今生今世》等作品中呈现出的抒情史观进行挖掘，看他如何赋予古典文论以自己需要的意义。在《抒情与背叛：胡兰成战争和战后的诗学政治》一文中，王德威结合胡兰成的一系列具体作品，分析胡兰成是如何借抒情洗刷滥情与叛国的罪名，将抒情打造成自圆其说的一种手段。

3. 新颖的对比组合

王德威的学术写作有一个特点，便是喜欢为作家寻找比对对象，互为参照物，在相互观照的过程中完成对人物的刻画。以“抒情传统”文学史观为视域后，具有了更为多样的选择性，创造出更为大胆新颖的对比组合。在具体的文学史书写与文学批评实践中，王德威总是带给读者惊喜与感喟。他的组合方式与我们惯常所见不同，有时甚至会将我们以为风马牛不相及的一些作家进行对比论证。

在《抒情传统与中国现代性——在北大的八堂课》一书中，他打乱了时空界限，仅以“抒情观”为索引，将不同领域的文艺工作者进行归纳。在第三讲《红色抒情》中，他将走向不同人生道路的瞿秋白、何其芳与陈映真作为比对组合；而在接下来的第五讲《〈江行初雪〉·〈游园惊梦〉·〈遍地风流〉》中，他又将来自不同地域不同文化背景的白先勇、李渝、钟阿城放在一个框架内；《诗人之死》一节中，王德威让行文风格完全不同的海子、闻捷、诗明证、顾城相互对话；《抒情主义与礼乐方案》一章又以张爱玲解读胡兰成。在《众声喧哗以后：点评当代中文小说》一书中，王德威展现出更为天马行空的对比组合。全书共收录93篇文章，专辑一主要论述台湾作家；专辑二将莫言、王安忆、苏童、林白、格非等内地作家与香港地区、海外华人作家一并解读；在专辑三更是集其大成，综观当下文坛共通的文学现象。王德威所有的对比与解读都是以“抒情传统”文学史观为视域的，因为轻而易举地就能触及他们骨子里的相通之处，连接得自然而深刻。

可以说，王德威不仅打通了大陆与台湾、中国与海外的文学壁垒，更在“抒情传统”文学史观的概念之下完成了对陆台文学关系以及华文文学以及华语文学关系的重新定位。

（二）作为标准：评价体系的多元性

长久以来，文学批评实践与文学史的书写工作都力求一种“真实感”的营造，试图最大限度地贴近“真相”本身并以写实作为最高标准。而王德威“抒情传统”文学史观的横空出世无异于开拓出一种全新标准，开创出一个全新的审美空间，使对作家作品进行评价的话语体系变得更为丰富与多面，对具体的文学事实也能进行更为全面与多样的观照。

在对以“抒情传统”文学史观为评价标准的开拓性意义进行具体评述之前，我们不妨先对现有的文学评价体系进行回顾与归纳，反观以“抒情传统”文学史观作为评价标准是否具备正当性。

1. 从颠覆到重建

曾有学者说，一时代有一时代之文学；那么是否可以如此反问：一时代是否也应有一时代之文学史、一时代之评价标准呢？

回顾中国文学史的发展演变，我们不难发现同构性的文化理念传承固然存在，但更为主流的则是后起文学对前一个时期文学的质疑与颠覆。历代文学正是在一次次的解构与重建中传承至今。新文学总是在颠覆旧文学的模板，新写的文学史也同样对先前文学史的桎梏与束缚进行尝试性的突破。因而，新的评价标准的出现似乎也存在一定的必然性。

现如今已是21世纪，随着全球化时代的到来，中国学术也走上了一条与国际接轨的道路，试图与海外学界达成直接的对话。中外学者交流频繁，各种学说也是此起彼伏。伴随着这一过程的深入展开，中国学界对"文学史"一词也有了更为多元的见解。文学史不仅是过往经验、意识的积累，也指时间和场域、记忆和遗忘、官能和知识、权利和叙述种种资源的排比可能①。当历史与历史想象之间的关系被重新定位，文学与历史之间的对话似乎也具有了更多的面向。

当文学史的重写工作成为一种必要时，对指导文学史书写工作的评价体系似乎也应进行重新思考。如此一来，作为主流评价标准的写实便显出其桎梏性：由于过于强调历史的"真实性"，反而固步自封，使文学史的书写显得单调沉闷，千篇一律，因而无法满足中外读者多面向、多层次的需求。而此时，王德威"抒情传统"文学史观的提出便显得合乎时宜。当王德威以"抒情传统"文学史观作为一种标准，从审美而非其他层面对文学史进行重新关注时，必定会对历史现象与事件作出不同于"写实"的评价，展现出更为广阔的阐释空间。

2. 从单一到丰盈

与写实主义长久以来作为文学史书写主流标准的境况相对应的，是学界乃至国人对"文学史"这个专有名词在内涵上的审视。换言之，正是我们对"文学史"的特殊认知，才使我们在对文学史书写标准进行选择的过程中显示出某些倾向性。

在现有的文化语境中，国内学者与批评家们习惯于将文学史视为历史的一种，是在历史学范畴内进行某种详细划分后的一种门类，因而格外关注其"史"的属性。然而，国人对"历史"一词似乎带有某种根深蒂固的误解——认为历史是一系列事件、人物、场景以一种不可变更的顺序的排列组合，其客观与真实不会因个人的意志而发生任何变更和转移。中国素来有"以史为鉴"的说法，这也从侧面透露出中国传统的历史观。在这种认知下，我们总是过分尊崇"文学史"作为"史"的可靠性与权威性，因而对文学史实进行评判时也更倾向于客观与冷

① 王德威：《如何现代，怎样文学？——十九、二十世纪中文小说新论》，麦田出版公司1998年版，第8页。

静的状态。我们希望所有承载历史的文献资料都做到对历史场景的还原，与对历史情节的再现，因此，后人可以通过对遗留下来的文件、资料的整理与解读返回事件现场，毫厘不差地旁观曾经发生的一切。在这种氛围的引导下，自然也就不难理解为什么国内学界对写实标准格外推崇。

对历史的认知与对写实的选择本是一体之两面。一方面，对历史的认知直接导致了我们面对历史时所呈现出的态度，而这种心态与精神面貌则间接导致了我们对写实标准的选择；另一方面，长时间以写实作为写作的指导标准又反过来强化了这种历史观。一来一往间这种观念深入人心，已经从一种现象转变成一种潜意识。如此一来，后人若想对文学史实进行反观，在对批评标准进行选择的过程中便会不由自主地倾向于写实。长此以往，文学史的话语资源便会走向匮乏与枯竭。因为历史本是过去的事，有着确定的人物与事件，如若所有人全都秉承着真实性的原则对史实进行忠实的记录，那无异于一次又一次重拾前人的牙慧，对自己的想象力进行束缚。如此一来，文学史的书写面貌也会越发的单一与机械。

“抒情传统”文学史观的价值恰恰在于打破了这种自动化的流程。

王德威用“抒情传统”文学史观以及自己的写作实践让我们重新思考一个问题：文学史究竟指涉的是什么？它究竟是一种关于文学史实的历史，还是一种以文学视角进行书写的历史？前者将文学史视为被书写对象的“文学史”，这即是说注意到其本质是一种历史，它包容的是真真切切曾发生过的文学事件，是已经烟消云散的事实本身；而后者则是将其视为“本文”的“历史”，因为“历史”并不能自动存在，自动呈现，它的存在，必须赋予形式，必须引入意义。值得一提的是，这种观点已经注意到“文学史”是一种被书写的结果，因为似乎更加侧重“文学”二字，将文学史视作一种阐释过程，即海登·怀特所说的“关于事实的解释或故事”。王德威认为，文学史是与一般的政治史或经济史所不同的存在，学者们应注意到其虚构的力量，而这种审美层面上的虚构也恰恰是文学史的意义所在。

于是，王德威以“抒情传统”文学史观完成了对“文学史”概念的扩充，让我们面对“文学史”，有了更多的选择：是将其视为历史还是一种文学写作？

显然，在“抒情传统”文学史观的指引下，王德威更倾向于将文学史视作一种文学的书写方式。他认为文学之所以为文学，其区别于科学的本质特征就在于虚构性。文学的核心是一种想象，一种假设，一种“无中生有”。文学因其开放性赋予写作者莫大的自由，文学从来没有一个必须遵循的框架，也没有一种金科玉律式的写作模式供后人追寻。文学史作为历史的一种文本呈现，它代表的是前人的写作思路与技巧，是前人笔下的“故事”阐述。它值得被借鉴，但不应被崇拜。因而，王德威以“抒情传统”文学史观作为一种标准，并在其基础上重新建构出一套不同于过去的阐述方式。因为仁者见仁智者见智，一百个读者就有一百个哈姆雷特，即便是面对同一个事件，不同的学者也会有不同的解读视角，会生发出不同的论述面向。在《现代中国小说十讲》《当代小说二十家》《落地的麦子不死——张爱玲与“张派”传人》《如此繁华》《如何现代，怎样文学——十九、二十世纪中文小说新论》《台湾：从文学看历史》等一系列著作中，王德威践行着自己的“抒情传统”文学史观，在写实主义之外开创出一个全新的话语空间，呈现出不同于以往的批评体系。因而相较写实的标准，“抒情传统”文学史观使文学史的书写变得更为丰富多元，同时也对文学批评话语体系进行了一定程度上的拓展。

（三）作为方法：书写风格的自由性

当专业分工越发明细，文学批评话语越发走向学理化与规范化，文学史的书写工作似乎陷入了某种困境：人们对中国文学的认知渐渐缩小为一门课程，将文学史的定义窄化为一本教科书。“现在文学史变成一个教学的任务，我们的学生在读了文学史这样一个叙述之后，他有没有兴趣，有没有必要把构成文学史的实际存在的作品拿出来梳理、理解，毕竟那些才是文学史世纪发生和事件存有的状态。”“你讲文学史是一个大叙事，讲完这个大叙事就安身立命了吗？或者文学史是无数大小作品累积而成的一种状态，而不是一本教科书。文学史应该在图书馆里头，应该是所有鲁迅的作品、巴金、茅盾、老舍（的作品）一直到当下的作品累积起来形成的一个存在，这是文学史真正需要探察的一个对象。”①王德威指出，以教科书为目标书写的文学史大多采用一种大叙事，将文学变成了一种一是一、二是二的科学。伴随这一现象出现的，是批评话语的模式化和书写方式的机械化。这种批量化生产的文学史不但会影响到对某些作家作品的正确定位与品读，影响中国文学的发展前景，更无法代表中国文学与世界各国的文学进行平等的交流。因而，在当下的话语语境中，理想的文学史应在教育教学之外，重新在书写方式上寻得一份独特的魅力。

当王德威以“抒情传统”文学史观为书写方法时，他似乎发现了一个更为丰

① 黄一、王德威：《书写新的文学中国史——王德威教授访谈》，《山花》2011 年第 15 期。

富多彩的学术王国。

1. 自我的抒情

在“抒情传统”文学史观的指引下，他所面对的是抒情的作品，他的作品本身何尝又不是一种抒情？在一系列学术著作中，王德威不仅理顺了作家的抒情，也对自身的抒情保持高度关注——注重写作过程中自我感情的抒发。从《泥河迷园暗巷，酒国浮城废都》《此怨绵绵无绝期——张爱玲，怨女，金锁记》《以爱欲兴旺为己任，置个人生死于度外——苏伟贞论》《南方的堕落与诱惑——苏童论》《伤痕即景，暴力奇观——余华论》《千言万语，何若莫言——莫言论》等题目中，我们便能感受到王德威的诗情画意。除此之外，在对具体作家作品进行品评时，他更是情感丰沛，信马由缰。譬如，在探讨台湾老灵魂的文学世界时，王德威开篇便写道：“也许是千百年后吧。文明升沉，万事播迁，五洲板块又是几度震荡后，有个曾叫台湾的岛屿依稀残存。朔风野大，天地洪荒，早已阙无人烟的古都台北，或还残存当年一二繁华遗迹？沿着昔日‘总统府’、二二八纪念公园旧址行来，荒烟弥漫，鬼声啾啾。掘地三尺，哪还有半点尸骸。倒是千百页尚未腐化尽净的断简残篇，成为对某个世纪书市文化的最后见证。”①这类似小说一样的开篇全然不同于以往的叙述模式，带给读者全新的阅读体验。

2. 多样的抒情

正如王德威笔下的“抒情传统”有着不同面向，王德威笔下的抒情式书写，也有着不同的风格。

在谈到朱大文《荒人手记》时，他说“她祭起了‘文字的炼金术’，以缠绵繁复的意象修辞，伪百科全书式的世故口气，筑造了她的‘色情乌托邦’。这是个情山欲海的乌托邦，也是个因空见色、由色生情的乌托邦”②。他模仿着朱天文始自张爱玲的苍凉老练，体味着那种目空一切的洒脱，剖析着朱天文看似什么都不在意却实实什么都在意的自我折磨。谈及苏童的一系列作品，王德威文风一变，他称苏童“以精致的文字意象，铸造拟旧风格；一种既真又假的乡愁，于焉而起。在那个世界里，耽美倦怠的男人任由家业江山倾圮，美丽阴柔的女子追逐无以名状的欲望。宿命的记忆像鬼魅般四下流窜，死亡成为华丽的诱惑”③。王德威试图用苏童的视野去观望苏童的作品，用苏童式的文字去解读苏童式的

① 王德威：《当代小说二十家》，生活·读书·新知三联书店2006版，第83页。

② 王德威：《当代小说二十家》，生活·读书·新知三联书店2006年版，第1页。

③ 王德威：《当代小说二十家》，生活·读书·新知三联书店2006年版，第106页。

抒情。寥寥数语，便将苏童笔下鬼魅颓靡的气氛烘托得恰到好处。书里书外，这两种颓废的华丽交相呼应，相得益彰。提及余华时，王德威的文字犀利冷峻，以死亡与疯狂唯尚；说到莫言，王德威在乡野的朴实中寻觅着浓艳，在荒诞无稽中情真意切；论述舞鹤时，他以晦涩的笔触重述着一段段狂人呓语；写至李昂，他在嬉笑怒骂中重审一次次风月冒险。

作为方法的“抒情传统”文学史观使王德威的才华得到了最大程度的展现，同时也为读者留下了不同于以往的审美视野。笔耕不辍的王德威在自己的文学实践中践行着自己的文学理论，同时又在文学理论的指导下开展全新的文学实践。“抒情传统”文学史观与他的文学批评相衍相生、相辅相成，在文学史的写作史上，留下浓墨重彩的一笔。

五、王德威“抒情传统”文学史观的意义与局限

正如前文所述，王德威笔下的“抒情传统”文学史观是一个博古通今、中西合璧的巨大能指。面对这样一个内涵和外延无限延展，具有复杂面向和多重维度的超级概念，我们如想对其进行较为中肯、全面的评判，自然也不能固步于某一扁平视角。

任何学说理论的完全阐释都会在一定程度上伴随着自我束缚、自我解构的潜在危险。毫无疑问，我们面临的是一个吊诡的现象：王德威将“抒情传统”构建得越细致、越繁复，容易出问题的环节便也越多。在王德威将“抒情传统”文学史观发展到一个极致的时候，也在无形之中暴露出其有待商榷之处。

（一）“抒情传统”文学史观的价值与意义

与其立体丰沛的概念相对应，“抒情传统”作为一种文学史观，其存在的独特价值与意义也是分层次呈现的。如果我们注重“抒情传统”文学史观的实践意义，换言之，我们着力探讨王德威在“抒情传统”文学史观的指导下究竟进行了怎样的文学创作，便会发现“抒情传统”文学史观对于重写文学史的开拓性意义；如果我们将“抒情传统”视作一个独立的理论体系或者一种文学史观，更加关注其理论价值，便会了然“抒情传统”文学史观对于现代文学史研究具有怎样的范式价值。

1. 对于重写文学史的开拓意义

每一本文学史都有其经典之处，同样也有无法摆脱的局限性。因而王德威

重写文学史并不为打造一种典范,而是想要为后人的书写提供一种启发,为文学史的书写模式提供更多的可能性。

2011 年 4 月中旬,哈佛大学邀请 20 位学者参与名为“书写一个新的文学中国史”的工作坊。学者们以自己眼中文学史上的某一个关键时刻作为介入点,从讲述中国现代文学史上的一天,以此探寻文学历史的意义①。之所以以“时间点”作为切入点,一方面是因为如此一来更加贴近历史场景——文学发展史原本就是一个个时间点的分布,另一方面则是源于时间本身所具有的开放性。而在此之前,王德威也应哈佛大学出版社之邀,着手筹备中国文学史的编纂工作。王德威将这本文学史论者定名为《新的文学的中国史》(A New Literary History of Modem China),预计以 30 万字的篇幅描绘中国文学史中 120 个声音。他为这本文学史设定了五个面向:“首先是重新思考传统与现代。什么是现代、非现代,什么是传统,这点我特别有兴趣。还有文学、历史间的互动。然后是各种空间的交错,包括内与外、华语华文和汉语汉文,还有所谓的边界与中心、各种文类之间的协商。接下来就是翻译和文化转借的问题,20 世纪以前是各种文类的混杂,但是翻译和文化传媒的介入、旅行,20 世纪之前没有这么频繁和复杂的现象。所以要重新思索要用什么样的符号划定文学的界限。第五个面向,就是批评的批评。”②在这本书中,他将放弃众学者长久以来对政治因素介入的刻意抗争,转而顺其自然,希望达成一种对话:历史长河中文学与文学之外其他因素的对话、写作过程中写作主体与文学史客体之间的对话、阅读过程中读者与作家作品之间的对话。王德威深知在 21 世纪,文学史不再是一个超然的、透明的、伟大的叙事③,文学史在写作的过程中已经蕴含了被推翻的可能性;另一方面他也明白自己的这种文学史或许缺少宏观叙事、君临天下的声势④,与传统文学史宏大的叙事脉络相去甚远。因而,他只求展现出一种“众声喧哗”的状态,展现出中国文学发展进程中各种因素你中有我、我中有你,相互消解、相互渗透、相互成全的复杂局面,只是提供一组材料,一幅图景,将话语权交给读者。

其实王德威对文学史的重写实践并非以《新的文学的中国史》为开端,事实上,他在建构“晚清现代性”和“抒情传统”的概念学说时已经将其渗入自己的写作当中,无形之中已经悄然开启了文学史的重写工作。我们不妨以其先前的

---

① 黄一、王德威:《书写新的文学中国史——王德威教授访谈》,《山花》2011 年第 15 期。
② 黄一、王德威:《书写新的文学中国史——王德威教授访谈》,《山花》2011 年第 15 期。
③ 黄一、王德威:《书写新的文学中国史——王德威教授访谈》,《山花》2011 年第 15 期。
④ 黄一、王德威:《书写新的文学中国史——王德威教授访谈》,《山花》2011 年第 15 期。

作品为例,从三个方面对“抒情传统”文学史观于重写文学史的意义进行归总。

(1)打通了学科间的界限

20世纪50年代,王瑶在编写《中国新文学史稿》一书时曾将五四运动和文学革命定为中国现代文学的开端;其后的唐弢编著《中国现代文学史》也顺承这一观点,将五四运动视作新文学的起始点。这种观点影响深远,直至后来的文学史书写过程中,学者也将五四运动视作一个里程碑式的存在。自此以后,现代文学与传统文学“一刀两断”,泾渭分明。在现有的学界环境下,我们习惯于对文学史进行断代,以某一时间点或某一标志性事件为分界,将一条原本完整的脉络切为一段一段,层次分明地归纳进不同的体系之内。中国现当代文学与中国古代文学分属于不同的两学科,其文学史的编写工作也一直是各自独立进行,似乎二者间存在着某一条不可逾越的鸿沟。而王德威在“抒情传统”文学史观指引下的文学史写作打破了这一现状,他以“抒情传统”为引线,将古代文学与现当代文学间的裂缝进行弥合,打破了这两个不同学科间的壁垒。

他首先在内容上对两个学科进行衔接。“抒情传统”文学史观是顺承“晚清现代性”文学史观而来的,二者间有着千丝万缕的关联。当王德威喊出“没有晚清,何来五四”的时候,实际上已经将晚清文学视作五四文学的先声了。在《想象中国的方法——晚清小说新论》中的《归去来》一章,他已经打破传统学科的分类,以狎邪小说、谴责小说、侠义公案小说和科幻奇谭这四种晚清流行小说文类为索引,对晚清、五四时期、20世纪末这三个历史阶段进行串联。

比如说,在上世纪80年代,饮食男女、欲望追逐重新成为小说写作的热门主题。“在作家所构造的情天欲海里,欲望被合法化、僭越得以系统化。”[①]王德威以朱天文、李昂、施叔青、王安忆、苏童、贾平凹等作家的写作实践为例,对他们的叙述姿态进行追溯,从中寻得鸳鸯蝴蝶派和新感觉派的影子;在这一基础上他引导我们对情色意识作进一步的追问,抽丝剥茧后最终触及晚清狎邪小说这个源头。而在同一时期,众多作家同样致力于对五四以降俨然经典化了的社会主义现实主义与批判的写实主义进行颠覆,他们一反“以往‘呐喊彷徨’与‘涕泪交零’的感伤公式”[②],以暴力、凶杀、丑行、妄想、黑色幽默与等待戈多式的荒诞闹剧上演了一出想象力的嘉年华。王德威例举了余华、张洁、王朔等作

① 王德威:《被压抑的现代性——晚清小说新论》,宋伟杰译,生活·读书·新知三联书店2005年版,第366页。

② 王德威:《被压抑的现代性——晚清小说新论》,宋伟杰译,生活·读书·新知三联书店2005年版,第378页。

家，认为他们在相关作品中展现出的写作姿态已然完成了对晚清丑怪小说叙述策略的一次重述。除此之外，王德威还通过《殇逝的英雄》《叔叔的故事》《将军碑》《四喜忧国》等作品所传达出的英雄溃散主题对侠义公案小说进行了重审；从《新中国未来记》《猫城记》写到《浮城》《台海一九九九》，以这些文本为生发点，看“后历史”时代的作家如何借鉴晚清科学奇谭类小说的经验，引发对历史与未来的想象。王德威反复重申先锋小说中可能隐含着传统文学的因素，而旧有小说文类亦可以作为新小说形式的生长基础。通过这两条支脉的互动，王德威完成了晚清四大文类小说与当代小说实践间的沟通对话，亦打破了传统文学分期论中有关古代、近代、现代、当代等人为添加的界限。

其次，他试图用传统诗学中的概念对现当代文学现象进行阐释。在《抒情传统与中国现代性——在北大的八堂课》中，王德威曾用“兴”与“怨”这两个概念对王国维、鲁迅等人的文学创作进行解读。

“兴观群怨”出自《论语》，“儒家诗教说以兴、观、群、怨(《论语·阳货》)四者形成言志表意功能的有机顺序”①是孔子对诗歌社会功用的总结与概括。所谓“兴”，孔安国将其注为“兴，引譬连类”，朱熹在《四书集注》中将其解释为“感发志意”。这说明诗人可以通过比兴的写作手法来抒发自己的内心情感，用生动鲜活的艺术形象引发一连串的想象活动，使读者阅读过后也倍感激动，从而达到一种预期的阅读体验与审美享受。“怨”是指讽谏怨刺，孔安国将其注为“怨刺上政”，是指诗人通过诗歌来批评指责统治者政治上的过失，引申为诗歌能对社会与人生的灰暗面进行揭露与批判。这本是孔子对《诗经》进行品评时提出的概念，王德威却发现“兴与怨原各具诗教说的一端，两者在斥诸情感表现的张力上自然成为焦点”②，因而将“兴”与“怨”的概念提出，反观二者在现代语境下形成的空间对话关系，以此来解读“五四”时期的文学现象。王德威将整个现代文学视作一场宏大的兴与怨的纠葛，“唯其有了‘兴’的发动创造能力，才能有了气象一新的诗情或壮志；但也唯其有了‘怨’的意识，抒情主体的发声方式就不仅是纯粹自然的创造，而有了回应历史——及其所带来的不安和不满——

① 王德威:《抒情传统与中国现代性——在北大的八堂课》，生活·读书·新知三联书店2010年版，第48页。

② 王德威:《抒情传统与中国现代性——在北大的八堂课》，生活·读书·新知三联书店2010年版，第48页。

的沉重负担”①。不仅整个时代背景文化氛围处于二者的对话之中，具体到某个作家某部作品，也不难反现二者间的张力与融合。“兴与怨的对话到了20世纪变本加厉，王国维、鲁迅的作品中已经可见端倪。乍看之下，王国维不断叩问情以物牵，兴发感动的可能，似乎延续了诗可以兴的风格，而鲁迅则充满怨诽不群、忧谗畏讥的声音，因此成为诗可以怨的现代回响。”②其后，王德威又笔锋一转，指出王国维的诗歌在本质上是以“怨”为书写动力的。在《人间词话》中，他以“诗人之忧生”、“诗人之忧世”作为寻找境界的前提；同样，王国维对《红楼梦》的真知灼见，正是源于一种“以其所见者真所知之者深也”的感同身受。与此相对，王德威指出鲁迅的作品虽然以“怨”为基调，但无形中仍留存着对“兴”的探寻。无论是《朝花夕拾》还是《野草》，行文修辞多少已经有了比兴的韵味，而其由“呐喊”至“彷徨”，由“俟死”到“反抗绝望”的转变，亦包含着由“怨”到“兴”的可能性。正如汪晖所言：“所谓置之死地而后生，如果没有自我兴发的动力，鲁迅又如何能出入无物之阵，‘反抗绝望’？”③

除此之外，王德威还例举了瞿秋白是如何运用兴与怨的审美表征创建了共产主义革命诗学，分析了传统文学中的诗学观点是如何与时代浪潮中的红色文学产生交会、融合；以“物色”与“缘情”两个概念为切入点，试看沈从文是如何在作品中对汉魏六朝的诗学概念作出回应；将礼乐方案与抒情主义进行结合，以此对胡兰成的《山河岁月》与《今生今世》进行解读。

王德威通过种种努力打通了古代文学与现当代文学之间的界限，他不仅用传统文化中的诗学理念对现当代文学现象进行了全新的解读，同时也用当下的文学事实对古代的文论典籍进行了丰盈与拓展，赋予其更贴合当下价值取向的时代意义。另一方面，“抒情传统”文学史观的创建在某种程度上也是对中国美学框架的补全，为文艺理论的研究打开了一个崭新的界面，因而我们可以说王德威为打通中国现当代文学与文艺学之间的壁垒，作出了不可磨灭的贡献。

（2）打通了大陆与台湾的文学界限

由新世纪至今，众学者（尤其是大陆学者）在对文学史进行重新编纂的过程

① 王德威：《抒情传统与中国现代性——在北大的八堂课》，生活·读书·新知三联书店2010年版，第48页。

② 王德威：《抒情传统与中国现代性——在北大的八堂课》，生活·读书·新知三联书店2010年版，第49页。

③ 王德威：《抒情传统与中国现代性——在北大的八堂课》，生活·读书·新知三联书店2010年版，第50页。

中，虽然已将目光象征性地投向香港台湾文学，但也仅仅是点到为止，多止步于宏观框架上的捋顺，未有深入确切的探讨，令人印象深刻的真知灼见亦是凤毛麟角。特别是台湾文学，长期与大陆文学处于一种微妙的张力之中。在大陆众多版本的文学史中，对台湾文学有意为之的“不见与忽略”更多是出于一种政治因素的考虑，特别是之前一些以左翼文学为主流书写对象的文学史，其对台湾文学的论述实有隔靴搔痒之感。王德威不止一次地呼吁学者在对当代文学进行研究时应将视野放宽，“在 1949 年之后，所谓海峡两岸四地——大陆、香港、台湾、东南亚华人社群——的文学，各有各自的表述、各有各自的成就，所以任何从事当代文学研究的同学，我尤其期望在未来你们有不断的动力或兴趣，把眼光放在大陆，也放在大陆以外的其他华语地区的成就上”。[①] 因而在“抒情传统”文学史观的照映下，王德威在书写文学史的过程中极力淡化政治话语的干预，或者将政治的介入视为文学发展不可避免的一环，从文学现象出发，将两岸的文学进程进行串联。

在《现代中国小说十讲》一书的《魂兮归来》一章中，王德威以“鬼”为题，对韩少功、朱天心、李碧华、莫言、黎紫书等作家进行讲评，以此来反观海峡两岸当代文学描写中历史迷魅与文学记忆的面貌；在《当代小说二十家》一书中，无论是大陆的苏童、余华、莫言、阿城，还是港台的钟晓阳、李昂、舞鹤，王德威都以同样丰沛的情感、同样多情的笔触进行书写；在《抒情传统与中国现代性——在北大的八堂课》一书中，王德威进一步弱化大陆与台湾之间的隔阂，常常在同一讲中对两岸共通的文学现象进行讲评。譬如，在《红色抒情》一章中，通过瞿秋白、何其芳、陈映真等三个在现代文学史中处于不同地位的作家，来对革命与抒情二者间的辩证关系作出不同的阐释；在《〈江行初雪〉·〈游园惊梦〉·〈遍地风流〉》一章中，王德威将白先勇、李渝、钟阿城这三位来自两岸各地的作家放置在同一面向中，以他们的创作为视点探讨“抒情写作”与“时间”、“时间性”之间的关系，并以此延伸出“时间和历史想象与记录的关系，还有因为时间断落或延续所带来的创伤和记忆，期望和叙事相互印证、相互对话的关系”[②]。在《如此繁华》一书中，王德威选取北京、上海、香港、台北四地为文学坐标，由这四个点辐射出与城市与作家互动的线，再由文学创作的线索延伸出以这四座城市为框架

① 王德威:《抒情传统与中国现代性——在北大的八堂课》，生活·读书·新知三联书店 2010 年版，第 201 页。

② 王德威:《抒情传统与中国现代性——在北大的八堂课》，生活·读书·新知三联书店 2010 年版，第 200 页。

的文学写作历史的宏大的面。王德威不断在自己的写作中淡化大陆与台湾之间的政治隔阂,加强了两岸的学术交流与沟通,将二者间曾断裂的脉络进行连结从而达成新的对话。在他的笔下,台湾的文学不再是散乱的点或者空洞的枝,而是像大陆文学一样有血有肉、有喜有悲,呈现出更多的面向与层次。

除了对两岸文学发展脉络进行衔接外,王德威的另一大贡献则是对作家的再发现。对于莫言、苏童、李锐、叶兆言、余华等我们耳熟能详的大陆作家,王德威以台湾学者的身份给予了他们不同于以往左翼或五四文学史式的书写,挖掘出更多未被知晓的面貌;而对于张大春、朱天心、骆以军、舞鹤等对大陆读者而言有些陌生的台湾作家,王德威予以介绍与引荐,一定程度上推动了两岸文学的交流。

(3)打通了海内外的文学界限

首先需要点明的是,这里的打通具有双重含义。

一方面,是对话语体系和相关理论学说的打通。在离散与一统之间,现代中国文学已经铭刻复杂的族群迁徙,政治动荡的经验,难以用简单的地理诗学来涵盖①。由于地理环境与文化语境的差异,海外学者与大陆学者虽然都以中国文学的历史进程作为研究客体,但其编纂而成的文学史却呈现出截然不同的风貌。事实上,在漫长的学术发展历程中,海外学者与大陆学界各自秉承着自己的理论学说,对于文化传承与家国想象展现出迥异的见解,俨然已经生发出两条各自独立的创作谱系。如此一来,文学史的编写便也自然而然地衍生出双重标准、双重体系,学者间想要达成有效的交流势必也更加困难。王德威"抒情传统"文学史观算得上是海内外文学理论合璧的产物。它既具有涵盖儒、道、禅宗等流派在内的传统诗学理论的根基,同时又兼具西方浪漫主义抒情自我的面向,而王德威本人也坦言在构建"抒情传统"的过程中,曾从以陈世骧、高友工、普实克为代表的海外学者的学说框架中汲取灵感。如此一个中西合璧、具有多重面向的超级能指,打通了海外与大陆学界之间的理论隔阂,达成了一次跨时空的交流。

另一方面,也是笔者在这一章节要着重论述的,便是王德威以"抒情传统"文学史观为指导,对文学史写作范围的拓展与延伸。长久以来,由于地理因素的限制,无论是海外学者还是大陆学界,其视域都具有一定的局限性,对文学历

① 王德威:《如何现代,怎样文学?——十九、二十世纪中文小说新论》,麦田出版 1998 年版,第 10 页。

史的梳理也必然会有所不见。相较而言,海外学者的思绪更为活跃发散,对海外华人作家及其作品投入的观照也较多,但对大陆文坛似乎并未形成一个全面完整的观照体系;而大陆学者则一直以大陆作家作品为论述中心,对海外华裔作家的写作实践甚少涉及。时至今日,无论大陆学界的文学史如何重写,文学史的写作追求与参照标准如何变更,大多数学者仍无法跳脱以大陆作家作品为叙述主流的固有模式,从某种程度上讲,中国文学史俨然已经成为大陆文学史。

"长久以来,我们惯用华文文学指称广义的中文书写作品。此一用法基本指涉以大陆为中心所辐射而出的文学的总称。由是延伸,乃有海外华文文学,世界华文文学,华侨文学,台港、星马、离散华文文学之说。相对于中国文学,中央与边缘,正统与延异的对比,成为不言自明的隐喻。"①但王德威随即提出,"但在一个号称全球化的时代,文化、知识讯息急速流转,空间的位移,记忆的重组,族群的迁徙,以及网络世界的游荡,已经成为我们生活经验的重要面向"②。有鉴于20世纪以来海外华文文学的蓬勃发展,文学的版图也有了重画的可能。"尤其在全球化和后殖民概念的激荡下,我们对国家与文学间的对话关系,必须作出更灵活的思考。"③王德威试图改变大陆、海外"各司其职"的现状,他在对文学史进行写作的过程中有意打破海外与大陆之间的隔膜,打破地理界限,将不同地域不同文化背景的文学作品放置于统一的理论框架内,予以一视同仁的讨论,以文学现象背后的共通性为引,将中国文学史的版图进一步扩大。

我们以《众声喧哗以后》为例。这本书共收录文学评论93篇,大致分为3个专辑:专辑一主要以台湾文人学者为观察对象;专辑二则扩大视野,放眼于台湾以外其他地区的华人作家,共收录包括莫言、李锐、王安忆、格非、苏童、陈忠实、林白、陈染等在内的大陆作家,以施叔青、西西、钟晓阳为代表的香港文人,以黎紫书、陈若曦、严歌苓为代表的长期活跃于马来西亚、美、英、法、德等国家的海外作家;专辑三则专注于探讨90年代以来,大陆、台湾、海外文坛共有的各种思潮现象,并将其置于更为广阔的文学与文化的脉络中去,试看海内外的华文作品是如何进行沟通、交流与照映。王德威对于打破海内外界限的尝试集中体现在专辑三这部分。在《世纪末的长篇家族》一文中,王德威指出虽然我们不

① 王德威:《当代小说二十家》,生活·读书·新知三联书店2006年版,第2页。
② 王德威:《当代小说二十家》,生活·读书·新知三联书店2006年版,第2页。
③ 王德威:《当代小说二十家》,生活·读书·新知三联书店2006年版,第2页。

能以小说篇幅的长短来判定其价值高低，但毫无疑问的是鸿篇巨制的完成需要投入更多的心血与精力，因而在当下快节奏的社会生活中，作家有得这样一份耐心与定力是更加难能可贵的。针对眼下文学娱乐化、碎片化、便捷化的趋势，王德威以莫言的《丰乳肥臀》、贾平凹的《白夜》、叶兆言的《花影》、王安忆的《纪实与虚构》、西西的《飞毡》、钟晓阳的《遗恨传奇》、羊恕的《百年孤独的台湾"民主国"》等多部长篇小说为切入点，将目光投向两岸三地，着重探讨在消费化的社会环境中，众多作者是如何恪守住内心的执着与信仰，用手中的笔书写着文学的厚重与严肃，追寻着文学的尊严。在《夜半无人自语时——世纪末的私小说》一文中，王德威着眼于私小说的发展演变以及新世纪以来其多重向度的分化。他先是以郁达夫和巴金为例，总结了民国时期自传体式的私小说的书写方式，后又论及了朱天文与赖香吟的喃喃自语自成体系式、王安忆在《忧伤的年代》中对私小说题材领域上的开拓、顾城诗歌中的张扬与蓬勃、史铁生《务虚笔记》中的隐忍与深沉，以此来说明私小说在当下文坛中的多重分化。在《来自热带的行旅者》一文中，王德威以张贵兴、黄锦树、李永平、潘雨桐、商晚筠等海外华人作家作品为例，在具体语境中旁观他们的家国想象与身份认同，分析其在行文笔法上的取舍。

在王德威眼中，无论是大陆、台湾、香港作家，还是客居东南亚与欧美等地的华人作家，都是中国现代文学的写作主体，他们的作品亦都是中国文学史不可缺失的一部分。这种观点投射至其实际写作中，则以"抒情传统"的多重面向对海内外作者的作品进行观照，从而对中国文学史的坐标与版图进行了重新定位，有利于各个地域华文写作与阅读的互动。

2. 对于现代文学史研究的范式价值

当我们抽离了有关文学史重写工作的具体实践，瞩目于"抒情传统"作为一种文学史观其独特的理论价值时，这种探究实际上已经可以归入文学史学的研究范畴。事实上，包括文学史本体论、认识论、方法论在内的文学史哲学，涵盖文学史编纂工作和研究工作在内的文学史基本操作理论，以及以文学史存在、发展、演变流程为代表的文学史一般理论，统统属于文学史学这个庞大复杂的学术体系。

实际上，在中国现代文学史研究的发展演变过程中，始终贯穿着两种范式之间的冲突，二者在不同的历史阶段依次扮演着主导范式的角色。"新时期30年是启蒙范式确立起支配性地位的时期，并完成了从'20世纪中国文学'到'民国文学'的范式扩散，其价值主张和历史态度随着范式的扩散而越来越明确，最终造成了‘民国机制’的意识形态表达浮出水面。与此同时，边缘化的革命范式亦通过理论调整而重新出场，将被启蒙范式忽视的历史现象和现实问题引入文学史叙事中，并与启蒙范式的‘重写文学史’思潮发生正面碰撞。”①

事实上，启蒙范式与革命范式之间的冲突已经不仅仅是现代文学史研究的学科内部问题，更代表着当代学者面对时代浪潮与社会现实，是立足怎样的价值取向、以怎样的写作姿态去反观文学史的书写。

毫无疑问，没有一种范式是能够脱离历史独立存在的，其价值与意义必须要与具体的历史语境进行融合方能呈现。当固有范式无法适应全新的时代与环境时，便会从一种理论支撑沦为窠臼与桎梏。从这一层面讲，王德威“抒情传统”文学史观的诞生是有其独特价值的。我们不能妄言王德威从“晚清现代性”到“抒情传统”的尝试开创了一种全新的研究范式，但他的确给大陆学界打开了一扇新世界的大门，让我们在启蒙与革命之外，望见了更多的可能性。

王德威“抒情传统”文学史观于现代文学史研究范式的意义，主要体现在对两种状态的改写。

(1)由断裂性走向连续性

在学者的固有认知里，现代文学是以中国与西方、传统与现代间的双重对立为基底，分别打造出一套“空间想象”与“时间想象”的话语体系。回顾历史，当清朝末年天朝上国的美梦被惊醒，我们被迫由封建国家“进化”到民族国家时，空间认识上的变化导致了意识形态上的变化，意识上的变化又间接导致了时间认识上的变化。因而国人打破了固有的循环论，开始接受进化论并产生现代意识。仿佛从一开始，中国的现代就居于别处。因而“现代”于中国文学而言似乎意味着一种时间与空间上的双重断裂。无论是现代政治体制、现代科技、现代思想、现代文学，这些在中国的漫长历史里似乎都是无章可循、无法可依的②。断裂所产生的无所适从刺激了我们对中国传统文化的继承性体认，而国人对传统文化的刻意回避与颠覆在传统文学领域表现得更为淋漓尽致。实际上，现代文学通过彰显与传统文学之间的“断裂”来树立其权威性，并通过反复的重申来加强自己存在的合法性。而作为启蒙范式衍生物的“民国机制”，亦是

① 韩琛：《“民国机制”与“延安道路”——中国现代文学史研究的范式冲突》，《文学评论》2013 年第 6 期。

② 李荣华、吕周聚：《中国文学现代性的重新发现与阐释——评王德威〈抒情传统与中国现代性：在北大的八堂课〉》，《海南大学学报》2012 第 2 期。

在反复强调历史意识的断裂性。

从“晚清现代性”文学史观开始，王德威就试图将现代文学的发展历程融入中国社会现代化进程的宏大背景当中，以此来将现代文学的发轫期向前推延。随后提出的“抒情传统”文学史观更是重新叩问了现代性的主体构成，着力挖掘、建构了一条从晚清到三四十年代的上海，经由50年代到80年代的港台，到90年代的内地的文学史线索。①

王德威在采访中曾表示现当代文学每一个书写主题其实都带有唐宋时期的影子。面对现代文学与传统文学时间与地域上的双重断裂，他以“抒情传统”为连接媒介，在“史诗”中寻觅“有情”，在现代中回望过往，深入挖掘所谓“先进的”现代文学与“落后的”传统文学在本质上的统一性与连续性。为了对隐藏的延续与一致进行阐释，王德威对文学与历史二者间的关系进行了辩证说明，以此建构起一种“历史的文学”。

德·曼曾写作《盲视与洞见》一书，收其中的《文学史与文学现代性》对历史性与现代性之间的矛盾冲突进行了鞭辟入里的解读。在他看来，文学史的写作似乎带有一组与生俱来的矛盾：它的写作目标力求立足当下现实、尽可能贴合时代的取向，然而它又不得不以“史”的身份成型。因而文学之所以能成为史，并不在于书写方式上是否采用了宏大的历史叙述，而是在历史与时代矛盾冲突中形成独特的表达方式。而在《抒情与现代性》一文中，他又指出抒情诗一方面体现亘古常在的内烁精神，一方面又再现当下此刻的现实②。王德威认为正是这种抒情文类的不确定性让德·曼思考语言和文学徘徊在“再现性”和“非再现性的两端”，任何抒情—求新求真—的努力，总是徒劳无功，总是坠入历史的循环。③ 正是在这一理论基础上，王德威发表《“有情”的历史：抒情传统与中国文学现代性》《史诗时代的抒情》等文章，力求对“抒情”与“史诗”、“文学”与“历史”的关系进行辩证性的阐释。事实上，《抒情传统与现代性——在北大的八堂课》一书的主旨并非是对中国传统文学的发展历程进行回顾与观照，也不仅仅是为了构建出一套具有中国特色的学术理论体系，而是通过消弭文学与历

---

① 郑闯琦：《从夏志清到李欧梵和王德威——一条80年代以来影响深远的文学史叙事线索》，《文艺理论与批评》2004年第1期。

② 王德威：《抒情传统与中国现代性——在北大的八堂课》，生活·读书·新知三联书店2010年版，第25页。

③ 王德威：《抒情传统与中国现代性——在北大的八堂课》，生活·读书·新知三联书店2010年版，第26页。

史间的隔阂,来弥合现代文学与传统文学间的断裂。

“抒情传统”文学史观的提出并非是为传统文学歌功颂德,王德威在此只是指出了某种可能性:当现代作家呕心沥血的“求新求变”时,孕育于传统之中的“抒情”已然于无形之中参与到写作当中,这是无法避免的一个必然结果。在对沈从文的《抽象的抒情》进行解读时,王德威写道:“‘抒情’不是别的,就是一种‘有情’的历史,就是文学,就是诗。”[①]而作为历史进程一部分的现代文学史与现代作家,势必也无法与传统文化做到泾渭分明。如此一来,我们在充满西方气息的“现代文学”中寻到了“中国传统”的因子,因而也就打破了那种时间与地点上双重断裂的固有认知,对于现代文学史研究的范式转向起到了一定的推动作用。

(2)由本土性走向开放性

我们在上文曾提及,于当下学界而言,现代文学史研究最为流行、也是最具权威话语权的范式无疑是启蒙与革命这两种范式。虽然这两种范式于价值取向、写作立场、问题意识等层面看似针锋相对,但其本质上是存在某种一致性的——二者都属于本土性或者说趋向于保护本土性的研究范式。

启蒙范式以及以其为基础发展演绎出的“民国机制”作为一种对现实困境的理想性反抗,无疑给文学史家带来了更多的想象性自由;与此同时,作为一种研究范式,它也给自身的存在提供了充足的合理性与合法性。近几年,它得到了越来越多的呼应,学者对其的研究分析也越发深入细致。有学者发现所谓的启蒙范式与“民国机制”,在本质上仍属于一种对现代性的探讨,只不过指向更加明确:在推翻西方现代性的基础上构建一种本土现代性。笔者现以“民国机制”为例,对其“本土”特色进行解读。

在“民国机制”的叙述体系中,有两大事件具有举足轻重的地位:一是辛亥革命,一是五四文学革命。毫无疑问,前者的发生确立了共和体制,启蒙文化的话语权则是通过后者的影响得以确立。而这两场革命都是发生在民国时期的,如此一来“民国”便也具有了一定的特殊意义。在“民国机制”的倡导者看来,“民国”已经不仅仅是一个单纯的时间点与历史阶段,而是一种文化语境与现代性的叙述方式。他们通过对民国重要性的反复强调来刻意回避或消除西方文化对中国现代文学的影响。“民国机制”以“民国国家历史情态中的现代文学”

① 王德威:《抒情传统与中国现代性——在北大的八堂课》,生活·读书·新知三联书店2010年版,第56页。

为核心内容,以此对西方中心主义的"冲击/反应模式"的启蒙现代性叙事进行解构,以此建立起本土化的现代文学史叙述形式①。同样,激进的启蒙范式的现代文学论述就是建立在"民国"这个本土化的"国家历史情态"中,而不是"现代"这个西方中心的"世界历史结构"中②。另一方面,作为两大主流研究范式之一的"革命范式"在新时期虽然受到了"重写文学史"等思潮运动的冲击,权威性极大程度上被颠覆,对当代文学话语书写与思想建设方面的影响力大大削弱,但并没有真正意义上从文学史中消失。20 世纪 90 年代以来,伴随着政治、经济、文化、社会等层面的剧烈变革,学术界的姿态与取向也相应发生了微妙的转变。当"重写文学史"从批判者变为被批判者,当学者试图对左翼文学进行重新评估,革命范式以重估"延安道路"的名义"东山再起"。

如果我们将传统的左翼文学史叙述概括为以社会主义文学为标杆,对中国文学由近代走向现代、当代的现代化转型进行考察,那么对"延安道路"的重估则通过对"阶级、国家、正义、人民、民主"等概念的再解释来完成对左翼文学史模式的批判性传承。因而我们可以将"延安道路"想象视作"革命范式"的一次自我更新,是在全新时代环境下催生的理论升级,并生成一套崭新的革命范式的文学史书写模式。值得一提的是,以"延安道路"想象为代表的革命范式一边充分论证中国革命所具有的现代性特质,一边又承认这种现代性是不同于西方资本主义话语体系的,是一种反现代性的现代性。

言及此处,我们不难发现启蒙范式与革命范式之间的内在联系:二者都试图建构出一种反西方现代性的现代性,创建一种具备中国特色的"另类现代性"。毫无疑问,这种努力是极具本土色彩的,并且伴有一种鲜明的"回归"指向。如果启蒙范式和革命范式只是试图在西方资本主义话语世界里寻求一份属于东方的话语权,这本是无可厚非的;但对东方特色的刻意强调与回归,对西方文学的有意回避与抹杀则无疑是一种视野退化的结果。

王德威"抒情传统"文学史观的提出有利于打破这种尴尬,合理地调和了中西话语间的矛盾,将对现代性的价值认同从"本土性"扩及至"开放性"的状态。需要指出的是,所谓的"开放性"并不是挟洋以自重的状态,对海外文化语境的一味推崇实际上亦是一种视野退化。真正的"开放"指的是

---

① 韩琛:《"民国机制"与"延安道路"——中国现代文学史研究的范式冲突》,《文学评论》2013 年第 6 期。

② 韩琛:《"民国机制"与"延安道路"——中国现代文学史研究的范式冲突》,《文学评论》2013 年第 6 期。

一视同仁、平等对待,是只关乎学术而与家国政治无关的。王德威本身的身份就具有一定的特殊性。他既拥有东方文化的底蕴,又接受了西方文化的熏陶。全球化的视野决定了他能够较为公允地对东西方文化作出评判,而他本人在采访的过程中也一再表明会尽力降低政治话语对自己文学态度的干预。另一方面,正如前文所述,“抒情传统”文学史观这个概念本身就是一种中西合璧的产物,既有传统文化的因素又兼备西方浪漫主义的面向。我们不能说它单纯地属于东方或西方,因而它也不存在刻意颠覆东方/西方话语的目的性,称得上一种较为理想的研究范式。于启蒙与革命之后,一定程度上开拓了中国现代文学史的研究版图。

(二)“抒情传统”文学史观的理论局限

在本论文的前几个章节,笔者对王德威“抒情传统”文学史观的理论来源进行了梳理,对“抒情传统”这个概念本身的内涵与外延亦进行了多个层次与面向的解读;与此同时,也尽可能详尽、中肯地点评了“抒情传统”作为一种文学史观,对于重写文学史的重要意义以及带给中国现代文学史研究范式的独特价值。只有对“抒情传统”文学史观每一个学理层面有了细致入微的了解之后,我们才能于视野层面形成一个宏观的整体认识,对王德威的学术实践进行较为系统的观照。换言之,也唯其如此,我们才有机会窥见王德威隐藏于表层之下的某种学术希冀或者说“学术野心”。

综观“抒情传统”文学史观的发展脉络,不难发现王德威对“抒情”体系的创建是有其内在逻辑性的:他先是对“抒情传统”的概念进行阐释,通过与中国古典诗学文论的互动来反复强调“抒情”中的传统因子,以此来向他人展现中国文学的“中国性”;在《抒情传统与现代性——在北大的八堂课》等著作中,他试图在史诗时代寻觅抒情的影子,在现代文学中抓住“抒情”存在的证据并将其打造成现代性的另一个阐释面向。通过这种种努力,王德威挖掘出了中国现代文学中的“中国现代性”;以此为基础,他进一步将“抒情传统”发展成一种文学史观,并以此对重写文学史与现代文学史的研究进行观照,最终于文学史的研究中提炼出一种具有中国现代性的文学研究范式。正是在这一步步严丝合缝的推演过程中,“抒情传统”逐步羽翼丰满、枝繁叶茂,俨然成为王德威反抗西方理论话语霸权的武器,成为他重构理想的中国传统文学的一次大胆的尝试。

不少学者秉持这样一种观点:西方学说理论的渗入,实际上主要是一种西方现代性理论的渗入。正是基于这样一种文化论调，王德威“抒情传统”文学史观的建构才显得更加难能可贵。他以“抒情传统”为切入点，对中国现代性的构建提出了种种假设，并尝试以“抒情”为基底，浇灌生长出一条具有东方韵味的现代性之路。事实上，王德威的种种尝试并非徒劳，他用自己的理论与作品传达出一种全新的学术理念，呈现出一种不同于以往的话语实践，一定程度上拓展了中国现代文学史研究的版图。

然而，面对西方话语压倒性的胜利，王德威在用心良苦地试图将“抒情传统”文学史观打造成理论武器的过程中，已经从侧面暴露了“抒情传统”文学史观的盲视与偏颇之处。要对“抒情传统”文学史观的缺失之处进行进一步的论证，我们可以从以下两个方面进行分析。

首先是在对传统史料进行解读的过程中，态度不够严谨，有刻意挑选材料以及对素材过度阐释之嫌。王德威的“抒情传统”通过对中国古典文献的大量引用来证明“抒情”二字的源远流长，说明其存在有着充足的合法性。正是在对“现代抒情”与“古典抒情”成功进行对接的基础之上，王德威才得以赋予“抒情”二字更为丰富的内涵，将它打造成一个内涵与外延无限扩大的超级能指。这是“抒情传统”最具创新之处，是王德威最为得意之处，同样也是受其他学者最多指摘之处。

为了抵抗西方现代性文化精神的侵入，从陈世骧开始的众多海外学者试图打造一种具有中国特色的话语体系；而王德威受其启发，也开始着手“发现”或者说创建一种“中国现代性”。无论是“没有晚清，何来五四”、“被压抑的现代性”，还是“想象中国的方法”、“小说中国”，王德威开始了种种尝试与摸索。众所周知，“抒情传统”是顺承“晚清现代性”的学说而来的，在创建之初这个概念已经就背负着极强的目的性——成为解读现代性的全新面向。因而，不少学者认为“抒情传统”的出现并非是传统文学发展至今的一种水到渠成；相反，它是一种刻意为之，是一套精心打造、雕琢过的理论体系。在寻求理论支撑、对传统史料进行解读、阐释的过程中，这种“目的性”是如影随形的，势必会造成对传统文化的过度解读。

汤拥华指出王德威不应该在深入了解抒情传统复杂的脉络、理路、层次之前，就直接将它当设定为一个历史研究的参数，尤其是不能拿它做现成的价值标准，去为那些被低估的作家作品辩护（虽然这类辩护并非王德威的宗旨所在）[①]。这即是说，王德威笔下的“传统”并非是真正意义上的“传统”，而是有利于他确立某种学说的某一部分传统。

以王德威在《抒情传统与中国现代性——在北大的八堂课》一书中对沈从文《抽象的抒情》的解读为例，似乎可以略窥一斑。学者冯庆认为王德威对文章的引用并不全面，而是挑选了其中的几个段落进行分析。“对‘传统’的学术研究，首先要做到对史实的忠实还原，而不是先凭空假定什么‘应该’、什么‘不该’是传统，然后再去佯装‘科学’地论证一番。”“忽视这一事实，用读抒情诗的方式去读《诗经》，虽然并无不可，但若夸口还原了某种‘传统’的本来面目，还把这种浅层次的‘抒情传统’理论作为中国用以应对西方方法论霸权的武器，这无异于捡了芝麻丢西瓜，是僭用‘传统’的名目以抹去传统。”[②]这一说法虽略显偏激，却也诚然代表了相当一部分学者的忧虑。而伴随这种选择性的引用，对部分材料的过度解读似乎也是无法回避的结果。在对《抽象的抒情》进行不完全引用之后，王德威有意识地将话题引向“有情”的一面。这种引导是违背或者说夸大了沈从文的本意的，王德威对这篇文章的解读已经远远超过了文章应有之意，因而他对史料的处理并未做到忠实还原。此外，在阐释论证“抒情传统”与现代文学间的密不可分时，王德威例举了包括朱光潜、宗白华、梁宗岱等在内的五四时期的很多文人雅士。对此，也有学者质疑王德威对他们的研究并未做到全然的客观，而是带有一种强烈的主观目的：将他们的研究内容偷换为学术立场，以此来对自己的学说进行支持。

其次则是某些概念归属的含混不清。王德威虽则采用了“开放性”的学术视野，对中西学说博采众长，对海内外的各种理论体系都有所接纳，但其根本目的仍是渴望打造出一套不同于西方文化内涵的理论学说，希望对中国的本土文学传统进行一次重建。从总体上讲，“抒情传统”与“中国现代性”是他打造的相对成功的一组概念，二者始终处于一种互利共生的状态，通过互为注释、互为观照来达成一次次双赢的对话：王德威通过“抒情传统”来假设现代性所具有的多种面向，为“中国现代性”的存在提供理论支撑；与此同时，他又通过“中国现代性”对“抒情传统”的内涵进行扩充，试图将其塑造成一种全新的文学史观，从

① 汤拥华：《“抒情传统说”应该缓行——由王德威〈抒情传统与中国现代性—在北大的八堂课〉引发的思考》，《文艺研究》2011 第 11 期。

② 冯庆：《“有情”的启蒙——“抒情传统”论的意图》，《文艺研究》2014 年第 8 期。

而对现代文学史的研究范式产生影响。

然而，也正是这组概念暴露出"抒情传统"另一个有待商榷之处：王德威一直是用西方的理论来塑造中国式的"抒情说"；换言之，"抒情传统"在本质上处于以西方反西方的矛盾之中。正如王德威"中国现代性"的概念值得我们深思，他对"抒情传统"的阐释过程同样存在着耐人寻味之处。对于"抒情传统"，王德威是从"真理与知识启蒙、正义与革命、欲望与主体、价值与资本"这四个层面逐层进行解读的，他亦是通过这四组概念对"抒情传统"的合法性进行论证。可学者汤拥华却指出，上述这些概念无一例外，全都来自后现代话语体系，是洋味十足的西方理论产物。因而，王德威所做的种种努力并未真正达到振兴中国本土理论的目的，反而于无意间又一次促成了西方理论学说的东渐，只不过这一次经过改装的海外学说显得更为真诚，也具有更大的欺骗性。如此一来，似乎也不难理解为何某些学者会将王德威构建"抒情传统"的过程称为五四时期"全盘西化"运动的当代实践。

结　语

在一次采访中，当被问及担不担心自己重写的文学史被再次重写，王德威说了这样一段话："一旦采取策略本身，在很多大陆的同行心目中已经是没有求全的野心了。还没有出发就已经知道自己的局限了。但我必须要安慰我自己说：人生而有涯，我做的文学史总有一天也会被改写。所以设限是一个绝对存在的问题，甚至用本体论的观点都可以讲清楚，海德格尔式的，人就是在时间里移动，奔向死亡。为什么我们需要有诗歌，因为诗歌需要用它的语言为我们打开一个要不然我们永远打不开的黑暗，它给我们灵光的一现，让我们知道在局限之外，有更多更伟大的宇宙苍穹在那里。这个文学史在那个意义上，就是给你很多点，每个点都能打开一扇窗子，让你知道有一个全貌在那里，可是你又是无法触及的。"①

这段话同样适合作为我们评价"抒情传统"文学史观时应抱有的一种态度。从来没有哪一个理论能做到全然的无懈可击，成为某一领域颠扑不破的金科玉律。所谓的学术也正是在发现问题—解决问题、被解构—重新建构的过程中一步步发展健全。王德威赋予了"抒情传统"文学史观以繁复多元的面向，将其从

① 黄一、王德威：《书写新的文学中国史——王德威教授访谈》，《山花》2011 年第 15 期。

一个批评概念提升为一种文学史观，为我们反观中国文学史提供了一个全新的面向，无论是对文学史的重写工作还是对现代文学史的研究范式都有着无法忽略的重要意义。因此，指出“抒情传统”文学史观可能存在的偏颇与缺失并非是有意颠覆其存在的合理性，对它所有的价值与意义予以抹杀；恰恰相反，众学者正是懂得瑕不掩瑜的道理，正是望见了“抒情传统”文学史观在本质上存在着继续发展下去的潜力，才会指出其有待商榷之处，希望它能逐步进行自我修复与提升，最终走向完善与健全。

1990年代《新华文摘》文学作品与评论研究

余　琼*

引　言

1990年代是新时期文学发展过程中颇具关注价值的时期。关于这一时期的文学成就,学界多有争议,评价呈现两极化。有学者掷出"当代文学都是垃圾"的言论来制造学术话题,但也有学者认为,1990年代这一社会转型期中的文学是稳中前进、兼容并蓄、健康发展的。这种争议为1990年代蒙上了一层神秘的面纱,促使学者来一探究竟。1990年代《新华文摘》中所选载的文学作品及评论文章,是经过历任编辑之手筛选出来的具有一定代表性的作品。也正是基于此,我们试图通过对1990年代《新华文摘》文学作品与评论文章的阅读和梳理,对1990年代新时期文学的发展特点作一番审视。概括来说,1990年代《新华文摘》所选载的文学作品与评论文章呈现出三个特点:第一,主流意识形态对于文学的渗透。《新华文摘》通过选摘征文、联展作品来弘扬社会主义价值体系,塑造社会主义建设者的光辉形象;通过具有纪实性和时效性的报告文学来歌颂社会主义建设中涌现出来的先进人物;以理论探讨强化中国特色社会主义文艺理论的建设。第二,消费元素的植入。伴随着贾平凹的《废都》的出版(1993年),王朔小说的走俏,通俗文学的崛起(如《曼哈顿的中国女人》的热卖等),市场经济对文学的冲击日益显著。"80后"写作、卫慧和棉棉式的欲望化书写火热登场,商业化写作已成为不可回避的话题。第三,具有一定思想深度的纯文学作品依旧占据一定分量,而针对市场化、商业化等现象,部分学者发起的"人文精神讨论"成为1990年代文学界一大亮点。这一时期明显突出了对"50后"作家作品的选摘。张炜、史铁生等人的散文,在一定程度上代表了这一时期散文创作的水准和高度。另外,从这一时期对小说命名的兴趣中也可以看

---

* 作者简介:余琼,1988年生,女,山西长治人,2015年毕业于山东师范大学中国现当代文学专业,获硕士学位;指导教师李宗刚教授。

到一些批评家对于推动文学向前发展做出的努力。这里,我们要继续追问的是:《新华文摘》这一历史窗口是以何种角度关注新时期文学的?它所呈现的1990年代文学景观如何?它如何参与了新时期文学的建构?

一、市场经济时代《新华文摘》选刊策略

1990年代市场经济逐步深化,文学艺术在市场经济面前显得脆弱无力。北岛在《波兰来客》中吟道:"那时我们有梦/关于文学,关于爱情/关于穿越世界的旅行/如今我们深夜饮酒/杯子碰到一起/都是梦破碎的声音。"北岛在这首诗中的慨叹或许能够代表1990年代"文学失落者"的心声。在1990年代价值多元的时代背景下,文学期刊的生存状况出现了前所未有的危机。新时期以来,纯文学期刊主要依靠政府扶持;然而,"随着政府拨款的减少直至'断奶',相当一部分纯文学期刊相继'改嫁'或'关门',1988年是文学期刊运行最为艰难的一年,《昆仑》《漓江》《小说》相继宣布停产,被称为'天鹅之死'"①。一时间,众多文学期刊纷纷改制或改版,以应对突如其来的新潮流。在这样的时代背景下,《新华文摘》虽然能够凭借自身的官方期刊地位而幸免,但是如何继续赢取读者的好感,维持其权威地位,亦成为新的挑战。

通过对1990年代《新华文摘》的期刊风貌和选文情况的梳理,我们发现这一时期《新华文摘》在刊物风格上有了变化:无论是在装帧风格、印装质量、栏目分类上,还是在选文风格、期刊来源等方面,刊物都做出了一定的调整和改进。这为《新华文摘》在1990年代的期刊危机中渡过难关,续写辉煌,提供了可靠保障。

(一)市场经济时代之处境

首先,在1990年代,《新华文摘》同众多期刊一样,面临着失去相当数量的读者的尴尬局面。而造成这种局面的原因主要有两个:一是自1980年代末期以来,知识分子群体精神失落,使相当一部分文学创作者和接受者在一定程度上丧失了对于文学艺术的热情;二是文学的发展空间不再像1980年代那样宽松自由。而这两方面在一定程度上是有必然的因果关系的。这一点可以从1989年第7·8期《新华文摘》中看出一二。这一期《新华文摘》是有史以来唯一

① 黄发有:《90年代以来的文学期刊改制》,《南方文坛》2007年第5期。

一期合刊，它的出现有着深刻的历史原因。在该期的《读者·作者·编者》中编者是这样解释的：

> 中国共产党第十三届中央委员会第四次全体会议，是我们党的历史发展上一次非常重要的会议。它不仅对于当前进一步稳定全国局势具有重大作用，而且对于今后保证十一届三中全会以来党的路线、方针、政策的连续性，必将产生深远的影响。
>
> 党的十三届四中全会指出："四项基本原则是立国之本，必须毫不动摇、始终一贯地加以坚持；改革开放是强国之路，必须坚定不移、一如既往地贯彻执行，绝不回到闭关锁国的老路上去。"为了贯彻四中全会的这一精神，为了旗帜鲜明地反对资产阶级自由化，我们编辑了第七、八两期合刊。这期合刊比单期月刊增加了4个印张的文字和一个印张的插页，使订户不致遭受经济损亏。本刊系月刊，多年来每月25日准期出版。我们唯恐订户、读者收不到本刊第七期而着急，因而于7月25日《光明日报》刊登《紧急启事》敬告读者，并致以歉意。这期合刊后各期仍如常，将准期出版。①

从这一解释中，我们可以看出本次合刊的理由是为了配合主流意识形态进行"反对资产阶级自由化"的舆论宣传。翻开此期《新华文摘》，我们可以看到官方对于资产阶级自由化旗帜鲜明的反对态度，可以说这一合刊是以"反对资产阶级自由化"为主的专刊。一方面，作为新闻出版总署管辖下的龙头文摘类期刊，自然有责任以其便利的宣传传播手段来向社会和读者传播反对资产阶级自由化的国家意识。另一方面，这一期合刊中，有关反对资产阶级自由化的文章比重很大。首先表现在政论文上，共有10篇文章涉及资产阶级自由化的问题，占到了政论文比重的70%以上。在教育类文章中有15篇，占到该类文章比重的百分之百。在文化类文章中有15篇，占到了该类文章比重的百分之百。不仅如此，期刊中16页的插图全部被《平息反革命暴乱保卫人民共和国（新闻摄影）》的31张摄影作品占据。本期的《新华文摘》具有鲜明的引导社会舆论的作用，在文学作品中选取了权延赤的《走下神坛的毛泽东——"卫士长"答作家问》，塑造了一位平易近人的毛泽东形象，而不再是塑造高大全的国家领袖。郑岩的《新华门作证》和傅剑仁、冯朗峰、毕永军的《为了天安门广场的尊严》都以

① 编辑部：《读者·作者·编者》，《新华文摘》1989年第7、8期。

天安门事件作为题材进行记录，强调反对资产阶级自由化的迫切性。

其次，市场经济体制的改革给文学的发展提供了新的环境。这体现在以下几个方面：第一，国家对文学期刊的扶持力度减少，期刊社在一定程度上实行自负盈亏，由此要面对巨大的竞争压力。文学期刊作为孕育和培植优秀作家与作品的温床，在1980年代迎来了自己的黄金时代，特别是新时期以来的中短篇小说，无一不是在文学期刊上与读者见面。第二，在文学失去轰动效应后，文学读者锐减。在新的社会环境中，繁复多样的生活元素扰乱了读者对于文学的兴趣，他们拥有了更多的关注点，对文学的关注度大为降低。读者开始关注文学的娱乐效能，而不再重视思想和内涵的深度。另外，不少作家在此时选择转向，他们或直接弃文从商，或有意使创作与时代接轨，作品趋于商品化。第三，"单行本"的盛行使文学期刊销量受制。单行本的长篇小说、中短篇小说集、散文集、诗集的纷纷出版，很大程度上削弱了期刊的价值。特别值得一提的是，1990年代迎来了长篇小说的黄金时期。随着中短篇小说的不断成熟，作家们大都希望完成一部可以"压枕"的长篇小说；除此之外，长篇小说出版发行后可以为作者带来更多的经济收益也是一个极大的诱惑。在这两大动能的驱动下，1990年代出现了大批量的长篇作品：王火的《战争和人》、陈忠实的《白鹿原》、张平的《天网》、王安忆的《长恨歌》、阿来的《尘埃落定》①等，它们相继以单行本的形式与读者见面。

在上述多种因素的共同影响下，文学的生存境遇已进入新的历史阶段，然而，文学并未就此低迷而屈服于商业和市场。在今天看来，1990年代所出现的种种文学现象，大多是文学企图挣脱被捆绑的束缚而作出的一次次尝试或抗争。具体到《新华文摘》来看，它在及时地应对新语境做出适当调整的同时，也始终在坚守自己的刊物宗旨及风格。

（二）市场经济时代的选刊运营

《新华文摘》在保持原有风格的基础上，与时俱进地作出一定程度的微调，具体表现在稳中求变的刊物风格、提高刊物质量应对市场、栏目不断更新、历任主编责编共同悉心打造四个方面。

首先，刊物风格稳中有变。封面的构成要素有刊名、期数、内容提要等，它们构成了期刊的整体风貌，使一份期刊拥有了自己的气度。《新华文摘》自

① 以上所列举的长篇小说都被《新华文摘》选摘过。

1979年1月创刊以来，期刊的风格样貌或者说期刊的整体气度并没有发生明显的变化，严肃、庄重是其一直以来的特点。其期刊装帧大方典雅，在封面中毫无花哨的点缀，每一期都保持统一的色调，运用大部分版面介绍本期的重要内容，增强了期刊的实用性。在封二、封三、封底中选择或优美典雅的美术作品，如名家的油画、水墨画、雕塑等；或选择具有时代精神的摄影作品，内容广博，有底层百姓的生活掠影，也有对某领域杰出贡献者的展现，具体表现在对优秀企业家的介绍。1990年代优秀企业家层出不穷，在改革开放的大潮中，他们走向现代化、走向国际化，对他们进行展示最能够体现新中国的时代特征。封面是《新华文摘》装帧风格变化最小的部分，"新华文摘"四字竖列于封一的最左端，大致占用了整个版面的四分之一，其余四分之三的版面陈列了本期重要文章的标题及作者，或称为"头条"，其中有本期中最具特色的，也是编辑较为看重的文学作品与评论。

然而，变化最为明显、也最能体现时代特征的是，封二、封三、封底的风格发生了明显的变化，具体表现为商业广告开始取代艺术作品的展示。1993年11月的封二中出现了"环境艺术"元素，其内容是郑州开发区的相关摄影作品。从之前对于艺术作品的推崇到本期出现的有关工商业的介绍，一方面反映出了我国经济发展的进程，它依旧保持着介绍新中国突出领域的最新成果的特色；另一方面，就《新华文摘》而言，也开始沾染了商业化气息。然而，在这之后的1994年第3期封三出现了"中央党校出版社"的介绍，虽没有在本期目录中出现"封三——广告"的标示，但这时的《新华文摘》可以说是在进行商业化的初步尝试。在1994年第10期的封底中，《新华文摘》一反往日严肃、庄重的形象，植入"博视多媒体可视通信办公系统"广告，此时其封底的商业功能被完全开发出来。《新华文摘》1995年第1期将封二的内容设定为"深圳市优秀企业家——中国宝安集团董事局主席，曾汉雄"，这是它第一次将当代著名企业家纳入介绍范围。这一方面表明，在1990年代商业化的影响下，特别是1992年之后，商品经济进一步取得合法地位，人们对于文化艺术的狂热逐渐转向商业物质；现代企业发展势头之强，商业化占据话语中心地位也可见一斑。另一方面说明，《新华文摘》作为我国文化领域的一扇重要窗口，它向读者传递的内容也从对文学艺术的传播转向商业领域，带有明显的时代特色。自此以后，《新华文摘》的封二、封三、封底中频频出现广告，并在目录中大方地作出标识。

其次，提高刊物质量赢得竞争力。为了尽可能地满足读者需求，也为了能够在期刊界保持良好的影响力和竞争力，自1994年起，《新华文摘》"提高印制质量,从第一期开始即改铅排铅印为激光照排胶版印刷"[①]。然而新的排印技术所带来的错别字增多的问题随之而来,1995 年第 1 期的《新年絮语》就用一定的篇幅来反思并向读者解释过去的一年中《新华文摘》出现错别字明显增多的问题。"《新华文摘》自 1994 年第 1 期由原来的铅印铅排改为激光照排胶印。先此,我们曾为自己的进步而鼓舞,情不自抑地宣告'广大读者将会得到清新悦目的精美出版物'。看来,我们过于乐观了,对于运用新技术过程中可能出现的问题估计不足,编辑、打字输入、校对、制片、印刷诸多环节都面临着新的要求,而我们的措施不够有力,结果刊物中的错别字增多了,甚或出现缺字和行文衔接错位现象。有的讹误被读者讥之为'莫名其妙'。初始,我们也有同感,也觉得奇怪。改过的错字,为什么成品出来后依然是错的? 错别字为什么大都是音同或形似? 后来逐渐明白,这就是掌握新技术当中特别应该重视的新问题。电脑是智能工具,操作上偶有不慎或不协调就会出现意想不到的问题;电脑的输入方法常用的是音码和型(形)码两大类,音码容易发生音同字异,型码容易发生形似字异。音同、形似的错别字比误植的不相干的错别字更易被疏漏。目前,编辑部正在总结经验教训,制订措施,严格奖惩,并多次会同出版社的校对人员商讨加强校对力量、提高校对质量的具体办法,争取在新的一年里有明显的改进。"[②]"'编者的话'一类的文字,往年都以编辑部的名义发出,今年因为要对 1994 年刊物的印制质量问题向广大读者有所交代,并承担责任,谨以署名表示抱歉之诚。"[③]尽管如此,在距离这份声明不远的几期《新华文摘》中依旧不可避免地出现有错别字的现象。虽然主编及编辑人员在不断地严格要求自己,以图将完美的刊物呈现在读者面前,新兴的技术工艺也能够减少排版印刷中出现的问题,但是编辑及技术人员在掌握操作过程中还是需要经过历练的。

再次,栏目不断推新。《新华文摘》的栏目在保持原有分量的基础上,在不同时期又有新的变化。1990 年第 1 期至 1992 年第 12 期的栏目分栏情况为:社会、哲学、经济、历史、文学、漫画之页、美术作品、文艺评论、人物与回忆、天南海北、教育、科技、科技点滴、世界文化之窗、学术动态、论点摘编、读书与出版、报刊文章篇目辑览和补白。自 1993 年第 1 期起除以上栏目外增设了"国内外大事记"栏目,由于开设之后并未得到预料的反响,随即在 1995 年第 1 期将其取

① 编辑部:《编者的话》,《新华文摘》1994 年第 1 期。

② 编辑部:《新年絮语》,《新华文摘》1995 年第 1 期。

③ 编辑部:《新年絮语》,《新华文摘》1995 年第 1 期。

消，并增设“台港澳学术”一栏，一方面响应了香港回归祖国的时代主题，另一方面确实弥补了长久以来《新华文摘》鲜有对台港澳地区学术动态关注的局限。但是这一栏目在1997年第1期被取消，取而代之的是“学术综述”栏目，在这一栏目中将台港澳地区和中国内陆地区的学术动态一并加以介绍，将台港澳地区和内陆地区的界限抹消。自1998年第1期之后，《新华文摘》的装帧较为精美，在页眉处有了明显的分栏标志，它们分别是政法、社会、哲学、经济、历史、文艺、漫画之页、文艺评论、人物与回忆、文化、教育、科技、学术动态、热点传真、读书与出版和论点摘编、报刊文章篇目辑览。1999年是《新华文摘》创刊20周年，有了明确的栏目分栏，除去第1期有纪念《新华文摘》创刊20周年的特约稿栏目外，共分为政法·社会、哲学、经济、历史、文学艺术、漫画之页、美术作品、人物与回忆、文化·教育、科学技术、热点传真、读书与出版和论点摘编。

栏目的不断调整，对于《新华文摘》的文学作品与评论的选摘有正反两方面的影响。首先，随着栏目的不断开辟，《新华文摘》中文学版块的页码呈现出逐渐减少的趋势。其次，栏目的不断更新和文学版块的所占页码不断减少，也体现出《新华文摘》广阔的选文视野。它将文学作品与评论文章放置在更加广阔的学术背景下进行传播，跳出了就文学谈文学的窠臼。

我们还可以看出，《新华文摘》栏目每一次的改变都是基于读者的及时反馈，杂志社定期会向各类读者群体征求阅读反馈意见，并根据读者的及时反馈对刊物栏目进行有针对性的调整。如“根据读者的意见，增辟‘国内外大事记’栏目。为方便读者与其他报刊联系以及加强与兄弟报刊交流，开辟‘兄弟报刊简介’栏目，主要介绍兄弟报刊的宗旨、特色及通讯地址等内容”①。充分尊重读者意见，及时针对读者反馈作出调整，这或许是《新华文摘》保持长久生命力的原因所在。

最后，历任主编和责编的接替。曾有研究者动情地说：“要做一个合格的编辑，大概首先就得接受自己被遮蔽的宿命。”②“编辑生涯确实是钢丝上的舞蹈，他燃烧自己的光芒往往只能用来照亮别人，而留给自己的是灼痛的灰烬与无边的黑暗。”③确实如此，自1989年第7、8期合刊至2000年第12期的《新华文摘》共有三位主编——刘元彦、张作耀、韩舞凤，五位副主编——陈子伶、叶显良、李

---

① 编辑部：《编者的话》，《新华文摘》1993年第1期。
② 黄发有：《边缘的活力》，吉林出版集团有限责任公司2009年版，第17页。
③ 黄发有：《边缘的活力》，吉林出版集团有限责任公司2009年版，第19页。

椒元、张跃铭,可以查到的文学及文艺评论版块的责任编辑三位——潘学清、杨一青、陈汉萍。在《新华文摘》文学作品与评论10年的生命历程中,以上11位编辑者对于《新华文摘》的成长发展来说功不可没。

表1 1990年代《新华文摘》历任主编、责编一览表

起止时间	主编	副主编	文学作品与评论责任编辑
1989年第7、8期合刊	刘元彦	陈子伶	考*
1990年第1期	张作耀	陈子伶	(同上)
1990年第6期	张作耀	叶显良、陈子伶	(同上)
1990年第9期	张作耀	叶显良	(同上)
1995年第2期	张作耀	叶显良	潘学清
1995年第5期	张作耀	叶显良	杨一青　潘学清
1997年第1期	张作耀	无①	陈汉萍
1997年第2期	张作耀	李椒元、张跃铭	陈汉萍
1999年	韩舞凤	李椒元、张跃铭	**

根据我们的梳理发现,刘元彦自1989年起出任《新华文摘》主编,于1989年底卸任;1990年第1期至1998年第12期《新华文摘》的主编是张作耀,1999年由韩舞凤接任。并且,历任主编及编辑的“传帮带”使得《新华文摘》呈现出稳定的选文风格。另外,《新华文摘》的综合选刊性质决定了其编辑工作也不再是简单的选稿、编辑、审稿过程。他们的工作或许更加辛苦,因为他们不仅面对不胜枚举的各大期刊、报刊中刊发的文学作品以及评论,还要筛选出有价值的内容以供读者阅读。无论从工作强度上,还是工作难度上,《新华文摘》的编辑都要超过其他纯文学期刊编辑。《新华文摘》是政治性较强的刊物,编辑们在选文的过程中要时刻领会理解中央政策。《新华文摘》的历任编辑不是在一个封闭的环境中选摘优质的作品,而是身处于复杂的大社会背景中;因为他们能够坚守自己的学术立场,有着纯粹的职业操守,其选文也就能够经受住时间的检验,在后人读来仍余香缭绕。

---

* 此时《新华文摘》的责任编辑尚未在期刊中有所显示,而且当时的责任编辑尚未明确。

① 本期未显示副主编。

** 1999年之后的《新华文摘》中没有明确标出栏目责任编辑。

（三）市场经济时代的选文策略

《新华文摘》在1990年代虽然做出了一些调整和改变，然而这种改变相较于其他纯文学刊物的变化而言微乎其微，其刊物风格依旧庄重稳定。据我们对1990年代《新华文摘》文学作品与评论的梳理来看，其选文策略集中体现在以下几个方面：

第一，关注"现实主义"。在这一时期的《新华文摘》中，现实主义题材的作品占据半壁江山，而且对现实主义理论的讨论从未松懈。一方面，《新华文摘》中有关现实主义题材的选文能够呈现文学内部的发展脉络。如1990年代初期对"新写实"的关注，池莉的《烦恼人生》和刘震云的《一地鸡毛》都在这一时期入选《新华文摘》。随后，对"新状态"、"新体验"以及"现实主义冲击波"亦均有涉猎。另一方面，选文以不同的形式来关涉现实。刻画时代英雄的报告文学、主流期刊或某机关举办的弘扬社会主义时代精神的征文作品、针砭时弊的杂文等都在这一时期的《新华文摘》中占了很大比重。而在文学评论领域，《新华文摘》中对现实主义文学理论的讨论也呈现出如火如荼的态势，从"新写实"到"新状态"、"新体验"再到"现实主义冲击波"，再到对"现实主义"的重新讨论不一而足。1996年第3期李广鼐的《拓宽现实主义文学之路》、王光东的《现实精神·现代意识·叙述话语》、孔范今的《一个通往文学新世纪不可逾越的话题》，1997年第3期《"现实主义冲击波"大家谈》，1998年第6期余杰的《距离"底层"有多远——关于"底层体验"和"体验底层"》和第10期童庆炳、陶东风的《人文关怀与历史理性的缺失——"新现实主义小说"再评价》、熊元义的《沉重的现实与活着的文学——为当前现实主义文学一辩》等文章，都体现了《新华文摘》的文学评论选文中的这一特点。

第二，注重选文的对话性。《新华文摘》选摘了一些围绕某一话题展开讨论的论文，在这种情况下往往会出现正反意见的对垒。如1994年第2期《新华文摘》选载了刘心武的《秦可卿之死》，还有他的《关于〈秦可卿之死〉的两封信》和陈炎的《有才可去补苍天——评〈秦可卿之死〉》、王光东的《〈秦可卿之死〉的遗憾》一组相关的文章。同样，1997年第5期选摘了铁凝的《秀色》，第12期则选载了崔道怡的《令人落泪的短篇小说》、丁夫的《〈秀色〉能"永远"吗?》。崔道怡认为《秀色》是"真正源于社会生活、关怀百姓疾苦、歌赞人性之美、呼唤党性之纯又确实富于灵气、焕发才情、独具风格、别有智能的力作精品"；而丁夫的《〈秀色〉能"永远"吗?》却持反对意见，认为"《秀色》是一篇缺乏生活真实，只凭写作技巧创作出来的胡编‘精’造之作”。对于这种有争论的情况，第一，《新华文摘》文学作品与评论栏目作为文学载体，往往不作主观的评判，而是客观地将两者的文章都呈现在读者面前。选文的集中不仅帮助刊物形成凝聚力，而且为读者提供了作品之外的相关信息，提高了阅读质量。第二，《新华文摘》选择了正反两方面的评论文章，呈现出客观真实的文学场域，避免了只有单方面的评论来误导读者的危险，作品的优劣由读者根据自己的审美价值作出判断。第三，针对某一具有时代影响力的作品，《新华文摘》会同时选取相关评论文章以供读者阅读。如 1995 年第 7 期选摘了长篇小说《苍天在上》的故事梗概，而在 1996 年第 5 期选摘了《关于〈苍天在上〉的讨论》：陆天明的《我谈〈苍天在上〉》、仲呈祥的《反腐力作》、林亚光的《〈苍天在上〉得失探》、余薇野的《断想五章》、陆建华的《〈苍天在上〉的意义》一组文章。这不仅让读者读到了文学作品，也能使读者了解到相关的学术前沿。1995 年第 11 期选摘了长篇小说《云彩国》的故事梗概，同期卢瑞华的《程贤章文学作品中的时代感》便对之进行讨论。最后，《读者 · 作者 · 编者》《编者按》版块的设置，使得读者、作者、编者之间有良好的互动。这里有编者针对某一问题向读者作出的解释，如 1989 年第 7、8 期的《读者 · 作者 · 编者》中向读者解释了合刊的来由，也有读者来信与编者交流阅读感受，如 1989 年第 12 期的《读者 · 作者 · 编者》是一封来自浙江德清县农机监理站的读者来信，表达自己长期以来的阅读感受。而编者按则能够很好地将编辑理念传递给读者，其中分为“原编者按”和“编者按”两种。比如 2000 年第 7 期选载的葛红兵《跨国资本、中产阶级趣味与当下中国文学》一文的“原编者按”这样写道：“在这篇文章中，葛红兵似乎一反过去对‘新生代’的热情赞扬，取了一种批评的立场，且用语相当激烈，让人有些‘始料未及’。但葛文的论述又并非无稽之谈，对我们深究‘新生代’创作或许会有所启迪。我们希望有更多的作家、评论家对‘新生代’这种新的文学现象进行富于建设性的讨论。”[①]《新华文摘》选载这篇文章时将“原编者按”一并选摘，不仅能够使读者在初次读到文章时有原刊再现的阅读感受，也能使读者在阅读文章之前形成期待视野，增强阅读兴趣。

第三，注重选文的宏观视角。这种宏观视角主要表现在《新华文摘》对过去一年的文坛现象所作的宏观扫描中。如 1992 年第 11 期张韧的《一九九一年小说四大现象》，1994 年第 6 期孙郁的《’93 中国文坛之一瞥》，1994 年第 8 期的

① 葛红兵：《跨国资本、中产阶级趣味与当下中国文学》，《新华文摘》2000 年第 7 期。

《1993 年度精神文明建设"五个一工程"评选揭晓》，1995 年第 1 期毕胜的《'94 文坛若干现象扫描》，1997 年第 6 期张韧的《'96 现实主义小说的回思》、林为进的《1996 年长篇创作回顾》，1998 年第 5 期朱向前的《'97 中国文坛回眸》，以及该期对第四届茅盾文学奖获奖作品名单、首届鲁迅文学奖获奖作品名单的介绍等。

第四，高质量的来源期刊。来源期刊本身所具备的象征资本与《新华文摘》的特殊身份之间形成良好的互动关系。为了更好地凸显《新华文摘》选文来源期刊的情况，我们将 1989 年第 7、8 期至 2000 年第 12 期的《新华文摘》选文的来源期刊进行了统计，图示如下（见图 1）。

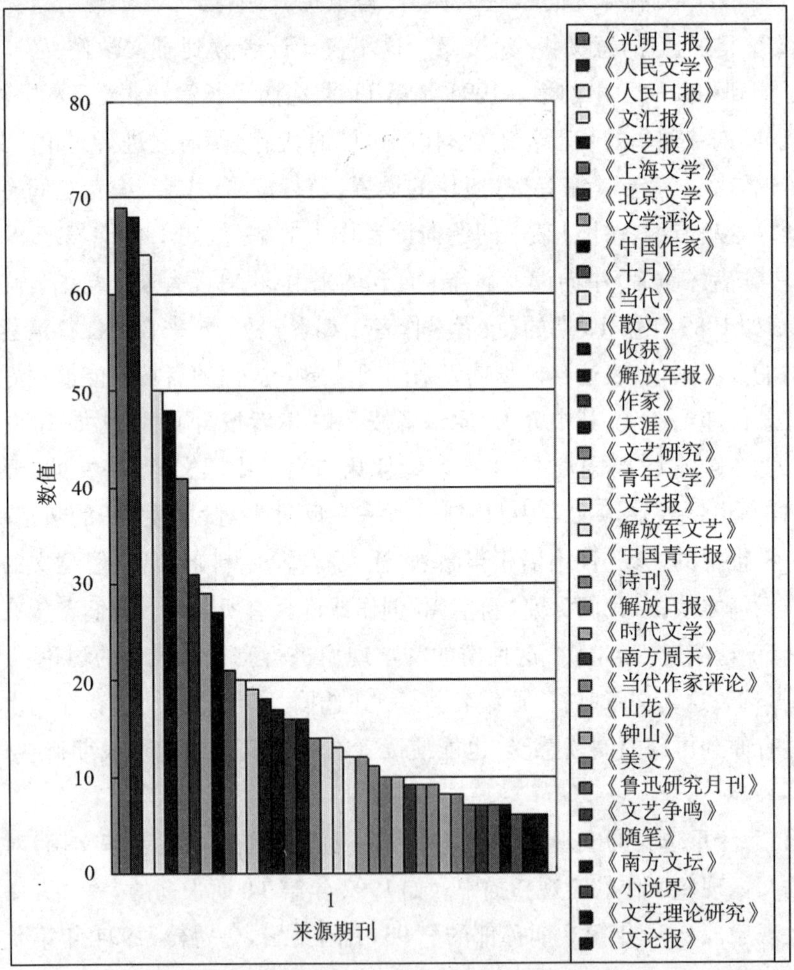

图 1　1990 年代《新华文摘》文学作品与评论期刊来源

由上图可以看出，1990年代《新华文摘》选文来源期刊主要集中在《光明日报》《人民文学》《人民日报》《文汇报》《文艺报》等国家级报刊，除此以外，《上海文学》《北京文学》《十月》《当代》《收获》《山花》《钟山》等纯文学刊物出现的频次也较高。

二、彰显主旋律的选刊取向

《新华文摘》作为主流话语的承载体，向读者介绍最为新鲜的政治经济政策和最为先进的科学技术，其时政性多体现在政治、经济、科技、教育等板块的文章中，虽然在文学作品与评论板块其时效性和政治性功能有所减弱，但是选载的作品也会呈现出“主旋律”的特点。有学者对“主旋律”一词的当代语境进行了考察：“‘主旋律’这个词在80年代中期出现，90年代以来经中央宣传部门和江泽民等人的提倡、阐释和补充而逐渐成为一种思想文化艺术领域里的国家主导意识形态。江泽民在1992年明确指出：‘爱国主义、社会主义和集体主义应当成为我们社会的主旋律。’1994年在《在全国宣传思想工作会议上的讲话》中，他又进一步将‘主旋律’概括发展为大力倡导‘四个一切’，即‘大力倡导一切有利于发扬爱国主义、集体主义、社会主义的思想和精神，大力倡导一切有利于改革开放和现代化建设的思想和精神，大力倡导一切有利于民族团结、社会进步、人民幸福的思想和精神，大力倡导一切用诚实劳动争取美好生活的思想和精神。’”①所谓“主旋律文学”，有学者这样解释：“主旋律文学的出发点和归宿点当然是强调文学的宣传教育功能，要求文学服从于当下的政治需要，为改革开放的现实生活服务；而它的衡量标准主要又是偏重于写什么，即题材的选取，而较少考虑作家的艺术创造与读者的审美要求。故此，主旋律文学是政治性的。”②

根据我们对1990年代《新华文摘》选摘文章的梳理可以发现，彰显主旋律的选刊取向主要表现在三个方面：首先，1990年代初期主流刊物或机关组织了一些征文比赛，以关注时代的进程和发展；其次，报告文学这一具有纪实性、客观性、迅捷性的文体得到了此时《新华文摘》的特别关注，在1992年改革开放

① 罗执廷：《文选运作与当代文学生产——以文学选刊与小说发展为中心》，暨南大学出版社2012年版，第130页。

② 何镇邦：《观念的嬗变与文体的演进》，作家出版社2009年版，第37页。

后，《新华文摘》连续三年选摘"改革潮报告文学"征文获奖作品；再次，1990年代《新华文摘》对马克思主义文学理论的关注没有丝毫松懈，并且呈现出鲜明的时代特色，这种探索有力地促进了中国特色社会主义文艺理论的建设。

（一）对"获奖征文大联展"的青睐

通过对1989年第7、8期合刊至2000年第12期《新华文摘》中所选择的"获奖作品大联展"的梳理，我们可以看出，1990年代《新华文摘》对于弘扬社会主义价值体系的征文活动青睐有加，8次选择了此类获奖征文。它们分别是：1990年《北京晚报》一分钟小说获奖作品选登，旨在揭露社会问题；1990年的"金马"人物特写征文，重在塑造典型的劳动者形象；1991年残疾人文学作品小辑，关注残疾人；1991年《孔雀》杯纪实散文征文获奖作品选；1991年建党70周年小报告文学征文，歌颂共产党，塑造光辉党员形象；1992年"情系中华"征文，关注港澳台；1992年"建设之歌散文特写"征文，记录新中国建设进程；1996年《解放军报》纪念红军长征暨东征胜利60周年征文获奖作品选登，纪念抗战胜利。

《北京晚报》一分钟小说获奖作品选刊(1990年第1期)下方的编者按这样写道："《北京晚报》副刊举办的建国40周年一分钟小说征文，历时三个月，收到全国各地来稿万余件，最后评选出佳作奖2篇，优秀奖16篇。现全部刊载于后，以飨读者。"①据统计，这18篇"一分钟"小说皆篇幅短小，情节紧凑，可谓是短小精悍的优秀小说。然而在主题上，除去姜楠的《岔路口》涉及情感题材外，其余17篇作品都以揭示社会上出现的不正之风或客观存在的社会问题为主要表现对象，带有讽喻现实的意味。像《生活中的戏》留有一条光明的尾巴，让读者看到了希望；《复杂事件》以"'傻'得恰如其分"的小林犹如丈二和尚摸不着头脑作为结尾，产生巨大的讽刺意味，令人深思。《新华文摘》将《北京晚报》评选出的18篇"一分钟"小说全部选登，将诙谐幽默又有深邃现实意义的作品展示于读者面前，这从一个方面也能够看出期刊在选文中对揭示现实问题、反映社会动态的文学作品的偏好。《新华文摘》登载原始期刊中所承办的评奖征文这一特色，不仅表现在文学版块中，在其他版块中也有所体现，如在1990年第1期的科学版块中选择了"全国国防现代化征文获一等奖作品选"。

"引人注目的'金马'人物特写征文，计有103篇。获奖作品30篇，一、二、

① 《〈北京晚报〉一分钟小说获奖作品选刊》编者按，《新华文摘》1990年第1期。

三等奖分别为5、10、15篇。从这一期开始，本刊分两次转载，希望读者能够喜欢。——本刊编者。”①1990年第11、12期两期共刊载了30篇获奖作品，塑造了30位人物形象，这30位人物形象又构成了一个人物形象群，那就是热爱马克思主义、热爱社会主义的各级领导干部和普通劳动人民。像连续10多年在实验室过年的科学家侯光炯（《侯老过年》）；培养出获世界级奖项的杂技员的赵玉琴（《飘动的花窗帘》）；为村民改造落马湖和棚户区的市长宫本言（《老市长的不了情》）；新时期学雷锋的典范战士李润虎（《站在人生之巅的士兵》）；不顾自己生命安危、一心一意为教育事业奉献一切的安徽省临泉县滑集中学校长王振铎（《燃烧的晚霞》）；支持当兵的哥哥为国立功、一人挑起全家生活重担并为亲人养老送终的万辉（《重担》）；为了训练军犬、流血流汗不被异性理解的战士欧国清（《“狗班长”和“飞虎”》）；为培育祖国珍宝金茶花不惜倾家荡产的普通农民傅镜远（《金茶花》）；尽职尽责在除夕夜也丝毫不停歇的邮递员王永勋（《三十一年乡邮路》），在亚运村工程前线追赶时间的女建筑监督员卢建北（《一个攀登者的自述》）；慰问五保户和军烈属虽然不是沉重的任务，但是把它当作自己的生命、在平凡岗位上做出不平凡事迹的姜秀玲（《形象》）；隐瞒抗美援朝战争中的一级战斗英雄身份、勤勤恳恳任劳任怨在复原岗位上奉献自己的老英雄徐天良（《本色》）；为了在工作岗位上尽职尽责却没能在家尽孝的普通护士郝小淑（《夜，静悄悄》）；在海岛待了10年的海军航空兵某场站靶场志愿兵尹方伟（《军中“鲁滨逊”》）；为千年古木起死回生的园林高级工程师李锦龄（《新枝从古树生出》）；经历时代的动乱，勤劳善良的心灵却永不变色的李虎林（《李老头》）；民间剪纸艺人李富财（《剪纸“仙手”》）；任劳任怨的成都市市政设施管理处污水管理站的污水管道疏淘工贺光明（《“地下孙行者”》）；刻苦训练的神枪手王伟（《有这样一位士兵》）；研究连成方言的专家江道镕（《舌尖“探宝”人》）；毕业于人民解放军测绘学院、分配到鹭鸶湾山区后坚守工作岗位的女大学生叶铃（《深山枫叶别样红》）；捉小偷的能手、人称“关大侠”的全国公安战线先进工作者关福昌（《“关大侠”》）；任劳任怨、无怨无悔地辛勤劳作的宋燕（《代价》）；为了工作每年夏天必须与妻子分离两地的边疆战士张维祥（《冬天里的夏天》）；身残志坚的仓库管理员叶继生（《无语胜有声》）；数十年如一日、载客无数的客车司机杨天降（《“老乡”》）；为海峡两岸离散多年的同胞连线的老人张永信（《海峡两岸》）；在建筑工地上把危险留给自己也要保护工人生命安全

① 《新华文摘》1990年第11期。

的建筑公司经理刘开峰(《行为号召力》)；不仅价格公道而且手艺精湛、不计较得失的平凡的劳动者李树仁(《团结湖里“孺子牛”》)；对神农架的植被研究作出杰出贡献,并探索出神农架民间药,开拓了中医药资源的石世贵(《神农之子》)。

从以上30位人物缩影可以看出,他们爱岗敬业、无私奉献,代表了一个时代的劳动者群像。这些作品正是弘扬时代精神和民族精神最好的宣传品。一方面,此次征文是由《人民日报》文艺部、绍兴市物资经营公司联合举办,刊物的性质决定了入选文章的主题必须贴近国家主流意识形态,无论是对劳动者的讴歌,还是对国家干部的颂扬,都能产生极大的振奋作用。通过报刊本身所具有的影响力,以及征文比赛所带来的传播效能,本次征文活动以及获奖作品获得了更多的关注。另一方面,这一人物特写征文是在1990年开展的,《新华文摘》对此类文章进行有效的传播和推广,不仅能够安抚社会不良情绪,更能够使读者,特别是正值人生观、价值观形成时期的青年读者受到正面教育,体现了《新华文摘》的舆论导向功能和引导读者价值观的功能。

《新华文摘》在1991年第6期推出了残疾人文学作品小辑专栏,选择了8篇文学作品,大多选自《中国残疾人》,只有一篇报告文学《中国西部:历史与命运的选择》选自《三月风》。作者们将关注的目光投向祖国西部,将在那里生活的残疾人的日常生活作为表现对象。其中,赵向军的《爱的残缺》、练世平的《衬衫》、孙卫的《旧事》3篇小说关注了残疾人的感情生活;另外的4篇诗歌,即胡震婷的《光阴》、高泽鸿的《我们也要站着》、王林宝的《春天走进心怀》、宇辰的《告别冬天》都以优美的语言歌咏了残疾人热爱生活、热爱生命的崇高品质。

“《孔雀》杯纪实散文征文获奖作品选”是1991年由《民族团结》杂志发起的。1991年第10期《新华文摘》共选择了5篇获奖作品,然而这些作品都不是由职业作家创作的。根据该期《新华文摘》所显示的信息来看,《妈妈的笑》的作者张燕翎是北京图书馆干部;《酒情》的作者李桦是《新闻出版报》副刊部副主任;《悠悠瑶女情》的作者冯菊是湖南省怀化地区人大办公室干部;《深深的手术刀》的作者高原是《人民日报》(海外版)主任记者;《边陲情思》的作者辛晓谋是《法制日报》记者。《民族团结》并不是纯文学刊物,它创刊于1957年,主要宣传党和国家的民族政策、介绍各少数民族的情况,涉及政治、经济、文化等各个领域,是我国民委机关刊物。而《新华文摘》作为我国唯一一份综合类的选刊,它的特殊地位决定了其国家意识形态倾向,因而对于少数民族的关注是必不可少的。

1991年第12期《新华文摘》共选择了“建党70周年小报告文学征文获奖作品小辑”中的11篇获奖作品。本次征文是1991年由《解放军报》发起的。这11篇小报告文学作品共塑造了11位优秀的共产党员的光辉形象，无论他们的职位如何，从事何种性质的工作，他们的共同特点就是都拥有无私奉献的精神，并且亲身实践着共产党员的优良品质。

1992年第2期推出的“情系中华”征文选登是由新华社《瞭望周刊》举办的。所选择的文章的作者皆是海外华人：《怀念》的作者丁肇中，美国实验物理学家，华裔美国籍，现任美国麻省理工学院教授，曾获得1976年诺贝尔物理学奖；《梦绕瓯江旦暮求》的作者王大兆为温州籍香港知名人士；《古都情》的作者陈玉书为中华慈善总会创始人。这3篇获奖征文或是回忆故乡和亲人对自己的帮助和潜移默化的影响，如丁肇中的《怀念》；或是对自己故乡的无尽怀念，如王大兆的《梦绕瓯江旦暮求》；或是回忆自己在故乡所亲历的人和事，如陈玉书的《古都情》。1992年正值我国社会的转型期，市场经济正在取代传统的计划经济，这一趋势从《新华文摘》的选文中也可以看出，如在该期的政治经济版块就选择了一篇相关的理论文章，即廖轩的《坚持计划经济和市场调节相结合——六论建设有中国特色的社会主义》。1992年随着邓小平南方谈话的广为传播，当代中国走向了新的历史时期，改革开放的春风吹向了社会各个领域，而且香港、澳门回归也指日可待。此次征文活动不仅能够让读者看到海外同胞怀念祖国、遥念故乡的情形，而且能够利用《新华文摘》这一大众传媒载体，在这一特殊的历史时期，发挥疏导社会情绪的作用，从而形成良好的社会氛围。

1992年第12期《新华文摘》选摘了两篇“建设之歌散文特写”获奖征文作品，分别是叶楠的《珍贵的情谊》和李桦的《立体的魅力》。此次征文比赛由《人民日报》主办。前者是人物散文，通过描写世界速度滑冰冠军叶乔波和“八一”速滑队按摩医生刘铁红之间的革命友谊，突出表现了叶乔波和刘铁红为国争光、无私奉献的优良品质。而《立体的魅力》则用简洁的语言描述了北京进入新时代后的发展变化，由“被胡同统治”到高楼林立，作者在追忆儿时胡同生活的美好时光的同时，也表达了对现代化北京的喜爱之情。以上两篇文章涵盖了精神建设和经济建设过程中我国所经历的重大变化。

据此，我们认为以上这7次获奖征文联展为歌咏时代典型、宣传社会主义价值观、促进社会主义建设起到了重要作用。另外，从《新华文摘》对它们的选载这一现象可以看出，《新华文摘》作为官方主流期刊，具有弘扬时代精神的价值追求。

（二）对报告文学关注的几点变化

1980 年代和 1990 年代的《新华文摘》，都以大比例的篇幅选摘报告文学作品。据我们查阅 1990 年代《新华文摘》所选摘的报告文学，相较于 1980 年代而言，可以发现以下几点细微的变化。

首先，对报告文学选载的数量明显减少。1996 年之前报告文学在文学版块占了大量的篇幅，1992 年一年竟选了 23 篇之多，而 1997 年之后，每年所选的文章中报告文学只有 4 篇，甚至更少。如图 2 所示：

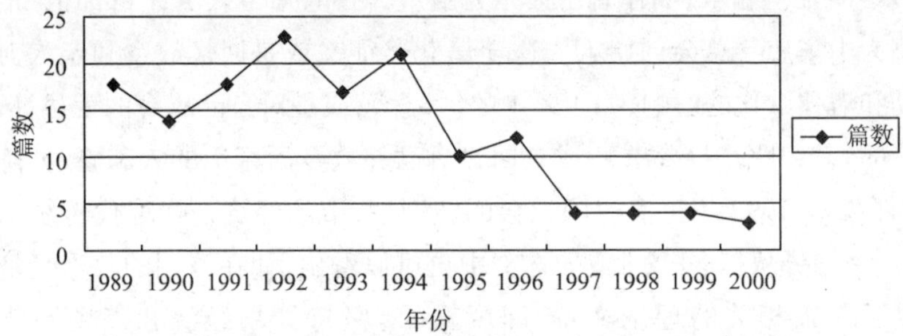

图 2　1990 年代《新华文摘》所选报告文学篇数趋势图

报告文学在这一时期被选摘的次数逐渐减少，当然与文学版块在《新华文摘》中所占比重减少有关，但更重要的原因是报告文学这一文体相较于小说、散文等文体来说具有某些局限性。从 1995 年开始，《新华文摘》在逐渐减少文学作品选摘数量的基础上，更加注重选文的代表性和冲击力。报告文学这一文体不仅篇幅较长，会占据更多的期刊版面，而且其文学价值较小，易削弱该栏目的文学性价值。

其次，讴歌战争英雄的传统在此时仍在延续，但这一时期的报告文学表现出的典型英雄更多的是走进新时代的新英雄。1990 年第 1 期的《大势》依旧延续了 1980 年代对战争英雄的关注，但在此后逐渐转向走进新时代的新英雄典型，他们或是指点江山的时代伟人，或是在改革开放大潮中不断创造社会价值的企业家或其他劳动者，如海尔集团董事长张瑞敏、双星集团公司总裁汪海，等等。

再次，1992 年之后，改革开放如潮水般向我们涌来，对现代化建设历程的记录就成为《新华文摘》选载的重点。“亚洲一号”卫星发射、葛洲坝、宝钢、中国特区、京九铁路、抗洪抢险等重大国家项目和事件，以及老年婚姻问题、失学儿童、希望小学、贫困大学生、保护野生动物、中国高考制度等精神文明建设等方面的作品，都在《新华文摘》的选载之列。另外，1994 年至 1996 年连续三年，《新华文摘》都选择了“中国改革潮”为主题的获奖征文作品，以此来记录改革开放的时代进程。

最后，《新华文摘》对报告文学这一体裁的关注，带有鲜明的时代特征。从主题上来说，可以分为以下三个方面：

其一，对改革开放时代背景下优秀企业家的表现。1990 年第 4 期《一个厚道的南通人》中的主人公是南通市市长张佑才，文本用几个事例勾勒出一位兢兢业业、任劳任怨的人民公仆形象。张佑才在作工作报告时记忆力超人，回到家里却连一双袜子都找不全，同事说他是记忆如神，妻子却说他丢三落四。在鲜明的对比中，突显了张佑才为国为民鞠躬尽瘁的高大形象。他的“厚道”还体现在对人民的关心、对贫困者和孤寡老人等弱势群体的关怀上，尤其是在得不到群众的理解时，他却将民众的谩骂当作对自己工作的激励。1990 年第 5 期苏方学的《日魄——王淦昌教授，一个杰出的中国人》属于纪实文学。该作品为我们介绍了物理科学领域国际顶尖学者王淦昌的事迹。同期的《青春美丽档案》介绍了佳地服装厂在“自救自强”的企业文化的指引下、在全体员工共同努力下不断壮大的过程。1990 年第 7 期王铁梁的《闪光的标牌》记录了固安县“标牌”厂厂长王志剑的光荣事迹。从工厂遇到困难，到筹款建厂、进行科研实验、自主研发，再到命悬一线，最终，王志剑成功了。他并没有陶醉于这种成功的喜悦中，而是毅然将厂子交给了国家。该文真实记录了一位无私奉献的新人形象。1992 年第 9 期穆业文、王迎福、文德的《太行好后代》介绍了在北京水电部工作 5 年后自主要求到条件艰苦的太行山基层工作的工人吴启章的光荣事迹。无论在汽车队、水泥厂，还是在火电厂、电业局，他都以出色的工作能力赢得人们的赞赏，也为单位带来了可观的收入。“吴启章一开始挚着地眷念故乡、热爱太行，并未意识到她深深的内涵。他只是把基层作为人生检验场一试锋芒、展现青春风采。然而，随着他对建设新太行的奉献，呕心沥血，他愈来愈意识到太行这片热土值得他献身，值得他奋斗终生。”①

其二，对国家重点项目工程的关注和对社会问题的新闻热点式的扫描。《新华文摘》作为主流期刊，义不容辞地记录了 1990 年代国家重大事件和项目工程。第 11 届北京亚运会于 1990 年 9 月 22 日正式开幕。《“神话”即将成为

① 穆业文、王迎福、文德：《太行好后代》，《新华文摘》1992 年第 9 期。

现实——北京筹办亚运会纪实》一文原刊于1990年4月7日，正值第11届亚运会即将开幕之际，《新华文摘》(1990年第6期)及时选载了这篇报告文学。该文为读者介绍了从北京被宣布为第11届亚运会承办城市的那一天起，社会各界为举办亚运会所做的努力。1992年之后，改革开放新成就成为《新华文摘》关注的重要内容。1992年第4期李克夫的《汕头特区的"三级跳"》，1993年第1期陈可雄的《葛洲坝工程的决策内幕》，1994年第10期袁晓鹰的《我们的总设计师》(电视片解说词节选)，才铁军、刘江涛的《大决策——北京至九龙铁路工程决策始末》都是相关主题的选文。1994年第4期张胜友的《中国大特区》记录了海南省自1988年4月13日成为特区之日起的全新变化，1996年第8期苗木的《强音》记录了太旧高速公路的筹备、设计以及施工情况，这些作品从不同层面展示了改革开放的发展历程。进入1990年代后，我国的航天事业有了飞速发展。1991年第7期李鸣生的《飞向太空港——"亚洲一号"卫星发射纪实》用热情洋溢的语言对"长征3号"运载火箭将"亚洲一号"通信卫星送入轨道这一历史事件做了实录。在1990年美国和欧洲的航天发射频频出现失误，甚至这一年被称为世界航天史上的"灾星年"之际，在1990年4月7日中国西昌卫星发射中心，中国人将"亚洲一号"成功送入太空，这一伟大的历史壮举，值得被永久地记录下来。不仅如此，《新华文摘》还选摘了李炳银的《报告文学信息》，集中介绍了邢军纪、曹岩的《商战在郑州》，李鸣生的《"奥星"风险发射》，张健的《辉煌的悲怆》，郭启祥、陈雅妮的《宝钢，世纪之谜》，梅洁的《山苍苍，水茫茫》，剑铭的《本世纪告别愚昧》等6篇优秀报告文学。这6篇报告文学分别涉及郑州的商业发展、中国的航天事业、宝钢的经济发展环境资源的合理开发、登山探险队的生活和对鄂西北地区的考察等。总之，《新华文摘》这一时期选载的报告文学作品具有追踪改革开放步伐、记录时代影像的作用。

其三，对社会热点进行扫描式呈现，是《新华文摘》在选摘报告文学时的另一特点。1990年代，中国成为一个更加开放的国度，这在《新华文摘》中多有体现。如1990年第4期的报告文学《当今中国老年再婚透视》是一篇在1980年修订《婚姻法》10年之后，重新审视《婚姻法》中存在的诸多问题，揭示由于忽视老年人婚姻自由而造成了严重的社会问题的纪实作品。作者以抽样调查数据来说明老年婚姻存在的必要性，同时又以鲜活的事例作为论据，证明老年再婚这一社会现象应该得到社会各界的关注、理解和支持。1990年第12期的《新华文摘》选摘了《婚姻大世界——中国涉外婚姻十年》，关注涉外婚姻这一主题。作品列出了涉外婚姻中的一些现象："一是彼此不认识通过别人介绍和包办的多;二是老夫少妻,年龄相差悬殊的多;三是今天相识明天办,闪电式结合的多;四是本无感情,勉强凑合的多;五是天各一方,迅速离异的多。”①作者认为,涉外婚姻自古有之,然而在《婚姻法》的颁布和后来的修订中并未发现有关涉外婚姻的相关法律条文;随着改革开放后中国大门向世界打开,涉外婚姻也变得普遍起来。正是基于以上两方面的矛盾,涉外婚姻所引发的问题,更应该受到相关部门的关注。1996 年第 9 期杜卫东的《世纪之泣——艾滋病的现状、未来和思考》,以 1976 年在中非真实发生的案例开篇,以示艾滋病开始引发全球性的恐慌,后又说到 1980 年一位美国青年被确诊为全国首例艾滋病感染者,表明艾滋病病毒已传播到各大洲。作者以丰富的数据和资料分析了引发艾滋病的原因,并提出防御措施,还用真实的案例试图来缓解因无知所带来的社会恐慌。“希望工程”是中国青少年发展基金会于 1989 年开始实施的一项旨在集社会之力,捐资助学,保障贫困地区失学孩子受教育的基本权利的社会公益项目。1993 年第 6 期黄传会的《“希望工程”纪实》就是对“希望工程”实施三四年来的初步记录。1998 年长江发生了继 1954 年以来的又一次全流域性特大洪水,影响范围广,持续时间长,带来了严重的洪涝灾害。广大军民积极抗洪救灾,中央要求“团结一致,万众一心,咬紧牙关,背水一战,夺取抗洪抢险的最后胜利”。1998 年第 12 期张贤亮的《挽狂澜》和 1999 年第 4 期徐剑、陈昌本的《当惊世界殊》均记录了 1998 年长江决堤、抗洪抢险时全国各地团结一致、众志成城的感人事迹。另外,《新华文摘》对域外题材的报告文学也多有涉猎,1994 年第 5 期选载了美籍作家张晓武、李忠效的长篇纪实文学《我在美国当律师》。该作品记录了美籍作家张晓武的成长经历,为我们展示了美国健全的法律体系。同样题材的作品还有 1993 年第 10 期何启治的《中国教授闯纽约》。

从《新华文摘》所选摘的报告文学题材走向来看,1990 年代的报告文学由塑造领袖形象到刻画走进新时代的新英雄,从对改革开放进程的关注到对社会问题的新闻式的搜索扫描,在将报告文学的文体价值开发出来的过程中,不断走向成熟。

(三)对马克思主义文学理论的坚守

根据我们对 1990 年代《新华文摘》所选文章的梳理,有关马克思主义文学理论的探讨始终在选编者的视野当中。仅在 1989 年第 7、8 期合刊至 12 期这 5

① 马役军:《婚姻大世界——中国涉外婚姻十年》,《新华文摘》1990 年第 12 期。

期中，有关马克思主义文学理论研究的文章就有17篇之多。在1990年代的《新华文摘》中，有关马克思主义文学理论的讨论呈现出如下特点：

第一，深化马克思主义文学理论。《新华文摘》作为官方主流选刊，其意识形态属性尤为明显。在1990年前后的选文中，多次提到“反对资产阶级自由化”。现在看来，当时的社会思想呈现出非常复杂的状况。政治意识形态、知识分子精英、历史遗产与走向现代化的需求等，这些力量共同左右着当时的思想状况，我们不可简单地来对待。

《新华文摘》不仅在1989年第7、8期合刊上选摘了《在中宣部召开的首都文艺界座谈会上的讲话》等11篇文章，而且在1990年陆续推出了探讨马克思主义文艺理论的学术论文。如1990年第1期南海的《论反对自由化和贯彻“双百”方针》，便为反对自由化正名，表示要在坚持“双百”方针的基础上，坚持反对自由化，表示“只有坚持不懈地把反对资产阶级自由化的工作长期进行下去，才能保证‘双百’方针的顺利贯彻，推动我国文艺不断地走向新的繁荣”。1990年第2期，在《学术动态·综合报道》栏目中的《〈邓小平论文艺〉研讨会在京举行》一文中写道：“与会同志指出，《邓小平论文艺》中一再强调，在社会主义新时期，文学艺术要繁荣与发展，必须坚持四项基本原则，反对资产阶级自由化。邓小平同志在肯定思想文化战线取得成绩的同时，多次批评了资产阶级自由化，一再重申搞资产阶级自由化就是走资本主义道路。但是，邓小平同志的这些论述或是不被重视，或是遭到歪曲和抵制，一直没有得到很好的贯彻和落实，以至于资产阶级自由化思潮愈演愈烈，泛滥成灾，终于酿成一场动乱和反革命暴乱。”①1990年第4期《涿州会议的前前后后》主要介绍了涿州会议的由来、中心任务、影响意义以及反思，同时介绍了有关反对资产阶级自由化工作的进展情况。

1990年第5期，选载了8篇有关纪念“左联”成立的文章。夏衍在《关于左翼文化运动》中，从1927年大革命失败后的社会环境出发，简明扼要地概括了“左联”成立的时代背景，为文学史研究者提供了翔实的史料；臧克家的《六十年后话左联》从一位文人的立场出发，结合自己的创作经历谈“昨天”给自己的影响；林默涵的《高举“左联”的火炬》和刘白羽的《不可忘却的纪念》都强调要继承“左联”的光荣革命传统；艾青的《我在狱中写〈大堰河〉》讲述了他由一名留学法国的画家成为《大堰河》作者的内在原因；荒煤的《继承和发扬鲁迅战斗精

① 《〈邓小平论文艺〉研讨会在京举行》，《新华文摘》1990年第2期。

神》一文，强调在新时期依旧要坚持“勇于向封建主义、帝国主义、腐蚀的资本主义等一切反动的旧文化进行战斗的精神”；沙汀的《提起“左联”，我很不平静》以自己发表《法律外的航线》为例，说明“左联”特别是周扬对文学新人的提拔，对于文学新人成长的重要作用；吕骥在《纪念左联成立六十周年必须反对资产阶级自由化思想》中提到我国文艺界先辈为建设中国特色社会主义文艺作出了巨大牺牲，指出要坚决与资产阶级自由化文艺作斗争。这 8 位作者都是 60 年前“左联”成立时的亲历者，无论是他们结合自身经历发出的对“左联”的感激，还是结合时代发出的对文艺发展的警告，都为文学史研究者留下了珍贵的文学史料，可以看出老一辈社会主义文艺工作者对“左联”虔诚的爱戴与拥护。

1990 年第 5 期李准的《马克思主义指导和文艺繁荣》结合五四以来马克思主义文艺理论在中国的繁荣和发展与 1980 年代末期资产阶级自由化对文艺造成的巨大冲击两个方面，论述了一以贯之地学习贯彻马克思主义文艺理论的重要性，讨论了马克思主义的指导作用和文学独立性之间的关系，指出它们不存在矛盾对立，而是相互补充、辩证统一的。吴宗泽在《为毛泽东文艺批评标准一辩》中为被误解的毛泽东文艺批评标准进行辩护，他认为毛泽东在《在延安文艺座谈会上的讲话》中提到的文艺标准并不是一种简单的“模式”，而是“政治与艺术的统一，内容和形式的统一，革命的政治内容和尽可能完美的艺术形式的统一”①。1990 年第 6 期陆贵山的《对文艺的非理性主义的理想审视》一文认为，“西方非理性主义文艺思潮的产生有其特殊的历史文化背景，它虽有一定的进步意义，却也具有不可忽视的负面作用……非理性主义思潮涌入中国后，从潜意识、原始欲、偶然性几个方面被导向极端，造成了文艺理论和创作的混乱。我们应该从理论上予以分析、清理……非理性主义既不适合中国国情，也不利于文艺自身的发展。只有马克思主义科学的世界观才能救中国，才能使我们的文艺走向繁荣”②。1990 年第 7 期《努力开展生气勃勃的文艺创作新局面》一文也写道：“党的十三届四中全会以来，文艺战线同整个思想政治战线一样，出现了新的转机，新的好势头。文艺界开展的坚持四项基本原则、反对资产阶级自由化的教育，已经取得了明显成效，资产阶级自由化思潮给文艺界带来的思想上的混乱，开始得到纠正和扭转。”③1990 年第 8 期吴家荣的《论早期中国共产

① 吴宗泽：《为毛泽东文艺批评标准一辩》，《新华文摘》1990 年第 5 期。

② 陆贵山：《对文艺的非理性主义的理想审视》，《新华文摘》1990 年第 6 期。

③ 《人民日报》评论员：《努力开展生气勃勃的文艺创作新局面》，《新华文摘》1990 年第 7 期。

党人的文学观及其形成》认为，1942 年毛泽东的《在延安文艺座谈会上的讲话》发表后，马克思主义文艺思想已成为文艺界的指导思想，这离不开从新文学运动就开始为中国新文学寻找出路的前辈，特别是中国共产党成立以来的早期共产党人不断提倡并不断学习、不断弘扬马克思主义文学观所作出的努力。在 1990 年第 9 期潘仁山在《塑造共产党人形象的沉思》一文中进行了这样的反思："十七年"的文学作品中不乏光辉共产党人形象，然而在国内资产阶级自由化思潮泛滥之际，"在 1985 年初直到去年'平暴'的四年半中，造成了在浩瀚的艺海中竟无处寻觅优秀共产党人艺术形象的窘境。直到党的十三届四中全会以后，才出现新的转机"①。在《人民日报》这一国家主流报刊上发表这篇文章，具有指引作家大胆进行艺术创作的作用。

1980 年代中期以来，西方文学理论不断流入中国，然而《新华文摘》却始终坚守对马克思主义文学理论的介绍和传播。在 1990 年代的中国当代文坛，马克思主义文艺理论并不是唯一指导作家进行创作的文学理论。但是，马克思主义文学理论中所提倡的政治性与审美性的辩证统一，以及提倡现实主义的创作手法，是我国主流意识形态所一贯坚持的。1990 年第 10 期有一篇评现代派文艺理论的文章，即陈慧的《评现代派文艺的一个观念——"非人性化"》。这篇文章站在马克思主义的立场上论述要避免将"非人性化"与现代派混为一谈，并指出要在坚持马克思文艺理论的立场上，有选择地吸收现代派的先进理论。

另外，在 1980 年代末的"资产阶级自由化"被遏制之后，国家主流话语开始重申马克思主义科学理论的重要性，通过各大党政报刊对马克思主义科学理论进行宣传。而在文学领域中，有关这一科学理论的宣传工作，以各种形式表现出来。有小说、诗歌、报告文学、散文、文学理论文章，还有电视政论片解说词。在 1990 年代的军事题材小说中或是在一些现实主义题材的文学作品中，特别是在纪实文学、报告文学兴盛一时之际，文坛又出现了大量的以共产党人为素材的文学作品。作者针对这一现象，讨论了塑造共产党人形象时应该注意表现党性、避免单一地表现"和谐之美"、不必避讳表现人物的弱点等问题。1990 年第 10 期的《世纪行——四项基本原则纵横谈》便是这样一篇文章，它还配有陈光忠的《擂响奋进的心鼓——电视政论片〈世纪行〉的艺术特色》作为介绍。电视系列片《世纪行——四项基本原则纵横谈》是中共深圳市委宣传部在中央宣传部新闻局、《党建》杂志等有关单位协助下制作完成的。它共分为"智慧篇：真

① 潘仁山：《塑造共产党人形象的沉思》，《新华文摘》1990 年第 9 期。

理的召唤"、"意志篇:民族的脊梁"、"团结篇:伟大的磐石"、"道路篇:选择与挑战"四个篇章,记录了从马克思主义的诞生到其被中国早期共产党人接受,再到中国革命者科学运用马克思主义拯救了中国,直至十一届三中全会后,将中国特色和马克思主义相结合,使中国走向富强、民主、科学、文明的道路。它形象系统地宣传、讴歌了社会主义中国的立国之本,实事求是地概要回顾了中国革命的历史,用无可辩驳的事实证明:只有社会主义才能救中国,只有社会主义才能发展中国。《擂响奋进的心鼓》从艺术的角度介绍了《世纪行》如何通过政论片的形式呈现出来,并且介绍了如何把握四项基本原则这一重大题材,还从艺术角度分析了该政论片的艺术价值和历史价值,同时也指出了其中出现的艺术遗憾。

第二,在中国特色社会主义理论体系下,文艺方针出现"新双百"政策。在1994年第1期的《编者的话》中提到,"要加强马克思主义文学理论的探讨"。这表明了《新华文摘》主编及编辑的审美趣味,表明他们在此后的选文中较为注意马克思主义文论。但与之前有区别的是,此后的选文更加关注中国特色社会主义文学理论。1994年第1期选载了王杰的《关于马克思主义文学理论的中国特色问题》。这篇文章具有较强的时代感,是在中国特色社会主义市场经济的环境下诞生的,论述了马克思主义如何指导中国当代文学的发展。而1994年第2期宋贵仑的《邓小平文艺理论对毛泽东文艺思想的新发展》分析了十一届三中全会以来文学理论的发展状况,从"坚持以经济建设为中心来繁荣文艺和精神文明'重在建设'的指导思想"、"坚持'文艺为人民服务、为社会主义服务'的方向"、"坚持'百花齐放、百家争鸣'的方针"、"在社会主义和爱国的旗帜下建立广泛的文艺工作统一战线"、"加快和深化文艺体制改革"①等方面总结归纳了马克思文艺理论在当下的发展状态。1994年第5期选载了刘忠德的《学习邓小平有中国特色的社会主义文艺理论指导繁荣我国社会主义文艺事业的崭新实践》。1997年第2期选载了《江泽民在第六次全国文代会、第五次全国作代会上的讲话》(1996年12月16日)。这一讲话是在十四届六中全会通过《关于加强社会主义精神文明建设若干重要问题的决议》的背景下发表的。文章强调指出:"文艺界的同志要认真地学习马克思、恩格斯、列宁的文艺论著,特别要认真地学习毛泽东同志的《在延安文艺座谈会上的讲话》和邓小平同志《在中国文学艺术工作者第四次代表大会上的祝词》。这两篇讲话,集中体现着我们党

① 宋贵仑:《邓小平文艺理论对毛泽东文艺思想的新发展》,《新华文摘》1994年第2期。

的文艺思想、文艺路线、文艺方针，是我们党对马克思主义文艺理论的独特贡献，将长期对我们的文艺事业发挥指导作用。”

这一时期的《新华文摘》，有关马克思主义文学理论的讨论文章数量较多，是文学评论版块的主力军。这一方面是因为1980年代“反对资产阶级自由化”成为主流意识形态的话题，1990年代初期发表了大量相关文章，《新华文摘》对这些文章的选摘表明了其自身的价值立场；另一方面，是因为长久以来，马克思主义文学理论在众多文学理论中占据主导地位，《新华文摘》作为主流选刊，选摘有关文章不仅可以确立其刊物的权威性，而且在一定程度上表明了其文化立场。

三、《新华文摘》对商业化写作的疏离与接纳

1990年代市场经济不断发展，商品经济对文学的浸染不言而喻。根据我们对1990年代《新华文摘》文学作品与评论的梳理来看，消费元素植入文学作品的状况屡见不鲜，“王朔现象”、“长篇热”现象、卫慧和棉棉等都市欲望化写作现象、以“新概念”文学大赛为起点的“80后”写作等文学现象，均在《新华文摘》中有所呈现。然而，细加分析便可以看出，《新华文摘》对商业化写作并不是完全支持，而是通过选摘对“商业化写作”带有明显批判态度的文章来体现自己的文化立场。《新华文摘》对商业化的内容并不完全摒弃，而以自己的价值判断将商业化这一现象呈现了出来。

（一）对商业化写作的疏离

《新华文摘》对消费元素植入的文学作品选摘甚少，我们仅以《北京人在纽约》为例，对此问题进行说明。所谓一时代有一时代之文学，1990年代的文学创作也不可能不受到日新月异的社会发展的影响。首先，随着改革开放的不断深入，在1990年代我国出现了新一波出国热，或打工、或留学、或移民，就像《北京人在纽约》中所表现的那样，一些国内的年轻人纷纷追逐自己的“美国梦”。其次，王朔的小说在1990年代蔚为风潮，形成了“王朔现象”。一方面，其创作题材大都取自部队大院，而他使用的则是调侃讽刺的语言，这极大地增强了小说的可读性。在1990年代，相比于严肃文学来讲，这种轻松娱乐的文学作品更能获得读者的青睐。另一方面，文学与影视联姻，为王朔的创作提供了获得利润的绝佳机会。最后，在1990年代末期出现的《上海宝贝》《糖》等作品，其都市生

活和欲望化的描写不仅迎合了读者大众，还为自己的作品打上了时代的标签，形成一种商业化的写作倾向。通过对1990年代《新华文摘》的梳理，我们可以看出，此时的学界对文学商业化走向颇为重视。

“如果你爱他，就把他送到纽约，因为那里是天堂。如果你恨他，就把他送到纽约，因为那里是地狱。”这是1990年代热播剧《北京人在纽约》中的经典台词。这部家喻户晓的电视剧不仅涉及出国热、美国梦等热门话题，而且揭示出我国第一批赴美者在美国的真实遭遇。有关这一话题在1990年代的《新华文摘》中多有涉及。1992年第2期的《新华文摘》选择了曹桂林的《北京人在纽约》，并将之置于“中篇小说故事梗概”版块下，经过刘元煌的缩写后用3个页码呈现了出来。《北京人在纽约》是首部全景式展现中国人在外国淘金经历的作品，它不仅折射出了东西方文化的种种差异，而且呈现出了国人在纽约的生存状态，是描写第一批赴美淘金的中国人的事业与情感两方面波折的代表作品。这部作品成为当时人们追捧的对象，并在1992年被改编为同名电视剧，上映后好评如潮，获得了多个奖项。巧合的是，1993年第10期《新华文摘》选摘了何启治的《中国教授闯纽约》一文。小说中的教授级的高级文学编辑在美国纽约唐人街餐馆打工，原来是为了访问一位美方人士，几经周折获得签证后却没能如愿以偿。这从中呈现出国人在美国生活的种种波折。同时，有关出国留学的文学作品也呈现在读者的眼前，如1996年第10期选摘的钱宁的纪实新闻作品《留学美国——一个时代的故事》。

1990年代《新华文摘》中对于王朔的小说创作和影视作品的选载并不多见，对王朔的关注主要以选载评论文章的方式进行。1990年第1期《新华文摘》有关王朔电影的评论文章有两篇，即陈晓明的《倾斜与补偿：王朔电影的都市二重奏》和黄式宪的《王朔电影的文化构型及其负面价值》。这两篇评论文章也是在1990年代《新华文摘》最早关注王朔电影创作的文章。随着电视剧《渴望》的上映所带来的巨大收益，王朔更加自觉地倾斜到影视的创作上来。1991年第4期的《新华文摘》则选摘了一组有关对《渴望》中女主角刘慧芳评价的作品。仟殷的《一个道德自我完善的“圣女”》、如黛的《“极高明而中庸”》、王小珊的《让刘慧芳留在屏幕上，好不?》都得到了选摘。此后1993年第2期选摘了王朔的《许爷》。尽管王朔在1990年代有过大批量的文学创作，如《我是你爸爸》（1991年《收获》第3期）、《动物凶猛》（《收获》1991年第6期）、《过把瘾就死》（《小说界》1992年第4期）等，并且王朔在1990年代他的文学创作已经形成“王朔现象”，风靡一时，然而在1990年代《新华文摘》中却只选摘了《许爷》一部作品。这部小说不仅在标题上更显委婉，而且其文学作品也更具有思想深度。我们从中可以看出，《新华文摘》作为权威性的大型选刊，始终保持严肃庄重的选刊风格，在1990年代开放多元的社会语境中，不媚俗，不趋附，有自己对于文学的理解和坚守。

《新华文摘》对于卫慧、棉棉等都市写作或欲望化写作的关注主要集中在2000年第7期葛红兵的《跨国资本、中产阶级趣味与当下中国文学》和2000年第9期王大路的《“新新人类文学”现象分析》、于文秀的《仿制的贫困——对“文学新人类”的写作批评》这三篇文章中。在葛红兵的论文前，选编者将原编者按也一并选摘，这不仅能够使读者在初次读到文章时有原刊再现的阅读感受，也能使读者在阅读文章之前，形成期待视野，增大阅读兴味。“在这篇文章中，葛红兵似乎一反过去对‘新生代’的热情赞扬，取了一种批评的立场，且用语相当激烈，让人有些‘始料未及’。但葛文的论述又并非无稽之谈，对我们深究‘新生代’创作或许会有所启迪。我们希望有更多的作家、评论家对‘新生代’这种新的文学现象进行富于建设性的讨论。”葛红兵认为，在“《上海宝贝》中，我们只能看到酒吧、派对，躲在屋中一边手淫一边写作的所谓作家，各种无业人员以及来自大洋彼岸的人物，但是见不到一个实实在在的中国人”①，作家的“生活资源”和对文学的“体验能力”都被剥夺了。他认为作家不能一味地对西方顶礼膜拜，而应找到属于自己的写作经验。王大路的文章则客观地分析了卫慧、棉棉等“新新人类”创作的时代背景和文化思潮背景，但也委婉地表达了对这种写作倾向的担忧。而在于文秀的文章中，作者的言辞就没有这么和善了，他认为所谓的“文学新人类”不过是对美国“60后”“垮掉的一代”的跟风和误读，而且棉棉、卫慧等人的文学创作不仅主题空洞无聊，而且在艺术价值上也缺少“先锋性”。

从以上的分析中可以看出，此时的《新华文摘》在对有关“商业化写作”文章选摘时，并没有表现出以往的客观态度，而是通过选摘对“商业化写作”带有明显批判态度的文章来体现自己的文化立场，即对“商业化写作”和“都市欲望写作”持批判态度。与此相对应，《新华文摘》作为主流选刊，选摘了另外一种文章来彰显自己对主流价值观的坚持。如在1993年第4期中宣部文艺局课题组《关于社会主义市场经济条件下文艺领域面临的新问题》一文中，我们可以清楚地看到《新华文摘》的文化立场。该文指出，在市场经济条件下，文艺领域受到了巨大冲击，文艺的社会影响、文化的市场、文艺家的心态、文艺的现存体制都

① 葛红兵：《跨国资本、中产阶级趣味与当下中国文学》，《新华文摘》2000年第7期。

出现了不小的震荡。在审视了诸多因素后该文提出三点意见:一是要时刻兼顾市场与文艺的不同要求;二是要始终坚持社会效益与经济效益相统一的原则;三是要摆正长期的文艺发展战略和短期的文化消费之间的关系。该文最后认为,深化文艺体制改革是解放和发展艺术生产力的必由之路,并对群众性文艺团体的改革、专业作家体制的改革、艺术表演团体的改革、文艺奖罚制度的改革、制定与改革配套的文化经济政策、不断完善文艺法规、逐步培育成熟规范的文化市场等方面给出了具体的意见①。

1993 年第 7 期严欣久的《中国作家侃市场》,题目便用了"侃"字,这使文章本身便具有调侃性。文章选取了 10 位当代作家谈论"市场"的言论。陈建功认为文艺作品应加快脚步进入市场;梁晓声认为文学应在夹缝中寻求生存;李国文认为应进行文学体制改革,提高作家待遇,加强作家收入保障力度;林斤澜认为"文艺走向市场有利于反'左'";肖复兴认为市场化为作家提供了写作素材,有利于产生优秀的作品和作家;史铁生认为市场化为作家提供了发展的机遇;刘恒认为作家在社会的巨变中应该快速适应并选择好自己发展的方向;汪曾祺表示面对市场化自己"无动于衷";刘湛秋认为作品价值越高商品价值也就越高;王蒙认为作家既要面对市场,也要坚持崇高理想,避免被市场左右。

1993 年第 8 期的《新华文摘》有一组"商海中的文学批评讨论"文章,讨论了市场经济体制下文学批评何去何从的问题。如从黄国柱的《商海茫茫话批评——对当前文艺批评的思索》中明显看出,论者面对突如其来的新的变化有一种无所适从的惶恐;面对批评界新出现的市场化趋势,论者认为文学批评依旧要兼顾政治标准和艺术标准,并在此基础上增加市场标准,只有三者和谐统一,才能达到既适应市场又不违背文学批评的宗旨。朱向前的《批评三问——致商海呛水的批评家》也强调,批评不能仅仅受制于市场,而要获得社会和经济的双重认可,在此基础上才能够产生批评大腕,从而使文学批评能够在市场经济中赢得发展。朱晖的《也说商潮中的文学批评》认为市场经济并不会将文学甚至文学批评冲垮。1993 年第 9 期昌切、龙泉民②、汪剑钊、查振科、程光炜的《文学热点五博士谈》,鉴于当时出现的新的文学现象,即纪实文学热、通俗文学热、新潮小说热以及古典名著热、散文热、探索文学热等,分析了这些现象出现

---

① 中宣部文艺局课题组:《关于社会主义市场经济条件下文艺领域面临的新问题》,《新华文摘》1993 年第 4 期。

② 原文如此。"龙泉民"系"龙泉明"的误排。

的原因、文学热与读者的关系、此时文学呈现出的特点，并预测了文学今后的走向。1993年第11期选载了徐中玉、王晓明、张汝伦、赵长天、陈思和、花建、李子云、周介人、毛时安、宗福先、许纪霖、方克强、钱中文、黄蜀芹、孙甘露15位学者有关严肃文学的讨论文章——《严肃文艺往何处去?》。编者按这样写道："严肃文艺在现实生活中，业已失去它昔日的重心，人们对此议论纷纷。我们特就严肃文艺的生存状况、它在危机与挑战中的出路以及由变化带来的深远影响等问题，邀请了部分沪上人士举行座谈。现在刊发他们的意见，以期引起进一步的思考和更多的关注。"①1990年代是一个文学百家争鸣的时代，特别是有关市场经济和严肃文艺的讨论更是如此。学者们身处市场经济中，不断讨论新时期文学中出现的种种现象以及问题。学者们呼吁严肃文艺、呼吁纯文学以及人文精神回归。1994年第2期李洁非的《物的挤压——我们的文学现实》从历史和哲学等方面对商业化的发生、发展作了分析。1994年第7期孙占国的《论市场经济大潮中的严肃文艺》、李洁非的《关于今日文坛》、程德培的《十年与五年——商品消费大潮冲击下的新时期文学分期》三篇评论文章也都讨论了市场经济下文学的现状。1994年第12期李洁非、吴涛在《把文学还与民众——九十年代文学价值观对话录》一文中指出："中国先锋文学的困境在于本质上回避社会学思考，在于因而产生的虚假与做作;80年代中期以后，文学实际上脱离了社会，文学的不景气有它自身的原因;时下，文学缺乏的是社会意义上的'正义'，把自己还与民众，还与他们的需求与感情成为当务之急。"②

由以上概述，可以看出1992～1994年的《新华文摘》所选市场化文学数量较多，这些文章较好地反映了当时文学发展的整体面貌;无论是文学创作还是文学评论，还是学者之间的热烈讨论，都为市场经济条件下的文学发展提供了新鲜血液和充沛的活力。从文学史的角度来看，市场化文学或称为商业文学，在1990年代成为不可绕过的文学现象，也离不开这些作品或理论文章的支持。不过，必须说明的是，这一时期的《新华文摘》不仅没有选摘有关都市欲望化写作的文学作品，而且上述评论文章都对都市欲望化写作持否定态度，从而表现出《新华文摘》作为主流刊物对传统主流文学价值观的坚守与捍卫，对商业化写作的疏离。

---

① 编辑部:《编者按》,《新华文摘》1993年第11期。

② 李洁非、吴涛:《把文学还与民众——九十年代文学价值观对话录》,《新华文摘》1994年第12期。

（二）对商业化写作的接纳

从我们整理的1990年代《新华文摘》所选的长篇小说统计表（见表2）中可以看出，《新华文摘》对长篇小说的关注度较高。虽然我们不能单纯地认为长篇小说属于商业化的写作范畴，但其丰厚的稿酬和商业运营手段与商业化都难脱干系。《新华文摘》将这一现象纳入视野，便意味着它在一定程度上对商业化写作也有所接纳。

表2　1990年代《新华文摘》所选长篇小说一览表

《北京人在纽约》	曹桂林	1982年第2期
《孤乘》	周梅森	1993年第2期
《战争和人》	王　火	1993年第3期
《活着》	余　华	1993年第4期
《享福》	陆文夫	1993年第5期
《香魂女》	周大新	1993年第5期
《白鹿原》	陈忠实	1993年第6期
《风过耳》	刘心武	1993年第11期
《天网》	张　平	1993年第12期
《93年长篇小说信息》①	雷　达	1994年第1期
《新闻》	刘震云	1994年第2期
《前科》	陈建功	1994年第4期
《敦煌遗梦》	徐小斌	1994年第7期
《女巫》	竹　林	1994年第7期
《苍天在上》	陆天明	1995年第7期
《长恨歌》	王安忆	1996年第8期
《抉择》	张　平	1997年第11期
《尘埃落定》	阿　来	1998年第5期
《乡村温柔》	刘玉堂	1998年第10期
《牵手》	王海鸰	1999年第7期

① 此文中共介绍长篇小说12篇，它们是：唐浩明的《曾国藩》、凌力的《暮鼓晨钟》、陈忠实的《白鹿原》、高建群的《最后一个匈奴》、程海的《热爱命运》、陈世旭的《裸体问题》、马瑞芳的《蓝眼睛黑眼睛》、李锐的《旧址》、成一的《真迹》、刘震云的《故乡相处流传》、王晓玉的《紫藤花园》、贾平凹的《废都》。

新时期以来直至1990年代是中短篇小说兴盛的年代。“文革”结束后，作家们迫不及待地以创作之力控诉“四人帮”的无情罪恶，出现了轰动一时的伤痕文学，如《伤痕》《班主任》《大墙下的红玉兰》等，这些都是短篇小说；到了“反思文学”、“改革文学”、“寻根文学”阶段，小说创作的篇幅逐渐增加，虽已出现长篇小说创作，如《许茂和他的女儿们》《芙蓉镇》《冬天里的春天》等作品，但其艺术水准并没有随着篇幅的增加而有所突破。在文学从控诉、反思的道路走向其自身的过程中，文学才真正开始繁盛，也出现了颇有艺术感染力的文学作品，如《棋王》《小鲍庄》《爸爸爸》《系在皮扣上的魂》《黑骏马》《红高粱》《受戒》《绿化树》《北方的河》《三寸金莲》《你别无选择》等，但这些作品大多是中篇小说。在此不可不提的是，这一时期也出现了一些优秀的长篇小说，如张炜的《古船》、路遥的《平凡的世界》等。这些作品在问世之后所引起的轰动在今天来看是难以想象的。但是，长篇小说大规模地出现并形成一种文学现象，是在1990年代。我们耳熟能详的一大批著名长篇，像《在细雨中呼喊》《白鹿原》《丰乳肥臀》《九月寓言》《长恨歌》《心灵史》《尘埃落定》等，都是在1990年代中后期出现的。

据不完全统计，自1993年起，长篇小说迎来了出版的黄金时期，从最初每年300部，发展到每年500部、700部，到2000年达到了1000部。也就是说，平均每天有两部长篇小说面世。是什么原因造成长篇小说如此繁盛？又是什么原因使长篇小说在1990年代获得了如此广阔的发展空间？我们认为，第一，国家意志的倡导和文化政策的放宽，使得文学生产有了更加自由的空间。第二，图书的市场化使各种出版方式介入了长篇小说的生产和发行。现在，除了单行本和作为长篇小说发表重镇的大型文学期刊外，许多刊物还办了一年四季都有的长篇小说增刊或选刊。在文学类读物中，长篇小说忽然成了最有市场号召力的文学产品。第三，作家人生经验的积累凝结，使得长篇小说有了最为内在的创作动因。

梳理1990年代《新华文摘》选载或评介的长篇小说，我们从中可以发现许多有趣的现象。第一，“陕军东征”引人注目。从1994年第1期选摘的雷达《93年长篇小说信息》一文可以看出，陕西作家陈忠实、贾平凹、高建群、京夫的作品几乎同时问世，引起了不小的社会轰动，甚至被指称“陕军东征”①。“这些作品的问世，一方面在文学界引起很大反响，受到评论家的诸多好评，而且都举行过作品讨论会；另一方面，它们在普通读者中受到欢迎，发行量一涨再涨，在严肃文学普遍不景气的情况下，一再刷新纪录：《最后一个匈奴》在出版的同月连印3次，达12万余册；《热爱生命》两个月内印刷4次，印数29万余册；《白鹿原》在3个月内印了3次，达21万余册，还出现盗版印行；《废都》更是创造出长篇小说发行的头号新闻，第1版开印就是37万册，其后一印再印，几家外社租版型，不止一地出现个体书商盗印，据统计，印数达数百万册之巨（这里所列举几种书的印数，只是根据笔者所见的版本，而不是准确的统计。实际发行的总数，恐怕还不止那么多。但是，仅仅如此，也可由此推论各部作品的印刷量之巨大）。”②第二，茅盾文学奖得主众多。王火的《战争和人》、陈忠实的《白鹿原》（修订本）获得第四届茅盾文学奖，张平的《抉择》、王安忆的《长恨歌》获得第五届茅盾文学奖。第三，诗人顾城唯一的一部长篇小说《英儿》问世后不久便传来了诗人自杀的消息。“1993年10月10日，法国国际广播电台转引路透社发自威灵顿消息称，当代中国诗人顾城，怀疑婚姻触礁，在奥克兰市威克赫岛（后来被称为激流岛）自家门口，用斧头砍死了与自己结婚10年的妻子谢烨，然后在门前的树上上吊自杀。”③《英儿》是顾城唯一的一部小说作品，小说是自传体，记录了顾城和妻子雷以及英儿的感情生活。继1989年3月26日海子卧轨自杀，同年骆一禾、戈麦相继死亡之后，1993年顾城杀妻自缢，文坛称这一系列事件为“诗人之死”。据相关资料显示，《北京青年报》组织了“诗人之死与凡人之死”的讨论，从1993年12月14日到1994年1月30日先后发了几个专版④。此后中国当代诗歌便一蹶不振，少有优秀的诗人出现，更鲜有轰动性的作品诞生，这从1990年代《新华文摘》所选载的诗歌总量之少便可看出。尽管1994年第3、4期《新华文摘》选载了顾城、食指、黑大春、郭娟等活跃于1980年代诗坛的

① 韩小蕙在《北京四家出版社推出陕西作家四部长篇力作:〈废都〉〈白鹿原〉〈最后一个匈奴〉〈八里情仇〉,文坛盛赞“陕军东征”》一文中指出:“不知是巧合还是什么原因,北京的四大文艺出版社——北京十月文艺出版社、人民文学出版社、作家出版社、中国文联出版公司近期各自推出的一部重头长篇小说,全是陕西作家所著。这就是贾平凹的《废都》、陈忠实的《白鹿原》、高建群的《最后一个匈奴》、京夫的《八里情仇》。这四部长篇,据说一部比一部分量重,都有雄心问鼎中国长篇小说创作最高奖‘茅盾文学奖’。这一举动震动了文坛,被首都评论界称为‘陕军东征’。”

② 张志忠:《1993:世纪末的喧哗》,山东教育出版社2004年版,第100页。

③ 黄黎方:《朦胧诗人顾城之死》,花城出版社1994年版,第2页。

④ 张志忠:《1993:世纪末的喧哗》,山东教育出版社2004年版,第214页。

诗人的诗歌，但这并不足以说明当代诗歌的兴盛。第四，贾平凹的《废都》是颇具争议性的一部作品，有人认为其中的性描写过于密集，且有媚俗的写作倾向；但也有人认为，《废都》中描写那种颓败淫乱场面正是作者有意讽刺当时的文坛，并为知识分子敲响警钟。《废都》于1993年4月在《十月》上全文发表，这不仅为《十月》杂志社带来了巨大的收益，同时也引起了巨大的反响。《废都》出版后由于其中的淫秽场面描写过多等原因被禁，成了1990年代为数不多的禁书之一。然而，《新华文摘》不仅在1994年第1期的中、长篇小说故事梗概即雷达的《93年长篇小说信息》中对《废都》予以介绍和评价，并且在1994年第2期专门以《〈废都〉众人谈》的形式对之进行详尽讨论。《新华文摘》作为媒体传播平台，并未因为意识形态原因遮蔽《废都》，而选择将之客观地呈现在读者面前。李书磊、孟繁华、陈之初、扎西多都表现出对《废都》的否定态度，而陈骏涛、白烨、王绯三人的讨论《说不尽的〈废都〉》，却从多个层面表现出对《废都》的认可。这正反两种态度正是当时读者和评论者代表性的观点。支持它的人认为，“《废都》是一部写世态、人性、心迹的文人小说”①，并且文化意蕴丰富，不仅有鲜明的民俗特色，而且时下的文化现象也被纳入作品之中。另外，在语言表达上呈现出散文化、话本化的倾向。而持反对态度者以《废都》文本中大量的性行为描写为例证，从思想价值、艺术价值两方面否定这部知识分子题材的小说。《新华文摘》以较为客观的态度对文坛出现的这一现象进行展示，并将学者的讨论也呈现给读者，真正起到了展现文学动态的作用。第五，历史题材和家族题材的经典化。唐浩明的《曾国藩》作为这一时期历史题材小说的代表作品可以说当之无愧。曾国藩是一位颇具争议性的人物，作者在这一作品中以史为线索，立体地塑造了曾国藩这一具有多面性的人物形象。以家族小说的概念去限定《白鹿原》有失偏颇，但毫无疑问，《白鹿原》的出现树立了以家族历史隐喻民族史的典范。

除此之外，评论界对长篇小说也分外关注。《新华文摘》1996年第1期云德的《强化长篇小说的精品意识》在分析当时长篇小说兴盛的原因之后，为长篇小说的发展提出了四点建议：“强化作家的生活积累”；“加强理论学习，提高作家的思想素质”；“充实作家的文化修养”；“惨淡经营的从容和气度”②。朱向前在《我看当前的“长篇热”》一文中指出，繁荣长篇小说创作要避免三个误区：

① 陈骏涛、白烨、王绯：《说不尽的〈废都〉》，《新华文摘》1994年第2期。

② 云德：《强化长篇小说的精品意识》，《新华文摘》1996年第1期。

"金钱的误区"、"才华的误区"、"心态的误区"①。1996 年第 2 期林为进的《显示出成熟的自信与亮丽——1995 年的长篇小说》认为，与前几年相比，长篇小说的质量有了明显的提高，并从不同视角对 1995 年出现的长篇小说作了点评。他认为战争题材为作家们所青睐，以宗璞的《东藏记》、柳溪的《战争启示录》、刘金忠的《故渎》、倪景翔的《龙凤旗》、乔良的《末日之门》作为战争小说的代表；而家族小说也是创作中的热门题材，主要作品有张炜的《家族》、莫言的《丰乳肥臀》、张抗抗的《赤彤丹朱》、张宇的《疼痛与抚摸》；城市题材小说创作也颇为壮观，如陆天明的《苍天在上》、贾平凹的《白夜》等；至于王安忆的《长恨歌》，以沉稳大气横空出世，引起文坛瞩目②。1997 年第 6 期张韧的《'96 现实主义小说的回思》对当时出现的以关注改革开放为题材的"现实主义"回潮作品进行了反思，指出 1996 年出现的刘醒龙、谈歌、关仁山等人的小说创作虽然能够直抵现实、关注改革，然而相较于新时期伊始现实主义而言，其突破微乎其微。其实，对于改革开放后新鲜多元的社会现实，题材的新颖有时会超出作家自己的想象。论者认为出现这一问题的原因是作家只关注日新月异的改革开放进程中出现的问题，而没能深入思考如何运用题材，如何深化主题，建议作家"还要超越，要把握时代的制高点，以思想的电击，穿透笔下人物和情节故事，才有可能出现震撼性的力作"③。1997 年第 6 期林为进的《1996 年长篇创作回顾》认为，1996 年的长篇小说创作在数量持续增长的基础上质量有了明显提升，并对一些优秀作品进行了分析。该文提到关注哲学命题的史铁生的《务虚笔记》，涉及军事题材的邓一光的《我是太阳》，属于域外题材和留学生文学的彭懿的《与幽灵擦肩而过》，还提到陆天明的《苍天在上》及关注城乡企业改革的刘醒龙的《生命是劳动和仁慈》。另外，该文还有意注重小说形式创作的作品，如刘玉明的《羊角号》、刘恪的《蓝色雨季》、贾平凹的《土门》、陆天明的《木凸》④。但论者并未提及长篇小说发展中存在的问题。

---

① 朱向前:《我看当前的"长篇热"》,《新华文摘》1996 年第 1 期。

② 林为进:《显示出成熟的自信与亮丽——1995 年的长篇小说》,《新华文摘》1996 年第 2 期。

③ 张韧:《'96 现实主义小说的回思》,《新华文摘》1997 年第 6 期。

④ 林为进:《1996 年长篇小说创作回顾》,《新华文摘》1997 年第 6 期。

四、市场经济时代《新华文摘》对文学思潮的关注与引领

1990 年代的《新华文摘》在关注主旋律文学和具有商业化倾向的文学之外，对纯文学（在这里不是文学史概念，而是除去主旋律和商业性特点之外的、以文学审美价值见长的文学作品）的关注也较为密切。一方面，1990 年代是文学逐渐走向边缘的时代，对金钱的追逐、对利益的狂热使人们将文学远远地抛在脑后；另一方面，在经历了 1980 年代的“文学热”之后，文学的创作和接受必然都会因为一时用力过猛而趋于疲软。然而，文学的生命力是我们无法想象的。即便是在人们追逐商业利益的背景下，1990 年代还是出现了一些值得称道的文学作品。另外，1990 年代是“50 后”作家、评论家创作的繁荣期，也是文学事件频发的年代；“新写实”、“新状态”、“新体验”、“新生代”等一系列急促的文学命名所昭示出的批评家对推动文学发展作出的努力，以及坚守文学理性的学者对“人文精神”的诉求等，都为 1990 年代的文学发展添上浓重的一笔。

（一）选摘“纯文学”作品与评论的几个特征

从 1980 年代末期起，文学热逐渐退潮。相对于 1980 年代连续不断的爆炸性文学创作景象而言，1990 年代的文坛略显冷落。然而，当我们翻开历史的书页仔细审视，其中依旧不乏闪烁着灵动光芒的文学作品。1990 年代的长篇小说年产量已经达到了惊人的程度，那并不是幻影，而是货真价实的文学瑰宝，其中优质的作品被后人不断解读、不断传颂。此时的《新华文摘》在对一些文学价值较高的文学作品与评论进行选摘时呈现出以下特点。

首先，1990 年代《新华文摘》所选摘的小说作品具有题材特征。第一，军事题材或以部队生活为题材的小说备受关注。虽然许多作品中的主人公是军人，但这些军人形象不同于新时期之前作品中的那些高大全的人物形象，他们拥有更加丰富的内心世界。如 1990 年第 3 期选摘的《白纸船》将通勤女兵作为重点进行描写，特别刻画了中校政治指导员范少珍的形象。范少珍以严格的军纪军规来要求女兵，给人留下了严厉的形象，但是在独处时她玩电动狗，甚至吸烟成瘾。《白纸船》是军事题材的小说，但与以往的军事战争小说中描写战争的激烈场面、塑造“高大上”的我军将领，或展示激烈的敌我冲突等不同，它将部队中女

兵的内心情感波动作为主要的描写对象。“白纸船”是一个意象,它象征着部队中女兵复杂细腻的心理波澜。当范少珍看到“一长串儿用线串着的白纸船风铃儿般地发出微响在灯光里漂亮地晃动着”,有关往事的回忆涌上心头,在朦胧的烛光里,她仿佛再一次拥有了那个值得回味的青葱岁月。另外,说到军事题材小说的创作,不得不提的是作家陆颖墨,因为在我们所统计的1990年代《新华文摘》选文中,陆颖墨的小说的选摘频次相对较高,共有7篇作品入选。作者的海军身份为他的写作提供了便利条件,而作者也倾向于选择他所熟悉的海军题材。《新华文摘》所选择的他的两篇小说《白手绢,黑手绢》(1990年第11期)和《寻找我的海魂衫》,即是以海军生活为素材。第二,对农民题材的小说作品颇为关注。高晓声的“陈奂生系列”共有5部,从1979年第5期《钟山》刊载“陈奂生系列”的第一部《“漏斗户”主》直至1991年第4期《小说界》发表《陈奂生出国》,这些作品将陈奂生这个地道的农民在不同时代的不同经历以鲜活的画面展现在我们面前,同时也折射出经济体制改革下农村和农民所经历的历史变革。《新华文摘》在1991年第4期、第11期将《陈奂生战术》和《陈奂生出国》相继选载。

其次,散文作品不乏上乘之作。张炜的《融入野地》和史铁生的《我与地坛》,让我们看到了散文在这一时期所能达到的高度。此外,斯妤的散文被《新华文摘》选择的篇目较多,1996年第2期选择了一篇《出售哈欠的女人》。斯妤用幻想写实的手法探讨人性的复杂面。1996年第3期彭学明的“母亲二题”,即《庄稼地里的老母亲》和《住进城来的老母亲》将家乡的母亲和住进城里来的母亲进行比较描写。在看到对母亲这一伟大形象表达敬意的同时,也能够看出,在城乡矛盾中,母亲一辈的老人进城后所感受到的无所适从与无法融入。《永远的桂林》很能代表梁衡散文创作的水准。梁衡的散文,不论是山水散文,还是人物散文,都能够将理性与感性很好地交融,不仅感情饱满,而且见解独到,颇具可读性。

余秋雨的《文化苦旅》《千年一叹》等文化散文在1990年代风靡一时,可以说它引领了1990年代文化散文风尚。《新华文摘》1993年第7期选择了余秋雨的《一个王朝的背影》以及倪华强的《余秋雨散文散论》,让读者对余秋雨的作品有了全面的了解。倪华强的评论文章针对《文化苦旅》中出现的文化现象进行了详尽的解读和深入阐释。1992年第3期韩小蕙的《太阳对着散文微笑——当前散文走俏的台前幕后》系统地分析了1990年代散文兴盛的特殊现象。作者从一部部散文集的相继出版这一现象入手,从出版界、散文作家等方面阐释了散文获得不断青睐的原因，并特别注意到思辨散文的数量惊人和相继走高："仅就1991年而言，它的代表作就有《风雨天一阁》（余秋雨）、《怀乡》（雷达）、《我与地坛》（史铁生）、《心灵速写》（斯妤）、《岁月河边》（贾宝泉）等。"[①]在1994年第1期的《新华文摘》中，选编者又选摘了韩小蕙有关1992年散文创作的一篇评论——《散文观潮》。在这篇文章中，论者将1992年的散文创作称为"92散文潮"，指出在这一年中散文出版不仅在数量上有了明显突破，在创作质量上更加显示出良好态势，小说家、评论家、学者纷纷投入散文创作，"他们开阔的思维方式，开放的心理优势，高妙的审美品格，深刻的人生体味和不拘一格的行文气势，都给散文带来了新的突破"[②]。另外，这篇文章的价值丰富，为时下的散文研究提供了丰厚的数据和资料，包括当时的散文出版、创作、评论等一应俱全，具有较强的史料价值。1993年第5期《新华文摘》选摘的秦晋的《新散文现象和散文新观念》一文便谈到了1990年代的散文兴盛这一现象。他指出，1990年代的散文创作出现了两支大军：一是"新军"；二是"友军"。前者是指"近两年来出现的一大批50年代出生的散文作家"，他们"大都表现的是普通人家的日常生活和情感，反映平淡生活中的困顿与烦恼、焦躁与无奈"。后者指"近两年突然转向或者把相当一部分精力放在散文随笔写作上的小说家、诗人、报告文学作家、理论家、艺术家"，"他们深厚的文学功底和深刻敏锐的文学意识，给散文界吹来了一股新鲜空气"。该文从"想象与虚构"、"表现自我"两方面呼吁构建与散文创作共同发展的散文理论[③]。

再次，《新华文摘》热衷于选载有关鲁迅研究的文章。据统计，在1990年代《新华文摘》中所选择的有关鲁迅的研究性文章共有10篇。1990年第8期郑心伶的《鲁迅研究中值得注意的问题》提到，虽然鲁迅研究得到了较为广泛的关注，却仍旧出现了一些问题，特别是在资产阶级自由化影响下，研究的指导思想也出现了偏离，"现在学术界有一股不良风气，一谈辩证唯物主义、历史唯物主义，就是极左、保守、僵化"[④]，造成对鲁迅研究的误读。有的人错误地认为，鲁迅最终成为马克思主义者，是鲁迅的不幸，甚至还有人否认鲁迅是马克思主义者；有的人或否认鲁迅的文学成就，或利用"重新认识鲁迅"之名，津津乐道地做"揭秘文学"。作者认为，鲁迅研究者要坚持辩证唯物主义、历史唯物主义来研究鲁

---

① 韩小蕙：《太阳对着散文微笑——当前散文走俏的台前幕后》，《新华文摘》1992年第3期。
② 韩小蕙：《散文观潮》，《新华文摘》1994年第1期。
③ 秦晋：《新散文现象和散文新观念》，《新华文摘》1993年第5期。
④ 郑心伶：《鲁迅研究中值得注意的问题》，《新华文摘》1990年第8期。

迅。1991 年第 4 期《新文学史料》发表了周健强 1991 年 3 月 25 日下午访问夏衍的记录——《夏衍谈"左联"后期》。这篇访问记涉及"左联"后期鲁迅同中国共产党的关系以及与此相关的"两个口号之争"等一些重大史实问题，引起了文艺界极大的关注。1992 年第 9 期《请向鲁迅转致我们的敬意》及《附：体现党同鲁迅亲密关系的重要文献——读张闻天、周恩来给冯雪峰的信》，以史料再现的形式为鲁迅正名。随着重写文学史的呼声越来越高，鲁迅作为中国现代文学的经典作家的地位也受到冲击。而这一史料从鲁迅的政治地位上予以肯定，并且能够说明鲁迅的文学史地位。1992 年第 12 期《学术动态》转摘了《关于鲁迅与党的关系及其有关问题的争议》；1990 年第 2 期《收获》，发表了夏衍的《"左联"六十年祭》。《鲁迅研究月刊》于 1992 年 1 月 7 日邀集部分在京作者举行了一次小型座谈会，"以期澄清史实，全面而正确地总结左翼文艺运动的历史经验"，并从 1992 年第 2 期开始，陆续刊发了陈漱渝、王士菁、程中原、张小鼎等人的文章，对"访问记"中所涉及的若干问题提出了一些看法。

《新华文摘》选摘的文学作品大多是新时期文学中的新作品，它所选摘的文艺理论版块的文章大多涉及时下热议的话题。鲁迅研究虽不是最新的理论研究热点，但的确是文学研究中不可缺少的一个重要组成部分。鲁迅作为中国现代文学的经典作家，在当代依然具有挖掘不尽的研究价值，这一点，正可以从《新华文摘》对鲁迅研究的关注中得见一斑。

最后，这一时期的《新华文摘》对作家、评论家具有较大的聚焦性特点。经统计，该时期的《新华文摘》对以下作家青睐有加，为显直观，用柱状图显示如下：

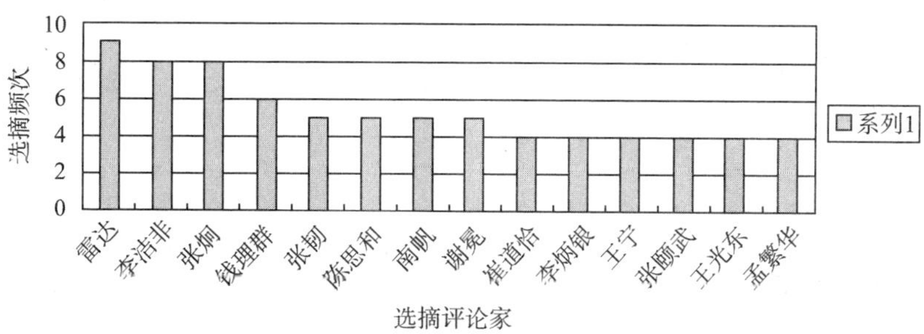

图 3　1990 年代《新华文摘》文学评论选摘评论家频次表

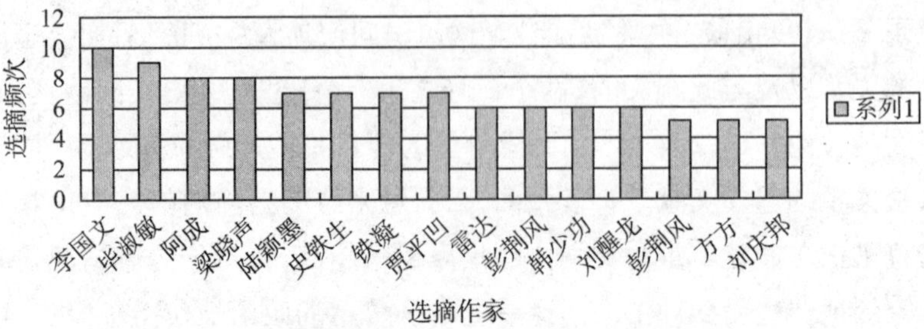

图4　1990年代《新华文摘》文学作品选摘作家频次表

从上表中看出，1990年代《新华文摘》对李国文、毕淑敏、阿成、梁晓声、陆颖墨等人的文学创作颇为关注，而对一些在我们现在看来已经被经典化的作家，如莫言、张炜、余华等人的作品关注不多。形成这一现象的原因何在？通过对比，我们可以看出，被《新华文摘》高频次选摘的作家的创作皆是现实主义的，而如莫言、余华等人的创作是颇具先锋风格的。通过先锋性强的创作未能被高频次选载，也可看出《新华文摘》对现实主义的强化态度。现实主义一直以来便是指导文艺创作的重要一脉，而所谓先锋，不仅出现的时间晚，而且作家的创作尝试在短时间内未能经典化。《新华文摘》在此时对之表现出遮蔽的态度也符合它一贯的选文风格。

最能体现一部作品价值之处，莫过于得到一代代学者和文学爱好者的关注。评论家在不断地解读中，在不断地阐释中，赋予文学作品以更高的文学史价值。在对1990年代《新华文摘》的梳理中，我们发现这样的文学作品不在少数。这一方面足以证明1990年代的文学发展并不像一些学者所指出的那样是所谓的纯文学的没落，相反，我们从中可以看到不少能够进入文学史殿堂、被文学史铭记下来的作品；另一方面，当我们反观1990年代文学景观时，《新华文摘》的选文水平和质量更值得我们肯定。

（二）对“文学的命名”的关注

1990年代的文学现象层出不穷，一方面是对1980年代相继出现的“伤痕文学”、“反思文学”、“改革文学”、“寻根文学”等不一而足的文学命名现象的延续；另一方面也可以看到置身于1990年代的作家和批评家们推动文学发展所做的努力。对1990年代《新华文摘》所出现的“文学命名”梳理时，我们发现，1990年代出现或成熟的一些所谓潮流大多被《新华文摘》记录了下来，如“新写实”、“新状态”、“新体验”、“新生代”等。

其一,对“新写实”文学作品与评论的选摘。“新写实”小说是从1980年代末期出现并在1990年代初期发展成熟的。1989年第3期《钟山》的《卷首语》,编者对什么是“新写实”进行了界定和说明:“所谓新写实小说,简单地说,就是不同于历史上已有的现实主义,也不同于现代主义‘先锋派文学’,而是近几年小说创作低谷中出现的一种新的文学倾向。这些新写实小说的创作方法仍以写实为主要特征,但特别注重现实生活原生形态的还原,直面现实,直面人生。虽然从总体的文学精神来看,新写实小说仍划归为现实主义的大范畴,但无疑具有了一种新的开放性和包容性,善于吸收、借鉴现代主义各种流派在艺术上的长处。”①从文学史发展的时间节点来看,“新写实”产生于“先锋文学”稍后一段时间,“先锋文学”对“怎么写”的追求逐渐走向偏执,“新写实”应运而生。由于“新写实”不是一个封闭的概念,不能凭空判断哪些作品属于这一概念的统摄范围,所以在排查《新华文摘》所选“新写实”作品时便出现了困难。1989年第10期池莉的《烦恼人生》和1991年第5期刘震云的《一地鸡毛》可以算作“新写实”的两篇代表性作品。在文学评论方面,《新华文摘》选摘了不少讨论这一话题的文章。1990年第10期《关于“新写实”小说讨论的综述》一文从“新写实”的缘起及其写作对象出发,讨论了什么是“新写实”、“新写实”的基本特点、“新写实的意义和前景”几个问题,为1989年下半年兴起的有关“新写实”的讨论作了扼要的总结。1993年第6期张韧的《寻找中的过度性现象——新写实小说得失论》、1993年第9期缪俊杰的《论中国文学中的“新写实主义”》从“新写实主义”的产生、基本特征、局限以及发展三个层面,对1989年之后中国文坛上出现的“新写实主义”创作进行了深入的分析。论者结合新时期以来我国社会环境以及文学的自身发展规律,认为“新写实主义”是社会生活和文学发展自身运动的结果,并从题材取向、人物刻画、语言运用三方面分析了“新写实主义”小说创作的特点。由于“新写实”关注当下,着眼现实,所以很难出现有历史深度的“史诗性”作品;由于它描写生活的原生态,所以与自然主义、现实主义界线并不明显;由于它关注普通人的日常生活,于是很难出现新时期以来的“典型人物”。类似的文章还有1998年第10期童庆炳、陶东风的《人文关怀与历史理性的缺失——“新现实主义小说”再评价》。

其二,对以“亲历性”和“非虚构性”为特点突破传统小说观的“新体验”小

① 编辑部:《卷首语》,《钟山》1989年第3期。

说的选摘。1993年《北京文学》编辑部与10名作家发起“新体验”小说创作，1994年第4期《新华文摘》选摘了许谋清的《富起来需要多长时间》一文进行介绍。虽然历史证明“新体验”小说并未成大气候，甚至是昙花一现，其艺术价值和创作方式并未得到认可，但《新华文摘》将之选入，这不仅将这一文化事件记录在案，也为读者提供了多元的阅读空间。1994年第10期选摘的《“新体验小说”研讨会纪要》认为，“新体验小说”是在文学遇到困境时的一次努力与尝试，并且让文学又一次靠近现实。1994年第8期毕淑敏的《预约死亡》，便是在《北京文学》号召“新体验”小说的机遇下创作的。毕淑敏说：“在付出了和一个报告文学家不敢说超过起码可以说相仿的劳动之后，我用它们作了一篇小说。”①

其三，对现实主义重新考量之后的“现实主义冲击波”之类的作品的选摘。在1996年第3期对现实主义的讨论选择了3篇文章，这可以看作是学界对现实主义的重新思索和呼吁。面对文学领域追新求异的现象，李广鼐的《拓宽现实主义文学之路——现实主义重构论之缘起》呼吁现实主义应复归，重构现实主义要做到“现实精神+现代理性精神+现代叙述话语”，“对于中国文学如何走出低谷，特别在一个新世纪到来之际，能看到振兴的希望之光，这是许多关心文学事业的人期待已久的事。一些有识之士从80年代后期就开始呼吁，提出一些振兴文学事业的主张，许多文学期刊的编辑，更是忧心忡忡。由于广大读者对文学的热情逐渐冷却，绝大部分文学刊物的订户大大萎缩，他们所面临的不仅仅是精神上的失落，生存的危机也在时刻威胁着他们。为了文学的振兴，同时也是为了摆脱自身的困境，先后推出了‘新写实’、‘新乡土’、‘新言情’、‘新体验’、‘新状态’等一系列精心运筹的文学活动。为了扩大影响，他们还借助媒体大加宣扬，把整个文学界炒得沸沸扬扬”②。王光东的《现实精神·现代意识·叙述话语——现实主义重构论》、孔范今的《一个通往文学新世纪不可逾越的话题》认为，文学的生命之根是“文学的现实主义精神”，是“文学与人类生存之间永久性的关系和承诺”，并指出现实主义在当下的必要性，特别是面对商业化的冲击，文学有通俗化、媚俗化的倾向，与十一届三中全会之后的文艺政策有所违背。正是在这一背景下，1995年之后，文学创作中涉及反映现实题材，特别是一些反映改革开放之后企业、工厂的改革和改制问题的作品受到了关注，这些作品被称作“现实主义冲击波”。在1996到1997年《新华文摘》的选文中，这

① 毕淑敏：《炼蜜为丸》，《北京文学》1994年第8期。
② 李广鼐：《拓宽现实主义文学之路——现实主义重构论之缘起》，《新华文摘》1996年第3期。

类作品的比例不小，而被选择的这些作品也在这一时代是最具有代表性的。1990 年代的《新华文摘》在 1996 年第 5 期和第 6 期接连选择“现实主义冲击波”的代表作品《大厂》和《九月还乡》。1997 年第 3 期选载了《“现实主义冲击波”大家谈》，参与者有作家刘醒龙、何申、谈歌、关仁山、刘玉堂、肖克凡、叶广芩，以及评论家周介人和期刊编辑李师东、王俊石、李柯、胡世全、钱鹏喜 13 位学者。针对该时期文坛创作有“贵族化”、“个性化”等倾向，参与者提出作家创作要“有使命感、责任感，当然要贴近现实”①，期刊编辑也都表示偏爱现实主义题材的作品。虽然此次座谈提及一些关键性的问题，但是没能触及“现实主义冲击波”作品自身所存在的一些问题。

其四，1997 年第 7 期《新生代小说探讨（两则）》，即李洁非的《新生代小说（1994—）》和丁帆、王彬彬、费振钟的《晚生代：“集体失明”的“性状态”与可疑话语的寻证人》首次对新生代小说进行讨论。李洁非认为“新生代”这一概念的缘起虽然无从考察，但却可以初步断定这一现象出现在 1994 年以后，并且其创作呈现以下特点：“新生代”或者称之为“60 年代出生作家”，他们面对的不再是 80 年代的文学问题，他们凭借着特殊的时代身份，有了独特的写作题材，即从乡村转向“城市”，也就是对物与肉的欲望。另外，“新生代”作家的创作大多为平面化的写作，鲜为注意纵深的性格刻画。而丁帆等人的讨论也对“新生代”这一现象作了解读。他们从“新生代”的命名说起，认为“新生代”或称之为“晚生代”以“60 后”出生为划分标准极不科学，并找到了“新生代”创作中泛“性”化的共同点，认为“新生代”的欲望写作乏善可陈，并且他们的叙述语言具有一种“反智倾向”，即“不会考虑读者、不考虑除了他自己之外的任何人”②。

以上便是 1990 年代《新华文摘》对“文学的命名”的关注情况。现在反观 1990 年代的“命名热”，有两点是清楚的：它是 1990 年代期刊界的一种运营策略；它是文学界内为重新繁荣文坛而做的一种努力。《新华文摘》并没有将这一现象刻意地凸显或遮蔽，而是客观地予以呈现，很真实地保留了 1990 年代文学发展的原貌，是我们了解 1990 年代文学的一条快捷通道，也是 1990 年代文学走向经典化的一个重要跳板。

① 刘醒龙等：《“现实主义冲击波”大家谈》，《新华文摘》1997 年第 3 期。

② 丁帆、王彬彬、费振钟：《晚生代：“集体失明”的“性状态”与可疑话语的寻证人》，《新华文摘》1997 年第 7 期。

（三）对“人文精神讨论”的关注

进入1990年代，特别是党的十四大以后，我国全面进入建立社会主义市场经济的新时代。在纷繁的商品元素面前，知识分子或直接下海经商，远离文学；或艰难地呼吁“人文精神”，以求知识分子精神的复归。这一时期，“人文精神讨论”成为一些知识分子表明自己态度的重要形式。对《新华文摘》选文进行梳理，我们可以发现，1990年代《新华文摘》共选取了以下文章：

表3　1990年代《新华文摘》选摘“人文精神讨论”文章统计表

严肃文艺往何处去？	徐中玉、王晓明、张汝伦、赵长天、陈思和、花建、李子云、周介人、毛时安、宗福先、许纪霖、方克强、钱中文、黄蜀芹、孙甘露参与讨论	1993年第11期
旷野上的废墟——文学和人文精神的危机	王蒙、王晓明、张宏、徐麟、张柠、崔宜明	1993年11期
中国需要文学	吴若增	1993年第11期
人类寻找精神家园的艰难历程——堂·吉诃德、浮士德、阿Q及其他形象的诠释	倪邦文	1994年第3期
人文精神与文人操守	张承志、张炜、徐中玉、王晓明、张汝伦、韩春旭、梅朵、许纪霖、周国平、张骅	1994年第11期
“人文精神”讨论述略	董之林	1995年第8期
人文精神质疑	雷　达	1996年第2期
精神传统与文化焦虑	孟繁华	1996年第2期
“人文精神”讨论综述	司空奇	1997年第3期

在此需要指出的是，前两篇文章都以对话形式出现，可谓真实的历史再现。这两篇文章被认为是“人文精神讨论”的起始标志。《新华文摘》对以上文章的选摘，不仅表明“人文精神讨论”作为1990年代文学领域的热点事件而存在，也

在一定程度上体现了《新华文摘》作为主流媒介呼吁"人文精神"的价值观。

通过上表还可以看出,《新华文摘》对"人文精神讨论"关注颇多,有"人文精神"发轫时的《旷野上的废墟——文学与人文精神的危机》,也有作为结论式的综述研究《"人文精神"讨论综述》,更有一部分是与此相关的文学作品,如张炜、张承志等人的文学创作。其所选作品经过历史的淘涤而被文学史所接纳。董健、丁帆、王彬彬主编的《中国当代文学史新稿》对"人文精神"这样评价:"90年代文化界最显著的特征就是知识分子群体价值立场的分化,以及由此引发的一系列论争。'人文精神'论争是其中涉及面最广、影响也最深远的一次思想交锋。论争的缘起是1993年王晓明等人一篇题为《旷野上的废墟——文学和人文精神的危机》的文章,文章主要就当代文学中精神萎靡,作家人格的退化以及文学的市场化等文化现实提出批评,并以'人文精神的危机'来概括当前的文化状况。这篇文章引起了文化界的关注并形成了一场旷日持久而广泛的论争(原文注:部分争鸣文章由王晓明结集为《人文精神寻思录》,文汇出版社1996年版)。"①

然而,由于讨论者没有统一的理论体系,表面看上去热闹非凡的"人文精神讨论"实则芜杂凌乱,最终没能形成明确结论而不了了之。但是,这些讨论不仅使"人文知识分子公开了不同的精神指向与价值追求"②,也使我们看到1990年代多元共存的文学样态相互交织的整体文学景观。由于"人文精神"这一概念具有相当的包容性,讨论者可以从各个不同的角度来交流对话。在1994年第11期选摘的《人文精神与文人操守》一文中,张承志、张炜等倡导人文精神为纯文学的出路呐喊。1994年第12期李洁非、吴涛的《把文学还与民众——九十年代文学价值观对话录》指出:"时下,文学缺乏的是社会意义上的'正义'。"③1994年第3期倪邦文的《人类寻找精神家园的艰难历程——堂·吉诃德、浮士德、阿Q及其他形象的诠释》对"迷惘"进行了阐释:"'迷惘——追求理想境界——在现实中受阻——孤独——重新陷入痛苦和迷惘',这是人类在寻求精神家园历程中一个颇具悖论性的循环圈。"④1994年第6期张炯的《作家:人类

① 董建、丁帆、王彬彬主编:《中国当代文学史新稿》,人民文学出版社2005年版,第557页。

② 董建、丁帆、王彬彬主编:《中国当代文学史新稿》,人民文学出版社2005年版,第558页。

③ 李洁非、吴涛:《把文学还与民众——九十年代文学价值观对话录》,《新华文摘》1994年第12期。

④ 倪邦文:《人类寻找精神家园的艰难历程——堂·吉诃德、浮士德、阿Q及其他形象的诠释》,《新华文摘》1994年第3期。

灵魂的工程师》一文，则强调作家要坚持社会主义人道主义，“在社会主义前进的伟大斗争中，与广大人民同命运、共呼吸，感受生活主潮的召唤，倾听民族坚强的心声，集中概括和升华正在开辟光明未来的时代精神与民族智慧，以自己的作品美化、净化人们的心灵，为人类新世纪的到来作出远远超越于前人的贡献”①。然而，“由于概念本身的抽象性、包容性，‘人文精神’的内涵最终也没能加以确定，对立的双方（呼吁‘人文精神’者与反对者）也无法在同一个理论层面上展开学理性对话”②。“人文精神讨论”就这样不了了之。1997 年第 3 期《新华文摘》选登了司空奇的《“人文精神”讨论综述》一文。这篇综述性质的文章或许可以看作《新华文摘》对“人文精神”这一话题关注趋向淡化的转折。文中将自 1993 年起至 1996 年期间学界有关“人文精神”讨论的重要论文作了梳理，从“什么是‘人文精神’”、“‘人文精神’讨论的缘起”、“关于‘人文精神’的重建问题”三个方面作了概括。可以说，《新华文摘》选取这篇文章有对此话题收尾的作用。

余　论

通过对 1990 年代《新华文摘》的综合性梳理，我们可以发现，《新华文摘》作为选刊在一定程度上参与了新时期文学的建构，这是毋庸置疑的，然而，在此建构过程中也因其自身特点存在一些局限。

从前面的分析可以看出，1990 年代《新华文摘》选载的文学作品与评论文章具有鲜明的时代特征。随着邓小平南方谈话的发表和党的十四大的召开，我国全面进入建立社会主义市场经济的新时代。作为官方主流选刊的《新华文摘》也以 1992 年为界分为前后两个时期。通过对 1990 年代《新华文摘》文学作品与评论作品的梳理，我们可以看出，前期的《新华文摘》，即 1989 年后半年、1990 年以及 1991 年的《新华文摘》的选文多呈现出一种对 1980 年代末期社会运动的“批判”、“清理”的特点。这一点在文学评论作品方面表现得尤为突出，其中以 1989 年第 7、8 期合刊最具有代表性。下图为 1989 年第 7、8 期合刊所选文学作品与评论文章，仅从选文的标题就可看出《新华文摘》的主流意识形态性。

① 张炯：《作家：人类灵魂的工程师》，《新华文摘》1994 年第 6 期。

② 董建、丁帆、王彬彬主编：《中国当代文学史新稿》，人民文学出版社 2005 年版，第 558 页。

表 4 《新华文摘》1989 年第 7、8 期合刊文学评论版块选摘文章一览表

作者	选文标题
迟浩田	深深的怀念:纪念上海解放四十周年
权延赤	走下神坛的毛泽东——“卫士长”答作家问
郑 岩	新华门作证
傅建仁、冯朗峰、毕永军	为了天安门广场的尊严——戒严部队某部侦察分队捣毁“高自联”指挥部纪实
易家言	《河殇》宣扬了什么?
	在中宣部召开的首都文艺界座谈会上的发言(十一篇)
刘白羽	必须认清资产阶级自由化的危害性
玛拉沁夫	文艺界现状必须改变
张 炯	在改革开放中巩固和发展社会主义文艺阵地
林默涵	坚持四项基本原则,警惕和平演变
孟伟哉	文艺界必须坚持反对资产阶级自由化
吴元迈	文艺领域的严重混乱不容忽视
李希凡	公正地对待毛泽东文艺思想
程代熙	要重视文艺界的“灾情”
叶水夫	学习要联系文艺界实际
蔡若虹	艺术不能脱离人民

另外,这一时期的《新华文摘》通过选摘主流刊物或机关组织的征文比赛获奖作品来弘扬时代价值观。在此,我们仅将 7 次选文名称列表如下:

表 5 1990 年代《新华文摘》选摘征文比赛一览表

1990 年第 1 期	《北京晚报》一分钟小说获奖作品选登
1990 年第 11、12 期	“金马”人物特写征文
1991 年第 6 期	残疾人文学作品小辑
1991 年第 10 期	“孔雀”杯纪实散文征文获奖作品选
1991 年第 12 期	党建 70 周年小报告文学征文
1992 年第 2 期	“情系中华”征文
1992 年第 12 期	“建设者之歌散文特写”征文

正如前文所述，在1992年之后，《新华文摘》这种“清理”、“批判”和“树立”的破立结合的选文趋势被“主流”、“商业化”、“纯文学”兼容并蓄的选文特征所取代。

从中可以看出，《新华文摘》作为主流选刊，它的发展趋势与主流话语的发展趋势在一定程度上具有同步性。我国政治经济的发展在1992年之前处于探索期，在邓小平南方谈话之后，特别是党的十四大之后，市场经济为中国社会的发展指明了方向。同样，《新华文摘》在1992年之后，也在摸索中逐渐明确了自己前进的方向。

总之，1990年代《新华文摘》对文学作品的选摘是具有一定时代特征的。不仅如此，在一代代编辑的“传帮带”中，他们秉持着自己的学术操守，即便是在风云诡谲的市场经济初期，依然能够坚守纯粹的学术理想，引领学术前沿。《新华文摘》以其二次扩放效能参与了新时期文学的建构，也参与了相当数量的文学作品与评论的经典化过程。然而其局限性也就此凸显出来，《新华文摘》一年12期(2004年改版后变成一年24期)，每期200页左右的页码（根据改版情况略有不同)，具体到文学作品与评论版块可能只有40~80个页码。其篇幅容量决定了《新华文摘》不可能面面俱到地将优秀的作品全部呈现给读者，也正是在这种限制下，《新华文摘》的选摘才具有一定的话题性，也更能体现出其期刊定位、刊物宗旨、选文趣味等一些问题。至于那些没能进入《新华文摘》视野的文学作品与评论，我们也不能去否定它们的价值。